現在に生きる魯迅像

ジェンダー・権力・民衆の時代に向けて

LU-XUN FOR THE FUTURE : GENDER, POWER AND MULTITUDE

湯山トミ子

TOMIKO YUYAMA

東方書店

口絵1　祖父・周福清

口絵２　母・魯瑞

口絵３　妻・朱安

口絵４　転換期の魯迅（北京時代44歳、1925年５月ロシア語版「阿Ｑ正伝」用に撮影）

口絵５　51歳の魯迅（上海時代、1933年９月13日誕生日を記念して撮影）

口絵６　ケーテ・コルヴィッツ版画選集の出版広告

口絵７　ケーテ・コルヴィッツ
「自画像（自選）」

口絵８　ケーテ・コルヴィッツ
「パンを！」

口絵９　ケーテ・コルヴィッツ「母と子」

はじめに

中国現代文学を代表する文学者魯迅（一八八一～一九三六）は、中国、アジアはもとより、世界に広くその名を知られる近代中国が生んだ稀有の知識人、類まれな戦闘的思想の体現者である。生誕一三〇余年、逝去八〇年を越える今、その言葉と思想は、なお現代を生きる我々に、一世紀を越えて、深く、鋭い問いとメッセージを送り続けている。そこには、近代中国の歴史と社会に根差した思想性とそれを突き抜けて、中国に留まらず世界に生きる人々、人間そのものの在り方に通底しうる普遍的な意義が内包されている。

魯迅については、現代中国を代表する文学者であり、抗戦期に中国革命の指導者毛沢東により、「中国のもっとも偉大な戦士」、「孔子と並ぶ現代中国の聖人」、「中華民族の新しい方向」として絶賛され、建国後もカリスマ的指導者毛沢東が崇拝する聖人、精神界の戦士として讃えられた。それゆえ、文化大革命をはじめとする歴史変動、政治変動にも拘わらず批判を免れ現代中国の偉人として不動の地位を保ち続けた。まさに国家公認の模範的人物である。官製の枠組みゆえの制約と制御を受けつつも、絶えることなく進められた研究成果の蓄積は膨大で、今日では「魯迅学」と称される領域を成立させるに至っている。豊富で多彩な先行研究、学術成果は、厚みと深みのある多層的な分析を提示するとともに、魯迅の作品、思想形成、生涯の歩みに止まらず、近代中国の思想、文化を対象とする幅広い領域への派生的研究も促す点で、中国近現代人物研究において、稀有であり、その波及力、影響力もまた大きい。しかし、その一方、魯迅の生きた帝国主義の時代がもつ歴史性、時代性ゆえに、我々が生きる今日、現代世界の歴史的、社会的変化に対する思想的意義、時代的意義に対する疑義、限界性を問う声もないわけではない。また量的質的に膨大な研究蓄積は、必要以上の詳細分析、枝葉末節にこだわる極度の細密化を招き、同工異曲と評される類似の分析、主張への批判も少なくない。しかし、魯迅の著述のみならず、その読み手、受け取り手も自らの置かれた時代的制約、官製の枠組みによる制約あるいは偏りに影響され、理解、認知領域の規定を受けざるを得ない。読み手がもつ時代的枠組みから解き放たれ、新たな視点、視座を得ることにより、先行研究にない考察対象、あるいは、地表化せぬまま深層に流れる地下水脈、水源も見出されうる。本書もこれまで系統的に追求されなかった視点により、先行研究で必ずしも重視されてこなかった魯迅の思想的特色と意義を読み解こうと試みたものである。

筆者の考察意図と分析視点を示すのが、本書のタイトル「現在に生きる魯迅像」と、これに添えた副題「ジェンダー・権力・民衆の時代に向けて」である。副題に挙げた三つのキーワード「ジェンダー・権力・民衆」は、いずれもこれまでの魯迅研究において、単独には取り上げられてきたものであり、それじたいとしては珍しいものではない。しかし、これらを生涯にわたる思想形成の軸に置き、複合的、系統的に分析し、跡付けた論考は管見の及ぶ限り見られない。三つの要素を結びあわせ、生涯にわたる思想形成の軸として分析するところに、本書の独自の視点がある。これにより、近代中国、帝国主義の時代を生きた魯迅が取り組んだ思想的営みの内に、時空を超えて、「民衆の時代」と評されるこれからの時代に応えるメッセージを読み解くことができると思う。それが本書の題目「現在に生きる魯迅像」の所以である。

副題に挙げた「ジェンダー・権力・民衆」の三つのキーワードは、前述のように単独の考察項目としては、出現頻度も高く、考察課題として珍しいものではない。先行研究での論点との具体的相違は、それぞれ本論の関係個所で明らかにしていくが、従来の分析視点との相違点を生み出す要件として、三つのキーワードを繋ぐさらなるキーワードがある。弱者観である。

前述したように、中国革命と国家建設のカリスマ的指導者である毛沢東により、「精神界の戦士」、反骨の闘士として賛美された魯迅像は、不退転の戦闘性、戦士の役割などのイメージから、常に強者の形象と不可分である。本書で提起する魯迅像も決して弱者をイメージした人物像ではない。にも拘らず本書の分析のキーワードになるのは、魯迅の思想における弱者性と弱者観である。従来、魯迅における弱者といえば、まず筆頭に挙げられるのは、社会的弱者に対する魯迅のまなざし、他者への痛みとして生み出される弱者観であり、弱者を容赦なくいたぶる人間像と社会関係への憤り、特に弱者の弱者へのいたぶりが注目される。しかし、筆者が本書の分析にあたりもっとも注目するのは、他者への痛みとしての弱者観ではなく、これを基盤に強靭な闘争精神を生み出す弱者観である。それは圧倒的な支配的権力との闘いにより生み出される権力をもたない被支配者の内に生成される弱者のなかの強者性である。言い換えれば、精神界の戦士、強者としてのイメージが生み出す魯迅像の根底に、被支配者の側に身を置きつつ揺るぎなく闘う弱者がもつ強者性を読み解き、そこに、あらゆる支配的権力に対峙し、民衆の側に立ち続ける奪権なき革命者としての魯迅像を再構築したいと考えている。

そして本書では、この弱者観に着目して析出した魯迅の思想を、現代世界において、未来を切り開く力として注目される民衆力の思考と重ね合わせ、考察を深めることを意図している。今世界は新たな流動の時代に向き合っている。先に世界の人々の熱気を喚起し、新時代の到来を期待させた「民衆」の時代が再び閉ざされていくかにも見える。しかし社会変革を推進する力としての民衆力の登場は、従来の歴史観とは明らかに異なる「下から」の世界史の創造を促している。本書は、この民衆力をとらえる概念としてアントニオ・ネグリ、マイケル・ハートが提起した「マルチチュード」の考え方に注目し(1)、これにより展望される新たな時代の課題に取り組んだ人物として、魯迅をとらえ、魯迅の言説、思想を、現代世界に向けて再発信したいと考える。そこに、権力をもたない被支配者の側に立ち続け、民衆の側、「下から」の歴史創造、「下から」の社会変革を説いた魯迅の新たなる可能性を読み取れ

るものと考える。(2)

以上の問題意識に立ち、本書は、ジェンダー観、権力観、民衆観の三つの構成要素に着目して、魯迅の生涯の足跡と言説を四期五区分【六章】に分けて考察する。

序章（第一期）は、思想形成のもっとも基盤となる幼少年期に、四百年続く清朝末期読書人階層の末裔として生まれた魯迅が、一族の栄光と汚辱を生み出す祖父周福清を中心とする三世代家族の下で形成した独自のジェンダー観（大家族制度における男性支配と女性存在）、並びに祖父周福清の科挙不正合格未遂事件（逮捕、未決死刑囚）後、魯迅一家が遭遇する経済的没落、父伯宜の死、庶民の悪意、いじめなどにより体験した「弱者」の内に形成される残忍性、強者性の発見、青年期に体験した弱小民族としての民族体験、初期文学運動において提起された精神変革により社会変革を目指した言説の特長を取り上げる。

第一章（第二期）では、辛亥革命後、新制中華民国の教育官僚として北京に赴任した魯迅が、中国社会と民族の精神変革を求める文学者としての活動をより深化、熟成させ、五四新文化運動の担い手、啓蒙的知識人として展開した文芸活動における家族論、社会変革論に着目する。特に、生物学的進化論と人類主義を軸に、制度変革に拠らず、家庭から人類の一員としての「人」、歴史的主体となる「人」を生み出そうとした独創的な家族変革論の特質と思想的意義を分析し、社会変革の具体的プログラムをもたなかったと評される魯迅評価に対して、異見を提出する。清末の文芸運動で提起された「人」の精神変革が、観念的な対象認識であったのに対して、社会的存在としての人間認識へと実態的になっている点に、この期の特徴が見出される。「子女解放論」は、中国社会の基礎構造としての家庭、人間関係の基礎たる親子関係を土台に展開される変革論であり、そこに、変革論としての進化、ジェンダー観の展開としての特性を読み取ることができると考える。

第二章・第三章（第三期・第四期）は、新文化運動退潮期以降、自己の文学活動とそれを生み出す思想の反芻期を迎えた魯迅が、文学活動、政治的圧力、自己の「性と生」の葛藤により、新たな地平を求める転換期にあたる。魯迅研究では、前期と後期の分水嶺と見なされる期間である。ジェンダー観と反権力の思想に着目して魯迅の思想を考察する。まず第二章では、魯迅の思想形成と人生の基盤となる家族・結婚、愛と性と生に着目する。母の愛に殉じて受け入れた旧式婚姻の枷を解き、男性による女性抑圧の加害者性を引き受け、政治的殺戮(三・一八)の波を越えて、男性として果たされる「性の復権」と「生の定立」を考察する。

第四章では、殺戮を繰り返し、強大化する権力との闘争を通じて、文学者としての自己の闘争を先鋭化する魯迅の思想形成と足跡を考察する。権力との不退転の闘争の基盤として特に注目されるのが、一九二七年に記される「政治・革命・文学」をめぐる言説である。特に革命権力を含む政治権力と対峙して生み出される文学の認識、文学者としての使命感は、魯迅の最晩年にいたる思想形成の核として、注目される。本書では、マルクス主義、革命政権の相対化、革命同伴者としての自己認識、殺される者としての文学者の規定、殺されない者として「生の希求」に着目し、権力と対峙する終わりなき闘争、奪権なき革命など、政治、文学、革命をめぐる魯迅の思想的特色を考察する。

終章は、殺戮を繰り返すファッショ的政治権力との戦闘により生み出された権力観、終わりなき社会変革を求める思想形成と母性に象徴される育みの思想としての「愛」と民衆観を取り上げる。時間的には、一九二〇年代末、晩年の地上海での活動の基盤となる思想構築の基本的要件を取り上げる。晩年一〇年にあたる上海での活動は、今後、あらためて取り上げるため、本書では踏み込まない。

以上の構成により、青少年期に始まる「生」の軌跡と文学者としての社会的活動の二筋の織糸により生み出される思想形成の跡を辿り、魯迅固有の思想的特色と意義について考察する。なお補論に、ジェンダー観の形成に影響を与えた祖父周福清を考察した「魯迅の祖父周福清試論——事跡とその人物像をめぐって〈増補版〉」、魯迅と権力をめぐる「魯迅と毛沢東――求められたのは生命か奪権か」を加えた。

二〇一五年五月

【注】

（1）「マルチチュード」の概念は、アントニオ・ネグリ、マイケル・ハートによる『帝国――グローバル化の世界秩序と「マルチチュード」の可能性』（『Empire』二〇〇〇年、水嶋一憲、酒井隆史、浜邦彦、吉田敏実訳、以文社、二〇〇三年）に始まり、『「マルチチュード」論――〈帝国〉時代の戦争と民主主義』（『Multitude』二〇〇四年、幾島幸子訳、水嶋一憲、市田良彦監修、NHKブックス 上・下、二〇〇五年）、『コモンウェルス』（『Commonwealth』二〇〇九年、水嶋一憲監訳、幾島幸子・古賀祥子訳、NHKブックス、上・下、二〇一二年）で論議が深められ、さらに『叛逆――「マルチチュード」の民主主義宣言』（『Declaration』二〇一二年、水嶋一憲、清水知子訳、NHKブックス、二〇一三年）で、「マルチチュード」による直接民主主義の意義が提起されている。なお、長年にわたり政治的に訪日が許されなかったネグリは、二〇一三年四月ようやく来日を実現し、「マルチチュードと権力：三・一一以降の世界」を講演し、その講演録が『ネグリ日本と向き合う』として出版されている（二〇一四年、アントニオ・ネグリ、市田良彦、NHK出版新書四三〇）。

（2）本書の考察の構想は、筆者のこれまでの魯迅研究での考察成果に基づき構築されたものである。各論の初出論文と関係論文は、関係箇所及び参考文献で提示する。

目　次

現在に生きる魯迅像——ジェンダー・権力・民衆の時代に向けて

序章　魯迅における弱者観——二つの形成基盤

強靭な戦士像と弱者観

近代中国を代表する文学者魯迅については、生前はもとより、没後八〇余年を経て、膨大な量の先行研究、学術成果が蓄積され、現在では、「魯迅学」なる領域も成立している。魯迅研究の考察課題、研究項目そのものを研究する複数の『魯迅研究学史』が刊行され、中国本土、東アジアの韓国、日本、更にインド、台湾、香港、欧米など西欧世界における広領域の研究状況についてネットワークが成立している。(1)「学」としての魯迅研究を生み出すだけの膨大な研究量と、豊富な研究成果は、文学領域のみならず中国近代人物研究領域全体からみても際立っている。しかし、人物像という点では、生前はもとより魯迅没後もそれほど多種多様な魯迅像があったわけではない。特に、中国本土においては、中国革命の展開から中華人民共和国の成立、八〇年代文化大革命終結までの期間における魯迅像は、画一的であり、定型化されていた。いうまでもなくその源であり、範となっていたのは、毛沢東によってカリスマ化された中国革命の不撓不屈の戦士、強靭、堅忍不抜の魯迅像である。一九三六年魯迅逝去後、魯迅葬儀の葬儀委員長を務めた毛沢東は、革命根拠地延安から、魯迅を植民地、半植民地における「空前の民族英雄」、「中華民族の新しい文化の方向」、「民族解放の急先鋒」、孔子と並ぶ現代の「第一等の聖人」等々と、たたみかけるような賛辞を掲げてシンボル化し、中国革命の闘争精神を牽引する象徴的役割を託した。そしてその比類なき戦闘性、戦闘的精神から精神界の戦士としての人物像が普遍化され、文化革命中もその聖人化が貫徹され、魯迅の内面、生涯の歩み、思想性が多様化したのは、八〇年代後半、九〇年代以降といってよい。世界でも魯迅の作品集の翻訳量、研究量が突出し、本土中国と肩を並べるのが日本である。その日本では、戦後日本の近代化と中国の近代化、日中戦争問題を背景に、竹内好をはじめとする中国文学研究者から、中国固有の近代化と思想を体現する人物として魯迅に熱い視線が注がれた。特に、「掙扎《そうさつ》」（抵抗）の言葉により典型化された竹内好の魯迅像は、強烈なイメージを生みだし、大きな影響を与えた。こうした中国革命の象徴たる魯迅像は、「竹内魯迅」の名のもとに明治維新以来の日本の近代化、知識人の在り方の再考を促し、精神界の戦士として、鮮烈な強者のイメージを放っている。しかし、「はじめに」で述べたように、本書が注目するのは、そうした魯迅における強者像、強者性ではなく、これと一見相反するかに見える魯迅における弱者観である。魯迅における弱者観といえば、まず旧社会で凄惨な生きざまを強いられた社会的弱者を描いた初期小説作品が想起される。寡婦、科挙試験の落伍者など、魯迅の五四時期の小説『吶喊』（一九二五年）、『彷徨』（一九二六年）の登場人物への哀切あふれる人物形象が浮かび上がる。しかし、筆者が注目するのは、他者への痛みとして生み出される弱者観より、魯迅の思想の核心となる強靭な闘争精神を生み出す基盤としての弱者観であり、この弱者観から、支配的権力を含めて、あらゆる権力と終わりなき闘いを展開する魯迅像の再構築を目指す。まず本章では、魯迅における弱者観形成の基盤と想定される青少年期の生い立ちと、被圧迫民族としての体験が魯迅の生命に刻印した弱者としての体験を取り上げることにする。

一、少年期における弱者体験——生家の没落と家族体験、ジェンダー観の形成

生家の没落と屈辱の体験

清末民初に生を受けた近代の中国知識人には、青少年期に生家の没落を体験した経歴を持つ者が少なくない。文学者では、老舎（一八九九～一九六六年、満州旗人、五人兄弟の末子、一歳で父が義和団の乱で死亡）、茅盾（一八九六～一九八一年、一〇歳で維新派でもあった医者の父が死亡。二〇歳で家が没落）、胡適（一八九一～一九六二年、母が後妻で、父が四歳で死亡、一八歳で家が没落）などの名を挙げられるが、それぞれの家庭環境、生家没落の事情、遭遇した際の年齢によって性格、思想、精神世界の形成に与える影響にかなりの相違がある。しかし、父亡き後、生活の困窮と苦難に抗して、子どもを育て上げた母への感謝と敬意が、心理的、精神的に深い母子関係の絆、ときに呪縛ともなる強い拘束性を生み、男性としての在り方、婚姻に大きな影響をもたらすという共通性がある。(2) 魯迅の場合は、子どもでありながら物事の分別がつく数え歳一三歳という少年期で、父なき家族における長男の役割を担う立場にあったこと、魯迅一家の没落の起点が、祖父周福清の科挙不正事件という政治、社会的問題に関係していたことが、単なる経済破綻による生家没落とは異なる状況を生み出し、周囲との関係から生まれた民衆観、「弱者」観の形成にも固有の影響をもたらした。

魯迅（本名周樹人、一八八一～一九三六年）の生家周一族は、四〇〇年の歴史を辿れる江蘇省紹興の名門一族で、魯迅はその一四代目（致智興房、房は男児が結婚して設ける家族ユニット）にあたる。魯迅一家は、周一族の中では豊かな一門ではなかったが、魯迅の祖父第一二代周福清（字介孚、一九三八～一九〇四年）(3) は、富裕な一族の開く私塾で

熱心に学び、四〇〇年続く一族でただ一人、科挙最高段階の殿試に合格、優秀な成績により高級官僚養成校である翰林入りを果たした。自己の才知のみを頼りに、科挙試験の難関を突破して、高級官僚予備軍にまで上りつめた勤勉、実直な青年は、阿片はもとより酒もたばこも嫌い、正義感が強く、権威を恐れず、歯に衣を着せぬ言動ゆえに、時に傲慢とも評され、物議を引き起こすことも少なくなかった。翰林入り散館後、配属された初任地江西省の知県職では、清廉官ゆえに疎まれ、「愚鈍で任に堪えない」との冤罪を受け、弾劾罷免される不如意な結果になった。史実的には、収賄はもとより不正を認めない清廉をモットーとする官としての在り方が、利禄を求めることを当たり前とする周囲との利害対立を生んだためであったと推察される。高級官僚としての初勤務を決定する翰林院の最終試験、弾劾罷免による官位の喪失、中央官僚（内閣中書）としての再出発、暇な役所の暇な役人と揶揄される職場での長年にわたる無遅刻、無早退の精勤ぶり、緻密な執務能力への評価、時に焚く米にも事欠く貧窮ぶりなど、伝記史料によるかぎり、一家にとって晴天の霹靂となる科挙不正事件は、おそらく福清自身にとって、生涯ただ一度の不正との関わりだったであろう。事件の真相は、その詳細を唯一記録していたと思われる福清の日記を、一九一九年、紹興の生家を引き払う際に、魯迅が、末弟周建人の止めるのにも拘らず強引に焼却してしまったことにより、今では永遠の謎に包まれている。しかし一九八〇年代以降、明らかになった檔案史料などによれば、事件は、母戴氏（一八一四～一八九三年）の服喪のため、規定により官を辞して、郷里紹興に舞い戻った福清が、郷士試験官が殿試同期であるとの情報を得て、長年郷試に合格できず、阿片に染まる生活に陥る兆しを見せていた息子周鳳儀（字は伯宜、一八六一～一八九一年）、親戚、知人五人の師弟の合格を依頼する試験官買収を図り、逮捕されるというものであった。科挙不正事件が横行した清末期、ほとんど露見することのないもっとも成功率の高いはずの試験官買収事件が未遂で露見し、検挙される事件であっただけに、たちまちのうちに全国で風評が立ち、科挙不正を戒める格好の事件として皇帝自らが審議する欽案事件になり、未遂にもか拘わらず死刑判決を受けて、杭州の獄に収監された。地方当局にとっては地元の名士が名を連ねる大規模な不正事件としての裁定を避け、皇帝側にとっては欽案事件としてとめどなく沸き起こる科挙不正事件の戒めとし、周家にとっては、福清一人に罪をとどめ、息子伯宜に一家の後を託せる点で、災禍を減ずることができるなど、結果的には四方に利となる判決であった。

とはいえ、幼かった魯迅にとっては、事件時に一時期避難させられた母方の親戚で「乞食呼ばわりされ」、父の発病後は、母の嫁入り道具の装身具などを質屋に運び、父のために薬屋通いをするなかで、没落子弟としての辛酸をなめ、「世間の人の本当の顔を見た」と語る（『吶喊』自序、一九二二年）、いわゆる「屈辱の体験」に見舞われ、その思想形成に大きな影響を残した。(4) 福清下獄後、後を託されたはずの父伯宜は、自らを「バカ子孫！　バカ子孫！」〈呆子孫！呆子孫！〉（〈　〉内は原文、原語を示す。以下同様）と自虐的にののしりながら、(5) 自責と失意の内に三年をまたずに病死し、少年期の魯迅と寡婦となった母魯瑞（一八五三〜一九四三年）に、一家を支える責務が残された。七年後、刑の執行を免れ、恩赦を受けた福清は、孫魯迅より一つ年下の末息子伯昇（二番目の妾章氏との子。一八八二〜一九一八年）と一七歳年下の若い妾潘氏を伴い紹興に舞い戻った。それは、魯迅ら孫を深く愛した後妻蒋氏（一八四二〜一九一〇年）にとっては、福清の死まで妻妾同居の生活を余儀なくされる七年にほかならなかった。(6)

家族体験——祖母蒋氏と祖父周福清

一族に誉れと屈辱をもたらし、一家没落を誘引する大きな契機を作り出した中心人物である祖父周福清の存在は、後に魯迅の半生を呪縛し、制約するジェンダー観の形成にも重要な影響をもたらした。長年北京で暮らした福清は紹興にはほとんど帰省せず、不正事件発生後は獄のある杭州におり、釈放後は魯迅が日本に留学していたため、実際に両者が生活をともにする機会はほとんどなかった。しかし、福清を中心とする家族体験がもたらした影響は大きい。阿片はおろか、酒、たばこも忌む禁欲的な性格をもつ福清であったが、先にも触れたように伯宜と娘徳を生んだ先妻孫氏（生卒年未詳）の後添えに迎えた蔣氏とは生涯にわたり不仲であった。蔣氏は、魯迅ら孫にとっては幼い時から民話を語り聞かせてくれた慈愛に満ちた祖母だが、前後三人の妾を囲った夫とは、人生の大半を別居し、女性としての愛情を満たされることなく不遇の結婚生活を送っていた。不和の要因には、温和で従順な女性に惹かれたとおぼしき福清と闊達な性格を物語る逸話の多い祖母との性格的な不一致も挙げられるが、蔣氏が太平天国の乱の際にさらわれ失踪していた事件があり、福清が、太平天国軍の蔑称長髪族の女を意味する「長媽媽！」と揶揄を浴びせ、その屈辱的な罵辞に涙した出来事がぬきがたいしこりになっていたといわれる(7)。さらに、一族の末裔の周観魚（致智義房第十二世、一八八七〜一九七〇年、周冠五）によれば、初任地での罷免事件の告発理由に、妾との会話を立ち聞きしていた蔣氏と母戴氏に対して、福清が「馬鹿者！」〈王八蛋！〉と罵声を浴びせたため、福清の日ごろの口頭弾であった「めくら太后、馬鹿皇帝」〈昏太后、呆皇帝〉の大不敬に、「大不孝」の罪状が上乗せされて弾劾に至ったという(8)。ことの顚末、仔細は不明だが、結局、この弾劾事件以後、福清は、生涯にわたり、若い妾を囲い、任地に蔣氏を伴うことはなかった。一方、蔣氏は福清亡き後、残されたが男性と出奔した若い妾藩氏に対して自ら証文を書き、自由の身にする等、女性としての思いを胸におさめ、深い思いやりの心をもって処理にあたっている(9)。

不遇な婚姻関係に置かれつつも誠実に誠意をもって生きた蔣氏に対する魯迅の親愛と同情は、後述する「孤独者」に深く投影されている。では、妻妾問題で祖母蔣氏を生涯苦しめた祖父福清に対する魯迅の感情は、どのようなものであったのだろうか。

魯迅と祖父周福清とジェンダー観の形成

酒もたばこも阿片も吸わぬ生真面目で、勤勉な性格ながら、延べ三人の妾をかかえ、慈愛あふれる祖母蔣氏を生涯苦しめ、周作人をして我が家に「妾災」ありといわしめた福清の所行は、幼い時代には祖母への同情、成人後は、近代的な人権、女性観を受容した新世代の知識人である魯迅にとっては、女性抑圧を生み出す悪しき男性の典型として、非難と批判を呼び起こし、抵抗と嫌悪感を引き起こすものとなっていたものと推察される。日常生活で接触が少なかったにも関わらず、福清に対して魯迅が好意的な感情を示した逸話はほとんど見られない。伝えられるところでは、たとえば息子伯宜の死に際して周福清が詠んだ連句「世に苦しき者は孤児、お前が突然妻のもとに馳せるとは思いもよらず、にわかに悟るなり、もし地下で母に会えば、私の教育到らず、深く遺言に背いたり」〈世间是苦孤儿，谁料你遽跑去妻孥，顿成大觉，地下若逢尔母，未道，我不能教养，深负遗言〉は、魯迅ら孫達から死者を鞭打つとして非難された(10)。さらに、周福清自身の辞世の句「死して知あれば、地下で多くの骨肉にまみえん。生きて補わざるなきを願う、世にいつ綱常は立ちうるのか！」〈死若有知，地下相逢多骨肉。生愿无不补，世间何世时立刚纲常〉は、魯迅から「人をののしるものだ」〈是骂人的〉と評され、死を悼む感情は示されていない(11)。

しかも、魯迅は祖母蔣氏の葬儀は、自ら経帷子を着せてその死を悼みながら、福清の葬儀については、周家智興房の後継者として取り仕切る立場にありながら、留学先の日本から帰国もしてない。さらに、魯迅一家の紹興引き上げに際して、荷物が多いとの理由により、死ぬ前日まで書いていたという福清の日記を三弟周建人が何度も止めたにも関わらず「ちょっとめくってみたが、たいした意味がない、妾を買ったとか、妾同士のけんかだの、なんの意味もない」〈这次回来翻了翻，好像没有多大意思，写了买姨太太呀，姨太太之间吵架呀，有什么意思？〉、と強引に焼却してしまっている(12)。それにより科挙不正未遂事件の顚末はもとより、福清の人となり生涯の足跡もすべて消し去られてしまった。

周福清自身の人となりは、一九八〇年代までは科挙に心を奪われた者――「官迷」との評価に枠づけられていたが、その後、臣としての理想と正義感を持ち続けようとした逸話、批評好きで言辞の鋭い剛毅な気性、孫たちの教育に見せた進取と民主的な思考など、複雑で多彩な人となりを語る逸話にも目が注がれるようになった。「坎坷の人」というべき不如意な官僚としての生涯には、清朝末期の官僚制度、社会構造ゆえに生じた問題などもからみ、単純な人物評価はできないが、青年期までの魯迅との関係からは、福清に対する理解や愛情表現は読み取りがたく、反抗と反発が浮かび上がるばかりである。特に、祖母蔣氏に対する夫としての在り方は、魯迅に男性性のもつ加害者性を鮮烈に認知させ、成人後の魯迅の恋愛、結婚観をも拘束し、深く影響したものと推察される。(13)

また、祖母蔣氏ばかりでなく、長年にわたる科挙試験不合格の結果生じた不正事件だけに、事件後、失意のまま自虐的な死を遂げた父伯宜にとっても、周福清の存在は抑圧者となっていたかもしれない。少年期の魯迅にとって、祖父福清は、結果的に逆らい難い強者として立ちはだかっていたものと推察される。(14)

一家没落の変事による没落子弟としての体験とともに、祖父福清を中心とする家族体験、また叔母徳（孫氏の娘。一八五八年～一九〇六年）、康（蔣氏の娘。一八六八年～一八九四年）、そして寡婦となった母魯瑞も含めて大家族制度下の女性の運命が、魯迅の弱者体験、ジェンダー観を生み出す思想的基盤となった点を押さえておきたい。祖父周福清がもたらした男性性の加害者性、魯迅自身の婚姻に及ぼした影響については、本書第二章、第三章で再度取り上げる。なお、祖父周福清の事跡と人物像については、史実の検証による考察が必要となるため、専論として本書の補論1に収めた。本文での記述、分析の根拠、裏付けについては、これを参照していただきたい。

二、青年期における弱小民族としての体験——被圧迫民族としての弱者観と民衆観の形成

日本留学——医学から文学へ

地方名士の末裔として生まれながら、突如、生家の経済的破綻、社会的な蔑みにもさらされるなかで成長した少年魯迅が、青年として進める道は多くはなかった。その一つは、子弟の教育につぎ込める資産を持たない周家の経済状況の下で、学費免除の上、生活補助も受けられる洋式学堂への道であった。一八九八年、郷里紹興を離れ、一七歳で南京江南水師学堂に入学したが、洋学堂の名を冠しながら、旧態依然の保守的校風、教育内容に半年で退学し、半年で南京江南陸師学堂付設鉱務鉄路学堂に転学する。この転学の合間に帰省した紹興で、魯迅もまた科挙試験（予備試験県試）に一族の子弟とともに受験し、合格（五五〇名中一三七位）している。続く府試は放棄して南京に戻ってしまったため、家族が替え玉に受験させたというから、なお地方名士階層クラスの子弟の道として、科挙試験は進むべき道と見なされていたのであろう。科挙試験制度じたいは一九〇五年に廃止されている。

転学した陸師学堂は、水師学堂に比べ、魯迅に新しい知的世界を開く、西欧の学問、時事に触れる機会をもたらした。梁啓超らの『時務報』などの閲覧も可能であったという。特に、その知的世界に大きな衝撃を受け、本格的に思想形成の土台として摂取されたのが、清末のコペルニクス的転換とも言われる厳復訳『天演論』（一八九八年、ハクスリー著『進化と倫理』）である。中国の伝統的な歴史観を根底から覆し、中国の置かれた国際環境の鋭敏な認識を生み出した進化論、生存競争、自然淘汰などの考え方は、当時の知識人に与えたと同様に魯迅にもはかり知れない影響を与えた。特に、人間と社会の進歩を目指すための思考をもたらす進化論は、魯迅の生涯にわたる価値判断

の基礎となった点でも特記される。三年後の一九〇二年、鉱務鉄路学堂を卒業した魯迅は、二一歳で清朝政府官費生として日本に留学し、二年間の東京での日本語学習の後、宮城県の仙台医専（現東北大学医学部）に移り、医学の勉強を始めたが、一年半後には中退し、東京に戻り文芸活動にはいる。ロシア革命のスパイとして斬首される同胞の死を見物する中国人の姿を映したスライドにより、「愚弱な国民は体格がいかに健全であろうと、いかに剛健であろうとまったく意味のない見せしめの材料と見物人になれるだけで、どれだけ病死しようと決して不幸とは言えない。それゆえ私たちの第一の要件は彼らの精神を変えることであり、精神を変えることによいものといえば、当時私は、文芸運動を進めることであると思っていた。そこで文芸運動を提唱したいと思った」[15]と『吶喊』（一九二三年）「自序」に記された「医学から文学へ」の転向である。これによれば、文学者魯迅誕生の起点となる人生の転換は、民衆像、しかも負の形象をもつ民衆像を原点に生み出されていたことになる。負の形象をもつ民衆像は、前節で取り上げた一家没落をめぐる幼少年期の体験、『吶喊』「自序」に記された「世間の本当の顔を見た」とする体験中にも見出される。しかし、文学への転向の契機となったというスライドの存在（「幻燈事件」）、さらには医学を志した理由として挙げられた父の病に対する漢方医の治療薬の処方など、先行研究における調査や指摘により、魯迅の語る内容に適合する事実、状況が存在せず、現在では思想的な意図をもって叙述された虚構性を含むものと見なされている。

そもそも『吶喊』「自序」は、自らが取り組む文学運動のなんたるかを伝える意図をもって記された著述である。紹興での生い立ちに始まり、西欧の学問に最初に触れた南京時代、医学から文芸運動へと身を転じた日本留学時代、辛亥革命、中華民国成立を経て、北京で再開された五四新文化運動期の文学運動とその後の顛末には、それぞれの転機となる節目が象徴的な意味をもって記され、それにより魯迅の文芸運動が目指した課題——中国社会における人間性を見すえ、精神変革を希求する挑戦が一筋の軌跡として浮き彫りにされる構造をもっているのである。

三、日本留学期の文芸運動——弱者と強者、権力、ジェンダー観

初期文芸運動

清末期の変革運動は、清朝内部の洋務運動、維新派による変法運動の頓挫を経て、異民族王朝の廃絶を目指す排満革命の波が高まり、魯迅の留学先の日本、なかでも東京がその中心地の一つとなっていた。漢民族である魯迅もまた民族革命への志向を抱きつつ、清朝打倒を目指す浙江・江蘇省出身者を中心にした反清革命団体「光復会」（一九〇四年ごろ成立）の活動に加わっていた形跡が残されている。結果的に父なき後の一家の長男として、母を支える立場から武力革命の活動には距離を置き、変革を求める情熱は、精神革命を目指す文芸運動に注がれた。(16)

当時の魯迅が目指したものは、欧米列強の帝国主義侵攻により、民族と国家存亡の危機にありながら、なお真の変革を希求し、実現する声さえ生まれぬ中国を憂い、憤怒と変革への願いをこめて記された評論、中国の状況に重ねられた東欧被圧迫民族の文芸作品集（周作人との共訳『域外小説集』二冊、一九〇九年）などに描き込まれている。初期魯迅と評されるこの期の著訳書は、生物学的視点から生物学的進化論の紹介（『人間の歴史』、一九〇七年、原載『河南』一期、『墳』所収）、科学的思考と人間社会との関係（『科学史教篇』、一九〇八年、原載『河南』五期、『墳』所収）などを含めて多様な視点による分析、考察が可能であるが、筆者は魯迅の生涯の歴史観、社会観、文学運動の核となる基本的な特徴が明確に見出され、中国の社会変革、人間の精神変革を求める文芸運動の主張が凝縮された一九〇七年から一九〇八年の三つの評論に注目している。

三つの評論とは、浙江省同郷会の編集で刊行された雑誌『河南』に発表されたもので、一つは、悪魔派と評され

たバイロンら反逆と反抗の詩人の生きざまと作品世界の紹介により、変革を呼び覚ます反抗の炎を燃え上がらせた「摩羅詩力説」（一九〇八年、原載『河南』二期・三期、『墳』所収）、そして多数を排し、個性を尊重すること、物質崇拝を批判し、精神を重んじることを主張した「文化偏至論」（一九〇八年、原載『河南』七期、『墳』所収）、さらに真の変革の声をかき消す喧噪の声を打ち破る反駁の声を掲げた「破悪声論」（一九〇八年、原載『河南』八期、『集外集拾遺補編』）である。これらの評論に織り込まれた「人なき中国」、「声なき中国」、「寂寞の中国」には、中国の変革への強い願いとそれからはるかに隔たる現実世界への深い失望、情熱と憤怒のせめぎ合いがあふれている。

文学無用論

「摩羅詩力説」の導入の二章には、留学期魯迅の中国観と文芸運動の基本的考え方、詩人の声、摩羅派の詩人などについて概説的に紹介している。特に、三章に文学が実利をもたらさないことを正面から掲げ、だからこそ、そこに力があるとする魯迅の主張が、次のように語られている。魯迅の文芸運動の基本を示すものである。

純粋に学問という点からいえば、すべての芸術の本質は、これを見、聞く人を感動させ、喜ばせることにある。文章も芸術の一つであり、そうした性格をもっている。個人や国家の存在とは関わりなく、実利からはまったく離れており、原理の追求を目的としない。ゆえに文学の効用は、知識を増すには歴史に及ばず、人を訓戒するには格言に及ばず、富を得るには商工業に、功名をうるには卒業証書に及ばない、しかし、この世に文学があって、初めて人は満ち足りる。(17)

（傍線　筆者、以下同じ）

さらに言う、

厳しい冬が続いて、春の気配が届かず、体は生きていても、霊魂が死んでいたとすれば、その人は生きてはいても人生の路は失われたに等しい。文学無用の用は、すなわちここにあるのではないか。ジョン・スチュアート・ミルは、近世の文明は科学をもって手段とし、合理を精神とし、功利を目的とすると言った。大方はその通りであるが、文学の効用は精神を増すことである。その理由とはなにか。人の精神を涵養できるからである。人間の精神を涵養することこそ、文学の職務と効用である。[18]

文学の効用と力を、精神の涵養に求める、文学無用の用は、生涯にわたる魯迅の文学活動の礎である。さらに文学に付随する長所として、科学の言い得ない微妙で奥深い真理を伝え、人生の機知、真理を語る効用と力がある。明確な分析判断や精密な論理では、学術に及ばないとはいえ、人生の深意をさぐり、その優れた点、足りない点を明らかにし、完全にするための努力へと向かわせる、教訓を与え、人生に有益であるとする。しかし、魯迅が求める文学の効用は、これを個人の精神の涵養にとどめるものではない。

その効力は、教訓をもつことにある。教訓を持つからには人生に有益である。しかし、その教えはまた特別な教えであり、自ら勇気を奮い立たせて、精進する、此れが教えの示すところのものである。国の衰微頽廃は、この教えに耳を傾けないことから始まらなかったものはない。[19]

文学無用の用と精神の涵養、中国の変革、そして「詩人は政治を乱すから国外に追い出すべきである[20]」とのプラトンの言葉が示す政治と文学、文学者の運命は、まさに魯迅生涯の文学運動のキーワードであり、文学活動の最後の結実、晩年の文学運動の思想に重なるといえる。

「摩羅詩力説」バイロン像の形成

清末留学時代の魯迅の評論は、魯迅自身が多くの著作物を読破し、これらを材源に記されている。特に、精神の高揚を失って衰弱し、弱体化し閉塞する中国の明日を切り拓く力として、魯迅が情熱を注いで記した初期の文芸論「摩羅詩力説」は、これまでに材源探しと、詳細な材源との照合が行われてきた。[21]

反抗と復讐をキーワードとするこの評論は、内容的に総論、各論、結論、からなる全九章で構成され、悪魔派と評されたイギリスのバイロンを祖に、ロシア、ポーランド、ハンガリーの被圧迫民族の詩人とその作品紹介を通して、詩人の力を変革の力として強く鼓吹している。構想の中枢となるのがバイロンに関する言説であるが、これは特異で強烈な日本主義を唱えたことでも知られる明治のバイロン紹介者であり、サタン派バイロニズムの鼓吹者として名を馳せた木村鷹太朗[22]（一八七〇～一九三一年）のバイロンの評伝『バイロン　文界の大魔王』（大学館、一九〇二年）、木村訳によるバイロン『海賊』（尚友館、一九〇五年）を主材源としている。この二書と魯迅の言説を詳細に比較し、相違点を提示した北岡正子、中島長文の論考があるが、[23]本稿では、本書独自の視点から、魯迅が構築した論理、主張を再考し、それにより初期文芸運動期における魯迅の弱者観、強者観、権力観、ジェンダー観の特質を析出したいと考える。言い換えれば、木村鷹太朗のバイロン像の基本性格を基盤にしながら、これと相反する世界観を構築した魯迅の主張の特徴を析出してみよう。

対象とするのは、「摩羅詩力説」第四章である。第四章は、木村鷹太郎の『文界の大魔王』第三篇第一四章を材源としている。第三章第一四章「『海賊』及びサタン主義」は、木村がそのバイロン論の最初に発表したとされる文章で（「詩人バイロンの『海賊』及びサタン主義」『太陽』、一八九五年（明治二八年）年九月五日）、木村バイロン論の白眉であり、その主張の根幹の論理を展開する言説である。第一四章冒頭で、木村は、サタン派とは、「權力世界の眞相を誇示し道徳の實性を明らかにせんとするバイロンの哲学思想これなり」[24]、と、断言する。そして、権力論として展開されるバイロン論は、強者と弱者、「道徳の實性」を生みだす「善悪の性質」へと展開される。「剛健、抵抗、破壊、挑戦の声に満ち」、平和の人を恐れさせる、強靭な意志をもった圧制への反抗者、反逆者たるバイロン像を共有しながら、[25] 魯迅と木村は、反逆によって求めるもの、目指すものがまったく異なる方向へと進む。魯迅のバイロン像は、木村が求めなかったものを求め、木村のバイロン像は魯迅が求めなかったものを求める。以下、第一四章の木村の主張と魯迅「摩羅詩力説」第四章の主張の相違、対立点について考察する。

　魯迅が木村と対立する第一点は、強者・弱者観と権力観である。反抗の戦士としてのバイロン像を共有しながら、両者の強者・弱者観と権力観はまったく異なる。木村の観点では、強者、弱者は、相対的で、対等で、平等の権限をもつ。木村は言う、

> 何をかバイロンの海賊及び「サタン」主義と謂ふ、曰く、
> 権力世界の眞相を啓示し道徳の實性を明らかにせんとするバイロンの哲学これなり。希蝋臘古代の哲人エソップはよく権利哲学を会得し、紀元前三四世紀に於いて、其、狼と羊、及び獅子と驢馬との「はなし」に於て、强者が権利及び善を作り得ることを吾人に教えたり。（略）實に人生の活動会を権力的、重學的に觀察し、権利、義務、善悪等の强の實權に由て定めらる丶を哲学を得たる者は、すでに活動会に處するの一大覺悟を得たる者と謂ふ可し。
> 詩人バイロン詩中數々此思想を歌えり。世人此思想を稱して海賊的及び惡魔的と謂ふ。
> 基、强者は絶對的の權利を有し、弱者は强者の間に立ちては決して權利と云ふものなきを言ふに、『マンフレッド』篇中の惡神アリマキスの讃頌歌三勝を以てす。[26]
> （○印木村）

この引用で、木村はギリシアの哲学者エソップが、「強者が權利及び善を作り得ることを吾人に教えた」と言い、その上で「强者は絶對的の權利を有し、弱者は强者の間に立ちては決して權利と云ふものなき」という。木村がつけた引用文中の○印は、強者が絶対的権利をもつことにはついているが、弱者が強者との間に権利を持たないことには○印がない。木村が強調し、主張するのが強者の立場、権利であることは明確である。

木村は、「知るべし强者は弱者に對して一義務なく、弱者は強者に對して一權利なきこと」[27]といい、かつ強者に対してなんら権利を持たない弱者は強者に従う義務もないと主張する。

强者に對しては弱者全く權利なし、然りと雖も必しも强者の意志を奉せざる可からざる義務もなし。權して輕重を知り、角して强弱を知る。强者たりし者も永久に强者に非ず。何ぞ永久に恐るゝを為さん。又何ぞ自ら卑しむを要せん。所謂强者の權利を認めざると同じく所謂弱者も亦强者の權利に心服するの用なし。故に意志の强大にして、自重心を有せるものは決して人の下風に立つを甘んぜず。彼れ實力を以て我を壓伏すとする雖、我精神は敢て屈せず。[28]

しかし強者たる暴君の圧政を権利と認めながら、それを引きずりおろして倒すのも権利とする、木村の言う権利と義務は法律の内にはない争いの世界だからである。

權利と謂ひ義務と謂ふ、もとこれ人為的法律以内のものなり、故に一旦法律の外に立つに當てや、其關係は權力的となり、强者と弱者との争ひとならん。多くの倫理学者及ひ哲学者等此點を悟らずして、或いは天賦の權利を唱へ、誤れりと謂ふべし。故に若し強大なる實力を有するに於いては、他人を以て器械となし、我欲望の足臺となすに於て何の憚ることかあらん。暴君の壓制は、これ暴君の權利なり、之を王座より引き降ろして取て之に代わるも亦其人の權利なり、如何ともすることなし。かの『天我に縦する武を以てす、我天下を取るに誰かよく之を禦かん』との語は、權利哲学の格言なり。强者の壓制も、反亂者の反亂も、其哲学は同一たるのみ。

若しそれ道徳的の感情を去り、單に權利の點のみより云ふ時、吾人は君主權に同情を表すると同じく、又反乱者をも咎むるを要せざるなり。(29)

法律的範囲にない強者と弱者の関係が生まれる基盤は、弱肉強食、優勝劣敗の世界にほかならない。弱者を使役するのは強者の権利の正当なる権利である。

木村は明言する。

世界は優勝劣敗の戰場なり、弱者の强者に制せらるゝは止むを得ざるの必然なり。有而して强者が弱者を使役するは、これ强者の權利には非ざるか。(30)

さらに、

人皆略奪、强暴、殺人等の如きは自明的の惡なりとなる。然り吾人の道德及び法律の制裁の下にあるの間は悪たるなり、一旦此範囲を出づるに當ては、必しも悪に非ざるなり。強食弱肉は弱者に取ては自明的悪なりと雖も、強者に向ては悪に非ず。强者の上に法あるなく、生殺与奪只意の向ふ所、権力なき権利は空想なり、實力なきの自由は虚名なり。制裁なきの道徳法は無在なり。[31]

権利の前には議論も道徳も力なし、彼権利を以て来らば我権利を以て之に應ずるあるのみ。[32]

強者弱者と善悪論の議論においても魯迅と木村には大きな相違が見い出せる。それを見ておこう。「正義とは強者の為のものなり」[33]と語る木村は、天帝に逆らい、地上に落とされた悪魔ルシファーの言を通して、「善悪なるもの、権力的、力学的に定まる」、「善悪強弱に由て判し、勝敗に由て定まる」[34]という。魯迅は、木村のルシファーの言「我は天地に誓う、我には我に勝る強者がある、なれど我よりも上位の者あらず。彼は我に勝った故に、我を悪と名付けた。もし我が勝を得れば、神のほうが悪となり、善と悪とはその位置をかえるであろう」[35]に続き、その逆を意味するニーチェの言葉をひく。

この善悪に関する説はニーチェとは異なっている。ニーチェの思想によれば強者が弱者に勝つ故に、弱者は強者の行為を名づけて悪と呼ぶ。だから悪は、実は強者の代名詞なのである。ところがこの場合は、悪は弱者に対して不当にも名づけられた呼称であるとしている。だからニーチェは、自ら強者になることを欲し、同時に強者を賛美する。ルシファーも自ら強者になることを欲するが、しかし彼は強者に反抗しようとする。好悪はなまったく違うが、強をはかる点では同一である。[36]

これまで取上げてきた木村の言説によれば、木村は単なる強者礼賛者に見える。しかし木村の『文界の大魔王』は、本来、強者たる欧米列強が支配する世界で、当時の日本にそれに抗う「反抗と反逆の人」がいないことを憂い、それゆえに文学者ではなく、反抗と復讐の戦士としてのバイロンの評伝、思想を世に掲げることを意図していた。そこにかつての文明国でありながら、民族として、国として衰微し、真の変革の声が上がらない中国（魯迅が語る「声なき中国」、「人なき中国」、「寂寞の中国」）に、反抗の声を呼び起こす力としての詩人の声を求めた魯迅と木村の共通の基盤がある。弱者たる者、弱者たることに甘んじず、強者への反抗と反逆に立ち向かい、強者たることを求める。反抗と反逆を共有しながら、その反抗、反逆の果てになにを目指すかで、両者は徹底的に異なる。木村が求めたのは弱者が強者にとって代わる道であり、それこそが、魯迅が拒否した「獣性の戦い」にほかならなかった。魯迅は言う、

今、その行為と思想により、詩人（バイロン——湯山）の一生の心の奥底をたずねれば、出会うところ常に抗い、向かうところ常に行動し、力を貴び、強きを尚び、己を尊び、戦いを好む。その戦いは野獣の戦いではなく、独立、自由、人道のためのものである(37)。

戦いを好み、力を尊びながら、自由と人道を求めて、強者に立ち向かう反抗の戦士が、強者にとって変わる強者となるか、異なる価値を生み出す者となるか。木村が打ち立てた反抗者バイロンの路か、魯迅が求めたもう一つのバイロンの路か、両者の相違は、まさにアジアの強者となることを求めた日本と、もう一つの路を求めた、いや歩まざるを得なかった中国の路との違いをはからずも映し出していると言えよう。

残された言説

木村鷹太朗によるバイロンの材源との考察点として注目される第二点は、ジェンダー観形成に関わる問題である。

魯迅が材源として多くの記述を取り入れた（全一七章中一四章）木村のバイロン評伝『バイロン　文界の大魔王』でまったく取り込まなかったのが、第三編バイロンの思想、文学、哲学の第一一章「快楽主義」、第一二章「女性及び愛戀観」である。第一一章は、快楽主義によって身を滅ぼし、国を滅ぼした太古アッシリアの放蕩王サルダナバルス、第一二章は、バイロンの女性観と『海賊』主人公コンラッドの生の根源となる妻メドーラとのかけがえのない愛について語られている。前者は男性の放埓な愛、後者はその逆の「男子の貞操」という相反する内容をもつが、ともに性愛の領域に関する題材であることに共通性がある。魯迅が目指した中国社会変革のための戦士としてのバイロンの紹介と言う点からいえば、必ずしも不可欠の内容ではない。特に、快楽主義というタイトルをもつ第一一章は、自由奔放な恋愛観に加え、王と愛妾の関係も盛り込まれている。前節で取り上げた魯迅の生い立ち、祖父周福清の女性問題を背景に置けば、ストイックなモラルを軸に思考する魯迅による排除の視点を読み取ることができる。では『海賊』の主人公コンラッドの妻への熱愛はどのように理解できるのか。コンラッドと妻メドーラの愛について、「摩羅詩力説」第四章で、魯迅は、次のように記す。

一八四四年一月、『海賊』篇（The Corsair）をつくった。この詩の主人公はコンラッドという。世のなかになんの未練もなく、一切の道徳を忘れた彼は、強大な意志の力によって海賊の首領となり、手下を従えて、海上に大きな国を建てた。一艘の船と一口の剣によって、向う所、意のままにならないものはなく、家にはただ一人愛妻があるばかりで、ほかになにもなかった。一口の剣の力は、その権力であり、国家の法律、社会の道徳は、蔑視するにしとしかった。権力を備えていれば、自分の意志を実行し、他人がどうあろうと、天帝が如何に命じようと、問わなかった。(38)

反抗と反逆の士たる海賊コンラッドには愛妻がいたというにすぎない。材源の『文界の大魔王』第一四章では、

バイロン『海賊』篇（The Corsair）あり、主人公をコンラッドと謂ふ、世間一切の人に向ての愛情を絶ち、之を其の妻の一身に集注し、世間一切の道徳を顧みず、只妻に對する唯一の愛あるのみの人なり、而して強大なる意志を以て海賊の首領となり、部下の衆心を帰服せしめて海上に一帝国を作り、海を以て領土となし、意の向ふ所に出没す。

「我船我劍」

家には愛する妻あるのみ、基の他一物の有するものなく、以前は心中神ありしと雖、早くより之を棄てたれば神もまたコンラッドを捨てたりと謂ふ。(39)

とある。コンラッドにとって妻メドーラは、世間に対する一切の愛を切り捨てて生み出されるものであり、コンラッドの生命の根源となっている。『海賊』の叙述については、『天界の大魔王』のほかに、木村鷹太郎の訳書『海賊』の序の一部（「『海賊』とバイロンの女性関係」、「『海賊』の動機」）も取り込まれている。しかし材源とした「序」のなかに記された妻メドーラとコンラッドの愛の意味を解説した「妻メドーラの貞婉—男子の貞操」は取り上げられていない。取り上げられなかったこの節には、次の一節がある。

妻、夫を思えば、亦妻を思ひ、外に如何なる美ありとも、決して之れに心も移さず目も留めず、厳然一婦主義を守れり。實に之れ男子貞操の純なるものなり。コンラッド、千百の罪悪は、よし、之れ有とも、之れ共等の徳義の去りしを示すものに過ぎざして、此一徳——妻の愛——のみは、純潔無垢。如何なる罪悪其物と雖、

之れを消すことの能はざるなり。(40)

これによれば、「女子の貞婉」と「男子の貞操」という両性の結節によって生み出される愛は、反逆者である海賊コンラッドの人物形象の重要な構成要素、不可欠の存在基盤である。なぜメドーラとコンラッドの愛の意味が、魯迅のコンラッド論、人物影像には展開されなかったのであろうか。

「摩羅詩力説」の執筆を五年ほどさかのぼる一九〇三年には、夫を自らの死をもって鼓舞する妻の夫への激しい愛を主題とする評論「スパルタの魂」(『浙江潮』五期、九期『集外集』)を記している。革命を鼓舞し、檄を飛ばすモデル論はともかく、若き妻、夫婦の情熱的関係を通して自己の言説、思想を語った点に注目したい。一九〇三年から「摩羅詩力説」を記す一九〇七年(一九〇八年発表)の間に何があったのか。ちょうど「摩羅詩力説」執筆の一年前、一九〇六年夏に、魯迅自身の婚姻関係に重大な変化が生じている。母の病気の電報を受けて帰国した魯迅は、自らの願いに反して予定された旧式の婚姻、朱安との結婚を受け入れているのである。四日で留学先の日本に帰国し、実質的な婚姻生活は営むことはなかったとはいえ、形式的であれ妻帯者となった魯迅にとって、妻への愛を主軸とする作品の取り込みに、抵抗があった可能性、あるいはまた若い青年ならではの愛に対する理解の未熟さも考えうる。いずれにしても奔放な恋愛観、強固な妻子関係が省かれ、減じられた背景に魯迅自身の女性観、ジェンダー観による性意識を読み取ることができるものと考える。(41)

戦士と民衆

「摩羅詩力説」には、その後の評論「破悪声論」で展開される「獣性」と「奴隷性」として展開される二つの性情、方向が記されている。一つは、強靭な反抗が斥けた「野獣の戦い」、そして弱者の中に見出される「奴隷性」である。(42)

「摩羅詩力説」で、魯迅の弱者への在り方を端的に示すのは、破壊と復讐を願うマンフレッド、コンラッドで、悪魔ルシファー、ドン・ジュアンなどの反抗者は、みな弱者を助けて不平等をただすが、弱者の悲しみに心を寄せながら、反抗なき者には容赦なく怒る「マンフレッド」の次の一節には魯迅固有の文言が織り込まれている。

独立を重んじ、自由を愛し、奴隷がその前に立てば、必ず心より悲しんで目を怒らして睨む、心より悲しむのはその不幸を哀れむからであり、目を怒らして睨むのは闘わぬことを怒るからである。(43)

弱者へのいたわりと憤怒の二重性を示すこの句には深い情念が読み取れる。しかし、弱者を助けて不平等をただす弱者へのまなざしは、弱者の存在すべてをよしとして受け入れることを示すものではない。木村が語る強者と弱者の入れ替えによる相対化にくみさない魯迅は、強者、弱者それぞれのなかに内在する弱者性、強者性を突き出す。

すでに見てきたように「摩羅詩力説」は民衆の幸福と解放を願うバイロンらロマン派の詩人の姿により、変革の力として詩人の力を強く鼓吹した評論である。しかし、社会への反抗の旗手、精神世界の戦士と見なした詩人の果敢な闘いと戦闘者としての高貴な精神、「心声」を讃える。この評論の後半、末尾に注目すべき一節がある。精神の高揚を失い、衰退化した中国にも戦士として詩人が登場することを熱く願う記述のなかに、覚醒した戦士をとりまき、その壮絶な戦い、戦士の血の舞を快楽として楽しむ民衆の姿が、深い憂憤を込めて描き出されているのである。

今、中国において、精神界の戦士たる者はどこにいるのか？　至声の声を挙げて、我らを善、美、剛毅に導かんとするものがいるのか？　温かき声を挙げて、我らを荒涼たる寒冷より救わんとする者がいるのか？　国は荒れ果て、最後の哀歌を賦して、天下に訴える後世のエレミヤのごときも、いまだに生まれ得ない。いや生まれ得ないのではない、生まれ出ても衆人に扼殺されてしまうのだ、その一つあるいは二つを兼ねていようとも、中国はついに粛条となる。(44)

また、

彼らは熱誠の声を聴くや忽ち目覚め、あるいは熱誠を抱いて互いに通じあった者たちだ。ゆえに、その生涯もすこぶる似通っている。ほとんどが武器をとって血を流し、剣士が衆人の前でくるくるまわり、戦慄と痛快さを抱かせ、死闘を見物させるかのようである。ゆえに、衆人の前で血を流す者がないとすれば、社会にとって不幸だ。いても衆人がこれを無視し、殺そうとするのであれば、その社会はますます不幸を増し、救いがたいものとなろう。(45)

民衆の幸福と解放を願う詩人や革命家の壮絶な戦いを快楽として受け止めて、戦士を見殺しにする民衆の残忍性への嗅覚は、後に魯迅が五四時期の文学作品、および社会評論を通じて描き出す、弱者がより弱いものをいたぶる「負」の習性として展開される原点ともいうべきものとなる。こうした民衆の残忍性、弱者のもつ残忍性への認識は、すでに前項で述べた魯迅自身の少年期における弱者体験に重なり合う。「負」の人間性をはらむ民衆観、弱者観は、その後の中国社会とこれを生み出す中国人に対する思想形成の基盤となる。初期魯迅の思想形成の原点に、強者への揺るぎない反抗精神とともに、弱者自身のなかに潜む強者性、「負」の人間性をもつ弱者観、民衆観が存在していた点に、魯迅の強者、弱者観の特徴を読み解いておきたい。個としての弱者体験に重ねあわされた「民族」としての弱者体験、その複層性に魯迅の弱者観の固有の視点が育まれていると見なせよう。

【注】

（1）代表的なものに張夢陽『中国魯迅学史』上・下・索引巻（広東教育出版社、二〇〇二年）、大型工具書に『魯迅大辞典』（魯迅大辞典編集委員会編、人民文学出版社、二〇〇九年）、歴代の重要な研究書、研究論考を集積した叢書、魯迅研究論文、魯迅研究の動向、課題、国別の特徴などを考察した学術史も生まれている。日本での近著では、藤井省三『魯迅辞典』（三省堂、二〇〇二年）がある。

（2）老舎の場合は、母の意を汲んだ結婚を受け入れずに、病に倒れる事態を招き、胡適は母のために結婚したことを吐露するいとこ宛ての手紙を残している。

（3）魯迅の祖父周福清及び祖母蔣氏については、周冠五『魯迅家庭家族和当年紹興民俗・魯迅堂叔周冠五回憶魯迅全編』（上海文化出版社、二〇〇六年）、陳雲坡『魯迅的家乗及其逸軼事』（未刊行・北京図書館収蔵、一九五八年）、周建人口述、周曄編述『魯迅故家的敗落』（湖南人民出版社、一九八四年）、周作人『魯迅的故家』（人民出版社、一九五三年）、馬蹄疾『魯迅生活中的女性』（知識出版社、一九九六年）、『魯迅生平史料匯編』第一巻（天津人民出版社、一九八一年）、補論1（拙稿『魯迅の祖父周福清試論——事跡とその人物論をめぐって』（一）、（二）（『猫頭鷹』第六号、一九八七年、第七号、一九九〇年、増補版）など参照。

（4）『吶喊』「自序」『魯迅全集』第一巻、人民文学出版社、一九八〇年、四一五頁（以下一九八〇年版を使用する。訳は拙訳を用いる）。蔑みを受けながら、母の装身具などを抵当にして金銭を作るために質屋に通い、得た金で、父親のための薬を買いにいった没落家庭の子弟としての体験により、世間の人の本当の姿を悟ったと記される少年期の体験を言う。

（5）注3周建人『魯迅故家的敗落』、一一八頁。なお不正事件の依頼が伯宜自身からなされたとの証言がある。注3拙稿、補論1参照。

（6）魯迅の祖父周福清の晩年の状況は、注3周建人『魯迅故家的敗落』に詳しい。

（7）周作人『知堂回想録』三育図書出版公司、一九八〇年、六七頁。

（8）注3周冠五『魯迅家庭家族和当年紹興民俗・魯迅堂叔周冠五回憶魯迅全編』、一五頁、同じく注（3）陳雲坡『魯迅的家乗及其逸軼事』、一二四頁。

（9）注3周建人『魯迅故家的敗落』、二七八〜二七九頁。

（10）注３周冠五『魯迅家庭家族和当年紹興民俗・魯迅堂叔周冠五回憶魯迅全編』、一五頁
（11）注３周建人『魯迅故家的敗落』、二一八頁。
（12）同上、一一頁。
（13）祖母蔣氏に対する魯迅のこだわり、魯迅の結婚問題への影響などについては、本書第三章（初出、拙稿「魯迅「生と性」の軌跡──「長明灯」から「孤独者」、「傷逝」へ」『成蹊法学』七九号、一～二三頁、二〇一三年）参照。
（14）魯迅が祖父福清に対して強い反発を示していたことは、辞世の句に対する批判、福清の日記の強引な焼却、葬儀に帰国せず、立ち会わなかったことなど、多数挙げられる。補論１、周建人『魯迅故家的敗落』参照。
（15）注４『吶喊』「自序」、四一七頁。
（16）増田渉『魯迅の印象』（大日本雄弁会講談社初版、一九四八年一一月、三六頁）。一九三〇年代魯迅に教えを受けた増田渉は、党員であると書いた『魯迅伝』に魯迅が目を通していること、魯迅自身から要人刺客の命を受けた際、残される母親をどうしてくれるかとたずねて、心残りする者はだめだと任を解かれたとの話を聞いており、暗殺の刺客を頼まれた点で、党員以外に頼むことは考えられないことから魯迅が光復会の党員であったはずだと語っている。魯迅は、武装革命による革命運動に関与しながら、一家の長男としての立場、特に寡婦となっていた母との関係により、革命に距離を置かざるを得なかった制約は、その後の思想形成、そして人生の選択に大きな影響をもたらすものとなったと推察される。
（17）「摩羅詩力説」『魯迅全集』第一巻、七一頁。
（18）同上、七二頁。
（19）同上。
（20）同上、六八頁。
（21）北岡正子『魯迅救亡の夢のゆくえ──悪魔派詩人論から「狂人日記」まで』（関西大学出版、二〇〇六年）、中島長文「藍本「摩羅詩力の説」第七章」（『飈風』第六号、一九七四年）、「藍本「摩羅詩力の説」第四、五章」（『飈風』第五号、一九七三年）、北岡正子「『摩羅詩力説』材源考ノート（その三）（その二四）（『野草』第一一号、第一三号～第二〇号、第二三号～第三〇号、第三三号、第四七号～第五三号、一九七三～一九九五年）など。
（22）翻訳家であり、歴史家、思想家としての言説、活動歴をもつ木村鷹太郎（一八七〇九月一八日～一九三一年七月一八日

愛媛県宇和島出身、脳溢血で逝去）の生涯の活動期は、中城恵子「木村鷹太郎——近代文学史料研究・外国文学一〇五回」（『学苑』一九一号、一九五六年、四〇～五四頁）によれば三期に分けられる。第一期が日本主義思想の提唱者である記者時代（明治二〇年代後半から明治三〇年代中ごろ）、第二期がバイロン及びプラトンの翻訳者（明治三〇年代中ごろから明治四〇年代初頭）、第三期が日本民族の始原に関する歴史研究者（「新研究」、明治四〇年代から大正期）の三区分で、明治初年から文学作品としての紹介にとどまっていたバイロンの思想、感情に注目した評伝と作品による紹介書を刊行した。反逆と復讐の熱情を込めたバイロン像は、「木村と言えばバイロン、バイロンと言えば木村」（松本道別友人諸氏よりの芳翰「バイロン—木村観」『バイロン評伝及詩集』教文社、一九二四年、六頁）というほどの賛美の声も生んでいる。豪胆で熱情的な主張に対して、翻訳は極めて精緻であると評価されるが、衣笠梅二郎「木村鷹太郎とバイロン」（『光華女子大学光華女子短期大学研究紀要』一二号、一九七四年、二七頁）は、日夏耿之介が『明治大正詩史』（上）で、非時代的な陳腐な論体、幼稚で一途な同情が、稚い読者を牽引し、独断的に思想上の会得を獲たりと猛進する風の愛好家の最初の人物であると酷評している例を紹介している。思想的な面では、菊池有希が木村のバイロン像を「反逆的強者主義の「悪魔派」的バイロニズム」ととらえ、次第に「戦争の精霊の化身」となっていく点に日本主義化したバイロニズムの特質を読み解いている（菊池有希「日本主義化するバイロニズム——木村鷹太郎のバイロン論」、和洋女子大学英文学会『和洋女子大学英文学会誌』四三号、二〇〇九年、一二一～一三七頁）。木村鷹太郎の詳細業績、評伝は『近代文学研究叢書』第33巻（昭和女子大学近代文学研究室編、一九七〇年、一六六～二〇七頁）に詳しい。

(23) 北岡正子『魯迅救亡の夢のゆくえ——悪魔派詩人論から「狂人日記」まで』、三五～四四頁。

(24) 木村鷹太郎『バイロン　文界の大魔王』大学館、一九〇二年、二六七～二六八頁。

(25)「摩羅詩力説」『魯迅全集』第一巻、七三頁。

(26) 木村鷹太郎『バイロン　文界の大魔王』、二六八～二六九頁。

(27) 同上、二七〇頁。

(28) 同上、二七一頁。

(29) 同上、二七二～二七三頁。

(30) 木村は権力の何たるかについて、「强者の權利に種々有り、膂力有り、金力有利、美力あり、されども其最大なる魔力は實に精神力、智力なりとす」と記している。二七七頁。

(31) 同上、二九五〜二九六頁。

(32) 木村は次のように述べている。「實に歐米基督教國の人民は文明なりと誇れりと雖、基内部破裂せん計りの欲望に充てるなり、唯それ欲望あり、之を以て強大たるなり。基利己心の大なるや、他の苦痛に同情少く、自己の利欲性に気付くことなく、劍光を神の光と説かんとす、彼らの正義は我欲のみ。彼等の正義は我欲のみ。彼等の道理は權力のみ。之に向て道德を責め權利義務を説くは、宛もエソップの狼と羊のはなしの如きのみ。故に若し彼等の傲慢を怒らば、我實力を養成して之を懲らすにあり、然らずんば黙するのみ。苟も我權力を有すとせんか。我欲望は善たるなり、我意志は他に向て法律たるなり」、二八六頁。

(33) 同上、二九一頁。

(34) 同上、二九三頁。

(35) 『文界の大魔王』二七六頁、「摩羅詩力説」、『魯迅全集』第一巻、七八頁。

(36) 「摩羅詩力説」、『魯迅全集』第一巻、七八頁。

(37) 同上、七九頁。

(38) 同上、七五頁。

(39) 『文界の大魔王』二七八頁。

(40) バイロン『海賊』(木村鷹太郎訳、尚友館、一九〇五年)、三一〜三二頁。

(41) 魯迅の著述(作品)にエロスの欠如を見る中島長文氏は、『摩羅詩力説』にもエロティシズムが欠如していることを指摘している。中島はその原因として、①作品がすぐれて中国の民族革命文学であること、②中国の伝統的な文学意識が潜在的に働いていること(中国の士大夫の文学においてはもともと「エロティシズム」が少ない)、③魯迅の作家としての特質、④魯迅の個人的な女性体験に関わる問題の四点を挙げ、とくに朱安との関係から、魯迅がエロティシズムを捨象ないし欠落させものと読み解いている(中島長文「魯迅とエロス」、『ふくろうの声、魯迅の近代』、平凡社選書、二〇〇一年)。本書は、本章、第三章、第四章で考察するように、魯迅におけるジェンダー観の形成には、祖父周福清と祖母蔣氏(妻妾問題)、魯迅の実母魯瑞と朱安(去勢された「母の息子」)の二つの軸が重なりあい、男性としての性の抑圧と、生の制約を生んだものととらえている。特に、儒教的封建主義に支配された大家族制度の下で、多くの男性が一妻多妾を当然のこととし、女性の人権侵害に気付くことすらなかった時代の状況、魯迅の身近な肉親関係である祖父周福清の妾問題により、後妻蔣氏が受けた苦労、苦渋は、男性としての魯迅の愛、性意識と人生（「性と生」）に大きな影響を与えたものと見ている。『摩羅詩力説』では、本文で述べたように性的放埒さを示す快楽主義も純愛型のコンラッドとメドーラの夫婦愛も材源として深く取り込んでいない。祖父周福清と蔣氏の関係が与えた禁忌観からであろうか、『海賊』のコンラッドがザイドを攻め、敗れて囚われの身になったときに、彼を助ける者として、木村がザイドの妾と書いたところを、魯迅は妃と置き換えている。妾という語をあえて避けたと思われなくもない。なお、中島長文氏は、『摩羅詩力説』の底本として、大正一二年（一九二三年）木村鷹太郎『バイロン傑作集』（東盛堂）を、木村バイロン論のもっとも遅いものであろうと想定しているが、『バイロン傑作集』は、関東大震災で失われていたと思われる版型が、無事残されていたことがわかり、大正一三年に『バイロン、評伝及び詩集』（教文社）として再度刊行されている。その後の出版が目録では見られないので、これがもっとも遅いものとなろう。この教文出版社版では、『文界の大魔王』で、第三篇第一一章、一二章に収められていた「快楽主義」と「女性及び戀愛観」が、評伝部分から切りなされ、それぞれ独立した章として末尾に収められている。木村鷹太郎にとっても民族的反抗の戦士、騎士としてのバイロン像に、性愛のもつ思想性は必ずしも必要でなかったことが示唆されているのかもしれない。

（42）「破悪声論」では、強者に追従する弱者の声を奴隷性、強者として侵略する声を獣性として、いずれも打ち破られるものとして反駁している。特に、奴隷性の認識は、その後の魯迅の思想を形成する重要なモチーフとして展開されていく。

（43）「摩羅詩力説」『魯迅全集』第一巻、七三頁。木村にない魯迅の言説であるが、木村の強者崇拝も弱者が弱者であることを求めず反抗的となるかぎりはこれを否定しない。木村も魯迅もともに、弱者が弱者であることに甘んじること、魯迅が奴隷性と見たものをともに忌む点は共有される。両者の相違は弱者が、弱者を圧する強者になること（獣性）である。

（44）同上、一〇〇頁。

（45）同上。

第一章　前期魯迅――「人」なき中国に「人」を求めて

「人」なき中国と「人」の創出

ひたむきな情熱にも関わらず、初期の文学運動はさしたる成果を生み出せぬまま頓挫した。一九〇九年、精神的な屈折を胸に、経済的な事情からドイツ留学の夢を断念し帰国した魯迅は、杭州、郷里紹興で二年半ほど生物学などの教員を務めた後、留学以来の親友許寿裳の推薦を受け、辛亥革命により成立した新政府中華民国の教育官僚（教育部参事社会教育司）に抜擢され、臨時政府の首都南京を経て、一九一二年二月、北京に赴任した。辛亥革命前の郷里での教員生活では、革命派の教員として積極的に活動し、最初の小説作品『懐旧』（一九一一年作、一九一三年刊、『集外集拾遺』所収）を執筆しているが、本格的な文学活動を再開するのは、それからさらに数年を経た五四新文化運動期であった。

赴任後の北京では、次世代の育成として教育部長蔡元培が教育部の宗旨として掲げた美育を重んじる教育方針の下で、児童向けの展覧会などに力を注ぐものの、共和国の看板を掲げたまま軍閥政権へと転じた新政府でも教育部の職務実態を失う。以後、「酒と女のかかわりにした仕事」と称する拓本や古典整理に身を沈め、大学の教員として『中国小説史略』（一九二四年）などの貴重な仕事に取り組んでいった。(1) 時代と社会の閉塞が増すなか、旧社会の基盤である儒教倫理の復活への批判を起点に展開された五四新文化運動の担い手として、動き始めた魯迅の文学活動は多岐にわたる。ここでは本書の主題にもっとも重要な意義をもつ社会観、社会変革とジェンダーの視点に着目して、その核となるに作品に絞り込んで取り上げることにする。一つは、清末日本での留学期に提起した「人」なき中国社会を構造的にとらえた「狂人日記」（一九一八年『吶喊』、一九二三年）、そこからの脱却と展望を求めて、制度変革からではなく、社会をつくる「人」そのものを家族の中から生み出すことを求める社会変革プログラムを提示した「我々は今どのように父親となるか」（一九一九年『墳』、一九二六年）である。

一、中国旧社会の人間存在——儒教社会と民衆像

旧社会の人物形象と民衆像

五五年間の生涯のうち純粋の創作小説集として刊行された二冊の小説集『吶喊』（一九二三年）、『彷徨』（一九二六年）には、哀切の情あふれる旧社会の民衆像が凝縮されている。魯迅の作品としてはもとより、中国現代文学を代表する文学作品として、今も高く評価される成功作の多くは、主人公の人物形象の完成度の高さによるところがきわめて大きい。特に、旧社会に深く規定された寡婦像、落魄、あるいは狂気の読書人の人物形象は、当時の中国社会に対する魯迅の認識、社会観に深く根差している。そうした作品世界を構築し、人物形象を造形する上で、繰り返し登場するのが、弱者がより弱い弱者をいたぶるモチーフである。たとえば、代表作であり、中国初の近代小説となった「狂人日記」第一章には、人が人を食う「食人世界」のなかで、食われるかもしれない恐怖に脅かされる主人公の狂人を睨みつけ、攻撃する村人たちは、いずれも自らが自分より権力と身分が上の者から圧迫を受け、虐げられた社会的な弱者である。「明日」（一九一九年、『吶喊』所収）には、熱に苦しむ幼い一人息子を救おうとする寡婦の悲しみをよそに、性的な興味から寡婦の腕から幼子を受け取る村の男、葬儀を取り仕切ることしか頭にない

隣人の姿が描かれている。

同じく寡婦を描いた「祝福」（一九二四年、『彷徨』所収）では、姑に強引に再婚を強いられた祥林嫂が幼い息子を狼に食われて失う。当初、同情にあふれていた周囲の者がやがて彼女をからかい、いたぶる様子に転じていくありさまが克明に描き出され、その上で「彼女は彼女の悲しみが皆に何日もしゃぶられ、味わいつくされ、すでにかすとなって、ただうっとうしく吐き捨てられるものとなっていることにまだ気づいていなかった」[2]〈她未必知道她的悲哀经大家咀嚼赏鉴了许多天，早已成为渣滓，只值得烦厌和唾弃〉と記されている。儒教倫理に呪縛された寡婦の悲劇が、儒教倫理の抑圧を土台にしながら、弱者のより弱者へのいたぶりを通して、痛ましさをまし、ぬきさしならないものへと深められていく。男性像では、科挙試験に翻弄され、落ちぶれ、子どもの店員（小僧）にすら乞食同然のまなざしで見られ、居酒屋に集まる村の下層の客からは、慰み者としてからかわれ、揶揄される知識人の末路を描いた「孔乙己」が挙げられる（一九一九年、『吶喊』所収）。旧社会の下層に生きる人々の内に生み出される弱者が弱者をいたぶる「負」の民衆像、弱者のなかの強者性、残忍さを生み出す社会構造は、「随感録六五　暴君の臣民」（一九一九年、『熱風』所収）にも明瞭に記されている。

暴君の臣民は、暴政が他人の頭上に暴れることだけを願い、見れば喜び、残酷を娯楽とし、他人の苦しみを鑑賞し、慰みとする。

自分の手腕は、ただ「幸いにも免れる」ことだけである。

「幸いに免れた」なかからまた犠牲者が選ばれ、暴君治下の臣民の血に飢えた欲望に供される。しかしそれが誰であるかはわからない。死ぬものが「ああー」と言えば、生きている者が喜ぶ。[3]

他者の苦しみを慰みとし、娯楽とする民衆の残忍さは、序章で取り上げた初期文学運動に記された『摩羅詩力説』の一節、精神界の戦士の死闘を楽しむ民衆像にも描き出されている。弱者のなかに潜む残忍さ、弱者が弱者をいたぶる中国の社会構造を象徴的な手法で描き出した作品として「狂人日記」を再考する。

（一）「狂人日記」の基本考察

「狂人日記」についての魯迅自身の作品解題

強烈なイメージをもつ「食人」というモチーフ、象徴性に富む表現ゆえに、「狂人日記」は哲学的、抽象的考察により、読み手に多くの解釈を生み出す。それ自身が作品の特徴であり、文学的な豊かさを示すものだが、魯迅自身は、一九三五年、『中国新文学大系・小説二集』の編集者として記した「序」のなかで、以下のように「狂人日記」を紹介している。(4)

「狂人日記」は、家族制度と礼教の弊害を暴露することにあり、ゴーゴリの憂憤より深く広くなったが、ニーチェの超人ほど渺茫ではなかった。

《狂人日記》意在暴露家族制度和礼教的弊害，却比果戈理的忧愤深广，也不如尼采的超人的渺茫。(5)

短い叙述であるが、前半が作品の意図、後半が作品の自己評価となっている。「家族制度と礼教の弊害を暴露する」という前半は、旧中国の伝統的封建的儒教社会批判という明快な主題を示すだけに、従来の「狂人日記」

論、作品分析では、自明の理と前提視されるためにかえって分析対象として重視されてこなかった。後半の「ゴーゴリの憂憤より深く広くなった」と「ニーチェの超人ほど渺茫ではなかった」との記述は、この文に先立つ叙述（「一八三四年ごろには、ゴーゴリ（N.Gogol）がすでに『狂人日記』を書いていたし、一八八三年ごろには、ニーチェ（Fr.Nietzsche）が早くもツァラトゥストラ（Zarathustra）の口を借りて、「君たちは、虫から人間の道を歩んできたが、君たちのなかには、まだたくさんの者が虫のままでいる。君たちはサルだったが、今に至っても、人間はやはりどんなサルよりなおサルだ」）[(6)]により、当面する社会生活を背景に描かれたゴーゴリの「狂人日記」より、魯迅の「狂人日記」は、歴史性、社会性に根差しているがゆえにより深く広い憂憤が読み取れるが、目前の歴史性、社会性を超えてより普遍的に人類を見つめるニーチェのような時を超えて広がる普遍性には及ばなかったという自己評価と理解できる。ともに、民族存亡の危機が叫ばれる時代において、中国の歴史的、社会的現実を対象とし、対象とするが故の限定性と具体性をもっている点を示すものと解釈できる。まず、はじめに魯迅が自ら執筆意図を解題した「家族制度と礼教の弊害を暴露する」という作品意図に即して、「狂人日記」作品を読み解くことにしよう。儒教社会と家族の構造を緻密に反映した作品世界の構造的分析は、魯迅の社会観、民衆観を理解する上で、きわめて重要な意義をもっている。

「狂人日記」についての作品構造と「子ども」をめぐる語彙

「狂人日記」は、家長の兄を首謀者とする周囲の人々から、自分が食われるかもしれないとの恐怖にとりつかれた青年（弟）が、その恐怖感のなかで自らも幼かった妹を食ったかもしれなかったと気づき、人を食う人間としての自己に覚醒するという妄想を軸に展開する。そのため、人に食われると思って恐怖を抱いていた人間が、結果的に自らが人を食った者であることを知る、いわゆる被害者から加害者への転換という特徴に焦点を置いた解釈に落ち着きやすい。しかし、「家族制度と礼教の弊害を暴露する」という魯迅の解題に着目して、「狂人日記」の物語世界の構造を分析的に考察することにより、「性と世代のヒエラルキー」、すなわち人間世界を男女の性別と年齢、世代の相違により区分し、それぞれの人間の立場と身分を定める儒教規範とこれにより構築される家族、社会関係の特色により物語世界が構築されていることがわかる。この構造的特色を読み解く手がかりとなるのが、この作品における「子ども」をめぐる魯迅の語彙の使い分けである。

「狂人日記」における子どもと言えば、まず作品最終章第一三章の末尾の一句「せめて子どもを……」〈救救孩子……〉が想起され、子どもに関する論議もこれまでほぼここに集中してきた。しかし、「狂人日記」に描かれた子どもをめぐる叙述は、実際には、全一三章からなるこの小説中の八章、全体の三分の二に及び、しかも、複数の語彙がそれぞれの意味により、明確に使い分けられている。小さな子どもを示す〈小孩子〉(第二章、第八章)、基本的に男児を意味する〈子〉(第五章)、息子を示す〈儿子〉(第三章、第八章、第一〇章、第一一章)、妹を示す〈妹子〉(第一一章、第一二章)、〈孩子〉(第一三章)となっており、もっとも一般的に「子ども」を示す総称としての意味をもつ〈孩子〉は第一三章にしか使われていない。〈小孩子〉、〈孩子〉には男女の別がないが、〈儿子〉は中国語では息子、すなわち男児、妹〈妹子〉はむろん女児である。〈子〉は古代においては男女を問わない用法もあるが、現代中国語では男児を意味し、魯迅も男児の意味で用いている。これら子どもをめぐる記述は、男女と世代の区分により構成される「食人世界」において、相互に置き換えることのできない固有の意味をもち、これにより「狂人日記」の中心世界の核となる家族構造と儒教社会の歴史的、社会的特徴が緻密に構築されている。以下、この子どもに関する語彙の使い分けに着目して、魯迅が「狂人日記」に描き出した儒教社会の構造を、世代と男女の軸に即して考察していきたい。

現在に蝕まれる未来――〈小孩子〉

〈小孩子〉を用いた第二章は、三十余年ぶり月光を見て、それまで気づかなかった恐れに目覚めた狂人が、彼を取り囲む人々の異様な目つきやそぶりに疑問を抱いていく状況を描いている。狂人はまず趙貴翁の「自分を恐れるような、自分を殺そうとするような」〈似乎怕我，似乎想害我〉おかしな目つきに出くわし、さらに道端でひそひそ自分のことをささやきあいながら、見られるのを恐れているような人々に出会う。なかでもいちばん凶悪そうな者の笑いに思わず戦慄し、手筈が整えられたと察するが、それでもひるまずそのまま歩いていく。平静をよそおう狂人を心底脅かすのは、これら大人たちではない。小さな子〈小孩子〉である。

俺はしかし恐れずに、そのまま歩いていった。前の方に小さな子〈小孩子〉があつまって、やはりそこであれこれ俺のことを言っている。目つきも趙貴翁とおなじで、顔色も真っ青だ。俺と小さな子〈小孩子〉のあいだにどんなうらみがあって、やつらまでこんな風にするのか。がまんしきれずに大声で「言ってみろ!」と言ったら、やつらは逃げてしまった。

俺は思った。俺と趙貴翁とのあいだに、いったいなんのうらみがあるのか、道にいた連中だってどんなうらみがあるのか。二十年前に古久先生の古帳簿をふんずけ、古久先生が不機嫌だったことがあっただけだ。趙貴翁は古久先生を知らないが、きっと噂を聞きつけ、憤慨したんだろう。道にいた連中ととりきめて、俺をかたきにしようというんだ。だが、小さな子〈小孩子〉は? あのころはまだ生まれてもいなかったのに、どうして今日、俺を恐れるような、俺を殺そうとするようなおかしな目つきで睨むんだ。これは本当に恐ろしい。合点がいかないし、胸が痛む。

わかった。これはやつらのおふくろやおやじが教えたんだ!

我可不怕，仍旧走我的路。前面一伙小孩子，也在那里议论我；眼色也同赵贵翁一样，脸色也都铁青。我想我同小孩子有什么仇，他也这样。忍不住大声说，『你告诉我！』他们可就跑了。

我想：我同赵贵翁有什么仇，同路上的人又有什么仇；只有廿年以前，把古久先生的陈年流水簿子，踹了一脚，古久先生很不高兴。赵贵翁虽然不认识他，一定也听到风声，代抱不平；约定路上的人，同我作冤对。但是小孩子呢？那时候，他们还没有出世，何以今天也睁着怪眼睛，似乎怕我，似乎想害我。这真教我怕，教我纳罕而且伤心。

我明白了。这是他们娘老子教的！[7]

趙貴翁、道で出くわす者たちのおかしな目つきやそぶり、一番凶悪そうな者の笑いさえも恐れず、平静をよそおい歩いていけた狂人だったのに、〈小孩子〉は彼の自制心を破り、大声をあげさせる。しかも「俺を恐れるような、俺を殺そうとするような」〈似乎怕我，似乎想害我〉目つきやそぶりは、〈小孩子〉も趙貴翁ら大人たちと同じでありながら、大人たちを恐れなかった狂人は、〈小孩子〉は本当に恐ろしく、納得できず、心痛むものである〈这真教我怕，教我纳罕而且伤心〉と受け止める。狂人に大人たちとは異なる、大きな恐怖と衝撃を与える〈小孩子〉の存在に注目する必要がある。

次世代の象徴としての〈小孩子〉

前掲訳文中で「小さな子」と訳した〈小孩子〉は、これまで「狂人日記」の日本語翻訳では、第一二章の〈孩子〉と同じく「子ども」と訳されてきた[8]。確かに、現代中国語の語彙では、〈小孩子〉と〈孩子〉はともに「子ども」を意味する語として理解されており、多くの辞典類でも、両者の相違点はあまり明確ではない[9]。しかし、具体的な用法で考えた場合、大人に対する子どものほかに、親に対する子の意味を持つ〈孩子〉は、年齢的な制約をもたず、成人して年齢を重ねた子どもも、たとえば四十の子どもに対しても使われるが、〈小孩子〉は、親に対する子の意味をもつ場合も、年齢的に若い、幼い者を対象とし、相手が四十の子どもではまず使われない。こうした点から見て、大人になっていない者を基本義とする〈小孩子〉は、〈孩子〉よりも子どもの幼さを示す意味あいの強いことばと考えられる。魯迅の著述において、親に対する子と大人に対する子どもの二つの意味で、広く使われるのは〈孩子〉で、〈小孩子〉の用例は非常に少なく、『吶喊』では「狂人日記」以外ではまったく使われていない。[10]『彷徨』、『野草』（一九二七年）、『朝花夕拾』（一九二八年）、『故事新編』（一九三六年）、四つの作品集に見られる十箇所ほどの用例を見ると、腕に抱くことのできる小さい子ども、四、五歳までの幼児、子どもなんかという子どもの未熟さに力点をもつ場合などで、一般的な子どもの意味では〈孩子〉を用いている。[11]また最初に〈小孩子〉を使った場合も、すぐに〈孩子〉に置き換えられ、〈小孩子〉のみをくりかえし使用する〈小孩子〉例は見られない。こうした点から見て、狂人を脅かす子どもに一貫して〈小孩子〉を用いているのは、子どもの幼さを示すことばとして、意識的に〈孩子〉と使い分けたためと推察できる。

幼い子どもが大人を殺そうとするモチーフは、「狂人日記」創作に影響を与えたと言われるレオニード・アンドレーエフの『赤い笑』（красный смех, 一九〇五年刊）にも見られる。[12]日本留学中の魯迅が翻訳を意図して、『域外小説集』第二冊に翻訳予告を出した前年、一九〇八年に訳出された二葉亭四迷の『血笑記』（易風社）には、以下の引用文に見られるように「小《ちひ》さな子供《こども》」の訳語も見られる。二葉亭訳『血笑記』は、当時魯迅が目にしていたことが推察されているほか、[13]一九二八年梅川（王方仁）の『赤い笑』の訳文校訂のためのテキストにも使用され、魯迅の信頼のほどがうかがえる。[14]「狂人日記」の〈小孩子〉の着想には、『赤い笑』、『血笑記』が直接影響を与えた可能性が高い。[15]

> 子供々々《こども》、小《ちい》さな子供《こども》、まだ罪《つみ》も知らぬ子供《こども》。
> その子供等《こどもら》が町中《まちなか》で戰爭《せんそう》ごッこをして、逐《お》ひつ逐《お》はれつしてゐる中《うち》に、誰《だれ》だか細《ほそ》い稚《をさ》ない聲《こえ》でもう泣《な》く者《もの》がある。私《わたし》は怖《おそ》ろしさも怖《おそ》ろしく、厭《いや》な厭《いや》な氣持《きもち》になつて、なにか胸《むね》が躍《をど》るやうに覺《おぼ》えた。家《うち》へ歸《かへ》れば、夜《よる》になつて、夜火事《よくわじ》のやうに炎《も》える夢《ゆめ》に、このいたいけな罪《つみ》の無《な》い子供等《こどもら》が、小《ちひ》さな人殺《ひとごろ》しの悪黨《あくたう》の群《む》れになつたと見た。
>
> （『血笑記』斷篇第十五、縮册《ママ》『二葉亭全集』第三巻、東京朝日新聞・博文館、一九一九年版による）(16)

引用箇所は、日露戦争で両足切断の負傷を受け、帰還した後、戦場での恐怖の体験から発狂して死んだ兄に続き、自らも兄の幻影と兄の見た戦争の幻覚にとりこまれ発狂していく弟の見た悪夢の冒頭部分である。子供の幼さを強調してつづられた「小《ちひ》さな子供《こども》」が大人たちを真似て戦争ごっこをし、「小《ちひ》さな人殺《ひとごろ》し」の群れになるモチーフは、確かに「狂人日記」の〈小孩子〉が「俺を殺そうとするような」目つきで狂人を脅かす存在となることに類似する。しかし、これに続く夢の場面では、「小《ちひ》さな子供《こども》」は一方的に「私」を殺そうとするばかりで、恐怖の形象も子どものもつ体の小ささに収斂され、「小《ちひ》さい一人《ひとり》」、「小《ちひ》さな奴《やつ》」、「小《ちひ》さな素足《すあし》」、「小《ちひ》さな手《て》」、「小《ちひ》さな冷《つめ》たい手先《てさき》」という表現により、おぞましさを増幅している。二葉亭訳で繰り返される「小さい」の原文は、ロシア語の「маленькийе」で(17)、形象的な小ささと年齢的な幼さの二つの意味をもつ。二葉亭訳では、これを「小さい」という訳語に統一して、原文同様のリフレイン効果を生み出し、幼い殺人者のもたらす恐怖を具象的に表現することに成功している。一方「狂人日記」の場合、〈小孩子〉の恐ろしさは、年齢的に幼い者である子どもまでが大人たちと同じように「俺を恐れるような、俺を殺そうとするような」〈似乎怕我，似乎想害我〉目つきをしているというただ一点にあり、その原因も子どもが大人を真似るのではなく、おふくろやおやじが教えたためと推測されている。戦争の悲惨さを告発するために、象徴的な手法と写実的な描写で死の恐怖を描く『赤い笑』と「家族制度と礼教の弊害」の暴露を意図して、幼い子どもまでが親たちに損なわれている状況を描く「狂人日記」では、形象面のみならず、子どもの存在と恐怖の意義じたいに基本的な違いがあると言えよう。〈小孩子〉の恐ろしさとおふくろやおやじとの因果関係をより具体的に述べたのが第八章である。第八章は「狂人日記」の主題であり、思想的核心である人が人を食う「食人」世界が男性の継承であることを示す章でもある。〈小孩子〉と男性の継承として成立する「食人」世界についてさらに考察を進めよう。

（二）「食人」の系譜

「食人」の系譜と男性の継承——「息子」と「子」

「狂人日記」の主題であり、思想的核心である人が人を食う「食人」世界は、親子、世代間の継承（第八章）と歴史的な系譜（第一〇章）の二つの章により示されている。前者第八章は、狂人が見た夢のシーンである。夢に登場したすでに父親でもある二十歳前後の青年に、「食人」の是非を詰問し、問い詰められた青年が返答に窮したところで夢が覚め、覚めた狂人が次のように語る。

飛び起き、目を開けると、こいつは消えていた。全身汗でびっしょりだった。やつの歳は、兄貴よりもはるかに下なのに、やっぱり一味なんだ。これはきっと前にやつのおふくろや親父が教えていたんだ。それにもうやつの息子〈儿子〉に教えてしまったかも知れない。だから小さな子〈小孩子〉まで俺を憎々しげに見るんだ。

我直跳起来，张开眼，这人便不见了。全身出了一大片汗。他的年纪，比我大哥小得远，居然也是一伙；这一定是他娘老子先教的。还怕已经教给他儿子了；所以连小孩子，也都恶狠狠的看我。[18]

狂人を真に恐れさせ、悲しみを抱かせる〈小孩子〉のおやじが、狂人の兄よりもはるかに若い二十歳前後の若き青年であり、「食人」は青年のおふくろやおやじから青年へ、青年から幼い彼の息子へと伝えられ、〈小孩子〉の目つきが生み出されていく。この経路は、「食人」が過去からの継承であるばかりか、次世代である若き青年、さらにその次の世代となる幼い者——現在に育まれつつある未来の担い手たちをも蝕み、「食人」の世界としての未来が準備されつつあることを示唆している。父母から青年に、青年から彼の幼い息子へと伝えられる系譜は、次世代となる幼い者、小さい子どもまでを「食人」世界に組み込み、現在の世界においてすでに「食人」の世界となる未来が生み出されていることを示している。それゆえに、大人からの威嚇には動じなかった狂人は、「食人」の小さな継承者、小さな、幼い子ども〈小孩子〉による攻撃には、「これは本当に恐ろしいし、納得がいかないし、悲しい」〈这真教我怕，教我纳罕而且伤心〉と恐怖を吐露したのである。

しかし、八章の青年との対話から推理した〈小孩子〉の目つきの原因を解明するものでありながら、青年の伝える対象には、男女を示す子どもではなく、男の子どものみを示す〈儿子〉が用いられている。〈小孩子〉の目つきの原因を発見するという文脈から言えば、青年が教える対象は、彼の子どもであればよく、息子のみに特定する必要はないはずである。息子のみに特定したのはなぜか。それに呼応するのが一〇章である。一〇章は、歴史的系譜では、天地開闢以来つづいてきた「食人」の歴史を「食う」という行為に絞り込んで記されている。

易牙が彼の息子〈儿子〉を蒸して、桀紂に食わせたのは、やはりずっと昔のことです。でもなんと盤古が天地を開いて以来、易牙の息子〈儿子〉までずっと食べ続け、易牙の息子〈儿子〉から徐錫林まで食べ続け、徐錫林からまた狼子村で捕まったやつまで、ずっと食べ続けてきたんです。去年街で犯人を殺した時も、やはり肺病病みが饅頭に血をつけて嘗めました。

易牙蒸了他儿子，给桀纣吃，还是一直从前的事。谁晓得从盘古开辟天地以后，一直吃到易牙的儿子；从易牙的儿子，一直吃到徐锡林从徐锡林，又一直吃到狼子村捉住的人。去年城里杀了犯人，还有一个生痨病的人，用馒头蘸血舐(19)。

わずか数行に息子〈儿子〉という語が三度もリフレインされ、女性や女児を挙げずに。食い続けてきた歴史が述べられている。親子関係を通じて伝える第八章の世代間の「食人」の継承では、母親を含む父母が挙げられていたが、「食う」行為に絞り込んで展開される歴史的系譜を伝える後者では、女性を排除した男性主体の継承として描かれている。

「食人」の系譜と女性――母親の二重性と食われる女児

「食人」の継承の主軸となる男性の存在に対して、「狂人日記」に描かれた女性は、第三章で息子〈儿子〉を殴りながら夫をののしる女、〈小孩子〉に恐ろしげな目つきを与えた母親、第八章の青年に「食人」を教えた母親〈娘老子〉、第一一章及び第一二章で出現する狂人の母、及び女児、すなわち未婚の女児であり同時に幼い子どもである〈妹子〉、の四例である。まず、第三章の息子〈儿子〉を打つ女性と狂人の母親から見てみよう。

もっとも奇妙だったのは、昨日通りにいた女だ。息子〈儿子〉を叩きながら、口では「くそおやじ！　お前に食らいついてやらなきゃ気がすまない！」と言って、目は俺を見ていた。びっくりして、つい顔に出してしまった。あの青面の歯をむきだしたやつらがどっと笑った。陳六五が追っかけてきて、むりやり俺を家に連れもどした。

最奇怪的是昨天街上的那个女人，打他儿子，嘴里说道，『老子呀！我要咬你几口才出气！』他眼睛却看着我。我出了一惊，遮掩不住；那青面獠牙的一伙人，便都哄笑起来。陈老五赶上前，硬把我拖回家中了。[20]

狂人に驚愕をあらわにさせるこの女の行為は、行動主体が女であり、行動の対象となるものがすべて男である。口で亭主を罵りつつ、その分身である息子を叩き、凝視することで狂人に対峙する行為は、男性の支配原理である家族制度と礼教に抑圧されてきた女性の怨みと怒りを狂人に突きつける意味を示唆している。これに対して、第一一章に描かれた狂人の母親の形象は、男性主体の「食人世界」にあって、そこに組み込まれ、悲しみを飲み込みつつ支える者とならざるを得ない、母という女性存在の典型を示している。娘が食われたことにただ無力に泣くだけの母の姿は、狂人を睨みつけた第三章の女と同様、狂人の心に異様さを焼きつけ、忘れがたい奇妙な思いを刻印している。

妹は兄貴に食われてしまった。母が知っていたのかどうか、俺にはわからない。母も知っていたのだと思う。だが泣いていたときには、なにも言わなかった。たぶんあたりまえだと思っていたんだろう。俺が四つか五つのころ、母屋の前に座って涼んでいると、兄貴がおやじやおふくろが病気になったら、息子たる者〈做儿子〉肉をひときれ切りとって、煮て食べて頂くべきだ、それでこそ立派な人間といえると言っていた。母もだめだとは言わなかった。ひときれ食えるなら、むろんぜんぶだって食える。しかし、あの日の泣き方は、今思い出してみても、本当に胸が痛む。これは本当になんとも奇妙なことだ。

妹子是被大哥吃了，母亲知道没有，我可不得而知。母亲想也知道；不过哭的时候，却并没有说明，大约也以为应当的了。记得我四五岁时，坐在堂前乘凉，大哥说爷娘生病，做儿子的须割下一片肉来，煮熟了请他吃才算好人；母亲也没有说不行。一片吃得，整个的自然也吃得。但是那天的哭法，现在想起来，实在还教人伤心，这真是奇极的事！(21)

抑圧される者でありながら、その体系を支える者とならざるを得ない母の立場をもつ女性もまた第二章に登場した小さな子ども〈小孩子〉と同じく、狂人に衝撃を与え、悲しみを抱かせている。ここに「食人世界」における女と子どもの特殊なありようを読み取ることができる。

「狂人」の加害者性とジェンダー

兄の画策により、周囲の者に食われるかもしれないとの恐れにさいなまれてきた狂人は、やがて四〇〇〇年の歴史をもつ「食人」としての自己の存在に気づく。その契機となるのがまだ幼かった妹〈妹子〉を食ったかもしれないという疑念である。

四千年間、いつも人を食ってきたところ、今日やっとわかったが、俺もここで長年暮らしてきたんだ。兄貴が家をとりしきっていたときに、妹〈妹子〉がちょうど死んだ。彼が飯やおかずに混ぜてこっそり俺たちに食わせなかったとは言えない。

俺は知らないうちに、自分の妹の肉をいくきれか食わなかったとは言えない。今また俺自身に順番がまわってきて……

四千年の食人の歴史をもっていた俺、はじめは知らなかったが、今わかった、本当の人に顔向けできない！

四千年来时时吃人的地方，今天才明白，我也在其中混了多年；大哥正管着家务，妹子恰恰死了，他未必不和在饭菜里，暗暗给我们吃。

我未必无意之中，不吃了我妹子的几片肉，现在也轮到我自己，……

有了四千年吃人履历的我，当初虽然不知道，现在明白，难见真的人！(22)

食われる者として自らを位置づけていた狂人が、自分もまたほかならぬ「食人」者の一人であったと気づく第一二章は、「狂人日記」の劇的な展開が生まれる山場であり、そこに描き出された被害者から加害者への意識転換は、先行研究において狂人の人物形象の基本的な特徴と見なされてきている。しかし、「性と世代のヒエラルキー」という視点、子どもの用語を巡る使い分けにより分析してきた本章の観点によれば、狂人の加害者性の考察において、これまで見落とされてきた幾つかの重要な特徴がある。

一つは、狂人が男性であり、狂人に食われたのが、幼かった女児である妹〈妹子〉であったことである。妹〈妹子〉は、「狂人日記」における唯一の性を特定された女児であり、女性と子どもの二重性を持つ存在である。男性である狂人が幼かった妹〈妹子〉を食う行為とは、男性による女性と子どもに対する二重の加害者行為を示すものにほかならない。終章第一三章のクライマックスに向けて、作品世界を凝縮させていく第一一章と第一二章はほかならぬこの女性と子どもの二重性をもつ幼い妹〈妹子〉が食われたことをめぐって展開する。食う側に立つ家長の兄、狂人、そして異様な忘れ得ぬ泣き方で狂人を悲しませ、奇妙に感じさせた母の存在、食われる幼い女児である妹〈妹子〉の関係を通して、「食人世界」の構造が明確に構築されていく。「狂人日記」の物語世界を構成する登場人物の性と年齢は、相互に置き換えられない、役割と意味を担っている。妹を弟に、弟を兄には置き換えられないのである。狂人における被害者から加害者への転換をとらえる時、狂人が男性であることを消去し、人間一般として理解すれば、「狂人日記」が描き出そうとした「食人世界」、儒教社会における家族制度の構造が見失われる。狂人を、性を持たない人間一般ととらえる視点を再考する必要があろう。

なお、「食人」としての狂人の形象を考える場合、もう一つ見落とせない特徴がある。狂人の食人者としての自覚を、食人者の集団に組み込まれていたことの発見と見なす解釈である。ここにおいても男性である狂人の加害者性が見失われる。食人者の集団に組み込まれることは、受動的な受け身の存在を示すものである。狂人が受動的存在にとどまるのであれば、食人行為に対する主体的な責任意識は成立しえない。しかし、先に挙げた第一二章の一段には、「兄貴が家をとりしきっていたときに、妹〈妹子〉がちょうど死んだ。彼が飯やおかずに混ぜてこっそり俺たちに食わせなかったとは言えない。俺は知らないうちに、自分の妹の肉をいくきれか食わなかったとは言えない」〈大哥正管着家务，妹子恰恰死了，他未必不和在饭菜里，暗暗给我们吃。我未必无意之中，不吃了我妹子的几片肉〉と記されている。これによれば、狂人が、自らが知らないうちに兄に「妹子」を食わせられていたかも知れないと抱いた疑念を、自らが食ったかも知れない行為に展開して受け止めている。食人者にされていたのではないかという疑いで抱いた受動性は、一人称の主体的な行為へと転換されているのである。つまり、狂人の食人者としての自覚は、食人者の集団に組み込まれていたという受動的な認識から、食人者の一員であるという自らの主体的な責任意識によってとらえかえされている。であれば、食われる存在である狂人が、四千年の食人の履歴を引受け

「本当の人に顔向けできない！」〈难见真的人！〉と叫ぶ第一二章の末尾の声は、食人者であったことを自認して生じる狂人の絶望による自己崩壊などではなく、自らが食人者であるとの自覚の上に、「食人」の歴史を否定する意志の表明として解釈されるべきであろう。狂人の人物形象については、男性ではなく、性を消去した人間一般の加害者性から被害者性への転換ととらえる見解のほか、人物形象が具体性、個別性に乏しい、抽象的であるとの論評もある。(23) しかし、上述のように、「性と世代のヒエラルキー」により構築される儒教社会における男性像と言う視点をもつことにより、狂人のもつ形象の具体性が明確に打ち出される。逆に、狂人を、性別を問わぬ人間一般と見なすとき、魯迅が構築した「性と世代のヒエラルキー」が生み出す儒教社会の家族構造の固有性は、まったく見失われることになろう。

（三）「負」の民衆像と社会構造

以上、述べてきた狂人一家の家族構造を、整理してみよう。食べられてしまった妹〈妹子〉→知らぬうちに食べてしまったかもしれないと慄き、それを否定できないまま兄貴に食われてしまうことを恐れる弟〈狂人〉→妹を食い、狂人を食おうとする家長の兄〈大哥〉と言う基本構図は、「妹—弟—家長の兄」、ないし「娘—息子—家長の息子」という家族間の支配関係となる。さらにこれを、性と世代（男女、大人と子ども）の観点から読み解けば、「女性・子ども—男性—年長者、権力をもつ成人男性」という性別と世代によるより広義の社会的な支配のヒエラルキーの構図となる。これに娘が食われたことにただ泣くだけで、兄によって狂人同様に娘の肉を食わされていたかもしれない母親の存在を加えれば、女と子どもを犠牲にし、かつ女性を共犯に組み込み、男性どうしが食い合う家族制度と礼教の世界、それを根幹とする「食人世界」の明確な構造が浮かび上がる。(24) この家族構造の外側に、配置されるのが、第二章から第九章までに登場する「狂人」を攻撃し、追い詰める村人たち、民衆であり、これにより家族をとりまく社会の構造が描き出される。攻撃者としての民衆は、いずれも自分よりも強い立場と権力をもつ者から圧迫を受け、虐げられる立場に置かれた社会的弱者である。

県知事に枷をはめられた者もいれば、地主になぐられた者もいる。役人に女房を寝取られた者もいれば、親が借金とりに殺された者もいる。彼らのその時の顔は今日のように恐れてもいなければ、すさまじくもなかった。

他们――也有给知县打枷过的，也有给绅士掌过嘴的，也有衙役占了他妻子的，也有老子娘被债主逼死的；他们那时候的脸色，全没有昨天这么怕，也没有这么凶。(25)

そして、自らが攻撃者である村人たちは、自らは他人を食おうとしながら、我が身は食われまいとして互いに疑いあう。

自分は人を食いたいと思うが、また他人に食われるかもしれないのが怖い。深い疑りの目で、互いを見つめ合う。

こんな思いを捨て去って、安心してことを行い、道を歩き、飯を食い、眠れば、どんなに気持ちがよいだろう。これはただ一跨ぎ、一関門だ。彼らが父子、兄弟、夫婦、師弟、仇敵、そして見知らぬ者がみなぐるになって、たがいに励まし合い、牽制しあい、死んでもこの一跨ぎの踏み越えようとしない。

自己想吃人，又怕被别人吃了，都用着疑心极深的眼光，面面相覷。……
去了这心思，放心做事走路吃饭睡觉，何等舒服。这只是一条门槛，一个关头。他们可是父子兄弟夫妇朋友师生仇敌和各不相识的人，都结成一伙，互相劝勉，互相牵掣，死也不肯跨过这一步[26]。

兄を家長とする地主一家である狂人家族を核にしながら、「父子、兄弟、夫婦、朋友、師弟」の五倫のみならず、見知らぬ人々までが一緒になり死守しようとしている民衆の世界を描き入れて構成される「食人世界」、そこに家族制度と礼教を根幹とする中国旧社会の構造的特色と、その社会が生み出す人間状況、社会的弱者を含めた社会構造、魯迅の社会観が明確に映し出されている。

終章第一三章の〈孩子〉と〈小孩子〉について

「狂人日記」の物語世界は、三十余年ぶりに月を見て、それまで気づかなかった恐れに目覚めた狂人が食人者としての自覚に到達する過程により展開される。それは、狂気という装いに彩られてはいるが、子どものころから「食人」の論理を吹き込まれ、成人した三十余年後に、自らが否定する食人者となっていたことに気づく大人の男の話でもある。

人を食ったことのない子ども〈孩子〉が、ひょっとしたらまだいるのではないだろうか？
せめて子どもを……。

没有吃过人的孩子，或者还有？

救救孩子……[27]

「食人」の社会に生まれ、自ら否定する食人者にならざるをえなかった狂人が、子どもを自分と同じ食人者にしてはならないと思い立つ過程は、きわめて自然である。第一二章において、食人者としての自己を発見しながら「食人」を否定する意思を表明した狂人が次なる一歩を歩み出そうとしたこの第一三章の解釈は、「狂人日記」をめぐる先行研究の論議の的であり、「狂人日記」と子どもと言えば、まずこの第一三章が挙げられるのが常である。本書では、この第一三章を考察する鍵として、第二章に登場し、大人と同じ目つきをして、狂人を震え上がらせ、悲しませた幼い子どもたち、食人者の世界に引き込まれつつあった〈小孩子〉の存在に着目し、これによる第一三章の分析を提示することにしたい。

一般的に子どもは、未来であり、民族の将来のシンボルであるといわれる。しかし、未来を生き、未来を担う存在となる子どもは、突然、未来に出現するわけではない。子どもはいつも前の時代を担う大人たちの社会に生まれ、大人たちの文化と歴史のなかで育てられる。その意味で子どもは、現在のなかに育まれる未来の芽である。未来の芽たる彼らはが現在の大人たちの世界に育まれている。本章（二）で述べたように「狂人日記」第二章、第八章は、たんなる子ども〈孩子〉ではなく、〈小孩子〉——幼い子どもまでがおふくろやおやじによって食人者の世界に引き込まれていくことを通して、現在において未来の「食人世界」が確実に準備されつつある逼迫した危機感が示唆されている。しかも狂人の論によれば、食人者は、将来、「食人」を人にあらざる者とみなす「本当の人」によって滅ぼされる者であり、「食人世界」である未来は滅亡を予定された世界である。大人の社会に生まれ落ち、大人の文化と歴史を拒むことができない子どもを食人者に育て、滅亡の道を歩ませることは、大人たち、とりわけ男性が主体者となってつくり出した「食人」の罪科で、子どもたちと彼らの世界を抹殺することになる。もちろん、それは四千年の「食人」の歴史をもつ民族が滅亡する道にほかならない。しかし「せめて子どもを……」は、民族の滅亡を回避するための手段として語られているわけではない。それは、自らが食人者になってしまったことに気づいた者が、子どもを自分と同じ食人者にしてはならないと思う意識から呟いたことばだからである。「せめて子どもを……」は、民族の存亡と不可分でありながら、あくまでも今を生きる大人が明日の大人となる子どもに対して果たさねばならない願いと責務を示している。それは、現在の食人者と異なる未来の担い手を現在において生み出すことを目指し、「食人」の歴史から人間を食わない「本当の人」の歴史に歩み出す内発的な契機の創造を求めることばでもある。

とはいえ、小さな子どもまでが食人者に育てられつつある以上、人を食っていない子どもを見出しえる可能性はきわめて乏しく、救えた子どもたちもやがて多くの食人者たちによって抹殺されてしまうかもしれない。子どもを救える可能性も、未来が救済されうる可能性も実はきわめて小さい。しかし、今そうしなければ、未来は「食人」の世界となり、子どもたちは滅亡の道を突き進むことになる。第一三章は、絶望の叫び、希望への祈りというより、今そうしなければ未来が確実に「食人世界」になるという危機感をもって、「食人世界」を再現しない唯一の可能性を、ただ可能性のまま提示することを意図していたものと思われる。「せめて子どもを……」という狂人の呟きが実現されうるか否かは、今、「食人」の社会を生きる大人たちの手のなかにある。魯迅は、現在とは異なる未来を切り開きうるかもしれない鍵と子どもの未来を読者の手に置いたのである。

未来の象徴となる子どもが、未来ではなく現在のなかに育まれる未来の芽であるとの観点は、第一三章の子どもを理解する重要な鍵であり、本節の冒頭に挙げた魯迅自身による「狂人日記」の解題の「ニーチェの超人ほど渺茫ではなかった」というニーチェの『ツァラトゥストラ』との相違点でもある。同書第二部「教養の国」では、ツァラトゥストラが、幻滅する現代の人々の国を去り、父祖の国を追われた者として、希望を唯一託せるはるか海上の子どもたちの国を探し求めて、帆を上げるべきことを説いている。ここでの「子どもたちの国」は、創造されるべき新たな価値のある所、はるか遠い未来にある「超人の国」を意味する象徴的な表現である。「子どもたちの国」の原文、「kinder land」の「kinder」には、子どもたちのと子孫のと、二通りの意味があり、日本語の訳書では一般に「子どもたちの国」と訳されている。[28] 魯迅は、清末期「文化偏至論」（一九〇八年、『墳』所収）に「教養の国」の大意を要約した際、「子どもたちの国」へよせる希望を、「聊可望者，独苗裔耳」（「わずかに望みを託せるのは、子孫だけだ」）と語り、遠望の意味の明確な「苗裔」（後裔、子孫）の語を用いている。しかし「教養の国」の末尾にある「われは、わが父祖の子たることをわが子に於て償おう、と思う。また一切の未来に於て、――この現在を償いたい、と冀う！――」[29]、というニーチェの主張にはふれていない。子どもをはるか遠い未来に創造されるべき価値の象徴と見なし、現在を償うものとして希望を託するニーチェと、今、大人たちの手によって蝕まれつつある実在としての子どもを見つめ、彼らの未来を抹殺しないために現在の大人が果たすべき責務を語る魯迅とは、主張の上で明らかにずれがある。本論冒頭に記した「狂人日記」の自己分析後半にあるニーチェとの対比は、現在のために未来を志向するのではなく、未来のために現実を見つめる魯迅との違いに起因するものと思われる。「狂人日記」に込められた逼迫した思いについては、一九一九年四月、この作品に賛辞を寄せた傅斯年に、「『狂人日記』はとても幼稚で、しかもせきこみ過ぎていて、芸術的にはあるまじきものです」（「狂人日記」很幼稚幼稚，而且太逼促，照艺术上说，是不应该的）と答えた魯迅の返信（「『新潮』の一部分に対する意見」『集外集拾遺』所収）にも示されていると言えよう。[30]

小結

「家族制度と礼教の弊害の暴露」を意図した「狂人日記」は、家族制度と礼教を根幹とする社会で、人間どうしが食い合う病態的な人間関係――「食人世界」を描き出した。この「食人世界」は、人々が互いに食い食われまいとする広範な人間関係を象徴的に描くものでありながら、父系性父権社会である旧中国の基本的構造を映して、きわめて具体的な構造を提示している。それによって、「食人世界」は、現実の社会のなかで、人間が人一般ではなく、大人の男、女、女の子、男の子としての個別性をもって生きる者であること、「人々」、「民族」、「民衆」もまた男女・大人・子どもの個別性をもって成り立っていることが描き出された。ゴーゴリの「狂人日記」の「憂憤よりも広く深くなった」と述べた対比は、おそらくこの点を自認してのものであったろう。

男女・大人・子どもの相違をふまえて社会と人間をとらえる視点は、それまでの歴史の主体者が男性であり、女と子どもを犠牲にしてきたのが男性であるという認識に根差している。この認識は、加害者である男性の懺悔的な罪の意識や抑圧者たる男性への単純な告発、女子どもへの部外者的な同情ではなく、弊害に満ちた旧中国の歴史を生み出してきた主体者としての歴史的、社会的責任の自覚であり、「せめて子どもを……」はその表出にほかならないと考える。一般に男女、子どもに関する意識は、心情的ないし信条的なものと見なされやすく、思想的な意義が認められにくい。しかし、「食人世界」に示された男女・大人・子どもに対する視点、及びそれを生み出した男性としての自覚は、ただ「狂人日記」の作品分析、作家分析に対してのみならず、本書が考察する魯迅の生涯にわたる思想形成を生み出す要素として重要な意義をもつものと考える。

付記1

妹と狂人の位置づけは、先に挙げた第一一章の引用部分にも示されている。第一一章には、狂人が四、五歳の頃、長男として家長となった兄から、母屋の前で、父母が病気になったら、「息子たる者」は、肉を一片きりとり、煮て食べてもらってこそ立派な人間と言える、という薫育を受ける箇所がある。一般的な孝の論理から言えば、父母が病気の時に、肉を提供するのは、息子と娘双方の務めであったから、必ずしも「息子たる者」〈做儿子〉の務めに特定する必要はない。しかし、四、五歳の男児であった狂人が、母屋という「家」を象徴する場所で、家長である兄から、息子としての心構えを薫育される記述にすることにより、子ども時代に「食人」の論理を吹き込まれ、その世界に組み込まれざるを得なかった男性としての狂人の位置づけが明確になる。また後述するように、この一段は、幼かった妹が食われた事件をめぐる母親の異様な悲しみについての狂人の回想の一部であり、狂人にとっての妹、母にとっての娘が家における女児のありようを示している。家長たる兄から礼教の薫育を受ける四、五歳の狂人を息子であると明記すれば、「家」においてともに食べられる者である娘と息子の個別性が描き込まれる。その意味で、この一段における男女の相違は重要である。しかし、これまでの「狂人日記」の主要な訳文では、この一段にある〈儿子〉が、多くの場合、娘と息子、男女を併せた子どもを意味する「子ども」ないし「子」と訳されがちであったため、息子であることによって示される男児であるがゆえの意味、固有性が日本語訳からでは読み取れない。「狂人日記」を考察した論考においても同様に「子」とする記述が多々見られる。[31] さらにいえば、同じく男性の系譜が重要である、第八章、第一〇章の〈儿子〉についても、「子」、「子ども」とする訳があり、結局、「狂人日記」における〈儿子〉をすべて正確に息子の意味にとった訳は、現在のところ一つしかない。[32] このことは男児である息子について魯迅が語った思想的意義、及び「家族制度と礼教の弊害」を描いた魯迅の思想性が読み取られていなかったことを明瞭に示している。「狂人日記」以外の著述においても〈儿子〉の訳語をめぐって同様の問題が指摘でき、それが魯迅の作品解釈、思想理解にも影響をもたらすことになる。そのほか、〈儿子〉といった語彙に留まらず、作品中における子どもの性別が重視されてこなかったことを示す例証は少なくない。たとえば、「明日」（一九二〇年『吶喊』）で、主人公の寡婦単四嫂が失う幼子は娘ではなく、息子である（作品中で明確に記載されている）。後述するように、魯迅において母の子どもに対する愛情は男女の別を問わないものと認識されてはいるが、儒教社会では、女性の役割として求められたことは血筋を繋ぐ生命たる息子を生むことであり、息子を失うことで寡婦の悲劇がより鮮明に紡ぎだされる。しかし、岩波版『魯迅選集』（松枝茂夫訳、一九五三年岩波書店）は、寡婦単四嫂が亡くしたわが子を思い出すとき語られる台詞は「母ちゃん、父ちゃんがワンタンを売ったね、あたいも大きくなったらワンタン売って、たくさんたくさんお金をもらって、みんなあげるね」（妈！爹卖馄饨，我大了也卖馄饨，卖许多许多钱，——我都给你。）と女児の一人称である「あたい」が使われている。[33]作品冒頭には、失われる子ども〈宝儿〉が息子（男児）であることを示す〈儿子〉の語句がある（养活他自己和他三岁的儿子）。しかし、その後は〈宝儿〉と〈孩子〉が併用され、一か所〈孩子〉を「坊や」と訳している以外は、ほぼ原文通りに「宝児」と「子ども」の語句が使い分けられている。しかし作品末尾の先の一節で、男児のはずの子どもが突然「あたい」により女児に変貌する。精緻で味わい深い翻訳作品であることから見れば、些細なケアレスミスととらえることもできないわけではない。しかし、男児であることで成立していた作品世界であればこそ、女児の自称が使われたことの意味に注意を向けたい。母への思いやり、ねぎらい、愛情という情念の関係を示すゆえに女児が浮かぶのか、あるいは物語のなかの男児、女児の区別を読み取る意識が弱いのか、いずれにして魯迅の小説における子どもの性別が、日本の魯迅作品において、思想的にいかに重視されてこなかったかを示す例証の一つではないかと思われるからである。

付記2

「狂人日記」の作品において、先行研究で論争となった翻訳問題に、第一二章の文章〈难见真的人！〉の解釈がある。論争点は、丸尾常喜氏が、先行訳で定番化していた「本当の人間はめったにいない！」という対象の希少さを見る解釈に対して、「本当の人間に顔向けできない！」との訳文と自らが人を食う人間であることを知った狂人が「本当の人間＝人を食わない人間」に対していだく羞恥の思いを読み解く解釈を提起した（「「難見真的人！」再考——「狂人日記」第十二章末尾の読解」『魯迅研究の現在』汲古書院、一九九二年、先に「「難見真的人！」再考——「狂人日記」

第十二章末尾の読解をめぐる覚え書」、一九七五年）ことであるが、さらに丸尾説に対して、語法論の解釈から菊田正信氏が（「『狂人日記』第十二節〝〜、難見真的人！〟の解釈をめぐって」（『金沢大学中国語学中国文学教室紀要』、第四輯研究室紀要、二〇〇三年、異見提出の初出は「〝救就孩子……〟」『金沢大学中国語学中国文学教室紀要』、第三輯　一九九九年）異見を提起し、「本当の人間」がめったにいないことを示すの解釈の語法的論拠を明らかにした問題の二つの論点がある（菊田氏は「難見」の語法的解釈とともに、目的フレーズとしての文構造の特色など、三点を論拠に挙げている）。しかし、結局この一句は、魯迅の教えを受けた、増田渉の書き込み『吶喊』本（一九三〇年七月、一四版本）の〈難見真的人！〉に、「面ガ合ワセラレヌ、面目ナイ」とのメモ書きがあったことによって裏付けられたとして、現在では、丸尾説が基本となっている。本書の訳でも丸尾説に即して「本当の人に顔が向けられない！」との解釈をとっている。しかし、筆者にはなお残る疑問がある。丸尾説によれば、「本当の人間に合わせる顔がない！」は、狂人の羞恥の感情の表出としての意義をもつから、それによれば、この一句は「羞恥」という情念の吐露として、狂人の心の内に内面化される表現となる。すでに見てきたように本書の「狂人日記」では、狂人は、自己をとりまく人食いの世界を、次々に発見し、最後に自分も人食いの一人であることに気づく。それは人食い世界を変えようと、意気込んでいた自分が四〇〇〇年の人食いの一員であったことから、人を食わない人間というのは、たいへんな存在であること（対象の大きさであり、単なる自分の能力不足ではない、菊田説）に気付くのである。その文脈に立てば、〈难见真的人！〉による顔を合わせられないという認識は、本当の人間に対して生じる退行的な自己認識ではなく、なんとそんなたいへんなことを、自分はおこがましくも大上段にかざしていたのか、なんとも恥ずかしいとの意味であり、それにより、顔向けできないとの訳が生まれる。合わせる顔がないのは、狂人自らの能力不足、力量不足（羞恥）であるよりも、非〈吃人〉が得難い存在であるがゆえにととらえうる。菊田説・丸尾説の論争は、増田渉本で論議終了の感があるが、〈难见真的人！〉を羞恥の情念の表出ととらえるか、非〈吃人〉、本当の人の得難さを内包して、そこに向かおうとする「顔向けできない」ととるかで、狂人が目指すところは大きく異なってくる。それはそのまま、第一三章の〈救救孩子……〉の解釈にもつながると考える。残念ながら丸尾氏も菊田氏も故人であり、この論争の展開に教示を得ることはできない。丸尾説の訳に立ちながら、菊田説の語法論的根拠（〈难～〉の使い方と劣位の表現の組み合わせの解釈）に首肯して本書の訳を提示した理由を追記した。

二、「人」の世界の創造――「人」の誕生と社会変革のプログラム

魯迅の家庭改革論――「子女解放論」

「狂人日記」により、中国旧社会の家族と社会構造を鋭く告発した魯迅は、「狂人日記」終章第一三章の末尾の一句「せめて子どもを……」〈救救孩子……〉に自ら答えるべく、翌一九一九年一一月長文の評論「我々は今どのように父親となるか」（「我們現在怎样做父親」『新青年』六巻六号、『墳』所収）を発表した。子女を健全に生み、教育に力を尽くし、一人の独立した人間として完全に解放することにより、「非人社会」から新たな社会を創造することを提案したこの評論は、五四時期の魯迅の思想を語る代表的な著述の一つとして広く知られる。なかでも「自分は因襲の重荷を背負い、暗黒の水門を肩でささえて、彼らを解き放ち、広々とした明るい場所に行かせ、今後幸せに暮らし、理にかなって人間らしくなれるようにしてやるのだ」[34]の一文は、「狂人日記」末尾の一句〈救救孩子……〉と共に、魯迅自身のみならず五四時期の思潮、新文化運動期の高揚した精神と次世代への熱い思いと責任を伝えるものとして、広く人口に膾炙している。しかし豊富で多彩な成果をもつ魯迅研究の領域においてこれまでのところ、この評論を単独に取り上げたり、この評論で魯迅が提起した主題である子女解放の提唱を思想的に考察する論考は

ほとんど見られない。多くは、魯迅の子どもに対する愛情の深さ、後世代に対する責任感の強さ、自己犠牲精神の崇高さといった心情面、あるいは生物学的思考、進化論の信奉等の特徴、児童教育上の意義について論評するにとどまり、肝心の社会変革論としての特徴、思想的意義を積極的に分析する視点が皆無に等しいのである。(35)理由は複数想定できるが、儒教倫理のもつ呪縛性を批判した五四新文化運動のなかでもほとんど見られない親の子に対する扶養義務権の放棄を主張した提案であり、解放後の中国社会でも基本軸とされる伝統的な家族扶養の原則と相対立する主張であるなど、きわめて固有性、独自性をもつ論理であったことが挙げられよう。本節では、ナショナリズムが強く掲げられた近代中国の時代背景の下で、人類主義の視点に立ち、人類の一員としての「人」を創出し、これにより社会変革を目指したプログラムとしての特徴に着目して取り上げることにする。

（一）子女解放の理論構築――「父と息子」から「父母と子女」へ

「父と息子」から「父と子女」へ――伝統的生命観と父子問題

子女解放論の提唱において、特に重要な思考性、論理基盤となるのが、執筆意図と題目の由来を語った冒頭部分、序にあたる部分である。(36)魯迅は、父権(37)の重い中国で神聖不可侵と見なされてきた「父子問題」を説く理由について以下のように語っている。

父は子に対して絶対の権力と威厳をもつと、かれら〔中国の聖人の徒――筆者〕は考えている。親父が話せば、むろんすべて正しく、せがれの話は言わぬ前から間違っている。しかし、祖・父・子・孫は、もともとそれぞれが生命の架け橋の一段に過ぎず、決して固定して変わらぬものではない。現在の子とは、すなわち将来の父であり、将来の祖でもある。我々読者も、現役の父親でなければ、必ず父親の候補であり、しかもともに祖先になりうる望みがある。その差はただ時間だけである。いろいろな面倒が起きるのを省くために、我々は遠慮はやめて、できるだけ優勢なところを先取りして、父親の権威をもちだし、我々と我々の子女のことを語っておくべきだと思うのである。

他们以为父对于子，有绝对的权力和威严；若是老子说话，当然无所不可，儿子有话，却在未说之前早已错了。但祖父子孙，本来各各都只是生命的桥梁的一级，决不是固定不易的。现在的子，便是将来的父，也便是将来的祖。我知道我辈和读者，若不是现任之父，也一定是候补之父，而且也都有做祖宗的希望，所差只在一个时间。为想省却许多麻烦起见，我们便该无须客气，尽可先行占住了上风，摆出父亲的尊严，谈谈我们和我们子女的事。(38)

「父子」と言えば、現在の日本では、普通、父と子どもの意味を示すが、ここでの「子」〈子〉は、将来父親となれる息子であり、祖・父・子・孫からなる「生命の架け橋」〈生命的桥梁〉は、すべて父親となる男性の血筋の流れである。男性の血筋の流れは、中国の伝統的な観念において、宗族を構成する父系の系譜として特別な意味をもっている。つまり祖から孫へと続く男性の血筋を連続する一つの生命と見なし、その生命が父から息子へ継承されるとする考え方である。(39)この観念においては、息子の生命は父の生命の延長であり、父と息子は二つの固体でありながら、同一の生命をもつ一体の者〈分形同气〉と見なされる。このような生命観は、旧中国の家族制度の根底にあり、親権のなかでもとりわけ父権が重い理由を生み出す要因となるものである。魯迅が、ここで祖・父・子・孫からなる男性の血筋の流れを「生命の架け橋」〈生命的桥梁〉と表現し、さらにみながいずれなりうるというきわめて当たり前の、また実に簡明な事実によって、封建的な身分関係を払底し、時間差のみをもつ、対等かつ可変的な存在に転換したことは、伝統的な生命観を踏まえつつ、その価値内容を換骨奪胎したことを意味する。

次に、魯迅は、伝統的な血筋の流れにより結ばれる「父子関係」を起点に置きながら、血筋を継承しない者と見なされる娘を組み入れ、息子と娘を対象とする父と子女の問題へと論議を拡大し、「我々と我々の子女の問題」〈我们和我们子女的事〉を考えると言う。伝統思想においては、祀りの義務をもたぬ娘も未婚の間は父親の支配下に置かれ、親に対して子どもとしての義務は尽くさねばならない。当然解放されるべき対象となる。つまり、ここで、男の子だけを子どもと見なす旧中国に支配的な子ども観から、娘と息子をともに子どもと見なす新しい子ども観への転換が組み込まれたことになる。ただ、これまでの日本語訳では、息子をのみを示す「子」と息子と娘を示す「子女」を厳密に訳し分けていないため[40]、伝統的な生命観を組み替えた魯迅の主張の固有性、思想性、性差によって分けられた中国社会における親子観、子ども観の特徴は理解できない[41]。

「父と子女」から「父母と子女」へ――夫婦の役割

「生命の架け橋」の一段と見なされた父親は、さらに単純、素朴な一生物に還元され、生物界の現象から見た生物の基本的な営み――生命の「保存」、「維持継続」、「発展（進化）」を果たさねばならない者となる。生物である父親にとって、現在の生命を保存する食欲と、生命を維持継続し、永久の生命を保つための性欲は、生命の営みとして同列のものであり、性欲により起こる性交は飲食と同様に罪悪でも不浄でもない、飲食の結果、自己を養って恩が生じないように、性交の結果、子女を生んでもなんの恩義も生じない、父と子女は「相前後して、ともに生命の長い道を歩み、後先の違いがあるだけで、誰が誰の恩を受けたかは分からない」[42]〈――前前后后，都向生命的长途走去，仅有先后的不同，分不出谁受谁的恩典〉として、生むことの恩義を否定した上で、母親を含めて夫婦平等の役割が説かれる。

これからさき、目覚めた者は、まず東方固有の不浄の思想を洗い清め、それから考えを純粋で理知的なものにし、夫婦が伴侶であり、ともに働く者であり、また新しい生命を作る者である、という意義を理解しなければならない。[43]

应该先洗净了东方固有的不净思想，再纯洁明白一些，了解夫妇是伴侣，是共同劳动者，又是新生命创造者的意义。[44]

中国の伝統的な生命観においては、子どもの血筋――伝統的用語でいえば「気」は父によって形成されるものであり、母親は「形」を与えるが、血筋が「気」を与えるわけではない。「孝」の教えなどで「父母」と呼ばれていても、血筋という生命観の上では、「夫妻一体」であり、母は父の生命に合体する付随者でしかない。[45]それゆえ母親である女性を父親と同等の働きをもつ生命の作り手として対置し、「生命の架け橋」〈生命的桥梁〉に独立した立場で加えることは、伝統的な生命観に変革を迫る重要な意味をもつ。これにより、男性の血筋によって構成されていた生命の流れ、つまり父系の系譜は男女両性からなる双系の系譜になり、「父と子女」の関係は「父母と子女」の一般的な親子関係に転換される。「父と息子」から「父と子女」へ、さらに「父母と子女」へと拡大されたことにより、ようやく父母による子女の解放を語る思想的基盤が整ったことになる。これ以後の議論は、基本的に「父と子女」ではなく「父母と子女」の問題として進められている。以下、父親が理解すべき内容として提示される「父母と子女」の関係、目覚めた者の責務に絞って、「人」の誕生をはかる子女解放論の骨子を考察、分析する。

子女解放の論理――生命の進化と仲介者としての子女の役割

子女に対する父母の権威を否定する魯迅は、子女と父母がともに生命の長い道を前後して歩んでいく者にすぎないと繰り返し語る。父母と子女の間にあるのは、唯一、前後の違いであるが、進化論に立つ魯迅は、生物の内的な努力の蓄積により、「後から来る生命は前の生命より意味があり、より完全に近く、そのためにより価値があり、より大切」〈所以后起的生命，总比以前的更有意义，更近完全，因此也更有价值，更可宝贵〉なものであるから、「前の生命が後の生命の犠牲になるべきだ」〈前者的生命，应该牺牲于他〉との論理を説く。「長幼の序」を重んじ、生んだことの恩義を子女に要求する旧中国の状況は、生物界の現象に相反する世界であり、それゆえ弱者幼者を中心として、おおむね自然の摂理に則している欧米にならい、「権利の思想が強く、義務と責任感の軽い」〈权利思想很重，义务思想和责任心却很轻〉利己的な長者中心の中国の状況は改められねばならない。人の能力をひどく萎縮させ、人間として発展する力を奪い続け、社会の進歩を停滞させてしまった中国の歴史を転換するために、「東方古来の誤った思想を洗い清め、子女に対して、義務の思想を増し、権利の思想を大いに確実に減らして、幼者中心の道徳に改める準備を」〈应该先洗净了东方古传的谬误思想，对于子女，义务思想须加多，而权利思想却大可切实核减，以准备改作幼者本位的道德〉する必要が説かれる[46]。

しかし、ここで重要かつ注目すべき点は、幼者が必ずしも絶対的な権利の享受者ではなく、自らが受けた権利を次の世代に受け渡す「仲介者」〈经手人〉として位置づけられ、その役割を果たさねばならないことである。「しかも幼者も権利を受けても、永遠に独占できるわけではなく、将来やはり彼らの幼者に対して義務を尽くさなければならない。みなただ相前後して、すべてを受けわたす仲介者に過ぎないのである」〈况且幼者受了权利，也并非永久占有，将来还要对于他们的幼者，仍尽义务。只是前前后后，都做一切过付的经手人罢了[47]〉。子女は権利の享受者であるが、その権利を永遠に独占できず、将来、自分たちの幼者に譲り渡し、義務を尽くさねばならない。幼者、子女が絶対的な権利の享受者ではなく、譲り渡しの仲介者〈经手人〉として相対化され、父母と同様に義務をもつと見なされているところに、児童の権利のみを主張する児童論との大きな違いがある。子女解放論における幼者、子女とは、児童期にある子どもにとどまらず、世代を連係する役割を担って、歴史の縦軸を成長していく主体者、歴史主体なのである。

「愛と進化」の論理――世代連係の絆「愛」と「理解」・「指導」・「解放」

世代の連係を可能とし、子女の解放を実現する拠り所となるのは、自然が生物に与えた天性の愛である。赤子に乳をやる田舎の女のように、魯迅は、「交換関係と利害関係を絶った」〈离绝了交换关系利害关系的爱〉無償の愛を、「恩」に替わる新しい「人倫の絆」、いわゆる「綱」として、絶大な信頼を寄せ、そこに中国が衰退しても滅亡しない力を呼び覚まそうとする。愛には、生命の継続を目的とする「現在に対する愛」と生命の進化発展のための「将来に対する愛」があり、この愛ゆえに、精神的体質的欠点がなく、健康に育成した後、新しい生命を発展させるために、「子女が自分より強く、健やかに、賢く高尚になること、つまりより幸せになり、自分を乗り越え、過去を乗り越えることを喜ぶ[48]」〈谁也喜欢子女比自己更强，更健康，更聪明高尚，——更幸福；就是超越了自己，超越了过去〉ことができると確信する。目覚めた者の責務とは、「天性の愛を、さらに広げ、醇化し、無私の愛をもって、自分が後から来る新しい人の犠牲になり[49]」〈此后应将这天性的爱，更加扩张，更加醇化；用无我的爱，自己牺牲于后起新人〉、新しい世代たる子女を進化の道に進ませることである。

健全に産んだ子女を進化の道に進ませるために、父母が果たすべき責務は、「教育に力を尽くし、完全に解放する」〈尽力的教育，完全的解放〉ことであり、その実現のための基本事項として、「理解」、「指導」、「解放」の三点が挙げられている[50]。

第一の「理解」は、児童期の固有性を啓蒙する児童中心主義の考え方という点で、当時においては啓蒙的、先駆的な意義はあるものの内容じたいに際立った個性的な見解があるわけではない。創出すべき「人」の概念を具体的に示し、解放論の要件となるのは「指導」と「解放」である。「指導」では、進化論の考え方に立ち、時勢の変化によって生活が進化するため、自己より勝っている後の者に対して、前の者が自己と「同じモデルを無理にあてはめてはならない」〈决不能用同一模型，无理嵌定〉こと、幼者は「ただ彼ら自身のために、労働に耐える体力、純潔高尚な道徳、幅広く自由に新しい潮流を受け入れることのできる精神、すなわち世界の新しい潮流の中を泳いでも溺れてしまわぬ力量をもてるように養成する」[51]〈专为他们自己，养成他们有耐劳作的体力，纯洁高尚的道德，广博自由能容纳新潮流的精神，也就是能在世界新潮流中游泳，不被淹没的力量〉ことを目指すべきであるとされる。今日の大人たる親を越え、明日の大人となる子女を既存の型によっては教育できないとして、新しい潮流を受け入れる受容力、適合力、思想的柔軟性の育成を求める視点は、時代の制約を越える自律的な価値観の育成を目指す教育観として特記される。抽象的に見える指標は、あえて具体性を排除し、普遍的価値に徹したためであろう。時代の制約を越えるという点で、さらに注目されるのは当時存亡の危機にあった民族の命運と子女とを結びつける記述がまったく見られないことである。一般に民族存亡の危機には、子供に将来の希望を託し、祖国と民族に奉仕する人間を育成する教育観が台頭する。日本の軍国主義時代の「小国民」教育、中国において清末以来提唱されてきた「愛国小戦士」や「新民」の育成は、まさに国家や民族に奉仕する人間を育成するモデル教育の例証である。魯迅の場合、「仲介者」〈经手人〉として歴史の縦軸において相対化された子女は、既存の国家、民族集団、現在の歴史状況に対しても自立した存在として扱われる。進化論、人類主義を根拠とする魯迅ならではの教育観としての特徴が際立つ[52]。子女の自律的存在については、「解放」の次の一段もまた注目される。

子女は我であって我でない人である。しかしすでに分かれており、また人類の中の人でもある。我であるから教育の義務を尽くし、彼らに自立する能力を与えねばならない。我でないから、同時に解放し、すべて彼ら自身の所有とし、一人の独立した人とすべきである。

子女是即我非我的人，但既已分立，也便是人类中的人。因为即我，所以更应该尽教育的义务，交给他们自立的能力；因为非我，所以也应同时解放，全部为他们自己所有，成一个独立的人。(53)

子女を「我であって我でない人間」と見る見解は、きわめて独創的であり、個性的である。前半の「我であって」〈即我〉は、祖から孫を一つの生命の連続とみなす伝統的な生命観に立ち、親子を一体と見る。しかし、後半の「我ではない」〈非我〉では親から独立した人間と見なす。しかも親から独立し、分離した子女は、人類の一人として規定される。結局、全句で親子一体の関係に立ちながらこれを越えて、親とは全く別の人間であり、かつ人類の一員たる人間が生み出されることになる。家族制度のなかから家族制度、血縁関係の枷から解き放たれた人間を生み出し、人類の一員としての人間を創出しようとする発想は、五四時期、近代的な女性観、子ども観の紹介に力を注ぎ、魯迅との思想的距離がほとんどないかのようにさえ言われる弟周作人との明確な相違点、分岐点となる。周作人は祖先崇拝を子孫崇拝に改めるべきだと主張した「祖先崇拝」（一九一九年二月、『談虎集』）のなかで、子女に対して恩義を求める父母の過ちを指摘し、父母こそが生んだという意味で子女に対して負債をもつのであること、そして、負債を精算すれば、本来「勘定は終わっている」が、結局は一体の関係であり、天性の愛があって互いに結びあい、繫がりあう。それゆえ終身の親善の情が生まれくる。

待到债务清了，本来已是「两吃」：但究竟是一体地的关系，有天性之爱，互相联系住，所以发生一种终身的亲善的情谊[54]。

と述べている。これによれば、子女はあくまで父母と一体のものであり、独立した人間となる思想的契機をもちえない。また親子関係も終始一貫祖孫の流れの一節であり、血縁関係から人類が誕生する思想契機、視点は生まれ得ない。子女に対する親の恩義を否定する点で一致しながら、両者の主張、発想には歴然たる相違がある。親子関係の愛情に強い信頼を置きながら魯迅の思考、主張は中国的家族観に立ちながら、人類としての「人」を求める志向として特色が鮮明である。

（二）子女の解放と社会変革

父母の子女に対する態度の第三点「解放」に関する記述は、他の二点に比べ簡潔だが、その結果生ずる父母の精神的不安には、自問自答形式で記されたかなり長い補足説明がある。要件として三つの回答が掲げられている。

第一点は、解放後の空虚感と寂しさ〈这种空虚的恐怖和无聊的感想〉に対する回答で、父母が子女を解放する準備として、「独立の能力と精神を失わず、幅広い趣味と高尚な娯楽をもつこと」[55]〈却不失独立的本领和精神，有广博的趣味，高尚的娱乐〉、つまり親自身が子離れの準備をし、子どもに依拠せずに自足して暮らしていける能力をもつこと、老後の精神的、経済的自立である。第二点は、子女と疎遠になることへの恐れ〈或者又怕，解放之后，父子间要疏隔了〉に対する回答で、ただ「愛」である。魯迅によれば、子女の誕生と同時に生まれる父母の愛は深く長きにわたり、子女も大同に至らず相愛に差異がある世界で、父母を最も愛し最も関心をもつから、両者はすぐに離れられない、愛でも繋ぎとめられない者なら、いかなる「恩義、名分、天経、地義」の類でも繋ぎとめられはしないと、「愛」は人間関係を律する現実的な力として、機能的に把握されている。第三点は、長者、子女ともに苦労するのではないかという問いへの回答は社会の改良である。魯迅によれば、長者の権利の思想ばかりが強く、義務の思想に欠ける中国は、道徳の立派さを掲げつつ、実際は「孝」や「烈」等の道徳で弱者、幼者を痛めつける相愛相互扶助の考えに欠ける社会である。こうした社会では、長者、幼者ともに生きがたく、理にかなった生活をするためには、社会の改良が不可欠である。子女の解放と社会の改良は、並行して行わなければならない密接不可分の課題であり、これにより人々に迫る衰退の危機も減らせうる。それは、多くの人が準備し、改造していくことで、やがて自ずと望みが実現できるようになるものである。とはいえ、根本は社会の改良にあるから、子女の解放とは、やはりきわめて困難な課題とならざるを得ない。すでに長者の犠牲になっている目覚めた者が、「完全に義務的、犠牲的、利他的」〈覚醒的父母，完全应该是义务的，利他的，牺牲的〉になり、自らの解放を犠牲にして、子女のための犠牲を背負って初めて実現できる課題なのである。(56)

社会変革論としての子女解放論の特徴と意義――フィードバック型からリレー型へ

社会の結びつきを明確に意識して提案された子女解放論の重要な要件となるのが、解放後の父母に対して子女による扶養を求めず、独立して生きる準備をするようにと説く、老後の自立の提言である。この提言は、父母の扶養を息子のもつ当然の義務と考える中国の伝統的な観念に対するきわめて大胆な革命的提案となる。この評論の冒頭で「革命するなら親父まで」〈只是革命要革到老子身上罢了〉と掲げられたとおりである。現代中国の社会学者費孝通は、中国と西欧社会の扶養形態の相違に着目して、次のような図式を示している。(57)図1中のFは世代、→は養育、←は扶養を示す。

西欧の公式（リレー型）
F1 → F2 → F3 → Fn

中国の公式（フィードバック型）
F1 ⇆ F2 ⇆ F3 ⇆ Fn

図１　中国と西欧社会の家族モデル（費孝通）

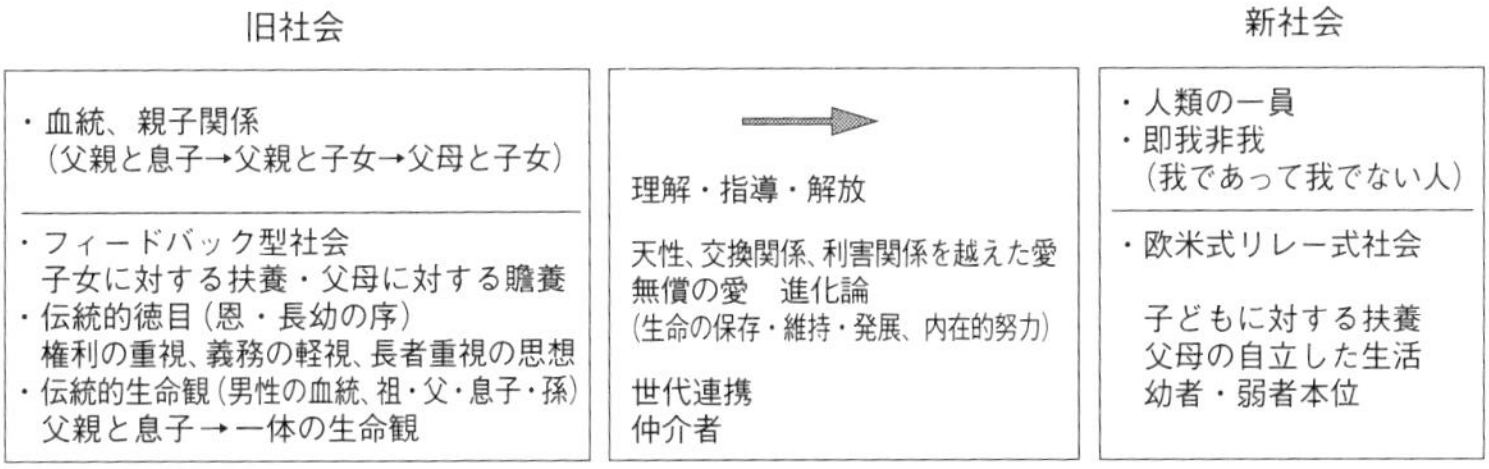
旧社会
・血統、親子関係
（父親と息子→父親と子女→父母と子女）
・フィードバック型社会
子女に対する扶養・父母に対する贍養
・伝統的徳目（恩・長幼の序）
権利の重視、義務の軽視、長者重視の思想
・伝統的生命観（男性の血統、祖・父・息子・孫）
父親と息子→一体の生命観
理解・指導・解放
天性、交換関係、利害関係を越えた愛
無償の愛　進化論
（生命の保存・維持・発展、内在的努力）
世代連携
仲介者
新社会
・人類の一員
・即我非我
（我であって我でない人）
・欧米式リレー式社会
子どもに対する扶養
父母の自立した生活
幼者・弱者本位

図２　魯迅の子女解放論構成図

※現代中国では親に対する子女の扶養を「贍養」と言い、子女に対する親の養育「扶養」と区別するが本稿では魯迅の用法に基づきともに「扶養」とした。

この図式は、西欧社会では、親が子女を養育するだけで子女は親の扶養義務を法的にもたないが、中国では民国期の親族法（一九三〇年）以来、親の子女扶養義務、子女の親扶養義務が法的に成文化されているとの相違に立脚している。法的規定は、倫理規範や社会慣習に支えられるものであり、費孝通は、この図式を中国文化と西欧文化の社会観の相違と見ている。扶養と養育の双方向をもつフィードバック型は、社会的な扶養形態であるとともに、子女（実態としては息子）に扶養を求め義務づける中国[58]の伝統的親子関係の特徴を示すパターンを示している。この費孝通の考えを踏まえて、魯迅の子女解放論の構想をまとめたのが図２である。図２によれば、魯迅の子女解放論は、生物学的進化論の思考により、中国の伝統的生命観、伝統的徳目の封建制を払拭して、近代的な価値観念に置き換え、血縁関係である親子関係から、社会集団（国家、民族、家族）に拘束されない自立した人類の一員を創出し、それを世代連係により継続していく構想となる。そこには伝統的観念を換骨奪胎して新たな意味に転換する思考法、西欧的概念である権利と義務の観点から親子関係を規定するなどの特色が読み出される。そして、より大きな特色として、老後の自立の提案、権利の譲り渡しの義務と世代連係により、中国のフィードバック型の親子関係を西欧リレー型に転換し、西欧型の社会形態の実現を求める変革の構造が浮かび上がる。

家庭改革論としての特徴と意義

費孝通は、家族、扶養問題を論ずる中で、親子関係について、次のような見解を示している。家族は、社会の細胞であり、中国人の最も基本的な生活単位であり、各個人に最も親密な集団である。社会は、個人の新陳代謝によって、社会のメンバーを再生産するが、それぞれの社会には歴史的に続けてきた固有の再生産システムがある。社会のメンバーとなる人間の再生産は、具体的には家族関係の中の親子関係を通じて行われ、人類の存続は親子関係を通してのみ実質的に保障されうる。親子関係が社会構造全体における基本的なものであることにもっと目を向けるべきではないか[59]。

魯迅が唱えた子女解放論は、人間を生み育てる役割をもつ親子関係から、家族関係に拘束されない独立した人間を生み出し、構成メンバーの入れ替えにより、人間と社会の質的転換を図ろうとする社会改革案である。魯迅がよって立った中国社会の「固有の再生産システム」は、旧社会にあっては、「性と世代のヒエラルキー」により構成された家族制度であり、その家族制度を基盤に社会権力により家族、社会集団の腑分けがなされ、その定められる位置づけを律する儒教倫理によって、所属集団に従順な人間が再生され、集団と社会が守られていく。魯迅の主張は、中国社会の基盤として機能する家族の枠組みに立ちながら、その枠組みに組み込まれず、血縁を越えて成立する普遍的な人間創造、人類の一員を生み出すことを求めた。一般に家庭の養育機能と父母の役割を重視する見解は、家庭や家族を国家や社会の細胞と見なし、国家主義的、民主主義的観念により、愛国的人間を再生産するシステムとして活用する。中国でも、清末から五四時期にかけて、新しい国民の創出を掲げ、「愛国」と「救亡」のための人材を生み出すことを目指した家庭改革論、家庭教育論が多数生まれた。家族の拘束から解放された人間の創出を意図しながら、家庭の役割を否定し、家庭の解体を主張する公育論者も生まれた。魯迅の子女解放論は、父母の役割を重視し、家庭を母体としつつ、家族のためでも国家や社会のためでもない人類社会の一員を生み出そうとした点で、儒教的家族観とも愛国主義的、民族主義的家族観、アナーキスト系の家庭論とも異なる特性を備えていた点に家庭改革論としての特徴を析出できる。

子女解放論の顚末と意義

ナショナルアイデンティティの強く求められる時代に、国家や民族集団からの自立性をもった人間創造を求める魯迅の改革論が当時の社会で注目を浴びることはなかった(60)。文献資料によるかぎり、識者の関心は、子女解放論と同じ『新青年』六巻六号に同時掲載された沈兼士の「児童公育論」に向かい、翌二〇年、女性を家庭のくびきから解放するために家庭解体を唱えるアナーキストと家庭破壊に反対する家庭擁護論者による「児童公育論争」に展開する(61)。しかし、この論争において、扶養権の問題は論議されていない。「孝」の倫理による呪縛を倫理的に否定するだけでなく、老後の扶養を支える経済的課題から扶養権の放棄という現実の利権にまで至る魯迅の提唱は、当時はもとより、現代でも賛同を得がたい提案であると言わざるを得ない。費孝通は、一農村（江蘇省開弦弓村）の調査による局限性を前提とした上で、フィードバック型の親子関係が、中国において悠久の歴史をもち、社会構造と家族構造の長年の変動にも拘わらず、改革開放以降、今日まで続いている根強い形態であると指摘している(62)。であればこそ、長年の社会変動にも拘わらず、中国において民国期から現代に至るまで法規範として掲げられ求められ続けているのであろう。

しかし、家庭改革論でありつつ、全体社会改革の展望を内在した独自の子女解放論は、魯迅自身もまた再度提起することはなかった。この後、魯迅が子女の解放について語った「ノラは家出してからどうなったか」（一九二三年一二月二六日、於北京、女子高等師範学校文芸会講演、『墳』所収）では、親権により経済権を子女に分与する解放案が次のような提案として示されている。

戦闘はよいこととは言えませんし、我々もみながみな戦士になるべきものでもありません。であれば、平和的な方法もまたたいへん貴重です。それはほかでもない親権を利用して自分の子女を解放することです。中国の親権は最上のものですから、時がきたら、財産を均等に子女たちに分配して、彼らが平和的に、衝突せずに等しい経済権を得られるようにし、その後、勉学しようが、商売しようが、自分の享楽に使おうが、社会のために役立てようが、使い果たそうが、好きなようにさせ、自己の責任に帰するのです。これもすこぶる遠い夢ではありますが、黄金世界の夢より幾分なりとも近いものとなりましょう。

战斗不算好事情，我们也不能责成人人都是战士，那么，平和的方法也就可贵了，这就是将来利用了亲权来解放自己的子女。中国的亲权是无上的，那时候，就可以将财产平匀地分配子女们，使他们平和而没有冲突地都得到相等的经济权，此后或者去读书，或者去生发，或者为自己去享用，或者为社会去做事，或者去花完，都请便，自己负责任。这虽然也是颇远的梦，可是比黄金世界的梦近得不少了[63]。

親権による子女の解放という発想は共通ながら、「人」の創出による社会変革を目指した子女解放論とは明らかに異なる内容、主張となり、論議のトーンも熱気を失っている。子女解放論は、提唱者である魯迅自身にとっても

結果的に、一過性の発言にとどまるものであったと言わざるを得ない。(64)

しかし、提唱の顚末は、子女解放論の思想的意義、提唱の意味じたいを損なうものはでない。大なり小なり親子間に儒教的影響を残す現代の東アジアの家族、人間存在に対して、魯迅の子女解放論が提起した親子関係から人類の一員としての「人」、「我であって我ではない人」〈非我即我〉としての人間を生み出す志向、ナショナルアイデンティティを越えて、次世代を現世代の人間モデルによらず、次世代自身が生きる新しい時代の価値観に対して自律的、創造的であろうとする教育観は、グローバル化が進行し、激しい価値転換が進展する現代世界、二一世紀の高齢社会にも大きな示唆を与える。その意味で、ナショナルアイデンティティを越える人類の一員「人」を、家庭から生み出す発想は、旧中国社会の枠と時を越えて、現代に届けられるメッセージ性を有するものと言えよう。

【注】

（1）辛亥革命後、実権を軍閥政府に奪われて共和国の実態が瓦解し、給料の遅配が続くなか生活の必要に迫られ、大学の講師を務め、中国古典文学研究と拓本の収集、研究に、精力を傾けていった。

（2）「祝福」『彷徨』所収、『魯迅全集』第二巻、一八頁。

（3）「随感録六五　暴君的臣民」『熱風』所収、『魯迅全集』第一巻、三六六頁。

（4）『中国新文学大系』は一九一七年から一九二六年までの一〇年間の文学作品（小説、散文、詩歌、戯曲）と文学理論などを網羅的に収録した一〇巻（史料と索引一巻を含む）からなる選集（主編趙家壁、上海良友図書印刷公司　一九三五年～一九三六年）で、魯迅は三巻ある小説編の内、文学研究会と創造社以外の作品を収める小説集の第二巻の編者となり、三三名の作家による五九編の作品を選定した。

（5）『中国新文学大系』・小説二集序、「且介亭雑文二集」所収、『魯迅全集』第六巻、一九八一年版、二三九頁。

（6）同上、二三八頁〜二三九頁。

（7）「狂人日記」『吶喊』、『魯迅全集』第一巻、四二三頁。

（8）井上紅梅訳「狂人日記」（『魯迅全集』一九三二年・『大魯迅全集』第一巻、一九三七年、ともに改造社）は、第八章末尾の「小孩子」のみを「小さな子供等」と訳している。従来の日本語訳中（注32参照）で、唯一「小さな子ども」の訳語が見られる例であるが、これ以外の箇所（第二章）は、すべて「子供」と訳している。

（9）『中日大辞典』（大修館、一九八六年版）では、「〔小孩〕（赤ん坊も含めて）幼児・小児・子どもの総称」、「〔孩子〕小児、幼児、児童、子ども．男女とも幼児から成年前までの広範囲の称」としており、年齢的な相違が読み取れる。しかし、『中日辞典』（小学館、一九九一年）では、「〔小孩子〕口語、（——大人）子供、〔孩子〕一．子供。児童　二．子女、息子と娘」であり、『現代中国語辞典』（光生館、一九八九年）は「〔小孩子〕俗語子ども．自分のも他人の子どもも含む」、「〔孩子〕①児童、②子ども．息子娘を問わず」と記している。ともに中中辞典である『現代漢語詞典』（商務印書館、一九七九年版）の記載内容（〔小孩子〕口語、儿童，〔孩子〕儿童、子女）にほぼ則したものと言える（以下、中中辞典については、原文のまま記載する）。そのほか中国国際広播出版社の『古今称謂辞典』（一九八八年）では「〔小孩子〕幼童」であるが、黄山書社版『古今称謂辞典』（一九八〇年）では、逆に「〔小孩子〕儿童的通称、〔孩子〕多指幼儿」となっており、新世界出版社版『称謂大辞典』（一九九一年）は、「小孩子」を①儿童；幼儿，②泛称年幼儿或年轻的子女，③泛称未成年的人，有时也用作年轻人対長輩的自称と解釈しているなど、辞書間の記述内容にかなり違いがある。なお浙江方言において、現代中国語の語義と特に相違があるとの解釈は見られなかった。

（10）「狂人日記」執筆の一年後に記された「孔乙己」で、主人公の孔乙己をとりまいて、ういきょう豆をねだる子どもたちには「孩子」、「兎と猫」では「孩子們」（兎の子には「孩子」）、「鴨の悲劇」では「孩子們」と「孩子」が使われている。

（11）検討した「小孩子」の用例は以下の通り。数字は人民文学出版社、一九八一年版『魯迅全集』第二巻の頁数を示す。『彷徨』「祝福」（一八）、「石鹼」（五一）、『野草』「頽れ行く線の震え」（二〇五）、『朝花夕拾』「犬・猫・鼠」（二三六）、「阿長と山海経」（二四五・二四六）、「二十四孝図」（二五四・二五五）、「後記」（三二六）、『故事新編』「起死」（四七四）。

（12）牧戸和宏「魯迅における『狂人日記』の位置」が子どもの表現に類似性があること、中野美代子「恐怖の本質——アンドレーエフ『血笑記』と魯迅『狂人日記』」が子どもの与える恐怖の形象の相違を指摘している（ともに『野草』五号、中国文芸研究会編、一九七一年）。

（13）注12中野論文参照。

（14）「〈『赤い笑』について〉について」（『集外集』、『魯迅全集』第七巻）によれば、魯迅は、『血笑記』により、梅川の英文からの訳文を二、三十箇所ほど訂正している。それ以前、恐らく翻訳を試みた段階で『血笑記』を詳細に検討をしていたものと推察される。なお源貴志「二葉亭四迷訳『血笑記』について」（『ヨーロッパ文学研究』三六号、早稲田大学文学部ヨーロッパ文学研究会、一九八九年）では、二葉亭最後の翻訳であり、渾身の力を奮って訳出された『血笑記』が、日本語としての自然さ、流れのよさを求めて、原文の形式を様々に組み換え、平俗な言葉を用いて単純化しつつ、語彙的な情報量をあくまでも保存しようと苦心惨憺した精緻な翻訳であると評価している。

（15）谷行博「『謾・黙・四日』（上）――魯迅初期翻訳の諸相」（『大阪経大論集』一三二号、一九七九年）は、ガルシン「四日」の二葉亭訳と魯迅訳を詳細に比較し、二葉亭訳が構文と語彙面で影響を与えたほか、漢語に日本語の俗語をルビした表記によって言語感覚にある種の衝撃を与え、表現意識の深層に影響をもたらしたものと推察している。

（16）引用文冒頭の「子供々々、小さな子供、まだ罪も知らぬ子供」のロシア語原文は、「Эти дети, эти маленькие, еще невинные дети」で、直訳すれば、その子どもたち、その幼い、まだ罪のない子供たちとなる。末尾の「このいたいけな罪のない子供等が、小さな人殺しの悪党の群れになった」は、「Эти маленькие еще невинные дети превратились в иолчище детей-убийц」で、直訳すれば、その幼い、まだ罪のない子どもたちがたくさんの人殺しの子どもたちに変わったとなる。二葉亭訳の「悪黨《あくたう》」を示す語は原文にはない。Л. Н АНДРЕЕВ. Повестии Рассказы, Том Первы、五一六～五一七頁、НийМосква, Художественная, Литература. 一九七一年。なお注14源論文では、二葉亭の翻訳原文が現存しないため、本文に異同がないと認められる上記版本を使用している。本稿も、一九七九年刊行の作品集、ドイツ語版などを参照の上、同書を使用した。

（17）注16ロシア語版による。一九〇五年三月末日付けの前書きをもつ『赤い笑』のドイツ語訳では、「маленькие」の訳語として、幼い、小さいを示す「klein」が使われている。Leonid Andrejew, Das rote Lachen――Fragmente einer aufgefundenen handschrift, Einzige Uebertragung aus dem Russischen von August Scholz, Derlag "Snanje" Berlin, S.（刊行年不詳）。

（18）「狂人日記」『吶喊』、『魯迅全集』第一巻、四二八～四二九頁。「食人」を伝えるのは「息子」〈儿子〉のみで記される男性の系譜であるが、狂人を睨みつけ、恐れと悲しみを与えるのは、男女を問わない小さな子ども〈小孩子〉である。「食人」

の伝搬の系譜には、主軸ではない女性も加担者として組み込まれている。男性の「食人」系譜は、男性を主軸としながら女性存在を含めて男女を問わないものとして構造化されている。小さい子どもまでが組み込まれていることにより、課題の逼迫性が強調されている。

(19)同上、四二六～四二七頁。

(20)同上、四二四頁。

(21)同上、四三一頁。

(22)同上、四三二頁。

(23)片山智行『魯迅のリアリズム』（三一書房、一九八五年）、丸尾常喜「〝狂人日記〟評価の一断（覚え書き）」（『野草』一二号、一九七三年）等に人物形象の乏しさや個別性の欠如を指摘する見解が見られる。二編とも男性であることを人物形象の分析対象に含めていないが、この点は北岡正子「「狂人日記」の〈私〉像」（『関西大学文学会紀要』九号、一九八五年、『魯迅救亡の夢のゆくえ――悪魔派詩人論から「狂人日記」まで』関西大学出版部、二〇〇六年に収録）はじめ、狂人の人物形象の分析に広く見られる傾向である。

(24)兄の設定も〈妹子〉と同様綿密に構成されている。小作人をかかえる兄を家長とすることにより、狂人との関係を父と息子に特定せず、男性どうしの食い合いに広げ、かつ家の外に対しては、社会的な権力者である面が描かれている。「家族制度と礼教」を支える構造と社会的な権力構造の結節を意識した上での人物設定といえよう。

(25)「狂人日記」『魯迅全集』第一巻、四二三頁。

(26)同上、四二九頁。

(27)同上、四三二頁。

(28)「教養の国」末尾と類似する記述が第三部「新旧の表」第一二節、第二八節末にも見られる。新潮文庫版（一九五三年）竹山道雄訳は、ここでの「Kinder Land」を「子孫の国」と訳している。また山口恵三「魯迅訳『ツァラトゥストラ序説』の成立」（『比較文学研究』四八、東大比較文学会、一九八五年）において、魯迅訳「察拉圖斯特拉的序言」（『新潮』二巻五期、一九二〇年）の翻訳に、語彙面で大きな影響を与えたと指摘されている生田長江訳『ツァラトゥストラ』（新潮社、一九一一年）では、「教養の国」にあたる「文化の國土」を「我が子等の」、「新旧の表」である「新舊の卓」の場合は「子孫の國」と訳している。

（29）注28竹山訳による。角川文庫版（佐藤通次訳、一九七〇年）もほぼ同様の訳だが、中公文庫版（手塚富雄訳、一九七八年）は「償う」を「とりかえす」と訳し、岩波文庫版氷上英廣訳（一九六七年）は、「子どもたちによって」、「父祖の子であることをつぐなわせ」、「すべての未来によって――この現在をつぐなわせたい！」と、子どもに対する使役の意味で訳している（注28 Reclam版p.113の原文は、An meinen Kindern will ich es gut Machen, da ßich meiner Väter Kind bin: und an aller Zukunft -*diese* Gegen wart!-）。「文化偏至論」執筆時に、魯迅がこの一節に触れなかった理由については検討を要するが、現在を未来によって償う、あるいは大人のために子どもに償わせるという発想は、すくなくとも「狂人日記」には見られない。魯迅の場合、子どもの未来を抹殺してはならないという決意とそのために現在の大人、特に「食人」の歴史を生み出してきた主体者である男性が果たさねばならない責務を重視する点に特色があると思われる。なお尾上兼英「魯迅とニーチェ」（『日本中国学会報』一三、一八七一年）は、わが子によって罪を償おうとするニーチェに対して、魯迅は子ども（超人）に希望を託すことに重点を置き、それが「子どもを救え……」の叫びになったと解釈している。注23丸尾論文において、人間脱出を目指すニーチェと現在での人間＝社会の現実的解放を課題とした魯迅との相違が指摘されている。

（30）「対与〈新潮〉――部分的意見」『集外集拾遺』、『魯迅全集』第七巻、二三六頁。

（31）北岡正子「『狂人日記』の〈私〉像」（『関西大学中国文学会紀要』九号、一九八五年）、片山智行『魯迅のリアリズム』（三一書房、一九八五年）、白井宏「魯迅『狂人日記』の分析」（『四国女子大学紀要』七号（一）、一九八七年）などに、同箇所を「子」とする記述が見られ、息子であることについての分析、言及はない。

（32）検討した「狂人日記」の訳文は以下の通り。注8『魯迅全集』・『大魯迅全集』第一巻（井上紅梅訳）、『支那プロレタリア小説集　第一編　阿Q正伝』（松浦珪三訳、白揚社、一九三一年）、岩波書店『魯迅選集』（竹内好訳、一九五六年）、新版岩波文庫『阿Q正伝・狂人日記』（竹内好訳、筑摩版魯迅文集訳を収録、一九八一年）、青木文庫『魯迅選集』1創作集（田中清一郎訳、一九五三年）、角川文庫『阿Q正伝』（増田渉訳、一九六一年）、旺文社文庫『阿Q正伝・狂人日記』（松枝茂夫訳、一九七〇年）、潮文庫『阿Q正伝・狂人日記』（田中清一郎訳、一九七二年）、中公文庫『吶喊』（高橋和巳訳、一九七三年）、新日本文庫『阿Q正伝』（丸山昇訳、一九七五年）、講談社文庫『魯迅作品集』（駒田信二訳、一九七九年）、講談社版『世界文学全集』九三（松枝茂夫・和田武司共訳、一九七五年）、集英社版『世界文学全集』七二（駒田信二訳、一九七八年）、学習研究社版『世界文学全集』四四（駒田信二訳、一九七九年）、学習研究社『魯迅全集』第二巻（丸山昇訳、一九八四年）、

平野敏彦「魯迅『狂人日記』訳注」(『熱風』三号、一九七三年)。このうち第八章の用例を息子の意味に訳しているのは竹内、丸山、駒田、松枝の諸訳と松枝・和田共訳、第一〇章で繰り返される〈儿子〉をすべて「息子」に訳したのは増田、丸山、駒田訳、第一一章を息子の意味にとったものはない。第一一章の用例は一箇所にすぎないが、思想的意義をくめば、たとえ一箇所でも息子の意味をゆるがせにはできないはずである。第一一章のただ一箇所に息子を意味する訳語が見られないことは、〈儿子〉の思想的意義そのものが結局理解されていなかったことを示唆しているものと考える。藤井省三氏の光文社古典新訳文庫『故郷/阿Q正伝』(二〇〇九年)は、〈儿子〉についてはすべて息子と訳している。

(33)岩波版『魯迅選集』2、松枝茂夫訳、五一~五二頁。

(34)「我們現在怎様做父親」『墳』、『魯迅全集』第一巻、一三〇頁。

(35)銭理群『郷土中国与郷村教育』(福建人民教育出版社、二〇〇八年)等が青年教育の面で当該評論を重視しているが、社会変革論として考察する観点はない。社会改革論としては拙稿「魯迅五四時期における「人」の創出――子女解放構想についての一分析」(『愛媛大学教育部紀要』二四号、八一~九八頁、一九九一年)参照。

(36)序にあたる冒頭部分では、父子問題の次に取り上げられているのが「家庭問題」で、魯迅がそれまで『新青年』随感録二五・四〇・四九(『熱風』所収)などで提起してきた後世代の解放と重ねて、我々の世代の「まず目覚めた者から各自、自分の子どもを解放していくしかない」と述べている。

(37)親権は、一般に封建的な父権から生まれ、権利としての親権から義務としての親権へと転換する成立過程をもつ。評論中、親権の用語が使われているのはこの箇所のみだが、魯迅の主張は、父権を親権に拡大し、さらに権利重視から義務重視への転換を求めている。

(38)「我們現在怎様做父親」『魯迅全集』第一巻、一二四頁。

(39)滋賀秀三『中国家族法の原理』創文社、一九八二年版、三五頁。伝統的生命観については、同書より基本的理解を得ている。

(40)たとえば筑摩書房版『魯迅文集』竹内好訳、一九七六年は、上記引用文中の〈子〉と〈子女〉を、ともに「子」と訳し、題名も「子の父としていま何をするか」と原文にない「子」を冠している。そのため、息子のみを子どもと見なす旧中国の子ども観を踏まえつつ、男女併せた子どもの解放を目指した魯迅の思想的意義を訳文から読み取ることは難しい。また学習研究社版『魯迅全集』(北岡正子訳、一九八三年)は、〈子女〉を〈孩子〉と同じ「子供」、〈子〉と同じ「子」の二通りに訳し、岩波書店版『魯迅選集』（松枝茂夫訳、一九五六年）は、〈儿子〉、〈子女〉、〈孩子〉のいずれにも「子供」の訳語を用いている。結局、これらの訳文では、息子を示す〈儿子〉、息子のみを意味する〈子〉、男女を併せた子どもを意味し法律用語ともなる〈子女〉、親と大人に対する子どもの意味をもつ〈孩子〉などの語義に係わりなく、「子」や「子供」の訳語を用いている。具体的な訳語と原文の関係は以下の通りである。竹内好訳：「子」〈父子、子、子女、孩子、儿子、病儿〉、「子女」〈子女〉、「子供」〈孩子〉。北岡正子訳：「子」〈父子、子、儿子、子女、生育・幼雛〉の訳語「子供」〈子女、孩子〉。松枝茂夫訳：「子」〈父子、子、無後〉、「子供」〈子女、孫子、儿子、幼者〉。

(41) 性差に基づき区分される魯迅の子どもに関する叙述と翻訳の問題について、筆者の基礎分析を最初に提示したものに「魯迅と子ども——〔儿子〕・〔孩子〕・〔子〕・〔子女〕」（都立大学人文学部『人文学報』二一三号、一九九〇年、一四三〜一六一頁）がある。性差に基づく子どもの語彙の使い分けが読み落とされる傾向は、原文を解読する中国語圏での論考にも共通する。本章「狂人日記」の分析でも記したように、子どもの存在、性差についての知的理解が、現在なお十分に認知されていないことを示していると考える。

(42) 「我們現在怎様做父親」『魯迅全集』第一巻、一三一頁。

(43) エレン・ケイは、『児童の世紀』（一九九〇年、小野寺信・小野寺百合子訳、富山房、一九七九年、一〇〜一一頁）で、キリスト教に生殖を不潔と見なす観点があることを批判している。性に対する不浄観は、必ずしも東方固有の問題ではなかったといえよう。

(44) 「我們現在怎様做父親」『魯迅全集』第一巻、一三一頁。

(45) 注36滋賀秀三、三三二頁、三三五〜三三七頁による。

(46) 権利と義務をめぐる論述の背景には、この評論の成立に影響したと推察される胡適の口語詩「我的児子」（『毎週評論』三三号、一九一九年八月七日）をめぐる胡適と汪長禄の公開書簡討論（『毎週評論』三四号、同年八月一〇日、三五号、同年八月一七日）がある。汪長禄は父子間の恩義を否定する胡適に対して、一方的に親側のみが義務を負うことは不当であると反駁しており、魯迅の論述は子の義務を説く汪に対する批判となっている。

(47) 「我們現在怎様做父親」『魯迅全集』第一巻、一三五頁。

(48) 同上。

(49) 同上。

(50) 同上、一三五～一三六頁。

(51) 同上、一三六頁。

(52) 将来への適応力、思想的柔軟性を重視する教育観は、一九一九年一月一六日許寿裳宛書簡、（『魯迅全集』第一一巻、一九〇一一六）にも見られる。この書簡では、子どもの教育の第一義は「時代に適応しうる思想の養成」であり、「思想が自由柔軟でありさえすれば、将来の大潮流がどうなろうと投合できる」と記している。

(53) 「我們現在怎様做父親」『魯迅全集』第一巻、一三六頁。

(54) 周作人「祖先崇拝」『談虎集』（上）、里仁書局、一九八二年、二～三頁。本文中に記したように、周作人も魯迅もともに父母に対して報恩の観念を求めない点では一致している。しかし、親子観として見た場合、「我であって我でない」二体の関係とし、独立した個人関係と見なす魯迅と、「結局は一体の関係」と見る周作人の考え方とは、本質的に大きな相違がある。また、魯迅が報恩を求める親子関係の脱却に、父母の側の精神的独立の準備だけでなく、経済的自立、扶養権の放棄という具体的、現実的、かつ実質的な親子関係の転換要件を示した点も、伝統的な親子関係の思想的変革のみを求める周作人の啓蒙的主張との相違点となる。魯迅と周作人の児童観の違いについての初出分析は拙稿「我対魯迅周作人児童観的幾点看法」、北京魯迅博物館編《魯迅研究動態》六九号、一九八八年、七五～八〇頁、参照。

(55) 「我們現在怎様做父親」『魯迅全集』第一巻、一三六頁。なお、将来の晩婚化を予測して、子女が独立するころには父母は年をとり、養ってもらう必要もなくなっていると述べており、寿命の長さによる高齢化社会は予想されていない。

(56) 同上、一四〇頁。

(57) 費孝通「家庭結合変動中的老年撫養問題——再編論中国家庭結合変動」『費孝通選集』（天津人民出版社、一九八八年、四六九頁、邦訳横山廣子『生育制度——中国の家族と社会』、東京大学出版会、一九八五年所収）。なお民国期の優生学者潘光旦は、『中国之家庭問題』（新月出版、一九二八年、一一五～一一七頁）でFを甲、乙、丙、丁に置き換え、西欧の公式を〈小家庭制〉（核家族）、中国の公式を「折衷制」（西欧の核家族と中国の扶養形態の折衷）を示す型として記している。

(58) 現行婚姻法第二一条（二〇〇一年）では子女、憲法第四九条（一九八二年）では成年の子女が父母の養育義務をもつことが明記されている。扶養義務は相続権と表裏をなすものである。法的には娘にも相続権があり、扶養義務も課せられているが、現実には息子を育てて扶養を求める「養児防老」が広く望まれており、法規範と実体にはズレがある。

(59) 注57費孝通論文四六八頁による。費論文における「家族」の原語は〈家庭〉で、社会学用語としての中国語の訳例に従った。日本語では、学術用語としては「家族」が一般的で family と home の両義を持つ〈家庭〉は一般用語として使われることが多い。魯迅の場合は一般的用語の「家庭」を訳語とした。

(60) 特別な反響があったことを示す客観的資料は得られていない。『五四時期期刊介紹』(生活・読書・新知三聯書店、一九七九年)等によれば、沈玄虚「我做〝人〟的父親」(『星期評論』二七号、一九一九年一二月七日)など少数の反応が散見されるにすぎない。

(61) 魯迅の子女解放論では、家庭改革の要点を家族のなかの親子関係に絞るために、男女関係を問題にせず、夫婦は最初から父母と見なされることになる。これに対し、育児の重荷から女性を解放することを第一義とする「児童公育論」は、母としてではなく、女性が一人の人間として生きていく問題を基本課題としてとらえる点で、女性解放を唱える当時の思潮により合致していたと言えよう。しかし、その「児童公育論」の論議も往復の論争もまた実現の現実基盤をもたず持続性をもちえず数回の応酬で短期間で終息した。児童公育論の実施にとって、本来、扶養問題は不可欠の課題であるが、恩義の源たる養育問題を担えないために児童公育を求めるという窮状があり、父母の扶養という課題まで論がいきついていないともいえる。参考補助資料として、「児童公育論争」関係参考資料抄録(一九一九〜一九二一年)を次ページに挙げておく。

(62) 注57費孝通論文四八四〜四八五頁による。費によれば、子女の父母に対する扶養問題は、中国の現代化を研究する学者に強く注目される課題であり、西欧リレー型への接近、転換は、現代化を推進し、改革解放政策をとる現在の中国において、今後の家族変動の動向を考察する重要な分析要素となっている。費論文四六八頁、四八六頁参照。

(63) 評論執筆の二か月後、一九一九年一二月末より、結婚(一九〇九年)以来一年余り暮らしたにすぎなかった妻朱安との同居生活が始まる。子女解放論は、愛情のない旧式結婚の重みを日々引き受けることのなかった時点で書かれたものである。子女解放論の顛末に朱安との関係がもたらした影響は大きい。

(64) 「娜拉走後怎様」『魯迅全集』第一巻、一六一頁。

期日	筆者名	題目	掲載紙名
1919 3	張菘年	「男女問題」	《新青年》6幕3号
7	（劉）大白	「女子解放従那里做起？（其五）	《星期評論》8号
10	羅家倫	「婦女解放」	《新潮》2巻1号
11	沈兼士	「児童公育」	《新青年》6巻6号
12	繆涵江	「我対于児童公育的意見」	《時事新報》副刊「学燈」12.23（読者問答）
1920 2	児童公育社籌備処	「籌設児童公育機関之旨趣」	《時事新報》副刊「学燈」2.11（付録）
3	—	特集「児童公育問題」	《平民導報》4期
3	楊效春	「非児童公育」	《時事新報》副刊「学燈」3.1
4	高一涵	「羅素的社会哲学」	《新青年》7巻5号
4	惲代英	「駁楊效春“非児童公育”」	《時事新報》副刊「学燈」4.18
5	宝珩	「児童公育問題」	《婦女評論》（蘇州）1巻2期
5	（陳）友琴	「児童公育与婦女労働」	同上
6	惲代英	「再駁楊效春非児童公育」	《時事新報》副刊「学燈」6.11-14
6	楊效春	「答惲代英再駁楊效春非児童公育」	《時事新報》副刊「学燈」6.21
6～7	（曾）品仁	「俄国与児童」	《婦女評論》（蘇州）1巻3～6期
8	（湯）済蒼	「児童公育和会食」	《新婦女》3巻3期
8	（沈）雁冰	「評児童公育問題——兼質惲楊二君」	《解放与改造》2巻15号 《時事新報》副刊「学燈」8.6に転載
8	（俞）頌華	「児童公育問題我見」	同上
8		楊效春・惲代英「“児童公育”的弁論」（第一次的弁論） （一）楊效春「非児童公育」 （二）惲代英「再駁楊效春非児童公育」	《解放与改造》2巻15号、《時事新報》副刊「学燈」3.1、4.18より転載
8	福同	「蘇維埃国之婦女与児童」（翻訳）	同上
8		楊效春・惲代英「“児童公育”的弁論」（第二次的弁論） （一）楊效春「再論児童公育」 （二）惲代英「駁楊效春非児童公育」 （三）楊效春「再再論児童公育」	《解放与改造》2巻16号《時事新報》副刊「学燈」5.5、6.11-14、16-21、6.21より転載
1920 9	楊鐘権	「児童公育」	《新青年》8巻1号（通信）
1921 3	周震勖	「改良社会」	《新四川》1期
1921 11	沈玄廬	「理想中的婦女生活状況」	《婦女評論》（上海《民国日報》副刊）15期

【付記】出所：中国女性史研究会編《中国女性の一〇〇年》（青木出版、二〇〇四年、第2章6「児童公育論争」、六一頁、湯山トミ子作成）参考文献：小野和子《中国女性史——太平天国から現代まで》平凡社一九七八年、《五四時期期刊介紹》第一集～第三集、生活・読書・新知三聯出版社、一九七九年、《五四時期婦女問題文選》生活・読書・新知三聯出版社、一九八一年、嵯峨隆《近代中国アナキズムの研究》研文出版、一九九四年などによる。

第二章　転換期の思想形成(1)――南下前史

民衆の生存と生命力を奪い、弱者の弱者による攻撃を生み出す旧中国社会の構造を糾弾し、その家族構造から人類の一員たる「人」を生み出そうとした魯迅の社会改革プログラムは、旧中国社会の根源に迫る意義をもちながら、実を結ぶことなく、時代の流れに沈み込んだ。しかし、弱者と民衆を見つめる認識は、殺戮を繰り返す政治テロのはびこる世界で、文学者としてのあり方を深め、生命を損なうあらゆる社会的権力に挑む文学者としてのアイデンティティ形成の源流となっていく。本書では闘う文学者としての魯迅を生み出す思想的基盤となる一九二五年以降の思想形成、特に一九二六年から一九二七年の転換期に着目して、魯迅の家族体験と社会関係の双方から考察を加える。本章では、魯迅のジェンダー観の在り方に注目して、転換期以前の作品分析から、始めていくことにする。

一、魯迅五四時期の小説作品にみるジェンダー観

小説作品とジェンダー

魯迅の小説作品集は、生涯に三つある。一つは、五四時期から五四退潮期にかけての作品を集めた『吶喊』（一九二三年）と『彷徨』（一九二六年）、二つ目は、翻案作品を収めた『故事新編』（一九三六年）である。一九一八年

から一九二二年までの五四時期の小説を集めた『吶喊』には、「狂人日記」のほかに、旧中国の儒教倫理と社会構造の下層であえぐ人々の痛ましく、悲惨な生の姿を描き出す作品群が収められている。『吶喊』に続く第二の作品集『彷徨』には、『吶喊』に類する作品とともに、五四退潮期に入って自己の文学活動と人生の在り方、特に家族関係により生じる内的葛藤を写しだした作品が含まれている。本章では、特に、魯迅の「性と生」を反映した「孤独者」（一九二五年）、「傷逝」（一九二五年）に注目している。第三番目の小説集『故事新編』には魯迅固有の諧謔的な特徴をもつ作品が多いが、なかでも異彩を放つ作品として、転換期の魯迅の「性と生」の軌跡を凝縮した「鋳剣」が収録されている。まず本章で『吶喊』と『彷徨』の作品群に投影された魯迅のジェンダー観、母性形象に着目して読み解いていこう。

旧社会の人物を描いた『吶喊』と『彷徨』の作品の人物像を、男女視点から見た場合、男性は祖先祭祀と科挙試験という儒教社会の男性役割を担うことを求められ、その役割ゆえに破綻し、生命を奪われ、抹殺されていく人物像が際立つ。精緻な造形で悲惨な運命に翻弄される人物形象により珠玉と評される作品世界が生み出されている。「揣書は盗みに非ず」と弁明しながら、打擲され、いざりながらわずかな酒にすがり、庶民の嘲りと蔑みを浴びながら慰み者になる没落知識人「孔乙己」（一九一九年）の姿、科挙合格の夢想に狂気する「白光」（一九二二年）の主人公陳士成、狂気の男性像の系列は、「狂人日記」から「長明灯」へとつながり、祖先祭祀の担い手としての系列をつくり、「孤独者」へとつながる。

女性系列で際立つのは、母親役割の女性像である。なかでも子を思い、子を亡くす母、とりわけ寡婦の像は、作品数はわずかでありながら、凝縮された人物形象として読者の前に登場するため、読み手に強い印象を与え、魯迅の作品における母、寡婦の存在を強く印象づけている。『吶喊』、『彷徨』に収録された小説中、母が主要人物となる作品は少数だが、なにがしかの形で母が登場する作品は半数以上にのぼる。作品中に描かれた女性像のほとんどが母親であり、母親像と関わりの深い魯迅の女性像の特徴を示している。

両作品集に描かれた母の形象は、主として、以下のような三つの類型に分けられる。

第一の類型は、「狂人日記」(一九一八年)、「薬」(一九一九年)、「明日」(一九一九年)、「祝福」(一九二四年)で、子を思い、子を亡くす母を基本的な人物形象とする。このうち「狂人日記」、「明日」、「祝福」の母は寡婦である。また直接の登場人物ではないが、「酒楼にて」(一九二四年)には、子を亡くした母とその母を思う息子が描かれ、「常夜灯」(一九二五年)には、母子間の愛情に対する考え方を示すくだりが見られる。第二の類型は、「故郷」(一九二一年)、「村芝居」(一九二二年)に登場する母親で、幼い時代の思い出のなかに生き続ける母の姿など、日常的な時空間における穏やかな母子関係を基本とし、子どもへの細やかな愛情が描かれている。第一の類型に見られるような逼迫した状況、死の影は見られない。第三の類型は、「風波」(一九二〇年)、「幸福な家庭」(一九二四年)、「石鹼」(一九二四年)、「高先生」(一九二五年)などで、農村一家の女房、都市の知識人家庭の主婦として描かれた母親である。子をもつ点で母親ではあるが、一家の切り盛り役、妻としての立場に力点がある。また母親像としては、生活に追われて癇癪を起こし、子どもを打つなど生活臭の強い現実的な母の姿を含み、必ずしも理想的な人物形象となっているわけではない。以上の内、最初に挙げた子を思い、子を亡くす母の形象は、五四時期における魯迅の母親像を代表するとともに、魯迅における母親像の原形を示すものと考えられる。以下、この類型について、作品ごとの特徴を見てみよう。

五四時期の小説と母性の形象

「狂人日記」についてはすでに前章で分析を提示した。要約すれば、人が人を食う歴史を連綿と続けてきたことに気づいた「狂人」の意識を主軸に、男女、父母、子ども、青年など、性と世代をもつ人間存在によって構成される食人世界の社会構造と歴史が浮きぼりにされていた。母は、子ども、青年に人を食うことを教え、人食いの社会を再生産していく者、その一員、父母として位置づけられている。さらに、そこに、二つの対照的な母親象が提示されていた。一つは、息子を殴りながら「狂人」を睨みつけ、「親父め、御前に食いついてやらなきゃ気がすまない」と罵る女、もう一つは、幼かった妹が死んだときに異様な悲しみで泣き続けた母である。前者の母は、明らかに男性中心の儒教社会――人食いの社会に生きる女性の男性に対する告発、怨みの表出である。後者は、儒教社会で抑圧される者の象徴となる幼い娘（女と子どもの二重性）を食う立場に身を置いた母で、それにより人食い社会の加害者の側に組み込まれ、そこに身を置かざるをえない母のありさまが示されている。

「狂人日記」に登場する子を思い、子を亡くす母に焦点をあて、描き出したのが、「明日」、「祝福」の寡婦像である。この二作品のうち、「祝福」は、子を思い、子を亡くす母の姿そのものより、虐げられた女性のたどる運命、生きざまに力点がいかれている。ここでは、ひたむきに子を思い、子を亡くす母の姿をもっとも典型的、象徴的に描いている「明日」を取り上げる。

寡婦単四嫂子《タンスサオズ》は唯一のよりどころであり、生きる支えである三歳になる息子宝児《バオアル》を高熱の病で亡くす。貧しさにあえぎつつ幼子を慈しむ寡婦単四嫂子の形容に、〈粗本《ツーベン》〉という語が繰り返し使われる。「単四嫂子は、〈粗本〉な女で、〝だけど〟という字の恐ろしさを知らない」、「彼女は、〈粗本〉な女だが、決断力はあった」、「彼女は、〈粗本〉な女だが、知ってはいた……」、「彼女は〈粗本〉な女で、なにを考え出せただろうか？　ただ部屋のなかがやけにひっそりして、やたらに大きく、がらんとしすぎて……」、「単四嫂子は、〈粗本〉な女だが、魂が返ってくることはありえず、彼女の宝児にも会えなくなったのだということはわかっていた」[1]。

明日はよくなるかも知れないという望みを抱くとき、医者に見せるしかないと決断するとき、なけなしの金で薬を買いにいくとき、呆然となすすべもなく途方にくれるとき、せめて夢で会いたいと一縷の望みにすがるとき、〈粗本〉の繰り返しが子を思う母の姿を凝縮し、収斂していく。〈粗本〉は、「愚か」という語義のままに訳されやすいが、魯迅による説明をメモした増田渉の『吶喊』書き込み書には、「単純な」と注されている。(2)ここでの〈粗本〉は、愚昧さを示す意味での愚かさではなく、微塵の損得計算もなく、ただひたすら子を思う母のいちずさ、高い教養とは無縁であるだけに、儒教道徳にも侵されていない純朴な心を表現する言葉として用いられている。

子を思い、子を亡くす二人の母の悲しみの交錯を描き込んだ作品に「薬」(『彷徨』)がある。肺病を治す特効薬として、処刑者の血に浸した人血饅頭を求めたかいもなく、茶館の主人夫婦は一人息子の小栓《シャオシュアン》を亡くす。清明節の日、小栓の母はそれとは知らず、人血饅頭に血を献じた処刑囚の母と共同墓地で出会い、息子の死を悼む母としての思いを共有する。この作品では、母とともに父もまた息子の病を愁う人物として登場する。しかし、小栓の死の悼みを描く後半に登場するのは母だけであり、かつ小栓の病を治すべく銀貨をはたき人血饅頭を買い求めた父親の気持ちは、「まるで十代もの間一人息子だけで血筋を伝えてきた赤ん坊でも抱いているように、ほかのことは一切頭になかった。彼は今、この包みの中の新しい命を彼の家に移植して、たくさんの幸福を手に入れたいのだ」(3)〈他的精神，现在只在一个包上，仿佛抱着一个十世单传的婴儿，别的事情，都已置之度外了。他现在要将这包里的新的生命，移植到他家里，收获许多幸福〉と表現されている。家の幸福を思う目的性をもつ父の愛と子を思う母の愛との相違に注目したい。

以上の第一類型をさらに分析した場合、一つの特徴が浮かび上がる。それは、亡くなる子は、娘ではなく、ほぼ息子なのである。例外は、女性、子ども、男性がより権力をもつ男性に食われるという家族構造を描いた「狂人日記」だけである。(4)しかし、このことは必ずしも、魯迅が息子偏重の観念をもち、これを描こうとしていたからとは考えにくい。前章で取り上げた五四時期の家庭改革論「我々は今どのように父親となるか」(一九一九年)で、魯迅は、息子のみを子とみなす伝統的な生命観に立脚しながら、息子だけでなく子女を解放することこそ目覚めた父母の役割であると主張している。また「長明灯」では、先祖の祭りを担う者、一族の子孫としてしか見られない狂人の跡継ぎをめぐって、〈儿子〉と〈孩子〉の二語を使い分け、母における子どもの価値が息子に限らぬものであることを、以下のように明示している。

「六順が息子〈儿子〉を生んだら、わしは二番目を奴にやって継がせてもいいと思っているんだ。だが、他人の息子〈儿子〉をただでほしい、とは言えまい？」

「そりゃだめだ！　三人は異口同音に言った。」

「このボロ家は、わしには関係ない、六順もどうでもいいんだ。けどな、腹を痛めた子ども〈孩子〉をただで人にくれるとなれば、母親はすっきりとはいかんだろう。」

『六顺生了儿子，我想第二个就可以过继给他。但是，——别人的儿子，可以白要的么？』

『那不能！』三个人异口同音地说。

『这一间破屋，和我是不相干；六顺也不在乎此。可是，将亲生的孩子白白给人，做母亲的怕不能就这么松爽罢[5]？』

跡継ぎとしての役割を担うがゆえに求められる息子、男女を問わず子どもであるがゆえに注がれる母の愛。しかし、儒教社会における母と息子の関係と母と娘の関係は、同一ではない。

人はよく、「女は弱し、されど母は強し」と言いますが僕は一ひねりして、「子は弱し、なれど母を失えば強し」といいます。この意味は、長い間人に語っていませんが、あなたならこの意味を理解できるはずだと思っています。それであえて申し上げる次第です。

（一九一八年八月二〇日　許寿裳宛書簡）

人有恒言：『妇人弱也，而为母则强。』仆为一转曰：『孺子弱也，而失母则强』此意久不语人，知君能解此意，故敢言之矣。(6)

私の長年の持論ですが、慈母がいれば幸福かも知れませんが、生まれて母を失ってもまったくの不幸とも言えません。彼はあるいはもっと勇猛に、もっと気がかりのない男児となるかもしれないのですから。

（一九三三年『偽自由書』前記）

因为我向来的意见，是以为倘有慈母，或是幸福，然若生而失母，却也并非完全的不幸，他也许倒成为更加勇猛，更无挂碍的男儿的。(7)

いずれも妻を亡くし幼い息子と残された知己に寄せた言である。長年の持論であるから、背景にある事件も幅広く推察しうるが、先に触れたように増田渉が魯迅から聞いたとして伝えられている日本留学期に、魯迅が「光復会」の刺客を命ぜられながら自分が捕まるか、殺されるかした場合、残された母がどうなるか聞いておきたいと言いだして、後に心が残るようではだめだと刺客をおろされたという一件もある。事実状況や魯迅に与えた影響などを知る手がかりがない逸話とはいえ、反抗と反逆、自由と人道のために果てる悪魔派詩人バイロンに心酔する魯迅であれば革命に命を投じる道からの離脱となりうる出来事がもたらした挫折感は大きい。しかも、長男という家族役割が魯迅の人生選択に影響したであろうことは、魯迅における母と息子との関係性を理解する上でも軽視できないといえよう。母と息子の関係のもつ意味については、さらに考察を続けていく必要がある。

不変の母性

『吶喊』に対して、『彷徨』執筆時代、小説における母親の形象は、しだいに、子を思い、子を亡くす母親像から、日常空間における一家の主婦役、妻としての姿に転じていく。この時期、母の存在に焦点を置き、かつ五四時期の献身的な母親像を描きながら、異なる様相を示す作品がある。『野草』に収められた「頽れ行く線の震え」(一九二六年)である。

自らの身をひさぎ、幼い娘を育てた寡婦の過去と現在という二部構成からなるこの作品では、まず我が子の飢えを満たすために、身を売る母親の情景が一つの夢の場面として描き出される。身を売って得たわずかな報酬で、飢えを訴える我が子にかろうじてわずかな焼餅《シャオビン》を与えることができるようになった母親は、銀貨を握りしめながら、つかの間の安堵と喜びにひたる。しかし、転じて繰り広げられる夢の続きは、そんな母親に訪れる未来としての過酷な「現在」である。ようやく育てあげた娘とその夫となった男、そして年端のいかない孫からの悪罵が繰り広げられる。

「俺たちが人様に顔向けできないのは、あんたのせいだ」男が怒って言う。「あんたはそれでもあいつを育てたつもりだろうが、実際は苦しめただけなんだよ。子どものころ〈小时候〉に飢え死にしてたほうがずっとましだったさ!」

「私に一生涯恥ずかしい思いさせるのはあんたなんだよ」女は言う。

「そのうえ俺まで巻きぞえだよ」男が言う。

「そのうえあの子たち〈他们〉まで巻きぞえよ」女が子どもたち〈孩子们〉を指差して言う。

このとき一番小さな子〈最小的〉が遊んでいた乾いた葦の葉を、刀のように空中に一振りすると、大声で言った。

「おだぶつ！」

『我们没有脸见人，就只因为你，』男人气忿地说。『你还以为养大了她，其实正是害苦了她，倒不如小时候饿死的好！』

『使我委屈一世的就是你！』女的说。

『还要带累了我！』男的说。

『还要带累他们哩！』女的说，指着孩子们。

最小的一个正玩着一片干芦叶，这时便向空中一挥，仿佛一柄钢刀，大声说道：

『杀！』(8)

口元を痙攣させ、一瞬たじろいだ女は、無言のまま荒野に歩み出し、裸身となって立ち尽くす。身悶える思いに身を震わせ、その震えに呼応して激しい旋風が巻き起こり天空を駆け巡る。第一部に描かれた母親は、まさに五四時期の子を思い、慈しむ者としての母親の象徴である。しかし、第二部において、母親の献身的な限りない愛は、その愛の対象であった娘自身によって糾弾される。幼い孫を含む後世代からの攻撃は、自世代の犠牲の上に次世代を解放させようと語った五四時期の主張に対する痛恨の返答である。小さな子がふりかざした葦の葉は、キリストの受難の葦を思わせる。丸尾常喜氏は、この作品に「進化論のひび割れ」を読み取り、「献身」と「裏切り」の葛

藤のなかに、新たな母性の復活を見出している。(9)

より優れた後の生命のために前の生命が犠牲になり、互いに感謝しあい、ともに進化の道を歩む(「随感録四九」一九一九年『熱風』)という魯迅の五四時期の進化論を考えれば、後世代の仕打ちは、理想や理念をはねつける現実の厳しさを突き出している。しかし、子を思う母の原像もともに変化したのであろうか。魯迅において、もともと母の愛とは、優れた後世代を作りだすための目的意識的なもの、進化――種族の発展のための目的合理的な愛ではない。我が子の命を自然の情として愛し、その生存を願うがゆえに、結果的に個々の生命を尊び、結果として生命の発展、継続を体現するものとなるのである。献身的な父母の愛として、魯迅が挙げたのは、乳を与えて恩を売ったと思わない素朴な農婦の愛であり、子どもが自分よりよくなって欲しいと思う自然の親心である(「我々は今どのように父親となるか」)。この作品でも、母は献身的、犠牲的な愛を娘に注ぎ、その生命の存続、発展を実現する。しかし、進化論の理念、理想とは裏腹に、母が受けるのは、愛の対象であった娘夫婦、孫からの仮借ない糾弾、攻撃、蔑み、嘲り、罵倒である。にもかかわらず、この母は、娘たちに対して反駁も怒りも示さず、これを無言で受け止め、その悶えとうめきを天空に放つばかりである。身を捧げた後世代に裏切られても、たとえ進化論が崩壊しても、母が母として生み出す献身と犠牲の精神そのものはなお変わらず存続している。物語は、子の母への裏切りを語っても、母の子に対する裏切りを語ってはいない。五四時期に魯迅の提示した献身的な愛の象徴である母の像は、五四退潮期にもなお変わらず存続していたものと理解できる。

二、「愛と性」の葛藤――男性性とジェンダー観

(一)　男性の系譜――「長明灯」から「孤独者」、「傷逝」へ[10]

五四、五四退潮期を中心とする魯迅前期の文芸作品における男性主人公の人物形象には、主として二つの男性役割、祖先継嗣と科挙試験合格の呪縛が託されるという特徴が読み解ける。これらを含めて、構成、主題、人物形象、成立背景などから、系統的に比較研究される特定の組み合せがある。本書が対象とする「長明灯」(一九二五年三月、『彷徨』一九二五年)は改革という主題と狂人という人物形象から「狂人日記」(一九一八年六月、『吶喊』)と、「孤独者」(一九二五年一〇月、『彷徨』)は作品意図、主題、人物形象と作者魯迅の思想的な投影から「酒楼にて」(「在酒楼上」、一九二四年二月、『彷徨』)と、さらに成立時期と雑誌未発表での刊行、魯迅の愛情、婚姻関係との結びつきから「傷逝」(一九二五年一〇月、『彷徨』)との組み合せで考察されることが多い。本節では、先行研究での比較考察を踏まえながら、「孤独者」、「傷逝」の考察の起点に「長明灯」を加える。これにより作品に埋め込まれた魯迅の思想形成――自己規定と愛情、婚姻関係に対する選択と決意――の跡を読み解き、ジェンダー観の形成を考察する。

「狂人日記」と「長明灯」、「孤独者」と「酒楼にて」

「長明灯」は改革の主題と狂人という人物形象から、しばしば「狂人日記」と比較される作品である。確かに伝統的、封建的な儒教社会の伝統に対する反抗者、狂人という主人公の人物形象から見た場合、「長明灯」と「狂人

日記」には共通点がある。しかし、狂人という人物形象にこだわらず、自己をとりまく周囲への反抗という行動に着目して、さらに一歩踏み込んで比較すれば、「長明灯」の主人公と「孤独者」の主人公魏連殳の人物形象にはともに子孫を残す祖先祭祀の役割を果たさない男性存在という明確な共通性がを見出される。しかもこの二作品にはともに周囲の縁戚者（叔父）が、粗末な家屋の取得のために、養子縁組を画策するというモチーフが描き込まれ、祖先祭祀という儒教道徳の建前、名目に対して、功利的な欲望がうごめく現実の利害も明示されている。その一方、祖先祭祀の役割を果たさないという人物形象の基本的特徴を共通にしながら、この作品の基本内容――主題と作品構造には、大きな相違点も見出される。

一九二五年三月に執筆を終えた「長明灯」は、結婚せず子孫を残さない男性主人公が、長年村の守り神として祭られてきた土地廟の長明灯を消すことを企て、叔父と村人に捕まえられ、幽閉される顚末を軸に展開する物語形式の作品である。主人公の男性は、村人から「不肖の子孫」〈不肖子孙〉、「こんな子孫」〈这种子孙〉と呼ばれ、さらには「こんな子孫は生かしておけない」〈这种子，真该死呵！唉！〉とまで言われる。祖先祭祀に背く子孫を残さない男性存在が受ける非難と立場――名目と財産がらみの利害――を通して、祖先祭祀の役割を持つ男性存在の負荷と呪縛、それへの反抗者の姿が浮き彫りになる。土地廟の長明灯を消す主人公の目指した行動は、子孫であることを拒絶する者としての象徴的な行動にほかならない。

一方、「孤独者」では、結婚し、子どもを持とうとせず、「西洋かぶれ」の「新党」として、村人から異端者と見なされる主人公魏連殳が、結局、軍閥の顧問職につき、高給を得ながらいわば変節者となり、自暴自棄のすさんだ生活の末に死亡していく顚末を語り手の「私」が独白形式でつづる形態をとる。そして、「私と魏連殳の出会いを振り返ってみれば、なんとも興味深い、なんと葬式に始まり葬式に終わっているのだ」が示すように、祖先祭祀を拒む人物形象としての男性存在を象徴的に示す「死」で始まり、その精神と肉体の消滅を語り手である「私」が見とる筋立てをとる作品である。明確な物語構造をもつ「長明灯」は一九二五年三月の執筆であり、一人の男性の内白の形式をとる「孤独者」の執筆は一九二五年一〇月である。結婚により子どもを持つことを拒むという男性形象を軸に持ちながら二つの作品の作品形式の相違と執筆時期に注目したい。

なお「長明灯」、「孤独者」に先行して執筆された作品に「酒楼にて」（一九二四年二月）がある。先行研究において、「私」の独白を通して友人を語るという物語形式、語られる友人呂緯甫と魏連殳の人物形象の類似性により「孤独者」との系統性を指摘される作品である。しかし「酒楼にて」では、結婚により子どもを持つことを拒むという、祖先継嗣の役割を求められる男性形象の特徴は、明確には描き込まれていない。

（二）「孤独者」

主人公魏連殳の人物形象

「孤独者」の作品軸となる主人公魏連殳の人物形象については、魯迅自らが「あれは私を書いたのだ」[11]と語っているだけに、先行研究では魯迅の自己投影をめぐる考察、解釈、分析が多い。そしてその多くは、魏連殳を「改革者」と見なし、挫折者としての形象からとらえる。反抗者でありながら、最終的に軍閥の顧問として、高給を得る道を選んだ魏連殳の形象、革命者としての挫折感をさぐることを通して、五四退潮期にはいってから低迷する文学運動による挫折などを読み取ることもできなくはない。しかし、いざ、改革者、挫折者を主題において分析するとなると、作品中に魏連殳の改革者としての形象、挫折を掘り下げるだけの叙述、要素があまりに乏しい。語られているのはせいぜい、外国かぶれの新党の変わり者と言われた男が、批判者から、攻撃、非難を受けて職を失い、困窮の挙句、節を捨て軍事顧問となり、羽振りのよい暮らしと派手な交友関係に身をゆだねながら、結局自暴自棄の生活に陥り、病死し、軍事顧問役らしい(!?)奇妙な軍服姿で納棺されるという筋立て、顚末だけである。しかも、全五章で構成される作品の主な内容は、冒頭一章全体が魏連殳を育てた祖母の葬儀と特異な人物形象を際立てるかのような葬儀での魏連殳の振る舞い、二章から三章が魏連殳と子どもを巡る情景、子ども好きでありながら跡継ぎを得るための結婚を拒否する魏連殳と語り手「私」との対話、祖母の人生の反芻、そして四章があいまいもことした、それゆえに難解といわれる魏連殳自身の人生の内白となる「私」宛ての書簡、最終章が魏連殳の生前の様子を語る大家と魏連殳の葬儀である。改革者、その挫折者という視点から人物形象を見れば、祖母や子どもをめぐる叙述があちこちにちりばめられ、なんともつかみどころがない。輪郭の定まらぬ魏連殳の人物形象、難解で意図が読み取りにくい作品という評価が生まれる所以でもある。

しかし、いったん社会的な改革の志をもっていたとおぼしき改革者、その挫折者という人物形象、主題考察の視点をほどいて、作品を再読すると、物語を構成し、その展開をひっぱる二つのモチーフが浮かびあがる。一つは、魏連殳と「結婚、子ども」、もう一つは、魏連殳と「祖母とその人生」である。この二つのモチーフは、作品中の叙述量が多かったにも拘わらず、先行研究では作品の主題に関わる意義をもつものとして扱われることはまずなかった。前者の魏連殳と子ども、あるいは魏連殳と結婚は、ともすれば魯迅の子供に寄せる関心と愛情の深さ、あるいは形式的であったために子どもがいなかった妻朱安との結婚生活との関係性について、後者の「祖母とその人生」は、子ども時代に民間故事を語り聞かせてくれ、魯迅が愛情を深く感じていた祖母蔣氏との思い出、魯迅自身が経帷子を着せ、葬儀を取り行った蔣氏の実際の葬儀の状況との照合などで、「孤独者」創作の背景、モデル論の視点からの考察にとどまるものがほとんどである。しかし、これらだけでは、二つのモチーフの叙述量が多く、作品中で繰り返し語られる意味は、読み解けない。

いやこの二つのモチーフを取り去れば、魏連殳の人物形象を構成する要素のほとんどが削げ落ち、人物形象の体をなさない。「孤独者」の作品じたいも成立できなくなると言って過言ではない。その意味で、「結婚、子ども」、「祖母とその人生」は、作品の肉付け、枝葉ではなく、人物形象、物語構造の中心的課題に関わるものと想定される、以下、二つのモチーフについて見てみよう。

魏連殳と子ども

魯迅の子どもをめぐる言説には、幾つかの構成パターンと主張が盛り込まれている。一つは、男児を重んじる祖先祭祀の流れと男女の性差に関わらず子どもへの平等の愛を示す母性愛の対象としての子ども観、及び両者の対比であり、先に挙げた二つの作品集『吶喊』、『彷徨』に収められた小説作品に展開されている。

次に挙げられるのは、社会的存在としての子どもへの視点である。次世代の人間としての子ども、社会を構成する一員としての子どもの存在に対する観点で子どもの社会性を見つめる視点である。次世代の担い手である子ども、とくに幼い子どもまでが、「食人世界」に取り込まれ、蝕まれていくことに警鐘を発した「狂人日記」の子ども観、目覚めた者から自己の子どもに対して力を尽くして、「理解」し、「指導」し、「解放」し、親子関係から「人類の一員」としての「人」たる子どもを生みだして、社会の変革を求める「我々は今どのように父親となるか」の子ども観などが、社会的、歴史的存在としての子どもに対する視点を示す典型的な言説と位置づけられる。

「孤独者」の場合、子どもをめぐる叙述は、魏連殳と子どものやりとりを示す情景、子どもの社会性をめぐる魏連殳と友人であり物語の語り手である「私」との論議、結婚しない魏連殳に対する「私」の疑問、跡継ぎとしての子どもを求める結婚に対する魏連殳の拒否、跡取りづくりのための結婚を勧める大家と魏連殳との対話などにより展開するが、いずれも子どもへの在り方や在るべき子ども観そのものを主張することを目的とするこれまでの言説とは異なる性格を示している。以下、魏連殳と子ども、結婚をめぐる叙述の主要なものを幾つか取り上げてみよう。

まずはじめは、語り手であり、魏連殳の祖母の葬儀で知り合った「私」が魏連殳を初めて訪ねる場面で、第二章にあたる。最初に、手も顔も汚れ放題で、可愛げがあるとはいえない顔つきの大家の子どもに、目を輝かせ、欲しがっていたハーモニカを与える魏連殳を目にした情景を踏まえて、次のようなやり取りが「私」と魏連殳との間で交わされる。

「子ども〈孩子〉はいつだってすばらしい。みな純粋で……。」、彼は私がいささか耐えがたく感じているのを察知したようで、ある日、わざわざ機をとらえて私に言った。

「それはそうばかりでもないさ」、私は適当に答えた。

「いや。大人の悪い気性は、子どもら〈孩子们〉にはないんだ。後《のち》の悪さは、例えばいつも君が攻撃している悪さは、それは環境が悪く教え込んでしまうんだ。もともとは決して悪くない、純粋で……。僕は中国に希望があるとすれば、ただこの一点だけだと思うね」。

「いや、子ども〈孩子〉のなかに悪い根がなければ、大きくなってどうして悪い実がなるかね？　たとえば一粒の種は、まさに、その中に枝、葉、花、実の種があって、大きくなったときに、ようやくこれらのものが出てくる。なにもなくて……」

しかし、魏連殳は怒って、じろりと私を見て、もう口を開こうとはしなかった。

私は彼が言いたいことがなくて黙っているのかそれとも相手にしたくないのか、読み取れなかった。しかし、彼が久しく見せたことのない冷ややかな態度を露わにして、黙って続けざまに煙草を二本吸い、さらに三本目を取り出したときには、私は、もう逃げ出すしかなかった。

この時の恨みは、三ヶ月も尾を引いた後、ようやく解消された(12)。

子どもの純粋さについてやり合う対話シーンで、内容的には社会の一員として子どもの社会性をどうとらえるか、社会的存在としての子どもをめぐる対照的な視点が論議されているが、ここでの主眼は、子ども観の論議そのものではない。子どもの純粋さに異義をさしはさんだ「私」に対する魏連殳の反撃、不快ぶりである。喜々として子どもに対する魏連殳の姿は、その死後、大家が「私」に語る一段にも示されている。

「あの方は、以前は、子どもたち〈孩子们〉に対しては、子どもが父親を恐れるよりもっと恐れていらして、いつも低い声でおどおどしてらした。近頃はそりゃとても変わられて、よくしゃべられるは騒がれるは、私どもの大良たちもあの方と遊ぶのが大好きで、ひまがあれば、お部屋に行きました。いろんなやり方で、からかって遊ばれました。なにか買っていただくときには、子ども〈孩子〉に犬の鳴き声をまねさせたり、叩頭を一つさせたりなさって。はっは、本当ににぎやかに過ごされて、二か月前にも二良は、靴を買いたくて、叩頭を三つさせられました。それは今も履いていて、やぶれておりませんよ(13)」

子どもの好きなものを買い与えて歓心を買おうとする魏連殳の姿は、二章の冒頭のハーモニカを用意していた情景にも現れている。物を買い与えたり、からかったりする魏連殳の子どもへの関わりかたに、モノ欲しさもあったとはいえ、子どもが「暇があれば遊びに」いっていたという。子どもの純粋さへの信奉、それに違えた「私」への容赦ない反撃などにより、子ども好きの人物としての魏連殳の姿が明確に描きだされている。

しかし、子ども嫌いどころか、子ども好きの魏連殳は、自らの子どもを求めず、跡継ぎとしての子どもを得るための結婚を拒否する。

以下はこれを示す魏連殳と「私」との対話である。

「僕は、ちょうど君に知らせようとしていたんだ。君は、ここ何日か、僕のところにたずねて来てはいかん、僕のところには、いやな奴、大きいのが一人と小さいのが一人いて、まるで人間じゃない！」

「大きいのが一人と小さいのが一人〈一大一小〉、それは誰なんだね？」私は少々いぶかしく思った。

「僕のいとこ〈堂兄〉とその息子〈小儿子〉だ、はっは、息子〈儿子〉はおやじそっくりだ」

「町に君を訪ねてきて、ついでにちょっと遊んでいこうということかね」

「いや。僕に相談ごとがあると言ってきたんだが、その子〈这孩子〉を僕の養子にしようというわけだ」

「え！　君に養子を？」私は驚かざるを得なかった、「君はまだ結婚もしていないじゃないか？」

「奴らは僕が結婚しないのを知っているんだ。しかもこれはなにも関係ない……」

（略）

「とどのつまり、鍵は、すべて君に子ども〈孩子〉がないことにあるんだ。結局、君はどうしたってずっと結婚しないんだね。私はふいに話を振り向けるきっかけを見つけた、やはり長く聞きたいと思っていた話で、この時絶好の機会になったと思った[14]」。

さらに、結婚せず子どもを持とうとしない魏連殳に対して大家が妾をとり子どもを設けることを勧めたことを示す一段がある。それにより跡継ぎを持つこと、妾を持つことを拒否する人物として魏連殳の形象がより明確にされている。

「あの方はでたらめで、ちっともまじめになさらない。私は気がつきまして、ご忠告もしました。こんなお年になって、結婚なさるべきです。今のご様子からしてみれば、御縁を結ばれるのはたやすい、もしお家柄が釣り合わなければ、さきに何人かお妾さんを買われてもよろしいですし、それらしいご様子をおつくりになれるべきですと。しかしあの方は、ちょっと聞かれると笑いだされて、言いました。「ばあさん、おまえさんは相変わらず他人のために、そんなことを心配しているかね。」ほら、あの方は浮かれておられて、人の話をちゃんとお聞きにならない。もしもっと早く私の話を聞いておられたら、お一人で今さみしくあの世をさまよわれたりなさって、少なくとも多少はご縁者のお声をお聞きになれましたのに……」[15]

以上に示すように、「孤独者」における子どもをめぐる叙述は、子ども嫌いではないにも拘わらず、子どもを持つことを拒絶する者としての魏連殳像を形象化する。

跡継ぎを持つことを拒否する魏連殳の人物像の意義は、この作品の題目「孤独者」の内にも示されている。「孤独者」という語彙は、中国のみならず、日本語のなかでも常用される近代語彙であるが、源をたどれば、『孟子』梁恵王章句下五「老いて妻無きを「鰥」といい、老いて夫無きを「寡」といい、老いて子無きを「独」といい、幼くして父無きを「孤」といい〈老而无妻曰鰥，老而无夫曰寡，老而无子曰独，幼而无父曰孤〉、すなわち〈鰥寡孤独〉である。「孤独者」という語彙は単独で一人で孤立した存在を示すのみならず、子、孫など係累のない父系と男性系譜からの脱落者を示すのである。この意味を汲み取るとき、「孤独者」の主人公である魏連殳の人物形象を構成する「孤独」が、単なる社会的に孤立した愛情関係を持たない現世の人間存在を意味するだけでなく、過去から将来へと流れる時間軸を組み入れた生命の継承を含めた「孤独」であることが読み取れる。「孤独者」の、魏連殳もまた「長明灯」の主人公と同じく、子孫を残すことを求められても受け入れない〈鰥寡孤独〉「孤独者」の形象として成立している。「孤独者」の語彙がもつ原義にも注意する必要がある。[16]

作品中の祖母の形象

「孤独者」の作品には二人の祖母が登場する。一人は、魯迅自身の祖母蔣氏がモデルであると推察されている主人公魏連殳の祖母、もう一人が物語の語り手「私」に、軍閥の顧問となり羽振りを利かせながら自暴自棄の生活の果てにあっけなく病死する魏連殳の最後を語り伝える大家——大良の祖母である。後者、すなわち魏連殳の人物形象を伝える語り部的な大良の祖母の役割は、それなりに明確だが、前者魏連殳の祖母の人物形象、あるいは作品世界での役割は、具体的にはどのように解釈され、意義づけられるのであろうか。物語冒頭の第一章に延々と語られる葬儀の意味は、単に育ててもらった恩義と、孤独な生き様に愛情を尽くす魏連殳の人柄、祖母以外に係累がない家族関係、特異な性格を示す意図のためだけに構成されたのであろうか。物語の構成、魏連殳の人物形象から見ても、それらだけでは解釈しきれないほどの比重が置かれているように見える。祖母について先行研究では、ユーモアにたけ、幼い孫たちには民間故事を語り聞かせてくれた魯迅の祖母蔣氏をモデルとして指摘し、哀悼の表現と見る解釈が見られる。[17] しかし、長々とつづられる葬儀と、さらに反芻される四章の生涯への言及を見るかぎり、蔣氏をモデルとしていたと指摘するだけでは、解明しきれない内容が残る。モデル論から一歩踏み込んで蔣氏の生きざま——「生と性」のあり方そのものを考察する必要があるのではないか。それによってはじめて、「孤独者」において祖母が語られる意義を読み解くことができるものと考える。

魯迅の祖母蔣氏[18]

序章で取り上げたように祖母蔣氏は、魯迅の父伯宜と娘徳を生んだ先妻孫氏が亡くなった後、周福清（介孚）の後妻として嫁ぎ、娘康を生んだものの生涯にわたり、夫福清との夫婦仲が悪く、女性としての愛情を満たされることなく一生を終えている。その要因として、太平天国の乱の際にさらわれ失踪していたこと、夫福清から太平天国軍の女を意味する〈长妈妈！〉（長髪族と呼ばれた太平天国軍の呼称に由来）と揶揄され、屈辱的な罵辞に涙していたと伝えられる事件があり、それが夫婦不仲の根深いしこりとなっていたという。[19]さらに、魯迅一族四〇〇年の歴史中、経済的に恵まれない房族の出ながら、刻苦勉励により初めて科挙最高位の殿試を経て、高級官僚養成機関の翰林入りまで果たした夫福清は、剛毅、強直な性格で、正義感が強く、権威を恐れず、歯に衣を着せぬ言動で物議を引き起こすことが少なくなく、初の任地の江西省の知県職でも、清廉官ゆえに疎まれ、「愚鈍で任に堪えない官」との冤罪を受けて弾劾、罷免されている。この江西県に見習いとして同行した周観魚（周冠五）は、回憶録で、弾劾事件の告発理由に、妾との会話を立ち聞きしていた蔣氏と福清の実母戴氏に対して、周福清が「馬鹿者！」〈王八蛋！〉と罵声を浴びせたことが、日ごろから口にしていた「めくら太后、馬鹿皇帝」〈昏太后、呆皇帝〉の大不敬〈大不敬〉に、「大不孝」〈大不孝〉を上乗せすることになり、弾劾に至ったと記している。[20]史実的には、知県としての清廉モットーの官僚ぶりと、利を求める周囲との利害関係に根差す原因があってのものと解釈できるが、この初任地での弾劾罷免事件以後、周福清は、地方官僚になることを望まず、北京で買官により官位の低い謄録職（内閣中書漢票簽所）の官職を買い、実母戴氏の服喪のため官を辞するまで、北京で妾と生活し、任地に蔣氏を伴うことはなかった。都合一二年務めた職場は、「暇な役所の暇な役人」と言われる閑職ながら、勤勉さと事務処理能力で好評価を得たものの、ただでさえ薄給の京官の半分の給与に甘んじる候補時代が長く、時に、同郷の李慈銘が、米を二〇〇斤（一二〇キログラム）を借りてやったと記載するほど（『越縵堂日記』一八八六年八月二五日）、逼迫した生活ぶりであった。[21]母戴氏の逝去による服喪帰郷は、候補から正官に昇進して三年後、北京での官僚生活がようやく落ち着きだしてほどなくの時期であった。おりしも殿試同期の考管が郷試に派遣されるとの情報により、長年郷試に合格できず、アヘンに染まる生活に陥る兆しを見せていた息子伯宜、親戚・知人五人の師弟の合格を依頼する考官買収を諮ったとして摘発されることになった。

科挙不正事件が横行した清末期、ほとんど露見することのないもっとも成功率の高いはずの考官買収が未遂で露見し、検挙されるという事件であっただけに全国で風評が立ち、科挙不正を戒める恰好の事件と見なされ、欽案事件として審議され、死刑の判決を受けて（未決死刑囚斬監候）杭州の獄に下った。

死刑という厳罰ながら、「思いつきによる単独犯」という罪状は、地方の名士を巻き込む連座を避けたい地方政府の思惑と、軽微な事件に厳罰を下し戒めの効果を挙げたい皇帝側の意向、福清一人の反抗として息子伯宜に後を託して周家の災いを減ずる、いわば四方に利となる裁定であった。[22] しかし、魯迅が『吶喊』自序で述べたように、魯迅は質屋と薬屋通いのなかで没落子弟としての辛酸をなめ、「世間の人の本当の顔を見る」〈大概可以看見世人的真面目〉「屈辱の体験」を受け、父は自らを「バカ子孫、バカ子孫」〈呆孫子！、呆孫子！〉と自虐的にののしりながら、[23] 自責と失意の内に死去し、少年期の魯迅と母魯瑞に一家を支える責務が残された。長男として母魯瑞を助ける魯迅ら家族の下に、恩赦を受けて周福清が二番目の妾章氏との間に生まれた孫魯迅よりも一歳若い末息子伯昇を伴い戻ってきたのは、下獄から七年後のことだった。夫福清との最後の生活七年とは、妻蒋氏にとっては、妻妾同居で暮らす七年にほかならなかったのである。[24]

「孤独者」のなかで、魏連殳は、紹興で蚕が自ら繭を作りわが身を閉じ込めることから、閉塞的な自己を生み出す、孤独の人を示す〈独头茧〉の語を用いて祖母を表現している。

「そりゃ君がまちがっている。人は実際はそんなふうではないんだ。君は本当に自分自身で、孤独の繭を紡ぎ出しているんだ。自分を中に閉じ込めてしまっている。君はもう少し世の中を明るく見るべきだ」私はため息をついて言った。

「その糸はどこから来たのか——もちろん、世の中にはそんな人がいる、たとえば僕の祖母がそうだ、僕は彼女と血を分けていないが、ひょっとすると彼女の血を引き継いでいるのかもしれない。しかしそんなこともなにもたいしたことじゃない。僕はとっくに一緒に泣いているんだから……」

『那你可错误了。人们其实并不这样。你实在亲手造了独头茧，将自己裹在里面了。你应该将世间看得光明些。』我叹惜着说。

『也许如此罢。但是，你说：那丝是怎么来的？——自然，世上也尽有这样的人，譬如，我的祖母就是。我虽然没有分得她的血液，却也许会继承她的运命。然而这也没有什么要紧，我早已豫先一起哭过了……[25]。』

彼女の晩年は、僕が思うに、それほど辛いものではなかったと思う。寿命も短くはなかったし、僕が涙を流すにはおよばないんだが。まして泣いた人だって少なくなかったし、以前に彼女をひどく侮辱していた人たちだって泣いていたし、少なくとも顔つきだけは悲しげだった、ハハ、ハハ、……しかし、あのとき僕はなぜかわからないのだが、彼女の一生が目の前に浮かんできた、自分で孤独を紡ぎ出し、口のなかで一生をかみしめる、しかもこういう人たちはやはり多いのだ、こうした人たちが僕を辛くさせる、だが大方はやはり僕が感情過多になっているからで……

『她的晚年，据我想，是总算不很辛苦的，享寿也不小了，正无须我来下泪。况且哭的人不是多着么？连先前竭力欺凌她的人们也哭，至少是脸上很惨然。哈哈！……可是我那时不知怎地，将她的一生缩在眼前了，亲手造成孤独，又放在嘴里去咀嚼的人的一生。而且觉得这样的人还很多哩。这些人们，就使我要痛哭，但大半也还是因为我那时太过于感情用事……[26]。』

妻でありながら愛情関係に恵まれず、畜妾に苦しんだ蔣氏は、福清亡き後、正妻として、男性と出奔した若い妾の頼みに応じ自由の身にする措置も講じている。また、死ぬ前に伝えておきたいことがあるとして、周建人に科挙不正事件の際に、福清が考官に賄賂を届けに行っておらず、事件発覚後、「百草園」の小屋に隠れているところに自分が食事を届けたと言い、不正事件の犯人とされた福清の無実を孫に伝えている。[27]前者は、女性としてなお夫であった福清に対して、儒教社会の求める古き女性の役割を誠実に果たしていた様子を伝えており、[28]後者は、蔣氏が愛憎関係を越えて妻として、家を担う者としてことにあたり、夫福清に対して誠意と誠実さをもって尽くしていたことが示されている。

「孤独者」の作中に描かれた魏連殳の祖母の形象に、一夫一妻多妾を当然とする旧社会に生きる女性として損なわれ、癒されることなく、生命の糸を紡いで、ひっそりと人生を終えた女性の祖母蔣氏の存在があったことに留意したい。[29]

蓄妾による男性性の加害者性と男子の「貞操宣言」

夫との不仲、妻妾の不和が絶えなかったという蔣氏の女性としての生きざまは、儒教倫理、封建的家族制度に生きる女性存在に目を向けさせ、女性観、男性観の形成に大きな影響を与えたと推察される。特に、祖母蔣氏を苦しめた祖父周福清の女性問題、蓄妾に対する嫌悪感は、男性が女性にもたらす加害者性として、魯迅自身の男性性を拘束し制御させたものと受け取れる。

日本留学時代、初期文芸運動の思想を盛り込んだ「摩羅詩力説」で、バイロンを取り上げるにあたり、材源とした木村鷹太郎の評伝『バイロン　文界之大魔王』（大学館、一九〇二年）、「バイロンの思想、文学、哲学」に組み込まれていた「快楽主義」（同書第三編第一一章）、「女性及び愛戀観」（同第一二章）をまったく取り入れず、ドンファンの自由奔放な恋愛観も斥けた背景には、放埒な恋愛、女性関係を許容しない魯迅の思考、ストイックな性意識が作用していた可能性を読み取れた。また、五四新文化運動期の家族問題、家庭改革論として記された一連の著述にも男性の蓄妾、一妻多妾、売春などを糾弾する鋭い批判が展開されている。特に、男性中心の儒教道徳により生み出される形式主義的な婚姻関係と一妻多妾の中国の結婚制度の弊害について、「形式的な夫婦は互いになんのつながりもないから、若者はほかに女をあさりに遊郭に行き、年とった者はまた妾を買う」(30)と批判した「随感録四〇」、男性の放埒さによる性病被害をこうむる母子の悲劇を語った「我々は今どのように父親となるか」の一節は、五四の儒教道徳批判、男性偏重の二重道徳批判として際立っている。(31)

あまりに有名な一節だが、男性が一代を犠牲にして旧式結婚の犠牲者たる女性に連れ添おうと呼びかけた「随感録四〇」にもう一度目を向けてみよう。

女性の側には、もともと罪はない。現在は古い習慣の犠牲になっているだけだ。我々は人類の道徳を自覚したからには、良心にしたがって若い者、年取った者の罪を犯すことはできないし、また異性に責任を求めることはできない。一代を犠牲にして連れ合いとなり、四〇〇〇年の古帳簿を終わりにするしかない。

但在女性一方面，本来也没有罪，现在是做了旧习惯的牺牲。我们既然自觉着人类的道德，良心上不肯犯他们少的老的的罪，又不能责备异性，也只好陪着做一世牺牲，完结了四千年的旧账。(32)

自ら掲げた檄文は我が身をも縛る。魯迅は、一九〇六年、留学先から帰省した際、母の決めた旧式結婚を受け入れ、自ら形式的な結婚の枷を引き受けている。すでに妻帯者である魯迅がこの呼びかけに応えるなら、自らの性愛を形式的な結婚に注ぐか、性愛そのものを凍結、あるいは封印し、切り捨てるしかない。言うなれば男子の貞操宣言である。「母の嫁」と称した朱安との結婚は成立時より性と愛を切り捨てた婚姻関係であった。

やがて北京に移転、「随感録四〇」を含め、一連の家族改革論を書いた一九一九年当時、性に関する言説に苦渋、苦悩は見せていない。同年一〇月に記された「我々は今どのように父親となるか」では、独身者についても屈託がない。

他国の昔のことについてだけ言っても、スペンサーは結婚したことがなかったが、落胆してさみしく過ごしたとも聞かないし、ワットが早くに子女を亡くしても天寿をまっとうして安らかに死んだという

单就别国的往时而言，斯宾塞未曾结婚，不闻他侘傺似无聊；瓦特早没有了子女，也居然寿终正寝。(33)

独身であること、子どもを持たないことに、なんのこだわりもない楽観的な姿勢を示した記述から六年後に記された、「寡婦主義」（一九二五年一一月二三日、『京報』副刊『婦女週刊』一周年記念特別号、『墳』）には、以下のような一段がある。

やむなく独身生活を送っている者は、男女を問わず、精神にいつも異常をきたすことを免れず、執拗で猜疑心が強く、陰険な性質の者が多い。ヨーロッパの中世の騎士、日本の維新前の御殿女中（宮女）、中国歴代の宦官、その冷酷さ、陰険さは、通常の者の何倍も上まわっている。他の独身者も同じで、生活が自然に逆らっているから、心はいつもひどく変わってしまって、世の中のことがみなつまらなく、人間がみな憎く、天真爛

漫で楽しんでいる人を見れば、憎しみがわく。とりわけ、性欲を抑圧しているがゆえに、他人の性的な事件に敏感で、疑い深く、うらやみ、そのために嫉妬する。その実、これも成り行きとして当然のことである。社会に迫られ、表面上は純潔をよそわざるをえないが、しかし内心は本能の制御から逃れられず、思わず欠乏感がうごめくのである。

至于因为不得已而过着独身生活者，则无论男女，精神上常不免发生变化，有着执拗猜疑阴险的性质者居多。欧洲中世的教士，日本维新前的御殿女中（女内侍），中国历代的宦官，那冷酷险狠，都超出常人许多倍。别的独身者也一样，生活既不合自然，心状也就大变，觉得世事都无味，人物都可憎，看见有些天真欢乐的人，便生恨恶。尤其是因为压抑性欲之故，所以于别人的性底事件就敏感，多疑；欣羡，因而妒嫉。其实这也是势所必至的事：为社会所逼迫，表面上固不能不装作纯洁，但内心却终于逃不掉本能之力的牵掣，不自主地蠢动着缺憾之感的。[34]

アメリカ帰りの女子師範大校長楊蔭榆に対する批判を意図した攻撃性をこめた文章であるが、独身者には性的抑圧とそれによる歪みがあるという発言には、独身者を自認する魯迅の自閉的な婚姻生活がもたらした性的抑圧の体験と、それを忌憚なく公言しうる状態が得られていることをうかがわせる。[35]おりしも一九二五年は、魯迅が女子師範大の教え子で一七歳年下の許広平に出会い、自らが閉ざしてきた性愛の扉を開いていった時である。

難解な一段

「孤独者」には、しばしば論議を呼び、解釈の争点となってきた以下の一段がある。煩雑な文章構成であるため、長い引用となるが、訳文、原文を挙げておく。

君はあるいは僕の消息を少しは知りたいと思うかもしれない、今いっそのこと君に話してしまおう――僕は失敗したんだ。以前、僕は自分が失敗者であると思っていた。が、今では決してそうではない。今こそ真の失敗者になったんだ。以前、僕に何日か生きてほしいと願った人がいて、僕自身もなお何日か生きたかったが、生き続けられなかった。今はほとんどその必要なくなってしまったのに生き続けたいと思い……、

しかしそれでも生き続けたいか？

僕を何日か生きながらえさせたいと願った人は、自分が生き続けられなくなった。この人はすでに敵に誘い出されて殺された。誰が殺したのか？　誰も知らない。人生の変化はなんて早いのか！　この半年、僕はほとんど乞食同然だった。実際にもうに乞食になっていたんだ。しかるに僕にはまだすることがあった、僕はそのためにこれを求め、そのために凍え、そのためにさみしくなり、そのために苦労した。しかし、滅亡は望んでなかった。そう、僕に何日か生きながらえることを願った人がいて、その力はこんなにも大きかった。しかし今ではなくなってしまった。その一人もいなくなってしまった。同時に、僕は自分も生き続けたくなった。ほかの人は？　同じなんだ。同時に僕自身も僕が生き続けることを願わない人のためにしゃにむに生き続けたくなったし、僕にしっかり生き続けることを願った人はもういなくなってしまって、もう誰も心を痛めない。このように人を傷ませることは、僕は願わない。しかし今はいなくなってしまった。その一人もいなくなってしまった。楽しくてたまらない、気持ちよくてたまらないんだ。僕はすでに僕が以前憎んでいたものにお辞儀し、すべてに反対し、僕が以前あがめていたもの、主張していた一切を退けた。僕はすでに本当に失敗していたんだ、しかし僕は勝利したんだ。

“你或者愿意知道些我的消息，现在简直告诉你罢：我失败了。先前，我自以为是失败者，现在知道那并不，现在才真是失败者了。先前，还有人愿意我活几天，我自己也还想活几天的时候，活不下去；现在，大可以无须了，然而要活下去……。

“然而就活下去么？

“愿意我活几天的，自己就活不下去。这人已被敌人诱杀了。谁杀的呢？谁也不知道。“人生的变化多么迅速呵！这半年来，我几乎求乞了，实际，也可以算得已经求乞。然而我还有所为，我愿意为此求乞，为此冻馁，为此寂寞，为此辛苦。但灭亡是不愿意的。你看，有一个愿意我活几天的，那力量就这么大。然而现在是没有了，连这一个也没有了。同时，我自己也觉得不配活下去；别人呢？也不配的。同时，我自己又觉得偏要为不愿意我活下去的人们而活下去；好在愿意我好好地活下去的已经没有了，再没有谁痛心。使这样的人痛心，我是不愿意的。然而现在是没有了，连这一个也没有了。快活极了，舒服极了；“我已经躬行我先前所憎恶，所反对的一切，拒斥我先前所崇仰，所主张的一切了。我已经真的失败，……然而我胜利了(36)

右記引用文中では、「僕を何日か生きながらえさせたいと願った人は、自分が生き続けられなくなった」〈愿意我活几天的，自己就活不下去〉。それが誰であるのか、あるいは「この人はすでに敵に誘い出されて殺された。誰が殺したのか？」〈这人已被敌人诱杀了。谁杀的呢？〉をめぐっての論議が注目されてきた。林敏潔氏は、革命家を示す林菲、許広平論を提起する李允経、魯迅の信条を示すとする陳煒、杜国景らの論点を挙げた上で、魯迅による作品講義を受けた増田渉のテキスト本に「lover」〈原文二重線の箇所〈有一个〉〉の書き込みがあったことを明示し、新たな論議を提起している(37)。この一段を理解する上でたいへん有力な手がかりの提起である。特に、先に述べたように、一九二五年三月に知り合い、相互の感情が確認されるに至っている許広平の存在が魯迅の「性と生」を考える上で、直接的で、きわめて重要な影響をもつ。そのことを示唆する点でも大変重要であると思われる。ただ筆者は、それでもこの一段を明確な論旨によりすべて整合性をもつ文脈として、筋道立てることは大変難しいと考える。というより、この一段は本来的にそうした脈絡の整合性を取りえぬ不整脈を意図的に編み込んで、記されたものであると考えるからである。整合性を明晰にせず、あえて多様な解釈の可能性により、真意を奥に閉じ込める手法は、「鋳剣」（一九二七年四月、『故事新編』一九三六年）の挿入歌にも見られる。ここでは、意図的に整合性をもたせない叙述法により文意を明示せず、あえて真意を覆い隠し、読み取らせない手法が取られていると想定する。その手法を受け止めた上で、全体としての文意をたどるとき、入り組んだ文脈のなかから浮かび上がるのは、主人公魏連殳の生と死によって提示される生き方、信条——跡継ぎを残すための結婚、性愛の拒否——の顚末である。言い換えれば、魏連殳の死により葬られたものとは、性を否定する生の在り方をめぐる葛藤であると考える。この解釈を生み出す要因は、作品中に繰りかえされた子どもと結婚、孤独に繭を紡いで生涯を終える祖母の存在、そして林敏潔氏による増田渉の書き込み本の「lover」のメモ、これらが示唆するのは、性愛である。性愛こそ、魏連殳の人物形象、そして魏連殳を主人公とする「孤独者」の物語構造を貫くキーワードであると考える。このキーワードをとらえることにより、ひっそりと運命を甘受して、繭を紡ぐように生涯を孤独のうちに終えた祖母と魏連殳の生き方が重なりあう。跡取りをつくるための結婚も妾をもつことも拒否してきた魏連殳には、そもそも性愛に関する描写がまったく存在しない。自暴自棄のでたらめな生活ぶりとなれば、つきもののはずの女出入りがないのである。遊蕩三昧、放蕩の果てといいながら、酒はあっても色ごとはなし、ストイックな魏連殳のままである。言うなればその魏連殳の人物形象は、性愛が欠落した男性形象である。女性として性愛に恵まれなかった祖母の葬儀と告別（人生の終焉）は、同じく性愛を切り捨てた、欠落した魏連殳自身の生の終焉とも重なり合う。

以上のような視点を踏まえて、難解な一段を読み解くなら、勝利と失敗が性愛をめぐるものであって不思議はない。あいまいな表現だけに多様な解釈は可能であるが、筆者は性愛をめぐる反芻ととらえる。「僕はすでに本当に失敗していたんだ、しかし僕は勝利したんだ」〈我已经真的失败，…然而我胜利了〉のフレーズは、類似表現で繰り返されるため、全体で一塊と思われやすいが、すべて同じ時系列のもとにあるとは限らない。最初の段落につづられた勝利と失敗は、すでに過去に葬った可能性のある出来事、実らなかった愛情を示唆しているのかもしれない。最後の段落、末尾に記した下線部は、まさに現在進行しようとしている愛情——まぎれもなく許広平に関わるものであると思われる。

以上の解釈に立つとき、これまで考察してきた魏連殳をめぐる「結婚、子ども」、「祖母と人生」のモチーフ、祖母の死より始まり魏連殳の死に終わる物語構造、延々とつづられた祖母の葬儀の意味が「性愛」というキーワードに収斂されていくのがわかる。

魯迅が自らを投影して造形した魏連殳の祖母の葬儀と、激しい慟哭は、祖母の生き方を通して、魯迅が自らの内にはぐくんだ愛情観、結婚観、旧式結婚の呪縛を引き受け、男性としての自己の性を圧殺してきた魯迅の「性と生」の古い自己規定を葬り、新たな道に転換していくために不可欠の告別の言説にほかならない。「孤独者」における祖母を描いたプロットは、作者魯迅にとって、祖母蔣氏の生涯の顕彰と告別により再出発する意味を込めたものにほかならず、作品に不可欠の要素であったと考える。

しかし、魏連殳を自分だと語った作者魯迅が、実人生で新たな性愛を引き受けていくにはもう一つの関門を越えなければならなかった。それは旧式結婚により自らが受け入れた妻朱安との関係である。

「傷逝」に投影されたもの

「孤独者」に三日遅れて完成された「傷逝」は、魯迅の作品中ほとんど見られない青年男女の恋愛の顛末を描いた作品で、副題に男性主人公涓生の名をあげて「涓生の手記」と記されている。「孤独者」同様、雑誌などの刊行物に掲載されず、直接『彷徨』に収められ、『吶喊』、『彷徨』に収録された他の作品とは異なる。「孤独者」は「私」によって語られる形態をとり、魯迅自身が、主人公魏連殳について「あれは私だ」と述べただけに、魯迅の内的世界の投影を分析する作家研究が多い。これに対して、恋愛の顚末という筋立てによる物語世界を展開する「傷逝」は、作者魯迅の婚姻関係の投影、女性観を読み取る分析もあるものの、新時代の恋愛、自由恋愛というテーマを考察課題として、作品分析を行い、意義づける研究が多く見られる。しかし、「傷逝」を恋愛小説と考えた場合、非常に大きな特徴が見出せる。それは、この小説の主題が、自由恋愛により同棲した青年男女の情愛のドラマであるにも関わらず、描かれているのがもっぱら精神面での葛藤、亀裂であり、肉体的な性愛の葛藤、亀裂がほとんど登場しないことである。少年少女のプラトニックラブであればともかく、生身の肉体をもつ青年男女の恋愛劇、とりわけ同棲生活の破綻に肉体を伴う性愛の葛藤が描き込まれていないことは奇異である。二人の生活を支えるために必要な経済的問題、生活費のねん出に苦労する姿は、作品構成の要素として明確に描き込まれている。しかし、成人男女の同棲生活であれば、起こりえるはず、起こりえないはずのない性愛をめぐる不和、いさかいなど、肉体関係にかかわるのトラブルが作品構成のモチーフとして存在していない。忌憚のない言い方をすれば、魯迅唯一の恋愛小説「傷逝」は、ほかでもない性なき葛藤で終結する恋愛劇、性愛の欠落した恋愛小説という特徴を持っているのである。

「傷逝」の主軸となる二人の恋愛は、女性に精神的、知的な交流を求め、期待していた男性（涓生）が、自己の存在に誇りをもち、縁者、父親の反対ももとのともせず、毅然として自らの独立を勝ち取る誇り高い女性（子君）を愛し、ともに暮らしだすものの、やがて日々の暮らしに、埋没し、家事の切り盛りに明け暮れる女性へと変貌していく姿に失望し、愛を喪失し、別れの宣告をするという筋立で進行する。「愛の喪失」を告げられた女性は、もともと同棲に反対していた父親に引き取られ、その後死亡する。人づてにその死を知った男性は、女性の死に「愛の喪失」により、別れを宣告した自己の行為を悔い、深い悲哀と懺悔に沈みながら、忘却と嘘に導かれて新たな一歩を歩みだすという結末で終わる。副題を「涓生の手記」とする独白形式の小説である。

「私は私自身のもの、彼らの誰も私に干渉する権利などありません」このきっぱりとしたゆるぎない思想は彼女の頭のなかで、私よりもさらに徹底し、ずっと強固であった(39)。

個としての独立した自己の存在を揺るぎない意識で支え、係累にも脅かされない新しい時代の女性として、男性が敬意と憧憬を抱いて始めた二人の生活は、男性の失職によってたちまち困窮し、日々の暮らしに追われる生活へと転じる。生活に埋没する女性の姿に、真実を告げることの重さに気づかぬまま踏み出した男性は、「愛の喪失」の告白がもつ罪過に自らの安易さを知り、「希望と歓びと愛と生活をもたらしたすべてが逝ってしまった」と嘆く。空虚さの中で、地獄におちて女性の許し、寛恕を請うことのむなしささえ夢想しながら、自らの生をかみしめて、明日に向けて次のような言葉を残して歩み出す。

今あるのはただ早春の夜だけだ、なんとそれは長いものであるのか。私は生きており、私はいつも新しい生きる路に踏み出さなければならない。その一歩が、——私の悔恨と悲哀を書きとめることでしかなかったのだ、子君のために、自分のために。私はただ歌を歌うような泣声で、子君を送り、忘却のなかに葬るだけしかない。私は忘れなければならない、私は自分のために、忘却によって子君を弔ったことさえ思い起こしてはならないのだ。

私は、新しい生への路を一歩踏み出していこう、真実を胸の奥深い傷のなかに埋め込み、黙々と前に進み、

「傷逝」の題名は、死者を悼む意味をもつ。先の「孤独者」と同じく生命の終わりに深く関わる意味をもつ点に一つの共通性が見出される。

妻朱安と魯迅の婚姻生活

自由恋愛により結ばれ、経済的困窮のなかで破綻する若い青年男女の物語は、時代、社会を映し出す多様な要素を含んでいる。自由恋愛、若者の結婚生活、経済問題、多様な視点からの作品分析が可能であるが、ここでは、性愛なき恋愛劇が生まれた背景として、魯迅自身の性愛なき婚姻生活、旧式結婚との関係を取上げておきたい。

「傷逝」で展開された涓生と子君の作品世界の二つの特徴、性愛なき生活と日々の暮らしの世話、それはとりもなおさず魯迅と朱安が送った結婚生活、実質的には同居生活に重なりあう。「傷逝」が性愛を欠如した同棲生活を描いたのは、妻帯者でありながら魯迅自身が性愛を伴う結婚生活を体験したことがないことが要因の一つとして挙げられよう。さらに一歩踏み込んでいえば、そもそも性愛の葛藤を組み込んだ恋愛劇を生み出す意図そのものがあったのか否か、それさえも検討に値する。

日本留学時代、母の病気を伝える偽電報により郷里に呼び戻されて本人の願いを満たさぬまま成立した結婚に対して、魯迅は距離を置き続けた。一九〇九年日本から帰国してからも、なかなか紹興に身を落ち着けず、二年後には中華民国の教育官僚の職について、北京に移転した。本人の願いを満たさぬまま成立し、「母の嫁」(母亲娶媳妇)と言い続けた結婚は、妻朱安の側から見れば、長きにわたり夫不在の結婚生活を強いられるものにほかならなかった。それは、夫との不和ゆえに長年に渡り、任地に同行されることもなく、女性としての愛情を満たされぬまま、生涯を終えた「孤独者」の祖母のモデル蔣氏の結婚生活と皮肉にも重なりあう。魯迅は、自らが男性性の加害性を学び、その轍を踏むまいと戒めてきた旧式結婚による女性抑圧の路、祖父周福清の結婚生活に近い道を歩み出す瀬戸際に立っていたのである。ただ朱安が遠く離れた故郷にいた期間は、必ずしも愛と性を切り捨てた結婚の抑圧は、顕在化せず、内在的に制御されていたものと思う。それは「孤独者」の分析で取り上げた、一九一九年執筆の「我々は今どのように父親となる」かの一節に記された独身者に対する屈託のない表現にも示されている。魯迅と朱安の結婚生活の亀裂が強まり、葛藤が深まるのは、一九二三年周作人との不和により、魯迅が八道湾を出て、当初は朱安と二人、後に母を交えて三人で暮らし始めてからのことであると推察する。

一九二四年、八道湾を出る際、魯迅は、朱安に、今後の道を相談し、新たな関係を求めている。相談の中身については、朱安が後に同居した兪芳に語った回想録に見ることができる。それによれば、これからの道について希望を聞かれた朱安は、魯迅に対して以下のように答えたという。

「僕はしばらく磚塔胡同に移ることにする。君は八道湾に残るか、それとも紹興の実家に帰るかね？　もし紹興の実家に戻るのであれば、毎月君に生活費を送る」、朱安は少し考えてから深い思いを込めて答えた。「八道湾には、私は住めません、あなたが引っ越していかれれば、お母様は遅かれ早かれ、あなたについて行かれるでしょう。私が一人で、義妹《いもうと》さん、姪御さん、甥御さんといっしょに過ごして、なんになるでしょう？　さらに申し上げればお姉さんは日本人で、話もわかりませんから、暮らしづらいです。紹興の実家にも行きたくありません。あなたが磚塔胡同にお引っ越しになれば、どのみちあなたに代わってご飯をつくったり、縫い物、洗濯、掃除をしたりすることが必要です、こうしたことならできますし、私はあなたと一緒に行きたいと思います。[41]

しかし、朱安にとって実現された道はさらに厳しい現実をもたらすものであった。魯迅は身の回りの世話に心を尽くす朱安の行動を必ずしも喜ばず、洗濯物は籠に入れてやりとりし、心づくしの綿入れズボンもはかずに拒否したといった逸話が伝えられている。[42]会話さえろくに交わさなかったという関係に加え、ねぎらいや感謝の気持ちさえ示した形跡がない生活の果てに、魯迅と許広平が連れ立って南下する。魯迅の南下の後に発されたという以下の言葉が伝えられている。

「以前、大先生と私はうまくいっておりませんでした、私がしっかり彼にお仕えし、すべて彼にしたがっていけば、将来はきっとよくなるはずだと思いました」。彼女はまた一つのたとえを取り出して、「私はちょうど一匹のカタツムリのよう、塀の下から一歩ずつ這い上がっていく、這うのは遅いが、いつかきっと塀の頂上に上れる日がくる。けど、今私は方法《すべ》がなくなってしまいました、もう這い上る力がなくなってしまいました。私が彼を待っていればよくなるというのは無駄なんです。彼女は、こうしたことを話して、心がすっかり萎えてしまったようだ。彼女は続けて、「どうやら私の一生はお母様お一人にお仕えするしかありません、万一お母様が「お亡くなりになれば」、大先生のお人柄から見て、私の以後の生活は彼が見て下さるはずです[43]」。

朱安の立場からすれば、せめて魯迅の身の回りの世話をすることにより、自らの居場所、夫魯迅との関係を生みだしたいと思う切実な願いがあり、それが絶たれた後は、かろうじて姑である魯迅の母に仕えることにより、正妻としての自らの尊厳、アイデンティティを託そうとしていたのであろう。

「孤独者」から「傷逝」

一人孤独に自らの生の糸を紡いで生を終えた魏連殳とその祖母を描いた「孤独者」と、自らの行為への後悔と自責の思いを抱きながらも、忘却と嘘を道案内に新たな生の道へと歩み出そうとする涓生を描いた「傷逝」は、それぞれ異なる特徴をもつ作品であるが、ともに魯迅自身の「性と生」の在り方の投影を読み取ることができる。特に、性愛なき男女の同棲生活を描いた「傷逝」は、新時代の愛の崩壊により、生活費の工面と日々の暮らしに埋没する旧い男女役割のなかであえなく解体する恋愛を描いていく点で、魯迅自身の婚姻生活に興味深い投影が読み取れる。魯迅の婚姻生活は、旧式の婚姻生活の破綻から、新たな男女の愛の創造に向かう。新時代の愛の崩壊により、旧式の男女の生活に舞い戻る「傷逝」の物語展開とは、逆ベクトルの時間軸で展開される。魯迅に置いて破綻が新生活への起点である。それは「孤独者」の先に挙げた難解な一段の一節に記された失敗していたことによる勝利〈我已经真的失败,——然而我胜利了〉(44)に該当するものといいうる。

『吶喊』から『彷徨』へと続く作品集に描きこまれた人物形象は、次第に魯迅自身の「性と生」の葛藤を反映していく。一九二五年三月一日脱稿の「長明灯」、一九二五年一〇月一七日脱稿の「孤独者」、四日遅れの二一日脱稿の「傷逝」への展開は、まさしく魯迅の「性と生」の葛藤から新たな道への軌跡が投影されているといえよう。物語形式の「長明灯」の主人公「他」としか呼ばれない男性形象が、独白形式の「孤独者」の魏連殳に転じ、愛なき婚姻生活の終焉を忘却と嘘の道づれに、新しい道に踏み出す涓生への造形の根底には、まさに魯迅が旧式結婚に別れを告げ、自らが選択した性愛へと進む決意が秘められていると読み取れる。旧式結婚による妻をもつ身で、自己の思う新たな愛を許すには、魯迅が一妻多妾に苦しんだ祖母蔣氏を顕彰し、妻朱安との関係に対する自己の罪過を背負う精神のプロセスが求められたのではないか。

文学作品を作家の実生活、足跡となる現実に引きつける考察は、忌むべきものとの非難も生まれよう。しかし作者本人が作品の人物像を自分を描いたものと明言したことは、絵画世界でいえば画家が「自画像」を画いたことに相当する。「孤独者」と「傷逝」はともにあまりに濃密な自己投影を埋め込んでいるがゆえに、あえて刊行物への発表を避け、作品集に直接盛り込んだのであろう。いずれにしても両作品に映し出された魯迅の「性と生」の軌跡は、長年魯迅が自らに課してきた「男子の貞操」の枷をはずし、「性の復権」へと進む愛の地下水脈が、両作品の執筆された二五年、秘かに水門を開き、流れ出そうとしていたことを示している。

【注】

（1）「明日」『吶喊』、『魯迅全集』第一巻、四五六頁。
（2）関西大学所蔵、増田渉書き込み入り『吶喊』収録「狂人日記」。
（3）「薬」『吶喊』、『魯迅全集』第一巻、四四二頁。
（4）『狂人日記』の食われる者は、もっとも虐げられている女と子どもの二重性をもつ幼い妹であるが、「狂人」と母の関係自体は「母と息子」である。「父と子」の関係は「故郷」（潤土とその父）、「父の病」（一九二五年）、「五猖会」（一九二六年）（以上『朝花夕拾』）などに見られるが、母との関係に比べて少なく、魯迅の創作作品における親子関係の大半が「母と子」で、そのうち子を思う母、母を思う子のほとんどが「母と息子」である。
（5）「長明灯」『彷徨』、『魯迅全集』第二巻、四五六頁。
（6）書簡番号一八〇八二〇、『魯迅全集』第一巻、三五三頁。
（7）「偽自由書前記」『魯迅全集』第五巻、四頁。
（8）「頽れ行く線の震え」（「頽敗線的顫動」）『野草』、『魯迅全集』第二巻、四五六頁。
（9）この見解に関する氏の論稿は複数あるが、紙幅の関係上、代表論考として『魯迅『野草』の研究』（汲古書院、一九九七年）第二章の一六を挙げておきたい。

(10) 本稿は『国際魯迅研究会第四回学術論壇：ソウル—麗水論壇』、(『同会論文集』三八九～四〇五頁、二〇一三年六月)で報告予定であった中国語論文の日本語原稿(「魯迅〝生と性の軌跡〟——「長明灯」から「孤独者」「傷逝」へ」、『成蹊法学』七九号、二〇一三年一二月)を増補、修正したものである。
(11) 胡風『魯迅先生』、『胡風全集』、湖北人民出版社、一九九九年、六五頁
(12) 「孤独者」『彷徨』、『魯迅全集』第二巻、九一頁。
(13) 同上、一〇六頁。
(14) 同上、九二～九三頁。
(15) 同上、一〇六～一〇七頁。
(16) 儒教世界における祖先祭祀の役割から、跡継ぎを得るための結婚が求める子どもとは、男の子、男児でなければならない。とすれば、魏連殳の結婚を巡る叙述に記される子どもは、男女をともに含む〈孩子〉ではなく、〈儿子〉でなければならないはずだが、これまで祖先祭祀で跡継ぎとなる男児を意味する〈儿子〉と男女両方を含む〈孩子〉を使い分けてきた魯迅が「孤独者」では、一貫して、跡継ぎを求めるための結婚に関する叙述で〈儿子〉ではなく、〈孩子〉を用いている。それは両語の意味の混同、或いは同義性ではなく、跡継ぎとなる子どもを男児に限定せず女児を含めて子女とみなす魯迅の思考性、男女の区別によらず子どもをとらえる魯迅の考え方を反映しているからであると考える
(17) 周冠五『魯迅家庭家族和当年紹興民俗・魯迅堂叔周冠五回憶魯迅全編』、上海文化出版社、二〇〇六年、二〇頁。
(18) 魯迅の祖父周福清及び祖母蔣氏については、注17の周冠五『魯迅家庭家族和当年紹興民俗・魯迅堂叔周冠五回憶魯迅全編、及び陳雲坡『魯迅的家乘及其軼事』未刊行(北京図書館収蔵、一九五八年)、周建人口述、周曄編述『魯迅故家的敗落』、湖南人民出版社一九八四年、周作人『魯迅的故家』、人民出版社、一九五三年、馬蹄疾『魯迅生活中的女性』、知識出版社、一九九六年、『魯迅生平史料滙編』第一巻 天津人民出版社、一九八一年、本書補論1、筆者『魯迅の祖父周福清試論——事跡とその人物論をめぐって』増補版、参照。
(19) 周作人『知堂回想録』、三育図書出版公司、一九八〇年、六七頁。
(20) 注17周冠五『魯迅家庭家族和当年紹興民俗・魯迅堂叔周冠五回憶魯迅全編』、一五頁。
(21) 李慈銘『越縵堂日記』、文海出版社、一九六二年、第一五冊、光緒一二年八月二五日、八八六二頁。

(22)詳細は注18筆者『魯迅の祖父周福清試論――事跡とその人物論をめぐって』(一)、(二)参照。
(23)注18周建人『魯迅故家的敗落』、一一八頁。
(24)魯迅の祖父周福清の晩年の状況は、注18周建人『魯迅故家的敗落』参照。
(25)「孤独者」『彷徨』、『魯迅全集』第二巻、九六頁。
(26)同上、九八頁。
(27)注18周建人『魯迅故家的敗落』、二八二～二八三頁。
(28)同上。
(29)注18馬蹄疾『魯迅生活中的女性』、七～一〇頁。馬蹄疾は祖母蔣氏が魯迅の思想、性格、創作に与えた影響を重視している。
(30)「随感録四〇」(『熱風』所収)は、旧式結婚の悲劇をあげ、今を生きる現世代の男性の自覚と責任ある意識をもって旧世代の責任により新世代の解放を求めることを提言しているが、文中で男性の放埒さを糾弾する文言が記されている(『魯迅全集』第一巻、三三二頁)。
(31)「我々は今どのように父親となるか」(『墳』所収)では、父の放埒さのために先天的に梅毒に感染し、廃人となる息子と母の会話を取上げている(『魯迅全集』第一巻、一三四頁)。
(32)「随感録四〇」、『魯迅全集』第一巻、三三二頁。
(33)「我們現在怎様做父親」、『魯迅全集』第一巻、一三八頁。
(34)「寡婦主義」『墳』、『魯迅全集』第一巻、二六四頁。
(35)魯迅の教え子であった孫伏園は、西三条胡堂で魯迅が寒い北京の生活のなかで、魯瑞が朱安に作らせた綿入れズボンを着用しようとしない魯迅と交わした会話で、魯迅が「独身者の生活は、常々安逸な方から発想してはならないのです」〈一个独身的生活，決不能常往安逸方面着想的〉と述べたことを記すとともに、「彼は家庭にありながら、生活ぶりは完全に独身者であった」〈他虽然处在家庭中，过的生活却完全是一个独身者〉と記している。孫伏園「哭魯迅先生」『魯迅先生二、三事』、『魯迅回憶録専書』上册、(魯迅博物館、魯迅研究室『『魯迅研究月刊』選編』、北京出版社、一九九九年、七三頁)。
(36)「孤独者」『彷徨』、『魯迅全集』第二巻、九二～九三頁。
(37)林敏潔「増田渉注訳本《吶喊》《彷徨》研究新路径――兼論《傷逝》与《孤独者》的関係」(『中国現代文学研究叢刊』

二〇一三年一一期）。林論文は「孤独者」と「傷逝」の執筆時期を逆転した上で、「傷逝」の主人公子君を許広平ととらえる見解を提示している。ここで挙げられているその他の論文は、林菲『中国現代小説史上的魯迅』、陝西人民教育出版社、一九九六年、李允経「魯迅情感世界――婚恋生活及其投影」、北京工業大学出版社、一九九六年、陳煒、杜国景「双重孤独的紐帯――魏連殳之缺席婚恋浅談過」（『貴州民族学院学報哲学社会科学版』、二〇〇九年二号）。

(38) 竹内好の「孤独者」に対する解釈、解説は、時間的に変化しているが、一九五三年の『魯迅入門』Ⅲ作品の展開（東洋書館、一九五三年、『竹内好全集』二巻）の「孤独者」の作品解説で、魏連殳と語り手の「私」とが「ひとつの人格の二面であり、見るものと見られるものである。形と影である」との見方を提示している。この解釈に立ち、竹内好氏は作品の梗概を記すなかで、「孤独者」の末尾の一段について以下のように記している。「「私」が連殳の死顔に永別して夜の町へ出ると「私」の耳から何かもがき出ようとするものがある。ややあって、もがき出たものは、「傷ついた狼が深夜の曠野にほえる」ような声であった。身軽になった「私」は、月光のもとを歩いてゆく」（竹内好前掲書一五六～一五七頁）。「孤独者」の作品解釈、人物形象の理解について、筆者は竹内好氏とはまったく異なる見解をもつ。しかし、本書本文中で提示した筆者の分析（性を否定する生き方を祖母の葬いとともに葬った魏連殳が、新たな生の路を歩み出す再生の意味をもつ葬儀と死〔死＝生の再生〕）に、興味深い意味を加える。以下に、対象となる最後の一段の訳と原文を挙げておく。

私は重苦しさを突き破るかのように、歩みを速めていったが、無理だった。耳のなかでなにかがもがきだし、ずっと、ずっと経ってから、ついにもがき出てきた。手負いの狼が深夜の荒野で、痛ましさのなかに憤りと悲哀をまじえながら、遠吠えするようなかすかな声がした。

私は、気持ちがふっと軽くなり、平然と湿った石畳の道を月明かりの下歩んでいった。

我快步走着，仿佛要从一种沉重的东西中冲出，但是不能够。耳朵中有什么挣扎着，久之，久之，终于挣扎出来了，隐约像是长嗥，像一匹受伤的狼，当深夜在旷野中嗥叫，惨伤里夹杂着愤怒和悲哀。

我的心地就轻松起来，坦然地在潮湿的石路上走，月光底下。

(39)「傷逝」『彷徨』、『魯迅全集』第二巻、一一二頁。
(40)同上、一三〇頁。
(41)兪芳「封建婚姻的犠牲者——魯迅先生和朱夫人」『我記憶中的魯迅先生』、浙江人民出版社、一九八一年、一三九〜一四〇頁。
(42)同上、注34参照。
(43)同上、一四二頁。
(44)注36「孤独者」、九二〜九三頁。

第三章　転換期の思想形成(2)——「性の復権」と「生の定立」

『吶喊』、『彷徨』と異なり、翻案作品を収録した『故事新編』（一九三六年）には、中国の神話、伝説、古典上の人物などをめぐる作品が収められている。『故事新編』のなかで、唯一具体的な古代説話に材源をもつ「鋳剣」は、前期魯迅と後期魯迅を分かつ分岐点の作品として、これまで多くの論者から注目されてきた。先行する諸研究では、材源となる古代説話「眉間尺物語」の探求、影響を与えたと見られる外国文学の作品などについての考察が重ねられ、(1)解釈においても三・一八事件を直接的な執筆動機とする初期の定説から、(2)背後に許広平との愛を読み取る見解まで多様化している。(3)しかし、政治的社会的背景に基づく解釈と、魯迅の愛情関係に着目する二つの解釈は、もともと相反するものではない。むしろ圧殺者たちへの復讐と愛の成就という二つの要因こそ、「鋳剣」の物語世界を成立させる不可欠の要素であると考える。この観点にたち、筆者はこれまでに魯迅と母魯瑞との母子関係、許広平との愛情関係に着目する独自の視点から「鋳剣」を読み解き、「母の息子」魯迅の「性の復権」と、後半生の闘争者としての「生の定立」を結実した作品としての解釈を提出してきた。(4)本章では、これまでの論稿を統合し、材源たる中国古代説話との異同に立ち戻り、魯迅の眉間尺物語としての特徴を洗い出し、作品分析を行うとともに、そこに投影された魯迅の精神世界を考察する。

一　眉間尺物語と「鋳剣」

古代説話眉間尺物語を主要材源とする作品「鋳剣」の分析にあたっては、材源となった原説話の解明と魯迅の創作内容、双方からの考察が必要となる。はじめに材源の特徴と「鋳剣」との関係を取り上げる。

（一）眉間尺物語

「鋳剣」の材源となった眉間尺物語は、戦国時代より漢代にかけて民間で伝承されていた名剣名工伝説干将莫邪説話が、他の口頭伝承と結びつき、漢代以降、名刀工干将莫邪の息子の敵討ち物語に発展して成立した民間説話である。その成立、変化過程は、中国古代の民間説話の発生、発展を物語る貴重な口頭伝承資料として、魯迅研究のみならず幅広い分野で注目され、考察されてきた。[5]我が国の『今昔物語』、『曽我物語』などにも収録され、日中の説話文学の展開を考えるうえでも興味深い素材である。[6]

眉間尺物語の由来となる干将莫邪伝説は、王の命令による名剣作りの過程や作られた名剣そのものに焦点を置く宝剣伝説である。作られる名剣、名工の名前、国名、仕えた王名などは、伝えられる説話により相違するが、神秘性にとんだ剣作りの様相には、刀剣製作に対して畏怖と畏敬の念をいだいた鉄器時代初期の人々の心性が鮮明に反映されている。[7]しかし、鉄器文化の普及にしたがい人々の心性もしだいに変化し、やがて説話としての生命力を失い、漢代以降、干将莫邪の息子の敵討ち物語に転じていく。[8]

眉間尺物語を伝える説話材料は多種あるが、魯迅との関係を想定しえるものには、仏家故事を集めた唐代の類書『法苑珠林』（巻三六）の逸文で、現存二〇巻本『捜神記』（巻一一）に収められた「三王墓」、宋代の類書『太平御覧』（巻三四三「兵部」七四）「孝子伝」、「列士伝」にでるもの、唐の類書『類林』に金の王朋寿が増補した『類林雑説』（巻一）「孝行編」の「孝子伝」にでるものなどが挙げられる。これらの説話は、叙述に長短があり、内容にも異動がある。[9] 共通するのは、王の命令を受けた名工干将莫邪が名剣を作り献上した後、王により殺害され、忘れ形見の息子が加勢者の助けを得て、父の無念を晴らすという筋立てである。無念の晴らしかたについては、眉間尺、加勢者、討たれる王の三者の首が大釜のなかで煮られるもの（『捜神記』、『太平御覧』）、煮えたぎる湯のなかで激しく噛み合うもの（『類林雑説』）など違いはあるが、いずれも壮絶、怪奇な復讐譚としての特徴をそなえている。その怪奇さゆえに、唐代以降は孝子伝としては好まれず、口頭での伝承が絶え、知識人の整理する文献にのみとどまるものとなった。[10]

「鋳剣」は、唐代以降滅んだこの民衆の説話を近代の知識人である魯迅がその思想性のもとによみがえらせ、独自の復讐物語として再生したものである。その内容は、剣の製作に干将莫邪伝説の神秘的な説話部分を取り入れ、あとはほぼ眉間尺説話の筋立てを踏襲している。まず話の筋が詳しく、「鋳剣」の材源の一つに推定されている『捜神記』を訳出して、その概要を見ておこう。なお、眉間尺の名前は原説話では、眉間尺（『類林雑説』）、赤比（『捜神記』）、眉間赤、赤鼻、尺（『太平御覧』「孝子伝」）、赤鼻（『太平御覧』「列士伝」）など複数あり、唐代以降の「孝子伝」ではほぼ「尺」が使われる。「尺」と「赤」は同音（chi）で、伝承過程で混用されたのであろう。魯迅も『魯迅日記』（一九二七年四月三日）に、「眉間赤を書き終える」（赤は尺の誤記）と記している。

楚の干将莫邪は楚王のために剣を作り、三年かかってやっと完成した。王は怒って彼を殺そうとした。剣は雌雄あった。妻は身重でちょうど産み月であった。夫は妻に「私は王のために剣を作り、三年かかってやっと完成した。行けば王は怒って私を殺すだろう。もし子を産んで男であれば、成長した子に家を出て南を望むと、松が石の上に生えている。剣はその後ろにある、と伝えてくれ」と言い残し、雌剣をもって楚王に会いに行った。王はたいへん怒り、調べさせたところ、剣は雌雄二振りあり、雌剣だけが献上され、雄剣はなかった。王は怒って直ちに彼を殺した。莫邪の子は名を赤比といい、長じて、母に父はどこにいるかとたずねた。母は答えた。「お前の父は楚王のために剣を作り、三年かかってやっと完成した。王は怒って父を殺した。出て行くときに、家を出て南山を望むと松が石の上に生えている。剣はその後にある、とお前に伝えてくれ」と言った。子どもが家を出て南を見ても山はなかったが、家の前の松の柱の根元の石に気づき、斧でその後ろを壊して剣を得た。（子どもは）日夜、楚王に敵を討ちたいと思ったが、王は、眉間の広さ一尺の子どもが敵を討ちたいと言っているのを夢にみて、千金の賞金をかけてこの子を求めた。子どもはこれを聞いて逃げ、山に入って歌を歌っていた。旅人が来て子どもに出会い、「若いのになぜそんなにひどく悲しんで泣いているのか」とたずねた。子どもは、「私は干将莫邪の子で、楚王が父を殺したので、楚王に敵を討ちたい」と答えた。旅人は、「王が千金かけてお前の首をもとめている。首と刀をよこせば、お前のために敵を討ってやろう」といった。子どもは、「ありがたい」と言うと、自分の首をはね、両手で首と剣をささげもち、これを旅人にわたすと、立ったまま硬直した。旅人が「お前を裏切りはしないぞ」と言うと、骸は倒れた。旅人が首をもって楚王に会いにいくと、王はたいへん喜んだ。旅人は、「これは勇士の首なので大釜の中で煮なければならない」と言った。王はその通りにした。首は三日三晩煮ても煮くれず、湯のなかから躍り上がって、かっとにらみつけ、ひどく怒った。旅人は、「この首は煮崩れません。王がそばに行って御覧になれば必ず煮くずれるでしょう」と言い、そばに王が来るとその首に剣をあてた。王の首は大釜のなかに落ちた。旅人は自分の首にも剣をあてた。其の首も大釜の中に落ちた。三つの首はみな煮くずれて見分けられず、湯肉を分けて葬った。そのため名

を三王墓といい、今は汝南北宣春県境にある。（傍線部は筆者による。以下同様）

以上の説話と同様に比較的くわしい筋立てをもち、かつ『捜神記』とは異なる内容をもつのが『類林雑説』である。これには、剣を作る鉄の出所、王による殺害理由、首の噛み合いなど、「鋳剣」の物語に取り入れられていながら『捜神記』には見られない内容が含まれ、「鋳剣」の材源とする説の根拠となっている。(11) 確かに、王妃が涼をとるために、鉄塊を抱いて、鉄の塊を産み落したという鉄の出所、王の首と眉間尺の首が大釜のなかで噛み合い、眉間尺の首の劣勢を見て、黒い男が自分も首を落として加勢するという筋立ては、「鋳剣」の材源を思わせる。また、主人公の名も眉間尺で、年も「鋳剣」と同じ一六歳である。一方、『捜神記』は、素朴でゆるぎのない筆致で、復讐者と加勢者の緊迫したやりとりを伝えて「鋳剣」の世界に通じる。また煮崩れた首が識別できないという事態も明確に記されている。果たしていずれかを底本と言いえるのか。魯迅自身の言もまじえて、さらに検討を加える必要がある。

（二）「鋳剣」の材源

「鋳剣」の材源について、魯迅自身は以下のような発言を残している。

徐懋庸宛書簡（一九三六年二月一七日）

「鋳剣」の出典は、今ではすっかり忘れてしまいました。ただ原文が大体二、三百字だったことは覚えています。私は配置を決めただけで、変えてはいません。おそらく唐宋の類書か地理書（その三王墓の条）にあったかもしれませんが、まったく調べようがありません。[12]

増田渉宛書簡（一九三六年三月二八日原文日本語）

『故事新編』の中の「鋳剣」は確かに割合に真面目に書いた方ですが、併し根拠は忘れて仕舞ひました、幼い時に読んだ本から取ったのだから。恐らく『呉越春秋』か『越絶書』の中にあるだろーと思ひます。日本の『支那童話集』之類の中にもある、僕も見た事があったとおぼえて居ます。[13]

一ヶ月の違いで記された手紙であるが、内容的にはかなり異なった要素を含んでいる。徐懋庸宛の場合は、具体的な典拠を挙げようとする意向を読みとれるが、日本人である増田渉には作品世界の素材を語ろうとしていたようにも受けとれる。

増田渉宛の書簡で挙げられている『呉越春秋』（巻二三「闔閭内伝」）、『越絶書』（「越絶外伝記宝剣」）は、ともに名剣、名工伝説たる干将莫邪説話で、殺された名工の敵討ちを語る眉間尺物語ではない。しかし、神秘的な剣作りの様相を伝える点で、「鋳剣」の世界に通じるものがある。特に、『呉越春秋』「闔閭内伝」は、名剣作りに打ち込む刀匠の姿を克明に記し、緊迫した刀剣作りの気迫と神秘性に満ち、「鋳剣」の剣作りの様相を彷彿とさせる。[14] 日本の『支那童話集』は、藤井省三氏によって、大正一三年に出版された池田大吾篇『支那童話集』であることが確認されている。[15]『魯迅日記』によれば、魯迅は一九二五年八月一一日にこれを北京の東亜書店で購入している。鮮明な色彩とモダンな構図で描かれた印象的なカラー折り込み挿し絵、白黒挿し絵をもつ厚手の童話集で、「眉間尺」と題された眉間尺物語には、「楚王鋳剣記」との出典が記されている。「楚王鋳剣記」は、明の桃源居士編『五朝小説』に収められた説話で、内容的には『捜神記』に収録されたものと同じであるが、池田大吾篇『支那童話集』のものは、脚色を加え、原説話にない要素を三ヶ所ほど描いている。その一つは、眉間尺が自刎した後の描写文（「屍《むくろ》はばたりと倒《たふ》れましたが、首《くび》は眼《め》を見開《みひら》いて、爛々《ぎらぎら》として丸《まる》で生《い》きてゐるやうです」）、三つの首が『捜神記』型の釜ゆでではなく互いに噛み合う『類林雑説』型になっていること、宮中の人の傍観ぶりについての描写文（「宮中《きゅうちゅう》にあまたの家来《けらい》がゐましたが、どうすることも出来《でき》ませんでした」）が見られることなどである。このうち、自刎後の眉間尺の首と宮中の人々についての記述は、他の説話には見られず、劇作家でもあった池田大吾自身の創作と思われる。(16) また、「鋳剣」では首を煮る大釜が原説話と異なり、足のある鼎に変化しているが、これは『支那童話集』の挿し絵と一致している。以上の点からみて、池田大吾編『支那童話集』の「眉間尺」、及び前述の『呉越春秋』は、ともに作品世界の神秘性、視覚的なイメージなどの点で、他の説話とは異なる独自性が見いだされる。「鋳剣」の作品世界の構想を得るうえで、刺激を与え、材源として強く意識されたのではないかと推察される。(17)

以上が魯迅の言及した材源だが、先に挙げた『類林雑説』は魯迅の日記中に購入記録があり（一九二三年一月五日）、『捜神記』は『中国小説史略』、『太平御覧』「列士伝」は『古小説鉤沈』中の「列異伝」の資料源であり、編者である魯迅が直接目にしていたと判断できる。内容上から注目されるのは、『類林雑説』と『捜神記』、そして魯迅自身の挙げる『支那童話集』である。そこで、「鋳剣」を基本に置き、材源の可能性の高い三説話、及び干将莫邪説話である『呉越春秋』とを比較をして見たのが次頁の一覧である。

図１　「鋳剣」と原説話比較一覧

		「鋳剣」	眉間尺説話			干将莫邪
			『類林雑説』	『捜神記』	『支那童話集』	『呉越春秋』
冒　頭	眉間尺と鼠	○				
剣作り	鉄の由来	○	○			○
	剣作り	○				○
殺害理由	泣きあう剣	△[18]	○			
	献上の遅れ			○	○	
	王の独占欲[19]	○				
父の遺言[20]	剣の場所		○	○	○	
	復讐の遺志	○				
母の殺害	遺言の伝達	○	○	○	○	
	教導、助言	○				
加勢者	町中の出来事	○				
	山中の出会い		○	○	○	
	自刎後の問答			○		
	死体を食う狼	○				
	挿入歌	○		△[21]		
王　宮	煮られる首	○	○	○	○	
	噛み合う首	○	○		○	
	挿入歌	○				
	首の識別	○		○	○	
	王宮の人の狼狽	○			○	
埋　葬	葬儀と人々	○				
	埋葬（三つの墓）		○	○	○	
	一つの棺、墓	○				

右記の一覧は、大枠で見た比較であり、細部にはさらに細かい相違がある。しかし、この大枠の比較を見ただけでも、主要な材源自体が相互に重なりあっている。特定される底本があるにせよ、どれか単一の材源のみ依拠したものとはいいがたい[22]。増田渉宛書簡にあるように、子どもの頃に印象を得た物語が新たな問題意識の下で温められ、関連材源となる複数の説話を吸収して、魯迅自身の眉間尺物語として膨らみ、構想されていったものと推察できる。構成については、徐懋庸宛書簡によれば、原説話と「鋳剣」との相違は配置を決めただけにすぎない。しかし、実際には大筋を踏襲しながら、細部に新たな要素を加えることにより、原説話とは異なる独自の文学世界が生みだされる。特に、主要人物を描くために生まれる新たなプロット、テーマに基づく新場面の追加などが、「鋳剣」の物語世界に独自性を生み出し、それにより魯迅の眉間尺物語としての固有性と精神世界が創出される。本章で、材源となる原説話を特定せず、眉間尺物語の全体的な構想そのものとの相違に着目して「鋳剣」独自の物語世界を掘り起こしていくことにする。

二　「鋳剣」物語分析──孝子伝から愛と復讐の文学へ

魯迅の創作としてもっとも注目されるのが、原説話にない人物形象と、これを生み出すために加えられた新たなプロット、場面である。なかでもこれまでに論議がなかった部分に、物語分析の核、「鋳剣」理解の重要な意図と意義が析出される。以下、この点に注目して分析を進める。

（一）愛の復讐者——眉間尺の人物形象の再考

先行研究で、論議が集中してきたのは魯迅の投影が読み取れる黒い男や挿入歌であり、眉間尺の形象に関する分析は、あまり盛んではない。多くは、第一節の冒頭部分、水甕に落ちた鼠をめぐる一段などから析出される優柔不断な性格、(23)第二節の性急な暗殺事件から折出される未熟な暗殺者、復讐者の形象が定式化されてきた。しかし、優柔不断で、未熟な眉間尺の形象は、人物形象の一部ではあるがすべてではない。優柔不断で、未熟な復讐者眉間尺の形象にのみとらわれれば、第一節と第二節で描かれる眉間尺の基本形象「愛の復讐者」としての人物形象、及びそれに基づく物語分析の構造的特徴が見落とされることになる。

眉間尺の人物形象の基本が描き出されているのは、第一節と第二節の前半である。このうち第一節は、一六歳になる前日の深夜、母から父の非業の死の経緯を聞いた眉間尺が敵討に出立するまでを描いている。その基本軸は、殺された父とその敵を討つ息子という父子関係ではなく、敵討ちを託された息子とこれを叱咤激励する母という母子関係により構成されている。多くの原説話では、眉間尺は、父の敵を晴らす孝子伝、列士伝の主人公らしく、積極性と自発性に富む利発で勇敢な男児であり、敵討に関しては一貫して自立した行動をとる。『捜神記』、『類林雑説』、『支那童話集』などの眉間尺は、自ら「父はどこにいるか」と母にたずねて、父の殺された経緯を自発的に聞き出し、剣の隠し場所を語っただけの父の言葉から、自主的に敵討ちを決意し行動していく。隠されていた剣もたいてい父の指定する場所にはなく、眉間尺が自分で考えて探し出す。母は父の言葉の伝達者にすぎない。しかし、「鋳剣」の眉間尺は、冒頭の鼠の逸話が示すように、安眠を妨げる一匹の鼠すら自分の意志では始末できぬ性格であり、父の死の経緯を知り、剣を掘り起こし、決行の朝を迎えるまで、一貫して母にリードされ、助けられ、叱咤激励されて行動している。原説話の眉間尺のような自主性、自発性に富んだ形象は見られない。しかし、父の死を聞いて、全身の血をたぎらせ、髪から火花が散る思いを抱く熱い心、性根を改めろと迫る母の言葉を受け止め、心配ないと即答してしまう素直さ、一心に敵討を果たそうとするひたむきさ、疲れた母を思いやる優しさを備えている。親を愛し、敵討ちへの意志と熱情をもつ孝子だが、けなげで純粋なだけに、繊細で感じやすく、敵討ちの使命を果たすにはどうにも心もとない。結局、「鋳剣」第一節は、原説話の勇猛果敢な孝子眉間尺に対して、父の非業の死に憤り、熱くたぎる血をもちながら、敵討ちを果たす為の冷徹さ、冷厳さに欠ける眉間尺の形象を語ることに主眼があると見なせる。そしてこの第一節で語られた熱き血のたぎりをもつ「愛の復讐者」としての形象こそ、第二節に登場する「憎しみの復替者」黒い男に対する対比的な形象となり、復讐物語「鋳剣」の成立に不可欠の役割を果たす要素となる。

以上の分析を生み出す基盤として、第一節冒頭の鼠をめぐる一段と、第一節の梗概を取り上げておく。

鼠をめぐる一段は、内容的にほぼ全編魯迅の創作でありながら注目度が高くない第一節のなかで、唯一言及されることが多く、眉間尺の優柔不断な性格を示すものと解釈されてきた。さらにこのプロットは、水に落ちた犬は後で噛みつかれないように徹底的に打ちのめせという「フェアプレイは早すぎる」（一九二五年、『墳』）との通底性、水面に浮かび上がってきた鼠の赤い鼻が魯迅の論敵で「赤鼻」と渾名された現代評論派の顧頡剛に対する憎しみの表現であるなどの読みも提示されてきた[24]。確かに、水に落ちた鼠に憐れみを感じて引き上げ、憎しみがよみがえっては水中に引き戻し、また引き上げ、逃げ出そうとするところをあわてて踏み殺し、罪の意識に襲われて呆然と座り込むという敵討ちの実行者たるにはふさわしくない行動は、徹底的に敵を追撃し、手をゆるめるなと語る「フェアプレイは早すぎる」の警告によく呼応する。しかし、より重要なことは、この挿話が眉間尺の性格のすべてを語るものではなく、これより始まる第一節自体が、原説話と異なる眉間尺の人物形象を語る内容をもっていることである。第一節は、眉間尺の優柔不断な性格、復讐者としての憎しみの欠如、鼠一匹に振り回される眉間尺の幼さに加えて、母一人子一人の貧しい暮らし、疲れた母への思いやり、一つ寝床に眠る母子一体の関係など、母と眉間尺との関係についても重要な情報を提供している。[25]

鼠を殺すとも生かすともつかぬ息子の優柔な行動を見かねてついに声をかける母と子の対話は以下のようにつづられている。

「尺や、何をしているの?」、母はすでに目覚めて、寝床の上でたずねた。

「鼠…」、彼はあわてて立ち上がり、振り向いてただ一言だけ答えた。

「そうです。鼠です。それは解っています。だけどお前は何をしているの? 殺しているの、それとも助けているの?」

彼は答えなかった。松明は燃え尽きた。彼はだまって闇のなかに立ったまま、しばらく月の白さを見つめていた。

「ああー!」、母はため息をついた。「子の刻がくれば、お前はもう十六になるというのに、気性は相変わらず、煮えきらず、ちっとも変わらない。どうやらもう父上の敵を討てる者はいないようだ」

ほの白い月影のなかに端座している母を見ると、震えてさえいるようであった。低く押し殺した声には、無限の悲哀が込められており、眉間尺は総毛立ち、たちまち全身に熱い血がたぎるのを感じた。

「父上の敵? 父上にどんな敵がいたのですか?」、彼は、数歩歩み出ると、あせってたずねた。

「いたのです。しかもお前に討ちに行ってもらわねばなりません。早くからお前に言いたいと思っていました。ただお前があまりに小さかったので、申しませんでした。今、お前はもう大人になっているのに、相変わらずそんな気性です。どうすればよいものか? お前のような気性で大事を行えましょうか?」

「できます。言ってください、母上。ぼくは改めて…」

「もちろんです。わたしも言わねばなりません。お前も必ず改めて…。ではこちらへおいでなさい」

彼は歩みよった。母は寝床に端座し、ほの白い月影の中で、両の眼をきらめかせていた。

「尺儿，在做什么？」他的母亲已经醒来了，在床上问。

「老鼠……。」他慌忙站起，回转身去，却只答了两个字。

「是的，老鼠。我知道。可是你在做什么？杀它呢？还是在救它？」

他没有回答。松明烧尽了；他默默地立在暗中，渐看见月光的皎洁。

「唉！」他的母亲叹说，「一交子时，你就是十六岁了，性情还是是那样，不冷不热地，一点也不变。看来，你的父亲的仇是没有人报的了。」

他看见他的母亲坐在灰白色的月影中仿佛身体都在颤动；低微的声音里，含着无限的悲哀，使他冷得毛骨悚然，而一转眼间，又觉得血在全身中忽然腾沸。

「父亲的仇？父亲有什么仇呢？」他前进几步，惊急地问。

「有的。还要你去报。我早想告诉你的了；只因为你太小，没有说。现在你已经成人了，却还是那样的性情。这教我怎么办呢？你似的性情，能行大事的么？」

「能。说罢，母亲。我要改过……」

「自然。我也只得说。你必须改过……。那么，走过来罢。」

他走过去；他的母亲端坐在床上，在暗白的月影里，两眼发出闪闪的光芒[26]。

父の敵という一言に、熱く血をたぎらせる眉間尺と優柔な気性を憂い、諫める母との会話は、第一節に一貫して流れる基本モチーフである。ほの白い月影のなか、両の目をきらめかせながら父の死のいきさつを語る母の姿は情念にあふれている。母のため息にはじまり、ため息で終わる第一節の梗概を挙げて置く（キーフレーズとなる一段には原文を交える）。

（梗概）二〇年前、天下一の名刀匠であった父上は、王妃さまが涼をとるために鉄柱を抱いて産み落とした青く透んだ鉄塊で剣を作ることを命ぜられました。三年間、精根をこめた末、地を揺るがすかのように、ゴーと音をたて、一条の蒸気が立ち上り、天空で白雲と化したかと思うと、あたりにたちこめ、赤く色づいていくなか、一対の剣が生まれました。暗い炉のなかに横たわる真っ赤な剣は、七日七晩かけて、青く透き通った氷柱のような二振りの剣に変わりました。喜びにあふれて剣を手にした父上は、王は猜疑心が強く残忍な方、この世に二つとない剣を鍛えた以上、それ以上の剣が他人の手にはいらぬよう、我が命を奪うはず、参内して戻らぬときは命がなかったものと思い、生まれた子をよく育て、成人のあかつきには、この雄剣をわたして、大王の首を叩き落とし、我が怨みを晴らしてくれ！　と言い残し、雌剣をもって参内されました。果たして鍛えた剣に最初の血を捧げたのは父上御自身、そのうえ祟りを恐れて頭と胴に分けて門外に埋められたのです。初めて耳にする父の死のいきさつに、全身を震わせ、髪から火花が散るような思いをいだいた眉間尺は〈眉间尺忽然全身都如烧着猛火，自己觉得每一枝毛发上都仿佛闪出火星来〉[27]、闇のなかで音がでるほどこぶしを握り締めた。無念の死を語り終えた母は、枕元の板をめくりあげ、息子に鋤を手わたすと、注意深く掘らせた。やがて朽ちかけた箱のなかから、窓の外の星月も屋内の松明も光りを失うほどの青い光を放って、雄剣が姿をあらわした。優柔な性根を改めて、剣をもち明日は出立するようにと命じる母に、性根はもう改めたと即答する眉間尺。だが、決意とは裏腹に朝までまんじりともできず、寝返りばかりうち再び母に失望のため息を吐かせつつ迎えた朝はすでに十六歳、成人の日であった。〈「你从此要改变你的优柔的性情，用这剑报仇去！」他的母亲说。「我已经改变了我的优柔的性情，要用这剑报仇去！」〈略〉他觉得自己已经改变了优柔的性情；他决心要并无心事一般，倒头便睡，清晨醒来，毫不改变常态，从容地去寻他不共戴天的仇雠。但他醒着。他翻来复去，总想坐起来。他听到他母亲的失望的轻轻的长叹。他听到最初的鸡鸣，他知道已交子时，自己是上了十六岁了。〉(28)

（二）愛と憎しみの復讐者の結合――復讐の儀式

「鋳剣」第二節は、敵討ちを目指して町にやってきた眉間尺が王の命をねらって果たせず、加勢者黒い男に出会い、復讐の成就のために自らの首を差出すまでを描いている。原説話では、暗殺者の存在を知った王によって賞金つきで逮捕令が出された眉間尺が、山中に身をかくし、復讐のかなわぬ事態におちいっている所に、旅人（客）が登場し、王との復讐を約束して首をもとめ、自刎した眉間尺が首と剣を男に差出すという内容で語られている。原説話との大きな相違は、自刎場面の前に、眉間尺の性急な暗殺行為とこれを阻む黒い男の話が書き加えられていること、黒い男が加勢の動機を語り、その内面を吐露すること、眉間尺自刎後の場面が追加されていることなどである。先行研究では、第二節の後半、特に暗殺に失敗した眉間尺が復讐の成就を託して、黒い男の求めに応じて自刎する緊迫感の強い、凝縮した場面への関心が高く、考察の主要対象となってきた。なかでも論議が集中するのは、眉間尺と黒い男の問答、自刎の場面であり、自刎後の場面に関する注目度は低いが、筆者は、自刎後の場面に注目し、そこに愛と憎しみの復讐者の結合、及び復讐の成就に関する象徴的意義を見出している。以下、黒い男によって生み出される眉間尺の拙い暗殺行為の顚末、眉間尺自刎後の場面に着目して、第二節の分析を行う。

(1) 頓挫する暗殺行為と黒い男

第二節前半の町なかの場面は、すべて魯迅の創作である。この場面は、情熱にかられるあまり見込みのない暗殺行動に走る眉間尺とこれを阻み、その無駄死を救う黒い男の行動線により構成されている。しかし、従来の分析では、この場面構成、及び二人の行動線のもつ意味はほとんど汲み取られていない。その理由の一つは、白昼、単独で武装された王の行列に切りこむ眉間尺の暗殺行為があまりに稚拙で、頓挫しても奇異ではないこと、特に、第一節で復讐など果たしえない軟弱な少年として描かれた人物形象の印象が強いために、暗殺行動自体が未熟な暗殺者を描くための明快なプロットと受け取られやすいからであろう。しかし、「鋳剣」が敵討ち物語である以上、大切なのは、ほかでもない主人公眉間尺の復讐行為である。この点に注目してみよう。

（要約）母の整えてくれた青い衣に、青い剣を背負い、寝不足で瞼を腫らした眉間尺は、振り返りもせず家を出て町に向かった。町なかでは見えない剣先で人を傷つけないように気づかい、王宮のそばで人波にぶつかってもやむなく人の背中と首だけが見える後方まで下がっていた。と突然、前にいた人々が次々に跪き、先駆けの馬に続いて、棒、矛、刀、弓、旗をもち、道いっぱいに砂埃をもうもうと上げる兵士団、楽隊や従者を乗せた馬車、刀剣や槍をもった騎士の一隊が次々とあらわれ、跪いていた人がいっせいにひれ伏すと、大きな黄色い幌をつけた馬車にきらびやかな衣裳をまとった肥大漢の姿が目に入った。その腰には、背にあると同じ青い剣がかすかに見てとれた。

武装されたものものしい王の行列、身動きできないほどたくさんの見物人。しかも眉間尺は、人々の背中と首だけが見える人波のはるか後方にいる。力量的にも空間的にも敵討ちなど到底達成しそうにもない状況設定のもとで、青剣を目にして燃えあがった眉間尺の最初の暗殺行動が起きる。

彼は思わずスーッと体が冷えるや、またたちまち焼けつくように熱くなり、まるで猛火に焼かれているかのように感じた。手を伸ばし、肩に担いだ剣の柄を握り締めながら、足をもち上げ、伏せている人々の首のすき間に踏み出した。

しかし、五、六歩行っただけで、もんどりうって倒れた。誰かが突然彼の足をつかんだのだ。倒れた眉間尺は、萎《しな》びた顔の若者の体に押しかぶさってしまった。剣先で彼を傷つけたのではないかと恐れ、驚いて起き上がって見たとき、脇腹に激しい鉄拳を二発くらった。どうしたことかと考えるまもなく、再び道に目をやると、黄色い幌をつけた車はとっくに走り去り、護衛の兵士もすっかり過ぎ去った後だった。

他不觉全身一冷，但立刻又灼热起来，像是猛火焚烧着。他一面伸手向肩头捏住剑柄，一面提起脚，便从伏着的人们的脖子的空处跨出去。

但他只走得五六步，就跌了一个倒栽葱，因为有人突然捏住了他的一只脚。这一跌又正压在一个干瘪脸的少年身上，他正怕剑尖伤了他，吃惊地起来看的时候，肋下就挨了很重的两拳。他也不暇计较，再望路上，不但黄盖车已经走过，连拥护的骑士也过去了一大阵了[29]。

かくして暗殺の機を逸した眉間尺は、トラブルに巻き込まれる。

道端のすべての人々もみな起き上がった。萎《しな》びた顔の若者は、眉間尺の襟をつかんで放さず、大事な丹田を押しつぶしたのだから、八〇まで生きられなかったら、お前の命で保障しろと言う。暇人たちもすぐによって来てとりかこんだが、見ているばかりで誰も口を開かない。後になって周りから、いくつかやじが飛んだがすべて萎《しな》びた顔の少年に同調するものばかりである。眉間尺は、こんな敵にぶつかり、本当に怒るに怒れず、笑うに笑えず、ただむなしく思うばかりで、どうにも抜け出せない。こうして一鍋の粟が煮立つほどの時がたち、いらいらして全身かっと燃えてくるが、見物人は減るどころか、おもしろがっているようすである。

前のほうの人垣が動いて、黒い男が分け入って来た。黒い髭に、黒い目、鉄のようにやせている〈挤进一个黑色的人来，黑须黑眼睛，瘦得如铁〉。なにも言わず、ただ眉間尺に向かって冷たく微笑む〈只向眉间尺冷冷地一笑〉と、手を上げて、萎《しな》びた顔の若者のアゴをそっともちあげ、彼の顔をじっと見据えた。若者も彼のほうをしばらく見ていたが、思わずそろそろと手をゆるめると去っていった。その男も立ち去り、見物人もつまらなそうに立ち去っていった。ただ何人かがやって来て、眉間尺に年、住まい、家に姉妹がいるかなどとたずねた。眉間尺はどれもとりあわなかった。(30)

以上が眉間尺の最初の暗殺行為の顚末である。上述したように、従来の論議で関心を呼んできたのは、眉間尺の暗殺行為ではなく、その結果、派生的に起きる萎《しな》びた顔の若者とのトラブルと黒い男の登場である。論考によっては、暗殺行為を若者とのトラブルを描くための引き玉、この場面全体が本質的でないといった見解まで見られる。確かに、萎《しな》びた顔の若者という曰くありげな表現、「铸剣」の中心人物である黒い男の初登場などは、頓挫して当たり前の眉間尺の暗殺行為に比べ、読み手の関心を引きやすい。(31)しかし、敵討ちの物語である以上、物語の核はあくまでも眉間尺の暗殺行為とその頓挫にある。

とすれば、最大の問題は、誰が、なぜ、眉間尺の足をつかみ、暗殺行動を阻んだのかということである。原文の書き方を文字どおり受けとめ、不特定の誰かと見なす解釈が一般的だが、[32]足をつかまえられなければ、眉間尺の行為は、すぐに騒動になり、命さえ奪われる事態を招いたかもしれない。数歩進んだだけで、足をつかまえられればこそ、王に切りかかる機会を逸して、騒ぎを免れ、本懐を遂げるための命をとどめえたのである。とすれば、ひそかに足をつかんだ者とは誰か。見知らぬ群集のなかで、ただ一人眉間尺に注意を払い、その行動の意図を知りうる者――黒い男以外にはありえまい。本来、無茶な暗殺行為を阻むために、とっさに、ひそかに行ったはずの行為が、予期せぬ若者とのトラブルを引き起こし、大衆の面前で眉間尺を立ち往生させる事態を招いた。そのために、やむなく姿を現すことになったと読める。眉間尺の足をつかまえた者をあえて、誰かと記したのは、眉間尺をひそかに見守る男の存在を暗示し、なぞめいた姿で登場させる作者の意図的な演出であったものと推察される。

(2)二度目の暗殺計画

(要約) 黒い男に助けられ、ようやく難を逃れた眉間尺は、誤って人を傷つける恐れのある町なかをさけ、人が少なく場所も広い南で、思いきり父の敵を討とうと考え、王の帰りを待ちぶせるために、南門に向かった。門外の大きな桑の木の下で、ひとまず飢えを満たしながら一瞬、母のことを思いのどをつまらせるが、それも一時のことで、あとは何事もなく気を落ち着け、ひたすら王を待ち続ける。しかし、日も暮れ、不安がつのるなか、行き交う人の人影が消えても王のもどってくる気配はまったくない。と、突然、走ってきた黒い男が耳元でふくろうのような声でささやいた。「行くぞ！　眉間尺、王がお前をつかまえるぞ！」、飛ぶように男の後を追いかけて行き着いたところは、月明かりの杉林だった。

桑の木は、中国の説話では死と関わりの深い木であり、「中国神話」では、若者が命を落とす故事をもつ木である。音は「葬る」を意味する「sang 葬」に通じる。[33] この関係性、及び魯迅の生家の桑畑が死者と因縁が近かった点などにより、桑の木の下の眉間尺を血ぬられた未来のイメージを示すものととらえる見解もある。[34] しかし、より注目すべき点は、黒い男が「王がお前をつかまえるぞ！」と警告して、その不吉な桑の木の下から眉間尺を離れさせたことにある。襲撃場所を変えても護衛、従者の多い王の行列に切り込む行為に成功の見通しが生まれるわけではない。ここでも眉間尺は、敵討ちの目的を果たせぬまま命を散らす可能性から身を守られたことになる。むしろ、これは眉間尺に敵討ち成就の難しさを実感させ、後で黒い男の求めに応じていく心理状況を準備する要因になる。王があらわれなかった理由は、次の杉林の場面によれば、密告者がいて、国王を別門から入城させたためである。その密告者が誰であるかは原文には書かれていない。街中の密偵と見る見解もあるが、王に再度切りかかろうとする眉間尺の行為を止め、王に返り道を変更させ、眉間尺との対決を避けさせる行為となる点から見れば、これも黒い男自身の行動と考えることができる。黒い男が眉間尺にささやいた声が「ふくろうのような声」であったという形容にも留意したい。

(3)杉林での問答

黒い男の後を追って眉間尺がたどり着いた杉林での問答は、黒い男の形象理解のうえで、もっとも注目されてきた場面である。原説話では、眉間尺との対話には、いくつかのバリエーションがあり、孝子としての眉間尺の自立性を生かそうとする意図が強いほど、黒い男にあたる旅人の存在が弱められ、合理化されていく傾向がある。「鋳剣」の黒い男は、原説話のいずれとも異なる魯迅独自の形象をもち、剣精、鉄の精、復讐の化身、魯迅自身の投影を読み込むなどの解釈を可能としている。[35] 本稿も基本的にこれらの観点に同意するものだが、さらにこれまで言及されることの少ない狼を黒い男の分身とみなす観点を加えたい。以下、杉林での問答を要約、引用しながら考察していく。

（要約）黒い男の後を飛ぶように疾走し、たどりついた月明かりの杉林の前方には、二つの鬼火のような黒い男の目の光〈仅有两点燐火一般的那黑色人的眼光〉だけが見えた。黒い男は、眉間尺を知っているだけでなく、背に雄剣を背負い、父の敵を取ろうとしていること、敵討ちが果たしえないばかりか、すでに密告者がいて、とうに王は王宮にもどり逮捕令を出したことを告げる。思わず不安をあらわにする眉間尺に、黒い男は母親のため息も無理からぬことだとつぶやき、さらに母親が知っているのは半分だけで、自分が仇を討ってやることを知らぬのだと語る。

眉間尺の行動のすべてを知り、母のもらしたかすかなため息さえも知る黒い男が霊力をそなえた怪異の者であることは明らかである。敵討ちを果たせぬと断言され、代りに討ってやろうという男に、眉間尺は理由を問いつめる。男は加勢の動機が義侠心、孤児と寡婦への同情などではないこと、そんな汚れた名で辱めてはならぬと諌めたうえで、ただお前に敵を討ってやるというだけだと答える。眉間尺はさらに敵討の方法を問いただす。

「結構です。しかし、あなたはどうやって私に敵を討ってくれるんですか」

「お前は二つのものを俺にくれるだけでいい」、二つの鬼火の下の声がいった。「その二つのものとは？　よく聞け、一つはお前の剣、もう一つはお前の首だ！」

眉間尺は、不思議に思い、いくぶんためらいはしたが驚きはしなかった。彼はしばし口を聞けなかった。

「俺がお前の命と宝を騙りとろうとしていると疑ってはならぬ」、暗闇のなかの声は、峻厳と冷たく言った。

「この事はすべてお前次第だ。お前が俺を信じるなら俺はやる、お前が信じないなら俺はやめる」

「ですがあなたはなぜ私の敵を討ってくれるのですか？　あなたは私の父を知っているのですか？」

「俺はずっとお前の父を知っている。お前を知っていると同じようにな。だが俺が敵を討とうとするのは、このためではない。賢い子どもよ、教えよう。お前はまだ知るまい、俺がどれほど敵討ちがうまいか。お前のは俺のだ。やつもまた俺なのだ。俺の魂にはこんなにも多くの人と俺が加えた傷がある。俺はすでに俺自身を憎んでいるのだ！」

闇のなかの声がやむや、眉間尺は肩に手を挙げて青剣を抜き、さっと首の後ろから前に向けてひと引きすると、首が地面の青苔の上に落ち、一方で剣を黒い男にわたした。

「ハハッ！」彼は、片手で剣を受け取り、片手で髪の毛をつかむと、眉間尺の首を持ち上げ、その熱い死に絶えた唇に二度口づけして冷たく鋭く笑った。


「好。但你怎么给我？仇呢？」

「只要你给我两件东西」两粒燐火下的声音说。「那两件么？你听着：一是你的剑，一是你的头！」

眉间尺虽然觉得奇怪，有些狐疑，却并不吃惊。他一时开不得口。

「你不要疑心我将骗取的性命和宝贝」暗中的声音又严冷地说。「这事全由你。你信我，我便去；你不信，我便住。」

「但你为什么给我去报仇的呢？你认识我的父亲么？」

「我一向认识你的父亲，也如一向认识你一样。但我要报仇，却并不为此。聪明的孩子，告诉你吧。你还不知道么，我怎么地善于报仇。不知道?，你的就是我的；他也就是我。我的魂灵上是有这么多的，人我所加的伤，我已经憎恶了我自己！」

暗中的声音刚刚停止，眉间尺便举手向肩头抽取青色的剑，顺手从后项窝向前一削，头颅坠在地面的青苔上，一面将剑交给黑色人。

「呵呵！」他一手接剑，一手捏着头发，提起眉间尺的头来，对着那热的死掉的嘴唇，接吻两次，并且冷冷地尖利地笑。(36)

ひたむきに父の敵討ちを果たそうとする眉間尺と黒い男の緊迫した問答のなかに、復讐の化身としての男の姿が明らかになる。第一節の分析で記したように、眉間尺の人物形象の第一の特徴は、熱くたぎる血をもつ「愛の復讐者」である。この特徴は国王を見た時「また、たちまち猛火に焼かれているかのように燃え上がり」〈立刻又灼熱起来、像是猛火焚焼着〉、「萎《しな》びた顔の若者」〈干瘪脸〉にからまれて「焦って全身かっと燃え」〈焦燥得浑身发火〉など、第二節にも引き継がれている。これに対して、全身傷だらけで憎しみにあふれ、復讐に長けた黒い男は、初登場以来、一貫して眉間尺に「冷たく笑いかけ」〈冷冷地一笑〉、「冷たく言い放つ」〈严冷地说〉のみであり、眉間尺の自刎後には、「眉間尺の首を持ち上げ、その熱い死に絶えた唇に二度口づけして、冷たく鋭く笑う」〈提起眉间尺的头来，对着那熱的死掉的嘴唇，接吻両次、並且冷冷地尖利地笑〉。死んでも熱き眉間尺の唇への口づけは、「熱さ」〈热〉と「冷たさ」〈冷〉で相反し、愛と憎しみで相互に補完しあう復讐者二人の結合を象徴している。さらに、この口づけの後、黒い男が「冷たく鋭く笑う」〈冷冷地尖利地笑〉のを合図に、聖なる復讐者の儀式が始まる。

笑い声はたちまち杉林のなかに広がり、深いところで一群れの鬼火のような目が光り、きらめき、たちまち近づいてきて、ハーハーと飢えた狼のあえぐ息が聞こえた。

一口目で眉間尺の青い衣をすっかり引き裂き、二口目で体ぜんぶが見えなくなり、血痕までもがたちまち嘗め尽くされ、かすかに骨を砕く音だけが聞こえた。

一番先頭の大きな狼が黒い男に向かってとびかかってきた。彼が青い剣を一振りすると狼の首が地面の青苔の上に落ちた。別の狼たちが一口目でその皮をすっかり引き裂き、二口目で体ぜんぶが見えなくり、血痕までもがたちまち嘗め尽くされ、かすかに骨を砕く音だけが聞こえた。

彼は、地上の青衣をひっぱり、眉間尺の首を包むと、青剣を背に担ぎ、身を翻し、闇のなかを町に向かってゆったりと立ち去っていった。

狼どもは立ち尽くし、肩をそびやかし、舌を出して、ハアー、ハアーとあえぎながら緑色に光る目をゆったりと立ち去っていく男に放っていた。


笑声即刻散布在杉树林中，深处随着有一群燐火似的眼光闪动，倏忽临近，听到咻咻的饿狼的喘息。第一口撕尽了眉间尺的青衣，第二口便身体全都不见了，血痕也顷刻舔尽，只微微听得咀嚼骨头的声音。

最先头的一匹大狼就向黑色人扑过来。他用青剑一挥，狼头便坠在地面的青苔上。别的狼们第一口撕尽了它的皮，第二口便身体全都不见了，血痕也顷刻舔尽，只微微听得咀嚼骨头的声音。(37)

狼们站定了，耸着肩，伸出舌头，咻咻地喘着，放着绿的眼光看他扬长地走。(38)


傍線部の二ヶ所は、まったく同じ構文で記されている。しかも、黒い男を形容していた「鬼火のような目」〈燐火似的眼光〉狼にも使われ(39)、さらに、共食いを終え立ち去る男を見送る時には、それが霊力を失ったかのように

「緑色の目」〈放着緑的眼光〉に変化している。ここでの狼の出現と行動にこだわる解釈はきわめて少ない。多くの論者は、この一段を主要な分析対象に入れず、前段にある黒い男と眉間尺の問答、自刎までに焦点を置く傾向にある。わずかに見られるのは、初期の魯迅に影響を与えたガルシンの「共食いする狼」、「阿Q正伝」（一九二一年、『吶喊』）の最後で阿Qを食おうとした狼の目と重ねあわせ、犠牲を待ち望む民衆の残忍さと同一視する論、[40]狼を母なるものに見立て、古い肉体をくれてやったという見解などである。[41]しかし、それらだけでは、なぜ狼が黒い男と同じ「鬼火のような目」〈燐火似的眼光〉しているのか、なぜ眉間尺と狼自身の共食いがまったく同じ構文で表現されているのかは解釈できない。黒い男を鉄の精と見なす根拠は、二度にわたり、黒い男が「鉄のようにやせている」〈痩得如鉄。第二節〉、「鉄が焼けて赤味をおびるように、黒い男を赤黒く染め上げて」〈映着那黒色人変成赤黒，如鉄的烧到微红　第三節〉と形容されているところにある。[42]この節では、男の形容として、第一節にはなかった「鬼火のような目」〈燐火似的眼光〉が繰り返され、それが狼にも使われている。黒い男と狼が「鬼火のような眼」〈燐火似的眼光〉という同一の表現をもつのは、狼と黒い男が同一の者であること、つまり狼が黒い男の分身であることを表現したものと読める。狼の首を切り落とす行為は、黒い男自身の自刎を代行しており、狼の首と体が眉間尺の衣と体とまったく同じ文型を用いて食い尽くされるのは、二人の復讐者が合体したことを象徴的に描いている為と理解できる。

　国王への復讐は、熱くたぎる愛の血をもつ眉間尺と己をも憎む冷ややかな復讐者黒い男との結合により初めて達成される。その武器となる青剣が王の命を絶つ復讐の剣となるためには、父の敵討ちをひたむきに願う眉間尺の愛の血に加えて眉間尺には欠けていた冷厳、冷徹な憎しみの血がもとめられる。黒い男は、眉間尺と自らの文身である狼の首を切り落とすことにより、「愛の復讐者」眉間尺の血と「憎しみの復讐者」黒い男の血をともに吸った青剣を愛と憎しみの血に塗れた復讐の剣として仕上げたのであろう。狼の首を切り落とす行為とは、眉間尺の自刎を受けた黒い男の自刎を代行し、かつ復讐の剣を生み出すための行為にほかならないと解釈できる。

そして復讐のための誓約と結合の儀式をすませた男は、青剣を担ぎ、奇妙な歌を歌いながら町へとむかう。歌には、そして、愛と憎しみの復讐者の結合を象徴する復讐の剣、眉間尺の自刎、狼の首で代行された黒い男の自刎の行為が歌い込まれている

(4) 挿入歌

男の歌う歌は、第二節に続き、第三節で二番、三番、四番と歌いつがれており、従来から論議が多い。争点の一つに「暴君」と「匹夫」（一人の男）の両義をもつ「一夫」の解釈があり[43]、従来「暴君」の意をとるものが多い。野沢俊敬氏は、「一夫」を「丈夫」（勇ましくて立派な男）の意味にとり、黒い男と国王の二重の意味を読みとる見解を提出している[44]。筆者は、魯迅が先に挙げた増田渉宛日本語書簡（一九三六年三月二八日）で語った「『鋳剣』のなかにはそう難解なところはないと思う。併し注意しておきたいのは即ちその中にある歌はみなはっきりした意味を出して居ないことです。変挺《ママ》な人間と首が歌ふものですから我々の様な普通な人間には解り兼るはづです[45]」との内容に着目して、歌全体が一つの意味を確定的に示すものではなく、複層的なイメージをもつように意図的に構成されているものと考える。「一夫」は王、眉間尺、黒い男の三重の意味をもち、殺戮者と殺戮される者、復讐者と復讐される者の二重性を有し、王、眉間尺、黒い男の首が煮崩れて区別できない復讐劇の状況（第三節）に呼応していると考える。したがって復讐の儀式と王への復讐宣告を歌い込んだ第一歌は、「暴君」への復讐宣告を第一層として、その下に復讐する者の決意をもつ複層性を示していると解釈する。この点を読み出してみよう。

ハハ愛よ、愛よ愛よ！　　哈哈爱兮爱乎爱乎！

青き剣を愛し、一人の仇が自刎する。　　爱青剑兮一個仇人自屠。
おびただしくつづくよ、幾多の一夫。　　夥颐连翩兮多少一夫。
一夫は青き剣を愛し、アアー一人ならず。　　一夫爱青剑兮呜呼不孤。
頭と頭を替え、二人の仇が自刎する。　　头换头兮两个仇人自屠。
一夫なくなり、愛よアアー！　　一夫则无兮爱呜呼！
愛よアアー、アアーアハ、　　爱乎呜呼兮呜呼阿呼、
アハアアー、アアーアアー！　　阿呼呜呼兮呜呼呜呼！(46)

二句目は眉間尺の自刎を意味し、三句目の「一夫」は、民を殺す暴君と仇を討とうとする者双方が世に多いことを示しうる。次の「一夫」も眉間尺と暴君の二人を示し、下の句は青剣を愛する者が一人ではないこと、或いは青剣が一つでないことも示す。五句目の「頭と頭を替え」は、眉間尺と黒い男の分身である狼の首の交換を言い、敵討を目指す眉間尺と黒い男という二人の仇〈两个仇人〉がともに自刎したことを示す。六句目は、二人の「仇人」がともに自刎して、暴君が消えることの予告、宣言となるが、眉間尺が自刎したことを歌う意味にもなりうる。「暴君」での解釈を基本として、王への復讐宣言とみなす解釈がもっとも落ち着く。しかし、同時に、「匹夫」、「丈夫」での解釈も否定できない。単一の解釈に固定すれば、他の可能性が想定され、複層的な解釈にすれば、座りの悪さにより再び単一の解釈に引き戻されることになるが、基本は、殺戮者と殺戮された側、復讐される者とする者との二重性を映し出すことにあると読み解く。

⑸ 復讐の奇術とその顛末

眉間尺の首を使っての復讐劇を描いた第三節、復讐劇の終了後の顛末を描いた第四節は、原説話には描かれていない「傍観者と復讐」をテーマとする魯迅固有のモチーフにより構成されており、「鋳剣」ならではの物語世界を展開している。まず第三節の梗概を記してみる。

〈梗概〉眉間尺の首をもった黒い男は、世にも希なる奇術の使い手というふれこみにより、王宮に入り込む。王宮では、あらゆる慰みごとに飽き、退屈しきった王がしばしば怒りを発しては、些細な咎で青剣を振るって人々を血祭りにあげていた。王に気晴らしを提供しようという男の登場に、臣下一同、我が身の安全は確保されたと安堵する。男は、金の鼎と獣炭（獣を形どった炭）を用意させ、「切れ長の目に秀でた眉、白い歯に赤い唇、顔には笑みを浮かべ、ぼうぼうと青煙のように突っ立った髪」〈秀眉长眼，皓齿红唇；脸带笑容；头发蓬松，正如青烟一阵〉をもつ眉間尺の首をとりだし鼎に入れる。やがて沸き立つ水の音が聞こえると、燃え盛る炭火を受けた黒い男は、焼けた鉄のように身を赤く染めながら、両手を天に差し伸べて、舞いながら鋭い声で歌い出す。歌声に連れて、眉間尺の首も上に下にうれしげな表情で旋回し、やがて男の歌が止むと、つぶらな黒いひとみを大きく見開き、きらきら輝かせながら、右に左に婉然と目線を送りつつ歌い出す。旋回する水にのり、或いは逆らうようにくるくる回り、とんぼ返りをうち、舞い踊り歌う首はやがて水底に沈みこむ。王を誘いのぞきこませた黒い男は、青剣で王の首を切り落とす。鼎のなかで激しい噛み合いが起こり、やがて王の首にとらえられた眉間尺の首が悲鳴をあげる。黒い男は自らの首を青剣で切り落として加勢し、二人の攻勢を受けた王の首はついに息絶えて復讐は果たされる。眉間尺と黒い男は、王の死を確認すると四つの目を合わせ、にっこり微笑んで水底に沈んでいった。

三つの首を釜ゆでにする復讐劇は、原説話では噛み合いを含むもの含まぬものに分かれるが、首が霊力をもつと見なされていた古代では、特に釜ゆでにする理由づけはしない。『捜神記』では、勇者の首を煮崩すといった名目で始め、煮崩れぬ首を煮崩せるのは王のみと騙って、王を引寄せた旅人が王の首を切り落とし、自分も自刎する。『類林雑説』では眉間尺の勝てぬのを恐れて旅人が自刎して、噛み合いに加わる。噛み合いの有無、男の首の落しかた、加勢の仕方など、細部に違いはあるものの、眉間尺、国王、加勢者という復讐劇は、あくまで当事者のみのドラマとして描かれている。王宮の人々に関する描写をもつ池田大吾編『支那童話集』には、「宮中《きゅうちゅう》にはあまたの家来《けらい》がゐましたが、どうすることも出来《でき》ませんでした」という一文があるが、それにより当事者のみのドラマという特徴が変わるわけではない。子ども向けの童話として、説明的叙述を加えたものであろう。これに対して、「鋳剣」の復讐劇は、当初より奇術という見世物の形をとり、見物する王宮の人々を観客にした劇中劇の形で繰り広げられる。復讐劇は最初から退屈しきった国王と他人の上に落ちる不幸を楽しむ王宮の人々に慰みものとして提供されている。己の命の危険を思って戦慄しながら、他人の上に落ちた不幸を楽しむ傍観者の残虐さにこだわり、これを憎悪するテーマを繰り返し描き続けてきた魯迅の「傍観者と復讐」をモチーフにする構成であることはきわめて明瞭である。

しかし、その描かれかたは、「鋳剣」以前の作品とはかなり異なる。「鋳剣」の二年前、一九二四年に記された『野草』の「復讐」では、荒野に刃をもって、全裸で向きあい、抱擁もせず、差し合いもせず、いつまでも立ち続け、見物人をじりじりさせ、退屈死させる気迫をみなぎらせた作品世界が見られる。「鋳剣」では、復讐劇の舞台となる第三節の冒頭で、王妃が七〇数回も身をくねらせて王の機嫌をなおすという描写から始まる。頽廃した王宮のエロチシズムを表現するというよりは滑稽さが先にたつ。確かに、首どうしの格闘劇に、「全身鳥肌立ちながら、ひそかな歓喜を忍ばせつつ、眼を見張り、何かを期待しているような」な王宮の人々の残忍さが描かれてはいるものの、第三節はそのまま諧謔調を主とする第四節に続いていくため、復讐劇全体は第四節のトーンのなかに飲み込まれていくことになる。

第四節では、王の頭蓋骨を取り出すために、宮廷の大厨房から金杓子をもち出してきてすくい上げ、三つの首を弁別しようとあれやこれや議論する家臣たち、なんとか特徴を思い出し、発見しようとする王妃らの行動など、王の首を弁別できないで狼狽する王宮の様相が、傍観者への報復として、辛辣かつ嘲弄する筆調で描かれている。このパロディ調、諧謔調は、他の『故事新編』の作品に共通するトーンでもあるが、それにより見物者に対する復讐と憎悪が充分に凝縮されず、拡散的に表現される傾向をもつことはいなめない。

復讐の奇術のなかで、黒い男と眉間尺は、前節で取り上げたように複数の解釈を生み出し得る歌を歌う。争点となるのは、「一夫」の語義である。暴君と解すれば国王、丈夫とすれば、眉間尺、黒い男をさし、両義ととれば、三者を対象とする解釈が可能となるが、首の区分ができない復讐劇の挿入歌である点からいえば、歌われる歌詞が眉間尺、黒い男、国王の区分を明確に定めえぬものであって不思議はない。言い換えれば、筆者は、その意図ゆえに、魯迅はあえて三者を示しうる「一夫」を選び、歌詞を綴ったものと解釈しうると考える。「一夫」を複層的な語義をもつものと解釈すれば、挿入歌は、物語の外にいる読者を宮中の家臣と同じく復讐劇の傍観者に仕立て、三者の区分をめぐって困惑させる作者の仕掛けとなる。前述した増田渉宛書簡で、魯迅は、挿入歌について「歌はみなはっきりした意味を出して居ないことです。変挺《マヽ》な人間と首が歌ふものですから我々の様な普通な人間には解り兼るはづです」と述べている。これは語の明確な意味を問わざるをえない外国人に対する配慮だったのではないかと推察される。歌詞のうち、一番にあたる部分はすでに前節で示した。残る部分について、一応の解釈を挙げて置く。

二番目：黒い男の歌

ハハ愛よ、愛よ、愛よ
愛よ、血よ、誰ぞなからん、
民はさ迷い、一夫は高らかに笑う！
彼は百個の首、千個の首、万個の首を用いる！
我は一個の首を用い、万夫なし。
一個の首を愛し、血よアアー！
血よアアー、アアーアハ
アハアアー、アアーアアー！

哈哈爱兮爱乎爱乎！
兮血兮兮谁乎独无。
民萌冥行兮一夫壶卢。
彼用百头颅、千头颅兮用万头颅！
我用一头颅兮而无万夫。
爱一头颅兮血乎呜呼！
血乎呜呼兮呜呼阿呼、(47)
阿呼呜呼兮呜呼呜呼！

ここでの「一夫」も暴君、丈夫たる黒い男の二重の意味を取りえるから、暴君の高笑い、暴君を滅ぼす黒い男の不敵な笑いの解釈を可能とする。四句目と五句目は、男に代わって歌い出す眉間尺の歌の末尾と同じ句であり、いよいよ復讐の到来を告げる歌となる。

三番目：眉間尺の歌

王の恵みの流れよ、洋々と溢れたり、
怨敵を克服し、怨敵は克服され、偉大なるかな！
宇宙に限りありても、万寿に窮まるところなし。
幸いに我は来たるや、青き光よ！

王泽流兮浩洋洋；
克服怨敌、怨敌克服兮、赫兮强
宇宙有穷止兮万寿无疆。
幸我来也兮青其光！

青き光よ、永久に忘れじ。
離れ離れになりて、あっぱれや！
あっぱれや、アイアイヨー
やって来れよ帰り来れよ、やって来れよともに来れよ、青き光！

青其光兮永不相忘
异处异处兮堂哉皇！
堂哉皇哉兮暧暧猗
嗟来归来、嗟来陪来兮青其光！(48)

四番目：眉間尺の歌

アハアアー、アアーアアー！
愛よアアー、アアーアハ！
一つの首を血にぬらし、愛よ、アアー。
我は一つの首を用いて、万夫なし！
彼は百の首、千の首を用い…

阿呼呜呼兮呜呼呜呼，
爱乎呜呼兮呜呼阿呼！
血一头颅兮爱乎呜呼。
我用一头颅兮而无万夫！
彼用百头颅，千头颅……(49)

黒い男と歌詞を共有する眉間尺の歌は、復讐のために合体した眉間尺と黒い男の心であり、復讐の剣となった青剣の心でもある。「我」もまた複層的な主語を内包している。

遂げられた復讐の後、区別しえない三人の首を一つ棺に納めて葬儀がいとなまれる。街中は、王の葬儀を一目見ようと集まった人々でごったがえす。その人波のなかに、涙を浮かべた皇后、王妃があらわれ、民衆と視線を交わすが、後に続く悲しげな振りをした臣下の葬儀の列になると、人々は見ようともせず、葬列自体がもみくちゃになり、行列の体さえなくなり、混乱に飲み込まれてしまう。王の首が反逆者である眉間尺、黒い男と葬られる結末は、原説話では三つの墓に分けて葬られることから三王墓と名づけられている。それは、みごと親の敵を討った孝子眉間尺と加勢者の男を謀反人とせず、民衆の王として、地上の王とともに祭りたいという民衆の思いが託されているからであろう。「鋳剣」では、三王墓の名をとらず、二人の大逆非道な謀反人まで、王とともに祭られることに憤慨する義民を登場させて、これを代弁している。

三　「鋳剣」再読――「性の復権」と「生の定立」

「鋳剣」の前半部（第一節と第二節）の緊迫した筆致に対して、諧謔的なトーンで復讐劇の展開とその顚末を語る物語後半（第三節、第四節）は、作風に大きな相違がある。その相違を客観的に裏付けるのが「鋳剣」の執筆時間である。「「奔月」と「鋳剣」（発表時の題は〈眉間尺〉）を書いたばかりで広州に出奔した」〈刚写了「奔月」和「铸剑」，奔向广州〉と語る『故事新編』の序言、及び同書収録の作品末尾の記載による執筆期日、及び『魯迅日記』の記載「眉間赤（赤は尺の同音で誤記―筆者）を書き終えた」〈作眉间赤讫〉により、執筆時期に関する事実関係が論議されてきたが、現在では、作品の構想と前半の第一節、第二節の執筆が一九二六年一〇月に厦門で行われ、第三節、第四節の執筆が翌二七年広州で始まり、同年四月広州で完結したものと見なされている(50)。一九二六年一〇月から二七年四月までの半年間は、魯迅が自己の生き方、人世の方針、許広平との愛をめぐって精神的に大きく揺れ動いた時期（一九二六年一一月～一九二七年一月）が含まれている。北京（一九二六年八月）から厦門（一九二六年九月）、厦門から広州へ（一九二七年一月）という地理的移動の軌跡は、魯迅の精神的変化の軌跡に重なり、それが「鋳剣」の世界の特色を作り上げる重要な因子になったものと考える。

（一）眉間尺と母――母子分離と「性の復権」

第一節の基本軸は、優柔不断な息子とこれを叱咤激励して、およそ果たし得ぬ敵討ちの使命達成を求める母との母子関係にある。敵討ちを悲願とする母と息子という基本設定から、菊池寛の短編小説「ある敵討の話」（一九一八年）との類似性を指摘する見解もあるが、描かれた母子関係自体は大きく異なる。「ある敵討の話」では、父の敵討ちの達成を悲願とする母により鍛えられた息子は、比類のない腕のもち主となり、敵討ちの使命を十分に果たせる人物として、自信にあふれて敵討ちに出発する。「鋳剣」の場合は、敵を討つべき息子は、親の無念に血をたぎらせ、命も顧みない愛と情熱にあふれながら、性根を変えろと迫る母は、無理を承知で夫の無念を晴らす為にひ弱な息子を敵討ちに送り出す。息子の生存についての危惧、憂慮を一切示さず、亡き夫の無念を晴らすことのみを悲願とする。このような母の形象は、菊地寛の作品ばかりではなく、子を思う母の愛にこだわり、これを形象化してきた「鋳剣」以前の魯迅の作品にも見られないものである。

本章第一節で取り上げたように魯迅の二つの作品集『吶喊』、『彷徨』で、母親を主要人物とする作品は多くないにもかかわらず、母親の形象をもつ作品は収録作品数の半数以上にのぼり、しかも女性像のほとんどが母親であるという特色が析出された。このうち「明日」（一九一九年）、「祝福」（一九二三年）には、子を生きがいとし、子に無上の愛を注ぎながら、その子を失う寡婦像が描かれている。なかでも母性愛に焦点を絞りこみ、ひたすら子を思う母親の姿を凝縮して描き出した「明日」は、魯迅の母親像の原形を示すものと見なせる。しかし、ひたすら子を思い、子への愛情のみに頼って生きる母親とは、裏を返せば、子どもしか生きるよすがをもちえない女性の生き方の悲惨さを示すものにほかならない。魯迅における母性観、母親像は、そうした悲惨さをくみ取りつつ、なお母性愛への深い敬意と信頼に貫かれているところに特徴がある。しかも、母性愛への信頼は、小説の素材であるだけでなく、五四時期の魯迅の思想を支える重要な要素であり、その思想は、五四退潮期の作品である「頽れ行く線の震え」〈「頽敗線的顫動」、一九二五年、『野草』一九二七年〉でも変わらぬ姿を示しているといえる。

こうした魯迅特有の母親像を生み出し、母性愛に対する揺るぎない信頼をもたらした人物として実母魯瑞が挙げられた。「母の姓は魯、田舎の出身だが、独学で本を読めるだけの力をもっていた」〈母亲姓鲁，乡下人，她以自修得到能够看书的学力〉（「著者自叙伝略」一九二五年、『集外集』、「自伝」同書では「独学で文学作品を読めるぐらい」〈自修能看文学作品的程度〉[51]）と魯迅が繰り返し誇らしげに語った母魯瑞は、近親者らの回想によれば、温和で情に厚く、進取の気概に富み、清末に周囲の反対に抗して纏足を解き、高齢の身で洋式の断髪に変え、毎日各種の新聞を読んで政治談義に花を咲かせる気丈さをもち[52]、魯迅一三歳の時に始まる一家の変事により、大家族に属する周家の嫁、寡婦としての苦労も重ねている。幼い時から母を支え、父、祖父亡き後の一家の経済生活に責任を果たそうと努めた長男魯迅に対する信頼は厚く、魯迅もまた慈母と仰ぐ母への敬慕、感謝の念をとりわけ強く示している[53]。それゆえにこそ感謝ゆえの呪縛となる人生の枷も重かった。「人はよく「女は弱し、されど母は強し」といいますが、僕は一ひねりして「子は弱し、なれど母を失えば強し」といいます。この意味は、長い間人に語っていませんが、あなたならこの意味を理解できるはずだと思っています。それで、あえて申しあげる次第です」〈人有恒言：妇人弱也，而为母则强仆为一转曰孺子也，而失母则强。此意久不语人，知君能解此意，故敢言之矣[54]〉と一度ならず吐露された持論、清末期に残される母を心配するあまり任務を降ろされたという光復会の刺客をめぐる逸話[55]、母の意向をくんで受け入れた婚姻問題などは、まさに「母の息子」ゆえに担った人生の枠組み、枷の重さを明示している。

そうした慈母への負担の中でも、母への配慮から引き受けた「母の嫁」〈母亲的媳妇[56]〉との結婚、「母が私にくれた贈り物で、彼女の面倒をきちんとみるが、いわゆる愛情については、私の知るところではない」〈母亲给我的礼物，好好儿照顾她，但所谓爱情我不知道〉[57]と語った妻朱安との結婚は、周家に娶った嫁として経済的な保障と一定の儀礼を踏まえつつ、生涯、夫婦らしい会話すらろくに交わさなかったものであり[58]、まさに「母の息子」として、自らの愛と性を切り落として成立したものにほかならなかった。中島長文氏が「母からの贈り物」ではなく、魯迅の「母への贈り物」であったと評しているのは、まさに言い得ている[59]。魯迅の結婚に母がもたらした影響については、すでにこれまでに多く語られているが、筆者は母がもたらした婚姻への影響は、成立よりも破綻においてより一層深刻であったと考える。

前述したように、母魯瑞は、旧世代としての制約を受けながら、魯迅が妻となる人間に求めた文字を学ぶこと、纏足を解くことを自らの意志でやり遂げている。一方、朱安は、どのように冷たくされようとも夫たる魯迅の愛情を得ることを求めて、ひたすら日常生活の世話を尽し、死んでも周家の嫁として祭られることを願い、そこにのみ自己の存在意義を求めていった。結果的に、魯瑞の存在は旧習俗の枠組みに甘んじて生き、自己開発しえない女性としての朱安を際立て、魯迅との距離を乖離させ、逆に朱安の存在が母のすばらしさを募らせ、敬意を高めて母子関係をますます緊密にしていったものと推察される。「独学で本を読めるだけの力をもっていた」と誇らしげに語られた母への讃辞、「彼女が二、三十年若ければ、女英雄になっていたろう」〈她年轻二三十年会作为女英雄[60]〉という母への敬意は、朱安の存在を考える時、微妙な陰りを含んだものとなる。母をすばらしい女性と見なし、母に女性のすばらしさを見出すほどに、一人の男性としての存在は抑圧されていかざるをえない。そうした抑圧、そして魯迅、母、「母の嫁」たる妻との関係に生まれる亀裂がより先鋭化したのは、周家三兄弟の共同生活の破綻後に始められた三者の同居生活においてであろう。先に取り上げたように、母への感謝ゆえの呪縛、それゆえに甘んじる灰色の北京生活に対する思いを吐露した書簡（趙其文宛書簡、一九二五年四月一一日）は、まさに、母魯瑞、妻朱安、魯迅の三者の同居生活開始から一年後、許広平の最初の書簡から一ヶ月半あまり後に書かれている。この手紙を再度取り上げておこう。

感謝は、いうまでもなく、どういう面からみてもまず美徳ということになるでしょう。しかし、私は、いつもこれは、人を拘束するものだと思っています。たとえば、私は、時々冒険したり、破壊したくてたまらなくなります。でも、私には母がいて、私を多少とも愛しており、私の平安を願っています。私は彼女の愛に感謝するために、自分のやりたいようにやれず、北京でわずかばかりの糊口を求めて、灰色の生活を送るしかないのです。人に感謝するために、人を慰められず、しばしば自分――少なくとも、一部分を犠牲にしたりするのです。

感激，那不待言无论从那一方面说起来，大概总算是美德罢。但我总觉得因是束缚人的。譬如，我有时很想冒险，破坏，几乎忍不住，而我有一个母亲，还有些爱我，愿我平安，我因为感激他的爱，只能不照自己所愿意做的做，而在北京寻一点糊口的小生记，度灰色的生涯。因为感激别人，就不能不慰安别人，也往往牺牲了自己，――至少是一部分。(61)

更に魯迅は『華蓋集』（一九二五年）に収めた「雑感」（一九二五年五月）で次のようにも語っている。

敵の刀に死んでも悲しむに足りない。だが、どこから来るとも知れない凶器に死ぬことは悲しい。しかしもっとも悲しいのは慈母または愛する人が誤って入れた毒に死んだり、戦友が乱射した流れ弾にあたったり、病菌の悪意のない侵入、自分が制定したのではない死刑で死ぬことである。

死于敌手的锋刃，不足悲苦；死于不知何来的暗器，却是悲苦。但最悲苦的是死于慈母或爱人误进的毒药，战友乱发的流弹，病菌的并无恶意的侵入，不是我自己制定的死刑。(62)

自己の愛と性を切り捨てた生活、生活責任者としての限られた人生の枠組み、母への敬意と抑圧が高じる中で、魯迅は母にも似た気丈で気迫に満ちた戦闘的な女子学生許広平と出会ったことになる。三・一八事件後、軍閥政府の逮捕命令を受けた魯迅は、厦門大学の招聘を受け（七月）、広州女子師範に職を得た許広平とともに北京を脱し（八月末）、二年後の再開を約束して、それぞれ厦門、広州に身を置く。北京を離れた後、今後の方針について交わされた二人の書簡には、なお新たな人生への踏み出しに躊躇する魯迅に強い気迫で、前進を迫る許広平の言葉が綴られている。自らが歩むべき三つの路(63)を提示し、意見を求めた魯迅に宛てた許広平の書簡（一九二六年一一月魯迅厦門─許広平広州、原信）の一部を長くなるが省略も加えて取上げておこう。

「あなたが一生苦しまれるのは、ほかでもありません一方で旧社会の犠牲になられたからです。言い換えれば、一人のためにあなた御自身を犠牲になさっているからです。しかもこの犠牲は自らの御意志のようではありますけれど、実は旧社会が与えた遺産にすぎません。志のある人は遺産を欲しがらぬものだと言います。ですから粤のことわざでは――良い子は親の田地を受けとらぬと申します。あなたのこの余計な遺産は法（宗法）上でもあなたを監視することを必須とする状勢をもっています。しかもあなたご自身は、この遺産制に反対していますが、遺産を放棄すれば、構うものがいなくなるので、甘んじて一代の農奴となり、遺産を死守しようとされるのです。しかし、一たび赤化が起これば、農奴は目覚めて自分の権利を取り戻そうとします。でも遺産を捨てるわけにはまいりませんから、苦しまれるのです。さらに遺産を放棄されたとしても、善後策を講じなければなりません。そして遺産を失なった後、生計を立てるには営営と仕事しなければなりません。またこうした生活が人からの排斥を受けるかもしれず、そのためにますます手立てがありません。（略）私たち何を好きならないのでしょう。私たちは双方で不満忍従の態度を打ち破りましょう。もしその人の生活がなりたち、御好んで、旧社会のせいで一人のために何人もが犠牲になったり、多数の人間までを巻添えにしたりしなければならないのでしょう。私たちは双方で不満忍従の態度を打ち破りましょう。もしその人の生活がなりたち、御自分の生活も他人の口実を設けた攻撃を受けない程度に安定するなら、もう一方については、新局面では、双方ともにそのために生活に影響し、永遠の立脚点に影響がおよばないのであれば、双方がこの難題によって生活を失うことがないことになります。遺産の放棄については、古い人には、あるいは間違っているいと批判されるかもしれませんが。新しい、合理的な考えかたをする人はどんな不合理な批判も加えられることはできませんし、たとえ批判されても比較的足場を得やすいでしょう。生活に困らなければ、人は暮らしていけるものですから「将来なにもしない」必要はなく、当面、みんなでやり、みんなで享受できます。まずお金を貯め、それからかつかつで暮らし、しかもめどが無いことはありません。しかし、そうすれば、遺産はどうしてもおろそかになりますが、実際は遺産がそれなりの待遇を受けられれば問題ありません。わずかな遺産のために、管理人の行動までまきこんで自由にならない、これは新しい状況のもとでは許されません。これは正当な解決ということから言ったものです。かりにこの批評が行きすぎるるようにお感じになるなら、もちろん北京でいつもお話ししていたようにやりましょう。新しい生活のなかでは、苦しみに耐えられないものはありません。

新しい生活をする人については、新しいやりかたでやればよいのです。党のほうでは問題はありません。党からは責めを受けない生活のほうは、そのまま継続できます。そのために「以後はどんなこともやらない」には及ばず、しかもそのようにやればどんなことでもでき、民国十七年まで待つ必要はありません。でもこのやりかたは家庭―お母さんには、どんな影響があるでしょうか。強行すべきかどうか、あるいは、なにかもっといい方法があるでしょうか、これらはいずれもよく考えねばなりません。

なにか扇動の嫌疑がかかるようなことを申し上げたかもしれません。あなたが私にお尋ねになられたので私はこう申し上げるしかありませんでした。ご自身でよく御考えになられますよう願っております。（前便で、ご相談したいことが少々あると申し上げたのは、つまり上述のようなことです。こうしたお話をあなたとやりとりする必要があるように感じておりましたので）」

你的苦了一生，就是一方为旧社会牺牲，换句话，即为一个人牺牲了你自己，而这牺牲虽似自愿，实不啻旧社会留给你的遗产，听说有志气的人是不要遗产的，所以粤谚有云一好子不受爷田地一而你这多遗产在法（宗法）又有监视你必要之势，而你自身是反对遗产制的，不过觉得这份遗产如果抛弃了，就没有打理，所以甘心做一世农奴，死守遗产，然而一旦赤化起来，农奴觉悟了，要争回自己的权利，但遗产也没有抛弃，所以吃苦，更有一层，你将遗产抛弃了，也须设法妥善安置，而失产后另谋生活，也须苦苦做工，又怕这项生活遭人排击，所以更无办法〈略〉天没有叫我们专吃苦的权力，我们没有必受苦的义务，得一日尽人事求生活，即努力做去，我们是人，天没有硬派我们履险的权力，我们有坦途有正道为什么不走，我们何苦因了旧社会而为一人牺牲几个，或牵连至多数人，我们打破两面委屈忍苦的态度，如果对于那一个人的生活能维持，对于自己的生活比较站得稳不受别人借口攻击，对于另一方，我的局面，两方都不因此牵及生活，累及永久立足点，则等于面面都不因此难题而失了生活，对于遗产抛弃，在旧人或批评不对，但在新的，合理的一方或不能加任何无理批评，即批评也比较易立足，则生活不受困，人人可出来谋生，不须「将来什么都不做」简直可以现时大家做，大家享受，省得先积钱，后苦苦过活，且无把握，但这样对遗产自不免抛荒，而事实上，遗产有相当待遇即无问题，因一点遗产而牵动到管理人行动不得自由，这是在新的状况下所不许，这是就正当解决讲，如果觉得这批评也过火，自然是照平素在京谈

话做去，在新的生活上，没有不能吃苦的。〈略〉

至于做新的生活的那一个人，照新的办法行了，在党一方不生问题－即不受党责－在生活一方即能继续，不必因此"将来什么都不做，而且那么办立时什么都可以做，不必候在民国十七年。但这办法对于家庭－母亲－将有什么影响？应不应该硬做，或有什么更妙方法做去，这都待斟酌。"

总之，一切云云，俱是经济所迫，不惜曲为经济而设法，其实就真的人生，又何必多些枝节，这真叫人慨叹的。还有，上面所说，也是为预防攻击而先找地步解说，如果不因攻击防及生活，即可不顾一切，没有问题了。

我的话是那么直率，说了有什么煽动的嫌疑？因你向我问，只好照说去，还愿你从长讨论才好。（前信说，有些话要面商的，即如上云云，因其时感应到似乎有此一番话代你问答[64]）

以上の書簡に綴られた考え方では、旧式結婚の相手である「母の嫁」朱安を旧時代の遺産と見なし、魯迅から切り離そうとする許広平の気迫がほとばしる。書簡最後には、自ら「挑発的」であると自認し、「なにか扇動の嫌疑がかかるようなことを申し上げたかもしれません」とむすんでいる。文面によれば、朱安に対しては、暮らしを立てる経済問題の処理で終始ことが図られ、魯瑞については精神的打撃の深さを憂慮する配慮に満たされている。北京脱出は、妻との別れではなく、母の意向をくんで娶った周家の嫁朱安との決別であり、「母の息子」という枠組みから自己を解き放ち、一人の男性として自己の人生を築く母子分離の第一歩であった情景が明瞭に浮かび上がる。許広平とともに歩み出そうとする道は、五四新文化運動の中で旧世代の女性の道連れとして一代犠牲にすることを掲げた知識人として魯迅が引き受けるべき社会的生命、自らと母と母の嫁たる妻の生活を担う問題ときり離せない。愛とともに生活の問題に迫られながら葛藤する姿がはっきりと読み取れる。とはいえ、四五を越える男性として、許広平から「なにかといえば、お母さん、お母さんと言い、未だに子どもっぽい」〈一声声叫娘、娘，犹童心〉[65]といわれる魯迅にとって、母の愛から離れ、許広平との距離も保とうとする厦門生活は、まさに愛の宙吊り状態というべき不安定な状況であったと推察される。

「鋳剣」第一節が書かれたのは、ほかでもないまさに母との生活圏から離れ、空間的な母子分離を果たして一ヶ月後のことである。先に記したようにほの暗い月影の中で両の眼をきらめかせながら、眉間尺に愛する夫の無念を語り、ひ弱な息子を果たしえぬ敵討ちに駆り立てる母親は、子を思う母親であるよりも踏みにじられた愛に生きる一人の女性というにふさわしい。母であるよりも女性としての情念に生きる女性像は、従来の魯迅の母親像、女性像には見られない。いうなれば「鋳剣」の母親によって、魯迅の女性像、母親像は始めてエロスを獲得したことになる。それは、魯迅にとって、母によって封じられていた性の磁場、去勢された「母の息子」という磁場からの解放を意味しよう。一六歳になるまで貧しい暮らしの中で寄り添い、一つ寝台に眠ってきた息子がその寝床の枕元に隠されていた父の剣によって、家を出て行くことになるという展開は、性の問題と切り離せない。父の剣による母との別れは、魯迅自身の母性による性的呪縛からの解放であり、男性としての内なる性の回復を暗示するものと理解される。第一節の優柔な眉間尺の形象には、長年母に対して自己の意思を鮮明にしえなかった魯迅自身の心理的投影が刷り込まれているものと読み取れる。

（二）　眉間尺と黒い男――同志の連帯と愛の成就

「鋳剣」の執筆動機として三・一八事件を推定する解釈[66]では、殺戮者を国王、黒い男を魯迅、劉和珍ら流血の犠牲者として眉間尺を想定する。熱情にあふれる若き復讐者の形容は、確かに北京女子師範大学の闘争で共に戦い、その若き闘いの力に感動し、自らも触発された若き青年闘志たちの姿に連なるものがある。しかし、熱情にあふれ性急な暗殺行動に駆り立てられる眉間尺の姿は、殺戮にあった流血の犠牲者達よりも流血の犠牲者の敵を討つために、ともに闘いの決意を共有しえた若き同志、許広平の姿をより具体的に反映していると思われる。論拠の一つは、魯迅と許広平が互いに愛を確認するにいたる前、両者が初期に交わした書簡にある。遅々として進まぬ国情に苛立ち、麻痺した国情の中で急を要する問題には、三、四人の犠牲を出しても流血による改造こそが必要である。自らその犠牲者足ることを辞さないとはやる許広平に対して、魯迅は流血による犠牲の無意味さ、性急さの危険を説き粘り強い闘いを主張している。二人の対話は、情熱にかられ、性急な暗殺行動に走る眉間尺とそれを阻み、無駄死を防ごうとする黒い男の行動と明瞭に重なり合う。眉間尺と黒い男の関係には、ともに変革を求める同志として、若者と年齢者のギャップを抱きながら論議しあった魯迅と許広平との思想的出会いが投影されているものと読み解ける。その一部を取上げておこう。

　民意に反する乱臣賊子は、三寸の剣によって、万人の首をはね、千杯の血を飲んで、然る後、天を仰いで大きな声で叫び、剣に伏して殉じようと思います。ろくでもないやからに対して、わが剣を汚すに足りないかもしれずとはいえ、この三、四人の犠牲によって、賊の胆を冷やし、恐れて妄動させなくさせるには充分です。その後、彼に、民意に従うように迫ります。その時には、連合国中の軍民各界と意志を通じ、大義を明らかにし、利害で奮起をさせ、さらに世論を鼓吹し、事の緩急や前後はこれによります。もちろん犠牲になる人は、勇猛でなければなりませんが、かならずしも学識に優れる必要はありません、大材を小用してはならないからです。小鬼のごときは、密かに犠牲になることを願っています。実は、これはいわゆる犠牲ではありません。逆に言えば勝利かもしれないのです。こうした行為は、少々荒っぽいきらいはありますが、今のような麻痺した状況のもとではなくてはならないものです。五四の火は、売国奴たちに数年の間、声をひそめて姿を隠せざるを得なくさせました。惜しいことに、当時は人が多くて犠牲が大きすぎました。もし、一人の勇士がいれば誰であろうと、黒い円盤を一つお見舞すれば、二、三の犠牲で一人をやっつけるということになって、たいそうおもしろいでしょう。太平洋会議のころ、私はちょうど天津女子師範で勉強中で、十人団のなかにこうした組織をつくるよう提案したことがありますが、とりあげてもらえませんでした。これは率先してやることができなかったから、採用されなかったのか。あるいは、こういう謀事がよくなかったということなのでしょうか？

及违反民意的乱臣贼子，仗三寸剑，杀万人头，饮千盏血，然后仰天长啸，伏剑而殉，虽碌碌诸子，或且不足污吾之剑，然以此三数人之牺牲，足以寒贼胆使有所畏而不敢妄为！然后迫得他不敢不稍从民意，此时再起而联络国中军民各界，昭以大义，振以利害，加以舆论鼓吹，缓急先后或取于此。自然去牺牲的人，要有胆有勇，但不必取学识优越者，盖此辈人不宜大材小用，如小鬼者，窃愿供牺牲一实则无所谓牺牲，反过来说，也许是胜利一此举虽则有点粗急，但现在这种麻木状况之下，不可无此项举动。五四一把火，可以令卖国贼销声匿迹数年，惜乎当时人多牺牲大，如其有勇士给他任何一个人，送他一个黑饼，就算两三个拼一个，也是怪有意思的。在太平洋会议时学生在天津女师肄业，曾建议举行此种组织于十人团中，未见采择，或者未能以身先之，致不见用欤？抑谋之不臧欤？(67)

「苦悶。苦悶でないところなどなし（この下にまだ四つと……がある）」。私は、「小鬼」の「苦悶」の原因は、「せっかち」なことにあると思います。進取の国民にあっては、せっかちさはよいものです。しかし中国のように麻痺したところに生まれたなら、損をこうむりやすいのです。たとえ。どのように犠牲になったところで、自分を滅ぼすだけのことで、国に影響はありません。私は、先般、学校で演説した時にもいったことがありますが、この麻痺した状態の国には一つの方法があるだけです。ほかでもない「粘り強さ」で、「粘り強くあきらめず」で、徐々にこれを行い、いつも休まず、「談論風発」に至らずとも効果がなくはありません。しかしその間に自ずから「苦悶、苦悶（この下にまだ四つとさらに四つと……がある）」を免れませんが、ただこの「苦悶……」に反抗するしかありません。これは人に辛抱強く奴隷になれと、勧めるのに似ていますが、実は同じではありません。喜んで望んでいる奴隷に希望はありませんが、もし不平を抱いているなら、少しは有効なことが徐々にやれるでしょう。

「无处不是苦闷，苦闷（此下还有四个和……）」，我觉得「小鬼」的「苦闷」的原因是在「性急」。在进取的国民中，性急是好的，但生在麻木如中国的地方，却容易吃亏，纵使如何牺牲，也无非毁灭自己，于国度没有影响。我记得先前在学校演说时候也曾说过，要治这麻木状态的国度，只有一法，就是「韧」，也就是「锲而不舍」，逐渐的做一点，总不肯休，不至于比「踔厉风发」无效的。但其间自然免不了「苦闷，苦闷（此下还有四个并……）」，可是只好便与这「苦闷……」反抗。这虽然近于劝人耐心做奴隶，而其实很不同，甘心乐意的奴隶是无望的，但若怀着不平，总可以逐渐做些有效的事。(68)

徒手空拳の請願者である市民、学生を殺戮しながら犠牲者を暴徒として処理した三・一八事件の殺戮者とその支持者達に対する魯迅の憤激と憎悪は、一通りのものではなかった。しかも流血の事件の朝、魯迅は、原稿を届けた許広平が請願デモに出かけようとするところを「請願、請願、毎日請願だ。まだいくらか抄してもらいたいものがあるんだが」〈请愿，请愿，天天请愿，还有些要抄的(69)〉と言って引きとめ、二人は凶報を魯迅宅で受け取っている。引きとめた者、引きとめられた者、図らずも生き残った者の思いの複雑さはいうまでもない。しかも、流血の犠牲者の中には、女子師範大闘争をともに闘った許広平の友、魯迅の教え子である劉和珍も含まれている。殺戮への憤怒と憎悪、復讐の決意は、否応なく二人に共有されるものであったと推察できる。

同志的連帯を内包する第二節に対して、第三節の眉間尺には、恋人許広平に対する愛の投影が明瞭である。もともと原説話では、眉間尺は、眉間の「広さ一尺」(『捜神記』、『類林雑説』、『支那童話集』)、「三尺」(『太平御覧』)という怪奇な容貌であり、『捜神記』の首の場面では三日三晩煮られても煮崩れず、釜から飛び上がって恐ろしい形相でかっと睨みつける。子どもの首ながら恐ろしく凄まじい形相をもつ者として記されている。これに対して「鋳剣」の眉間尺は、「秀でた眉、切れ長の目、白い歯に赤い唇で、顔には微笑を浮かべ」〈秀眉长眼，皓齿红唇，脸带笑容〉で、「つぶらな黒い瞳、右に左に流し目を送り」〈黑漆的眼珠，向着左右瞥视〉ながら、婉然と歌を披露する。これにより、「鋳剣」は原説話の凄絶、壮絶な内容から官能的な表現をもつ復讐劇に転じている。

広義においては、情熱の若き世代と老練な年長世代との共闘を象徴し、狭義においては魯迅と許広平にとって特別な意味をもつ復讐者としての誓約、殺戮者への宣言である第二節が記された二六年一〇月であり、月末に魯迅は留学期、五四時期など前半期の長編評論などを集め、自らのこれまでの著述の後を振り返る「『墳』題記」、一一月に揺るぎない闘いの決意と歩み行く先を「墳《はか》」と見定めながらそこへの路に迷う、長い「『墳』後記」を記している。[70]「後記」を記した一一月から翌年一月までの期間は、魯迅が、愛と憎しみ、憤怒の意志をどう自己の生命のうえに実現していくか、一人暮らす厦門の地で、葛藤を深めていった時期にあたる。この間における魯迅の葛藤とその克服の過程は、厦門と広州間で交わされた『両地書』第二集の原書簡に明瞭に語られている。[71]前節で、今後の路について、魯迅から意見を求められた魯迅に対する許広平への返信を取り上げた。魯迅が提示した三つの路は、いずれも生計の路の求め方と、許広平への愛と自己の闘いをどう実現していくのかという問いに根差している。しかし、五四時期、罪なき女性の道づれとなり、「一代をかけて四千年の負債を精算しよう!」〈做一世牺牲，完结了四千年的旧账〉（「随感録四〇」一九一九年）と熱く語った魯迅が、愛なき旧式結婚の犠牲者たる妻を置き去りにして、若き教え子との愛に踏みきるには、自己の思想との対決、精神的葛藤はもとより、行動の結果にともなうであろう社会的批判、それに派生する経済的損失という現実的な問題の克服が横たわっている。圧政者、殺戮者に反撃し、中国を覆う暗黒との闘いを自己の生命の道としてきた者、そしてそれを続けようとする者にとって、武器である思想と言葉が力を失うことは、闘いを放棄し、その生命を自ら絶つに等しい。しかも、そのような社会的な死にともなう経済的損失は、北京に残した母、妻らの生活を保証するうえでの死活問題となる。さらに、生じる悪しき結果が家庭破壊を生じさせた汚名として、若き教え子の上に注がれるかもしれない。ともすれば及び腰になりがちな魯迅の心を突き崩していったのが、「扇動的」であるかもしれないと自認していた恋する許広平の気迫に満ちた強い直言であり、魯迅自身の愛への渇望と新生活への希求であったといえよう。当初、二年間後の再会を約束して、ともに北京を出発し、厦門、広州に分れて暮らすことにしていた二人の方針は、中山大学からの招聘を受けた魯迅が一月一六日、広州に向かうことにより決着を見る。広州行きを前にした一月一一日、愛する資格がない者と自己を制約し続けてきた魯迅は、ついに許広平との愛を自らに許すことを宣言する。

　時には自分を恥じ、その人を愛するにふさわしくないのではないかと思いました。しかし、彼らの言葉、振る舞い、考えを見て、私も決して悪い人間ではない、私は愛してよいのだと思いました。

　我有时惭愧，怕不配爱那一个人；但看看他们的言行思想，便觉得我也并不算坏人，我可以爱。(72)

最後の一句は、「愛することができる」と訳されがちだが、許される、差し支えない意味をもつ「可以」を用いて「愛してよいのだ」と記されている点に注目したい。第三節は、許広平への愛を自らに許し、広州に移り、親友許寿裳を交えながらも同居生活を始めた後に書き継がれたものである。「愛の復讐者」との同志的連帯による戦闘者の誕生を示した第二節よりも、眉間尺の形象に若き恋人の艶やかな形象、彼女への情念が投影されていることは決して不思議ではない。

最後に、愛情の成就を盛り込んでいると解釈される挿入歌について再度見ておこう。魯迅自身は、一節で挙げた増田渉宛書簡で、王を称えた歌詞をもつ眉間尺の歌について、「三番目の歌は、実に立派な、壮大なものですが、併し〈堂哉皇哉兮暖暖唷〉は淫猥な小曲に使う声です[73]」と述べ、歌が性的な含みをもつことを示唆している。復讐の成就という大事の場面、その挿入歌に聖なる愛の成就ではなく卑俗な歌を盛り込んだ理由は、恐らく壮大な復讐の決意と行動が愛に支えられていることを誰よりもよく知る魯迅の作為にあろう。予め予想されるくだらぬ性的な批判、攻撃に対して、性愛の卑俗さを自ら混入させて、先手を打って一笑する意味を含ませていたものと推察される[74]。なお、第二節で自刎後の眉間尺に黒い男が二度口づけをするのも二重の意味、すなわち殺戮者への復讐を誓いあう共闘者としての連帯と信頼のメッセージ、そしてなお離れた地にいる恋人許広平に対する秘かな愛のメッセージをもつものと解釈できる。

許広平との愛の成就を確認した後の作である第三節には、もう一つ愛情関係に関わる表現が見られる。それは「汶汶郷」の生まれの「宴之敖者」という黒い男の口上である。「宴之敖者」は、日本の女から家を追い出された者を意味する（「宴」が家、日、女からなり、「敖」が古体字で出る、放からなる）魯迅の筆名で、周作人の妻羽太信子の讒言によって、北京の家を追い出された経緯を込めたいわくつきのものである[75]。羽太信子の讒言とは、魯迅が彼女に戯れたことなど性的な問題にからむものといわれる[76]。許広平との愛の成就を投影した作品の中に、いわくある筆名を使ったのは、羽太信子の讒言とそれを信じた周作人に対して、一矢を放つ意味があったからであろう。丸尾常喜氏は、出身地「汶汶郷」を王逸の注により「潔白にして汚辱を受けた地」と解している(77)。

(三)「鋳剣」物語世界の構造と特色――魯迅の再生「生の定立」

北京から厦門、厦門から広州と書き継がれた「鋳剣」の物語世界は、「母の息子」から離脱した魯迅が愛と復讐の担い手としての自己を新たに確立していく精神の軌跡と深く結びついている。この精神の軌跡により、原説話と異なる母、眉間尺、黒い男の形象が生み出され、それにより「鋳剣」独自の物語世界が形成される。特に、許広平の人物像が投影された眉間尺の形象は、「鋳剣」の物語世界の生成に大きな特徴を与えている。この点に注目して、愛と復讐の物語「鋳剣」に組み込まれた魯迅の「生の定立」を分析してみよう。

(1)眉間尺と黒い男

一般に、息子の冒険、英雄譚の多くは、試練の克服というストーリー展開をもつ。怪物や難事に打ち勝ち鍛えられて自立を獲得し、ついに父の敵を打ち倒すことは、しばしば母性との分離による自立過程として解釈されてきた。いわゆる神話、民間故事の定番的な心理学的解釈である。その際、主人公が超越的な存在により導かれ、助けられることが多く、原説話の旅人もそうした存在と見なせないわけではない。しかし、「鋳剣」自体は、こうした定型的解釈とは必ずしも一致しない。

まず、第一節では、母に育まれ、助けられてきた眉間尺は、成人を迎える夜半に突然母より使命を与えられ、家を出て独り立ちすることを求められる。突然託された過大な任務に、眠れぬ一夜を過ごしながらも目的の成就に向けて動き出す。しかし、王城に着いてからは担った重責に不安のあまり情緒不安定で過敏な状況になり、熱にかられて無謀な暗殺行動に飛び出す。しかし、黒い男に救われ、失敗は未然に防がれる。再度の行動を期した眉間尺は、母を思ってのどを詰まらせ、離れてきた母との世界に郷愁を募らせるが、一人で任務を果たさねばならぬことを覚悟して、王を待ち続け、不安の極に達する。と、再び現れた黒い男の後を飛びつくように追い、敵討など一人では果たせないと突きつけられた挙句は、黒い男にすべてを託して自刎する。

以上の過程が示すように、成人した若者として、父の使命を担ったはずの眉間尺は、母に保護されてきた暮らしから飛び出した後も自力で困難に打ち勝ち、敵討という目的を自力で達成することはない。敵討を果たそうとする熱意と意志により、情熱にかられた性急な行動をとっても黒い男により終始見守られ、身の安全を確保される。失敗はそれと知らず未然に防がれ、いつも手は差し伸べられ、不安が極に達すれば、すべてを託せる助けに受け止められる。自刎して首を差出す行為は潔く勇敢であり、眉間尺の敵討にかける強固な意志と情熱を示すものだが、また一切を託すことは使命の達成を他者に預けてしまうことにほかならない。肝心の復讐劇でも、霊力で甦った首となって王と激しく噛み合いながら、身動きできずに悲鳴をあげれば、すぐに黒い男が加勢に駆けつける。母子一体の融合から飛び出しながら、眉間尺が手にするのは常に保護と援助であり、敵討の成就を目指してたどり着くのは、保護者である黒い男との合体、結合の世界である。眉間尺の成長物語として見れば、明らかに自立のドラマではない。その理由は、恐らく若き恋人を愛し守ろうとする魯迅の思いが眉間尺と黒い男の関係に反映し、これを規定しているからであろう。こうした眉間尺の人物特徴は、黒い男の側にも影響を及ぼす。他者への同情を否定して、自分すら敵であるという自己憎悪に満ちた黒い男の復讐精神も艶やかで、妖艶な眉間尺の首による復讐として実現されるため、憎悪の復讐者の復讐が「愛の復讐者」の世界に融解していかざるをえない。原説話の復讐劇は、『類林雑説』では七日七晩煮詰めても煮崩れず、さらに七日かけて噛み合った後にようやく一挙に煮崩れる。『捜神記』では、三日三晩煮詰めて煮崩れぬ首が湯から飛び出して、目をかっと見開き、怒って睨みつける。凄絶さ、凄まじさからいえば、「鋳剣」をはるかに凌いでいる。凄惨な復讐劇が眉間尺に許広平、愛の成就により、エロスの世界に変容しているといえよう。

(2)鼎の中の再生と埋葬――復讐者魯迅の「生の定立」

心理学的象徴的分析によれば、母性は「容器」によって特徴づけられる。包み込む器すべてが象徴となる。(78)「鋳剣」の物語世界、復讐劇は、まさに母の象徴とされる容器である炉、狼、鼎、棺、墓へと展開していく。狼は、多様な象徴解釈をもつ動物であるが、人の子を乳で育てる意味から「母」を示す意味をもち、狼に食べられることは近親相姦のメタファーでもある。母体の象徴性に着目し、母体回帰による永劫回帰論を唱えるエリアーデは、錬金術の観点からこの説話を取り上げている。(79)このエリアーデ観点を用い、鼎の中で歌を歌う眉間尺の死を世俗の死ではなく、永劫回帰と見なす解釈がある。(80)しかし、鼎の中の眉間尺の死は、単独の死ではない。黒い男との共闘、結合の死であり、黒い男は原説話に見られるような加勢者ではない。「彼の敵は私の敵だ、彼もまた私なのだ」〈他的就是我的，他也就是我〉（第二節）という男の言が示すように倒す敵を自分自身と見なし、己自身をも憎む自立性をもった復讐者である。鼎の中での黒い男の死は、加勢者としての死ではなく、眉間尺という復讐者と結合し、自らを甦らせる復讐者の死、憎しみの復讐者としての再生である。この観点に立ち、黒い男を魯迅と見なせば、鼎の中での復讐劇は、「愛の復讐者」許広平との結合において再生する「憎しみの復讐者」＝魯迅の再生を意味するものとなる。

鼎の中での再生に続き、注目されるのが埋葬である。「鋳剣」の材源である原説話では、加勢者、黒い男、眉間尺三者の湯肉は、三つに分けられ、三つの墓に葬られる。「三王墓」という説話名が生まれるゆえんである。しかし、「鋳剣」では、これを一つの棺、一つの墓に書き改め、復讐者、黒い男、眉間尺が一つ棺、一つ墓に葬られ、永遠の合体を遂げる。上述の黒い男の言「彼の敵は私の敵だ、彼もまた私なのだ」によれば、黒い男は倒すべき敵たる王自身でもあるから、王は黒い男の分身となる。とすれば、鼎の中で再生し、一つの棺、一つの墓に埋葬され、永遠の合体を遂げるのは、王、黒い男、眉間尺の三者ではなく、「愛の復讐」眉間尺と「憎しみの復讐者」黒い男の二人である。三王墓から一つの棺、一つの墓への書き改めは、許広平との愛の成就により、復讐者としての自己を甦らせた「憎しみの復讐者」魯迅が、許広平と添い遂げ、永遠の闘争者として生き抜く覚悟を表明したものと思われる。倒すべき相手（王）が倒す者自身（黒い男）であるのは、自己の生命が果てるまで敵と戦い続ける永久闘争者としての存在、意志表明を意図したためと解釈できる。以上の分析が示すように容器をシンボルとする母性の象徴に満たされ、鼎という母体の中での復讐劇を核とする「鋳剣」世界は、愛と復讐の担い手たる魯迅自身の再生、復活の物語にほかならない。その物語世界を貫くのは、抱合、合体、生命の再生をもたらす母性原理であり、そこに「鋳剣」の物語世界がもつ大きな特徴の一つを見出すことができる。さらにいえば、母子分離を経て、自立の道を歩んだ「母の息子」魯迅の再生は、許広平という第二の母の下での再生であったといえるかもしれない。

(3) 復讐劇と観客——対立の契機の消失

第三節、第四節の復讐劇とその顚末に、「傍観者と復讐」という魯迅の追及してきたテーマを重ね合わせる見解があるが、「鋳剣」では、諧謔的な筆調に加え、内容的にも「傍観者と復讐」というテーマに必要な対立の契機は見出しがたい。確かに、「鋳剣」の物語世界は、熱くたぎる「愛の復讐者」眉間尺と憎しみに満ちた冷たき復讐者黒い男の結合による復讐劇を核として、その外側に復讐劇の観客と民衆を配置した構造をもつ。しかし、『野草』の「復讐」（一九二四）のように、復讐者が見物人と結び合えぬ線のまま対峙し続け、見物人を退屈死させるほど気迫をみなぎらせる緊張関係は成立していない。「鋳剣」では、復讐者眉間尺、黒い男、国王が一つ鼎の中で煮崩れて区別できぬため、観客たる王宮の人々が一時的に狼狽し、翻弄される状況が描かれるにすぎない。王宮の人々の外側に置かれた民衆の場合は、関係性自体がより希薄で、基本的に直接復讐の担い手と関わらず、復讐劇にも作用を及ぼさず、鼎から墓へとい復讐劇の顛末の外に疎外されたところに置かれている。そのために、「鋳剣」の末尾に、民衆と断絶した孤独なペシミズムを読み取る見解も見られる(81)。しかし、筆者は「傍観者と復讐」のモチーフが明確に成立していないのは、第三節、第四節の執筆時、魯迅において「復讐劇と観客」のテーマがもはや重要課題と見なされていなかったためと考える。物語世界の鼎の中に許広平との愛の成就と闘争者としての自己の「生の定立」を盛り込んでしまった魯迅にとって、その生を見つめる観客、傍観者は、もはや不要であったと思われる。闘争者としての永劫性に自己完結すれば、対立すべき傍観者の存在は意味をもたない。おそらく復讐劇の見物人とは、作品世界に描かれている人物のみならず、「鋳剣」の読者はもちろん、魯迅の「生の定立」を見つめようとする者すべてを含んでいたであろう。許広平との愛を引き受け、闘いの意志と方向性を定めた魯迅にとって、重要なのは傍観者ではない。他者たる傍観者がどうあれ成立する復讐劇の存在、それを担う主体者の存在——許広平との共闘と愛の成就を表現した復讐劇の成立だけが中心課題であったと思われる。手法の軽やかさ、ある種の弛緩は、自己の存在と意志を確立しえた自信、その基盤となる愛の成就がもたらす心理的な高揚、ようやく解き放たれた精神世界がもたらす解放感の産物であろう。逆にいえば、前半第一節、第二節の研ぎ澄まされ、凝縮された世界こそ、第三節、第四節と異質の緊迫した精神世界を反映していたものと解釈される。

小結

北京から厦門、厦門から広州と書き継がれ完結した「鋳剣」は、母子分離を踏まえてようやく自己の人生の基礎を定めた魯迅が後半生の指針、愛と闘争の人生の根底を表明した作品と受け取れる。『魯迅日記』に記された「鋳剣」の完成日一九二七年四月三日から一〇日を経ずして、流血の大惨事四・一二クーデターが起きる。それからさらに十数日後、『莽原』に「眉間尺故事新編之一」と題して掲載され、一九三二年「鋳剣」と改題して『自選集』に収められた。さらに、一九三六年『故事新編』に収める際、作品末に一九二六年一〇月の執筆期日が記された。これまでのところ、題名、執筆期日の変更の理由を解き明かす確たる資料は得られていない。しかし題名の変更は、許広平の投影を受けた眉間尺からより復讐の精神を表現しうる名称への変更であり、執筆期日の変更は許広平との愛の成就を色濃く投影した第三節、第四節成立以前の復讐者としての再生の原点に立ち戻るものである。また、題名の変更が行われた一九三二年は、魯迅が殺戮者への憤怒を再び燃え上がらせた左聯五烈士殺害事件の翌年でもある。題名と完成日の変更は、愛と復讐の物語「鋳剣」の位置づけを復讐精神そのものに凝縮しようとする魯迅の意志であったかもしれない。

「鋳剣」完成後、広州から最終の地、上海に移った魯迅は、許広平との生活基盤に立ち、北京にいる母魯瑞に対する経済的支援と精神的配慮を惜しまず、孝子ぶりを発揮し、激しい筆戦に精力を注ぎ込んでいく。その闘いは、権力の奪取を求めず、相手を倒すことのみに収斂する「鋳剣」の復讐劇に見せた闘争の精神であり、権力の奪取と秩序の再編を目指す父性原理による闘争とは異なる権力との闘い方を示している。さらに、晩年魯迅は、生命を慈しみ、生命を損なうものへの憤怒をたぎらせる闘う母性――ドイツの女性版画家ケーテ・コルヴィッツに深く共感し、母性崇拝の念を一層強めている。(82) 母性への共感と崇拝は、実母魯瑞との母子分離を越えて、なお魯迅の精神に深く内在する母性観、母性への信頼を示している。「鋳剣」世界に提示された母性原理と闘争精神は、魯迅の精神に内在する母性性、母性観のもつ思想的意義を示す原点と考えることができるのではないか。

【注】

（1）中国古代文学関係の具体的材源については、本文、及び注参照。外国文学との関係では、伊藤正文氏が「『鋳剣』論」（『近代』一五号、神戸大学、一九五六年）で、バイロンの「海賊」コンラッドとの関係について論じているほか、工藤貴正氏がエーデンの「小さなヨハネス」との関係を含め、外国文学作品からの影響について広く考察している。氏の主な論考には、①「魯迅の翻訳『小さなヨハネス』について――『夢』と『死』の世界」（大阪外国語大学修士会『外国語・外国文学』九、一九八五年）、②「魯迅『鋳剣』について――『黒色人』の人物像に見る『影』のイメージ」（『相浦杲先生追悼中国文学論集』、東方書店、一九九二年）、③「もう一人の自分、『黒影』の成立（上）――魯迅『鋳剣』の形成に至る『復讐』『預言』の具象性と『影』の心象性について」（『学大国文』三八号、一九九五年）、④「もう一人の自分、『黒影』の成立（中）――魯迅『鋳剣』に至る『死生観』について」（『日本アジア言語文化研究』二、一九九五年）、⑤「もう一人の自分、『黒影』の成立（下の一）――魯迅『鋳剣』の構成について」（『学大国文』三九号、一九九六年）、⑥「もう一人の自分、『黒影』の成立（下の二）――魯迅『鋳剣』に描く『黒い男』の具象性と『哈哈愛兮』の歌の考察を中心に」（『日本アジア言語文化研究』三、一九九六年）などがあり、「鋳剣」論を七章に収めた『魯迅と西洋近代文芸思潮』（汲古書院、二〇〇八年）がある。

（2）段祺瑞政府の外交密約に反対した市民、学生等の請願デモに、政府の警察隊が発砲し、魯迅の若き教え子二人を含む四七人の死者、百数十名の死傷者を出した三・一八事件（一九二六年）は、魯迅にこの上ない衝撃を与え、「民国始まって以来もっとも暗い日」（「無花的薔薇二」、一九二六年、『華蓋集続編』）と語らしめ、その憤激の思いは「記念劉和珍君」（一九二六年、『華蓋集続編』）などを初めとするいくつかの雑文に凝縮されているが、「鋳剣」もまた殺戮者に対する魯迅の復讐の宣言と見なされてきた。本章に挙げた論考中では、注5細谷論文、注1伊藤論文、そのほか初期の代表的な先行論考に立間祥介「〈黒い男〉と魯迅」（『北斗』第二巻第五号、一九五六年）がある。

（3）愛情関係では、許広平との関係がそのほとんどである。特にこれに着目した早期の「鋳剣」論に、丸尾常喜「復讐と埋葬――魯迅『鋳剣』について」（『日本中国学会報』四六、一九九四）、その増補、修訂版として、「『鋳剣』論」（『魯迅『野草』の研究』汲古書院、一九九八年）がある。ほかに、許広平との愛情関係を「鋳剣」に析出するものには、注18野沢論文、注24山田論文、注25藤重論文などがある。

（4）筆者のこれまでの「鋳剣」分析については、「魯迅の眉間尺物語〈鋳剣〉――孝子伝から愛と復讐の文学の成立へ」（『成蹊法学』四八号、一九九九年）、「母子分離を越えて―二人の眉間尺、黒い男―母性」（『現代中国』七四号、二〇〇〇年）、「愛と復讐の新伝説――魯迅が語る「性の復権」と「生の定立」」（『成蹊法学』六五号、二〇〇七年）がある。中国語版には、「愛与復讐的新伝説――従《鋳剣》解読魯迅的「性的復権」与「生之定義」」（『魯迅跨文化対話記念魯迅逝去七〇周年国際学術討論会論文集』大象出版社、二〇〇六年、三〇六～三一五頁）がある。本章では、これまでの筆者の論考を統合し、補充、補足した。

（5）干将莫邪、眉間尺物語の説話研究としては、細谷草子「干将莫邪説話の展開」（東北大学文学部『文化』三三―三、一九七〇年）、高橋稔「眉間尺故事――中国古代の民間伝承」（伊藤漱平編『中国の古典文学』、東京大学出版会、一九八一年）、同『中国説話文学の誕生』（東方書店、東方選書一七、一九八八年）、松崎治之「捜神記『干将莫邪』私考――伝承説話をめぐって」（『樋口進先生古希記念現代文学論集』、中国書店、一九九〇年）、李剣国輯釈『唐前志怪小説輯釈』（上海古籍出版社、一九八六年）、袁珂『中国神話伝説』下「周秦編下第四章」（中国民間文芸出版社、一九八四年、翻訳は鈴木博訳『中国の神話伝説』下、青土社、一九九三年）参照。なお干将莫邪説話については、M・エリアーデが、錬金術の精神分析材料として取り上げている。M・エリアーデ、大室幹雄訳『鍛冶師と錬金術師』（エリアーデ著作集、第五巻、せりか書房、一九七三年）。

（6）日本の説話集では『今昔物語』巻九第四四「震旦莫邪、造剣献王被殺子眉間尺語」、『三国伝記』巻一一七「眉間尺事」、『太平記』巻一三「兵部卿官薨御事付干将莫邪事」、『曽我物語』巻四「眉間尺事」などに収録されている。また、日本の説話集収録の材源である『孝子伝』（巻下、船橋家本一三、陽明文庫本一二）は、すでに中国で散逸した『孝子伝』を伝えるものとして重視されている。これについては、注46細谷論文、高橋論文、西野貞治「陽明本孝子伝の性格並に清家本との関係について」（『人文研究』第七巻六号一九五五年）参照。

（7）注5細谷論文、及び『中国文化叢書四文学概論』（大修館書店、一九八〇年）の村松一弥「民間文学」、参照。

（8）注10参照。

（9）『太平御覧』収録のものは、ほぼ粗筋に近い簡略な記述である。特に、「孝子伝」は「列士伝」よりも更に簡略で、加勢者と眉間尺の出会う山中の場面も記述していない。

（10）注5細谷論文は、干将莫邪説話の発展過程について、魏晋のころに一旦消えかかった干将莫邪説話が河南一帯に伝えられていた「三王墓」伝説と結合し、六朝末期から隋にかけて多少のふくらみを示し、その後はあまり変わらぬまま北宋末まで伝えられ、『法苑珠林』、『太平御覧』、『類林雑説』などに受け継がれたと見ている。唐代以降、口頭伝承としての生命を失ったために、文献にのみ残り、知識層の典故となった。他の説話のように、俗文学にも取り入れられることがなかったのは、親の敵を自分の首を切ってつけねらうという怪奇、凄絶な執念が王朝体制の教訓譚にそぐわなかったためではないかと述べている。

（11）細谷草子「魯迅『鋳剣』について」（『京都女子大学人文社会学会人文論叢』二五、一九七七年）。「鋳剣」の底本と見なす論拠は、鉄の出所（王妃が涼を取るために鉄柱を抱いて鉄塊を産む）と首の噛み合いである。前者は、明の張鼎思撰『琅耶代酔篇』巻二三「列士伝」にも見られが、「鋳剣」の材源と想定されている説話類には記載がない。首の噛み合いについては、『捜神記』には見られないが、魯迅が材源として挙げた池田大吾篇『支那童話集』（富山房、一九二四年）には見られる。また、『類林雑説』は、雌雄の剣が分かれ分かれになったために、相手をもとめて泣くというプロットがあるが、これと鉄の玉の由来は、上述の『琅耶代酔篇』「列士伝」にも見られる。『太平御覧』（巻三六四、人事部五）の『呉越春秋』にでる一段は、山に逃げてから末尾の埋葬まで、『類林雑説』「孝子伝」にでるものと同じであり、これも魯迅が目にしていたと推定しうる。

（12）書簡番号三六〇二一七、『魯迅全集』第一三巻、三一二頁。

（13）書簡番号三六〇二〇三、『魯迅全集』第一三巻、六五四頁。

（14）『越絶書』のものは、名刀工干将、欧冶子が楚王に命じられて、剣作りに励む様子を神秘性を交えて簡略に語るものである。これに対して『呉越春秋』のものは、刀工干将が王より剣作りの命を受け、五山の鉄精、六合の金英を取って、天地の気をうかがい、百神の光臨のもとで、天の気の下降をみたものの金鉄が溶けず、妻莫邪が爪と髪を炉にいれてようやく溶かし、三百人の童男童女にふいごをふかせて、完成するという内容をもつ。神秘的な剣作りの様子は「鋳剣」の描写に通じる。

（15）藤井省三「魯迅の童話的作品群をめぐって――『兎と猫・あひるの喜劇』小論」（『桜美林大学中国文学論叢』一三、一九八七年）。

（16）この童話集では、子供向けの読み物であるため、ところどころに叙述的な説明が加えられている。「眉間尺」の場合も同様の処置を加えたものと考えられるが、噛み合いについての具体的な材源は不明である。池田大吾は、新派の座付き作者で、考証を得意とする市井の文学演劇研究者でもある。

（17）徐懋庸宛書簡には地理書が挙げられている。眉間尺（赤）の名が見られる地理書には、『太平御覧』巻六七「唐郡国志」、『太平寰宇記』巻一二「河南道宋州宋城県の条」などがある。前者は眉間赤の首を煮た釜を開けてできたという池の由来、後者は恵王が眉間赤と任敬に殺され、三人をともに葬ったという三王墓伝説で、「鋳剣」の直接の材源とは異なる。

（18）雌雄の剣の片方を献上したところ、一対がもう一対を求めて鳴いたために、献上されなかった剣のある事が発覚して、王が干将莫邪を殺害するという内容をさす。離れ離れになった一対の剣が鳴くという故事は、剣をめぐる逸話として南宋の鮑照の詩文にも見られる。「鋳剣」では、この説話内容を取らないが、それが黒い男と眉間尺により歌われる挿入歌に込められ、魯迅、許広平の愛情関係を投影しているとの解釈がある。野沢俊敬「変挺な人間と首の歌について――『鋳剣』挿入歌雑考」（『熱風』七、一九七八年）、注3丸尾論文ほか。

（19）王による殺害理由は、原説話では、残された剣の発覚、完成に手間取り献上が遅れたためなどが見られる。「鋳剣」では、猜疑心が強く、残忍な王がこの世にまたとない剣であればこそ、それ以上の剣が人手にわたらぬように刀工を殺害したとしている。王の残忍さを表現する魯迅の創作とみる解釈もあるが、刀工の多くは、こうした理由で殺害されることが多く、献上の遅れなどは名目にすぎなかったという。注46袁珂前掲書参照。

（20）原説話では、孝子の自主性を際立てるため、父は剣の隠し場所のみを伝えるだけで、直接復讐の意志は述べない。「鋳剣」では、自ら「雄剣で大王の首を叩き落とし、我が怨みを晴らしてくれ！」と言い残すことにより、殺された民の怨みを鮮明に表現している。剣の隠し場所は、説話伝承上の遺漏などもあろうが、ほとんど隠し場所にはなく、眉間尺が自力で探し出し、孝子ぶりを発揮するものとなっている。具体的な隠し場所は、「石の上に生える松の木の下」、「柱の中」などであるが、これは自然神話の剣の隠し場所に共通するキーワード的表現である。

（21）原説話に挿入歌はないが、『捜神記』には、王の逮捕命令により山中に逃れた眉間尺が敵討ちできないことを嘆いて歌を歌う場面がある。注59野沢論文は、これが挿入歌の着想に関与した可能性を指摘している。

(22) 細谷論文は『類林雑説』説、注15藤井論文は『支那童話集』説を底本としている。注1工藤論文②は、『類林雑説』を底本に、列異伝の説話と『支那童話集』に収録された『楚王鋳剣記』の童話的翻訳「眉間尺」の話を付加し、『捜神記』説は取らない。注3丸尾論文は、『類林雑説』の材源性を重視しつつ、眉間尺自刎後の問答場面から『捜神記』にも着目し、底本を定めない考え方に立っている。本文にも記すように、本稿は『類林雑説』、『捜神記』、『支那童話集』、『呉越春秋』を材源群として、底本を特定しない考えかたにより考察する。

(23) 概要は以下の通りである。夜中、母と眠りについた眉間尺は、夜ごと家具をかじり、安眠を妨げる鼠が水甕に落ちたのに気づく。昼間の疲れで寝入っている母の目を覚まさぬよう気づかいつつ、床を抜け出した眉間尺は、溺れる水から這い上がろうとあえぐ鼠に哀れさをおぼえ、葦の茎で助け出そうとするが、水面に出てきた鼠の赤い鼻先を目にするや再び憎しみがつのり、水の中に叩き落とす。結局、松明を六本換えるほどかかって、息絶え絶えとなった鼠を目にしてまた憐れさがつのり、引き上げてやるが、息を吹き返した鼠が逃げ出そうとするや狼狽して踏み殺してしまう。口に血を滲ませている鼠の死骸を前にし、罪の意識に襲われた眉間尺は呆然と座り込んでしまう。

(24) 山田敬三氏は、「鋳剣」執筆当時、厦門大学で、魯迅を攻撃していた現代評論派の顧頡剛に対する魯迅の病的なまでの憎しみの表現とみる見解を提出している。「魯迅と中国古典研究（下の一）厦門と広州のころ」（『未名』四号、一九八三年）。

(25)「鋳剣」論のなかで、母親の存在に着目し、精神分析的考察を試みた論考に藤重典子「戦場としての身体――『鋳剣』を読む」（『同志社外国文学研究』六九、一九九五年）がある。母との関係で、一六になっても母と一つ寝床に寝る眉間尺を幼児的無責任状態にある者とみなす。このほか、注1工藤論文④が藤重論文に同意する見地から母と眉間尺の関係を説いている。母と眉間尺に着目する視点は、本稿の視点と重なるが、分析内容においては相違する点が少なくない。本稿の見解は三節に展開している。

(26)「鋳剣」『魯迅全集』第二巻　四一八～四一九頁。

(27) 同上、四二一頁。

(28) 同上、四二一～四二二頁。

(29) 同上、四二三頁。

（30）同上。
（31）萎《しな》びた顔の若者とは奇妙な表現に見えるが、「鋳剣」第一節の「赤鼻」のように、論敵批判が刷り込まれているのかもしれない。しかし、若者でありながら萎《しな》びた顔をして、丹田云々の古くさい論議をもち出し、因縁をつけるという表現は、古い思想、思考にはまっている若者への批判という解釈も可能にする。従来の解釈では、若者の語る「丹田」に着目して、中国人の身体的な迷信批判と見る説が多く見られる。また、道教的見地から眉間尺の血まみれの未来に対する予言、秩序破壊者としての資質への告発などを読む解釈（注25藤重論文）もある。魯迅の「随感録三三」（一九一九年、『熱風』）に登場する西洋知識を振り回しながら、道教的な「臍下丹田」を説く大官と重ねあわせ、近代主義かぶれの現代評論派への批判と見る説（注1伊藤論文）もある。
（32）眉間尺の足をつかんだ者を当然黒い男であるとみなす論考はほとんど見られない。日本の論考では、林田慎之助「復讐奇譚の取材源――『故事新編』の「鋳剣」」（『魯迅のなかの古典』、創文社、一九八一年）がある。
（33）注5袁珂『中国神話伝説』（上）黄炎篇第六章「桑馬」。
（34）注25藤重論文。
（35）剣精説には雪葦「関与『故事新編』」（新文芸出版社、一九五二年）、鉄精説は野沢論文、復讐の化身には注1伊藤論文がある。伊藤論文では、魯迅が愛読し影響の強かったバイロンのコンラッドとの関係から黒い男の復讐性を考察している。注3丸尾論文は剣精であることを基本にして、さらにそこに注ぎこまれているであろう刀匠の「鬼魂」を読み取り、黒い男を「鬼魂」と見ている。「ふくろう」は魯迅のシンボルである。魯迅の投影については、本章第三節に記載。
（36）「鋳剣」『魯迅全集』第二巻、四二五頁～四二六頁。
（37）同上、四二六頁。
（38）同上、四二六頁～四二七頁。
（39）男に使われている形容は、「二つの鬼火のような黒い男の目」〈两点燐火一般的那黑色人的眼光〉、「二つの鬼火の下の声」〈两粒燐火下的声音〉である。
（40）注5細谷論文、注25藤重論文。
（41）注25藤重論文。

(42) 注18野沢論文。
(43)「一夫」を暴君とする説の典拠は『孟子』「梁恵王下」(「村」を指した用例) にある。眉問尺を示す「一人の男」の意味は原義による。
(44) 注18野沢論文は、「『一夫』を黒い男が自らを強力な権力者に立ち向かった男たちの系譜に連なる一人の男(「一夫」) として歌い込んでいると見る」見解をとり、秦王(後の始皇帝) の敵を討ちたいと願う樊於期《はんおき》に、首をもとめた暗殺者荊軻の姿に類似性を見出している(『史記』刺客列伝第二六)。注65藤重論文も意図的な多重解釈をとる。
(45) 注13に同じ。
(46)「鋳剣」『魯迅全集』第二巻、四二七頁。
(47) 同上、四三〇頁。
(48) 同上、四三〇頁～四三一頁。
(49) 同上、四三一頁。
(50) 孟広来・韓日新『〈故事新篇〉研究資料』「序言」(山東文芸出版社、一九八四年)、孫冒熙・韓日新「〈鋳剣〉完篇的時間、地点及其意義」(前掲『〈故事新篇〉研究資料』)。
(51)「俄文訳本「阿Q正伝」序及び自叙伝略」一九二五年(『魯迅全集』第七巻、八二頁)、「自伝」(同上、八四頁、「魯迅自伝」、「魯迅集拾遺補編」『魯迅全集』第八巻、三〇四頁。「自伝」、「魯迅自伝」は、「自叙伝略」の魯迅による補充、修訂版、一九三〇年、手稿原稿による『収録全集』収録)。女性の文字教育が当たり前の現在では、汲み取りにくいが、魯迅に限らず、胡適なども母の意向を汲んで結ばれた旧式結婚による妻(江冬秀) に文字を読み書ける識字能力を六年間にもわたり強く求め続けた書簡を残している(耿雲志・欧陽哲生編『胡適書信集』(上) 北京大学出版社、一九九六年)。旧世代の女性でありながら自力で文字を学んだ力を評価する強さを読み取る必要があろう。なお、「自伝」では、「文学作品を読める」と記されているが、実際に小説の愛読者で、母のために魯迅は小説を自分で選び、上海からも送っていた。魯瑞は、文字は、兄弟の勉学に加わり手ほどきを学び、その後独学で続けたという。兪芳「魯迅先生的母親――魯太夫人」(兪芳『我記憶中的魯迅先生』浙江人民出版社、一九八一年)。
(52) 周作人「先母事略」(『知堂回想録』一九八〇年)、周作人『魯迅的故家』(人民文学出版社、一九五〇年)、周建人口述・

周華編述『魯迅故家的敗落』（湖南人民出版社、一九八四年）、兪芳「魯迅先生的母親——魯太夫人」（『我記憶中的魯迅先生』浙江人民出版社、一九八〇年）などによる。

(53) 前掲兪芳「魯迅先生的母親——魯太夫人」。

(54) 許寿裳宛書簡、書簡番号一八〇八二〇、一九一八年八月二〇日（『魯迅全集』一一巻、三五三頁）。本文に挙げた引用文中の末尾にある「あなたなら理解できるはずだ」という文面は、学時代の親友許寿裳宛の書簡であるだけに、留学時代の「光復会」を巡る刺客事件を裏付ける意味も読み取れる。本書簡のほかに、一五年を経てほとんど同じ主意を述べた以下のような一文が『偽自由書』前記（一九三三年）に見出される。「私の長年の持論ですが、慈母がいれば幸福かもしれませんが、生まれて母を失ってもまったくの不幸とも言えません。彼はあるいはもっと勇猛に、もっと気がかりのない男児となるかもしれないのですから」（因为我向来的意见，是以为倘有慈母，或是幸福，然若生而失母，却也并非完全的不幸，他也许倒成为更加勇猛，更无挂碍的男儿的。）（『魯迅全集』五巻、四頁）。

(55) 増田渉「魯迅の印象」（『魯迅の印象』角川書店、一九七〇年）。

(56) 内山完造「魯迅先生追憶」（内山嘉吉・籬／魯迅友の会編『魯迅の思い出』社会思想社、一九七九年）。

(57) 許寿裳『亡友魯迅印象記』一七頁、人民文学出版社、一九五五年。

(58) 兪芳「封建婚姻的犠牲者——魯迅先生和朱夫人」注39前掲書。

(59) 中島長文「ふくろうの声——朱安と魯迅」（『文学〔魯迅再読〕』五五号、岩波書店、一九八七年。『ふくろうの声　魯迅の近代』平凡社選書二一三、二〇〇一年）。

(60) 許広平「母親」（『欣慰的記念』、『許広平文集』第二巻、江蘇文芸出版社、一九八八年）。

(61) 一九二五年四月八日、趙其文宛書簡も同様の主意を示す。

(62) 「雑感」『華蓋集』、『魯迅全集』第三巻、四八頁。。

(63) 魯迅が自らの方向として、許広平に意見を求めたのは、「（1）いくばくかの金を貯めて、将来なにもしないで、かつかつで暮らす、（2）再び自分のことを顧みず、人のために少しばかりのことをして、将来餓えることもいとわず、他人に口ぎたなくののしられるにまかせる、（3）さらに少しばかりのことをして（利用されることもときにはまぬがれない）、もし仲間から自分が排斥されても、生存のために私はどんなことでもするが、私の友人だけは失いたくない。二番目（原文は「第三条」と誤記）は二年余りやってきたことで、あまりに愚かに思えます、第一条は資本家の庇護にあずからなければならず、我慢しなければなりません。最後の一条はすこぶる危険であり、めどもありません（生活の）。そのため、本当に決心しがたく、手紙を書いて友人に相談したく思っており、一筋の光をいただきたいのです」と記している（『魯迅景宋通信集――〈両地書〉原信』湖南人民出版社、一九八四年。以下『〈両地書〉原信』とする）。『〈両地書〉原信』八五、二二三頁）。これに対して、許広平は、第一の路は厦門ですでにやってうまくいかないと思っているものであり、第二は北京で行っていた愚かでことで、提起するに及ばない、第三は将来できるかどうか疑問であり、危険で、生活のめどがないと返した上で、本文中に引用したあり方を提起している。（『両地書原信』八五、二四一～二四二頁）。

(64) 注63『〈両地書〉原信』九二、一九二六年一一月二六日。

(65) 同上、四〇、魯迅宛許広平書簡一九二六年七月一七日。

(66) 注43参照。

(67) 注61『〈両地書〉原信』一一、一九二五年四月一〇日、『両地書』一一、魯迅宛許広平書簡（『魯迅全集』第一一巻）と異同がある。第四部で眉間尺と黒い男が掛け合いで歌う歌に繰り返される「我は一個の首を用いて」、彼は「万個の道を用いる」という表現は、許広平が手紙で勇ましく掲げた「三寸の剣により万人の首をはねる」という記述に通底するところがある。

(68) 「両地書」一二（許広平宛魯迅書簡一九二五年四月一四日）、『魯迅全集』第一一巻、四六頁）、注62『〈両地書〉原信』一二。

(69) 許広平「女師大風潮与〈三・一八惨案〉」（『魯迅回憶録』、『許広平文集』第二巻）。

(70) 『墳』には、日本留学時代初期文芸運動の中心的長文評論「人的歴史」、「科学史教篇」、「文化偏至論」、「摩羅詩力説」四篇（文語文、一九〇七年）、五四時期『新青年』に発表した長文評論「我之節烈感」、「我們現在怎様做父親」、「娜拉走后怎様走后」、五四退潮期一九二四年～一九二五年に書かれた「灯下漫筆」「寡婦主義」など二三篇が収められている。

(71) 注63三四『両地書』七三（許広平宛魯迅書簡、一九二六年一一月一五日）、八二（魯迅宛許広平書簡、一九二六年一一月二二日）、一一一（魯迅宛許広平書簡、一九二七年一月七日）、一一二（許広平宛魯迅書簡、一九二七年一月一一日）、『原信』八六、九二、一二三、一二五、厦門―広州。

(72) 注61『〈両地書〉原信』一二四と『魯迅全集』に収められるにあたり削除、編集により手が加えられた『両地書』一一二とでは、記述に相違があるが、愛の宣言たる「愛してよい」についてはともに「可以」を用いている。本文に記した原信の記述に対して、『両地書』一一二は以下のように記されている。「以前は愛ということに思い当たるとどうしても直ちに恥じて、ふさわしくないのではと思ってしまいました。そのため、ある人を愛せませんでした。ただし、彼らの言葉や行動、考えの中身を見通してしまうと、決してあんな連中まで自分を貶める必要はないのだ、私は愛してよい、のだと自信がでました」。〈我先前偶一想到爱，总立刻自己惭愧，怕不配，因而也不敢爱某一个人，但看清了他们的言行思想的内幕，便使我自信我决不是必须自己贬抑到那么样的人了，我可以爱！〉。学研版『魯迅全集』一三巻、中島長文責任翻訳編集翻訳、訳注四一三～四一四頁参照。

(73) 注13魯迅増田渉宛て書簡。魯迅の言を受けて木山英雄氏は、「黒い男と眉間尺との間の信頼と連帯が、あるいは復讐の情熱自体が、一種の性愛にまで昂揚するかの趣を呈していることと、関係があるかもしれない」と記している。本文に記したように、眉間尺と黒い男の関係に魯迅と許広平の関係が投影されているとなれば、両者の結合が「性愛にまで昂揚するかの趣を呈して」いても不思議はない。「鋳剣」訳注『魯迅全集』三巻、学習研究社、一九八五年、三一五頁。ほかに本論で取り上げた先行論文中では、注24山田論文が「許広平との再出発を高らかに宣言する意志を表明したものである」とし、「青剣」を許広平に見立てている。このほか注3丸尾論文では、一番目の黒い男の歌う歌詞のなかの「『仇』には、ひそかに魯迅と許広平の愛が重ねられている」との見解を示している。注25藤重論文は、第三歌の「曖曖唷」に、許広平との同居を果たした魯迅の性的歓喜と重ねて理解できると解釈する。

(74) 具体的な対象として、魯迅全集「両地書」一一二では、本文に取り上げた許広平への愛の宣言「愛してよいのだ！」の後に、北京で魯迅に師事しながら、南下後に魯迅を攻撃し、許広平との間を揶揄する詩作「―に」（「給―」）と題する一篇を、『狂飆』七号（一九二六年一一月二一日）に発表した若手の文学者高長虹、流言を流した者として、品青、伏園、亥倩（章衣萍）、微風（李小峰）、宴太（二太太＝羽太信子）の名が挙げられている。注70参照。

(75) 許広平「略談魯迅先生筆名」（「欣慰的紀念」、前掲『許広平文集』第一巻）。

(76) 陳漱渝「東有後明西長庚――魯迅和周作人失和前后」（『魯迅史実求真録』、湖南文芸出版社、一九八七年）、章川島の談話による。

(77) 黒い男の出身地「汶汶郷」について、「安能以身之察察，受物之汶汶者乎？」に対する王逸の注「垢塵を蒙る」の意を受け、「潔白にして汚辱を受けた地」を意味する「祭祭」と読み取っている（丸尾常喜「〈鋳剣〉論」『魯迅『野草』の研究』汲古書院、一九九八年、「復讐と埋葬——魯迅の〈鋳剣〉について」『日本中国学会報』四六、一九九四年、増補版）。
(78) G・G・Jung、野村美紀子訳『変容の象徴』上、筑摩学芸文庫、筑摩書房、一九九二年。注25藤重論文は、基本的に本論と異なる視点から象徴に着目した分析を提示している。
(79) 注5M・エリアーデ／大室幹雄訳『鍛治師と錬金術師』（エリアーデ著作集、第五巻、せりか書房、一九七三年）。
(80) 錬金術に着目し精神分析的視点により眉間尺の死を「永劫回帰」と見る見解がある（黎活仁「干将莫邪故事与魯迅的「鋳剣」」（『魯迅研究年刊（一九九一～一九九二）』、中国和平出版社、一九九二年）。
(81) 民衆のなかでは、女性の存在に接点が見られる。その一つは、町に出た眉間尺と町の女がともに「腫れた瞼」をしていること、最後の葬儀の場面で泣いている王后らが民衆とだけ目線を交わしていることなどで、さらに解釈の余地があると思える。
(82) 魯迅「『ケーテ・コルヴィッツ版画選集』序及び目録」（一九三六年、『且介亭雑文末編』）、馮雪峰「魯迅先生計画而未完的著作——片断回憶」（周健人・茅盾等編『我心中的魯迅』、湖南人民出版社、一九七九年）。本書終章参照。

第四章　社会権力との闘い——奪権なき革命と文学者魯迅の使命

一、魯迅の中国社会観、歴史観の成熟

転換期の考察視点

一九二七年一〇月、魯迅は、後半生の伴侶となる許広平とともに、晩年の地、上海に至った。「今回上海に来たのは別段意味があるわけではなく、ただあちこちを駆け巡り偶然上海に至った、というだけのことです」(1)とさりげなく語られた上海への道程は、愛と性、生の在り方への葛藤に揺れ動きながら北京から厦門、広州、上海へと南下した精神の軌跡であり、魯迅の前半生と後半生を分かつ分水嶺を越える旅にほかならなかった。愛と性をめぐる葛藤には、魯迅自身の結婚に加えて、日本留学時代以来、ともに文芸の道を歩んで来た次弟周作人との生涯修復されることのなかった不和があり、少年期より長男としての役割を果たしてきた魯迅の人生と内面の転機をもたらす契機となった。生をめぐる葛藤には、その後の魯迅の文芸活動の中心的課題、思想形成の核となる支配的権力との闘争の端緒となる殺戮の事件、三・一八事件も含まれている。個人としての生活に起きる愛と性、社会的な権力との対決、闘争に生まれる生をめぐる葛藤が、まさにあざなえる縄のごとく魯迅の生涯を紡ぎ出していたのである。愛と性の葛藤については、前章で一九二六年夏に始まる南下（北京—厦門—広州）の期間に注目し、その結晶となる作

品「鋳剣」（一九二七年、『故事新編』一九三六年）に、「性の復権」と「生の定立」を読み解いた。[2]本章では南下後の広州から上海への期間、「鋳剣」成立後の期間における、魯迅の生の在り方、文学者としての在り方に着目して考察する。

一九二〇年代後半から一九三〇年代は、魯迅がマルクス主義文芸理論の積極的な摂取をはかった時期であるため、マルクス主義の受容、影響関係についての考察が多く、成果も少なくない。しかし、この期間は、共産党政権と直接関わる問題であるだけに、解放後の中国、及びその影響を受けた日本での研究においても研究枠組み、分析視点、考察対象と材源について、基本的な制約があった。具体的には、スターリン主義とトロツキー批判、毛沢東主義の下での魯迅聖人化、日本での六〇年安保に始まる革命、文学をめぐる思想的課題、思潮、趨勢などにより、分析対象、分析内容に一定の傾向性が生じていた。[3]こうした制約が緩和されるに従い、新たな研究成果も蓄積されるようになった。本稿は、先行研究の特色、研究動向を踏まえた上で、魯迅の変革思想の根源、思想軸となる一九二七年における言説、特に革命・文学・政治をめぐる言説に注目し、これに焦点をあて、考察、分析を行う。主要な分析対象は、一九二七年に記された言説の中心的テーマである革命・文学・政治をめぐる代表作「革命時代の文学」（一九二七年四月、『而已集』一九二八年）、及び「文芸と政治の岐路」（一九二七年一二月、『集外集』一九三五年）である。この考察は、最晩年の地上海での活動の思想的基盤を生み出す核となる点で起点となる意義を持つものと考える。

魯迅の中国社会観、歴史観の成熟

五四新文化運動の退潮期、魯迅は社会的な影響力を生み出せない文学運動について、反芻の時を迎えていた。新文学運動の担い手たちは、それぞれの主義、主張により離散し、魯迅もまた自らの方向を模索し、[4]一九二四年から一九二五年の作品を集めた二番目の小説集を『彷徨』（一九二六年）と名付けた「路は漫々としてそれ修遠なり、吾まさに上下して求め策ねんとす」〈路漫漫其修远兮，吾将上下而求索〉との句をもつ屈原の『離騒』の一文を題字に掲げられている。そうした模索の時にあった一九二五年四月、魯迅は「灯下漫筆」（『墳』、一九二七年）で、中国の歴史と社会構造について、それまでの自己の考え方の総括となるべき次のような見解を提示している。

体面を重んじる学者の面々が、歴史編纂にあたって、「漢族発祥の時代」、「漢族発達の時代」、「漢族中興の時代」と結構なお題目をどんなに並べてみても、ご好意はわかるが、表現がなんともまわりくどい。もっとストレートでふさわしい言い方がここにある。

一、奴隷になりたくてもなれない時代
二、しばらくは無事奴隷でいられる時代

この循環がほかでもない「先儒」のいわゆる「一治一乱」である。それらの乱をおこした人物は、後日の「臣民」から見て、「主君」のために道路を清掃したのであるから、「聖なる天子のために道を清めた」と言われる。

任凭你爱排场的学者们怎样铺张，修史时候设些什么「汉族发祥时代」「汉族发达时代」「汉族中兴时代」的好题目，好意诚然是可感的，但措辞太绕湾子了。有更其直捷了当的说法在这里——

一，想做奴隶而不得的时代；
二，暂时做稳了奴隶的时代。

这一种循环，也就是「先儒」之所谓「一治一乱」；那些作乱人物，从后日的「臣民」看来，是给「主子」清道辟路的，所以说：「为圣天子驱除云尔。」(5)

いわゆる魯迅の「奴隷史観」である。さらに「狂人日記」で描き出した人が人を食う「食人世界」、「非人世界」の社会構造を「食人の宴席」〈人肉的筵宴〉と称して、以下のように示している。

しかし我々は自分では、とっくに穏当な処置を講じている。貴賤の別あり、年齢の別あり、上下の別ありというわけで、自分は人に凌辱されても、他人を綸辱できる。自分は人に食べられても、他人を食べることができる。一層、一層押さえつけあって身動きできないし、身動きしたくないようにしている。我々は古人の麗しきやり方を見てみよう——

「天に十の太陽有り、人に十の階層有り、それゆえ下は上に仕え、それゆえ上は神に供するなり。ゆえに王は公を臣とし、公は大夫を臣とし、大夫は皁を臣とし、皁は輿を臣とし、輿は隷を臣とし、隷は僚を臣とし、僚は僕を臣とし、僕は台を臣とする」（『左伝』昭公七年）

しかし、「台」に臣がないのはかわいそうではないか、心配ご無用、彼には彼よりさらに身分の低い妻〈妻〉、彼よりさらに弱い息子〈子〉がいる。しかもその息子〈子〉にも希望がある、彼が大きくなり、「台」になれば、さらに卑しくて弱い妻子〈妻子〉をもち、こき使えるのである。

但我们自己是早已布置妥帖了，有贵贱，有大小，有上下。自己被人凌虐，但也可以凌虐别人；自己被人吃，但也可以吃别人。一级一级的制驭着，不能动弹，也不想动弹了。因为倘一动弹，虽或有利，然而也有弊。我们且看古人的良法美意罢——

〃天有十日，人有十等。下所以事上，上所以共神也。故王臣公，公臣大夫，大夫臣士，士臣皁，皁臣舆，舆臣隶，隶臣僚，僚臣仆，仆臣台。〃（《左传》昭公七年）

但是〝台〟没有臣，不是太苦了么？无须担心的，有比他更卑的妻，更弱的子在。而且其子也很有希望，他日长大，升而为〝台〟，便又有更卑更弱的妻子，供他驱使了。如此连环，各得其所，有敢非议者，其罪名曰不安分！(6)

魯迅にあっては、人が人を食う「食人の宴席」の社会構造とは、頂点に立つ絶対的な強者による一元的な支配だけを意味するものではない、階層と性と世代により多層化された自らよりもより弱い者を支配する多層的なヒエラルキーとして構築される社会構造である。闘いの対象もまた絶対的な支配権力のみならず、より弱い者、下の者を支配する非支配者による支配構造であり、それを担い、生み出す人間と社会、その在り方であった。

「灯下漫筆」の末尾で、魯迅は次のように述べている。

昔から伝えられ、今もなお存在する多くの差別のために、人々は分かれ分かれになり、ついには他人の苦痛を感じることが出来なくなってしまった。しかもそれぞれ自分が他人をこき使い、他人を食える望みがあるから、自分が同じように他人にこき使われ、食われる未来を忘れてしまう。そこで大小無数の人肉の宴が、文明の始まりから、今に至るまでずっと列をなし、人々はこの会場で人を食い、食われ、残忍な人間の愚かで驕った歓呼で、悲惨な弱者の叫びをを覆い隠してしまうのだ、ましてや女と子どもは言うに及ばない。この人肉の宴は今なお列をなし、多くの人がなお並びつづけていきたがっているのだ。

因为古代传来而至今还在的许多差别，使人们各各分离，遂不能再感到别人的痛苦；并且因为自己各有奴使别人，吃掉别人的希望，便也就忘却自己同有被奴使被吃掉的将来。于是大小无数的人肉的筵宴，即从有文明以来一直排到现在，人们就在这会场中吃人，被吃，以凶人的愚妄的欢呼，将悲惨的弱者的呼号遮掩，更不消说女人和小儿。

这人肉的筵宴现在还排着，有许多人还想一直排下去。(7)

さきに挙げた一〇のヒエラルキーで、魯迅は最下位に置かれた「台」にも自分より身分の低い妻と弱い息子をもてる望みがあり、その息子も将来自分が「台」になれば、彼もまた自分より、さらに身分の低い妻子をもてると記している。息子は妻子をもてるが、女と女児は、生涯妻子はもちえない。あえて、最下位の「台」も妻と息子をもてるとした記述のうちに、社会の枠組み、男性中心の社会のヒエラルキーのさらに下に、はみ出したものとして女性、子どもの存在を置く視点を示していることは、魯迅の社会観、弱者観の構造、特徴として見落とせない。

二、一九二七年言説――背景と内的基盤

血痕・墨・生を偸む者

一九二六年から一九二七年、最強の社会支配者である政治権力による暴政、殺戮が始まる。素手の請願学生らに発砲した軍閥政府による三・一八事件、革命を掲げた国民党による四・一二白色テロによる大量の労働者、革命青年の殺戮、一連の血塗られた事件を「血債」と呼ぶ魯迅の言説には、キーワードというべき三つの表現――「色あせる血痕」、「血痕を覆いつくせぬ墨」、「偸まれている生」が繰り返されている。

色あせる血痕と覆いつくせぬ墨

一九二六年三月一八日、軍閥政府のデモ隊に対する発砲により、魯迅は教え子二人（北京女子師範大学の女子学生劉和珍・楊徳群）を失っている。憤激と悲痛のなかで記された「花なきバラの二」八（一九二六年三月二六日、『華蓋集続編』一九二七年）には、次のような有名な一段がある。

これは事の終わりではなく、事の始まりである。
墨で書かれた戯言は、決して血で書かれた事実を覆い隠すことはできない。血債は必ず同じもので返済されなければならない。負債が長引けば長引くほどさらに大きな利子を払わねばならない！（「花なきバラの二」八）

这不是一件事的结束，是一件事的开头。
墨写的谎说，决掩不住血写的事实。
血债必须用同物偿还。拖欠得愈久，就要付更大的利息！(8)

軍閥政府が生み出した血債が返されぬ内に、革命を掲げた国民党により「反革命」排除の御旗の下で、またもや大量の労働者、革命青年の殺戮が行われる。しかも、それは、血塗られた事件——血債の再現であるだけでなく、その後におびただしく続く血債の始まりでもあった。一九二七年の三月から一二月までの雑感、講演録を収めた『而已集』（一九二八年）の序には、一九二六年一〇月一四日、厦門で記された次の一文が置かれている。

この半年私はまた多くの血と多くの涙を見た、

然るに私にはただ雑感あるのみ。

涙は乾き、血は消えた
屠殺者たちは逍遥を重ねる、
鋼の刀を使い、柔らかい刀を使う。
然るに私にはただ「雑感」あるのみ。

「雑感」さえも「行くべきところに放り込まれる」とき、
私にはただ「のみ」あるのみだ！

这半年我又看见了许多血和许多泪，
然而我只有杂感而已。
泪揩了，血消了；
屠伯们逍遥复逍遥，
用钢刀的，用软刀的。
然而我只有〝杂感〟而已。
连〝杂感〟也被〝放进了应该去的地方〟时，
我于是只有〝而已〟而已(9)！

「この半年私はまた多くの血と多くの涙を見た」という魯迅は、一九二六年から一九二七年へと続く殺戮のなかで、二つのことを繰り返し記している。二つとは、血痕が色あせるものであること、そして流された血が墨では決してぬぐえぬこと、である。三・一八事件の殺戮者への憤激と惨殺された犠牲者たる教え子に対する無念の思いを記した「花なきバラの二」の終章、「かすかなる血痕〈淡淡的血痕〉のなかに――何人かの死者と生者と未だ生まれざる者を記念して」（一九二六年四月八日、『野草』一九二七年）には、それぞれ次の一段がある。

以上はすべて空念仏だ。筆で書いたものが、なんの係りをもてようか？

実弾が打ち出したのは青年の血だ。血は墨で書かれた戯言を覆い隠せず、墨で書かれた挽歌には酔えず、威力でも押しつぶせない。それはすでにだまされ、打ち殺されてしまっているからだ。

民国以来のもっとも暗黒なる日に記す

（「花なきバラの二」九）

以上都是空话。笔写的，有什么相干？

实弹打出来的却是青年的血。血不但不掩于墨写的谎语，不醉于墨写的挽歌；威力也压它不住，因为它已经骗不过，打不死了。(10)

目下の造物主は、やはり臆病者だ。

彼はひそやかに天変地異を起こしながらこの地球そのもの滅ぼしていこうとはしない。ひそかに生物を衰亡させながら、すべての死体を長く残そうとはせず、鮮血を永遠に鮮やかに色濃いままにはしておかない。ひそかに人類を苦しませながら、人類に永遠に覚えこませるようにはしない。

（「かすかなる血痕のなかに——何人かの死者と生者といまだ生まれざる者を記念して」）

目前的造物主，还是一个怯弱者。

他暗暗地使天变地异，却不敢毁灭一个这地球；暗暗地使生物衰亡，却不敢长存一切尸体；暗暗地使人类流血，却不敢使血色永迟鲜秾；暗暗地使人类受苦，却不敢使人类永远记得。(11)

「生を偸む者」〈偷生〉

薄れゆく血痕とその血痕を覆いつくせぬ墨の営み、そしてそのはざまに身をおく魯迅の心には、もう一つの思い——「生を偸む者」という死者に対する負の自覚、思いが深く刻まれている。三・一八事変の犠牲者となった教え子を偲ぶ「劉和珍君を記念して」（一九二六年一二月、『華蓋集続編』一九二七年）には、以下のような一段が記されている。

真の勇士は、暗澹たる人生に直面して、あえてしたたる鮮血を直視する。これはどれほどに悲痛な者、幸福な者であろうか？　然るに造化はまたいつも凡人のためにはからい、時間の流れにより、旧い痕跡を洗い清め、かすかに紅い血の色とかすかにひやりとした悲哀を残すだけとする。この淡い紅の血の色とかすかに冷ややかな悲哀のなかに、しばし人に生を偸ませ〈偷生〉、この人に似て人に非らざる世界を維持させる。私はこのような世界がいつ果てるかを知らない。

我々はなおこんな世界に生きており、私も早くから多少なりとも書く必要があるとは思っていた。三月一八日からもすでに二週間がたち、忘却の救い主がまもなく訪れるだろう、私はまさに多少なりとも書く必要があるのだ。

真的猛士，敢于直面惨淡的人生，敢于正视淋漓的鲜血。这是怎样的哀痛者和幸福者？然而造化又常常为庸人设计，以时间的流驶，来洗涤旧迹，仅使留下淡红的血色和微漠的悲哀。在这淡红的血色和微漠的悲哀中，又给人暂得偷生，维持着这似人非人的世界。我不知道这样的世界何时是一个尽头！

我们还在这样的世上活着；我也早觉得有写一点东西的必要了。离三月十八日也已有两星期，忘却的救主快要降临了罢，我正有写一点东西的必要了[12]。

（「劉和珍君を記念して」二）

「劉和珍君を記念して」には、「彼女は「からくも現在まで生き延びている」〈苟活到现在的我〉私などの学生ではない、中国のために死んだ青年である」という語句も見出される[13]。魯迅がいだく「生を偸む者」——からくも現在まで生き延びている〈苟活到现在〉というぬぐい切れない負の思いは、その後の魯迅自らの生の在り方を問い続ける情念と思考の深淵となった。「色あせる血痕」と「血痕を覆いつくせぬ墨」そして「偸まれている生」、三つのキーワードは、二六年から二七年の言説を読み解くとりわけ重要な基盤となる。

繰り返される殺戮——四・一二クーデター（白色テロ）

一九二七年一月一六日厦門をたった魯迅は、母校広東女子師範に勤務する許広平のいる広州に向かった。広州に到着した翌一九日には勤務先となる中山大学に居を定め、二月一〇日に中山大学文学院文学系主任兼教務主任に着任し、翌月の三月から文芸論、中国小説史、文学史などの授業を始めた。三月末には、魯迅より一〇日遅れで赴任した日本留学時代からの親友許寿裳、助手となった許広平を加え、三人での同居生活に入り、四月厦門時代から書きつないできた「鋳剣」を完結した。こうして私生活がまがりなりも落ち着き始めたとき、衝撃の事件が上海で発動された。蔣介石による白色テロ四・一二クーデター（「清党」）である。上海ゼネストを率いた労働者、共産党員が大量に虐殺され、三日後の一五日には、上海の猛火が広州を襲い、大量の殺戮が行われた。魯迅の勤める中山大学でも、早朝に魯迅の身近にいた共産党員の文学青年畢磊《ひつらい》らを含む四〇数名の学生が逮捕された。午後、魯迅は緊急の学科主任会議を招集して、逮捕学生の救出を呼びかけたが、国民党右派の主管する中山大学では、支持する者も得られず、救出の願いはかき消された。悲憤と失意に加え、厦門以来、相容れぬ関係を生じていた歴史学者顧頡剛の中山大学赴任もあり、五日後の二〇日には職を辞した。辞任の承認が正規に得られたのは、数度の慰留を受けた後、ようやく六月にはいってからであった。その後しばらく広州にとどまり、九月二七日、許広平とともに広州を離れ、上海に向かい、一〇月三日に到着、新生活に踏み出した。

三、革命と文学――『革命時代の文学』

分析視点

四・一二クーデターの四日前、魯迅は、黄埔軍艦学校（一九二四年設立広州黄埔、国民党改組後に創立された陸軍士官学校）に招かれ、武力革命を担う軍人候補生を前に、文学者としての立場から文学と革命のあり方を語る講演「革命時代の文学」を行っている。現在、この講演で語られた観点の多くが、魯迅独自の発想ではなく、トロッキーの『文学と革命』（日本語版）に直接由来するものであることが明らかになっている。[14] また講演内容は原理論ではなく、国民党の革命言説が溢れるなかで語られた状況論であるとの特徴も指摘されている。本稿は、これら先行研究の見解を踏まえた上で、基本的には、トロツキー文芸理論の影響という外来思想受容の視点からではなく、外在する思想、思考による啓発、発想、思考枠組みを受けとめて、受け手自らの内部、内側で生成される思想と、思想を受け入れる内的基盤を重視し、その後の思考形成の展開を考察していくものである。(15) 原理論ではなく状況論であるという性格は踏まえるが、魯迅の思考の枠組みを抽出するために、項目を立てながら論点を取り出し、再構成する形をとることにする。(16)

講演の内容は、

（一）文学の効力（無力説）と革命文学、革命文学の担い手

（二）革命の展開と文学

（三）中国における今、そしてこれからの革命と文学

に分けられる。

文学の効力（無力説）と革命文学、革命文学の担い手

三・一八事件後に得た想いとして、魯迅は以下のように記している。

文学、文学か、文学はもっとも役に立たず、力のないものが語ることだ。実力をもつものは、口をきかずに人を殺し、抑圧されているものは幾らかでもものを言ったり、文字を書いたりすれば、すぐに殺される。たとえ運よく殺されなかったとしても、毎日ときの声をあげ、苦しみを訴え、不平をならせば、力をもつものは、やはり抑圧し、虐待し、殺戮する。彼らに立ち向かう手立てはない。こんな文学が人にいかなる益をもつのか？(17)

文学の無力さに対する認識は、本稿、前節で述べた二つのキーワード「色あせる血痕」と「血痕を覆いつくせぬ墨」に呼応しており、さらにその後も一貫して魯迅の文学活動の基本となる重要な認識である。文学の効力を無力と見なす思考をトロッキー思想からの影響と見なす観点も見られるが、序章で取り上げたように、初期魯迅の文芸運動の基本的思考として、文学無力の思考が明確に語られている。魯迅の文芸運動に対する基本的な特徴持論といえよう。

文学の無力さを認識するとき、文字の上で勇ましく革命を鼓舞する「革命文学」は無力となる。魯迅は革命文学とその担い手について、次のように語っている。

> この革命の地にいる文学家は、おそらくいつでも文学と革命は大いに関係がある、たとえば、文学を使って革命を宣伝し、鼓舞し、扇動すれば、革命を促進し、達成することができる、と言いたがるでしょう。しかし、私はそんな文章は無力であると思います。なぜなら昔からよい文芸作品は、多くは他人の命令を受けず、利害を顧みず、自然に心の中から流れでてくるものだと思うからです。〔略〕革命を起こすためには「革命者」が必要なのであって、「革命文学」などはなにもあせる必要はありません。「革命者」がつくりだせば、それこそが「革命文学」です。それゆえ、私は革命のほうが、文学に関係するのだと思います。(18)

「革命人が語れば革命文学である」という魯迅において、「革命」とはなにを意味する言葉であろうか。魯迅における「革命」とは、単にプロレタリア革命だけを指すものではなく、より広範囲な変革を意味している。

「革命」はべつに珍しいものではなく、ただこれがあってこそ、社会は変革されるのであり、人類は進歩できるのです。アメーバから人類まで、野蛮から文明まで、革命がなかったときは一刻もありませんでした。〔略〕革命は別段珍しいものではなく、おおよそこれまでにまだ滅亡していない民族はやはり毎日革命に努力していますが、往々にして小革命にすぎないのです。(19)

魯迅にとって革命とは珍しいものではなく、きわめて日常的であり、アメーバさえいとなむものである。変革への営みである「革命」を、魯迅は、小革命と大革命に分け、さらに大革命を三つの時期からとらえている。

革命の展開と文学

革命時代の文学と平時の文学とは異なる。革命が来れば文学は色を変えます。しかし大革命は文学の色を変えますが、小革命はそうではありません。革命の内には入らないので、文学の色を変えることはできないのです。(20)

では、革命の色を変える大革命は文学にどのような影響を与えるのか、三つの時期と特徴を要約により概括する。

①大革命の前：「不平不満の文学」から「怒号の文学」へ

社会状態に対して不平を感じ、苦痛を感じて、苦しみを訴え、不平を鳴らす文学は多いが、こうした文学は革命になんら影響しない。苦しみを訴え、不平を鳴らすのは、べつに力とならないので、抑圧しているものは相手にしない。助けてくれと叫んでいるのと同じであるから、圧迫者はこれに対してはかえって安心する。一部の民族は苦しみを訴えても無駄と知り、苦しみさえも訴えなくなり、沈黙し、次第に衰弱し、滅びていった。しかし、反抗性に富み、力を蓄えている民族は、苦しみを訴えても無駄であるとわかると、覚醒して、悲鳴を怒号に変えていく。

怒号の文学が現れれば、反抗は間近である。革命勃発の時代に近い文学はどれもみな激怒の声を備え、反抗し、復讐しようとする。(21)

②大革命の時代：文学沈黙の時代

大革命の時代がくると、文学はなくなり、声がなくなる。みな革命の潮に激しく揺り動かされ、叫びから行動へと転じ、革命に忙しく、絵空事で文学を語っている暇などなくなる上に、民衆の生活が苦しくなり、食べるためのパンを求めるのさえ間に合わない。大革命の時代は非常に忙しく、非常に貧しく、どの人もこの人も戦い、まず現在の社会の状態をなんとか転換しなければならないため、文章を書く暇もそのような気持ちにもなれない。それゆえ大革命の時代の文学は、しばらくはただひっそりとしてしまわざるをえなくなる。(22)

③大革命の成功後：「謳歌の文学」と「挽歌の文学」

大革命が成功した後、社会状態が緩和され、生活にゆとりができると、再び文学が生まれる。そのときの文学は、革命を褒め、革命を讃える文学――謳歌する文学と古い社会の滅亡を弔う――挽歌の文学の二種がある。前者では、進歩的な文学者が社会の改革、社会の前進に思いをはせ、古い社会の破壊と新しい社会の建設両方ともに意義を感じ、古い制度の崩壊を喜び、新たな建設を褒め称える。後者の文学は悲哀の調子をもち、心のなかの不快さを示している。新しい建設の勝利を見ながら、旧い制度の滅亡を見ているので、挽歌を歌い出すのだが、古さを懐かしみ、挽歌を歌うことは、すでに革命がなされたことを示している。(23)

進行し、変化する実態として「革命と文学」をとらえたとき、中国の文学はどのようなものとして認識されているのであろうか。

中国における今、そしてこれからの革命と文学

「中国革命がまだ成功しておらず、中国社会に変化がないために、革命を謳歌する文学も古いものが滅ぶのを弔う挽歌の文学もない」[24]。しかし、革命が実現したソビエト・ロシアには、二つの文学が生まれつつあり、さらに生み出されるはずの新しい文学の姿が展望される。「平民の文学」である。

ただソビエト・ロシアにだけはすでにこの二つの文学が誕生しています。彼らの古い文学者は外国に逃亡し、つくられている文学は、多くは滅びるものを弔い、古いものを哀悼する弔辞です。新文学のほうは今まさに懸命に前進しており、偉大な作品はまだありませんが、新しい作品も少なくありません。彼らはすでに怒号の時期を離れて謳歌の時期に移っていっています。建設を賛美することは革命が進んでいった後の影響であり、さらに後の状況がどうであるかは、現在は知りようがありません。ただ想像すれば、おおよそは平民の文学でしょう。平民の世界が革命の結果なのですから。[25]

「平民文学」と中国——中国にも世界にもまだない平民の文学

「平民の文学」についての発言は、講演記録の三分の一を占める。中国における新しい創造的な文学の創生を求める魯迅は、ソビエト・ロシアの文学、そして世界にまだないという「平民の文学」への期待と現在の状況について語っている。

現在においては、平民—労働者・農民—を材料として、小説を作ったり、詩を書いたりする人がいて、我々もまた平民文学と呼んでいますが、実は平民文学ではありません。なぜなら平民はまだ口を聞いていないから

です。これは他の人が平民の生活を傍らから見て、平民の口ぶりに仮託して言っているだけのことであります。目下の文人は幾分貧しいですが、しかし労働者、農民に比べればどうしたって豊かです。そうだからこそ勉強する金があり、文章を書けるのです。ちょっと見たところは平民が話しているようですが、実はそうではありません。これは本当の平民小説ではありません。……〔略〕……

現在の中国の小説と詩は他の国には比べようがありませんが、いかんともしがたくこれを文学と称していますが、革命時代の文学は語るに及ばず、ましては平民文学を語るにはおよびません。現在の文学者は知識人の文学であり、もし労働者、農民が解放されなければ、労働者、農民の思想は依然として知識人の思想であり労働者、農民が真の解放を得てこそ、しかる後に本当の平民文学があります。(26)

以上のように、魯迅は、「革命」を共産革命という狭義に限らず、より広い変革としてとらえながら、未来の方向性として、労働者・農民の世界を求め、中国にはまだ実現していない革命実現の地ソビエト・ロシアとそこに生まれくる新しい「平民の文学」に大きな期待を寄せている。二〇年代後半から三〇年代にかけて、魯迅は積極的にマルクス主義の文芸理論を摂取し、「平民の文学」に先立つロシア革命後の「同伴者」作家の作品、そして革命文学者の作品を精力的に翻訳していく。次節に、「革命時代の文学」の基本枠組みを踏まえて、文学の担い手としての「同伴者」に焦点をしぼり検討することにしたい。

四、「同伴者」〈同路人〉作家と魯迅

「革命文学」

革命を起こすためには「革命者」が必要なのであって、「革命文学」などはなにもあせる必要はない、「革命者」がつくりだせば、それこそが「革命文学」であると語った魯迅は、「革命時代の文学」の講演の半年後に書かれた「革命文学」（一九二七年一〇月二七日、『而已集』）において、文字の上で勇ましく「革命」を鼓舞する国民党の御用革命文学者に対して、「打て、打て」、「ワー、ワー」、「血だ、血だ」と書き連ねるだけであれば、「革命文学者の仕事はいとも痛快、安全だ」と痛罵している。(27) その末尾で、ソビエト・ロシアの「同伴者」作家二人――エセーニンとソーボリを挙げて、革命文学とその担い手「革命者」について、以下のように語っている。

私は、根本問題は作者が「革命者」であるか否かにある、もし作者が「革命者」であれば書いたものがどんな事件、用いたのがどんな材料であれ、すべて「革命文学」であると思う。噴水から出るのは水であり、血管から出るのは血である。（略）しかし「革命者」はまれにしかいない。ロシアの十月革命のとき、確かに多くの文人が革命のために力を尽くしたいと願った。しかし、事実という狂風がついに彼らを途方にくれさせた。顕著な例が詩人エセーニンの自殺であり、さらに小説家ソーボリで、彼の最後の言葉は「もう生きて生けなくなった！」であった。

革命時代には、「もう生きて生けなくなった！」と大声で叫ぶ勇気があってこそ、革命文学となりえるのだ。

エセーニンとソーボリはついに革命文学者ではなかった。なぜなのか、ロシアが実際に革命していたからなのだ。革命文学家者が次々と沸き起こるところには、実際には革命などないのである。(28)

大声で「もう生きて行けなくなった」と叫んだ二人の芸術家——革命文学者ではなかったエセーニンとソーボリンの自殺は、その後もたびたび取り上げられている。(29) 革命の一時的道づれと評される「同伴者」作家の営みに共鳴の声を示す魯迅が、自らの生を絶った作家の在り方をどのように受け止め、思考していたのか、「同伴者」作家が魯迅に提示した課題を読み出しておこう。

トロツキー文芸理論と「同伴者」文学

「革命時代の文学」、「革命文学」において、魯迅が語った「革命文学」、「革命文学者」、「革命者」(魯迅の訳語〈革命人〉)、そしてその後著述、訳書などで多用される「同伴者」(魯迅の訳語〈同路人〉)の基本タームは、トロツキーの『革命と文学』(茂森唯士訳『文学と革命』、一九二五年、改造社)に拠るところが多い。また、同書購入後、継続的に購入された日本語によるロシア文学関係の文献は、その後の革命と文学に関する理論的熟成、展開に大きな役割を果たし、著述の直接的な材源にもなっている。(30) 文芸観念の基本枠組みとして、もっとも基礎となったのは、トロツキー文芸理論の基本にある革命芸術における二つの芸術表現——「革命そのものを主題として取り扱っている作品」と、「主題に於いては革命を語らずとも革命から生まれた新しいものによって裏付けられた意識に貫かれている作品」(31) という二つの文学の区分であろう。この時期の魯迅の文学論の基盤(基本枠組)であるとともに、後述するコーガンの考え方と併せて、この観点に基づきソビエト・ロシアの翻訳集が出されている。なかでも、共産主義芸術が誕生する前の過渡期において、「同伴者」作家、知識人作家の課題については、トロッキー『革命と文学』によるところが多いと推察される。[32]具体的には、同書の第三章「アレクサンドル・ブローク」を訳出して、ブロークの長編叙事詩「十二個」(胡斅訳)の序におき、出版している(「未名叢刊」一九二六年八月)ことなどが例として挙げられる。[33]しかし、自らが文学の担い手である魯迅が、革命家であり、芸術政策を担う党の側から文学者をとらえるトロッキーの文芸理論とは異なる立場をもつことも明確に認知しておく必要がある。たとえば、トロッキーは「同伴者に関しては、常に、――どんな駅までの同伴か?――という問題が起こる」[34]と述べている。文学者の側からいえば、「どんな駅まで同伴できるのか?」、「同伴するのか?」を自らの課題として受け止め、「生」をかけて追求し、提示し、自らの芸術活動、人生に体現していかねばならず、その答えは計り知れなく重く、深い。筆者は、この課題に対して魯迅が見出した一九二七年における回答を文学と革命と政治について語った「文芸と政治の岐路」のなかに読み取ることができると考えている。その分析に入る前に、魯迅と「同伴者」作家について、今一歩理解の幅を広げておきたい。

翻訳活動

二七、二八年から三〇年初頭にかけて、魯迅は精力的にソビエト・ロシア小説作品を翻訳している。完成出版は本稿の対象とする二七年以降となるが、翻訳活動の基本的枠組みが、「同伴者」作家に対する魯迅の考え方を示す直接の補助となる。代表的な小説集としては、一九三二年九月一〇日出版の「同伴者」作家のセラピオン派を多く含む作品一〇編を収録した『竪琴』(上海良友図書公司、二編は柔石と曹靖華翻訳)、一九三二年九月一八日にプロレタリア作家の作品八編と同伴者作家二編を加えて編集された『一日の仕事』(上海良友図書公司　一九三三年三月二日、収録中二編は楊之華訳)があり、[35]訳書の前記、後記などには、収録した作家とソビエト・ロシアの文学状況に関する丁寧な解説が記されている。これらの翻訳活動を支え、解説などの材源となったものにコーガン『最近十年間のロシヤ文学』（黒田辰男訳『ソビエートロシア文学の展望』一九三〇年五月、叢文閣、山内封介訳『ソヴェート文学の十年』一九三〇年一一月　白揚社）[36]、米川正夫『ロシヤ文学思潮』（一九三二年六月、三省堂）などがある。とくに、訳書解説に明記して引用（訳出）したコーガン『最近十年間のロシヤ文学』における分析は、当時の魯迅のソビエト・ロシア文学観の基本であり、その翻訳活動の基本構成を生み出しているものと推察される。コーガンの分析は、ロシア革命後十年間の文学を「革命的実生活から文学に向かってきたプロレタリアート作家と文学から革命の実際の生活に向かってきた「同伴者」たち」の合流としてとらえるもので、魯迅はこの見解による解説を『十月』の後記」（一九三〇年八月三〇日）と「一日の仕事」（一九三二年九月一〇月）の両方に引用している。前者では、「同伴者」文学の過去、及び現在の全般的な状況について、「これこそ非常に概括してはっきりと述べているものだ、と思う」とその分析に賛辞を示している[37]。後者では、さらに、「同伴者」作家についての魯迅の考え方を加えて、その上でより長く引用している。

「いわゆる「同伴者」の文学は、別の道を開拓したのである。彼らは文学から生活に入っていった。彼らは価値を内にもつ技巧から出発した。彼らはまず革命を芸術作品の題材と見なし、自らがすべての傾向性の敵であるといい、傾向性と関係のない作家の自由の共和国を夢見ていた。然るに、これらの「純粋」な文学主義者たち――しかもたいていは青年――がついにはすべての戦線が沸騰する闘争のなかに引き込まれていかざるをえなかった。彼らは闘争に参加した。そこで革命の実際の生活から文学にやってきたプロレタリア作家たちと文学から革命の生活にやってきた「同伴者たち」は、最初の十年の終わりに出会った。最初の十年の終わりにソビエト作家の連盟を組織した。この連盟の下で、たがいに提携して前進するようになった。最初の十年の終わりが、このような偉大な試練により記念されることはいささかも不思議ではないのである」[38]

以上のコーガンの引用の後に、魯迅は次のように記している。

このことから見て、一九二七年ごろは、ソ連の「同伴者」の文学はすでに現在の薫陶を受けており、革命を理解し、革命側は努力と教養によって文学を獲得した。しかし、たかだかここ数年の洗練では、その実、なお痕跡を消すことはできない。我々が作品を見れば、前者はいつも革命あるいは建設が描かれているけれども、時々どうしても傍観的な気持ちが現れてしまう、或いは後者は一度筆を降ろせば、自己がなかにおかれていないものはなく、すべて自分のことになってしまうのである。[39]

以上の点から見て、魯迅が「革命の実際の生活から文学にいくプロレタリア作家たちと文学から革命の生活にいく「同伴者たち」」というコーガンの視点を継承し、プロレタリア作家と「同伴者」の作家の作品に注目し、その課題と文学的意義を認識して翻訳活動を推進していたことがわかる。一九三〇年の「『十月』後記」に比べ一九三二年の「一日の仕事」のほうが、「同伴者」作家に対する傍観者的な要素を読み取れるとして、「同伴者」作家に対する魯迅の共感が薄らいだと見なす見解もあるが、後者の批評では、「同伴者」作家ばかりではなく、プロレタリア作家のもつ自己中心的な狭さも読み取られている。その点から見れば、ソビエト・ロシアの文学の展開と見なし、当初の熱気よりもより冷静で、より深い視点での読み込が熟成されてきた一面と考えることもできる。

一九三一年に訪中し、上海時代の魯迅より直接魯迅の作品の講義を受けた増田渉は、その著『魯迅の印象』(角川書店、一九七〇年刊)のなかで、魯迅が「中国共産党に加入してはいなかったが、しかしシンパではあったと思う、自ら同伴者作家といっていたから[40]」とする記述を残している。このほかに魯迅自身が具体的な自己規定として語った言説はないが、プロレタリア革命と歩みをともにしつつ、プロレタリア階級ではない自己の存在に対して、苦悩と苦闘を余儀なくした「同伴者」作家の存在は、知識人としての自己の存在を見つめた魯迅を考察する上で重要な課題となる。また、魯迅が翻訳した「同伴者」作家の作品が、革命時代における人間のさまざまな葛藤、苦悩、矛盾を描いて文学的評価を得ている点でも関心の高さを読み出せる[41]。先行研究では、二〇年代後半——一九二七年、二八年から三〇年代初頭まで、魯迅が「同伴者」作家に共感し、その後新たな地点に歩み出していったとの見かたが基本的である。丸山昇氏は、これを、魯迅が「同伴者」作家たちに「共感する場から出発し、いわば彼らに寄りそいつつ、そこを突き抜けて行った」と表現している[42]。どのように寄り添い、またどこにいったのか、共感とその後の展開については、複数の理解が成立しうる。本稿では、「生」をめぐる課題を核に、この問題を再考することにしたい。

五、文学と革命と政治——「文芸と政治の岐路について」

「生」と「死」

一九二七年九月二四日、広州を離れる三日前に記された断片的な思惟を集めた「小雑感」には、次の一文が記されている。

革命、反革命、不革命。

革命者は反革命者に殺される。反革命者は革命者に殺される。不革命者は革命者と見なされて反革命者に殺されるか、或いは反革命と見なされて革命者に殺されるか、或いは何でもない者として革命者か反革命者に殺される。

革命、革革命、革革革命、革革……。

（「小雑感」[43]）


四・一二クーデター後、中国での革命と反革命は複層化し、国民革命を掲げる国民党は革命の旗手となり、プロレタリアート革命を掲げる共産党は反革命となった。その四・一二クーデター後の地方都市の白色テロを描いた中篇小説『塵影』（黎錦明作、上海開明書店、一九二七年）に記された「『塵影』題辞」では、次のように語っている。


私自身は、中国は現在大時代に向かっている時代であると感じている。ただ、この大というのが、別段そのために生きたり、そのために死んだりできるようなものを示すものであるとは限らない。

多くの愛の献身者がすでにこれにより死んだ。それ以前に予想しながら予想を超える血の遊戯が弄ばれ、当時者でありながら傍観する人に楽しみと満足、そしてただの見てくれの面白さと賑わいを与えた。しかしまた一部の人に重圧も与えた。

この重圧が除かれるとき、死でなければ、すなわち生である。それでこそ大時代である。[44]

一九二六年三月一八日、一九二七年四月一二日、軍閥政府、国民政府、二つの異なる政府が引き起こした虐殺は、生と死への深く、暗い苦悩と記憶を魯迅の生に織り込んだ。また、革命にもまれる人の生き様と苦悩を見つめ、自己を傷つけ、ときにその命を自らたつものも生まれた「同伴者」作家の生の軌跡は、文学者としての魯迅の在り方を深く問い、新たな地点へと推し進める要因にもなったと推察される。革命とともに歩みつつ、革命とは異なる文学の在り方に迫る魯迅の思考についてさらに論議を進めよう。

文芸と政治――「文芸と政治の岐路について」

一九二七年、悲劇の年の年末、魯迅は「文芸と政治の岐路について」と題する講演を曁南大学で行った（一二月二一日、『集外集』、一九二七年）[45]。この講演では、「革命時代の文学」、「革命文学」では言及されなかった文芸と政治、権力との関係を含み、文芸・革命・社会・政治を思考基盤として、文芸の担い手たる文学者の運命、革命と政治の関係性に対する思考内容が明瞭、端的に語られている。二六年に始まる魯迅南下の到達点上海での定点、その後の活動に対する起点として、極めて重要な言説と位置づけられる。

「文芸と政治の岐路」は、「革命時代の文学」と同様に講演録であり、聴衆にわかりやすい実例を提示するなど、講演ならではの配慮も多く見られるが、ここでは、魯迅の思考を構成する要件を明確に析出する意図にたち、できるかぎり簡潔に整理してその骨子を項目立てて取り出したい。テキストには、人民文学出版社、一九八一年版『魯迅全集』より該当箇所を抜粋して概述（引用と編訳）し、その上で論点を検討することにする。なお、魯迅は本編中で「文学」と「文芸」を両用している。本稿でも原文に即して「文芸」は「文芸」を用いた。基本的には「文芸」は「文学」をよりさらに広い芸術を含むものと理解される。

①文芸と政治

政治は現状を維持しようとし、おのずから現状に安んじようとしない文芸と異なる方向にあり、しばしば衝突する。（略）政治は現状を統一しようとし、文芸は社会の進化を促して分裂させようとするが、社会は分裂してこそ

進化する。(46)

②政治家と文学者

人が自分の意見に反抗するのが嫌いであり、人が考えたり、口をきいたりしようとするのがもっとも嫌いである。文芸は政治家にとっては目のかたきであるから、追い出さざるをえない。外国の多くの文学者は、亡命などで「逃げる」が、逃げ切れなければ、首をちょん切るのがよい、そうすれば、口をきけないし、考えることもできない。文学者は社会を乱す扇動者だと決めつけ、殺してしまえば、社会は平和になる、統一を破壊するものとして永遠にとがめる。(47)

③文学者の役割と社会

文学者が社会の現状に対して不満を抱き、ああだ、こうだと批判する結果、世の中の一人一人が目覚めて、誰も現状に安んじなくなるから、当然首を切られる。文芸家の言葉は、実は社会の言葉なのだが、文芸家は感覚が鋭敏なので、人よりも早く感じて、社会が気づかぬうちに気がついて早く言いだすにすぎない。時にあまりに早すぎて、社会までが彼に反対し、排斥することさえある。言うのが早すぎるとみなから嫌われる。（略）文学者は、生前はたいてい社会の同情を得ることができずに落ちぶれて一生をすごすが、死後四、五〇年してはじめて社会に認められて、みなから大騒ぎされる。政治家はよけいに文学者を嫌悪して、文学者が早くから大きな災いの種を撒いていたのだと考えて、人々が考えるのを禁止しようとする。

④文芸家と社会

（略）政治家は永遠に彼らの統一を破壊するものとして文芸家を咎める。(48)（略）社会が変化すると文芸家の言ったことをみながだんだん思い出し、彼に賛成し、彼こそ先駆者だとお世辞をいう。

⑤文芸と革命

文芸と革命はもともと相反するものではなく、現状に安んじようとしない共通点がある。[49]

文学のなかにも文学革命があるが、革命と文芸は一つになることはできない。文学をする人はどうしても少しは暇がなければならない、革命している最中にどこに文学をする暇があろうか?（略）人々がパンさえ手に入らないときにどこに文学のことを考える暇があろうか? 文学が現れたときには革命はとっくに成功している。革命が成功した後は、多少暇ができる。革命にお世辞をいう人も褒め称える人もでるが、これは、権力を握った人を褒め称えることで、革命となんら関係はない。このとき、感覚の鋭敏な文学者が現状への不満を感じ、口に出そうとするかもしれない。政治革命家は、以前、文芸家の話に賛成したことがあるのだが、革命が成功してしまえば、以前、反対者に使ったお決まりの手口をまた使いだす。文芸家は不満を免れず、首を切られてしまわざるをえない。[50]

⑥文学者と革命

革命とは、現在に安んじず、現状に満足しないものすべてのことである。文芸の古いものが次第に滅んでいくように促進することも革命である（古いものが消滅してこそ、新しいものが生まれる）。しかし、文学者の運命は自分が革命に参加したことがあるからといって同じように変わるものでなく、やはりあちこちで障害に出くわす。[51]

革命のときには、文学者は革命成功後の世界がどのようなものとなるかと想い、夢をいだく。革命後、現実がまったくそのようなものではないことを眼にして、そこでまた苦しくなってしまう。叫んでも、まくし立てても、泣いても成功しない。前に向かっても成功しない、後ろに向かっても成功しない。理想と現実は一致しない。これは定められた運命である。[52]

人類は芝居を見るのが好きである。文学者は自分で芝居をして人々に見せたり、或いは、縛られて首を切られたり、或いは最近では城壁の下で射殺されたりして、ひとしきり賑やかにできる。上海の巡査が警棒で人を打てば、みながとりかこんで見るが、彼らは自分は打たれたくないのに、人が打たれるのを見ればすこぶる面白いと思う。

文学者とはすなわち自分の皮と肉で打たれるものなのである。(53)

生存と権力の奪取なき闘争——文学・革命・政治

「文芸と政治の岐路」における論議のなかに、それ以前の主張と異なる、或いは見られなかった主張点がある。

①革命後の文学と革命家

革命成功後、革命家は政治革命家として権力をもつ。「革命時代の文学」において革命後の文学として提示された「謳歌」と「挽歌」の文学の内、「謳歌」の文学は、ここでは以下のように語られている。

革命が成功した後は、多少暇ができる。革命にお世辞をいう人も褒め称える人もでるが、これは、権力を握った人を褒め称えることで、革命となんら関係はありません。

革命成功以后，闲空了一点；有人恭维革命，有人颂扬革命，这已不是革命文学。他们恭维革命颂扬革命，就是颂扬有权力者，和革命有什么关系？(54)

②革命後の文学者と政治家

しかも、革命後の社会においても、感覚が鋭敏で現状への不満を感じ、口に出そうとする文学者がいれば、政治家はお決まりの手口を使い、首を切ってしまうという。

さらに、以下のような言説もある。

現在、革命勢力はすでに徐州に達しておりますが、徐州以北の文学者はもとと立ちどまってはいられなかったのですが、徐州の南でもやはり立ちどまってはいられません。たとえ共産になっても文学者は立ちどまってはいられないでしょう。革命文学者と革命家はまったく別のものだと申せます。

現在革命的势力已经到了徐州，在徐州以北文学家原站不住脚；在徐州。以南，文学家还是站不住脚，即共了产，文学家还是站不住脚。革命文学家和革命家竟可说完全两件事。(55)

③革命後の文学者の使命

すでに前項で述べたように、魯迅における革命とは、広義の意味をもち、プロレタリア革命で終結するものではない。魯迅において、「革命は社会の変革」であり、政権の奪取で終結するものではない。革命の成功とともに新たな社会が始まり、新たな文学者の使命が始まる。それゆえに、魯迅における革命には果てがなく、いつも「革命は未だ成功しない」ものとなる。しかし、権力を奪取する「革命」は、権力を奪取して、成功したとき、現状に安んじないものから、現状を維持する政治へと展化していく。社会の分裂を促して社会を進化させる文学の使命は止まるところなく続く。

政治と文学は一つになれず、革命とも一つになれないのである。

「同伴者」作家と生命

魯迅は度々いう、革命に必要なのは文学ではなく、実際の革命戦争であると、そしてここでもまたいう。

革命文学者と革命家はまったく別のものなのである。軍閥がどのように理にかなわないかを非難するのは、革命文学者であり、軍閥を打倒するのが革命家である。(56)

さらに、革命者文学者とも革命家とも異なり、革命とともに歩むもう一つの文学者たちがいる。高い芸術的な評価を受けながら、階級的にあてにならず、不確定であり、「どこの駅までの同伴者か？」と問わねばならないものと規定された「同伴者」作家である。「文芸と政治の岐路」において、魯迅は「革命時代の文学」で、取り上げたエセーニンとソーボリを再び取り上げて、以下のように記している。

ソビエト・ロシア革命以前に二人の文学者エセーニンとソーボリがいました。彼らは革命を謳歌したことがありますが、後になって、彼らは自分が謳歌し、希望した現実の碑にぶつかって死にました。そのときソビエトが成立したのです！(57)

革命を謳歌し、憧憬を抱きながら、革命後の現実に苦悩し、ついに死を選んだ二人の「同伴者」作家エセーニンとソーボリについては、「文芸と政治の岐路」に先立ち記された「鐘楼にて——夜記の二」（一九二七年一二月一七日、『三閑集』、一九三二年）で、次のように語っている。

おおよそ革命以前に幻想、或いは理想を抱いていた革命詩人は、自分が謳歌し、希望した革命の現実にぶつかって死ぬ運命をもつことが多い。しかし現実の革命がこれらの詩人の幻想、理想を打ち砕かなければ、この革命はやはり布告に記された絵空事だったことになる。しかし、エセーニン、ソーボリは、やはり非難されるべきではない、彼等は前後して自分に対して挽歌を歌ったのであり、彼らは本当に彼ら自身の沈黙をもって、革命の前進を証明しているのである。彼らは究極のところけっして傍観者なぞではない。[58]

革命に寄り添いつつ、なお革命後の世界において革命に絶望し、自らの命を捧げる二人の「同伴者」作家に対して、魯迅はこれを擁護し、傍観者といわれる非に抗している。しかし、それは「共感」といいうるであろうか。なぜなら、文学者が自己の生命を賭けて、全身で革命と向き合う行為に対して、その誠実な営みに感応し、受け止めたとしても、革命後の世界と理想の矛盾により、死を選ぶ行為を、魯迅は自己の在り方として受け止めることができるであろうか。「文芸と政治の岐路」において、革命後の世界が文学者の理想と一致しないのは、文学者の定められた運命である、との説が繰り返される。魯迅によれば、文学者は、革命後の世界において、再びその鋭敏な感覚により、新しい世界に対する不満と不服を申し立て、社会を分裂させ、進化させていく使命を担う者である。誠実な文学者としての魂と生の営みに、かぎりない哀悼と擁護を示しながら、魯迅自身が求めたのは革命に希望と理想を抱き、革命後の現実に絶望して命を絶つことではあるまい。文学者の苦悩を汲み取りながら、自ら死を選ぶ在り方を「同伴者」文学者の在り方として共有することを、魯迅が首肯し、賛同していたとは思いがたい。「同伴者」作家への共感とは、革命への道程における人間の在り方を見つめ、文芸作品として創出していく、利害を顧みない文学者の誠実な営みに対するものであったものと理解する。[59]しかし、またそれによって、魯迅自身の在り方を定めることはできないと考える。共感とは存在すべてを重ね合わせることではあるまい。「同伴者」作家から、その次へという展開は、起点に置かれた「共感」そのものの内実を再度問い直す必要があると考える。

マルクス主義の受容と相対化——魯迅は同伴者作家であったのか

革命時代における人間のさまざまな葛藤、苦悩、矛盾を描いた作品世界を創り上げながら、革命家から「どこの駅までの同伴者か?」と問われる同伴者作家は、プロレタリア革命とともに歩みながら、プロレタリア階級ではない自己の存在に苦悩し苦闘する。その苦闘と精神の葛藤が、知識人としての自己を見つめ、文学者としての在り方を問い続けた魯迅の強い関心を呼んできたが、魯迅自身は自らをどう認識していたのか。同伴者作家と認識していたのであろうか。

魯迅が同伴者作家であったかどうかは、魯迅と革命との関係、魯迅の革命性を考える要件として、これまでに論議が沸騰してきた問題である。その背景には、魯迅より作品の講義を受け、個人的にも親交の深かった増田渉(一九三一年訪中)が「中国共産党に加入してはいなかったが、しかしシンパではあったと思う、自ら同伴者作家といっていたから」(前掲増田渉『魯迅の印象』)[60]との発言がある。

先行研究では、一九二七年、二八年から三〇年代初頭まで同伴者作家に共感し、その後新たな地点に歩み出していったと見なし、共感の後にどこに歩みだしたのかが主要な検討課題であった。代表的な見解としては、魯迅が「共感した同伴者作家の世界をも通り抜けて、より革命に密着した場合に進んで行った」、それゆえ「本質的に革命の同伴者ではなかった」とする丸山昇説、[61]丸山説を継承しつつ、同伴者への共感期にはもちえなかった「死の覚悟」をもたざるを得ない者へと進むことにより、同伴者から脱却したとする長堀祐造説等が挙げられる。[62]筆者は、一九二六年の三・一八、一九二七年の四・一二——軍閥政府と国民政府、二つの異なる政府による虐殺「死」に対する苦悩と記憶から、「死の覚悟」とは逆に「生」への希求が思想的に確立され、脱却とは逆の方向、同伴者としての自己形成、アイデンティティの形成へ、進んだものと解釈している。その論拠の一つに先にも挙げた次の一段がある。もう一度取り上げる。

多くの愛の献身者がすでにこれにより死んだ。それ以前に、予想しながら予想を超える血の遊戯が弄ばれ、当事者でありながら傍観する人に楽しみと満足、そしてただの見てくれの面白さと賑わいを与えた。しかしまた一部の人に重圧を与えた。この重圧が除かれるとき、死でなければ、すなわち生だ。これでこそ大時代である。（黎錦明作『塵影』題辞、『而已集』所収）

许多为爱的献身者，已经由此得死。在其先，玩着意中而且意外的血的游戏，以愉快和满意，以及单是好看和热闹，赠给身在局内而旁观的人们；但同时也给若干人以重压。这重压除去的时候，不是死，就是生。这才是大时代[63]。

四・一二クーデター後の地方都市の白色テロを描いた中篇小説（上海開明書店、一九二七年）の序の一節であるこの一段には、革命の時代に向かって、「生」を希求し、「生」を守ること、「死」よりも「生を賭す」思想を育む魯迅の思想形成の営みの一端、「死」の衝撃を見つめればこそ、「生」にこだわり、「生」を希求していく魯迅の思想形成の核心、あらゆる権力支配への反抗を内在化した「反権力」、抵抗の思想の核心がある、と考える。

六、「生」を希求する抵抗主体と権力——殺されない者としての戦闘

殺される者としての文学者

政治家は革命後、権力者となる。その政治革命家に殺される者としての文学者の運命は、社会との関わりと緊密

に結びつけられている。

文学者の発言が社会に影響しないうちは安全であり、社会に影響が出れば、首をはねられる。

（前掲「文芸と政治の岐路について」[64]）

多少とも改革性をもった主張は、社会に差し障りがなければ「無駄話」として存在できるが、万一効果があれば提唱者はたいてい苦難や殺される災いを避けられない。

（前掲「有恒氏に答えて」[65]）

新しい思想運動が起きたとき、社会と関係なければ絵空事として心配ないが、思想運動が実際の社会運動になれば、往々にして旧勢力に滅ぼされてしまう。

（「知識階級について——一〇月二五日上海労動大学講演」、『集外集拾遺補編』所収[66]）

しかし、殺される者として文学者を規定することは、殺されることを甘受することを意味しているわけではない。

危険が身に降りかかることは恐ろしいことですが、他の運命は不確定でも「人が生きれば死あり」という運命のほうは避けようがありません。それゆえ、危険もまた怖れる必要はないかのようです。（略）諸君の中には、恐らくお金持ちは多くはないでしょう。そうであれば、私たち貧しい者の唯一の資本は生命です。生命をもって投資し、社会のためになにかするなら、どうしても少しは利益を多く得なければなりません。生命をもって利息が少ない犠牲は、割にあいません。

（前掲「知識階級について」）

危险的临头虽然可怕，但别的运命说不定，〃人生必死〃的运命却无法逃避，所以危险也仿佛用不着害怕似的。〈略〉诸君中恐有钱人不多罢。那末，我们穷人唯一的资本就是生命。以生命来投资，为社会做一点事，总得多赚一点利才好；以生命来做利息小的牺牲，是不值得的。(67)

「貧しい者の唯一の資本である生命」を社会のためにという名目で棄ててはならない、「殺される者」としての覚悟で成り立つ文学者の使命は、社会の分裂を起こし、社会を進化させることであればこそ、殺される運命をもちながら殺されない運命を紡ぎだし、「生」を勝ち取らねばならない。それは、一九二六年三・一八、一九二七年四・一二に象徴される政治権力による殺戮から生み出された「色あせる血痕」、「血痕を覆いつくせぬ墨」、「偸まれている生」の三つのキーワードと、革命との関わり、文学者のあり方をめぐり、魯迅自身が自らに問うてきた課題に対する一つの回答である。殺された犠牲者に対して、「かろうじて生き延びている者」、「生を偸んでいる者」としての負の思い、首をはねようとする者、殺戮者に対して殺されまいとする抵抗と反抗を保ち続けること、「殺される者」としての覚悟をもちつつ、唯一の資本である生命を「殺す側」に差し出さない道、しかも「生きのびている」だけの文学者、社会の進化に役立たない文学者と異なる道を進み続ける方向、そこに魯迅が目指した文学者としての自己確立の跡を辿ることができる。

殺されない者としての闘い——増田渉の魯迅観

「殺される者」たること受けとめながら、殺されない者として生き抜く闘いの在り方を希求する魯迅の人間像を鋭くとらえたのが、増田渉の魯迅をめぐる回想である。増田渉は、魯迅の思想の核心に「人は生存しなければならない」という生物学的人生観を指摘した李長之の観点（『魯迅批判』一九三五年一一月、北新書局）を取り上げ、かつそれだけではないとして、次のように語っている。

> 生物學を幾械的に、教科書的に學んだものはいくらもゐるだろう。だが、その學びが、自己の生命乃は生活への認識と直接結びついてゐるのでなかつたら、それが思惟や行爲と有機的に結びつきはしなかつたろう。思ふにそれは彼が屢々「死」と直面した經驗にもとづいてゐるからである。觀念的な死ではなく現實に、肉體の消滅という經驗（或は經驗の一歩手前）に直面したことが屢々であつたからであろう。そしてその直面した死が、自然死とか不慮の傷害死ではなく、政治事情にもとづく殺戮、いわば「政治死」とも云ふべきものであつたところに、彼の中核の思想として（それが思想といわれるべきものとして）植ゑつけられたのではあるまいか。のみならずそのような死に強く反抗する「生存」への要求となり、更にそれが彼の人間の底に沸々たる情熱となつて燃え、社會的な抗議として廣まり發展していつたのではないか。だから魯迅を考える場合、李長之の言うような生物學的人生觀といつても、それは單に抽象された生物學的知識としての認識ではなく、政治死をその根にもつてゐるところの、云はゞ政治死が止揚されてゐるところの、生物學的な生存要求というところに發したものではあるまいか。でなかつたら彼の思惟や行動、つまり不撓不屈の革命者としての魯迅を考えることができないと思う。[68]

また、「彼が生命を、自分の生命だけでなく、他人の生命をもいかに愛惜したか」[69]、「つねに生命を尊重し、生命を尊重するという根本の上に、あらゆる人生の仕事の意味を見出そうとしていたようだ」[70]、「また一面エライ人だとも思っていた。権力に屈しないところ、権力の圧迫とどこまでも敢然と戦って、妥協しない精神——更にそれと戦って、戦い抜く精神をもった人という点であった」[71]と語り、さらに次のように述べている。

彼の一生は権力と、それが権力なるが故には妥協しない強靭な、そしてつねに壓迫される者の側に立つ戦闘的な行動（あらわれとしては文筆行動だが）をもつて貫かれていた。(72)

「死」ではなく、「生」を賭ける者として、「同伴者からどこかへ」ではなく、権力の奪取を求めず、あらゆる人の圧殺をはかるあらゆる権力と闘う、終わりなき社会変革を目指す者としての革命「同伴者」の道、その道こそ魯迅が自らつかみとり歩んでいった道、であったと考える。しかも、その闘いは魯迅にとって文学、文章行動でなければならなかった。それはなぜか。

ニーチェは血で書かれた物語を読むのを愛したという。しかし、私は思う、血で書かれた文章などは未だないと。文章はいつでも墨で書かれるものであり、血で書かれたものは血痕にすぎない。それはむしろ人の心を動かしはらはらさせ、端的でわかりやすい。しかし色は変わりやすく、消えやすい。この点はほかでもない文学の力に頼らざるをえない。（「どう書くか――夜に記す一」、一九二七年一〇月）(73)

文学の力を見据えた魯迅は、「血債」を返す道を文字に求めた。一九二六年から二七年の転換期を経て、終わりなき社会変革の道へと踏み出した魯迅は、その命が尽きる一九三六年まで、近代都市上海の租界で、国民党の暴政とこれに与するメディア、論敵、そして弱者をいたぶるあらゆる支配に対して、鋭く、揺るぎないペンの戦いを展開していった。それは社会の変革を推し進めるためのあらゆる社会的権力との闘いであった。さらに、いまだロシアにも中国にも誕生していない「平民の世界」を希求した魯迅は、平民の多くが文字をもたない時代にあって、言葉を越えて、文字を持たぬ民の世界へのメッセージを可能とする版画の世界、「木刻」（版画）運動に力を注いだ。

それは、墨でも、血痕でもなく、内なるこころの力を呼びさます平民のための文芸活動の道にほかならなかった。(74)

【注】

（1）魯迅「知識階級について――一〇月二五日上海労動大学における講演」（原題「関于知識階級――十月二十五号在上海労動大学講」『集外集拾遺補編』、『魯迅全集』第七巻、人民文学出版社、一九八一年、一八七頁）。

（2）筆者の「鋳剣」分析については、本書第三章、及び拙稿「母子分離を越えて――二人の眉間尺・黒い男・母性」（『現代中国』第七四号、二〇〇〇年）、「魯迅の眉間尺物語〈鋳剣〉――孝子伝から愛と復讐の文学の成立へ」（『成蹊法学』第四八号、一九九九年）、拙稿中国語版・「愛与復讐的新伝説〈鋳剣〉―魯迅的〝性的復権〟与〝生之定立〟」（『魯迅跨文化的対話―紀念魯迅逝去七〇周年国際学術討論会論文集』、大象出版社、二〇〇七年）参照。

（3）一九二七年から一九三〇年代初頭にかけての魯迅の文学・革命・政治をめぐる先行研究は非常に多い。とくに、魯迅におけるマルクス主義受容、革命文学は三〇年代の魯迅を語る前提となるため、この期間が思想形成の面で、重視されてきた。しかし、魯迅におけるマルクス主義文芸理論の受容、とくにトロッキー文芸理論の受容については、中華人民共和国成立後の魯迅評価と深くからみ、長期間にわたり、十分な検討が行われてこなかった。そうしたなかで、中井政喜氏、長堀祐造氏らによる一連の先行研究の意義は大きく、その成果により、魯迅の革命言説のもつ来源と三〇年代の展開について、中国側の研究、ならびにその影響を少なからず受けてきた日本の研究における空白が補完されたといえる。本稿と直接関わるトロッキーの『文学と革命』については、中井政喜「魯迅と『蘇俄的文芸論戦』に関するノート」（『大分大学経済論集』第三四巻四・五・六合併号、一九八三年）、長堀祐造「魯迅『革命人』の成立――魯迅に於けるトロッキー文芸理論の受容　その一」（『猫頭鷹』第六号、『新青年』読書会、一九八七年）、「魯迅革命文学論に於けるトロッキー文芸理論」『日本中国学会報』第四〇集、一九八八年）、「魯迅『竪琴』前記の材源及その他」（『中国語文学論叢』第一六号、一九九一年）などが挙げられる。なお具体的な論点については、関連する記述で、そのつど取り上げることにする。

（4）五四新文化運動退潮期の文化戦線の状況と魯迅の感慨については「『自選集』自序」（一九三二年、『南腔北調集』第四巻、一九三四年）参照。

（5）「灯下漫筆」一九二五年四月、『墳』所収、『魯迅全集』第一巻、二一三頁。

（6）同上、二一五～二一六頁。ここで最下層に挙げられた妻子にはもちろん女児も含まれる。しかし、成長して自分より下の身分となる妻をもてるのは息子しかいない。最下層にあり、自分より下の妻子をもつことのできないものとして、女性、女児の存在が認識された表現であることも見落とせない。

（7）同上、二一七頁。

（8）「花なきバラの二」八（「無花的薔薇」一九二六年三月二六日『華蓋集続編』一九二七年、『魯迅全集』第三巻、五五頁）。

（9）魯迅の論敵であった陳西瀅が「志摩に宛て」（一九二六年一月三〇日『晨報』副刊で魯迅を攻撃した文書中にある一節「魯迅の文章は、私は読み終えるとすぐに、行くべきところへ投げ込む」（行くべきところ＝捨てることを意味する――筆者）を引用して皮肉ったものである。

（10）魯迅「題辞」（一九二六年一〇月一四日、『而已集』一九二八年、『魯迅全集』第三巻、四〇七頁）、当初一九二六年の雑感集『華蓋集続編』の後におかれる予定であったものを編集後、『而已集』に収めるように変更した（「題辞」末尾による）。

（11）魯迅「花なきバラの二」九（「無花的薔薇」九、一九二六年三月二六日、前掲『華蓋集続編』、『魯迅全集』第三巻、二六四頁）。

（12）魯迅「かすかなる血痕のなかに――何人かの死者と生者と未だ生まれざる者を記念して」（原題「淡淡的血痕中――記念幾個死者和生者和未生者」一九二六年四月八日、『野草』一九二七年、『魯迅全集』第二巻、二二一頁）。

（13）魯迅「劉和珍君を記念して」（一九二六年一二月、前掲『華蓋集続編』、『魯迅全集』第三巻、二七四頁）。

（14）同上。

（15）長堀祐造氏は、魯迅重訳の材源テキスト（茂森唯士訳、改造社、一九二五年、原書の第一部現代文学にあたる八章）との照合により、魯迅の言説のなかに具体的にトロツキー文芸理論の反映を読み出している。トロツキーとの関係は、注3でもふれたように反トロツキーを基本姿勢とする新中国において（八〇年代から復権）、毛沢東により聖人化された魯迅との関わりは削除されてきた。魯迅の訳文集からも「アンドレ・ブローク論」が削除されてきたほか、最晩年魯迅の名により発表された「トロツキー派に答える手紙」（原題「答托洛斯基派的信」一九三七年六月、魯迅口述、『且介亭雑文末編』一九三七年）

が、反トロッキー宣言と毛沢東率いる共産党への支持を公表した魯迅のお墨付き文書と見なされ、不問の領域となった。『文学と革命』との具体的比較、魯迅のトロッキー観の推移については長堀祐造氏「トロッキー派に答える手紙」（『日本中国学会創立五十年記念論文集』汲古書院、一九九八年）、同続（『蘆田孝昭教授退休記念論文集――二三十年中国と東西文芸』東方書店、一九九八年）、『魯迅とトロッキー――中国における『文学と革命』』（平凡社、二〇一一年）参照。

(16) トロッキー『文学と革命』は、芸術と政治を異なる法則をもつ領域として明確に区別し、党の役割はプロレタリアートを指導することであり、芸術の領域は党が号令する資格を与えられている領域ではない、マルクス主義の方法論は芸術の方法論ではない（第七章　芸術に対する政党の政策）とする。さらに個による芸術の創造と階級としての芸術創造を明確に区分する（第六章　プロレタリア文化とプロレタリア芸術）。自ら作家になることを志したこともあるというトロッキーの芸術論が芸術の担い手としての個の存在を深く読み取る視点をもち、展開されものである点に、魯迅の受容を誘発する積極的な要素があったものと推察される。しかし、党の規制を越える芸術領域を認める理論は、スターリン率いるソビエト政権、毛沢東率いる中国共産党政権の下で求められた革命（政治）に奉仕する文芸成立を阻む対立思想となる。しかし、トロッキーがいかに「深く文芸を理解する」革命家であっても、文学者、文学そのものの担い手ではない。その意味で『文学と革命』はあくまでも共産主義革命を推進する党の側から書かれた文学論としての基本的性格を有している。トロッキー『文学と芸術』から啓発された魯迅の文学観は、文学の担い手たる主体者として、魯迅がそれまでに熟成してきた文学観、人間観、生命観の上に、受容され、展開し、それをさらに深化させるものとなったと考える。本文中に述べたように、魯迅におけるトロッキー文芸思想の受容を、受容する側の内的基盤からとらえていくことが本稿、ならびに筆者の立場である。外来思想の受容と展開（発展・深化・離反）は、内的基盤との緊密な分析により精緻に、動的に読み取れるものと考える。

(17) 講演の筆記録は、一九二七年六月一二日に黄埔軍艦学校出版の『候補生活』（四期）に掲載されたが、その後、魯迅の校閲、修正を得て『而已集』に収められた。当時の魯迅の講演記録については、意図的なものも含めて、実際の講演内容との相違が多く、魯迅の意図に反するものも多数含まれていたという。そのために魯迅が認めなかった講演記録も多数ある（例えば鐘敬文『広東における魯迅』原題『魯迅在広東』一九二一年）。こうした問題については魯迅の書函などにも多く記録されており、魯迅の講演録に関する諸資料を集めた朱金順『魯迅演講資料鈎沈』（湖南人民出版社、一九八〇年）もある。本稿では、同書収録の関係資料も確認の上、魯迅自身が自己の言説として認め、公開したものを正規の著述と見なし、これについての分析を行った。
(18)魯迅「革命時代の文学」(一九二年七月四日、前掲『而已集』、『魯迅全集』第三巻、四一七頁)。
(19)同上、四一八頁、引用。
(20)同上。
(21)同上、四一八~四一九頁、引用。
(22)同上、四一九頁、編訳。
(23)同上、四一九~四二〇頁、編訳。
(24)同上、四二〇~四二一頁、編訳。
(25)同上、四二一頁、引用。
(26)同上。
(27)同上、四二二頁、引用。
(28)「革命文学」一九二七年一〇月二一日、掲載、前掲『而已集』、『魯迅全集』第三巻、五四三~五四四頁。
(29)同上、五四四頁。
(30)田園生活を描いた抒情詩で有名な詩人であったエセーニン(一八九五~一九二五年)は、十月革命を賛美する詩を書き、革命に対する憧憬を抱きながら、革命樹立後、苦悩し自殺し、ソーボリ(一八八八~一九二年)は十月革命に近づきながら、やはり現実の生活に充足できず自殺した。魯迅はこの二人の作家の自殺について、本文中に示すように何度も取り上げている。最終的には、「革命は苦痛であり、そのなかには当然汚濁も血も混じっており、決して詩人の想像するような興味深く、美しいものでもありません。革命はとりわけ現実のことであるので、いろいろな卑賤なことや面倒なことも必要で、決して詩人の創造するようなロマンティックなものではありません。革命には当然破壊もありますさらには建設も必要です。それゆえ革命にロマンティックな幻想を抱いていた人は、革命に一度近づき、革命が進行すると、たやすく失望を有することになります」と語り、エセーニン、ピリニャーク、エレンブルグなどの名を挙げている。魯迅「左翼作家連盟に対する意見――三月二日左翼作家連盟設立大会における講演」(原題「対于左翼作家連盟的意見――三月二日在左翼作家連盟設立大会成立講」一九三〇年四月、『二心集』一九三四年、『魯迅全集』第七巻、二三三~二三四頁)。

(31) 注3長堀祐造「魯迅『革命人』の成立――魯迅に於けるトロツキー文芸理論の受容　その一」他参照。

(32)『文学と革命』（茂森唯士訳、改造社、一九二五年）三〇九頁。とくに、「主題に於いては革命を語らずとも革命から生まれた新しいものによって裏付けられた意識に貫かれている作品」という定義が、魯迅の「革命人」の考え方の基本となっているとの見解が提出されている。具体的例証として、本文に引用した「革命時代」の「私は、根本問題は作者が「革命者」であるか否かにある、もし作者が「革命者」であれば書いたものがどんな事件、用いたのがどんな材料であれ、すべて「革命文学」であると思う。噴水から出るのは水であり、血管から出るのは血である」が挙げられており、本稿でも同意するものである。注3長堀祐造「魯迅『革命人』の成立――魯迅に於けるトロツキー文芸理論の受容　その一」参照。

(33) 前載茂森唯士訳『文学と革命』六一頁、以下魯迅が底本とした上記書で、「同伴者」作家に関する基本的評価を示す箇所を取り出しておく。①自らの生命を詠歎か沈黙の中に消耗してゐるブルジョア藝術と、未だ存在しない新しい藝術との間に多少有幾的に革命と關係を持つた、だが同時に未だ革命の藝術として現れてゐない、過渡期の藝術が存在している。（略）彼等の文學的及び概して精神的な輪郭は革命の彼等と捕らえた一角で、革命によつて創造されたものである。そして彼等はすべて各々自分々々の考えによって革命を受け容れてゐるのである。しかしそれらの個人的な受納の内には、彼等のすべてに亘つて共通した特色がある。それは彼等を共産主義から劃然と區別し、それに反對するやうに常に脅かしている特質である。彼等は革命を全對として摑んでいない。で彼等にとつては革命の共産主義的な目的は不可解なものである。彼等はすべて多少とも勞働者の頭を通して、希望を持って農民を見る傾向がある。彼等は無產階級革命の藝術家ではなく、古い社會民主黨によつて用ひらてゐたような意味に於ける革命の藝術的同伴者である。もしも非十月革命（本質に于いては反十月革命の）文學がブルジョア地主的ロシヤの瀕死の文學であるならば「同伴者」の文學的想像力は、古い國民性の傳統もなく、また――これまでは政治的將來も持つてゐないところの、彼等自らの一種の新しいソウエート・ロシヤの國民性である。同伴者に關しては、常に、――どんな驛までの同伴か？――といふ問題が起こる。（第二章　革命の文學的同伴者）同書六〇～六一頁。②プロレタリアートは政治的教養は持つてゐても、藝術的教養は極めて僅かしか持ち合わせないのである。知識階級は、自らの形式的な資格上の優越權のおかげで、十月の變革に對し、多少の敵意または好意を持ってゐる程度にとゞまり、政治的態度は消極的でよいというような忌むべき特權を持つてゐるのである。この沈思をことゝする知識階級が――一方は、たとへ曲がつたなりにも――革命の完成者であるプロレタアートよりも、より多く革命の藝術的分野にて寄與しつゝ、あるといふことは、奇妙である。我々は文學的同伴者の成り立ちとその不確實さと、期待に値しないことをよく知つてゐる。しかしながら、その著、「裸の年」とともにピリニヤークを棄てゝ、またフセワロード・イワーノフを、チホーノフを、ボロンスカヤを、そしてセラピオン一派を排斥し、さらにマヤコフスキイ、エセーニンを棄てゝしまつたとする——その時には一たい何が殘るだらう、未來のプロレタリア文學を償ふにはとても足りない不渡小切手位ではないか？（第七章　藝術に對する政黨の政策）同書二九四～二九五頁。③黨は文學的同伴者を勞働作家の敵手と見ないで、偉大なる新展開を樹立するにあたつての勞働者階級の實際的或いは可能的の援助者として取扱ふ。（第七章　藝術に對する政黨の政策）同書二九五頁。

（34）『十二個』の詩集後記で、魯迅は「中国人の心の内では、おそらくトロッキーはまだひそかに歎いたり叱咤する革命家であり、軍人であると思うが、彼のこれを見ればまた文芸を深く理解する批評者であることがわかる」と紹介している。同伴者作家とその価値を読み出す「革命者」の文芸評価という優れた組合せとして、中国の文学界の発展に供する意味も含まれていたものと推察される。

（35）前掲茂森唯士訳『文学と革命』六一頁。

（36）『十月』は同伴者作家ヤーコヴレフの十月革命時期のモスクワ蜂起を描いた中編小説（一九二三年）で、『壊滅』はファジェーエフ（革命文学者）の国内戦争を描いた長編小説（一九二五～一九二六年）も単行本として出版されている。「同伴者」作家を集めた『竪琴』にはザミャーチャン「洞窟」、ゾーシチェンコ「老鼠」、ルンツ「砂漠のなかにて」、フエージン「果樹園」、ヤーコヴレフ「貧しき人々」、リーヂン「竪琴」、ゾズーリャ「アクと人間」、ラヴレニョーフ「星花」、インベル「ララの利益」、カターエフ「物事」など一〇編が収録されている。「同伴者」作家二編とプロレタリア作家の作品八編を収録した『一日の仕事』には、ピリニャーク「苦蓬」、セィフリーナ「肥料」、リヤシコ「鉄の静寂」、ネヴェローフ「私は生きたい」、マラーシキン「労働者」、セラフィモーヴィッチ「一日の仕事」、「転轍手」、フェルマーノフ「革命の英雄たち」、ソロコフ「父親」、パンフョーロフ・イリエンコフの共著「コークス、人々と耐火煉瓦」が収められている。

（37）学習研究社版『魯迅全集』第一二巻、「訳文序跋集」（一九八五年八月）の「『十月』後記」訳注四、三九四頁による。学習研究社版『魯迅全集』第一二巻、「訳文序跋集」の「『十月』後記」訳注一（同書三九四頁）では、黒田辰男訳によるところが多いとしている。また人民出版社版『魯迅全集』第一〇巻の原注に挙げられている沈端先『偉大的十年間的文学』（南強書局、一九三〇年）は魯迅の訳出後の出版であるという。

(38) 参考として「『十月』の後記」も挙げておく。「しかし、すべての「同伴者」が若干の路程をともに歩いた後、必ずしも、そこから永遠に空中を飛翔したのではない、社会主義建設の途上で、必ずや離合変化が起こるものだ。コーガンは『偉大な十年の文学』のなかでいっている。「いわゆる「同伴者」たちの文学はこれ(プロレタリア文学)とは別の道を成し遂げたのである。彼等は文学から生活へと行ったのであり、自立的な価値のある技術からはじめたのであった。革命を彼等は、先ず第一に芸術作品のための題材として見た。彼等は明らさまに自己を、あらゆる傾向性の敵として宣言した。そしてその傾向の如何とは無関係な作家たちの自由な共和国を自分に想定した。事実、これらの「純粋」な文学主義者たちも＊結局に於いては、あらゆる戦線の上で沸騰していた闘争の中に引き込まれないではゐられなかったのであって、遂にその闘争に参加したのであった。最初の十年の終り頃になって、革命的実生活から文学へと来たプロレタリア作家たちと文学から革命的実生活へと来た「同伴者」たちが合流して、十年の終りは、その中にあらゆるグループがお互ひに並んで加入し得るところのソヴェート作家聯盟の形成の雄大な企画によって記念せられたと云ふ事は、何も驚くべき事ではないのである」。「同伴者」文学の過去、及び現在の全般的な状況について、私は、これは非常に概括的ではっきりと述べられていると思う」一九三〇年八月三〇日　訳者」。コーガンの引用部分は、黒田辰男訳『ソヴェートロシヤ文学の展望』(叢文閣、一九三〇年、二二六頁)による。但し魯迅が省略した一節(＊の箇所の挿入句「――それが大多数若い人々であったが故に尚更――」は省略した)。

(39) コーガンの引用部分の訳文は、魯迅が材源とした二種類の訳本と異なり、省略、語順の相違があるため、学研版にならい、本稿でも魯迅の訳文を再訳した。魯迅「『一日の仕事』前記」(原題「『一天的工作』前記」一九三二年九月一八日、『訳文序跋集』一九三八年、『魯迅全集』第一〇巻、三五七頁)。

(40) 「『一日の仕事』前記」同上、三五六～三五七頁。魯迅自身の文学状況に対する理解、「同伴者」作家と革命文学者の状況に対する考え方を理解する参考として、以下に、本文中で記したコーガンの引用の前半とその前におかれた魯迅による分析状況を挙げておく。「革命直後のプロレタリア文学は、もちろん詩歌がもっとも多く、内容と技術は傑出したものは少ない。才能のある革命者は、なお血戦の渦中にあり、文壇はほとんど比較的暇のある「同伴者」が独占している。然るにやはり一歩、一歩社会の現実と同じく進行し、次第に抽象的、主観的から具体的、実在の描写に至り、記念碑的な長編大作が、陸続と発表されてきており、リベジンスキーの『一週間』、セラフィモーヴィッチの『鉄流』、グラトコフの『セメント』などは、いずれも一九二三年から二四年にかけての大きな収穫であり、しかもすでに中国に委嘱され、我々が熟知しているものである。

新しい立場に立つ知識人の作家たちも輩出されており、一面では一部の「同伴者」たちも現実に近づきだしてきた。イワーノフの『ハブウ』、フエージンの『都市と歳月』等もソビエト文壇における重要な収穫と称された。以前は火と水の作家が現在は次第に少しずつ融合してきたかのようである。然るにこの文学上の接近は、源は実はたいへん異なっているのである。コーガン教授はその著書『偉大な十年の文学』のなかで言った。「プロレタリア文学は多くの変遷を経て、各グループの間には闘争があったが、いつも一つの観念を標識とし、発展してきた。この観念は、ほかでもなく文学を階級の表現、プロレタリア階級の世界観の芸術的形式化、意識の組織、意志を一定の行動に向かわせる要素であり、最後には、戦闘期のイデオロギー的な武器であると見なす。各グループ間にひどい不一致があっても、我々はある種の超階級的、自足的、価値内在的な、生活とまったく無関係の文学を復興させようとするものではない。プロレタリア文学は生活から出発し、文学から出発したのではない。作家たちの視野が拡大し、直接闘争のテーマから、心理問題、倫理問題、勘定、情熱、人心の細微な経験、全人類的永久的なテーマ主題と称されるすべての問題に移行していくにしたがい、「文学性」もますます栄えある地位を占めるようになった。いわゆる芸術的手法、表現法だとか、技巧の類も重要な意義をもつようになった。芸術を学び、芸術を研究し、芸術の技法などを研究することが、急務となり、切迫したスローガンとして公認されるようになった。時には文学が大きな円を描いて、もとのところにもどってきてしまったかのようにさえなる」。文中にあるリベジンスキーの『一週間』は内戦時期の闘争を描き、セラフィモーヴィッチの『鉄流』は赤軍パルチザンと敵の闘争を描き、グラトコフの『セメント』は、国内戦争終了後生産復興のために戦う労働者を描いた長編小説である。セラフィモーヴィッチ『鉄流』、グラトコフの『セメント』はいずれも一九三〇～一九三二年に中国語に訳されている（『魯迅全集』第一〇巻　原注、三五九頁）。また、イワーノフの『ハブウ』は狐狩りを描いたものである。

(41)『魯迅の印象』（角川選書三八、角川書店、一九七〇年、六二頁）。

(42)注32、36参照、またプロレタリア作家の作品の後記には以下のような一段も見られる。『壊滅』第二部第一章から第三章訳者付記「本号の訳文について、私のそのつど浮かんだ感想は、大体このようなものである。あまりに簡単すぎて、意を尽くしていないところもまだまだたくさんあるが、ただ少しでも読者の助けになればと願っているだけである。もし十分理解しようとするなら、おそらく実際の革命者でなければならないだろう。少なくとも革命の意義を多少とも理解し、社会について広い理解があり、さらに少なくとも唯物論的な文学史と文芸理論を研究しなければならない。一九三〇年二月八日L」

（「『壊滅』第二部第一章から第三章訳者付記」『魯迅全集』第一〇巻、三三七頁）。
(43) 丸山昇「同伴者作家と魯迅」（『現代中国』第三七号、現代中国学会、一九六二年、八一頁）。丸山昇氏は、基本的に魯迅は「同伴者」の文学に強い共感をもったが、これを対象化したこと、「共感した同伴者作家の世界をも通り抜けて、より革命に密着した場合に進んで行った」、「本質的に革命の同伴者ではなかった」としている（「魯迅においては、文学者であること、文学者として「革命人」であること、とは、中国の現実を描き、それに対して発言しつつ、それを通じて革命との結びつきを一歩一歩深めていく永久運動の過程そのものであり、それが「ある階級から他の階級へ」移る過程でもあったのである。彼が本質的には革命の同伴者でなかったことは、これで明らかであろう」と述べている）。同論文七九頁。
(44) 魯迅「小雑感」（原題「小雑感」一九二七年九月、前掲『而已集』、『魯迅全集』第三巻、五三二頁）。
(45) 「『塵影』題辞」『而已集』、『魯迅全集』第三巻、五四七頁。
(46) 注17に記したように、当時の魯迅の講演録は、意図的なものも含めて正確さに欠けるものが多く、魯迅は自己の校閲を経たもののみを自身のものと認めた。「文芸と政治の岐路について」は、複数の記録がある。一九二八年一月二九日、三〇日付けで上海『新聞報』「学会」第一八二・一八三期に劉率真記録として出され、これが魯迅の校閲を経て、『集外集』に収録された。そのほかに章鉄民による記録が、曁南大学『秋野』第三期（一九二八年二月、秋野社）に掲載された。朱金順『魯迅演講資料鈎沈』（湖南人民出版社、一九八〇年）に収録されているが、文章、語句ともに『集外集』版と異なる箇所が多く、意味の違いが大きい。題目も「文芸与政治的岐路」ではなく「文学与政治的岐路」となっている。なお、『集外集』版は、魯迅が『集外集』に収録するにあたり、「曹聚仁が記録したものもよい、付録にする必要はない」（『魯迅全集』第一二巻、三四一二一九　楊霞雲宛書函、六〇六頁）と記している。なお講演題目は、当時魯迅が購入し翻訳していた鶴見祐輔『思想・山水・人物』中の「文学と政治との岐路」に取材している、内容的には直接関係しない。
(47) 魯迅「文芸与政治的岐路」『集外集』、『魯迅全集』第七巻、一一三～一一四頁。
(48) 同上、一一三～一一四頁、一一六～一一七頁。
(49) 同上、一一六～一一七頁。
(50) 同上、一一三頁。
(51) 同上、一一七～一一八頁。

(52)同上、一一七～一一九頁。
(53)同上。
(54)同上、一一九～一二〇頁。
(55)同上、一一八頁。
(56)同上、一一九頁。
(57)同上。
(58)同上。
(59)魯迅「鐘楼にて――夜記の二」(原題「在鐘楼上――夜記二」一九二七年一二月一七日、掲載、『三閑集』一九三二年、『魯迅全集』第四巻、三六頁)。
(60)前掲魯迅「左翼作家連盟に対する意見――三月二日左翼作家連盟設立大会における講演」では、両文学者をロマンの詩人としてとらえており、革命の現実に敗れる文学者の在り方により対象化した認識をもっている。本論で示したように一九二七年ですでに、死を選ぶことについての異質性をもっていと考えれば、共感が薄れた上に冷静な評価とは異なるものと思う。注31参照。
(61)六一頁、同書一九五六年、同社ミリオンブックス版、一九七〇年角川選書版再版版は削除等による改訂が大きい(角川選書三八、角川書店、一九七〇年)。
(62)丸山昇「同伴者作家と魯迅」『現代中国』第三七号、現代中国学会編、八一頁、一九六二年、同論文、七九頁。
(63)長堀祐造「魯迅『竪琴』前記の材源及その他」(桜美林大学『中国文学論叢』第一六号、一九九一年)で、「二〇年代後半から三〇年代初頭にかけての時期の魯迅は主観的にも客観的にも〝同伴者〟作家」であった(同論文一一〇頁)、「〝同伴者〟として自己を規定している間は積極的に(自分からわざわざ)死を賭す(死地に身を晒す)という信念なり、覚悟なり」はなく、三二年頃に「同伴者」という自己規定に変化があり、その際、日本の侵略や国民党の白色テロの横行といった情況(魯迅自身がかつては軍閥政府、後には国民党の「お尋ね者」となる)に強いられて、「死の覚悟」を持たざるを得なかったのではないか、と記している。革命に対して「死して惜しみなき信念」を持たないことを「同伴者」作家の規定とする米川正夫の『ロシア文学思潮』(三省堂、一九三二年、第一八章同伴者文学)を材源とする「『竪琴』前記」の記載に基く分析である。

(64)注45に同じ。
(65)「文芸与政治的岐路」、『集外集』、『魯迅全集』第七巻。
(66)「答有恒先生」、『魯迅全集』第三巻、四五七頁。
(67)「関于知識階級——一〇月二五日上海労動大学講演」一九二七年一一月、『集外集拾遺補編』所収、『魯迅全集』第八巻、一九三頁。
(68)同上。
(69)注13増田渉前掲書五八〜五九頁。
(70)同上、六二頁。
(71)同上。
(72)同上、二三頁。
(73)同上。
(74)「怎麼写（夜在記之一）」、『三閑集』所収、『魯迅全集』第四巻、一九〜二〇頁。
(75)ドイツの版画家ケーテ・コルヴィッツの作品、ソビエトロシアの版画芸術等を精力的に紹介し、「木刻」芸術活動を推奨し、青年芸術家に対して、連環画や書籍、新聞の挿絵を重んじ、中国の古い書物の挿絵や画本、新しい一枚刷りの年画こそ「大衆が見たいし、大衆が感激するものである」（「〝連環図画〟弁護」一九三二年一〇月、『南腔北調集』一九三四年、『魯迅全集』第四巻、四四八〜四四九頁）と断言している。

終章　民衆の時代——弱者の力と支配的権力との闘い

プロレタリアート革命に期待と希望を強く抱きつつ、権力の奪取を求めず、永遠の「革命同伴者」として、社会の変革を求め続ける終わりなき戦闘者の道に踏み出した魯迅は、晩年まで「生存」の要件たる「発展」、「進化」を求めて激しく、退くことなく闘い続けた。それは、まぎれもなく我々の時代が、今日なお求め続けているあらゆる「人」に保障されるべき生存権と発展権——基本的な人権とよぶものにほかならない。生存をおびやかし、圧殺するすべての社会権力、支配的権力、奪権後の革命政権までを含めてあらゆる「権力」に向けて、「権力」をもたない者が生み出す抵抗と反抗——「反権力」の「生」の在り方を定点に、生み出された魯迅の思想世界は、今を生きる私たちに、権力をもたず、権力を動かす民——「マルチチュード」の姿を浮かび上がらせる。最後に、魯迅のことばが現代の我々に届けるもの——魯迅が生み出した思想的課題と現代世界との対話を試みる。

一、新しい民衆概念「マルチチュード」とは何か?

魯迅と「マルチチュード」の連続性を考察するに先立ち、まず「マルチチュード」とは何かについて、基本的な意義、特長を確認しておきたい。

概念規定を拒む、形成されつつあるもの――二つの時間を生きる可能体

「マルチチュード」は、アントニオ・ネグリがスピノザのなかから掘り起こし、スピノザ再評価の流れのなかで注目され、論議を深め、学術的に発展しながら形成され続けている概念である。(1) いうなればヨーロッパ政治思想史の深く、豊かな思想的蓄積を基盤に生み出され、激動する現代世界の在り方に鋭く切り込む西欧発信の新しいタームと概括できる。具体的には、アントニオ・ネグリ、マイケル・ハートの共著（三部作）の第一部『帝国』（二〇〇〇年、邦訳二〇〇四年）のなかで提起され、第二部『「マルチチュード」論――〈帝国〉時代の戦争と民主主義』（二〇〇四年、邦訳上下二〇〇五年）の中心的課題として、世界史の現実の動向に即して多様な論議が展開され、第三部『コモンウェルス――「帝国」を超える革命論』（二〇〇九年、邦訳上下二〇一二年）であるべき「共《コモン》」の世界からの照射により、輪郭がかなり明確になった。とくに世界史の現実に即して記述された第二部の時事的な論議は、「マルチチュード」の特徴と意義を理解する上で非常に助けとなる。さらに近著『反逆――「マルチチュード」の民主主義宣言』（二〇一二年、邦訳二〇一三年）では、代議民主制に替わる絶対民主制の構成要素としての存在に焦点を置いてより明確に語られている。

以上を踏まえて、魯迅との考察を進めるために、もう少し具体的に「マルチチュード」の特徴を見ておきたい。「マルチチュード」には少なくとも二つの特徴がある。

まず第一点は、不可知的な要素が色濃いことである。その理由は、「マルチチュード」の特質が自然発生的なものではなく、つねに形成され続けているものであることによる。「概念規定を拒む、形成されつつあるもの」、あるいは流動性ゆえに「動的に生成され続けているもの」として語られるため、対象を把握するために固定的な概念規定を求めがちな既存の思考枠組にはなじみにくいが、「生命体」と認識することにより特徴がわかりやすいものとなる。第二点は、「マルチチュード」は「常に――すでに」と「いまだ――ない」という二つの時間軸をもつため、(2)

現在において行動する「マルチチュード」は、同時に潜在的にまだ実現されていない「マルチチュード」を内包している。いまだ実現されていないが、つねに政治的に実現されるものとして、現実的な潜在勢力として存在している。第三点は、「マルチチュード」は、単独の存在ではなく、理性と情念を通じて、さまざまな歴史的力の複雑な相互作用のなかで自由を創出する力をもち、共同的な社会的相互作用のなかで創られる社会的存在である。

多数多様な「マルチチュード」――〈multitude of multitudes〉（複数）

動的に生成され続けるがゆえに固定化した概念規定を拒否する「マルチチュード」の特質を明確に示すのは、人民、大衆、民衆、国民、労働者階級といった旧い近代的社会集団観念との相違である。人民の統一性、大衆の均一性、産業賃金労働者を示す労働者階級と異なる「マルチチュード」は、多数の異なる個人、階級（社会的差異）をもつがゆえに多種多様であり、一つの同一性的に統合、還元されることを拒否する差異、特異性をもつ。しかもそれぞれが個々ばらばらの孤立した社会関係性をもたない断片化したアトム的な存在とは異なり、複数の多様性を基盤とした社会的連係により共生し、共同で行動できる異種混交の集合性を形成する。多様性、差異性をもつがゆえに単一化できない「マルチチュード」は、常に〈multitude of multitudes〉（複数）、すなわち「複数形の「マルチチュード」からなる一つの「マルチチュード」」[3]として表現される。その意味で、政治的考察において「複数形の「マルチチュード」」ではなく、「単数形の「マルチチュード」」への思考を基礎に置きつつ、構成的に政治的役割を担い社会を形成する集合体として認知される。「マルチチュード」が単数形か、複数形かは、日本語の言語基盤では問われず、明確にする必要がないので、なかなか自発的には意識しにくいが、「複数形の「マルチチュード」」からなる一つの「マルチチュード」〈multitude of multitudes〉（複数）は、「マルチチュード」の特質、基本義を明快に示している点で、とりわけ重要であり、注目すべきものであると考える。

二、魯迅と「マルチチュード」

抵抗主体としての「マルチチュード」と魯迅の闘い

「マルチチュード」のもつ重要な特質に、「共《コモン》」の力を通して主権を破壊する志向である」がある。この認識は、近代的主権、一者による統治を暴力的な自然状態「万人の万人に対する戦争」への終止符を打つ目的で作られた一つのフィクションとする基本認識、近代的主権の成立により政治秩序概念が誕生するとの思考に根差している。ネグリは、具体的には、リュシュアン・ジョームズによるホッブス理解に立ち、「人間は人間にとって狼である」という戦争状態に群衆が怯えて、代表する第三者に自らの力能をゆだねることを求め、そのとき選ばれた第三者の「権力」が群衆を市民に変え、市民はその力能を、生存権を除いて、すべて権力に委譲する。その群衆と市民の差異を、野生の領域と見なすところに、スピノザの「マルチチュード」の定義が生み出されていると考えている。(4) 戦争と死の脅威が「マルチチュード」を主権者の支配に従わせるための主要な道具であり、主権者による臣民の保護こそが主権者に対する臣民の義務の基礎となる。その意味で、近代的主権とは暴力と恐怖を終わらせるのではなく、暴力と恐怖をまとまりのある安定した政治秩序のなかに組み込むことにより内戦を終わらせ、主権者が暴力の唯一正当な発動者となるものとの見解が導かれる。この理解によれば、「マルチチュード」は、意志決定能力、服従の義務を基礎とする市民法の伝統的な考え方に対して、法に先立つ義務の観念を否定する考え方に転じる。「原則的に権力に対していかなる義務も負っていない。「マルチチュード」にとって絶対に欠かせないのは、不服従の権利と差異を求める権利である。「マルチチュード」の権利は恒常的かつ正当な不服従の可能性に基づいている。「マルチチュード」にとって義務が発生するのは自身の積極的な政治的意志の結果としての意思決定のプロセスにおいてのみであり、義務はその政治的意志が継続する間だけ維持される」[5]。しかも「マルチチュード」は、自らが政治制度上の権力を求めて自らが支配的権力の担い手になることはない、「マルチチュード」が恣意的権力を組織すれば、「マルチチュード」ではなくなる。きわめてラジカルな言説ゆえに、「マルチチュード」の破壊性、アナーキズム性に対して是非が論議される所以である。「マルチチュード」を無視しては、支配的権力（脱中心的ネットワーク権力たる「帝国」）は存在しえないが[6]、「マルチチュード」は、自らは支配的権力者、制度的主権者にならず、よりよき世界の構築を希求し、それを実現する力となる。既存の世界秩序を概念化し、規定し、枠づけるあらゆる営みを拒み、常に新たな世界を構築することを志向する原理として働く創造的な力、自らが支配的権力をもたず、より良き支配を生みだささるを得ないものとして迫る力、運動体となる。言い換えれば、「マルチチュード」とは、支配的権力をもたず、「支配的権力を動かす民」であり続ける「力」である。そこに権力の奪取に留まらず、社会の進化、発展を求めて、抵抗主体として社会変革を求め続ける魯迅の闘いと通底する非支配者、民衆の側の闘いの原型を読み解くことができる、と考える。

強大な権力と強靭な「弱者」の闘い――無頼の精神

では、命だけを財産とし、権力をもたない民は、どのように「殺されない者」として闘い続けることができるのであろうか。魯迅は、具体的な戦術論を提示しているわけではない。しかし、権力をもたない民、弱者の闘い方に示唆を与える手がかりは残されている。先にも挙げた「ノラは家出してからどうなったか」（一九二三年一二月二六日、北京女子高等師範学校文芸会における講演）で説かれたノラへの提言もその一つである。夫の傀儡であることに気づき家出したノラの行く末が、転落して娼婦になるか、家に戻るかしかないとする見解を引きあいにしながら、魯迅は目覚めたノラにもっとも必要なもの、自由のために必要なものは、ほかでもない、金、上品に言えば経済力であるから、家庭においてこれを求めて闘うことを勧める。世の中では小さな事に力を尽くす方が大きな事よりももっと面倒なものである。家庭での経済権の要求は、高尚な参政権や広大な女性解放といった要求と同様で、家の中で参政権を要求しても強い反対にあうことはないが、一度経済の均等配分を口にすれば、敵に直面することになり、熾烈な戦闘が必要になる。(7) ではその闘いはどうくり広げればよいのか、魯迅は、客に代金を要求して、一歩もひかぬ荷物運びの無頼の精神を挙げて、家で経済権の要求をすることを勧める。魯迅は言う。

世の中には無頼の精神というものがあります。その要点は粘り強さです。噂では「拳匪の乱」の後、天津の青皮《チンピー》、いわゆる無頼漢がのさばり、荷物を一つ運ぶと二元要求し、荷物が小さいと言っても二元要求し、道が近いと言っても二元要求し、運ばなくてもいいと言っても、なお二元要求したそうです。青皮《チンピー》はもちろんお手本にはなりませんが、その粘り強さは大いに敬服できます。経済権も同じです。そんなことは古臭いと言われても経済権をよこせと言います。卑しいと言われても経済権をよこせと言います。経済制度がまもなく変わるから、もう心配ないと言われても依然として経済権をよこせと言うのです。(8)

闘う方としてのねばり強さは本書第三章で、停滞する変革にいら立ち自らの命を犠牲にしても衝撃的な戦いにはしることも厭わないとはやる許広平に、中国のように麻痺したところでは、「せっかち」は損をこうむるだけでどのように犠牲になったところで自分を滅ぼすだけで、国に影響ない。麻痺した状態の国には、一つの方法「粘り強さ」が必要である。「粘り強くあきらめない」ことを徐々にやっていくしかないと諭していたことと重なりあう。強大な権力に圧殺されず、権力を持たない「弱者」が、圧倒的な力を誇る支配的権力と激しく、揺るぎなく闘うには、自らの生命を守りつつ、粘り強く、執拗に、強靭に自らの要求を迫り続けるしたたかな戦法には、支配者の論理にからめとられない、支配される側の論理――無頼の論理が求められる。ではそれを構築する根源となる思想形成は、どのようなものとして生み出されていったのであろうか。

三、闘う母性と民衆――「愛」と「共《コモン》」の世界へ

目指された世界「平民の世界」と「愛」の力

政治権力としての革命政権に与《くみ》しない魯迅の目標は、社会の分裂を促し、社会の変革を進めることである。では、魯迅が抱いた来たるべき社会とはどのようなものであったのか。魯迅にあって、来たるべき世界像、社会構想を具体的に示すまとまった言説は残されていない。しかし「革命時代の文学」において魯迅は、来たるべき社会の展望として「平民の時代」を想定し、さらに自分のことばをもたない「労働者、農民が解放されなければ、労働者、農民の思想は依然として知識人のものである。労働者、農民が真に解放されなければ、真の平民文学はない(9)」と記している。さらにたちどころには来ない「平民の世界」を目指すための手がかりの一つに、最晩年、当時親交のあった馮雪峰に対して、魯迅が今後書きたいテーマの構想として挙げた二つの課題がある。「母性愛」と「貧しさ」である。「魯迅先生、未完の著作」と題された一文の一段は、以下のように記されている。

……次は、母性愛について書くつもりだ。思うに母性愛の偉大さは、まさに恐るべしだ、ほとんど盲目的で……」。魯迅先生が談話中に母性、母性愛について語り出したのは実際一度ならず、数度とならず、ほとんど

しょっちゅう話していた。私はかつて、こう思っていた。彼が女性を尊重する理由の一つは、母性愛の偉大さのためであろう。これは彼がしばしばモダン女性が息子に父を与えないことを攻撃していたことからもわかる。ドイツの社会主義の女性画家コルヴィッツから母性愛に話が及んだこともしばしばあり、中国の農村の純粋で愛情深い老婦人のことから言い及ぶこともあった。彼が偉大な母性愛について書くと言ったのもまた一度にとどまらない。その次は貧しさについてだと、やはりいくども話していた。「貧しさは、決して良いものではない。貧しさを良いことだと思い込んできた観念を改めねばならない。貧しさとは弱さであるのだから。原始共産主義のごときは貧しさゆえのものだ。そんな共産主義なら我々は要らない」。また、私は彼がちょうどこんな風にも言っていたように思う。「個人の富はもとより良くない。しかし個人が貧しいことも良いわけではない。結局は、社会が前提となるのだから、社会が貧しくてはならないのだ」(10)。

ここで語られている「愛」は、母性愛であるが、魯迅自身は母性愛そのものへの敬意だけでなく、母性愛の内にある人を育む力――「無私の愛」のもつ人を育む力に大きな可能性を認め、その力を注視していることが窺える。

本書第二章で取り上げたように、五四時期の魯迅は、覚醒したものから自らの子女を解放していくことを求める子女解放論を唱え、子女の誕生と同時に生まれる父母の愛は深く長きにわたり、子女も大同に至らず相愛の差異のある世界で、父母をもっとも愛しもっとも関心をもつから、両者はすぐに離れられない、愛でも繋ぎ止められない者なら、いかなる「恩義、名分、天経、地義」の類でも繋ぎ止められはしない、と述べていた(11)。儒教の教義に対峙するものとしての「愛」を語ったものだが、親子観の愛情を情緒的な視点からではなく、人間関係を動かす機能的な力として理解されている点に特徴を読み取れる。特に、五四時期の『吶喊』、『彷徨』に収められた小説作品に描かれた母親像、寡婦の子どもに注がれる無私の愛は、魯迅が自らの人生における実母魯瑞への感謝と呪縛にさいなまれながら、四五歳にして「聖なる母の息子」から一人の自立した男性として歩みだす母子分離の試練を経た後の思想的到達点、熟成ゆえに生み出されたものと言えよう。最晩年に、身近で内心の思いを斟酌なく、それなりに吐露できた馮雪峰に、打ち明けたという執筆計画に挙げられた「母性愛」は、魯迅の思想構築の重要な要素として、認知されるべき位置づけをもつ考察対象、より一歩踏み込んでいえば思想概念であると考える。この理解を支える一つの例に、先に挙げた「マルチチュード論」のネグリの言説がある。ネグリもまた「愛」を思想的課題として認知することを提起する現代の思想家である。

世界変革の力としての「愛」の考察――ネグリの提言

未来世界に向けて、現代の民衆論を唱えるアントニオ・ネグリが、世界変革の力として掲げ、強く主張するのが「愛」の力、思想としての「愛」である。ネグリにおける「愛」は、「マルチチュード」の力能を結びつける不可欠のものである。帝国とマルチチュード論の三部作『コモンウェルス』には、「愛」について、以下のような一段がある。

　愛とは感傷に満ちみちた言葉であり、とうてい哲学的言説―ましてや政治的言説―にふさわしいとは思えない。愛について語るのは詩人にまかせておけ、と多くの人はいうだろう。彼らにたっぷりその温もりに浸らせておけばいいのだ、と。
　けれども私たちは、愛こそが哲学と政治にとって欠かせない概念だと考える。愛について深く探求し、愛を発展させようとしてこなかったことが、現代思想の弱点の最大の原因の一つだと見ている。愛を聖職者や詩人や精神分析医にまかせるのは賢明なことではない。ならば頭のなかの大掃除をして、愛を哲学的、政治的言説

にふさわしくないものにしている誤った考え方を一掃すること、愛の概念を再定義して、その有用性を示すことが必要だ。(12)

愛を哲学的、政治的概念として理解するためには、まず貧者の視点に立ち、貧困のうちに生きる人々の間でいたるところに存在する、無数の社会的連帯と社会的生産の形態について見ていくことが有益だろう。(13)

愛とは「共《コモン》」の生産と主体性の生産のプロセスだということにある。(14)

ネグリによって提起される民衆力、社会変革を推進する上で欠かせない力となる「愛」とは、文学世界に託されたロマンではなく、まさに権力と闘い、民衆の時代を創造する思想課題として、機能として認知される力である。

至高の人間性としての母性愛、慈しみと戦闘の母性

文学者魯迅がとらえる「愛」も現代の革命論者アントニオ・ネグリ同様、詩人に託されるロマン、情緒的概念ではなく、人間世界をつくる現実的な力、社会的な力として、機能的に把握される力である。では、その力はどのような社会的な力として構築されるものであろうか。

魯迅の場合、これまでに本書が考察してきたように魯迅の母性観、母性愛の概念形成に大きな影響をもたらした人物の筆頭に実母魯瑞がいる。慈母であり男手を失った一家の女主《おんな》として、大家族制度のなかで、一族の圧力に屈することなく、長男魯迅と支え合いながら、息子たちを育て上げた気丈さ、進取の気概に富み、旧世代の女性でありながら自ら文字を学び、断髪にし、纏足を解き、時事問題さえも論じたという闊達な魯瑞は、家庭という基盤の

上で、慈しみと戦闘性をも備えた人物であったと評せれる。魯迅が「今ならさしずめ女英雄だと」評した女性像、人物像の持ち主である。しかし、晩年、社会権力との不退転の闘いの道を選び、歩み出した魯迅に、実母魯瑞に劣らぬ衝撃的といえるほど強い影響を与えた母親像がある。それは、母という役割を担い、その役割ゆえに、子どもの生命を慈しみ、守る母親として、社会権力と対峙し、不退転の闘いを貫いたドイツの版画家ケーテ・コルヴィッツ（一八六七～一九四四年）である。

魯迅のケーテ・コルヴィッツの版画との出会いの契機は、左聯五烈士の一人として突然逮捕処刑された魯迅の信頼する若手作家の柔石の死と深く関わる。外国語版画の紹介に力を注いでいた柔石は、生前にケーテ・コルヴィッツの作品に注目し、作品集をドイツから取り寄せていた。しかしその版画集が中国に到着するのを待たず、国民党政府の共産党狩りの白色テロ戦術に見舞われ、突然逮捕され、闇のなかに葬られるように、人知れず処刑された。魯迅はその救済に力を注ぐも逮捕後の確たる情報もないまま、突然悲報を得ることになった。柔石には、盲目の母親がおり、魯迅は老いた母親が息子を失う悲しみを悼み、柔石の死を追悼するために、ドイツの書店の目録で見た母親が悲しげに眼を閉じて、自分の子どもを差し出している版画「犠牲」（木刻連環画「戦争」の第一図）を、雑誌『北斗』（一九三一年創刊後まもなく停刊）の創刊後に載せた。中国で最初のケーテ・コルヴィッツの紹介となったものである。その後、魯迅は、注文者の柔石が手にすることにできなかった『ケーテ・コルヴィッツ作品集』（一九三〇年）を手にして、次のように述べている。

　このコルヴィッツ教授の版画集はまさにヨーロッパから中国に向かう途上にあるが、上海に至ると、熱心な紹介者はもう地面のなかに眠っており、我々はその場所さえ知らない。けっこう、私が一人で見ることにしよう。ここには、貧困、疾病、飢餓、死亡……があり、自ずから抗いと闘争がある。しかし比較的少ない。これはまさしく作者の自画像のように、顔には憎悪と憤怒があり、さらに多くの慈愛と憐みのごとくと同様だ。これらはすべて「虐げられ、損なわれた者」の母の心の図像である。こうした母親は、中国のまだ爪を赤く染めていない田舎では、よく見かける。(15)

这时珂勒惠支教授的版画集正在由欧洲走向中国的路上，但到得上海，勤恳的绍介者却早已睡在土里了，我们连地点也不知道。好的，我一个人来看。这里面是穷困，疾病，饥饿，死亡……自然也有挣扎和争斗，但比较的少；这正如作者的自画像，脸上虽有憎恶和愤怒，而更多的是慈爱和悲悯的相同。这是一切〝被侮辱和被损害的〞的母亲的心的图像。这类母亲，在中国的指甲还未染红的乡下，也常有的，然而人往往嗤笑她，说做母亲的只爱不中用的儿子。(15)

闇から闇に葬られるように虐殺された柔石の老いた母の愛に痛恨の思いを抱いた魯迅は、本人亡き後に届けられたケーテ・コルヴィッツの描く、慈しみ、抗い、憤怒のたぎる母性像、民衆像に感銘と敬意を抱く。そして、柔石の死から五年後の一九三六年五月、魯迅はケーテ・コルヴィッツの版画集（一九三〇年）に、感動と啓発を受け、死へ向かう病の中で、自らが題字、版画集のデザインを手掛けて出版するにいたる。

ケーテ・コルヴィッツの世界への共鳴

魯迅が出版した『ケーテ・コルヴィッツ版画選集』（上海・三閑書屋）には、親交のあったアメリカのジャーナリスト、アグネス・スメドレーを通じて魯迅が購入したオリジナル版画の原版二一点の内の一六点を含める二一点からなり、仲介の労をとったスメドレーが序文を寄稿している。収録された作品は、コルヴィッツの代表作「織工蜂起」、

「農民戦争」、飢餓に見舞われる子どもの姿が鮮烈な印象を与える「パンを！」、「ドイツの子どもたちは餓えている」など、まさにコルヴィッツ作品の精髄、民衆の生存と闘い、育みと、闘う母性を伝える作品群である。一つ一つの版画には、魯迅による丁寧な紹介が付され、魯迅自身の感動と感銘、啓発による思いが凝縮されている。そして魯迅は、「この作品集を開いてみれば、彼女が深く、広い慈母の心を持って、一切の侮辱され、損なわれた者のために、悲しみ、抗議し、憤怒し、闘争したことがわかる。取り上げた題材は、おおかた困苦、飢餓、流浪、疾病、死亡だが、叫び、抗争、団結、奮起もある」〈只要一翻这集子，就知道她以深广的慈母之爱，为一切被侮辱和损害者悲哀，抗议，愤怒，斗争；所取的题材大抵是困苦，饥饿，流离，疾病，死亡，然而也有呼号，挣扎，联合和奋起〉と述べ、さらにプロレタリア芸術評論家永田一脩のケーテ・コルヴィッツ評を紹介し、「人類を搾取する者に対する限りない「憤怒」であり（中略）彼女がどんなに陰鬱であろうと、どのように悲惨であろうと、決して革命的でないことはない。彼女は現在の社会が変革される可能性を忘れてはいない」〈这是对于榨取人类者的无穷的〝愤怒〟（略）蓼莪。然而无论她怎样阴郁，怎样悲哀，却决不是非革命。她没有忘却变革现社会的可能〉（『ケーテ・コルヴィッツ版画選集』序及び目録[16]）と記している。

なお、この版画集に収められた作品の大半は、一九一四年最愛の息子ペーターを第一次世界大戦で亡くす前、彼女が革命にも幻想を抱いていたと自認する以前の代表作だが、魯迅は、収録できなかった初期の反戦版画「再び戦うな！」にふれ、その子どもたちが生きていれば、二〇歳過ぎの若者に育ち、戦争の餌食に駆り立てられているはずだと、彼らの死に対するこだわりを示している。ケーテ・コルヴィッツ自身は、息子の死後、愛する者を死の戦いに送り出す母のヒロイズムにこだわり、従来の反戦思想をより強め、作品『戦争』などを描き続けている[17]。

コルヴィッツの作品世界の大きな特徴は、ほかでもない魯迅が葛藤した「生と死」の抗争であり、生命を奪う社会の暴挙と暴政、戦争という暴力への闘いである。その暴力に抗して、生命を守り、育むことに立ち向かう「虐げられ、損なわれた人々」の抗いの姿である。それは、「生存」にこだわり文学者としての使命の根底に、殺されぬ者と規定されながら、殺されない者として生きぬく覚悟をもち、権力をもたない被支配者の側に身を置き続け、生存権と発達権を求める文学者魯迅の闘いに深い共鳴を与えるものであった。自らが、愛する息子を死においやったことを譴責するコルヴィッツは、母性の持つ社会的役割に深い懐疑と洞察をもち、主題と作風に変化を生じている。魯迅は、コルヴィッツ作品の購入と、連係の役割も果たしたスメドレーが、魯迅編『ケーテ・コルヴィッツ版画選集』の序文で、述べたことを、遺言七箇条を記した「死」（一九三六年九月五日、『且介亭雑文末編』「附集」一九三七年）の冒頭に引用している。

長い年月、ケーテ・コルヴィッツは、一度も彼女に贈られた肩書きを利用したことはなかった——大量のデッサン、スケッチ、鉛筆とペンによるスケッチ、木版、銅版を残した。これらを研究してみると、二つの主題が支配していることが示されている。彼女の初期の主題は、反抗であり、晩年は母性愛であり、母性の保護、救済、及び死である。そして彼女のすべての作品を覆っているのは、受難であり、悲劇であり、被圧迫者を保護する深く熱い意識である。

ある時は私が彼女に訊ねた。「以前、あなたは反抗の主題を用いていましたが、現在はあなたはいささか死という概念から逃れられないように見うけられます。それはどうしてなのでしょう？　たいそう苦しそうな語調で、彼女は答えました。おそらく私が一日、一日老いていくからなのでしょう？……」。

许多年来，凯绥・珂勒惠支——她从没有一次利用过赠授给她的头衔。——作了大量的画稿，速写，铅笔作的和钢笔作的速写，木刻，铜刻。把这些来研究，就表示着有二大主题支配着，她早年的主题是反抗，而晚年的是母爱，母性的保障，救济，以及死。而笼照于她所有的作品之上的，是受难的，悲剧的，以及保护被压迫者深切热情的意识。

〝有一次我问她：〞从前你用反抗的主题，但是现在你好像很有点抛不开死这观念。这是为什么呢？〞用了深有所苦的语调，她回答道，〞也许因为我是一天一天老了！〞……〞(18)

続けて魯迅は、自ら死に対する感じ方をあげて、一〇年あまり前には、自分が死についてあまり深刻に考えていなかったこと「おそらく我々の生死は、すでに人々が気ままに処理して、取るに足りないものと見なして、自分でも適当なものと見なして欧米の人のように真剣にならなくなっていた」(19)〈但回忆十余年前，对于死却还没有感到这么深切。大约我们的生死久已被人们随意处置，认为无足重轻，所以自己也看得随随便便，不像欧洲人那样的认真了〉とも述べている。すでに疾病を抱え、治療にも関わらず悪化と小康を取り戻すような状況のなかで、死を身近なものと感じていた魯迅の状況と重ね合わせ、魯迅の版画運動について研究する奈良和夫は、魯迅が引用したスメドレーの序文と続く魯迅の自らの「死」に対する叙述をもとに、「病気をおしての『版画選集』刊行の魯迅の心の内部は、以上のような状況であった。「生」と「死」を有機的に結合したものとして凝視していた魯迅は、ケーテ・コルヴィッツの作品に触れ、あらためて自己自身の死を見つめながら、一方で印刷された版画を一枚一枚製本しながら「生」をかみしめていたにちがいない」と述べている。(20)逝去の一か月半ほど前に、死を本能的に感じた魯迅が自らの死を呼び起こして、スメドレーがケーテ・コルヴィッツと交わした対話を手元に引いた背景には、確かに、魯迅自身の自己の生と死を見つめる内的な契機の熟成が推察される。同時に権力と対峙し、闘争するなかで、社会的な「死」を見つめてきた魯迅が、「人々が気ままに処理して、取るに足りないものと見なしてきた」がゆえに「自分でも適当なものと見なし」ている死について語っていることに留意したい。さらに、魯迅は同じくケーテ・コルヴィッツを取り上げた「深夜に記す」の「非公開の死」では、「暗い部屋で幾人かの虐殺者の手で生命を失うことが、衆人の前で死ぬよりもきっと寂しい」[21]とも語っている。ケーテ・コルヴィッツが生み出した「生」と「死」、社会と対峙し闘う母性、戦闘的な育みと闘う母性像、母性愛が魯迅の闘争に与えた共鳴と触発の契機に着目した考察の深化が求められる。

木刻運動と平民の世界

マルクス主義を相対化し、革命政権を政治と見なし、自らは奪権なき革命者として、社会の分裂による進化を推し進めるものと位置づけた魯迅は、さきに挙げた一九二七年の「革命時代の文学」で、これからの文学について語る際に、革命の結果訪れる社会を「平民の世界」[22]と語った。

「平民の文学」についての発言が講演記録の三分の一を占めながら、この講演で、魯迅は、中国における新しい創造的な文学の方向として、ソビエト・ロシアの文学、そして世界にまだないという「平民の文学」への期待と現在の状況を提示している。それは、中国にも世界にもまだない平民の文学であった。魯迅のいう「平民の文学」とはどのような文学なのか、最後にもう一度振り返っておきたい。

現在においては、平民―労働者・農民―を材料として、小説を作ったり、詩を書いたりする人がいて、我々もまた平民文学と呼んでいますが、実は平民文学ではありません。なぜなら平民はまだ口を聞いていないからです。これは他の人が平民の生活を傍らから見て、平民の口ぶりに仮託して言っているだけのことであります。目下の文人は幾分貧しいですが、しかし労働者、農民に比べればどうしたって豊かです。そうだからこそ勉強する金があり、文章を書けるのです。ちょっと見たところは平民が話しているようですが、実はそうではありません。これは本当の平民小説ではありません。[23]

現在の中国の小説と詩は他の国には比べようがありませんが、いかんともしがたくこれを文学と称していますが、革命時代の文学は語るに及ばず、ましては平民文学を語るには及びません。現在の文学者は知識人の文学であり、もし労働者、農民が解放されなければ、労働者、農民の思想は依然として知識人の思想であり労働者、農民が真の解放を得てこそ、しかる後に本当の平民文学があります(24)。

ではその文字亡き平民のための文学は、どのようなものであるのか。どのように求められていくのか。魯迅は、先に挙げた「深夜に記す」で、ケーテ・コルヴィッツの版画集が、中国の若い芸術家に対して持つ利点を挙げ、その一つに

この画集があれば、世界には、なお実に多くの場所に、虐げられた人、損なわれた人がいて、我々と同じような友人であり、さらにこうした人々のために悲しみ、叫び、闘う芸術家がいることを知る。

有了这画集，就明白世界上其实许多地方都还存在着"被侮辱和被损害的"人，是和我们一气的朋友，而且还有为这些人们悲哀，叫喊和战斗的艺术家(25)。

平民の社会を求めながら、なお平民自身が自らの文化を創造する担い手たりえぬ時、より正確に言えば、平民の世界を求め、実現するために、文化を担うのは、トロツキーによれば、プロレタリア階級の芸術家ではなく、革命までの同伴者である、同伴者作家たちであった。しかし、文盲が人口の大半を占める中国にあって魯迅が、注目したのは木刻、版画であった。ソビエトの版画集を始め、版画芸術作品の紹介と中国の木刻、版画作家、育成に力を

注いだ魯迅にとって、母性愛は、母性の社会的役割を反芻しながら、新たな平民の世界の創造に向けて――明日に向けて歩み出す人間、「人」としての力の原点、基盤であったといえよう。慈しみの母性愛と闘いの母性とは、女性の役割としての母親の存在を越えて、あるべき人間性として、民衆の力として希求され、構築される思想となるものと思う。

「愛」と「貧」と「共《コモン》」

奪権を求めず、支配的権力に対峙し続ける終わりなき革命を目指した魯迅の時代は、ロシア革命が起き、マルクス・レーニン主義による共産革命が変革のシンボルとなり、平民の世界を求めて、世界が歩みだした時代である。魯迅は、マルクス主義に深く学びつつ、権力論においてそれを相対化し、平民の時代を希求しつつ、あらゆる社会的権力への揺らぐことのない戦いに挑み続ける道を選んだ。

政治革命家、思想家ではなく、文学者としての存在を求めた魯迅は、ネグリらが提起する支配的主権の破壊、革命後の制度論を視野に入れた革命論、権力認識までを思想的に構築していたわけではない。魯迅が提示《くみ》したのは、革命政権樹立後、革命が政治に転化し、権力となることを認知し、革命後の支配的権力たる革命政権に与せず、これと対峙し、さらなる社会の変革を希求する終わりなき闘いの道である。その闘いの道、権力の奪取なき闘いは、まぎれもなく、現代のそしてこれからの民衆の時代を切り拓く力としての民衆、国家、地域の枠組みを越えて、人類の一員としての生存と発達、自己の幸福を求める複数の「マルチチュード」、――〈multitude of multitudes〉による変革の道へと重なり合う。魯迅の母性愛に象徴される無私の育みの「愛」への信頼と「貧しさ」を拒否する志向は、ネグリが主張する「愛」との異相性をはらみながら「共《コモン》」の世界による世界変革を求めることにおいて深く通底している。魯迅が実現を願い、追求しようとしていた民衆の側に立つ永続的な社会変革の課題は、今まさに、現代の民衆革命の時代が、明日に向かう新しい社会創造という歴史軸の上に展開されようとしている、あるいはさらに一歩踏み込むならば、近代中国に生まれた魯迅と魯迅の時代が残した課題が、「マルチチュード」による「共《コモン》」の世界の実現に向かって歩み出し、現代の我々に引き継がれ、展開されようとしていると、言いえるのではあるまいか。

現代を生きる我々の時代に共に生きる魯迅の姿、「現在における魯迅像」を見出すものである。

【注】

（1）「マルチチュード」についての著作は本書「はじめに」の注1参照。本稿は、ネグリの唱える哲学的思想的な「マルチチュード」論をそのまま考察するのではなく、魯迅の思想を分析する視点、概念として、抵抗主体としての「マルチチュード」の基本義に着目している。

（2）『「マルチチュード」論――〈帝国〉時代の戦争と民主主義』（下）、六三～六五頁。

（3）同上、一四、六六～六七頁。

（4）アントニオ・ネグリ『Spinoza L, anomalia Selvaggia』一九八一年（『野生のアノマリー――スピノザにおける力能と権力』杉村昌昭、信友建志訳、作品社）、訳者あとがき、二〇〇八年。

（5）『「マルチチュード」論――〈帝国〉時代の戦争と民主主義』（下）、二三七頁。

（6）アントニオ・ネグリ『Goodbye Socialism』二〇〇六年、廣瀬純訳『未来派左翼――グローバル民主主義の可能性をさぐる』（上下）ＮＨＫ出版、二〇〇八年ほか。

（7）「娜拉走後怎様」一九二四年八月、『墳』所収、『魯迅全集』第一巻、一六二頁。

（8）同上。

（9）「革命時代的文学」、『魯迅全集』第三巻、四二二頁。

（10）馮雪峰「魯迅先生計画而未完的著作――片断回憶」『一九二八至一九三六年的魯迅・馮雪峰回憶魯迅全編』上海文化出版

社、二〇〇九年、一八九頁。
(11)「我們現在怎様做父親」『魯迅全集』第一巻、一三七頁。
(12)『コモンウェルス』(上)、二八五〜二八六頁。
(13)同上、二八六頁。
(14)同上、二八七頁。
(15)「写于深夜里」一九三六年四月四日、『且介亭雑文末編』一九三七年、『魯迅全集』第六巻、五〇〇頁。
(16)「『ケーテ・コルヴィッツ版画選集』序及び目録」『且介亭雑文末編』一九三七年、『魯迅全集』、第六巻、四七一〜四七二頁。
(17)『種子を粉にひくな──ケエテ・コルヴィッツの日記と手紙』(鈴木マリオン訳、同光社磯部書房、一九五三年)一九一四年八月二七日、一九二〇年一月一日ほか。小野田耕三郎「魯迅とケーテ・コルヴィッツ」(『北斗』二号、一九五四年)参照。
(18)「死」一九三六年九月五日、『且介亭雑文末編』「附集」一九三七年、『魯迅全集』、第六巻、六〇八頁。
(19)同上、六〇八〜六〇九頁。
(20)奈良和夫「魯迅とケーテ・コルヴィッツ」(内山嘉吉・奈良和夫『魯迅と木刻』一九八一年、研文出版、二七七頁)。
(21)注15「写于深夜里」五〇二頁。
(22)「革命時代の文学」(一九二七年四月、前掲『而已集』、『魯迅全集』第三巻、四一七頁)。
(23)同上。
(24)同上、四二二頁。
(25)注15「写于深夜里」五〇〇頁。

補論1　魯迅の祖父周福清

（魯迅の祖父周福清試論——事跡とその人物像をめぐって〔増補版〕）

はしがき――旧稿再録にあたって

魯迅のジェンダー観、弱者観の形成に大きな影響を与えた祖父周福清に関する補足資料として、拙稿「魯迅の周福清試論――事跡とその人物像をめぐって」（一）・（二）（『猫頭鷹――近代中国の思想と文学』第六号・第七号、一九八七年、一九八九年、新青年読書会）の増補版を、本書の補論として収録する。当初、旧稿が発表年から経過年数が長く、大部でもあり抜粋して収録するつもりであったが、その後の周福清をめぐる研究を見るところ、広範囲に及ぶ詳細な調査により、大量の資料を提出した論考があるものの、周福清考察の根幹となる基本事項については、拙稿を発表した八〇年代末までの内容に大きく変更を迫るような重要資料、見解は見出されない。[1]特に周福清の人物像については、今なお拙稿以外にまとまった論考が見られず、旧稿で提起した考察が現在も基本的な意義を失っていないため、人物像と事績を考察した旧稿すべてを、できるかぎり旧稿の形を残しながら、本書に収めることにした。

再録にあたり、旧稿発表時から、増加した関係資料のうち、周福清の事績と人物像の考察に直接関わるものは必要なかぎり取り入れたが、周福清の事績、人物像については、旧稿で筆者が提起した観点は、基本的に改めていない。ただ魯迅の周福清観（「おわりに」）については、旧稿では熟成していなかったジェンダー観の形成に対する影響を十分読み取れていなかった点を補い、魯迅の生涯にわたる沈黙の意味について若干補正、加筆した。[2]本格的な周福清論は、あらためて上梓するつもりであるため、本論はあえて試論のままとした。

なお、増補版として本書に収録するにあたり、従来雑誌掲載にあたり、（一）と（二）に分割していたものを一本にまとめ、注記番号、文字表記、語句、文言の一部も整備した。

【注】

（1）周福清の事績と人物像については、松岡俊裕氏（旧姓村田）に以下の論文がある。第一論文「魯迅の祖父周福清―いわゆる科挙不正事件をめぐって―（上・下、補1、補2）」（『野草』第二四号（一九七九）、第二九号（一九八三）、第三二号（一九八四）、『中国近代文学研究』創刊号（一九八七年））著者名村田俊裕、以下松岡第一論文とする）、第二論文「魯迅の祖父周福清攷――その家系、生涯、及び人物像について」（（一）～（一二））『東洋文化研究所紀要』、一一四、一一五、一一九、一二〇、一二二、一二五、一二八、一三二、一三四、一三五、一三七、一四〇号、一九九一～二〇〇〇）、「魯迅の祖父周福清攷――その家系、生涯について」（第二論文に終章を加えた北海道大学提出博士学位論文、二〇〇五）で、これに先立ち周福清について記した「魯迅の罪の変容」（『伊藤漱平退官記念中国学論集』、汲古書院、一九八六）があり、ここで示された周福清の人物像が結果的にその後の論文の基礎となっている感を否めない。第一論文について筆者は、旧稿で異見を提出したが、特に反論はなく、その後「全面的に書き改める」として、人物像を考察対象に組み込んだ第二論文が執筆されたが、最終的には、人物像は今後の課題となり、題名からも削除した形で学位論文となった。学位論文は、第二論文に若干の資料補充、訂正を加えているが、膨大な調査による大量の資料収集、長文掲載可能な条件を生かした原文と翻訳の収録などにより、網羅的かつ詳細な論考となっている。ただ周辺資料が多く、それまでの周福清の事績、人物像を大きく塗り替えるような新資料は見られない。もともと周福清については、内面の判断に踏み込めるような資料がほとんどなく、事績による考察と伝聞資料が主とならざるを得ない。松岡論文では、特に実証的根拠がないまま、考察者の考え、思いから周福清の内的決断に関わる推察、推断をするため、実証性を持たない人物像が生まれることになり、整合性に欠けるところが少なくない。学位論文の審査評でも人物像が問題とされ、今後の課題として指摘されている。官位への執着、官界への出世を求める人物と見なす松岡氏の周福清像は、筆者と異なる点が多い。相違点、及び拙論への異見については、事績、人物像を論ずるにあたり、とくに必要と思われる場合は本稿の注などで取り上げる。

（2）現時点では、周福清が魯迅にもたらした思想形成についての考察はなお全面的に展開するにいたらない。本稿を収録した本書では、男性の女性に対する加害者性、歴史的、社会的な男性存在の意味を認知するジェンダー観の形成に、とりわけ深い影響を与える契機をもたらした点のみを取り上げた。

はじめに

魯迅の祖父周福清は、道光年間に生まれ、三〇余歳で進士に合格、翰林院庶吉士を経て知県に任命された。しかし着任後四年にして、弾劾を受けて罷免され、都に出て、下級官職内閣中書の官を買い、京官となった五六歳の時、母親が死亡。服喪のために離職して帰郷し、間もなく息子伯宜（魯迅の父）と親戚友人の子弟のために、贈賄により合格を依頼する科挙不正未遂事件（以下、不正事件とする）を起こし、未決死刑囚「斬監候」とされた。

この事件の後、魯迅一家の家運は大いに傾き、引き続く伯宜の発病もあいまって、経済的に破綻した。不正事件の年に数え年一三歳であった魯迅は、一時母の実家にあずけられ、時に乞食とまでよばれた。また父の発病後は治療費などのために、蔑みを受けながら質屋通いをすることにもなった。こうした一家の没落、経済的破綻は、「魯迅の屈辱体験」として、伝記上、少年期の思想形成に与えた影響が特記されてきた。

自らの精神的軌跡を語る『吶喊』自序の中で、魯迅は、「まずまずの暮しむきにいた人が貧窮に陥れば、そのなかで恐らく世間の人の真面目を見ることができるだろうと思う」と語り、一九三五年の蕭軍宛ての手紙では、「この頃、私は、封建社会の中で坊ちゃんでありました。金銭を軽蔑したのも、その当時のいわゆる『読書人家庭』の通性です。私の祖父は役人で、父の代になってから貧しくなりましたから、私は、実は「没落家庭の子弟」なのです。けれど私は、父が貧乏になり（彼は金を儲けることが出来ませんでした）、そしてそのためにいろいろなことが分かるようになったことをたいそう感謝しています」と述べている。家の困窮、没落の体験は、世間の人の真面目を味あわせ、世間を理解させた体験として、彼においては積極的な意義を持っている。しかしその困窮、没落をもたらした原因については、「私が一三歳になった時、我が家は一大変事に見舞われ、ほとんど何もなくなってしまった。私はある親戚の家に寄寓し、時に乞食とまでよばれた」（「著者自叙伝略」、一九二五年『集外集』）と語っているだけで、変事の内容も変事そのものが自己にもたらした内的影響についても、何も語っていない。語られているのは、変事の結果として家産がなくなったこと、一時親戚に身を寄せ、乞食よばわりされたということだけである。

事件そのものの体験と事件の結果生じた境遇の体験とは、混同されやすいが異なる。魯迅が一貫して語ったのは、事件がもたらした結果としての家の没落とその意義であり、事件そのものの体験は沈黙の中に取り残されている。何故魯迅は、この事件について、何も語らなかったのであろう。事件そのものは、魯迅の中で意義を持つ体験とはならなかったのであろうか。それとも事件そのものの中に、語れぬ事情が潜んでいたのであろうか。いや事件そのものだけではない。それを引き起こした祖父についても、魯迅は生涯黙して語らなかった。祖父を語れば事件を語ることになる。事件を語れば祖父を語ることになる。黙した原因は、いずれにあったのであろう。事件との関係だけでなく、その人について、魯迅が沈黙した祖父の存在は、大きな謎である。

本稿は、そうした前提のもとに、祖父周福清の存在を探り出し、その事績、人柄、行状などをめぐる逸話によって、その人間像を構成しようと試みたものである。なお、本稿の周福清に関する期日は、すべて陰暦を用いた。

序章　周福清研究と周福清

魯迅の祖父周福清の存在は、長い間多くの謎に包まれていた。しかしその一方で、科挙不正事件の人物として、かなり早い時期から様々に取り沙汰され、話題にされてもいた。従来の研究過程で、周福清がどのように取り扱われ、また語られていたのか。それを述べることが、そのまま周福清の人となりを理解する手掛かりにもなる。まずはじめに、周福清に関する研究史を振り返ることにする。

一、周福清研究の経過

科挙不正事件に関する記述が、魯迅関係の文献に登場するのは、思いのほか早い。魯迅自身が校閲したという増田渉の「魯迅伝」(『改造』第一四巻　第一号、一九三二)(1)には、魯迅一三歳の時の変事が、翰林学士を勤めた祖父の下獄事件であったと記されている。恐らく事件に関する最初の記述であろう。しかし下獄の理由については、何も語っていない。このように下獄事件について言及しながら、その真相に触れぬ記述は、中国においても三〇年代末まで続いている。許寿裳の「魯迅先生年譜」(『新苗』第一八期、一九三七)(2)、事件に関する伝聞を始めて記したと思われる無名の「魯迅的家世」(『文芸陣地』第四巻第一号、一九三九)(3)など、いずれも事件の内容については、堅く口を閉ざしている。

事件の真相が世に公表されるのは、孫伏園の講演記録「魯迅的少年時代」（『抗戦文芸』第七巻第六期、一九四二）[4]からであろう。紹興の老世代の口述を基にしているため、史実上の不正確さは否めないが、科挙不正事件の顚末を具体的に述べている。このほか四〇年代には、事件の真相ばかりでなく、祖父の人柄や下獄生活を紹介した周作人（魯迅の次弟）、周建人（同末弟）らの回想文も発表されており[5]、周福清の個性的な性格が知れるようになる。

五〇年代になると、周福清に関する文献が続出する。その大きなきっかけは、一九五三年に周作人の著作『魯迅的故家』（以下『故家』と略記）[6]が出版されたことである。これ以降の周福清及び不正事件に関する文献の多くは、ほぼこの『故家』を手掛かりとし、これに訂正、補充を加える形で考察を進めていた。『故家』の史実に、最初に訂正を加えより詳細な記述をしたのは、一九五七年台湾出版の『大陸雑誌』（第一五巻第一二期）に掲載された房兆楹「関於周福清的史料」[7]、そして某新聞に発表されたという髙伯雨「魯迅的祖父周福清」と「再談周福清」[8]である。これらはいずれもこの時点で、『同治辛未科会試同年歯録』、李慈銘『越縵堂日記』、『光緒朝東華録』などの資料を使用し、これにより周福清の事績、特に科挙不正事件の審判過程を明らかにしている。また五七年には、周作人自身も『魯迅的青年時代』（以下『青年時代』と略記）[9]で、祖父の知県罷免問題や不正事件について再述し、その祖父像をより鮮明にしている外、その前年五六年には、許欽文の『魯迅的幼年時代』[10]も見られる。なお『故家』と前後して周建人の『略講関於魯迅的事情』（一九五四）[11]も出版されているが、こちらは『故家』ほどの反響を呼び起こさなかったようである。

五八年、五九年には、周福清研究の上で貴重な資料となる二つの文献が記されている。周一族の家譜をはじめとする郷土資料を発掘し、独自の角度から周福清の生涯を考察した陳雲坡の論考「魯迅的家乗及其軼事」（未刊行、一九五八）[12]、周福清に関する逸話を多数紹介した周観魚（周一族の一人）の『回憶魯迅房族和社会環境三十五年間

（一九〇二〜一九三六）的演変』（一九五九）[13]である。しかし両者の著述が、正規に出版されるのは、二〇〇〇年代にはいってからで、未刊行、中国国内向け限定発行（内部発行）であった期間が長いだけに、発表当時は広く注意を集めるに至らず、研究に活用されるのは後年のことである。[14]

七〇年代後半、「文化大革命」終息期以降になると、内外の新聞雑誌に相次いで周福清の不正事件関係の記事が発表された。[15]しかしこれらの記事内容自体は、七八年香港の台湾系雑誌『大成』（第五九期）に掲載された高陽の「魯迅心頭的烙痕――記光緒十九年科場弊案与魯迅的祖父周福清」[16]に、若干の資料補完と事件分析が見られるほかは、五〇年代にすでに明らかにされていた事実と大差ない。ただその中で注目されるのは、七九年『光明日報』に掲載された二編の記事[17]である。事件の事実内容に新たなものがないことは、他の記事と同様であるが、中国本土で初めて不正事件関係の真相が公開された点で特記される。また紹介された資料の一部が、「明清檔案資料館」（北京市、故宮博物院）で保存されていた上諭上奏文であったことは、その後檔案資料によって、周福清の事績が発掘される先がけになったといえよう。

八〇年代にはいってからの周福清研究には一層大きな進展が見られる。特に、これまでやや国外に遅れをとっていたと思われる中国に、新史料の発見、これに基づく事績研究が見られるようになり、周福清の事績考察が一歩深化する。姚錫佩「坎坷的仕途――魯迅祖父周福清史料補略」（『魯迅研究資料』七、一九八〇）[18]が周福清の買官、知県罷免問題にメスを入れ、秦国経「内閣中書周福清――新発現的関於魯迅祖父的檔案材料」（『故宮博物院刊』総一一期、一九八一）[19]が京官時代に光をあてた。いずれも従来の事績考察の中では、取り残されていた部分である。特に秦国経論文は、それまで職位や簡単な友人交流[20]のみが僅かな手掛かりであった、言わば空白の時代を埋めるものとして、画期的な史料紹介である。しかも発見された新史料は、勤務状況から給与明細までを含み、単に空白の歴史を明らかにし、履歴を詳細にしたというだけでなく、周福清の生涯、人間像を考える上でも意義深いものがあるといえる。

このほか、周福清に関する伝聞資料や事績資料を補充する論考、著述もあるが、特に重要と思われるのは、周建人の口述を基にまとめられた『魯迅故家的敗落』（一九八四、以下『故家的敗落』と略記[21]）である。従来祖父について断片的にしか語らなかった周建人が、唯一まとまった形で祖父を回想し、一家の没落問題に対する自己の見解を述べた本書の意義は、極めて大きい。特に本書には、これまで周福清の人間像を知る上で大きな役割を果たしてきた周作人、周観魚の著述には見られなかった周福清の別の側面が記されており、両者の見解に異議を示した点も少くない。これにより周福清の人間像が多様になるとともに、ともすれば定型化されがちであった従来の周福清像自体が客観的に見直されるきっかけにもなるものと思われる。以上が、主として香港、台湾、中国に於ける周福清に関する研究概況であるが、日本では、その後どんな進展があったのであろうか。古くは四〇余年前、竹内好が『魯迅』（一九四四[22]）で、魯迅と祖父との関係に着目し、祖父が魯迅に与えた影響を重視する発言をしている。しかしこれ以降、特に周福清その人を大きく取り上げ分析し、解明するといった論述は見られない。唯一まとまった論考として、松岡俊裕（旧姓村田）氏による一連の論考がある。第一論文は、「魯迅の祖父周福清——いわゆる科挙不正事件をめぐって——（上、下、補一、補二）」（『野草』第二四号（一九七九）、第二九号（一九八二）、第三二号（一九八四）、『中国近代文学研究』創刊号（一九八七））が挙げられる。「科挙不正事件をめぐって」と副題されているが、周福清の全般的事績紹介も兼ねて魯迅と祖父との関係も一応視点に入れられている。従来分散していた周福清関係の資料や研究を総合している点で、周福清研究の手びきとして便利である。しかし、周福清に対する考察としては大きな問題を含んでいる。というのは、あくまでも周作人の語る祖父像のみに依拠し、これを前提に立てられた論考なのである。この点が、周福清及び魯迅と祖父との関係分析にも少なからぬ影響を及ぼしている。なお主題である不正事件に関する考察の多くは、明記されていないが、上述した五〇年代、七〇年代の香港、台湾系の記事の中で、すでに述べられているものである。その後、この第一論文を「全面的に書き改め」るとして、「魯迅の祖父周福清攷——その家系、生涯、及び人物像について（一）～（一二）」（『東洋文化研究所紀要』、一一四、一一五、一一九、一二〇、一二一、一二五、一二八、一三二、一三四、一三五、一三七、一四〇、一九九一～二〇〇〇）、第三論文「魯迅の祖父周福清攷――その家系、生涯について」（第二論文に終章を加え、二〇〇五　北海道大学提出博士学位論文）の論考が刊行された。第一論文は、周辺資料を広範囲に細密化して調査したもので周辺資料を拡充し、周福清についても従来の不明点を補充する詳細な資料を提供しているが、周福清の事績、それに基づく人物像の考察に特に重要な意味をもち、従来の観点に大きな変更を迫るような資料は提示されていない。その意味では、八〇年代末から九〇年代の始めにかけて提起された周福清の重要資料は現在でも大きな変動がないことになる。なお、周福清の事績と人物像について、松岡論文と本稿では異なる見解が多い。異見、相違点は、論議を進めるにあたり、とくに必要な場合、注釈などで取り上げる（松岡論文については本稿「はしがき」注1参照[23]）。

以上のように解放後の中国、台湾などで、それぞれの経過を辿り、次第に深化して来た周福清研究は、八〇年代までは、ほぼ一家没落の原因となった科挙不正事件を解明することに主眼が置かれていた。ある者は黙して語らぬ魯迅の心の傷を探りあてようとし、ある者は思想形成の一要因としてこれを究めようとした。九〇年代は、不正事件に限らない資料を得ることにより、周福清論の新たな展開が問い直されうる地点に至ったのだが、その後、本格的な人物像はまだ提出されていない。

二、先行する周福清像

多様な資料を得て、八〇年代後半にはいってから、一段と飛躍が期待された周福清研究だが、内容的には事績発掘が中心で、特に、周福清の人物像を立ちいって分析したり、その上に立って彼と魯迅との関係を考察しようとする論考は、なお生まれにくかった。原因は、もちろん事績面で未解明な部分が多いためであったが、研究の視点そのものにも内因があったといえる。

すでに触れたように、周福清に関する考察が始められた動機は、魯迅に大きな影響を与えたと見られる一家没落の原因、科挙不正事件の真相を明らかにしようとする意図によるものであり、その後もほぼこの範疇で進められてきた。その中心課題は、当然事件の真相解明であり、その目的のために、事件の張本人たる周福清の経歴、事績もそれなりに追求された。そこにあって主要な関心は、周福清その人自身よりも、彼の引き起こした事件の内容や事件の結果たる一家没落の問題に向けられがちであった。周福清の存在を重視し、彼と魯迅との関係を追求しようとする視点そのものが、従来の研究課題の中からは、生まれにくかったといえる。

しかし、一家没落の真相を解明し、魯迅の思想形成の要因を考察する上で、重要なのは周福清その人自身の存在である。一家没落の原因として周福清をとらえる枠組から、彼をいったん解き放ち、一人の人間として見つめ直す視点が必要となる。周福清とはどのような人物であり、何故一家没落を招くような事件を引き起こすに至ったのか、そのような生きざまを持った人間の存在は、魯迅にどのような影響を与えたのか、こうした周福清の人間としての有り方をめぐる問いこそ、問われなければならない課題ではないだろうか。魯迅が沈黙し、語ろうとしなかったのもまさにこの問題にほかならない。

これらの問いを探求していく上で、不可欠となるのが、人間像の解明である。従来の研究過程で、周福清の人間像はどのように取り扱われていたのか。

これまでの所、研究者の間で形成されてきた周福清像の最大の特色は、近親者の回想録や逸話、伝聞を、余りに疑いなく信じ込みすぎていたことである。近親者が周福清を知り、交わった人々であるだけに、こうした状況が生まれるのも、やむを得ない面がある。しかし、そのために、彼の人間像の解明が一歩遠のいてしまったこともまた事実である。

周福清の回想を語った近親者の内、主だった人物は、上述した周作人、周建人、周観魚であるが、彼らの語る周福清像は、決して一様ではない。それぞれが周福清に接した時期、年齢、福清自身の状況に拠り、生ずる人間関係も、それへの理解も異なる。従って、それぞれの人物像をつき合せれば、違いばかりでなく、時に矛盾も生ずる。しかしそうした違い、矛盾がそれとして、意識されることはまずなかったようである。現在多く見られる周福清の評伝類も、こうした点を考慮することなく、回想録に記された逸話や行状を綴り合せ、それに事績資料を加える形で記されている。個々の逸話や行状に感想や解釈が述べられることはあっても、基本とする回想者における周福清像自体を問い直したり、検証するといった作業は、ほとんど行われていない。

各回想者の語る周福清像の特色、これに絡む問題は、事績考察を踏まえた上で、周福清像の再検証として、終章で取り上げる。そこで、ここでは事績考察を行うための前提として、これまでの文献類に見られる周福清像の大まかな特色についてだけ、述べておきたい。

まず台湾、香港、日本などの文献では、周観魚の書が一般的でなかったこと、或いは『故家』の与える印象が鮮烈であったためか、周作人の語る祖父像に拠って、周福清像を想定する傾向にある。初期にあっては、周建人の著作はあまり利用されていないようである。

周作人の著述中[24]に現われる祖父の行状は、かんしゃく持ち、痛罵癖、蓄妾問題、家に金を入れぬ人間といった風で、あまり好ましい人間とは言い難い。しかもこうした行状を持つ人物である上に、科挙不正事件を起こして一家没落の災いを招くのであるから、あまり良い祖父像が生まれて来ないのも当然であるかも知れない。前掲の松岡第一論文で、周福清を一家に嵐を巻き起こした一族にとって疎ましい人間とみなし、魯迅の嫌悪と憎しみの対象ととらえていることもそうした一例と思われる。しかし、香港、台湾系の文献にはこうした見解は、見られない。

この点は、中国においても同様である。特に資料の増加にともない、周作人の語る祖父像を、主に晩年の特徴に限定し、前半生には清廉で権威ぶらない真面目な官僚ぶりを強調する周観魚や周建人の著述を利用するものが多い。人柄では、かんしゃく持ち、気性の悪さという表現よりも、「屈強で気骨がある」「権威を恐れない」「恐れられるが親しまれる」といった表現が目につく。(25) また周建人の著述(26)から、家庭教育を例に、当時の封建的家長に比べ民主的であり、比較的進歩的であったという評価も定着しつつあるようである。このほか魯迅との関係でも、祖父が小説を読むことを奨励し、小説への興味を持たせた点を高く評価し、それと魯迅の小説方面での業績を関連づける見解も見られる。(27)

勿論、こうした肯定的な人間像や評価ばかりというわけではない。周福清を科挙と官僚に心を奪われた人間――「官迷」――と見なす見方もある。これなどは、科挙への執着の強さを強調した周観魚の著述の上に、官僚主義批判の政治風潮が関係しての人物論と思われる。

いずれにしても、一家の災禍の源、平和の破壊者といった当初の人間像や評価とは異った人間像が次第に生み出され、認められるようになった。七〇年代後半以降、周福清の良き官僚ぶりを伝える周観魚の著作が多用される傾向にあり、祖父に好意的な見解を示す周建人の『故家的敗落』も、八四年の出版である。周福清の人間像への変化が生まれ、且つ魯迅との関係にも、積極的肯定的に触れる傾向があることなど、「文革」後の魯迅研究の趨勢が生み出した一つの変化と考えることができる。

【注】

（1）冒頭を削り、佐藤春夫、増田渉訳『魯迅選集』（岩波書店、一九三五）に再録。『改造』版は一九三五年『台湾文芸』第二巻第一期に、岩波版は佐藤春夫作と誤認され銭浩編『魯迅文学講話』（文光書局、一九三七）に、訳出されているが、中国への紹介という点では、この伝及び佐藤春夫「原作者に関する小記」（『中央公論』五二八号、一九三二・一）に基づき記された井上紅梅「魯迅年譜」（『魯迅全集』改造社、一九三二）の方が早い（『世界日報』一九三三・六・三二掲載）。

（2）『魯迅先生紀念集』（文化生活出版社、一九三七）。京官であった周福清が、三月服喪のために北京から帰り、秋、事に因り下獄した、と記している。筆者が魯迅の親友であり、帰京と下獄の時期を記している点からみて、事件の内容を意識的に伏せた可能性が高い。

（3）京官であった祖父が事に因り、清朝政府より指名手配され自首したこと、及び事件の結着に関するかなり詳しい伝聞を記している。そうした記述内容からみて、事件の内容はすでに判明していたものと推察される。

（4）『魯迅先生二三事』（重慶作家書屋、一九四四）。魯迅逝去、五周年を記念する会合での講演記録。

（5）周作人「五十年前之杭州府獄」（『好文章』第三集、一九四八〇）、福清の下獄生活に付き添った周作人の回想、後に『知堂乙酉文集』（香港三育図書文具出版、一九六一）、『知堂回想録』（香港三育図書文具出版、一九七〇）に収められる。執筆は一九四五年、筆名丁鶴生。周建人『略講関於魯迅的事情』（人民文学出版社、一九五四、以下『略講』と略記）に収める。筆名克士。

（6）人民文学出版社、一九五三年第一部「百草園」に収録された「介孚公一」、「介孚公二」、「講西遊記」、「恒訓」の原載は、一九五一年八月の『亦報』（上海）。

（7）十数年前より史料を捜集し、『故家』の出版後まとめた原稿を、胡適の要請により抄写し、発表に及んだものであるという。記載されている事績は、科挙合格時と不正事件に関するものであり、その間の知県時代、内閣時代についての記述はないが、周福清の履歴、不正事件に関しては、最も早い詳細な記述といえよう。

（8）二編とも『聴雨楼随筆初集』（上海書局、一九六一）。この随筆集に収められた随筆の大部分は、著者がシンガポール、香港の新聞に掲載したものであるとのことであるが、二編の正確な掲載紙名、掲載期日は不明である。「魯迅的祖父周福清」は一九五七年九月二三日の執筆で、『越縵堂日記』の記載を基にして『故家』の履歴を訂正し、伝聞によって不正事件の真相を推察している。檔案資料はまだ使用されていない。「再談周福清」は、前書きの執筆日に、一九五九年五月一二日とある。『同治辛未科会試年歯録』、『光緒朝東華録』などを使用し、周福清の履歴、不正事件の審判内容を明確にしている。

（9）中国青年出版社、一九五七年、筆名周啓明。

（10）浙江人民出版社、一九五六年。許寿裳、孫伏園、周建人、周作人らの著述を総合して記されている。

（11）人民文学出版社、一九五四年。筆名喬峯。解放前を含め、周建人の福清に関する記述が収録されている。海外への影響はともかく、国内の周福清像の形成には、一定の役割を果たしたものと思われる。

（12）一九五八年六月六日執筆、北京図書館蔵。筆者は当初中国でもアマチュアの研究家としてしか知られていなかったが、彼の母親が周福清の友人平歩青の娘であり、また同じく周福清の友人陶方琦の遠縁にもあたる人物である。本稿を執筆した三年後に病死している。周家の家世を語った一章の中に周福清の一項を設け、『浙江郷試関節』（徐珂編『清稗類鈔』）、顧家相「周介夫聯」（『五余読書廛随筆』家印本、一九二〇）など、他の文献には見られない資料に拠り、周福清の履歴、事績を詳述している。知県罷免問題などの分析は、そのまま張能耿らの著述に引きつがれている。資料的にも、内容的にも周福清研究の基礎を作ったものと思われる。ただ不正事件関係の檔案資料などは使われていない。

（13）人民文学出版社、一九五九年、魯迅一家をはじめとし、周家一族の伝聞を数多く盛り込んでおり、付録として紹興の習俗についても詳しく述べている。陳雲坡の論考とともに、中国における初期魯迅研究において多用され、基本資料となっていた。著者周観魚（実名冠五、筆名達魚）は、仁義房（房は大家族制度で、男子が結婚して一家をかまえた時、その家族単位を示す呼称）の出身で、魯迅の一世代上にあたり、その父藕琴（第一二世）が、周福清の知県任地先である江西県で顧問と接触した際の逸話も含まれている。しかし周建人は、一九七九年、この書に対し、祖父に関する記載を例にしながら多くの間違いのあることを指摘し、利用を戒めている。理由は、観魚自身が父の任地先で生まれ育ち、一五、六歳になって紹興に戻って来たこと、また紹興で住んだ台門も、魯迅一家の住む台門と遠く離れていたために、ある種の情況については、決してはっきり知っているわけではないためであるという。（「関於魯迅的若干史実」、『我心中的魯迅』湖南人民出版社、一九七九）。しかし、一九八一年出版の『魯迅生平史料匯編』（天津人民出版社）をはじめとし、多くの著作に利用されてきた。なおこの書のほかに、著者が口述した話が、周芾棠、張能耿の著述に引用されている一部事実関係に矛盾もあるが、大半の内容は、この書に記載されたものと相違ない。

(14) 陳雲坡の論考は、彼の友人の話によれば、執筆後、著者自身が人民文学出版社に閲覧を請うている。しかし「史料ばかりで視点と思想性に欠ける」という評価しか得られず、その後北京図書館に売却されたとのことである。また周観魚の著作は、紹興魯迅記念館の関係者によれば、もともと該記念館の要請で記されたものであるが、執筆後、迷信性が強いという理由で、正規出版に至らず、六〇年代に於いては、資料的価値も低いと見なされていたそうである。なお当時の研究動向とともに、二人の著者が解放前、ともに国民党員であったことも、両資料の活用を遅らせる要因となったものと推察される。

(15) 七七年を皮切りに、八〇年までに五本の記事が、ほぼ一年に一件の割で、連続して発表された。本文中に記さなかった二本の記事は、以下に記す。文句式「魯迅的祖父（上・下）」『星島日報』（香港、一九七七、五・二九、五・三〇）魯迅一家の没落の原因について、『青年時代』と『知堂回想録』に相違があることを指摘し、『故家』の記載を訂正した上で、檔案資料を紹介している。胡漢君「周樹人作人兄弟的祖父」（『星島晩報』（香港、一九八〇・一・二四）魯迅攻撃の色彩が濃厚な記事であり、誹謗中傷の論調、意図が目立つ。周福清の経歴、事績、不正事件の紹介をしているが、目的はこれらの解明にはないとみえる。

(16) 台湾『台北中華日報』の記事を筆者高陽自身が訂正を加えて、『大成』に転載したとのことである。祖父が知県時代より贈賄不正合格の仲介業を営んでいたと述べていること、事件の告発を不仲であった李慈銘の策動の結果と見なしていることなど、根拠に欠ける点も少なくないが、自白供述を疑念多きものとして『大陸雑誌』房兆楹の記事より一段詳しい事件の分析を試みている。

(17) 銭碧湘「関於魯迅祖父檔案材料的新発現」（『光明日報』、一九七九・九・五）筆者が「明清檔案資料館」（故宮博物院、北京市）で、四本の上諭上奏文を発見したことから書かれた記事であり、『東華録』及びこれ以前の祖父に関する雑誌、新聞記事などを知らずに書いたものと思われる。また不正事件の最終判決刑部議奏については、取り上げていない。張守常「関於魯迅祖父科場賄賂案」（『光明日報』、一九七九・一〇・一〇）銭碧湘の記事を補充する意味で執筆されたもので、銭碧湘の記さなかった奏文、上諭を『東華録』により補充している。これまで、国内外の記述で取り上げられることのなかった「徳宗本紀」（『清史稿』）中の刑部議奏記録を紹介している点が新内容であるが、具体的事実関係では、すでに確認されているものである。以上の二編の記事を併せることで、従来明らかにされて来た不正事件関係の資料が揃うことになるが、記事の記載内容は、抜粋、要約による簡略な紹介であり、意義は、史実の公開という点にあるといえる。

(18) 前述した房兆楹の論文の紹介に合わせて執筆されたもので、これを含み、従来発表された周福清関係の中国側文献を視野に入れ、その史料補完を試みている。知県罷免決定、下獄後の情況に関して、新史料を提供している。

(19) 論文中に紹介されているのは、解放後収集整理が続けられてきた大内等清代檔案の中から発見された周福清関係の史料数一〇件の一部である。筆者は「明清檔案資料館」の管理責任者であり、内閣檔案資料の整理中に偶然これらを発見したということである。著者は、論文中に紹介されている檔案資料を調査したが、一部には所蔵を確認出来ないものもあった。本稿の「内閣中書時代」はこの論文を参照しつつ、新たに発掘し直した資料によって記した。

(20) 内閣資料が発見されるまで、京官時代を知る唯一のまとまった手掛かりとなっていたのが、同郷京官李慈銘の『越縵堂日記』である。これまでにも祖父関係の諸文において、若干触れられているが、今回改めて刊行日記部分を調べた所、日記中に八六件ほどの周福清に関する記載が確認された。そのうち交際記録は、光緒元年より一五年まで、一五年間に八三件ほどで決して多いとは言えない。また内容も簡略で、直接周福清の内面を語るものではないが、京官生活の状況を窺う材料とはなる。光緒一二年以前は、ほぼ一年に数回の割合で李慈銘宅を訪れている程度である。しかし光猪一二年には、交際記録が格段に増え、一四年には一七回に達している。ところが増加が最高に達した一四年以降の日記は、散佚のために見ることが出来ない。特に陳左高が陳夢安の所で、科挙不正事件の上諭発表時期の未刊部分の手稿を発見したにもかかわらず、陳夢安の死により、この部分が再び行方知れずとなっていることは惜しまれる（張徳昌『清李一京官的生活』香港中文大学、一九七〇、九頁による）。このほか、陳雲坡によれば、周福清に関する記述があると予想される文献に、同郷の友人陶方琦、平歩青、王継香の遺稿がある。陶方琦については、遺族に会い、遺稿を調べたが、周福清に関する記述はなかった。平歩青の遺稿についても、遺族の手元には一切保管されていないことを確認した。王継香については、その『尺牘稿本』（家蔵）が一九五五年に売却されたという陳雲坡の記述以外は不明である。

(21) 湖南出版社、一九八四年。一家の没落問題と周福清を考える上で、大きな意義をもつと思われる著作である。周作人の記す家庭の災いの源としての祖父像に、少なからぬ反駁を加えている点が注目される。読み方によれば、本書自体を「没落と破壊」の元凶と見られがちな祖父に対する弁護の書と受け取れなくもない。ただ科挙不正事件当時、わずか五歳であった周建人の年齢から、事実の理解と記憶に疑問も生まれないわけではない。関係者の話では、編述者周曄（周建人の娘）に多くの資料が提供されているということであり、資料に依拠する部分もかなりあるようである。なお本書は、口述者の原稿を三分の一削除し、その上出版部分にも出版社の編集者が加筆、修正を加えているとのことである（「北京魯迅博物館」陳漱渝氏の御教示による）。断片的な回想でないだけに、編集者、編述者の存在は気になる点である。口述者、編述者、編集者の狭間にあるものを考慮する必要があると考えるが、残念ながら口述者のみならず、編述者も本書の刊行を前に他界している。

(22)『竹内好全集』第一巻、筑摩書房、一九八〇年、四二～四三頁。

(23) 松岡第一論文は、それまでに使用されてきた文献類を知ることができるが、文献名や出典が正確でないものも幾つか見られる。魯迅の抱いていた祖父観についての基本的考え方を含め、筆者と松岡俊裕論文（第一論文・第二論文、博士学位論文）は、解釈、主張で相違する点が多い。補論「はしがき」でも述べたように、筆者の周福清像は、旧稿から変化していない。魯迅にもたらした影響については、ジェンダー論による論点を加えることで、旧稿の観点を深化させた。

(24) 周作人の祖父周福清に関する記述は、時代的に追うと、そこにかなり微妙なニュアンスと内容の変化が読みとれる。しかも後年になるに従って、祖父に対する態度が厳しくなり、歯に衣を着せぬといった感を受けるようになる。この変遷の跡をたどることは、周作人の祖父像を理解する上で、重要な意味をもつであろう。逆に、変化の意味する所は、周作人を理解する上でも示唆に富んでいると考える。

(25) 周芾棠、「魯迅祖父周介孚及其下獄経過」『郷土回憶録魯迅親友憶魯迅』陝西人民出版社、一九八三）、一一四～一二〇頁、及び張能耿「魯迅祖父的生平和為人」（『魯迅早期事跡別録』河北人民出版社、一九八一）、一五～一六頁。

(26) 周建人「魯迅的幼年時代」（『略講』所収）、一二頁。

(27) 馬蹄疾、彭定安編著「魯迅和祖父」（『魯迅和他的同時代人』（上）「少年児童時期」）一一頁、張能耿『魯迅的青少年時代』（陝西人民出版社、一九八一）、一六～一八頁。なお張能耿の記述では、小説への関心をもたらした祖父の独自な学習法の特徴を指摘しながら、その目的が翰林院入りを果たさせたいがためのものであった点で、魯迅の反感をよんだと解釈している。

第一章　周福清の事績――科挙不正事件まで

生涯を官僚一筋に生き抜きながら、周福清の歩んだ道は平坦ではなかった。二度の罷免、特に最後は官犯である。官僚としての事績は誠にかんばしくない。しかしその足跡をたどり、事件発生の原因を見つめて行く時、彼の清廉で真摯な官吏ぶり、誠実な人間性がいやおうなく浮かび上がる。まず本章では、科挙不正事件発生までの事績をたどることにする。

一、科挙の道

（一）挙人へ

道光一七年（一八三七）一二月二七日、魯迅の祖父周福清（字震生、号介孚）は致智興房の祖周以埏（字苓年）の長男として生まれた。(1)第一二世である。(2)

太学生（国士監の捐納学生監生）であった父周似挺は、周福清の挙人合格を待たずに他界している。周作人によれば、早くに亡くなったために、見覚えている人もいないということである。蘭の花を栽培するほか、何の治績もなかったこの父親は、性質が温和で、めったにかんしゃくを起こすようなことすらなかったろうと伝えられている。批評好きで有名な周福清が、生涯で唯一賞賛した人でもある(3)。一方、通称「九大太」（夫夯年公の排行が九であったことに由来する）と呼ばれ、周福清が生涯頭の上がらなかったきらいもある母戴氏は、厳格でまた一風変わった性格であったらしい。特に、壮年期以降は、意のままに振舞い、しばしば人の意表をついていたといわれる(4)。花を愛する静かな父親と個性あふれる気性の強い母親。どうやら対照的な両親の間に生まれたといえそうである、

幼年時期、家庭が貧しく、家で師を招き、学ぶことが出来なかった。そこで、もっぱら族中の富裕者の下で開かれる塾に出掛け、ここで聴講した。幸いこれらの塾は、房族の子弟がみな聞けるように、時間をずらして開かれていたため、周福清はこれらの塾を一つずつ聞いて回り、聴講の身ながら、のみ込みがよく、一番成果を上げて、族中の者より「収晒晾」（紹興語でよい折に便乗して利を得る者の意）というお誉めの名を頂戴したそうである(5)。

結局通算五名の師（内二名は族中の第一〇世周永年と周以均(6)）を持つ彼は、やがて会稽県学を経て、紹興府学の府生となり、同治六年（一八六七）の郷試に第八六位で合格、周家二人目の挙人となる(7)。しかし翌年北京で行われた会試には合格出来ず、挙人の資格者にはすべて受験資格がある謄録（浄書官）の試験を受けて合格、そのまま北京に留まり、方略館で謄録の任についた。政治上の大事件や武功を記す方略館での仕事は、漢文書保存の部署で、紀事顛末の漢文原文を浄書することであった(8)。

この謄録の仕事は、監貢生（国士監の学生）挙人資格者に開かれた官途の道で、挙人資格者には、五年勤めた成績次第で、知県に選用される道が開かれていた。しかしこうした謄録から知県まで身を起こすものは、実際には知県総数の一パーセント以下に過ぎず(9)、時間もチャンスも必要であり、それほど恵まれた道ではないのが実情である。一度会試に失敗しただけの周福清がこの道を選んだ理由は、再試験に備えて北京で生活するための経済的必要性もしくは節約のためと考えられる。二年の後、次の会試に再び挑戦する。

（二）翰林院庶吉士

同治一〇年（一八七一）、三二六名中第一九位で会試に合格した周福清は、二等一九位で会試履試を通過、[10]引き続き行われる殿試で見事進士となり、晴れて金榜に名を連ねることになった。会試合格者は、病気や受験差し留めなど特別の事情のない限り、ほとんど殿試を受け合格するのであるが、殿試の成績は、進士合格者にとっては一生ついてまわる重要な評定であり、これで官僚としての道も判定される。まず殿試成績の上位三名は、第一甲として進士及第、それぞれ直ちに高級官僚たる翰林院編撰、編集の実職が授与される。これ以外の残りの新進士たちは、進士出身者として殿試の追加試験たる朝考を受け、その成績によって、翰林院入りする高級官僚予備軍コース、昇進の道がなかなか厳しい中央政府の下級官僚もしくは地方官コースの選別を受けるのである。殿試成績三甲一五位であった周福清にとっても他の進士と同じく、この朝考は、官僚としての前途が決定される一大決戦の場であったことであろう。[11]しかし、幸い第一等四一位の好成績を収めて、翰林院庶吉士となり、高級官僚予備軍入りを果たすことが出来た。[12]

周福清のそれまでの科挙試験成績を振り返って見れば、最初の郷試合格の際が、合格者二六七名中山陰会稽二七名、会試が三二六名中浙江籍二五名で、うち山陰会稽は各一名。[13]朝考試験の翰林院入りが浙江籍二五名中一一名である。多少時代はずれるが、太平天国以前の中国には、約二万六八七〇名の生員、約一〇〇～四〇〇名の進士がいたといわれている。[14]周福清の合格した会試の受験者総数は七一四八名、うち浙江籍は五五五名、進士合格者が三二六名、うち浙江籍二五名、翰林院入りした進士が九三名で浙江籍が一一名、その中でただ一人の会稽出身者である。[15]篩い落とし、篩い落としの試験地獄を生き抜いた勝者に対する賛辞は、恐らく会稽一帯に広まるものであったろう。それだけに家族の者ばかりでなく、房族全体に驚嘆と喜びが沸き上がったことは想像にかたくない。官僚既出の房族とはいっても、家譜をたどれば、挙人は周福清を含めて三人（後に一人増えて四人）、生員段階の監貢生の多い一族であり、第一世からざっと四〇〇年近い歴史の中で、初めての進士、しかも翰林院入りである。[16]その誉れにあやかって、仁房の玉田老人（致仁義房の周兆藍）、智立房の周子京らの人物がそろって改名したことにも、その影響の大きさを見てとることができる。[17]

一族の書塾での聴講に始まり、挙人となり進士となって翰林院にまで至ったことは、確かに彼に多大な称賛をもたらした。しかしその後の人生に対して、また彼の性格形成にとって、より大きな影響を持つのは、栄冠が彼に与えた揺るぎない自信と自負の念である。

当時、房族出身者が経済的に恵まれない場合、歩める道はそう多くはなかった。幕僚や商人になることをいさぎよしとしなければ、努力によって正途官僚の道を歩むことが最良かつ必要な出路であった。幼年時代、膳録時代、経済的に恵まれなかった福清にとっても、正途官僚の道は求められるべくして求められ、果たされるべくして果たされた道であり、手にした科挙の栄冠も、突然舞い降りた幸福ではなく、彼自身が努力と刻苦勉励の末、勝ち取った成果にほかならなかった。それだけに、何も頼りとせず、独力で自らの望む道を切り開いた自信と自負が、彼に与えた影響もまたひときわ大きかったといえよう。権威を恐れない剛直さ、生涯を貫いた勤勉精神、目に余ると言われた傲慢さは、こうした幼年期から青少年期にかけての人生体験と深く結びつくものであろう。喜びに包まれた出発点は、後にトラブルを多発させる可能性をも含んだ二重の出発点であったものと解される。

ともあれ周福清は、意気軒昂官僚の道を歩み出した。

（二）翰林院散館

翰林院庶吉士は、高級官僚への可能性をもつと判断された進士に、三年間勉学の機会を与えるものである。三年間の養成期間を経た後には、再び試験を受けなければならない。この試験に一定の成績を収めて後、初めて高級官僚候補から、実際の高級官僚へと進める。

さて、ここまでは一応順調に官僚としての栄誉ある道を歩んで来たのだが、卒業試験である散館試験では、あまり振るわなかった。散館試験もまた科挙試験と同じく三段階の成績によって、翰林院残留、編集実職授与（第一甲）、同じく残留検討（第二甲）そして非残留で、中央官庁六部の主事や知県に任命される者（第三甲）とに、振り分けられる。周福清は第三甲一七位で、知県任命となった。[18]

庶吉士の知県任命者は、即用人員として、ポストの空きに最優先で仕用される優待者であるが、翰林院出としては、「半肩書き」と言われるような、もっとも恵まれないコースである。周福清が官僚としての前途に希望と野心を持っていたとすれば、今一歩の所で及ばなかったという挫折感を味わったであろう。散館後、知県任命者となって帰郷した際に、親戚友人達も北京に留まり考官試験を待てば、学政に派遣される道もあると勧めたそうである。[19] しかし結局、六月に四川省重慶府栄昌県への任命が下りる。福清は、これを母親の高齢を理由に断わり辞退する。『故家』に拠れば、遠いことを嫌ったということである。[20] また高伯雨は、この任命を得たのは、周福清が吏部に賄賂で運動しなかったためではないか、と推察している。[21]

(四) 散館試験の謎

さて、知県任命を決定づけた散館試験であるが、これについて一つの問題が提起されている。それは、周福清が知県任命となったのは、自らあえて願ってのことであり、実入りの多い地方官となるために、わざと悪い成績を取ったのではないか、という疑念である。[22]もしそうであれば、これは周福清の人間像を考える上で、大きな問題となる。ところが、この疑念の根拠とされる顧家相[23]の「周介夫聯」(『五余読書廛随筆』、家印本)には、全く別の解釈も成り立つのである。この問題を少し詳しく取り上げておきたい。

まず、顧家相の「周介夫聯」を訳出してみる。

庶吉士は、散館試験でたとえ最下等に列せられても、なお知県に即選される。凡そ貧窮に迫られ、利禄に志ある者は、常にこの道を行かんとする。同治辛未、わが越の周君介夫〔福清〕は、翰林の選抜を受けたばかりで、急いで律令を買い求め閲読していた。人が訝って尋ねると、私はもとより一合の墨を用意しております、と答えた(たとえ答案を汚しても白紙を出しても、なお知県には用いられるのである)。[24]

要点と思われる部分を検討してみよう。最初に検討すべき点は、「貧窮に迫られ、利禄に志ある者」とは何者であり、彼らが望むものとは何かということである。「貧窮に迫られ、利禄に志ある者」とは、即ち、「実入りを求める者」だと考えてしまいそうだが、実はこれは同義ではない。「利禄」とは、利益と官禄即ち官としての「実」であり、これは名誉名声といった官としての「名」に対応する意味が込められているものと理解できる。従って、「貧窮に迫られ、利禄に志ある者」を、単に「実入りを求める者」と考えては不足であろう。

先にも記したように、散館試験の成績が秀れていたものは、翰林院に残留となり編撰（従六品）、編集（正七品）、検討（従六品）に任命される。当面官位が低く、実利も薄い職であるが、官としての名望は高く、その後うまく昇進すれば、高位高官も夢ではない。名望にこだわり、官としての栄誉栄達を求める者なら、なんとか歩みたい道である。しかし、官としての身分、地位に執着せず、実利だけを望むのであれば、成績が振わず非残留となっても一向に差し支えない。「庶吉士は、散館試験でたとえ最下等に列せられても、なお知県に即選される」のである。残留に比べれば「半肩書き」と呼ばれ、名望は落ちるものの、実利を得るという点では、この道を歩んでも遜色は無い。競争に打ち勝つ労苦も要らず、早く確実に、実利を手にすることもできる。「貧窮に迫られ、利禄に志ある者」なら、あえて努力奮闘して残留を目指さずとも、この道でも十分に事足りる。従って、「貧窮に迫られ、利禄に志ある者」は、出世の道を追い求めず、知県即選の道を歩んで行こうとする、と理解することができる。

しかしこれは、実入りを求めて知県を目指すということではない。知県は、「たとえ最下等に列せられても」得られる職位である。目指すというより、甘んずると理解するほうが妥当であろう。また知県の道を歩もうとするのは、貧窮に差し迫られ、名望を求めるだけの余裕を持てないがために、言わばやむなく栄誉の方をあきらめて、実利を取ろうというのにすぎない。「貧窮に迫られ、利禄に志ある者」とは、単に実入りを求める者ではなく貧窮に迫られて、名望を求める余裕のない者という意味も含まれる点に留意する必要があろう。この点を踏まえるかどうかで、次に続く福清の発言の意味が変わり、ひいてはこの文章全体の解釈も大きく異なってくる。

そこで検討するのが、周福清の「私はもとより一合の墨を用意しております」という発言である。すぐ後の注釈に「答案を汚しても」とあることから、墨は答案を汚すもの、それを用意することは、悪い成績を取る心づもり、その意志表示と受け取りやすい。しかも第一文から、「実入りを求める者」は「知県を目指す」という解釈を得ていれば、なおのことこの発言は、知県を目指して、わざと悪い成績を取ろうとする心づもりを示したものにほかならないと判断されてしまう。周福清が実入りを求めて知県を目指し、あえて悪い成績を取ったのではないかという疑念は、ここから生まれたのであろう。

しかし、注釈自体が語っているのは、いかなる試験答案でも、なおかつ知県にはなれるということである。第一文と同じく、ここでも強調されているのは、「知県にはなれる」であり、「知県を目指す」ではない。周福清が知県を目指していたという解釈は、実入りにこだわり、庶吉士にとっての知県の位置づけ（最悪でも知県にはなれる）を見落とした結果、生み出されたものと思われる。

では、「一合の墨を用意している」という発言は、どのように解釈できるのであろうか。考え方は、大きく二通りに分けられる。

一つは、答案を汚すものと墨を解釈する場合である。もちろん悪い成績を取ろうとする心づもりを示すのではない。解釈の前提は、あくまでも「知県にはなれる」という第一文と注釈の考え方にある。従って、墨を用意しているという発言は、最低でも知県にはなれるから、良い成績を取って、高位高官、栄誉栄達の道を進むことにこだわるつもりはありません。知県どまりでもかまわないとの覚悟でおります、という意味となる。言うなれば、好成績、高位高官への執着放棄、出世競争不参加宣言である。

もう一つは、墨を典故によって解釈する場合である。墨水には、「墨水を飲ます」という典故があり、これは、北斉の科挙試験の際、成績が悪かった者に与える懲罰の意味である。『隋書』礼儀志四には、「〔字に〕脱後ある者、書の濫劣なる者、〔文理〕孟浪なる者は席後に立たせ、墨水を飲ませ、容刀を脱せしむ」（〔　〕内筆者）と記されている。[25]つまり試験答案に誤字脱字があったり、筆跡が乱れていたり、文理が大ざっぱだったりといった者には、出来の悪さを戒める罰として、墨水を飲ませたのである。従って、周福清がこの典故を踏まえ、散館試験が悪かった時の懲罰を受ける準備をすでにしております、という意味で語ったと考えることができる。ただ普通「墨を飲ます」典故で用いられるのは、「一升」、「一斗」などで、「一合」を用いた例は見られない。それをあえて「一合」とした所に、周福清の機智や意図を見ることも出来よう。つまり周福清は、成績が悪くて知県になることを大懲罰と見なしてはいないということである。知県職になることをたいした懲罰とは見なさないという見方をとれば、ここに一つの反骨精神を読み取ることができる。ともすれば官位の大小や官職の種類にこだわりがちな当時の官界の気風、名望への欲望が渦巻く翰林院の内情などを思い浮かべれば、こうした批判の色合いは、充分理解できる。

また「墨を飲ます」という懲罰は、知識を増やせという意味を含むものであるから、律令を閲読していることを指して、懲罰を受けるつもりで、ささやかな知識を積んでおります、と表現したとも考えられる。この場合は謙遜の意味で語られたことになろう。

典故に拠る墨の解釈は、それなりの説得力を持つものと思われるが、先に記した文中の注釈（「答案を汚しても」の部分）と矛盾するという見解がなくもない。しかし、勿論、福清自身がこうした本意で言わなかった、という証拠は何もない。

以上、二通り（細かく言えば三通り）の解釈のいずれが妥当であるか、即座には判断しがたい。それぞれによって示される意図は、微妙な違いを含んでいる。しかし、いずれも知県に甘んずることをいとわない気持ちを語っている点では、共通している。この点から考えて、「周介夫聯」は必ずしも、実入りを求めて知県を目指し、あえて悪い成績を取ろうとした周福清の姿を語ったものとは、思われない。では、実際の散館試験がどのような状況であったのか、この点を見ておくことにしたい。

庶吉士の散館試験は、試験の行われた後、皇帝の命令を受けた大臣グループが、まず答案を三等級に分け、その後皇帝自身が謁見し、任職を決定する形で行われる。周福清の試験の際は、八人の大臣が九〇本の答案を、一等三〇名、二等五四名、三等六名に判定している。この時の周福清の序列は、二等の三五番である。[26] これが最終決定では、三甲一七位となる。この最終決定での任務内分けは、残留六五名、中央官庁行き七名（後に風邪で謁見が遅れたものが一名加わって八名）、知県一七名で、知県任命は周福清の手前三甲一六位からとなっている。[27] しかし、大臣の答案判定の際、福清より下の位置にありながら、中央官庁や編集の任命を得ている者も何人かいる。従って、福清の知県任命は、試験成績よりも皇帝との謁見を通じて、決定されたものと思われる。少なくとも知県任命が無条件で確定されるほど下位の成積だったわけではない。知県を目指して、あえて悪い成績を取ったというのではなさそうである。

これを裏付ける証言も一つ残されている。他ならぬ福清自身の試験に対する思いで、祖父の友人平歩青の語ったものとして『故家』に記載されている。

ただ平歩青のいう所では、彼は試験を受けるとすぐ布団を片付ける用意をして、どのみち少なくとも知県だ、と言ったそうである。[28]

据平歩青说，他考了就预备卷铺蓋，说反正至少是个知県。

試験が終った後で、どのみち少なくとも知県だと語る以上、知県が第一希望であったとは思いにくい。散館試験は、やはり故意にではなく、本当に好成績を取れなかったもの、周福清にとっては、大なり小なり不本意な結果であったと見なしてよいであろう。

以上の点から、実際の散館試験でも、周福清が知県を目指して、故意に悪い成績を取ろうとはしていなかったことが分かる。

こうした見解を得た上で、「周介夫聯」の語る逸話に立ち戻った時、周福清の官としての有り方が明瞭に浮び上がる。高級官僚への可能性を持つ身でありながら、庶吉士になったばかりで、最下等の知県職に必要な律令（刑法の正条と事例、裁判は知県の主要な任務である）を求め、これを閲読するという行為は確かに奇異である。顧家相は、貧窮に迫られ、利録に志を持つ者と福清を見なしたようだが、周福清自身は、特に知県職を願望していたわけではない。とすれば、律令を読む意図は、高級官僚予備軍養成校に入り、周囲の高位高官に執着する気風に反発の思いを抱きながら、官としての素養を磨き、修養を積むことそれ自体にあったのかも知れない。高級官職を目指しての勉学を始めるのではなく、まず最低職に必要となる実務の書を学び始めた行為は、周福清の官途に対する野望のなさ、官務に対する真摯さを現わすものと受け取れる。そして実は、こうした真摯さ、まじめさゆえに、最下等の者にも最低限保証されていたはずの知県職をも奪われることになるのである。その点を更に見ていくことにしよう。

二、金谿県知県時代

（一）初任務

四川省重慶府栄昌県への派遣を辞退した福清に五ヵ月後の一一月、江西省撫州府金谿県の任命が下りる。これを受諾した周福清は、翌光緒元年（一八七五）正月二二日、同郷京官李慈銘を訪れ、金谿県行きを報告し、いとまを告げている。(29)

ところがこの訪問に先立ち、知県より二品官級が上である正五品の同知官を加捐（すでにある官の品級の上に、金銭を収めて新たな官位を得ること）していたことが、内閣資料の上で確認されている。買い求められたのは、同知の虚銜（実職のない肩書きのみの位階）であるが、購入金額がどれ位で、その資金がどのように調達されたものか、またそのいきさつなど、詳細については現在の所不明である。わかっていることは、周福清が「陝西省甘粛捐総局」に代金を納め、光緒元年正月二一日に戸部の証明書を受領したという記載だけである。[30]

北京を去った周福清は、母戴氏、妻蔣氏、妾薛氏、乳母、妻方の甥、それに四七（致仁礼房第一三世）らを連れ、任地に向かった。[31]

新任地での仕事ぶりは、大変熱心であったという。周観魚に拠れば、清廉潔白で、正道を守り、へつらわず、しかも賄賂は取らず、法も曲げず、その仕事ぶりは迅速で、訴訟事件の処理は、ぐずぐず長びかせることもぞんざいに扱うこともなく、即時即決を旨として、当事者達を長く煩わせることを避けたという。部下の役人達にも、その命令や管理が大変厳しく、機に乗じてつけ込もうとする者など、いささかも許さなかったという。[32]また自ら告訴内容を処理しただけではなく、合わせて任地に同行した幼い甥に監獄の中をこっそり見に行かせ、拷問や虐待を発見した際には、その夜すぐに開廷して傷跡を手ずから調べ、獄卒を厳しく処罰したと周建人も記している。[33]とはいえ、役人風を吹かせることもなく、連れて行った乳母が知県になっても彼を幼名で呼び、呼ぶ方も呼ばれた方も何の気づまりもなかったことなど、その生活ぶりは、知県以前とまったく変らなかったと伝えられている。[34]

しかし、下の不正を見過さぬ彼の厳しさは、上役に対しては、媚びへつらい迎合することを許さなかった。ために、上司である撫州府の知府から深く恨まれることとなり、皇帝の権威を持ち出して抑えつけようとする上司に、「何が皇帝か！」と食ってかかって、結局大不敬とされるなど、後の弾劾の種を蒔くことになったともいわれる。[35]

この知県時代、執務の上では賞罰一切無しであったが、一度江西県の郷試の考査役に派遣されている。[36]

（二）弾劾・免職

知県就任からちょうど四年目にあたる光緒四年（一八七九）正月二四日、両江総督沈葆楨は、一二名の愚劣で任に堪えない官吏を弾劾して、その免職を求めた。他ならぬ周福清もその一人で、彼の弾劾状は、「仕事は遅いが文に秀れていることを重んじ、部〔吏部〕に帰し、教職改選〔教職選用に改めること〕を請う」（〔 〕内筆者）というものであった。(37)この上奏を受けた皇帝は、二月六日改教〔教職に改めること〕を命じた。(38)

一般に官吏の免職などの手続きは、皇帝命令の後なお吏部の査定、批准をもって初めて決定となるのであるが、この吏部の批准を待たないうちに、江西巡撫劉秉璋は、周福清の教職改選上奏が沈葆楨によってなされたので直ちに職務の引き継ぎをすべしと伝え、後任者まで配置してしまう処置を講じた。(39)

ところが吏部は、三月初十日、教職改選は着任後半年以内の者にのみ適用されるという規定に基づき、この規定を大幅に越える周福清は、教職改選に適さずとして、これを上奏し、併せてその処置として、原品級のまま免職させるべきこと、本人が謁見を願うなら、総督が文書を与え、部に赴かせるべきであることを提言し、皇帝もこれに同意する結果となった。(40)翌光緒五年二月、福清は謁見のために上京し、(41)その二ヵ月後の四月、「教職選用」を命ずる皇帝命令を受けた。(42)

周福清の謁見が何故一年の間を置いてなされたのか、その仔細を知る手掛かりは、今の所見られない。仮にこれが周福清自身の意志であったとすれば、空白となった一年間は、官途第一歩での罷免という衝撃を受け止め、新たな方向選択をするために必要な時間であったということになろう。謁見の内容についても、官文書には記録がなく、ただ顧家相が教職復用を求めて、謁見したと記しているだけである。(43)しかし、皇帝の「教職改選」命令の後、ほどなくして内閣中書が捐納（金銭で官位を買うこと）されているから、教職復用を求めたとしても、真意はそこになかったのではないか。謁見の本意は、むしろ官としての身分そのものを失うことになる「原品退職」処分を避けたい所にあったように思われる。いずれにしても、周福清の命運を決定したのがこの謁見だったといってよかろう。皇帝に最終措置を請うた光緒五年四月の吏部奏折に拠れば、吏部は「教職改選」不適当、「原品退職」とすべしという主張を変更していない(44)。従って「教職選用」の上諭は、謁見をした皇帝が、原則を主張する吏部の見解を自ら退けて下した判断ということになる。

なお、この事件の処理が長びいた理由として、吏部が事件を迅速に取り扱おうとしなかった可能性が考えられる。謁見までの期間が長かったのみならず、最終措置を皇帝に請う吏部の奏折も、謁見後、二ヵ月を経て、やっと出されている。このように、ともすれば事件の処置が滞りがちであったかに見える点、また官としての生命を奪うことになる「原品退職」の主張が固持され続けている点など、吏部の事件処理の背景に何らかの力が働いていなかったかどうか、この点を確かめる必要もありそうである

(三) 弾劾事件の原因と意味

上述のように事件処理に関しては、問題が残る免職であるが、ひとまずそれを置き、弾劾された原因について考えてみることにしたい。先に記した周観魚、周建人の記載に拠る仕事ぶり、又後に見る内閣時代の資料から、免職理由をそのまま事実と見ることは出来ない。では、一体どのような問題があるのであろうか。

陳雲坡に拠れば、事件の原因は三つある。①彼が科挙出身者ではない巡撫の上司李文敏を軽蔑した。②彼が密輸取り締り委員陳某なる者と争った。③個人的、家庭的問題である妻妾間の矛盾のために引き起こされた。これら三

つの要素が絡み合って作り出されたとしている。(45)

これを基に検討を加えてみることにしたい。

①に関しては、周作人も同じく科挙出身者でない上司を軽蔑したという見解を示している。(46)しかし李文敏は、『清季職官表』の記載によれば、咸豊二年の進士であり、また福清の知県時代巡撫ではなく、布政使である。(47)この時の巡撫は、先の免職過程に示したように劉秉璋で、彼もまた咸豊一〇年の進士でありかつ翰林院編集である。そして布政使たる李文敏は、それほど長期間ではないが、皇帝謁見のために一時離任する劉秉璋の巡撫代理を二度ほど務めている。(48)彼が劉秉璋に代わり正式巡撫に就任するのは、免職事件の後光緒四年七月だが、事件当時の現職たる布政使は、人事や財政を担当する長官であり、当然知県と密接な関係を持つ官吏であるから、周福清との対立は想定出来ないことではない。しかも李文敏は、光緒八年（一八八二）に、「愚劣で職務を怠り、縁故者や悪劣な幕友を信じ用いる」といった理由で、弾劾され罷免されている。(49)この弾劾に示されるような人物であったとすれば、清官ぶりを発揮する周福清と対立する可能性は、なおのこと高いといえよう。

前任巡撫劉秉璋と李文敏との関係、事件との繋がりは不明であるが、経歴上の接触度はかなり高いようである（劉秉璋は、布政使、巡撫の二官職で、李文敏の前任者である）。また先の免職経過で示したように、劉秉璋が吏部の批准を待たずに行動したことは、官吏としては、いささか奇異な行動にも思える。福清の排斥を急いだものと受け取れなくもない。(50)

以上の点から、科挙出身者か否かは別として、李文敏との対立が一つの要因であることは、ほぼ間違いないものと思われる。

②に関しては、顧家相の「周介夫聯」の中にも、同様に密輪取り締り委員陳某と争い、陳某が総督沈葆楨に訴え弾劾される、という記載がある。この点に関しては、今の所調べる手だてが得られず、これ以上の検討が出来ない。

陳雲坡の見解は、恐らく顧家相の記述をもとにしていると思われるが、両者とも仔細を述べていない。

③に関しては、任地同行の妾の室に入りびたる福清に対し、妻蔣氏の不満がつのっていた結果、ついに母戴氏を巻き込んだ騒動が持ち上がり、これが日頃不仲であった撫州府知府に利用され、周福清の罷免が成立したという周観魚の話がある。その話とは、次のようなものである。

ある日周福清は、蔣氏と共に母戴氏が盗み聞きしているとは知らず、「王八蛋」（恥知らず）と罵声を浴びせてしまう。これを聞いた蔣氏は、即座に「お母様がここにおいでですぞ、お前様はお母様まで罵った！」と大声張り上げ、戴氏はひたすら泣きわめいた。その泣き声の激しさに、役所中に「知県様が母上殿を罵っている」との声が上がり、これがついに撫州府の役所にまで伝わることになった。かねて周福清を嫌っていた撫州府の知府は、これを恰好の材料として、以前の「大不敬」の上に、この「大不孝」を添加し、その他いろいろ付け加えて、結局免職処分に成功した[51]。

以上が話の大略だが、これによれば、妻妾間の揉め事は、罷免の直接原因ではない。主因は上司との不仲であり、妻妾間のトラブルは、このために折良く利用されたにすぎない。妻妾間の矛盾は、罷免の要素としては、副次的なものであったと見てよいのではなかろうか。

以上の論点を再整理してみると、免職の背景に、周福清の仕事ぶりと周囲との対立が大きく浮かび上って来る。布政史李文敏或いは密輸取り締り委員陳某なる者達は、税収、人事、商業管理など役職上利害が絡みやすく、賄賂などの不正も起こりやすい職種にある。もし周福清の清廉官ぶりが事実のものであれば、彼らにとって、周福清の存在は、利を阻む障害となっていたであろう。また管理、命令が厳しく、機に乗じることをいささかも許さず、賄賂も通じない正義派であれば、下級官吏にとっても、周福清はやりにくい相手、困った存在であったろう。具体的に免職運動の首謀害が誰であるかは別として、或いはこうした上下の者が一体となって、巡撫をつき動かすことになった可能性もありうる。

周作人は『青年時代』（四「祖父的事情」）で罷免の原因として、周福清が官界で押しのきく「老虎班」の肩書きを持っていたこと、その気性が気ままであったことを挙げ、その上司の巡撫が科挙出身者でなかったために、周福清の軽蔑を呼び､対立が生まれるに至ったと述べている。先に記したように､上司の巡撫は実際には科挙出身者であったわけだが、いずれにしても、罷免の原因を単なる気性や感情対立の結果としてしまうことは、問題であろう。

確かに、自ら剛直と述懐する周福清の性格が生まれた対立を激化させ、深化させた一面はあったに違いない。科挙出身か否かは別として、ひとたび軽蔑を覚えれば、包み隠さず思うまま、相手にそれをぶつけたであろう。権威を恐れず、損得を顧みずふるまう気性の問題は、確かに免職の要因になったものと思える。しかし、それは罷免の原因そのものではあるまい。罷免の原因として、大きく横たわっていたのは、清廉を守り正道を行かんとする周福清と、これに相反する人々との、官としての在り方の相違ではなかったか。官としての在り方、その利害の対立という矛盾から、罷免原因を引き離して、単なる気性や感情的問題に還元してしまえば、周福清の人間像をとらえる手掛りがまた一つ失われてしまう。となれば、罷免問題が福清に与えた影響もまた見失われることになろう。

官途第一歩での挫折が痛手でないわけはない。しかも事件が与えた痛手は、官職の喪失に留まらない深刻な意味を含んでいた。周福清が清廉官としての理想と抱負を抱くほどに、現実の官僚職の持つ限界が、深く認識される。官位を失ったという個人としての落胆､挫折感以上に､周福清のその後に大きな影響を与えたのは､地方政治の現実、その中に於ける官の立場と状況、官の現実の姿ではなかったか。この事件の後、彼が京官職を捐納したのも、こうした体験と無縁ではなかったものと思われる。

三、内閣時代

（一）内閣、内閣行走時代

①行走職

金谿県知県を弾劾され、その職を逐われた福清が、ようやく行走（見習職）としての地位を捐納できるのは、職を求めて北京を訪れて以来、半年を経た秋も深まる頃である。光緒五年（一八七九）九月二九日、額外内閣中書舎人として、その再出発はなされた(52)。

福清の所属する内閣は、当時すでに軍機処に実権が移っていたため、補佐機関としての役割は名目的で、実際には、皇帝の統治に必要な単なる具体的事務処理の機関にすぎなかった。内閣中書もまた、「暇な役所の暇な役人」と言われる、あまり重視されることのない閑職であったという。漢票簽所という部署での周福清の担当は、文書檔案の浄書や校正の職務で、日常は漢文の票簽所といわれる皇帝の上奏書に付ける事務処理用附箋の浄書を行っていた(53)。一〇年ほど前、方略館の浄書係から栄えある高級官僚予備軍の一人として出発しながら、齢四〇を過ぎて、再び浄書係となり、再出発しなければならなかったとは、皮肉な運命である。落胆の至りであったのか、達観の境地であったのか、知るすべはないが、ともあれ感慨深いものがあったであろう。意志の力を信じ、自己の目的を達成しようとしていたであろう青年期、それがもろくも崩れてしまったこの壮年期、歩み出されたのは、風波のない静かな道であった。

②上奏

この時代は、次の正式就任時代に比べて、執務関係の動きは、まったくなかったようである。しかし、周福清本人にとっては、大きな意味を持ったと見られる事件がある。

それは、光緒一〇年（一八八四）七月に提出された皇帝、西太后への上奏文である。従七品の内閣中書の身分では、皇帝への直接上奏は許されないため、内閣大学士の転奏によって、皇帝に奏された。この上奏文の原件は、八ヵ国連合軍の北京占領によって、火中に失われたらしく、現存していないということである。ただ「字句にもとる所なし」と評価し、転奏を決めた内閣大学士の事務記録だけが残されている。(54)内容については、恐らく発生した中仏戦争を憂慮してのものではないかと言われている。(55)

この上奏に関して、周福清はそれなりの決意を持って、行ったものと思われる。提出の前日、彼は李慈銘を訪れ、奏文に遺漏のないよう、閲読を請うているのである。しかし、その後の『越縵堂日記』中に、これに関する記載は何もない。

北京での再出発以来、ちょうど五年、周福清の事績記録を追う中で、初めての、そして生涯で唯一の政治的行動である。(56)

弾劾事件以来、北京生活の中に沈んでいたかに見える官僚としての何かが、動き出したのであろうか。或いは国家の危機を目前にして、やむにやまれぬ危機感から生み出されたものなのであろうか。興味深い動きである。

③京官生活〔二〕

北京での住居は、当初、後の「紹興県館」となる「山会邑館」であった。しかし同行した妾が会館への宿泊を許されなかったらしく、その後市内の粉州當西頭路北に移って、そこから当時の紫禁城午門内協和門外にあった内閣大学堂に通った。

周作人に拠れば、「山会邑館」時代からの使用人であった老人が、周福清のことをよく知っており、周福清の二人の妾の喧嘩話を聞かされて、以来魯迅が寄りつかなくなったそうである。(57) 恐らく二人の妾は、北京に同行した薛氏と息子伯昇（本名鳳昇）を産んで間もなく世を去る二人目の章氏であろう。『越縵堂日記』に見られる李慈銘との往来は、光緒六、七年が七、八回と多く、八年から一一年にかけては五、六回に減り（九年は二回のみ）、一二年、一三年で再び増加し、一一回～一三回となっている。交際の内容では、李慈銘との個人的交流より、他の京官達と共に宴席に参加することが多くなり、交際範囲が徐々に広がりつつあるように見受けられる。(58)

陳雲坡に拠れば、周福清は京官グループとの応酬を好まず、清貧の裡に生活を送ったということであるが、人物批評が好きで、通りかかる者をつかまえて、相手の意向もかまわず、話し終るまで放さないという性格を考えれば、およそ交際嫌いとも思われない。(59) 恐らく交際の少ない理由は、交際費の節減であり、嫌ったというよりも応ずるだけの資力がなかったと考えるほうが妥当ではなかろうか。故郷に一銭も送らず、母戴氏の機嫌を損ねていたという周作人の話(60)があるが、この頃の給料は、候補という地位のため、恩俸（正式就任をした京官の文官に対し支払われる俸禄の一種で、本俸が少ないことを補うための手当て）のつかない正俸だけであり、ただでさえ収入の少ない京官の給与の半分という状態である。収入自体がかなり限られていたといえよう。例えば、光緒一二年（一八八六）八月二五日の『越縵堂日記』には、周福清からひどく貧しく飯を炊けなくなったと聞いた李慈銘が、友人に米二〇〇斤（約一二〇キログラム）を借りる手紙を送ったことが記されている。(61) こうした記載は、他には見られないが、時に炊く米にも事欠く暮らしであったことが知れる。

李慈銘と周福清の個人的交流は、光緒八年に李慈銘の方から珍しく福清のもとに酒を飲みに出向いている外、光緒一二年、一三年頃より贈り物を交換するようになり、周福清の方からも李を招待している。

光緒九年（一八八三）には、交際が前後の時期に比べて大きく減り、一〇年間の交際中もっとも少ない二回となっている。その二回も「来る」、「来たがつまらぬ」というものである。二人の交流、或いは周福清本人にも何らかの変化があったのではないかと思わせる。なお、この光緒九年に周福清が帰郷しているという張能耿、周芾棠の記述があるが、官吏の公費発給書類、休暇を記載する官吏履歴書に休暇記録はない。[62] 従って、帰郷が考えられるのは、年末から新年にかけての休暇時期であり、これが直接李慈銘との交流減少の要因とはいいがたいようである。

翌一〇年（一八八四）には、李慈銘と共に「山会邑館」の管理責任者にも推薦され、[63] また先に記したように上奏書の提出も行っている。公私ともに、京官生活がある程度充実して来たようにも見受けられる。

またこの行走時代より次の内閣中書時代にかけて、故郷紹興では息子伯宜（魯迅の父）の結婚、続いて孫達の誕生があり、北京でも妾章氏との間に伯昇が誕生するなど慶事が続く。生まれた孫達には、訪問した自らの京官友人の名をもとに命名している。[64]

（二）内閣中書時代

①職務

光緒一四年（一八八八）四月初七日、九年間の候補行走時代を経て、ようやく周福清は皇帝に謁見し、内閣中書舎人となることが出来た。[65]

職場は、行走時代と同じ漢票簽所内の直房と呼ばれる部署で、漢票簽の浄書並びに校正も担当し、更にこの職務以外にも、誥敕房（皇帝が臣下に爵位や土地を与える際の文書を起草したり浄書する部署）や中書科（文書の謄写をする部科）での職務も兼任した。[66] こうした文字や文章に対する力が必要とされる職を担ったことから見て、周福清のこの方面での能力は、この時代になってようやく活かされたようである。

以上の職務以外にも、これより母戴氏の服喪のために離職するまでの間、官吏としての職務上の動きがかなり見られる。

候補中書が正式中書になった場合は、吏部の規則に基づいて、直ちに北京の中央各官庁の内部補佐の職種と、地方への外部派遣とに査定の上、任用されることが可能になっている。周福清も正式中書就任の後に、やはりこの内用、外用に選用される機会を、それぞれ二度持つことになった。

まず中書就任後間もない、光緒一四年七月に、皇族の監督所である宗人府の漢人主事の地位が空き、内閣に現任の進士出身者より補充するようにとの通達が届けられる。漢票簽所では、周福清を含む五人の候補者を選び出し、これに応じた。残念ながらこの選にはもれたが、翌光緒一五年（一八八九）再び宗人府漢人主事の席が空き、再度推薦を受けることになった。しかし周福清は、この選考の行われる前日、風邪で選考には参加出来ないとして、候補より下りてしまった。(67)

続いて光緒一六年（一八九〇）正月には、漢票簽所の侍読代理の行走（官吏が所属官庁以外の官房に出張して事務を行うこと）に抜擢され、更にその翌年光緒一七年（一八九一）には、地方派遣の栄転昇進も準備されることになった。(68)この地方派遣の査定書類に記された周福清に対する漢票簽所の評定文は、「人物素朴にして、事務処理詳密」という好内容のものである。(69)

そして光緒一八年（一八九二）一月、熱河州県官の候補者として推薦を受け、選考に出頭するようにとの通知を受けた。しかし周福清は、その日になると、たちまち風邪をひき、またも選考に応じられないと出頭を取りやめている。(70)

こうして職場である漢票簽所では、周福清の執務能力を評価し、抜擢、選考などに取り上げていく動きがあるにもかかわらず、周福清自身は、三度あった内外用推薦の内二度も風邪と称して回避しているのである。

内閣中書時代の官文書の紹介を行った秦国経は、熱河行き辞退は遠くて寒い熱河に行きたくなかったからであると述べている。(71) 詳細については何も述べていないのだが、実はこの風邪ひきは、周福清一人ではなかった。『内閣行移檔』に拠れば、この時候補に推挙された七人中、周福清を含む六人がにわかに風邪をひき、選考に応じられないと不参加を表明している。いずれの人物もこの風邪が長びいた様子はない。よほど熱河は不人気だったと見える。

しかし、一度目の内部補佐である宗入府の場合の風邪は、どうなのであろうか。選考の度に、風邪をひいて参加しないというのは、単なる偶然であろうか。

内閣『行移檔』を見て行くかぎり、福清に限らず、内外登用の選考を風邪により辞退するケースは少なくない。例えば熱河派遣などは、この回に限らず、風邪を理由に選考不参加を表明する例がまま見られる。一度などは、風邪のため全員が不参加となり、選考そのものが中止されてさえいる。しかし名望職である宗人府主事、人気職である考官の選考には、風邪による欠席がほとんど見られない。宗入府選考の際も、風邪による欠席は周福清ただ一人である。どうも風邪というのは、願わぬ選考を回避するための常套手段であったように思われる。

いずれにしても、周福清の場合、この選考時を除いて、風邪を理由とする公務欠席はまったく見られない。少なくとも福清の風邪に関しては、疑って見る必要がありそうである。しかし、仮に仮病であったとすれば、何故口実を作って、選考を避けたのであろうか。不人気の熱河行きはともかくとして、一度は参加している宗入府選考回避の理由は、何であったのであろう。気になるところである。

さて問題は残るが、いずれにしても、漢票簽所を離れる機会を持ちながら、結局光緒一九年（一八九三）規定に従って服喪離任するまで、周福清がこの職場を離れることはなかった。ただ内外登用の道には進まないながら、他の部署に出向く派遣員としての仕事は行っている。

このほか、長期に亘って、会典の編纂校正と方略館の編集助手に派遣されている。しかも会典編纂では、校正官より協同編集官へ、方略館では、編集助手より校正官へと、いずれも職務を担当していく過程で、昇格して任用されている。[72] 試験用員の査定は、派遣元の身分証明が必要とされ、審査基準も厳しいと言われていたが、この採用試験にも四度推挙されている。[73]

②京官生活（二）

正式中書時代も行走時代と同様に、特に際立った変化や出来事を伝える手がかりは得られていない。ただ正式就任に伴って、給与が増加し、その分交際関係にも広がりと活気が見られる。

当時の京官生活の給与は、先にも記したように、一般に低いと言われ、ほとんど六品以上の京官は、候補者の身元保証人となって得られる報酬（引結金）を収入の主要源として生活を維持していたと言われる。[74] 李慈銘もそうした一人であるが、周福清の場合、舎人の官位からではその収入は望めない。収入源は、支給される俸禄だけである。

正式就任してからの俸禄は、行走時代に比べ恩俸分が増加する。光緒一七年（一八九一）を例にすれば、俸銀が二二両五銭となり、更に俸米の五〇パーセント分も銀に変えれば、更に二両八銭五分八厘五毛増加し、総額約二五両となる。[75] 光緒一四年（一八八八）段階で、一両は一万一五〇〇文（京銭）と想定されているから、これで計算すれば約三〇万文が半年間の正式収入である。この頃の京銭の価値を測る米購入の比率は、変化が大きいとされていて不確定である。しかし、例えば李慈銘宅の若い使用人の給料が、毎月五〇〇〇文（古参者一万文、女性が八〇〇〇文）であったということから見て、概算すれば一ヵ月この約一〇倍は得ていたことになる。[76] これからすれば、当然低収入とはいえないのであるが、官吏の生活に必要な多額の衣服代、車代、冠婚葬祭費用など膨大な出費を考え合わせるとなると、決して充分な額ではない。かさむ交際費などの諸経費は、かえって生活を圧迫することにもなったであろう。光緒一四、五年頃のものと思われる同郷の友人王子欽あての六通の手紙の内、二通に金の工面を依頼していたことが記されているのは、苦しい生活の一面を物語るものであろう。(77)

妾を持ったことから、京官生活の派出さを想像する向きもあるようだが、見落せないのは、妻蔣氏との仲である。周観魚は、先の知県罷免問題の所で記した「大不孝」騒ぎの後、二人の感情がますます悪くなり、その結果死ぬまで口をきかなくなった、と語っている。(78)多少誇張があるにせよ、知県罷免後二人はいっさい行動を共にしておらず、北京にも同行していない。複雑な夫婦問題があることを留意すれば、蓄妾を一概に生活の派出さときめつけることも出来まい。

京官同士の交際については、給与の増額によって可能となったものか、或いは官吏としての必要性から止むなく行われたものであろうか。李慈銘らへの招待も増え、交際回数も十四年には、一七回と格段の増加を示し、翌一五年は三ヵ月の間に七回にも達している。(79)こうした動きから見て、京官としての生活は、次第に充実したものになりつつあったのであろう。

しかし、そうした生活の安定と交際の広がりが見え始めて僅か三年後、光緒一八年(一八九三)大晦日に、母戴氏が死亡する。当時、官吏が父母の死に会えば、離職して原籍地に戻り、その喪に服さねばならなかった。翌光緒一九年(一八九三)正月二一日、母死すとの訃報を受け取った福清は、関係上司に連絡し、服喪のための解職離任を求め、二三日その批准を受け、帰郷の途についた。(80)九年間の見習い期間の末、ようやく得ることの出来た中書の職を、僅か四年で去らねばならなかったとは、誠に順ならざる巡り合わせというほかない。

(三) 内閣時代の問題

以上、侯補時代、正式中書時代併せて一三年間の京官生活を檔案資料、『越縵堂日記』に拠りながら述べて来た。この時代の特色は、一言でいうならば、経済的には逼迫していたが、それなりに持ち前の能力が活かされ、発揮されえたということ、そして知県時代にあったような周囲との対立がまったく表立っていないことである。直接利害を求める動きのない京官の職場は、実直ぶりを見せる周福清にとって適応しやすかったということかもしれない。ところで活かされた執務能力の高さとともに、この時代の周福清を見る上で、無視出来ないもう一つの事実がある。それは、驚くばかりの勤勉さということである。

この中書時代、先に触れた光緒九年(一八八三)を始めとし、何度か帰郷したであろうと推測する説も見られるが、公費発給書(毎月候補、正式中書に対し一律支払われる公用費、二串二百文、休暇日は差し引かれる)、官吏履歴書などの公文記録を見る限り、一度の休暇願いも出されておらず、また休暇をとった記録もない。そして長期の休暇ばかりでなく、先の外用選考時の風邪を除けば、病気などによる短期間の公務欠勤も見られない。多くの候補や中書が、帰郷の旅費工面などのために、休暇を申請したり、病気休暇を願い出ていることに比べれば、不思議でさえある。もしこの公文記録が真実であれば、周福清は、遅刻、早退が許されぬという漢票簽所や派遣部署で、一三年間、定期の年末休暇以外、一切休暇をとらず、ただただ日々の勤務にいそしみ続けたわけである。驚くばかりの勤勉さといってよいであろう。周福清はこうした官僚生活の中で、一体何を考え、何を感じとっていたのであろうか。

すでに記したように、この時代の周福清の内面を知り得る材料は、ほとんどない。しかし、名望職である宗人府主事や収入の期待できるはずの地方州県官への選考の機会を自ら回避したと思われることは、一つの手掛かりになる。この問題を考える上で、留意すべきことは、当時、官の任用は、単に推薦を受けても、賄賂などで運動しなければ、実際に選抜されることは難しかったといわれていることである。

福清は、礼部の試験用員派遣に四度推薦されているが、四度目の履歴書に一度も試験用員を担当していないと記されている。四回目についての結果を記す公文記録は、今現在未発見である。ただ前三回がもし不採用であったとすれば、事前運動をしなかった可能性もありうる。宗人府の選考を降りたのも、或いは事前運動なしで参加しても無駄と知ってのこと、と考える余地はあろう。

行走開始四二歳、正式舎人就任五一歳、壮年期から老年期にさしかかるこの時期の周福清が京官生活の中に見たもの、体験したものは、続く不正事件を考える上でも、また官吏としての福清を考える上でも、無視しえぬものがあると思われる。選考問題を含めて、検討を重ねる必要がありそうである。

【注】

(1) 周福清の原名は致福で、後に福清と改名した。別号は梅仙、大排行八、小排行一、生年については、本人記載の履歴書の生年道光二四年(一八四四)と道光二一年、それに道光一七年(一八三七)の三説がある。道光一七年は、周家の家譜『越城周氏支譜』(中房第一〇世周以均と第一一世周錫嘉親子によって編集された)に記された生年であり、また周作人の『故家』(第一部「百草園」、「介孚公」)に記された没年の逆算による数字でもある。没年は光緒三〇年(一九〇四)で、その年六八歳であったということであるため、生年が道光一七年(一八三七)と割り出せる。一般に官となって提出する履歴書の生年数字は、退職を考えて若く報告するとのことであり、周福清についても、道光二四年説(内閣檔案資料中の自筆履歴)、道光二一年説(『同治丁卯科並補甲子科浙江郷試硃巻』中の記載)は、偽りの申請の可能性が強い。また『魯迅生平史料匯編』第一輯中の周福清の生年も、道光一七年を取っている。なお「内閣中書周福清」を記した秦国経の記載によるだけであり、上記の官吏履歴書の特質を考えれば、必ずしも確証あるものではないと思われる。これらの理由により、道光一七年説を取った。

（2）『同治辛未科会試同年歯録』中の自筆履歴によれば、周福清は第一七世となり、家譜によれば、第一二世となる。相違は、第一世の置き方にあり、房兆楹は表向きの履歴と家内向けの記録との違いであると述べている。房兆楹、前掲論文注7参照。

（3）周作人「風暴的前後（中）」（『知堂回想録』）一一頁、同「介孚公二」（『故家』）四三頁による。

（4）周観魚「三台門的遺聞佚事」（『回憶魯迅房族和社会環境三十五年間（一九〇二～一九三六）的演変』一九五九年、内部資料、魯迅堂叔周冠五回憶魯迅全編『家庭和家族和当年紹興民俗』上海文芸出版社、二〇〇六年）七頁による。

（5）同上、一二頁による。

（6）周永年（致仁房、第一一世で叔父）、周以均（中慎房、第一一世で叔父、挙人）、任蓉照（秀才）、陳錦（挙人）外一名で、陳錦門下の学生には、挙人合格者が多い。陳雲坡「周介孚」、二四頁による。

（7）一族の挙人は、周煌（韜山公、第六世乾隆元年（一八三六）の挙人）、周以均（道光一四年（一八三四）の挙人）で、三人目が周福清、四人目が周慶蕃（致仁義房、第一二世、光緒二年（一八七六）の挙人）であるという。陳雲坡「魚化橋周姓／中房及其代表人物」、『仁房下的礼義信三個房／周介孚』六頁、八頁、一四頁による。

（8）秦国経、前掲論文。

（9）知州、知県を合わせての百分率で見てて、ほぼ一パーセントであるため、知県のみの数字に直せば、ほんの僅かであろうと考えられる。近藤秀樹「清代の捐納と官僚社会の終末」『史林』第四六巻第二号、一九六三、九五頁、知州知県別表、参照。

（10）会試覆試は、殿試の予備試験とも、会試の再試験とも見なされる試験で、四等以下の者には、一定回数殿試の受験が差し留められる。周福清の参加した覆試の一等は五〇名、二等が九〇名、三等が一七八名、四等が四名であった。『上諭檔』同治一〇年四月一七日（明清檔案資料館蔵）。

（11）『同治十年辛未科殿軾小金榜』（明清檔案資料館蔵）。

（12）『上諭檔』同治一〇年五月（明清檔案資料館蔵）。

（13）郷試合格者は、李慈銘『越縵堂日記』（文海出版社、一九六三）第三冊、同治六年九月一五日、一五六一頁、会試合格者は同じく『越縵堂日記』第五冊、同治一〇年四月一一日、三一六二頁、及び前掲『上諭檔』同治一〇年三月、朝考合格者は同じく『上諭檔』同治一〇年五月による。

(14)近藤秀樹、前掲論文、八八頁。
(15)会試受験者総数は、前掲『上諭檔』同治一〇年三月の記載事項より算出したもの、翰林院入りした者の総数は、前掲『上諭檔』同治一〇年五月、による。
(16)第七世楽庵、第八世熊占、第九世佩蘭(致房祖)、第一〇世瑞墥(致智房祖)、第一一世苓年(致智興房祖)らが監貢生であった。陳雲坡「魚化橋周姓」、「関於中房的補充」四～一九頁。
(17)周作人「玉田」(『故家』第一部「百草園」)六七頁。
(18)浙江籍一一名の庶吉士の内、非残留となったものは、周福清を入れて二名で、もう一名(金保泰、三甲一〇位)は、中央官庁行きとなった。前掲『上諭檔』同治一三年四月二八日、及び李慈銘『越縵堂日記』第七冊、同治一三年四月一八日、三八〇五頁。
(19)陳雲坡「周介孚」二四頁。
(20)周作人「介孚公」四一頁。
(21)高伯雨「魯迅的祖父周福清」、三頁。
(22)松岡第一論文は、顧家相の「周介夫聯」により、周福清がそもそも翰林院入りした時からすでに知県になることを目指していたことが分かり、それは中央官庁の下僚に比べ、清官でも三代は食えるという実入りの多い地方官である知県になるため、わざと悪い成績を取ったということを示しているのだと注釈し、その上でその真相を問題にしている。松岡第一論文〔補二〕七五頁。第二論文(四)では、「知県になってもかまわない」とする見方を基本に知県になることを見通して「律例」を読む几帳面さ、利禄をもとめる者がなる知県の汚れたイメージを批判する意味など、複数の解釈を提示しているが、実証的な論拠は提示されていない。第二論文(四)二〇六頁、第三論文二二八頁。
(23)顧家相と周福清の直接的な関係については確認されていない。『紹興県志資料』(第一輯第一六冊)の記載によれば、光緒元年(一八七五)の挙人で、翌光緒二年に進士となり、即用知県として江西省撫州府東郷県に配分され、弱冠二七歳で、老官吏にも劣らぬ裁判ぶりを発揮したという。光緒一八年(一八九二)に起きた土匪の大乱征伐の際、連座となる諸族数千人の命を助け、これがもとで上役と対立し、官を辞している、しかし結局、巡撫に見込まれ、光緒二一年に帰任し、その後、萍郷の石炭産業発展に貢献する鉄道敷設に尽力し、その大任を果たし、栄転を得たという。民国六年(一九一七)六五歳で死亡している。天文算法、音韻諸学に通じ、金石学の造詣が深かったといわれる。そうした関係からであろうか、魯迅も一九二二年四月二二日、この「周介夫聯」を収めた『五余読書廛随筆』を講入している。魯迅が「周介夫聯」を目にした可能性は高いといえよう。なお『五余読書廛随筆』は顧家相の死後、三人の息子達の手によって、家印本として刊行されたものである。その際、字句に多少手も加えられている（後記による）。

（24）顧家相「周介夫聯」下巻、四一五頁、前掲『魯迅生平史料滙編』第一輯、一二六頁。

（25）中華書局、一九七三年、一八八頁、訳出引用。なお『通典』一四、選挙二に記されている内容は、本文中に示したものと異なる。これも一応訳出しておく。「宇に脱誤ある者は呼びて席後に立たせ、書濫劣なる者は墨水一升を飲まし、文理孟浪なる者は席を奪い容刀を脱せしむ」。

（26）『上諭檔』同治一三年四月一九～二〇日。

（27）『上諭檔』同治一三年四月二八日。

（28）周作人「介孚公」四〇～四一頁、訳出引用。松枝、今村共訳（『魯迅の故家』筑摩書房、一九五五年）では、文末の句、〈説反正只少是箇知県〉を平歩青のことばではなく、著者周作人のことばとして、「どうせ少なくとも知県だ」に訳している。しかし、著者周作人の考えであるとするなら、文は「説反正」の前で句点となる必要がある。また文脈から言っても、焦点となっているのは、散館後すぐに地方官に任命されたのかどうかよくわからないという時期の問題である。ここで著者が「どうせ少なくとも知県であったわけだ」と官職を語るのでは、文意が通らなくなる。本論中の拙訳では文末までを平歩青の言った内容として、「説」以下を周福清の言と見た。なおこの一文中にある「試験を受けるとすぐ」（原文「考了就」）について、松岡第一論文では、「考了就」の自然な解釈は、「試験の結果が判明するとすぐに」だが、平歩青が「試験を受けるとすぐに、結果の判明を待たずに」という意味をこの句に込めた可能性をあげて、周福清がわざと悪い成績をとったか否かの問題に絡むとして、散館試験にあえて悪い成績をとったとする主張の補完し、第二論文では、知県職になったものが慣例として購入する官位を買うための資金調達に帰省する意味と解釈している。もともと「考了就」の動詞は「考」一語であり、試験の結果云々に関する語が一つもないから、句の基本解釈は「試験を受けるとすぐに」であり、試験の結果を待つ、待たぬは文章外である。試験を受けて、出来の悪いことを自覚し、判定を待たずに荷作りすることもあり得るから、わざと悪い成績を取ったか否かに関係しない文章といえる。松岡第二論文（四）（二〇五～二〇六頁）、松岡第三論文（二二九頁）での解釈も同様に、即用知県職者が慣例で購入する官位を周福清が購入したとしても、この文章から官位購入の資金調達に帰郷することを言った文章とまでと読み取ることは早計である。

(29) 李慈銘『越縵堂日記』第七冊、光緒元年正月二二日、四一〇一頁。

(30) この加捐について、姚錫佩「坎坷的任途——魯迅祖父周福清史料補略」が光緒五年説を取っているのは、内閣檔案資料がまだ未紹介であったためとのことである。内閣『行移檔』（明清檔案資料館蔵）及び秦国経前掲論文、参照。なお松岡第二論文（五）、第三論文では、知県は将来の昇格を目して同知官を購入することが慣例であったとしている。同第二論文（五）一三八頁、第三論文二四六〜二四七頁ほか。

(31) 張能耿「魯迅祖父的生平和為人」（『魯迅早期事蹟別録』）に記載された周観魚の口述によれば、周福清は任地に家族の者を一人も連れて行かなかったということであるが、周観魚の前掲書中の知県時代をめぐる逸話には、母戴氏、妻蔣氏、乳母などが登場している。また周建人の著述中にも、妻方の甥、四七の同行が述べられている。張能耿、前掲書、周観魚、前掲害、喬峯『略講』、周建人『故家的敗落』参照。

(32) 周観魚「三台門的遺聞佚事」（前掲書）一〇頁。

(33) 喬峯「魯迅的幼年時代」（『略講』）、一二頁、周建人「魯迅幼年的学習和生活」（『我心中的魯迅』所収）、三頁。

(34) 周観魚「三台門的遺聞逸事」九頁による。

(35) 同上、一〇頁による。

(36) 陳雲坡「周介孚」二四頁。

(37) 沈葆楨の奏文は、「任に堪えない州県の官を特に弾劾し、以て紀綱を粛する」と題され、二月六日に奏された。光緒四年正月二四日、両江総督沈葆楨奏文「軍機処録付」、内政職官二号B、明清檔案資料館蔵）。

(38) 皇帝上諭によれば、弾劾者一二名の内で教職に改選となった者は、周福清一人、残る一一名の内二名が退職、九名が免職である。『徳宗実録』光緒四年、五九八頁。

(39) 光緒四年三月二五日起奏、四月二七日軍機大臣奉、江西巡撫劉秉璋奏片、（「軍機処録付」、内政職官二号B明清檔案資料館蔵）。

(40) 光緒五年四月吏部上奏文中に記載された光緒四年三月初十日奏文の再録による。三月初十日の奏文原件は、残存していな

い。光緒五年四月初日～初二日、吏部奏文（明清檔案資料館蔵）。
（41）李慈銘『越縵堂日記』光緒五年正月二六日に、「周福清が来る。金谿令で弾劾され、謁見に入京したのである」と記されている。同書第七冊、四一〇〇頁。
（42）光緒五年四月上諭。なおこの上諭の下った日の日付が記載もれとなっている。前事項の記載が四月初一日で、後が初三日である（『上諭檔』光緒五年、一二五六頁、明清檔案資料館蔵）。また村田氏が、皇帝の「教職選用」上諭を光緒四年の四月として、三月初十日の吏部議奏と引き続いてとらえているのは、姚錫佩論文の誤読と思われる。皇帝上諭は、上記のように、光緒五年の『上諭檔』に記載されている。また周福清の謁見を、〔補二〕では、光緒四年としている。一年違いの同時期で、日付がまぎらわしいための誤読と思われる。前掲松岡第一論文掲論文〔補一〕、八二～八三頁、参照。
（43）顧家相「周介夫聯」下巻、五頁。
（44）この奏折は、光緒四年三月初十日の奏文を再録し、それにより皇帝の裁可を請うている。従って、吏部の主張は、一貫して変化しなかったことになる。なおこの奏文の題目は、「官吏の姓名、履歴名簿を調査し並びに謹んで御命令を模写する」というもので、「官員試験名簿」についての上奏ではない（前掲松岡第一論文〔補一〕七六頁）。光緒五年四月初一日、前掲松岡第一論文〔補一〕、八二～八三頁、参照。
（45）陳雲坡「周介孚」二四頁。
（46）周作人の『故家』、『青年時代』では記述に相違点が見える。上司との対立、上司に対する軽蔑である点は同じだが、『故家』では、翰林院出の知県は優遇されるが争いも多く、周福清が恐らく科挙出身者でない上司を軽蔑し、その後巡撫との間がこじれ、結局弾劾されたとなっている。『青年時代』では、周福清自身の性格が気ままであること挙げ、あいにく上司の江西巡撫が科挙出身者でなかったため、軽蔑し対立したが、周福清の官位が低くてかなわず弾劾されたことになっている。科挙出身者でない上司を軽蔑したという観点は同じだが、前者では対立の基本に、何かと争いも多い翰林院出という出身が考慮されているが、後者では、周福清自身の気ままな気性が挙げられ、微妙なニュアンスの変化を感じる。周作人「介孚公」四〇頁、「祖父的事情」（『青年時代』）一六～一七頁。
（47）魏秀梅編『清季職官表』（下）（中央研究院近代史研究所史料叢刊〔五〕、中央研究院近代史研究所、一九七七）、六〇九頁。
（48）同上。

(49)『徳宗実録』光緒八年一一月一二日、一四〇三頁。

(50)この部分は「吏部の批准を待たずに」劉秉璋が上奏した点について述べたものだが、松岡第二論文では、「「清官」の周福清が不当利益をむさぼろうとする劉秉璋や李文敏等と対立していたと見る立場からのうがった見方であると」し、暫定措置として代理配置を速やかに決めるのは「至極当然」としている。ちなみに「不当利益をむさぼろうとする劉秉璋」という見方は、筆者は提示していない。皇帝の裁可と吏部の批准を待たずに措置を上奏した点が、「至極当然のこと」といえるのか疑念が残る。松岡第二論文（五）二〇三～二〇四頁、第三論文（上）二七七頁。

(51)周観魚「三台門的遺聞佚事」一四頁。

(52)光緒五年一〇月初二日、典籍に出された漢票簽所の公文書に、吏部からの書類により周福清に内閣中書を分発し、行走職を与え皇帝派遣大臣の検分を経て、九月二九日内閣に行走させたとの記載が残されている。内閣『行移檔』光緒五年（明清檔案資料館蔵）による。

(53)秦国経、前掲論文一八頁による。

(54)同上、二一頁による。

(55)陳雲坡も秦国経も共に、上奏の内容を中仏戦争に関するものであるらしいと推察しているが、その根拠については双方とも述べていない。陳雲坡「周介孚」二四頁、秦国経、前掲論文二〇頁、参照。

(56)李慈銘『越縵堂日記』第一四冊、光緒一〇年七月一五日、八〇八頁。

(57)周作人「老長班」(『故家』第四部「補樹書屋旧事」)。

(58)光緒六年（一八八〇）八回、光緒七年（一八八一）、光緒八年（一八八二）五回、光緒一一年（一八八五）六回、光緒一二年（一八八六）一三回、光緒一三年（一八八七）一一回の往来記録が拾い出せたが、全てが会ったという記録ではなく、周福清が行っても会えなかったものも含み、またただ「来た」とのみ記しているものもある。交流記録といっても、往来の事実だけが確認される程度のものが多い。李慈銘『越縵堂日記』第一〇～第一六冊、光緒五年～一三年による。

(59)周観魚「三台門的遺聞佚事」、八～九頁参照。

(60)周作人「曽祖母」(『故家』第一部「百草園」)、三〇頁、参照。

(61)李慈銘『越縵堂日記』第一五冊、光緒一二年八月二五日、八八六二頁。

(62) 内閣『行移檔』光緒九年、光緒一〇年（明清檔案資料館蔵）。
(63) 推薦を受けたが、役は李慈銘が受けもつことになった。李慈銘『越縵堂日記』第一四冊、光緒一〇年二月二一日、七八九三頁による。
(64) 周作人「名字与別号」（『青年時代』）九頁による。
(65) 漢票簽所舎人、従七品の小京官となった。内閣『行移檔』光緒一四年（明清檔案資料館蔵）。
(66) 誥敕房勤務は、光緒一四年（一八八八）一二月二一日、中書科勤務は光緒一六年（一八九〇）九月一一日付の記載記録がある。『官員堂諭』（明清檔案資料館蔵）、秦国経前掲論文、一八頁、参照。
(67) 内閣『行移檔』、内閣『移付』（明清檔案資料館蔵）、秦国経前掲論文、二〇頁、参照。
(68) 同上。
(69) 秦国経論文は、こうした評定は、州県の官位を得るには、大変強力なものであると述べている。秦国経、前掲論文、二〇頁、参照。
(70) 同上。
(71) 同上。
(72) 方略館では、内閣中書二〇名を編集補助とするが、光緒一〇年周福清がその中で校正官に昇格された。また会典館での編纂面では、光緒一七年に協修官に任ぜられている。秦国経前掲編文、二〇頁。
(73) 光緒一五年己丑恩科郷試、光緒一六年庚寅恩科会試、光緒一七年辛卯科郷試、光緒一八年壬辰科会試験等の試験用人員の採用試験に参加している。しかし、光緒一八年の採用試験の際に漢票簽所から提出された履歴書には、一度も試験要員となったことがないという記載がある。応募はしても合格していないか、何かの事情で任務には当っていないことを示していると考えられる。内閣『行移檔』光緒一五年〜一八年（明清檔案資料館蔵）、秦国経前掲論文、一八頁参照。
(74) 清代において、捐納によって官吏となる者は、官職の種類、品級の高低にかかわらず、必ず同郷在職官吏の身分保証が必要であった。この保証の礼金である引結金は、俸禄の少ない京官の大きな収入源となり、捐官制度が進むほど増大し、官が官を養うといった状況を作っていたという。李慈銘なども収入の半分を引結に頼っていたといわれる。張徳昌『清季一京官的生活』（香港中文大学）四六頁、参照。

（75）『光緒十七年春夏季俸銀単』、『同俸米単』の記載数字による。秦国経前掲論文、一九頁、参照。ただし、これはあくまで光緒一七年の数字であり、毎年一定というわけではない。またしばしば特典を得るために俸禄を政府に納金することがある。この場合、一定期間、収入がなくなってしまうことになる。

（76）張徳昌、前掲書、五〇頁、参照。

（77）前掲『魯迅生平史料匯編』第一輯。

（78）周観魚「三台門的遺聞佚事」一五頁。

（79）李慈銘『越縵堂日記』第一六冊。

（80）二一日訃報を受け取り、直ちに同郷京官の身元保証を取り、家人李昇呈を内閣大学士の下に遣わし、服喪離任、帰郷の許可を求め、二三日批准され帰郷する。以上が、内閣『移付』など公文書による経過であり、秦国経の紹介する所でもある。松岡第一論文は、周作人が語る、母戴氏の死後一月以内に帰郷したという記載、三月帰郷を供述した不正事件の檔案記録とも矛盾する点から、秦国経論文が、二三日を批准、帰郷、二月六日を紹興到着日としていることを誤認とし、二月六日を北京出発日とすべきであると主張している。しかし二月六日を出発日とすれば、周作人、周建人、周梅卿らが語る、祖母の死後五七日目に起こったという「大かんしゃく」が起こり得ないことにもなる。そのため、五七日目の「大かんしゃく」は百箇日だったのではないかとしている。内閣『行移檔』、内閣『移村』光緒一九年（明清檔案資料館蔵）、秦国経、前掲綸文、一七頁、前掲松岡第一論文〔一〕八一八頁、第二論文九六～九七頁、第三論文四二四頁参照。

第二章　科挙不正事件をめぐって

母の喪に服するため、息子伯昇、そして娘徳と同じ二六歳の若い妾藩氏を連れ帰郷した五七歳の周福清は、家族との同居生活に入った。それまで温和な伯宜と女子供だけであった一家の生活に、豪胆で多弁な周福清の登場は、大きな波紋を投じた。周作人らによれば、妻妾間の衝突、「五七日目の「大かんしゃく」」といわれるような家人の生活への苛立ち、一族の後世代に対する痛罵などが主な出来事であったらしい。そして帰郷四ヵ月後、一家にとって、一族にとって晴天の霹靂ともいうべき大事件、科挙不正事件が起きる。現在この事件の裁判記録はほぼ明らかになっているものの、事件の真相、詳細は依然として謎に包まれている。以下、檔案資料及び伝聞などに依りながら、事件の真相を探り、周福清と科挙不正事件をめぐる問題を検討することにしたい。

一、事件の内容と経過

この事件の審議判決において、確定された事実は周福清の自白供述に拠っている。この自白をもとに事件を審議し、それを皇帝に報告した浙江巡撫崧駿の上奏から必要箇所を訳出し、次いで事件の処理経過を追うことにする。

（一）事件の内容

……一九年三月、丁憂〔父母の死に会うこと〕により帰郷して服喪。……七月二〇日、周福清は下僕陶阿順を従え、紹興より京城〔北京〕に親戚を尋ねに出発、二三日、途中の上海で、浙江正考官が彼と進士同年の誼を持つ殷如璋であることを知りました。周福清は一時理性を失い、息子のために賄賂により便宜を図ってもらうことを思いつき、併せて親戚友人中の受験生を抱える馬、顔、陳、孫、章の五姓についても依頼し、試験に合格させようともくろみました。主考の承諾を得てから各親戚友人に告げ、文理に秀れた諸生を選び、名を書き出すつもりでした。周福清は予てより、各親戚友人の家の暮らし向きが豊かであることを知っており、承諾する者がいないとは心配せず、事の後には必ず謝礼の資金が出るものと思っておりました。すぐに上海から船を雇って走らせ、二五日の日暮れ、蘇州に着き停泊致しました。周福清は一人で、賄賂により便宜を依頼する書き付け一枚を起草し、中に馬官巻、顧、陳、孫、章の五人、それに息子第八がみな〈八宸衷茂育〉の字句を用いますと書き出し、併せて洋銀一万元の支払いを約束する手形を書き、名刺を加えて封入しました。二七日、正考官の船が蘇州閶門の埠頭に到着すると、周福清は陶阿順にまず名刺を出して面会を請い、もし会えなければ手紙を渡すようにと言い付けました。陶阿順は名刺と手紙を一緒に正考官の船に届けてしまいました[1]。

（〔 〕内筆者）

以上のように、事件は北京へ親戚訪問に出掛けるため、七月二〇日に紹興を立った周福清が、途中の上海で正考官が進士同年の殷如璋であることを知り、急遽手形を書いて名刺とともに封入し、二七日、これにもう一枚の名刺を添えて下僕に持たせ、添えた名刺でまず面会を請い、それが果たせぬ時に初めて手紙を差し出すように言い付けたところ、下僕が指示を違え、名刺も手紙も一緒に差し出したものとなっている。

用意した名刺二枚については、事件発覚後、第一報として奏せられた崧駿の奏文（八月二二日奏上、以下第一奏文とする）中に、封筒装入のものは周福清の名入り、下僕に持たせたものは「年愚弟」（進士同年者に対して自己を謙遜して言う呼称）とのみ記されていたと報告されている(2)。また依頼の書き付けに記されていた「馬官巻」の官巻は、名前ではなく、高官の子弟が科挙を受ける際、別枠で採点するために目印として使われる用語である。「息子第八」の第八も何らかの目印の要素は強いが、現在のところ意味不明である。ただ「八」は周福清自身の大排行でもある。何か関係があるかもしれない。礼金の支払いを約束した手形の原語は「空票」で、一般に空手形、融通手形と訳されるが、直接銀行などで換金することの出来ない支払いを誓約した証文と考えられる。事件に関する奏文中では、自筆の洋銀手形である「自写洋票」とも記されている。

（二）事件の経過

①

手紙と名刺を一緒に届けた陶阿順は、その場で直ちに殷如璋により拘留され、蘇州府に引き渡された。蘇州府では手紙の内容を知って、陶阿順を審問するが供述は要領を得ず、県委員に命じ身柄を杭州府に護送させる。事件を知った巡撫崧駿は、杭州府知府陳璚に陶阿順の審問に当たるよう通達させ、自らはすでに入っていた試験場で、物議を醸さぬよう名前の判明した馬家壇（官巻）、周用吉（伯宜）の受験差し止めを行う。一方陶阿順の審問の結果、本人は七月に陳順泉の下より借り出され、手紙の内容について関知していないこと及び周福清が進士出身で目下服喪中の身であることが判明、伯宜の受験名簿より確認された出身地会稽県で、身柄の捜索が開始される。また試験終了後、崧駿は直ちに皇帝に事件を報告し、周福清の免職、裁判にかける許可を奏請する（第一奏文）。一方周福清自身は、崧駿の上奏（一一月初十日奏上。以下第二奏文とする）によれば、「まず上海に身を潜めて病にかかり、その後帰郷して、逮捕命令を聞いて罪を恐れて県衛に自首して出た」ということである。また周福清の逮捕命令とともに、馬家壇、伯宜にも出頭命令が下され、関係人員はみな杭州に送られて杭州府の審問に付される。

②

皇帝は巡撫の上奏（第一奏文）が届く二日前、九月初二日、同じ浙江出身の江西道監察御史褚成博により、事件発生の報告と徹底調査を求める奏請を受け、巡撫崧駿に厳しく審問する旨を命じていた。(3) 上諭に遅れること二日、九月初四日、崧駿の上奏（第一奏文）が届き、皇帝は周福清の即時罷免と逮捕、裁判、事情の徹底究明を命ずる。(4) 皇帝の硃批（皇帝が臣下の上奏文に対し、自ら朱筆で記した可否の意見）並びに上記二本の上諭を受取った巡撫崧駿は、杭州府知府陳璚、按察使趙舒翹、布政使劉樹堂の審問に自らの審問を加え、一一月初十日、事件の経過、内容、処置については、刑について上奏する（第二奏文）。

③

一一月初十日奏上の第二奏文において、崧駿は福清の減刑、事件関係者の処置について、裁可を仰いでいる。減刑理由については、事件が未遂であり成立したものとは異なること、手形が自筆による支払い約束の手形で人の手に金銭が渡っておらず贈賄罪に該当しないこと、犯人が逮捕命令を聞き、法を恐れて自首していることの三点が挙げられている。関係者の処置については、事情を知らない馬家壇、周用吉は学生の資格を取消し、同じく事情を知らなかった陶阿順とともに詮議無用、四姓の者は名前がなく、本人が事前に各家と相談していなかったと供述しているので調査審問は免ずるべきであり、これにより連座を省くこと、また本人は家庭の暮らし向きが貧窮にあると供述しているので、更に追求措置を取らないことなどが述べられている。刑部はこの崧駿の第二奏文の主張をほぼ引き継ぎ、事件が未遂であるため、周福清の刑に斬罪は厳しすぎるとして、満刑（笞百流三千里）をもって新疆に送り、罪を贖わせるよう上奏した(5)。

④判決

一二月二五日、皇帝は周福清の事件について、以下の上諭を下した。

「科挙不正は法令の極めて厳しく禁ずるところである。当該被免職者はあえて手紙を送らせ、賄賂による便宜を求めようとした。たとえ買収が成立したものと異なるにしても、にわかに減刑を与えることは出来ない。周福清は斬監候と改め、秋後処決〔死刑執行を審判する秋審にかけること〕とし、もって法規、規律を厳しくし、これを真似て悪事をせんとする者を戒める」(6)。（〔　〕内筆者）

（三）多様な事件解釈

こうして周福清の不正事件は、七月の発生以来ほぼ半年を経て、最終的に判決が下された。公文記録によるかぎり、事件は明瞭である。しかし真相については様々に憶測され、多数の異説を生じている。異説が生まれ真相が一つの推測、判断に収まりきれないところに、この事件の特徴が窺えるともいえる。以下、事件を検討するために、諸説に見られる疑問、争点を取り出してみる。

①事件が告発された理由について（同席者の存在、手紙を届けた下僕の失態）

公的な檔案では、殷如璋が告発者ということになるが、殷如璋が自発的に告発したと受け止めるものはほとんどない。第三者の同席によって、やむなく告発したと考えるものが多く、同席者を真の告発者と見なす説もある。同席者或いは告発者として、副考官の周錫恩を挙げるものがもっとも多く、史実的にも有力である。[7] 次いで蘇州府知府王仁堪の名が挙げられている。また両者の同席を想定し、王仁堪の存在を主要と見なす説、[8] 同席者を巡撫であったとする説もある。[9]

周錫恩説を語るものの多くは、これに下僕の失態説を重ね併せている。[10] 失態の内容については、それぞれ若干異なる点もあるが、ほぼ同席者の存在によって主考官が手紙を開けられず、このため長く待たされた下僕が受取りもしくは返事を求めて騒ぎ立て、そこでやむなく開封して露見に至ったという経緯が共通する。王仁堪説は、返事の催促があって王の方から開封を求めたという説[11]と殷如璋自身が嫌疑を避けるために王に手紙を委ねたというものに[12]分かれる。下僕の失態説は特に出てこず、王仁堪の同席が事件発覚の直接原因である。これは、王仁堪の清廉官としての名声を強調し、例証する逸話として、この件を取り上げる傾向があるためであろう。

このように同席者、告発者が誰であるかについては一致せず、それによって事件発覚後の状況にも相違がある。しかし周錫恩、王仁堪が何れも清廉官として同席者に挙げられ、買収相手である殷如璋の告発に疑問が持たれている点は共通している。

②事件が地方段階で押さえられず、大きく表沙汰となった点について（周福清の供述、私怨報復説）

庇おうとする杭州府知府に対し、周福清が「近年浙江の科場では、某科某人のように賄賂で合格した者が一人一人数え挙げられる。皆がやっていることを真似ただけで、自分一人が珍しいわけではない」と供述したために、知府があえて問いただしたがらず、これを裁判に回すことを決意したという顧家相「周介夫聯」。蘇州府知府王仁堪が、周福清は以前より神経病であり免罪出来ると庇ったのに対し、本人がこれを否定し、更に某科某人はみな賄賂による便宜で挙人に及第しており、自分は手本通りにちょっとやってみたまでとまくし立て、裁きがつけられず、杭州府の審判になったという周作人『青年時代』の二説がある。また周福清の供述には触れず、神経病であると庇った者を杭州府知府とする説もある。[13]

地方当局の穏便処置方針に対し、私怨報復の動きにより詮議、処置が厳しくなったと語るのが周観魚、陳雲坡、周作人である。[14]報復者は蘇州府の幕友となっていた一族の婿陳秋舫、会稽知県であった兪鳳岡の二人で、周観魚の記述が他の者にも引き継がれたと考えられる。しかしこの私怨報復説に対して、周建人は一族の者の思いつきであてにはならないと述べている。[15]また逆に報復者の一人である陳秋舫が、考官に手紙を届ける際、周福清に仲介の労を取ったとする説[16]もある。

③周福清単独犯への疑い（依頼者の存在）

顧家相「周介夫聯」を除き、[17]ほとんどの伝聞が周福清の思いつきではなく、事前依頼による事件であったと語っている。依頼主については、周福清の姉婿である章介千を具体的に名指しするものから、単に親戚とするもの、紹興の豪族三氏とするもの、書き付けに記された五氏による共同犯行と見る解釈などいろいろである。[18]

④事件の真相が究明されず、減刑ないし事件の範囲を縮小しようとする動きがあった点について

巡撫崧駿が酌量を与えた上に減刑を求め、連座を避けるなど事件の範囲を縮小しようとする動きがあったことが指摘され、その理由に家族や依頼者による運動の成果、当局の民生配慮による及び腰の態度などが挙げられている。[19]また周福清保護の意図を読み取る説[20]や清朝宮廷自体に全く真実追求の意志がなかった点を指摘する説[21]もある。

⑤皇帝判決の厳しさ

厳罰の理由として、この年三件目の郷試不正事件であったという不正事件の多発状況、[22]科挙不正の風紀に対する

粛清の意図、売官風潮の強い西太后への批判、判決を下した際の光緒帝の心理状態の悪さなどが挙げられている。[23]

以上は主要な問題の整理点であり、ほかにも相違点はある。また同類とした説でも、細かい点では更に異なり、結局事件の発端から判決まで完全に一致する説がない。しかし、事件の真相と裁判の過程双方に疑念が持たれている点は共通している。そこで本稿では、諸説の相違点を事細かに詮索せず、これらを参考にこのような疑念を生み出す事件の全体的特徴について考えることにしたい。

二、事件の特徴

（一）噂の大きさ

皇帝欽案、しかも厳罰の下った事件であれば、勿論それだけで人々の耳目を驚かすに充分である。当時翰林院編集であった葉昌熾、戸部尚書翁同龢らが、この事件の調査命令や判決の下った日に、その事をわざわざ日記に記しているほか、[24]当時浙江道監察御史であった林紹年が周福清の供述を引き合いにして、科挙制度の改革を上奏している。それぞれ事件発生地域に縁ある人物ではあるが、やはり事件の反響の大きさが感じられる。[25]

しかしこの事件は、欽案事件となり厳罰に処せられたがために評判を呼び、人々の注目を浴びたのではない。巡撫松駿の上奏に先んじて、皇帝に事件を通報した江西道監察御史褚成博[26]は、次のように述べている。

近頃耳にしましたところ、浙江の考官が沿道地方官の世話を受けながら浙江に赴き、江蘇省蘇州府の境を通過しました時に、突如ある者が正考官殷如璋の乗る船に参り、手紙を届けたそうであります。中には受験生五人の姓名並びに銀票一万両があり、賄賂により合格の便宜を求めたものでありました。殷如璋は手紙を読んだ後、直ちにその者の身柄を拘留し、手紙とともに最寄りの蘇州府に引き渡し、その監視下に置きました。該府では知府王仁堪が、実情に基づいて浙江に護送し審問するように連絡致しました。このことは蘇州、浙江地方にあまねく語り伝えられており、守正の士はみな憤りを抱き、嘆いておるとのことであります。最近は、都の士大夫も取り沙汰し、滅多に聞かないことと訝っております。[27]

これによれば、事件は欽案事件となる以前、発生段階ですでに浙江はもとより北京にまで伝わり、物議を醸す出来事となっている。褚成博がどのような経路で入手したのか分からぬが、伝える事件経過もかなり詳しい。一般に御史が官吏の悪事を告発する際、噂によりとするのが慣習であったから、案外詳しい情報提供者がいたのかもしれない。奏文は更に次のように続く。

伏して思いまするに、科挙試験場に於ける不正は、禁令がなんと厳しくとも、やはり大胆かつ公然と行われております。かくの如きでたらめな行為を厳しく取り調べ、処分なさらねば、恐らく以後悪の輩が法を侮り、悪行を真似、必ずやなお一層したい放題に行動して憚ることがなくなりましょう。世間の気風と士大夫の習慣は関連し、相い応ずるところ軽くはございません。浙江巡撫に速やかにこの事件を取り上げ、真剣に審問し、取調べるように御命令なされるよう奏請致します。実際に示唆して罪を犯させようとした首謀者がいるのか、それとも名を騙って金銭を巻き上げようとしたものであるか、必ず確かな事実を得て、法律に基づいて罪を定め、処分しなければならないと存じます。人心を戒め恐れさせれば、積弊は自ずとなくなります。臣は悪い風俗を取り除くために、ありのままを上奏致す）次第であります。[28]

こうして噂の大きさを伝え、この事件の意義を訴えた褚成博の見解は、そのまま皇帝に受け入れられた。上奏を受けた皇帝は、直ちに徹底調査を命じ、最終的には悪行を真似る者を戒める恰好の警鐘として、事件に厳罰を科したのである。

こうした経過を踏まえるかぎり、周福清の事件は欽案事件となり、厳罰を下されたがために、人々の注目を集め話題になったのではない。世間の注目を集め、話題になっていればこそ欽案事件となり、厳罰を科せられたのである。とすれば、何故この事件はそれほど世間の話題になったのであろうか。先に触れた浙江道監察御史林紹年の科挙制度改革の上奏は、こう述べている。

密かに考えまするに、近頃科挙試験の風紀は著しく崩れており、弊害が続出しております。世間で伝えられていることには、あきれさせられます。噂に聞けば、浙江の一案で周福清は、賄賂による合格依頼は一科にとどまらぬ、と供述したそうであります。北京の郷試、会試で幸いにも合格した者は、更に数えきれず、いささかも憚るところがない点は一致しております。[29]

数えきれないほど賄賂による合格者がいるのは、それだけ賄賂による合格依頼があり、かつまた成功しているからにほかならない。つまり賄賂による合格依頼自体は珍しいことではないのである。ところが先に挙げた褚成博の奏文には、「最近は、都の士大夫も取り沙汰し、滅多に聞かないことと訝って」いるという一節が見られる。当時としては珍しくもない賄賂による合格依頼の事件を、何故都の士大夫は訝しんだのであろうか。

「一度考官を担えば三代窮せず」、「官を買って官を売る」という俗諺がある。[30] 一般に平常収入の少ない京官にとって、試験官を担当することは日頃の欠債を埋める恰好の、また切なる窮状打開の方途であり、うまく行けばその収入は「三代窮せず」というほど多大であった。そのため、賄賂を取って官に合格させる（官を売る）ために、自らも賄賂を使って考官となる（官を買う）者も多かったのである。周福清の事件と同年に起き、先に記した浙江道監察御史林紹年によって摘発され、犯人の官吏が自殺に至った陝西主考事件は、そうした考官購入の露見による不正事件である。利害の絡み合いが輻輳したためもあって、露見に至った事件であるが、不正を行うために考官となる者さえいたという当時の状況を物語る一例であろう。相手がよほどの清廉官でもない限り、賄賂による合格依頼は拒否されることのない、かなり確実な不正手段であったのである。

そうした成功率の高い方法を取っていたにもかかわらず、周福清の事件は未成立で露見し、摘発されてしまった。そのために人々は驚き、訝り、真相を詮索したのであろう。この点は、前節の多様な事件解釈で整理した問題点と一致している。告発者は誰か、告発の原因はどこにあったかなど、事件発覚の原因が憶測され、同席者の存在や下僕の失態など、不測の事態が想定されていた。また賄賂を受ける考官の自発的な告発が信用されず、清廉官という特殊な存在が真の告発者として挙げられていた。これらはまさに告発されるはずのない考官買収事件の露見という意外性に対する興味、詮索の結果にほかならない。周福清の事件の特異さとは、不正行為自体ではなく、不正が蔓延し成功が当たり前であった現実の裏返しだったといえよう。

そのためであろう、周福清の事件を伝える伝聞などに不正行為自体を犯罪視、罪悪視する見方がほとんど見られない。多くがこの出来事を不幸にも災いにあったものと見なしている。例えば、清廉官の一人と思われる顧家相及び顧家相が取り挙げた浙江人による聯にも、深い同情の念が読み取れる。[31] また周作人が福清とあまり話が合わなかったであろうと想像した京官の友人王継香は、単に同情するばかりか、摘発したとされる殷如璋に対し、自己の正直さを誇示して、悪辣を欲しいままにすると激しい非難を浴びせている。[32] 罪悪視されているのは、周福清ではなく、不正を摘発した考官の側なのである。しかもこうした傾向は当時の資料ばかりでなく、その後に記された事件関係の論文などにもかなり見受けられる。[33] 勿論、罪悪視されなかった行為であるから、不正行為が是認されるということではない。しかし事件を考える上で、科挙不正行為自体を特別な犯罪と見なさず、摘発を災難と見なすような状況があったこと、そこまで蔓延していた科挙の腐敗状況を理解しておく必要はある。

(二) 事件の処理について

事件処理については、先に触れたように真相が追求されなかった点が指摘されているが、ここでは少し立ち入ってその理由を考えてみたい。

この事件の処理において、第一の特徴と思われるのは、充分な検証を行わないまま周福清の自白供述を一貫して事件の事実内容として確定していることである。時代を問わず中国の刑事訴訟において、事件内容を確定する最大の根拠は、本人の罪状自認に求められる。しかし自白内容に関して、異議を差し挾み検証を行うことは一応前提とされている。[34] ところが周福清の自白供述に関しては、異議が持たれ、更に審議追求され、新たな事実が明らかになるといった検証の手続きが一切されていない。例えば、本人が言っているからといって、五姓の者に対して審問すら行っていない。裏付けのないまま、自白がそっくりそのまま事実として認定されているのである。しかもこの自白内容にはかなり不可解な点が目立つ。すでに高陽などが指摘するように、服喪期間に入ったばかりの周福清が親戚を訪問に北京に出掛けようとしていること、露見すれば災い必定の大事を全く相談もせず、勝手に単独で行っていることなど、疑えば供述のすべてに疑問が持たれる。[35] にもかかわらずその真相が問われていない。まず異例の事実確定といってよかろう。

このような事実確定が生まれた要因として、まず挙げられるのは合格依頼の五氏の問題である。この五氏と福清の関係については、従来より伝聞や家譜などに拠る推察で多少明らかになっている[36]。

それによれば、馬家壇（官巻）は翰林院編集馬伝煦の子で、福清の長女徳の嫁ぎ先と同じ呉融の馬氏に属し、家壇の兄家奎など何人かが福清の属する覆盆橋の周家より妻を迎えているという。孫氏は福清の先妻孫氏の実家で、義兄にあたる祖謀は福清と府学県学以来の学友であり、しかも、郷試の同年といわれる。章氏は事件をめぐる伝聞中で名指しで、依頼者として挙げられている福清の姉婿章介千のほか、二代前にも婚姻関係があるという道虚の章氏と推測される。著名な学者章実斎なども輩出している一族である。陳氏は筆者の面談調査で明らかになったが、醬油、味噌などを製造販売する「謙豫醬園」を営む陳炳斎を本家とし、分家にあたる兄弟も紹興偏門外（鑑湖郷清水閘）で「咸亨醬園」を営む地元の有力な資産家一族である。福清が下僕陶阿順を借り出した陳順泉もこの一族になる[37]。残る顧氏については、顧家相と同族ではないかという指摘もあるが、「周介夫聯」や経歴の上ではその関係はつかめない。

以上のように五氏の内、親戚の三氏が何れも、役人既出の読書人層、陳氏は裕富な商人一族と、いわば名望と経済力を有する地元の名士にあたる人々である。この五氏、少なくとも現在推定している四氏がすべて事件に絡むとすれば、それだけで紹興府にとっては無視出来ぬ大事件である。しかも事前謀議があり、周福清がほかならぬ彼らの代行者もしくは代表者であったとすれば、一大スキャンダルであるばかりか、事件自体が大規模で深刻な大犯罪となる。所轄地区である紹興府の名望も失墜し、その責任問題も生じよう。しかし周福清一人の思いつきによる単独犯行であれば、大事は避けられる。自白を認めて、真相追求を避けたい地方当局の意図は充分理解出来る。また福清の側からいっても、真相が追求され、多少とも事前謀議の事実があったと判明すれば、悪質な計画犯罪として、重罪を呼ぶのは必須である。当然望むところではあるまい。周福清の思いつきによる単独犯行が望まれる理由は、地方当局、犯人である周福清何れにも想定しうる。

しかし地方当局の採った処置は、実は真相不問にとどまらない。事件の詳細を報告し、刑と処置の裁可を請うた巡撫の上奏（第二奏文）には、より積極的に周福清を弁護しようとする記述が見られる。例えば、上海到着後犯行を思い立ったという周福清に対しては一時的に理性を失った状態にあったという注釈がつき、自首が遅れたことについても病気のためと弁明が施されている。地方当局は地方の民生を配慮して自白供述を鵜のみにしたばかりでなく、より一歩進んで福清側に加担していたように思える。

その背景として注目されるのは、周福清が審問で、不正は一科にとどまらぬ、賄賂により合格した者の名を一人一人数え挙げられると豪語した話である。伝えられる発言の相手は、蘇州府知府王仁堪であったり、杭州府知府陳璚であったりと定まらないが、この発言自体は、先に取り上げた林紹年の上奏中にも引用されており、全くでためな伝聞とは思われない。特に顧家相の記述では、一科にとどまらぬと語った対象が科挙試験一般ではなく、地元「浙江の科挙試験場」であり、そのために知府があえて糾問したがらず、結局事件を裁判に回し、死刑の判決を下したことになっている。

相手が紹興府知府であれ、杭州府知府であれ、周福清の発言がもとで不正合格者が明るみに出れば、事件の影響は五氏の連座どころではなく、どこまで波及するか測りがたい。地方当局は、連座を避けるために、事件の真相追求を放棄するだけでなく、周福清自身の庇護を計らねばならない弱みもあったのであろう。現在周福清と地方当局との間にどのような了解が成立していたのか、それを傍証するだけの手掛かりはない。しかし、周福清の自白だけを根拠に五氏に審問もせず、犯行時には理性を失っていたという注釈つきで単独犯行説を主張し、その上で減刑要求を出した地方当局の処置に、ある種の作為を読み取ることは出来よう。伝聞などが語る親戚友人らの救済運動も、こうした背景があってより効を奏したものと思われる。

では真相追求を放棄し、真実を隠蔽した地方当局の処置を、刑部、皇帝は何故容認してしまったのか。まず刑部であるが、刑部は単に真相に目をつぶっただけでなく、地方当局の減刑要求に呼応して自らも減刑を奏請している。これも実はかなり異例の処置である。

一般に中国の刑事事件の審判において、刑部が重刑を上奏し、皇帝がこれを軽減するのが慣習とされている。皇帝が恩情を示すという形である。ところが周福清の事件では、刑部が極力罪を逃れさせ、寛大な処置を請うている。文句式は、こうしたことは科挙不正事件に厳しい処置をとった乾隆以前なら想像も出来なかったことだと論評しているが、従来の慣習と異なる刑部の動きには時勢の変化だけでなく、周福清の友人である同郷京官らの助力が大きく働いていたのである。

陳雲坡が手写した友人王継香の手紙に、この間の状況を伝える一節がある。この手紙は、光緒二〇年（一八九四）正月、すでに判決を受け、斬監候として杭州府獄に繋がれていた周福清に宛てられたもので、その心中を思いやり達観を勧めるとともに、友人達の運動が力及ばなかった経緯を伝えている。関係部分を訳出してみよう。

一〇月になる頃、私は同僚と連名で浙江に書簡を送り、寛赦を願うことを相談しました。越老〔李慈銘〕はすでに承諾していたのですが恐れる者に止められ、頓挫してしまいました。私は人情の結びつきと友情の頼りにならないことを憤り、『広絶交論』一篇を論じ、憤激と憎しみを述べました。しかるに読んだ者は却ってこれを嘲笑し、このために嘆息止まぬところとなりました。すでに事件は裁可が請われるに至り、刑部に議が下されました。薛公〔薛允升〕長者は緩い審諮で処罰するつもりでしたが、折りしも御史台の諫官がこれに絡んで、ついに重刑に改める上論となりました。この事件の処理に当たった三人は、無念を抱いております。とっくに

ご存じのことと存じますが。[38]（二）内陳雲坡）

明清檔案資料館に所蔵されている刑部の奏文には、薛允升のほか、満人尚書松雅、満漢左右侍郎ら五名が連署している。これら侍郎は何れも周福清の内閣時代に典籍庁の属官である内閣学士を勤めたことがある。[39]所属部署は異なるが交友関係や面識があった可能性もある。中でも左侍郎李端棻は内閣学士在任期間が長く、右侍郎龍湛霖は周福清の服喪離任時の在任である。また署名には加わっていないが、周福清と進士同年で同期の庶吉士出身で英煦が、この時満缺侍郎を務めている。文中にある「処理に当たった二人」とはこれらの人物であるかもしれない。なお「御史台の諌官」は、事件を引き合いにして科挙制度改革を上奏した浙江道監察御史林紹年であろう。

以上で刑部の動きは一応判明した。次は皇帝であるが、皇帝にとっても、真相の追求は望ましいことではなかったと見える。真相が追求され、大規模かつ計画的な犯行であったとなれば、厳罰処置を与えても誰の目にも理の当然と映る。しかし、小規模でしかもたいして悪質でない犯罪に、厳罰処置を講じれば、世の人々はそれだけ肝を冷やすことになる。事件を横行する科挙不正への戒めとする上で、思いつきによる未遂の単独犯行は、まさに絶好のものであったと考えられる。その証拠に、皇帝は福清の自白供述を根拠に真相を深追いせず、関係者の確証すら取らない地方当局の処置に対して、反問も加えず、再度の真相追求命令も発していない。また判決においても、一切の事実状況を捨て去り、刑の根拠をただ不正合格をもくろんだという一点のみに求め、これこそが厳罰に値すると判定している。事件を戒めとみなす皇帝の政治的意志にとって必要なのは事件の真相ではなく、軽微な犯罪事実であったといえよう。

こうして地方当局、福清、皇帝の何れにとっても益なき真相の追求は放棄され、事件の真相は隠蔽された。公文書に記された事件内容が真実であった、という保証はどこにもないのである。

三、周福清と事件

真相が究明されぬまま判決が下されたこの事件において、もっとも大きな疑問が持たれるのは、周福清の思いつきによる単独犯行という問題である。以下この点に焦点を絞り、事件について検討を加えることにしよう。

（一）親戚友人からの依頼

①

依頼の事実を考える上で、重要と思われる二つの資料がある。それぞれ他の伝聞資料には見られない発言を含んでいる。まずこの資料を取り上げることにする。

【陳宗棠の語る話（一九八五年一一月一八日聴取）】陳洪歩が息子陳紹曽に語り、それが孫陳宗棠に語り継がれたもの。陳宗棠より筆者自身が直接聞き取りをした。合格を依頼した一族からの初めての証言である。

陳洪歩の本家であり、その同世代にあたる陳炳斎は、紹興府城内において醬油味噌製造販売所「謙豫醬園」を営む人物であり、その息子陳坤生は郷試合格を目指していた。家業を創業した炳斎に比べ、息子坤生は結局その一代で一家を没落させた如き人物で、試験合格も危ぶまれていた。炳斎は、坤生が周福清の息子伯宜と同学であったことから、伯宜を通じて、京官であり服喪により帰郷していた周福清に、賄賂による合格を依頼し、

「謙豫醬園」名義の小切手を切った。事件発覚後は、ほかの合格依頼者ともに申し立てないことに決め、周福清を救済するべく、必要な資金を提供した。

合格依頼の時期は夏頃、渡されたのは支払いを誓約した証文ではなく、銀行業務を兼ねる両替店で直ちに換金出来る小切手であったという。なお、陳宗棠は魯迅研究者の馬蹄疾であり、筆者の聴取の後、自らもこれについて発表している。

【周建人が口述した祖母蔣氏の話】死の床にあった祖母蔣氏が、祖父福清の事件の真相を伝えておきたいと看病する周建人に語ったもの。蔣氏自身が見聞した事実を真相として告白している。蔣氏と周建人の会話体となっている原文を以下に要約する。

お祖父さんは、合格依頼の手紙を自分では届けていなかったんだよ。お祖父さんの姉婿の章介千が戴お祖母さんの亡くなった後、葬儀のことなどで、度々周家を尋ねて来て、服喪で帰って来たお祖父さんと話をしていた。彼は今年が恩科〔定期の年以外に国家の慶典で行われる科挙試験〕だから、何とか手立てを考えて欲しいと頼んでいた。お祖父さんが再三断って、この件は変えられないと言うのに、介千はみんながやっていることだから心配ない、心積もりがあるから面倒は掛けないと言って諦めず、お祖父さんもやむなく一枚書き付けを書いてしまった。私はお祖父さんが書いているところを見たんだが、介千はそれを上前《うわまえ》の衽《おくみ》にしまって、自分で人を遣って届けさせるから、心配はいらないと言っていた。手紙の中で頼んでいたのがどこの子弟か知らないし、まして誰を届けに遣らせたかなんてことも知りゃしない。逮捕の役人が来た時、お祖父さんは四七を出して、彼の住んでいた三間頭〔屋敷の裏庭にあたる〈百草園〉の奥にある小屋〕に隠れていたが、知県の兪鳳岡が騒ぎを起こすのではないかと思って、私が自首を勧めた。全責任を負ったのは、筆跡が役所の手に渡れば、どうあがいてもどのみち逃げおおせぬと思ってのことだ。わが家の傷は介千の掌中にあったのだよ。[40]　（［　］内筆者）

従来から、事前依頼の親戚として章介千の名が挙げられており、手紙の依頼主、届け主が章介千であると語った周建人の口述もある。[41]しかし伝聞ではなく、蔣氏が目撃した事実であると明言したのは初めてである。これが真実であれば、周福清は書き付けを書いただけで、実際の犯行には全く関与していなかったことになる。他界の前にわざわざ真相を告白している点で、証言の信憑性は高いと思われるが、章介千が書き付けを持ち去ってから、逮捕の役人が来るまでの状況は述べられていない。また蔣氏が語っているのは自ら目撃した事実だけであり、事件の詳細についても一切関知していない。こうした点から見て、この告白をそのまま事件の全真相として確定することは出来ない。[42]陳氏の証言についても検討を要するが、不正の依頼という、いわば不名誉な事実を子孫に伝える伝聞だけに一応信頼することにしたい。

②

さて、二つの証言を合わせれば状況は複雑になるが、まずそれぞれ重要と思われる点について検討してみよう。

陳氏の証言で注目されるのは、伯宜の問題である。事情を知らず、突如秀才の資格を剝奪される憂き目にあったとして、従来被害者と見られがちであった伯宜が、この話では友人のために合格依頼の仲介をしている。事実と断定するには更に傍証が必要だが、事件後、伯宜が極端な自虐状態に陥っていたという周建人の証言がある。それによれば、目まぐるしく変化する天気のように情緒が不安定で、時に鬱積した思いが募って、食卓の物すべてを叩き壊すといった光景がまま見られたほか、臨終にあっては「バカ子孫！　バカ子孫！」〈呆子孫！呆子孫！〉と言いながら、我が身を叩くような行動を示したという。[43]何故父がこうした言葉を吐いたのか、「バカ子孫」〈呆子孫〉とは一体誰のことなのか、一族の一人周子京（第一二世、致智立房、科挙合格を目指しながら発狂して死亡）が自らを「親不幸者」（「不孝子孫」）と呼んでいたように、父もまた自らを責め苛んだのではないか、とすればその理由は何であったのか、周建人は父の言動に強い疑念を抱いている。[44]また福清の審判が近づいた時、家族の中でもとりわけ父の憂慮が大きかったこと、伯宜が自らの用吉という名は「周」をばらしてしまったと語っていたことなども挙げられている。[45]落第を繰り返していたために、父親を不正行為に走らせ、斬監候に至らしめた自虐という以上のものがあったようである。

また陳雲坡、陳宗棠によれば、福清の下獄後、親戚友人らが福清に代わって牢に入るよう伯宜に勧めたという逸話がある。[46]周囲の者は孝子に免じて福清の減刑、釈放を願ったのであろうが、伯宜はそうしなかったという。周建人によれば、福清の下獄後、僅か一二歳の伯昇が身代わりに死刑になると言って、泣いたり宥めたりの一幕が起きている。[47]自分の息子にも等しい幼少の弟が身代わり騒ぎを起こす事態で、伯宜が周囲の勧めを無視したとすれば、当然その理由が問題になる。性格的な弱さもさることながら、そうしたくても出来ない事情があったのではあるまいか。例えば伯宜が自ら事件に関係しつつも、福清がすべての責任を取り、伯宜に一家の後事が託されていた場合などである。伯宜はその事実を人に語れず、また獄中の福清に代わることも出来ず、自責の念に苛まれ心労を増していった。現段階では推測に過ぎないが、事件後の伯宜の状況には、事件との関係を暗示させるものが充分あると思える。

次は犯行がすべて章氏の手によるとする蔣氏の証言である。検討すべき第一点は、福清が手紙を届けに行っていないという一節である。ところが手紙を考官に届けた下僕陶阿順は、後年この事件を回想して次のように述べている。

この事件は話にもならなかったよ。私がどれだけ苦しみを味わったか知れやしない。火石、火鎖に座らされ、尻を打たれるなんてのは序の口だった。周家が私に届けさせた手紙に何が書かれていたかなぞ、私は知りゃしない。知っていれば、祟られたってあんな大きな災いを招いたりするものかね。[48]

これによれば、手紙を頼んだのはあくまで周家であって章介千ではない。また周作人は一貫して、贈賄合格を依頼された福清が蘇州に行き、使いの者に手紙を届けさせたと語っているから、[49]これらを総合すれば周福清は手紙を届けに蘇州に行ったという結論が得られる。もともと蔣氏の発言の根拠は、章介千が自分で届けると言って書き付けを持ち去ったことにある。事件発生時に福清が紹興に居たという裏付けを語っているわけではないから、この結論で特に支障はない。ただ周作人の記述は資料に依拠して記憶を綴った様子もあり、また章介千が周家の名を騙って陶阿順に依頼していた場合が全くないともいいきれない。[50]周作人の記述と陶阿順の口述だけから、福清の蘇州行きを断定するのはやや早計とも思える。従って現段階では、福清が蘇州に行った可能性を否定しえないと語るのが妥当と思われる。

第二点は、書き付けを書いただけの福清が何故一人で全責任を負ったのかという問題である。蔣氏によれば、書き付けが自筆のものである以上、逃げおおせぬと判断したためである。確かに書き付けという証拠物件を握られた福清の罪は逃れがたい。逃れられない以上、犯罪を軽微にして罰を軽くすることが残された最善の道となる。そのために事前依頼の事実を隠しきれるだけ隠し、思いつきによる単独犯行を主張して、減刑を図る方法は確かに有効である。勿論証拠を握られていない依頼者達にとっても、罪に問われず救命運動を影から支えることで済めばそれにこしたことはない。周福清が一人罪を被った背景にはそれなりの理由が窺える。しかし陳氏の証言通り、伯宜が不正合格の仲介をしていたとすればどうか。事前依親の事実が明るみに出れば、福清のみならず伯宜も罰せられ、周家に残されるのは女子どもだけとなる。まして親子共謀で考官買収を図ったとなれば、一家への処置も一層厳しくなろう。周家の今後を救うためには、証拠を握られた福清一人の仕業として、何としても事前依頼の事実を隠し通さねばならない必然性が生じる。周福清一人が罪を被り、後事を伯宜に託していたのではないかと推測した先の仮説が、ここに再び浮上してくる。(51)

以上を考え合わせてみると、蔣氏の目撃した事実が事件全容ではなかった可能性がますます強まる。進士同年の正考官を持つ福清は、受験生を抱える周囲の者にとっては絶好の手蔓である。複数の者が同時に或いは個々に合格を依頼したとしても不思議はない。章介千の依頼は確実としても、すべてが章介千一人の仕業であったともいいきれないようである。

③

最終的に依頼を取りまとめ、犯行を決行したのが誰であったか、ここで一歩突っ込んで解明したいところであるが、事前依頼の事実を語るだけの証言から、具体的な犯行状況を推測するには難がある。ここではひとまず章、陳二氏の依頼を語る証言があるという点だけを確認しておこう。残る三氏については、救済資金の提供を依頼者どうしで相談したと語る陳宗棠の証言以外、決め手となるような資料はない。もっとも馬家壇については、何らかの事前接触があったと見てよかろう。全く預かり知らぬ事件のために受験停止、資格剝奪の処置を受けながら上告した形跡がないのはいかにも不可解である。そのことが事件との関わりを物語っていると思える。

こうして五氏の内、三氏に事前依頼の動きが認められる以上、事件は確かに福清の思いつきなどではない。しかし、だから犯行が依頼者全員の共謀であったともいいがたい。というのは、合格依頼の書き付けに書き出されていた五姓の者何れにも名前がない。(52) 書き付けを書いた時点で名前が判明していなかったか、未確認のまま書かざるをえなかったためであろう。とすれば事前謀議があってもそれほど綿密でなかった可能性、首謀者或いは最終的に犯行を行った人物が依頼者に相談せず単独で犯行を計画し、決行した可能性なども出てくる。事件は思いつきによる単独犯行か五氏の謀議による共同犯行かといった弁別に収まりきれない複雑さを持つものと思われる。

さて真相の内容はますます広がり、憶測にはかぎりがない。これ以上の詮索は控えよう。問題は少なくとも犯行以前に、親戚友人から賄賂による合格依頼があったとして、何故福清がそれを受諾したか、何故拒絶しなかったのかという、その一点である。蔣氏によれば、章介千の再三の要求を拒みきれなかったということであるが、剛直を自認する福清の性格から見て、人に要求されたがために拒みきれなかったというのは説得力に欠ける。拒みきれなかったとすれば、福清自身の中にも、何らかの拒みきれなかった理由があったからであろう。この点を検討してみよう。

（二）内的動機

周福清自身の内的動機として、もっとも重要と思われるのは、息子伯宜の問題である。

伯宜はこの不正事件が発生する前の郷試にも落ち、試験については三度目の失敗の渦中にいた。福清は光緒一五年の三度目の試験の前に、伯宜に手紙を書き、気持ちを気づかうとともに、試験場で書いたものや題の写しを送るように言い付け、更に自らもその年の順天郷試の欽命試験問題を写し取り送ってやるなどしていた(53)。こうした動きに、遠い北京にいながらも息子の試験について、事件発生以前より大層心をくだいていたことが窺われる。では伯宜の状況はどうであったのか。

周作人、周建人、周梅卿らの記すところによれば、福清の帰郷後、五七日目の「大かんしゃく」と称される事件が起きている。[54]朝寝坊している家族に腹を立て、家中の者を叩き起こしたこの事件は、周作人からあまりの粗暴な振る舞いに、祖父としてあるまじき行為であると批判されている。しかし周作人がこのかんしゃくの原因として、阿片飲みである伯宜が早起き出来ないことを挙げている点が注意を引く。[55]努力一筋で科挙試験を突破し、知県時代、中書時代、勤勉を旨に生きてきた福清は、自らは煙草も吸わず、酒も官吏の交際に必要なかぎりにとどめ、とりわけ嫌っていたのが阿片であったという。郷試を前にして、阿片を吸う生活に浸る息子に苛立ちが募り、それが朝のかんしゃくとなって発したとも考えられる。

更に福清の憂慮を大きくしたと思われるのが、帰宅した台門（一族の屋敷）の状況である。周建人によれば、当時の台門は門前を棺屋に間貸ししているのをはじめ、多数の間借り人で、まるで大長屋のようであったという。没落の色を濃くするこうした状況に加え、更に変化が大きく、より一層福清に衝撃を与えたのがここに住む一族の後世代である。家屋の修復さえままならぬ状況で、正業に就くこともなく、家産を食い潰し、ただ阿片に染まって生きる四七、五十（周衍生、第一三世、致仁礼房、四七の兄弟）、日がな一日茶館に座る衡廷（第一三世、致仁礼房、四七、五十の従兄弟）、福清は彼らを目にすれば、いつも苛々して痛罵を浴びせていたという。とりわけ一度は目をかけ金谿県に連れていった四七の変貌ぶりは、福清を驚愕させ、痛恨するがために憤激もひとしおであったといわれる。[56]

没落への道をむかえる屋敷の中で、何も果たそうとせず、阿片のみに溺れていく人間の姿に、正業たる官途の道に入れぬまま、次第に阿片癖が高じていく伯宜の行く末を重ね合わせれば、福清の心に憂慮を越えた焦りが生まれてきても不思議はない。このまま行けば、伯宜もまた阿片に蝕まれ、頽廃と怠惰の道を歩み、やがては廃人になってしまうのではないか、こうした危惧が生まれ、募りつつある時、親戚友人から賄賂による合格の仲介を依頼されたとする。正考官が進士同年である以上、たとえ事が成就せずとも、露見や告発の危険はまずない。幸い事が成就し、伯宜を合格させることが出来れば、息子を頽廃の道から救える。しかも仲介の謝礼が伯宜の合格費用であれば、経済的に買官の可能性のない周家にとっては、息子を救済し、その将来を打開出来るまたとない機会である。再三断っていたという福清の心が揺らいだとすれば、この時ではなかったか。とすれば不正に手を染めた動機は、栄誉や金銭のためではない。それよりはるかに深刻で、切実な、息子の人間としての将来を思う危惧と憂慮であったことになる。

こうした福清の心情を物語っているのが、獄中生活五年目、伯宜の死後三年目に書かれた家訓『恒訓』である。(57)周家の後世代に対し、自己の思いを凝縮して示したこの家訓には、人はすべて恒心を持ち、正業を持たねばならないという信念が貫かれている。官になるだけがすべてではなく、また官になることがほかに勝るともかぎらない。大切なことは官であれ商人であれ、とにかく己の正業を持ち、邪な心を持たず日々これに勤しむことだ。(58)こうした主張には、祖先の財に頼り、無為徒食で身を滅ぼしやすい台門の子弟に、何とかしてまっとうな道を歩ませ、人間として生きる道を踏み出させたいと願う福清の強い思いが滲み出ている。特に官を目指しながら、これを果たせず無為の日を送ってはならぬと強く戒めている点は、そのまま伯宜の生前の状況に重なりあう。周作人によれば、当時台門の子弟が歩める道は正途官僚か幕友、両替屋か質屋までの商人だったが、前者には己の才能、後者には後援が必要で、多くの者が怠惰や気位の高さのために、何れにも成功し得ぬまま転落していったという。(59)生涯の大半を科挙のために過ごし、もはや転職もままならず頽廃への道を歩みだそうとする伯宜は、まさしく台門の子弟に課せられた試練の淵に立っていたといえよう。官となることを至上価値とするはずの旧読書人が、官のもたらすマイナス面を語り、官にこだわらぬ生き方を奨励する家訓はまことに特異である。そこに息子の人間としての将来を憂慮し、それを救うべく不正に手を染めた周福清の意向、人生体験を明瞭に読み取ることが出来よう。

このほか伯宜に対する憂慮の元凶となったであろう阿片の問題についても、福清の心痛の大きさを示す聯が残されている。

世にもっとも辛きは孤児、お前がにわかに妻子を捨て、死に往くとは思いもよらず地下で母に会えば、我が訓育至らず、深く遺言に背きたるを伝えよ。

世间是苦孤儿，谁料你遽跑去妻孥，顿成大觉，地下若逢尔母，未道，我不能教养，深负遺言。[60]

伯宜の死後、親として阿片癖を改めさせられなかったことを悔いたこの聯について、孫達は死後なお死者を責め苛むものとして非難を浴びせたという。[61]しかし、福清にとって息子の阿片癖はいかにしても消すことの出来ない無念の一事であり、責めたのはそれを正せなかった悔恨の深さゆえのことではなかったか。滅びゆく台門とそこに生きる人々の頽廃を目にしなければ、そして伯宜が阿片を吸っていなければ、或いは事件は起こらなかったかもしれない。

なお周作人によれば、伯宜に阿片を勧めたのは福清と同世代である致智誠房の周子伝夫妻で、やみつきになった伯宜はいつも彼らに阿片を煮出してもらい、その上前をはねられていたという。周福清、魯迅、両者がともに子伝の妻衍太太に対し、深いこだわりを抱いていたことを示す証言、逸話も残されている。[62]

(三) 残された問題

以上、裁判過程、事件発生状況を中心に科挙不正事件に検討を加えてきた。残念ながら具体的な犯行状況はなお謎に包まれている。しかし、この事件が福清の名誉心や科挙へのこだわり、礼金目当ての金銭欲などから起こったものではないこと、また厳罰を下されたこの事件が当時にあっては、刑罰の示すような大犯罪でなかったことも明らかになったものと思う。事件の展開には、すでに崩壊しつつある科挙制度を抱えた清末の社会的歴史的状況が切り離せない要因として存在し、動機の面でも、衰退する台門とそこに生きる人々の在り方という末期に至った房族社会の状況が深く絡みついている。この点を抜きにすれば、真相は勿論、周福清の人物理解にも誤解を生じることになる。なお慣例に従って筆者も科挙不正事件と記したが、本来ならこの事件は科挙不正未遂事件と呼ばれて然るべきものである。しかし今日に至るまでそう呼ばれることはなかった。そこに犯罪事実よりも政治的効果が重視されたこの事件の性格、その後の事件解釈に流れる認識の一端が窺われる。

最後に周福清と事件に関して若干補足しておきたい。現在のところ、伯宜と事件の関係を語る資料は陳宗棠の証言一件だけである。しかし伯宜が贈賄合格の仲介者であった場合は勿論のこと、多少とも事件に関わりがあったとすれば、全責任を負った福清を一家没落の元凶として譴責することは出来なくなる。また不正事件をきっかけに一家の経済が破綻したとして、福清の責任を問う見解があるが、これにも訂正を加える必要がある。事件の起こる六年前光緒一三年（一八八七）に、当時としては大金の洋銀二百両が伯宜の名前で、高利貸しから借り出されている。(63)借金の証文は返金と同時に破棄されるから、ほかにも借金があった可能性はある。食うには困らないだけの田畑を持つはずの周家が、何故伯宜の名義で多額の借金をしたのか。事件のみならず、一家没落の背景を考察する上でも、伯宜の存在は今後再考すべき重要な問題といわねばなるまい。

四、下獄と死

(一)下獄

斬監候として杭州府獄に繋がれた福清は、獄舎の近くに移り住んだ妾の潘氏と伯昇、下僕一人の世話を受けながら、ここで七年の歳月を過ごした。後に伯昇に代わって付き添った周作人[64]によれば、官犯である福清はほかの囚人と異なり、種々の便宜を与えられ、独房を出て獄舎内を自由に歩き回ることも出来たという。午前中は『金剛経』を読み日記をつけるのが日課で、午後はもっぱら強盗などの囚人達、獄卒との閑談に充てられていた。[65]日課としていた『金剛経』は、恐らく友人王継香の勧めによるのであろう。明の忠臣張国維が獄中で注をつけ、それにより罪を許されたという曰くつきのものである。[66]また数日置きに尋ねて来る周作人には科挙試験のための八股文や詩の手解きをしてやりながら、自分自身は本を読むより出歩いていることの方が多かったそうである。[67]このほか月に一度は紹興の家に手紙を送り、病弱な周建人には薬治法や習字の手本、院試(科挙の予備試験で府学、県学に入るためのもの)に落ちてからの周作人には、杭州にできた新学堂の入学要綱を届けさせるなど、孫達の教育、生活にも心をくだいている。[68]

こうした獄中生活を送る福清の心理状況や人柄を伝える話が幾つか見られる。例えば年に一度秋審前に行われる斬監候の点呼の際、起立して敬意を示す布政使に返事代わりに「王八蛋」(馬鹿者)と答えたという一件がある。[69]しかし獄卒や囚人達に対し、こうした罵りをぶつけることはまずなかったといわれる。[70]特記されるのは、死刑執行の誤報が伝えられた時の様子で、知らせを受けると動揺せず身仕度を整え、余った時間で家族、友人に最後の手紙を記し、静かに執行の時を待ったという。[71]恐らくいつでも死を迎える覚悟は出来ていたのであろう。布政使の怒りを招くことも恐れぬ挑戦的な言動、死刑執行の報にも動じない毅然とした態度には、自らの行為を正面から受け止め刑に臨む決意とともに、何かへの異議申し立て、抗議の意向も込められていたように思える。また周作人によれば、福清はよく自作の笑い話を語っていたという。周作人が紹介する貧乏教師と金持ちを題材にした風刺たっぷりの話には、世の中の現状に対する強い批判、独特の反骨精神が窺われる。[72]

（二）存命の謎

斬監候となった福清にとって、残された家族にとって大きな懸念は、刑の執行を判定するための審判、毎年行われる秋審である。光緒一九年（一八九三）の入獄より、釈放が決定される光緒二七年（一九〇一）までの間に計五回の秋審が行われている。[73]一般に秋審は、因人の所轄地区の按察使、布政使、道員が合議した原案を審議し、督撫（総督と巡撫）が刑部に提出する。刑部はこれを吟味し、更に審議を重ねて最終的な刑部原案を決定、それを九卿詹事科道といわれる広範な官員による大がかりな合議[74]にかけ、その上で皇帝に裁可を請う手続きで進められる。現在発見されている福清の秋審に関する資料は、光緒二一年（一八九五）に関するもののみであるが、生きながらえた以上、残る秋審でも未執行の判定を得たことは確かである。もっとも情状酌量の余地のない犯罪者として、斬監候の最重刑「情実犯」の認定を受けている周福清が、五回もの秋審をくぐり抜けたのは単なる幸運ではあるまい。[75]福清存命にはどんな要因があったのだろう。

従来、存命の理由については、家族、親戚、友人が関係部門に働きかけたためであるといわれてきた。特に家族が福清の自首以後、多大な費用を使って救済に力を尽くしたであろうことは、不正事件の顛末を記す記述中に、もっとも普通に見られる推察である。中には周家がそのために一畝六十元で、二〇畝の水田を売却したという説まである。[76]数字の出所などは更に検討を要するが、家産を投じての救済運動は、いわば自明の理として想定されてきたのである。

しかし周建人の『故家的敗落』中には、家族による救済運動が全くなかったかのような記述が見られる。具体的に賄賂による救済が不可能であったと断定しているのは、光緒二三年（一八九七）、つまり伯宜の死の年だけである。しかしその他の年についても、秋審を過ぎてはじめて祖父の判決問題に注意が向けられたこと、家族にとって秋を過ぎてもなお福清が生き続けていられることが、大きな驚きであったことが繰り返し述べられている。[77]光緒二〇年と二三年は秋審自体が中止されており、周建人の記述だけで家族による救済運動がなかったと結論づけることは出来ない。しかし少なくとも彼自身にとっては、祖父の存命は大きな謎だったと見える。

とはいえ魯迅が一三歳の時に一大変事に見舞われ、家にほとんど何も残らなかったと語っていること、また『故家的敗落』でも、光緒一九年祖父の帰郷当時、四、五〇畝あったという水田が、光緒二三年には二〇畝になったと述べていることから見て、この間家族に大きな出費があったことは確かである。[78]発病した伯宜の治療費、獄中の周福清に要する諸費用など、救済運動以外にも出費が多かったことは察せられるが、多少なりとも救済のための費用があったのではないかと考えたくなる。しかしこうした事情を理解しているはずの周建人が、あえて賄賂による家族からの救済がありえなかったことを執拗に述べている点は、やはり留意すべきであろう。

家族以外で福清の救済に尽力したと考えられるのは、判決決定前の刑部上奏に努力した友人薛允升である。光緒二三年（一八九七）弾劾を受け、刑部尚書より宗人府丞に降格されるまでは、直接周福清の問題に係わる立場であり、具体的かつ強力な助命運動を行ったと推測出来る。光緒二六年（一九〇〇）刑部左侍郎を経て、再び刑部尚書に再任すると、間を置かず福清の釈放申請も行っている。[79]刑部内部には、この薛允升を中心に福清の助命に尽力するグループがかなり持続的に存在していたと思われる。

現在協力者として考えられるのは薛允升の尚書降格後、刑部漢人尚書となる廖寿恒、趙舒翹、満人尚書貴恒、満缺侍郎英煦らで、地方にも浙江巡撫廖寿豊、その後任巡撫となる浙江布政史惲祖翼らがいる。これらの人物は薛允升と同郷（陝西省長安）の趙舒翹を除き、すべて福清の進士同年、しかも同期に庶吉士となった者及びその縁故者である。(80)また前述した刑部左侍郎李端棻、同右侍郎龍湛霖らの関係も考えられる。(81)従って周福清の下獄中、秋審を行う刑部、地方政府の要職にほぼ連続して協力者とおぼしき人物がいたことになる。特に釈放が決定された光緒二七年には、漢人尚書薛允升、満人尚書貴恒、浙江巡撫惲祖翼らが顔を揃えている。

こうした助命運動が薛允升及び協力者達の友情だけで成り立ちえるのか、資金を要したのかは不明である。本章第二節で述べたように、進士同年の考官によって告発され、受難と見なされた事件であるだけに、同情を集め、賛同を得やすい面もあったであろう。また経歴からはつかみにくい交友関係もある。意外に助命運動の輪は広かったかもしれない。しかし、何といっても賄賂横行の官僚世界であり、京官同士の反目や派閥抗争なども考えられる。大臣クラスの後ろ盾があったとしても、多少の資金は必要だったのではなかろうか。上述した陳宗棠の話によれば、五姓の者からの資金援助があったことになるが、助命運動の詳しい状況、資金については更に追求する必要がある。(82)

次は皇帝の裁決である。現存する光緒二一年の秋審決定の理由を記した文献によれば、皇帝は巡撫、刑部が光緒一九年に上奏した減刑理由とほぼ同様の内容で、刑の未執行を決定している。一時的理性の喪失や事件後上海で病気にかかっていたという一節は削除されているが減刑酌量に関する要件は、逮捕命令を聞いて直ちに自首していること、旅の途中手紙で賄賂による郷試合格の便宜を求めたもので未遂であること、財貨がまだ人の手に渡っていないことの三件である。(83)かつて皇帝はこうした酌量要請を受けながら、それを退けて斬監候に処したわけであるが、二年後のこの時点では、これをそっくり受け入れて酌量を与えている。たとえ薛允升が尽力した助命運動により、刑部が助命を請おうとも、皇帝の受諾がなければ救命は果たされない。まさに福清の命運は、皇帝の掌中にある。皇帝にとっては、横行する科挙不正戒めの刑であればこそ、そもそも処刑の意図などなかったものと理解すべきなのであろうか。それとも清末の流動的な政治情勢の下、福清の事件などにこだわる必要も余裕もない事態となっていたのであろうか。もしそうであれば政治的意図により重大視された事件は、またしても権力者の意向によっていともたやすく軽んじられたことになる。

未執行とし続けた皇帝の意志、殊更に家族による救済運動がなかった点を示す周建人の記述、福清存命の背景にもまた解明されるべき問題が残されている。

(三) 釈放から死へ

ともあれ死刑執行を免れた福清は、光緒二七年(一九〇一)正月釈放命令を受ける。釈放に関する奏文は未見であるが、刑部尚書に再任した薛允升が、義和団事件の際避難の必要から一時釈放され、後に自首した囚人達に与えられた赦免事例を根拠に、福清の釈放を上奏したためといわれている。(84) 同年二月二二日、周作人の出迎えで自宅に生還した福清は、帰郷を知った親戚、友人らの訪問を受け、日頃尋ねてくることもまれな娘徳、康の嫁ぎ先の一族の者も含めて生還の喜びをともにした。

頭髪こそすっかり白くなったものの、相変わらず矍鑠とした福清の内面は、外面に劣らずいささかの変化も見られなかったという。変わったところがあったとすれば、より言辞が鋭く辛辣になり、何者をも憚らず、世のありさまに憤慨し、憎しみを増していたことであった、と周建人は語っている。義和団事件の処理における官吏の処刑、陝西省より幕友を退職して帰郷した周観魚の父藕琴から聞き知った回教徒の虐殺と官のでたらめな治世ぶりなどに、「めくら太后、馬鹿皇帝」〈昏太后、呆皇帝〉の罵言をぶつけ、思わず家族の手に汗を握らせ、藕琴の肝をつぶしたことも、度々であったという。

周作人によれば、帰郷した周福清は相変わらず始まった妻妾間の不和などで家族を悩ませたことになるが[85]、周建人によれば、それればかりではなかったらしい。台門の家屋の修復から祭事に至るまで、率先して行動するなど、家族や一族のために立ち働いた逸話も少なくない。一族の者もまた以前と変わらぬ尊敬の念をもって、福清に接したといわれる。特に幼い周建人は、祖父にとって心やすらぐ相手であったのだろう、官界の話や『西遊記』の物語など、友人のように語り聞かせてくれ、同居はうまくいっていたと懐かしく回想されている[86]。また父亡き後の周作人、周建人ら教育についてもあれこれ配慮した逸話が残されている。

しかし帰郷後、僅か四年でこうした生活も終わりを告げる。光緒三〇年（一九〇四）夏七月、当初風邪と思われ床についた福清は、やがて診断した医師何廉臣（伯宜を治療した医師の一人）から、葬儀の準備をするようにと直言される。死の気配が何一つ感じられぬ様子に、家族は別の医者にかかることを勧めるが、自身は、医者があえて言いたがらぬはずの死を予告したのは、それなりの自信あってのこと、無駄な金を使う必要はないと、自らの葬儀の準備に取り掛かったそうである。六八歳まで生きた以上短いとはいえぬ命と割り切り、死ぬ者より生き残る者こそ大事と悟る福清は、何よりも葬儀の簡素化を望み、それを熊三（周致扔、第一二世、致勇房）に命じたという。恐らく最大限の節約をしても限界であったという一家の経済を、これ以上圧迫しないための配慮だったのだろう。家計の緊迫もさりながら、権威や体裁にこだわらぬ一面、そして家人への思いやりを感じさせる話である。

やがて医者の予告通り、床から起き上がれなくなった福清は、その日の夜半、暑さに一時苦しんだものの、家族に見守られ、眠るように息を引き取った。葬儀は日本留学中の魯迅に代わり、休暇で南京から帰省していた周作人が喪主を務め、通常より簡略に行われたという。[87] 周作人、周建人ともに参列者の少ないひっそりとした葬儀であったと語っている。[88] なお一家の家長たる魯迅が帰国せず、喪主を周作人に託したことは、魯迅と周福清の不和を示す例として取り沙汰されることが多い。

周建人によれば、福清は死の前日まで高熱を押して日記をしたためていたという。しかしこの日記は、後に一家が紹興を引き上げる際、魯迅自らの手によって焼却されている。[89] 現在残されているのは、死期を知った後に福清が書いたと思われる以下の聯だけである。

死若有知，地下相逢多骨肉。生愿无不朴，世间何世时立刚纲常。[90]

死して知覚あれば、黄泉で多くの骨肉にまみえる。生きてもとより意義なく、世にいつ綱常は立つるか。

魯迅は、上聯は生きている人と福清が親密でないこと、下聯は「綱常」の乱れた世に生きていても何の意義もないことを詠んでおり、人を罵ったものだと解釈したという。兄の解釈に道理があると感じつつ、周建人はなお祖父の真意を理解しえていないのではないかと語っている。[91] 周福清が辞世の句と思われるこの聯に託した真意とは何であったのか。更に次章で検討することにしたい。

【注】

（1）本書初出の資料のみ出典を記載した。資料名の略記は前章までと同一。光緒一九年一一月初十日巡撫崧駿上奏、一二月一二日奉（軍機処〔三〇〕文教、内政職官類、明清檔案資料館蔵）。事件関係の奏文、上諭は『光緒朝東華録』、魯迅関係の資料集でも見られるが、収録資料が最も充実しているのは、中国第一歴史檔案館編『清代檔案史料叢編』第九輯（中華書局、一九八三）である。

（2）光緒一九年八月二二日巡撫崧駿上奏、九月初四日奉（軍機処〔三〇〕文教、内政職官類、明清檔案資料館蔵）。

（3）『上諭檔』光緒一九年九月初二日（明清檔案資料館蔵）。

（4）『上諭檔』光緒一九年九月初四日。

（5）巡撫崧駿がこの事件に相応する事例はないと奏したのに対し、刑部は咸豊九年の順天郷試不正事件に関する聖旨を挙げ、未遂であるためこれに準じられぬとして、刑を上奏している。根拠の置き方は異なるが、巡撫崧駿の奏文内容を一応すべて受け入れた減刑奏文となっている。光緒一九年一二月二五日刑部奏（内政職官類、明清檔案資料館蔵）。

（6）『上諭檔』光緒一九年一二月二五日。

（7）判決の下る五日前に、周錫恩をはじめとする七名の官吏を弾劾した李慈銘の奏文に、周錫恩は以前考官に任命された際にも無頼の声が高く、今回周福清の事件を摘発した裏にも汚れた行いがあったであろうと記されている（光緒一九年一二月二〇日御史李慈銘奏片、内政職官二号B、明清檔案資料館蔵）。また周錫恩の墓志銘にも、周福清が正考官に通じようとした事件を摘発したところ、浙江人より事実に非ざる弾劾を受ける羽目になったと記されている（『碑伝集補』巻九翰詹五）。松岡第一論文「魯迅の祖父周福清―いわゆる科挙不正事件をめぐって―（下）」は、この墓志銘に拠り、もともと正義感が強く不正を見逃すことの出来ない周錫恩が告発の主動者であったと推定している。

（8）張守常「状元知府王仁堪和魯迅祖父科場案」（《魯迅学刊》一九八一年第二期）は、周作人「介孚公二」、李白元「落第状元」（『南亭四話』巻三、「荘諧詩話」。注12「記王仁堪」と同一内容）に拠り、両者の同席を想定し、周錫恩だけで王仁堪の同席がなければ、事件は告発に至らなかったであろうと推定している。高伯雨「魯迅的祖父周福清」も内容的にほぼこれに準ずる。

（9）露見の経緯は周錫恩説が語る下僕の失態説と同じ。張能耿聞き取りによる周建人の口述（張能耿「魯迅祖父的生平和為人」）。

（10）顧家相「周介夫聯」、周作人「介孚公二」、「祖父的事情」（周芾棠聞き取りによる周梅卿の口述「魯迅祖父周介孚及其下獄経過」。下僕自身も失態のあったことを暗示する証言を残している（本章第三節（一）②参照）。なお注9を含め、下僕失態説は何れも遣いの者が手紙に銀票や一万両が入っている、或いは一万金に係わっているらしいと言ったと述べている。

(11) 張能耿聞き取りによる杜耿蓀の話（張能耿「魯迅和他的祖父及祖母」、『紹興魯迅記念館刊』第三期、一九六四）。下僕は手紙の開封後、王仁堪により逮捕されている。なおこの口述は紹興杜耿蓀が光緒一九年の郷試に参加したという一族の長老より聞いた話で、事件の発生から周福清の死までを語っている。事件の発生や犯行状況について詳しいが、家族が獄中病死の偽報告をして周福清を救出した（張能耿自身が後に訂正）など、信憑性に欠ける点も少なくない。原件未見のため、松岡第一論文〔下〕による。

(12) 友人との通信が禁じられている手前、殷如璋が王に開封閲読を請い、内容が試験不正であったため、部下に厳究を命じたとする「浙江郷試関節」（徐珂編『清稗類鈔』考試類）と王が並みの知府と異なるため、事を隠蔽しようとせず、速やかに手紙と届け人を王に引き渡したとする「記王仁堪」（小横香室主人編『清朝野史大観』巻八「清人逸事」所収）がある。

(13) 無名「魯迅的家世」は杭州知府陳六《ママ》笙が神経病を患っていて錯乱して起こした事件だと力説し、事件が据え置かれたという伝聞を記している。また注9、周建人の口述では、情をかけた杭州府知府陳鹿《ママ》笙（謫）が福清は孝子で母の死後精神が定かでなかったためのことであるから、獄に入れ精神がはっきりした後、審理し報告すると上奏し、牢外に家族の者を住まわせるなどの便宜を与えたと述べている。

(14) 以前罵倒された怨みから、陳秋舫は事件後接触を試みた福清に、用事に託つけて会おうとせず、幕友（旧時地方官が抱えた私的顧問役）としての立場で王仁堪に厳しい処置を勧めた。兪鳳岡も以前の怨みから、知県の立場で事件処理を重大にした、というもの。周観魚「三台門的遺聞佚事」。陳雲坡「周介孚」。周作人「風暴的前後（下）」（『知堂回想録』）、同「避難」（『青年時代』）。怨みの内容については終章第二節参照。

(15) 周建人『故家的敗落』八三～八四頁。

(16) 周梅卿の口述では、親戚より贈賄合格を依頼された福清が手紙を書き、一万両の自筆小切手を封入して、下僕に蘇州まで届けさせ、陳秋舫の関係を通じて正考官の船の到着を待って差し出したとしている。

(17) 顧家相「周介夫聯」は、事前依頼については全く触れず、周福清が某々ら及び息子六人のために、賄賂を送って及第させてもらおうと考え、雑役の者に手紙と一万両の銀票を持たせて、蘇州に届けさせたと述べている。

(18) 第一章注9周建人の口述及び周建人口述による蔣氏の話（『故家的敗落』）は、章介千を依親主であり且つ蘇州に手紙を届けさせた人物であると指摘している。（本章第三節（一）①参照）。また注10周梅卿の口述も、親戚からの依頼の一例として章介千の名を挙げている。注11杜耿蓀の話では、依頼者は紹興の豪族三氏で人数に対し高い報酬額を考えたため、福清に自分の息子を無報酬で合格させるよう頼めと進言し、考官に接触の難しい福清に代わって、腹心の者を選び、蘇州に遣ったという。周作人「介孚公二」は、何人かの親戚友人のために、福清が贈賄合格の依頼に蘇州に行き、金を出した人の切った一万両の小切手を従者に届けさせたと述べている。しかし「祖父的事情」はこれと若干異なり、親戚中の一人が何人かの金持ちの秀才に呼びかけ、金を集めて両替店で小切手を作り、周福清から考官に贈らせる買収合格をもくろんだとしている（『知堂回想録』はこれを転載）。五氏の共同犯行として、犯行状況を分析するものには高陽、松岡第一論文などがある。第二、第三論文では、「周福清と五氏との間の事前謀議に基づく計画的犯行」としている。

(19) 崧駿の奏文が情状酌量の余地を残して減刑を請うていると指摘するのは文句式「魯迅的祖父（下）」。家族が田地を売って運動し、五氏が社会関係を通じて便宜を図った結果、罪状の解釈が和らいだとするのは銭碧湘「関於魯迅祖父檔案材料的新発現」。五氏が何れも地元の有力者であったため、民生への影響を配慮した浙江省及び刑部当局が周福清を全面自供に追い込まず、自白を鵜のみにしたとするのは松岡第一論文（下）である。なお松岡第一論文は、当時珍しくもない不正事件で未遂であるため、殊更ことを荒立てるまでもなかったこと、翌年に西太后の還暦慶典を控えて騒ぎを大きくしたくなかったという配慮も挙げている。しかし周福清のかんしゃくによる居直りの供述（第二章（三）多様な事件解釈②）により、処理が重大化してしまったと見なしている。

(20) 張守常「関於魯迅祖父科場賄賂案」。崧駿の奏文が事件を周福清一人の身に縮小し、連座をよしとせず、しかも刑を軽くする理由を捜しているのは庇護のためであると見ている。

(21) 崧駿が真剣に真相を究明しなかったばかりか、清朝宮廷も崧駿に謀議の有無を再調査させず、周福清の一時的理性喪失という個人的行為として刑部の議奏に委ねていることを指摘する張守常「関於魯迅祖父科場賄賂案」、翌年が西太后の還暦であるため、地方から朝廷まで大獄を望まず、事件に疑問が多いにもかかわらず、真相を追求しなかったと見る高陽「魯迅心頭的烙痕――記光緒一九年科場弊案与魯迅的祖父周福清」などがある。

(22) 高伯雨「再談周福清」。先立つ二つの郷試不正事件は陝西主考事件（本章次節二、事件の特徴参照）、北闈（順天）替え玉事件で、いずれも大がかりな計画的犯行により厳罰を受けている。

(23) 高陽論文は科挙試験場の風紀を整え取り締まることのほかに、西太后還暦慶典の追加費用を請求された光緒帝の機嫌の悪さ、公務最終日の多忙さによる立腹しやすい状態を挙げている。房兆楹「関於周福清的史料」も汚職を深く憎み、日頃から西太后のやり方に怒りを出せずにいた光緒帝が事件で鬱憤晴らしをした可能性を推測している。松岡第一論文〔下〕は死刑判決という断固たる処置で乱れた科挙の風紀を正そうとしたこと、売官風潮とこれを生み出している西太后体制に対する批判の意志表示をした可能性を挙げている。

(24) 葉昌熾は光緒一九年九月四日に官報に依って知った事件の概要を記し（『縁督廬日記』六、台湾学生書局、中国史学叢書、一九一九年影印版、六四頁）、翁同龢は判決の下った光緒一九年一二月二五日に刑部が減刑を上奏したが皇帝は斬監候に改めたと記している（『翁文恭公日記』、上海商務印書館影印、一九二五年版、巻三二、九四頁）。

(25) 葉昌熾は蘇州府呉県、翁同龢は江蘇省常熟県出身、林紹年は福建省の出身ながら、当時現任の浙江道監察御史である。また翁同龢は事件の起きた光緒一九年に不正が摘発された北闈の主考官であり、周福清の助命を嘆願した薛允升とは進士同年（咸豊六年）、李慈銘とも交流がある。それぞれ郷土関係、職業関係で事件に少なからぬ興味を持つ立場にいたといえる。また福清の事件処理に大きな影響を与えた褚成博も浙江人（余杭県出身）で、李慈銘と進士同年（光緒六年）である。以上のように、評判の大きさを物語る資料は、浙江、江蘇といった事件発生地域に縁ある人々にかぎられている。事件が全国的な話題をよんだという見方もあるが、こうした特色もある程度念頭におく必要があるものと思われる。

(26) 周福清と同郷京官で、翰林の後輩でもある褚成博が事件を告発した理由について、張守常「関於魯迅祖父科場賄賂案」は、事件がすでに大きな噂になっており、浙江巡撫の上奏も自明である以上、浙江人で現任の御史が口を噤めば、庇った嫌疑で自らが職資失当の過失を受けるためと推測している。ただ高伯雨「再談周福清」は、李慈銘が褚成博の学問の無さを罵っていたと記している。同郷京官間の派閥や交友状況も考慮に入れる必要があるかもしれない。なお、李慈銘は周錫恩に対し、事件の報復と思われる弾劾をしているが、同じ御史である褚成博にはそうした行動を取っていない。松岡第二・第三論文では、洋務派と清義派の対立、李慈銘の周福清擁護を図ろうとした御史劾奏に触れている。

(27) 光緒一九年九月初一一日江西道監察御史褚成博奏文（軍機処〔三〇〕文教類九月、明清檔案資料館蔵）。

(28) 同上。

(29) 光緒一九年一一月七日浙江道監察御史林紹年奏文、『光緒朝東華録』第三冊（中華書局、一九八〇年版）、三二七四頁。

(30) 黄志洪・丁志安「従魯迅祖父周福清獄案看清季試差的腐敗」(『紹興師専学報』一九八一年第一期)。

(31) 顧家相は「周介夫聯」で、逮捕の年に祠堂の額が落ちたのは、神のお告げであったのに、戒めを知らなかったから災いに会ってしまったのだと述べている。顧家相の記す浙江人による聯は「年誼に籍して彙緣し、穏かに万金手脚に通じんと計る。皇仁空しく茂育し、湛心して一信頭顱に送る。」で同年の誼に頼って死刑に処せられる周福清の心情を湛心と詠んでいる。なお、福清の事件及びこの郷試について詠まれた聯はほかにも二首あり、「周介夫聯」に一首、李伯元「殷周両主試」(前掲『南亭四話』巻七「荘諧聯話」)に二首記載されている。

(32) 周作人「介孚公」。王継香の発言は周福清宛の手紙の一節で、原件散佚のため陳雲坡「周介孚」による。本節2参照。

(33) 一般に中国人筆者による事件解釈では、事法を犯罪視せず、災いと見なす傾向がある。賄賂や不正は当時の役人なら当り前で、周福清が特別であったわけではないという前提があるからであろう。

(34) 犯罪事実を本人の自白によって確かめねばならないという法則は、あまりに自明なため、法規定にさえならない慣習的大原則である。裁判は自白を基礎とし、法廷は事実認定の過程ではなく、結論を犯人の自認に委ねることで、その専断を防止する。期待されるべき証拠の裏付けを欠いたり、自白の内容が充分合理的でなければ、上奏の過程で上司が駁し、また犯人の翻意により原案が覆ることも容易であった。しかしそうしたことがあれば、原審の官は懲戒を受け、将来の昇進に係わるため、充分確信がければ容易に結審しないことになっていたという。以上、滋賀秀三「清朝時代の刑事裁判——その行政的性格、若干の沿革的考察を含めて」(『刑罰と国家権力』創文社、一九六〇)による。

(35) 高陽論文は、官吏となって以来従者や下僕を持たなかった周福清が陳家から陶阿順を借り受けていること、会試同年を示す「年愚弟」のほかにもう一枚名刺を封入していることも疑問点に挙げている。このほか封入されていた自筆小切手についても多少の疑念が残る。高陽に拠れば、当時考官買収では先に借用書形式の証文を渡し、万一合格出来ない場合、礼金を支払わずに済むようにする慣例があったという。その点で換金不能な自筆小切手が封入されていたことは慣例にあう。しかし陳宗棠の証言(次節(一)①)、周作人「介孚公二」、褚成博の奏文に拠れば、換金可能な小切手の封入も想定出来る。自筆小切手は周福清の減刑要件となる贈賄罪未成立の根拠であるだけに、真偽が重要と思える。

(36) 以下に記す馬、孫、章氏の縁戚関係については松岡第一論文(下)、裘士雄「魯迅的家世及其対他的影響」(『西湖』一九八一年第九期)などによる。

（37）筆者の面談記録による。次節（一）①参照

（38）陳雲坡「周介孚」より、転引訳出。

（39）各侍郎の内閣学士在任期間は、左侍郎李端棻が光緒一三年九月～一八年一〇月、右侍郎龍湛霖が光緒一七正月～一九年一一月、連署しながら風邪と但し書きのある満人右侍郎裕絶が光緒一四年四月～一六年一二月。満人左侍郎阿克丹は在任時期が一〇年前で期間も短い（光緒八年～光緒九年四月）。銭寛甫編『清代職官年表』第一冊（中華書局、一九八〇）による。

（40）周建人『故家的敗落』二八二～二八三頁。

（41）章介千に頴まれた周福清が断りきれずに書き付けを書き、これと小切手を封入して、章介千が人に届けさせた経緯は同じ。ただ依頼したのは章介千の二人の甥のためとなっている。周建人が自分の知っている事実として語り、蔣氏の告白とは述べていない。張能耿「魯迅祖父的生平和為人」。

（42）周建人『故家的敗落』（八二頁）に拠れば、逮捕の役人が来た時、蔣氏は女子どもしか残っていない一家に役人を差し向けないように知県の兪鳳岡に頼みに行くなど、事件後の処理に当たっている。また『故家的敗落』の削除原稿（第一章注21参照）には、逮捕の役人が来た時、蔣氏が「三間頭」に隠れていた周福清に毎日食事を運んだとの記述がある。このように事件後福清の世話もしながら、蔣氏は目撃した事実以外に何も知らず、事件発生時の福清の所在についても語っていない。蔣氏が告白した以外の事実を知っていながら周建人に隠したのか、周福清が蔣氏に対しても真相を打ち明けなかったのか、語られなかった真相への疑惑はますます深まる。

（43）周建人『故家的敗落』一一二～一一四、一一七～一一八頁。

（44）周建人『故家的敗落』一二三～一二四頁。

（45）周建人『故家的敗落』八八、一〇九頁。

（46）陳雲坡は身代わりに入獄せず却って脅えて発病したと述べ、陳宗棠も伯宜の性格的弱さを挙げている。陳雲坡「周介孚」。筆者の面談による陳宗棠口述。

（47）周建人『故家的敗落』八七頁。

（48）陶阿順が晩年陳覚民に語ったという口述。注36裘士雄論文の注より転引訳出。なおこの注に拠れば、陶阿順は紹興陶堰の者で元は床屋、事件当時二〇歳位であったという。

(49)「介孚公二」では六、七月頃、「風暴的前後（中）」では曾祖母の百日目が過ぎた頃より徐々に旅の準備を始め、七、八月頃に蘇州に行ったとしている（「祖父的事情」は蘇州行きの時期については触れていない）。伝聞では周福清が遣いの者を蘇州にやったとする周梅卿の口述、顧家相「周介夫聯」、合格依頼者の親族が腹心の者を選び、蘇州に遣ったとする杜耿蓀の話がある。注16～18参照。なお裘士雄論文は、周福清が蘇州に行ったことを前提にして、陶阿順の口述を紹介している。

(50)崧駿第一奏文に記された事件経過に拠れば、陶阿順は逮浦後の取り調べで、周福清が服喪中の進士であると供述している。周福清との接触が全くなければ、こうした供述は得られないであろう。その点で章介千が名を語り、一人で陶阿順に依頼していた可能性は低いと思われる。

(51)周福清が一人罪を被った理由には、伯宜より老い先短いという周福清の年齢問題もあったであろう。それを踏まえれば、伯宜の死後作られた周福清の聯に突然の死に対する意外さ、無念さが詠まれていた背景もより明白になる。

(52)書き付けに官巻と記されていた馬家壇の名前が判明したのは、高官の子弟で馬姓の者が家壇人であったためである。なお受験差し止めが二人だけであったことから見て、残る四氏に名前がなかったことは一応信頼出来るものと思う。

(53)魯迅博物館・魯迅研究室編『魯迅年譜』第一巻（人民文学出版社、一九八一）一七頁。

(54)このかんしゃくの起きた期日については、第一章注107で述べたように帰郷日との関係で問題が残り、事実関係は確定していない。周作人「介字公二」、「風暴的前後（中）」。周建人『故家的敗落』七四頁。本章注10周梅卿の口述。

(55)周作人「風暴的前後(中)」。周建人は寝坊の理由として葬儀の疲れを挙げ、阿片については触れていない(周建人『故家的敗落』七四頁)。

(56)以上に記した台門の状況は周建人『故家的敗落』七七～七九頁による。同書（三五頁）に拠れば、台門で阿片を吸う者は相当多く、そのために死ぬ者さえいながら、阿片の毒に染まる者が後を絶たなかったようである。なお四七は阿片だけでなく飲酒癖も高じている。伯宜も多量ではないが酒を好み、毎日晩酌する習慣があったというから、周福清にとっては、伯宜の酒もまた四七らの現状と重なりあう良くない徴候になっていたのかもしれない。

(57)執筆は光緒二五年（一八九九）正月一八日～一一日。同年一〇月、当時一七歳の魯迅が勉学先の南京で手写している。内容は怠惰、酒、煙草、阿片、悪友の戒め、健康法、旅先の注意などの生活訓、一家没落と成功の心得を説く家の戒律からなる。主張の基本は、常に恒心を持ち、正業を持てば、恒産が得られるということで、恒心がなくては祈禱師にもなれないと語り、自力で人生の道を切り開くよう子弟に勧めている。前置きに「我が性は剛直にして運もまた順ならず、蓄財して墓を修復することもままならず、平生見聞したもので、自己を律し家を保つ道の範となり戒めとなるものをつぶさに述べ」るとあり、周福清自身の人生総括でもある。周福清『恒訓』（北京魯迅博物館、魯迅研究室編『魯迅研究資料』九、天津人民出版社、一九八二）。

(58)『恒訓』には官のみが優れたものであるから、これを目指せとする主張はない。逆に官となった者の子弟が身を持ち崩し、結局侮っていた豆腐屋の叔父に助けられ豆腐屋家業を学んで身を立てる話など、職種にこだわらず正業を持つことの重要性が語られている。

(59)周作人は言葉が古臭くて、時代遅れの感もある『恒訓』だが、台門の後世代に対する提言だけは取るべきものがあると語り、自分自身でも台門の後世代の抱える問題を取り上げている。周作人「台門的敗落」（『故家』）。

(60)周観魚「三台門的遺聞佚事」。

(61)同上。

(62)周福清が藕琴を捕まえて『西遊記』の話をくどく聞かせ、ひどく難儀させた話（周作人「講西遊記」）がある。周観魚に拠れば、これは周福清が衍太太と五十との密通を批判する意図でしたことである。藕琴を諌め、それでも止まらず、ついに音をあげて逃げ出したという経緯には、衍太太に対する周福清のかなり執拗なこだわりが窺われる。また周作人は魯迅の衍太太に対する反感の大きな原因がこの阿片問題にあったと語っている（「煙与酒」、『故家』）。なお周建人『故家的敗落』（八四～八五頁）に拠れば、周子伝は周福清の逮捕後、阿片で衰えた体に一円銀貨五百枚を下げ、賄賂による赦免を請いに役所まで出掛け、そのために腰を痛めて発病したという。親族の中で、ほかに周福清の免罪のために行動した人物についての逸文は確認されていない。周福清と同じ致智房に属し、親戚中で最も近い関係にあるためか、事件に対する関わりを感じてのことか、その理由は不明である。

(63)借用書に拠れば、一族の周慰費（第一一世、中惧房）を通じ、高姓の者より一分二厘の月利で借金している。王徳林・謝徳銑「魯迅家庭破産考略」（《紹興師専学報》一九八一年第一期）による。この論文では、借金は周福清のためではなく一家の生活費のためであると見なし、魯迅が「小康」と語った周家の経済がすでに借金による生活維持に入っていたと指摘している。なお第一章に記したように、光緒一四、五年頃に周福清が友人王子欽に金の工面を依親した手紙が残されている。光緒一四年の内閣中書正式採用に伴う生活費の増大が原因と思われるが、一応周福清関係も含めて再検討する必要があろう。
(64) 周作人が周福清に付き添うのは、光緒二三年（一八九七）正月からで、翌年五月には紹興で県試、府試を受験、翌々年院試に失敗した後は周福清の勧める新学堂への入学を望まず、再度周福清に付き添うことを決めている。しかし義和団事件の発生で延期され、そのまま周福清の釈放に至る。周建人『故家的敗落』一五八〜一六〇、一六四頁。周作人「杭州」（『知堂回想録』）。
(65) 周作人「杭州」。
(66) 王継香の周福清宛の手紙による。注32に同じ。
(67) 周作人「杭州」、「五十年前之杭州府獄」。
(68) 周建人『故家的敗落』一三八〜一三九、一六〇頁。
(69) 周観魚「三台門的遺聞佚事」。
(70) 周作人「杭州」、「五十年前之杭州府獄」。
(71) 周観魚「三台門的遺聞佚事」。
(72) 周作人「五十年前之杭州府獄」。
(73)『上諭檔』光緒二〇年〜二七年による。
(74) 九卿は中央六部、三法司と呼ばれる都察院、大理寺、通政使司の各長官、詹事は詹事府の長官、科・道は都察院の属官六科の給事中と十五道監察御史で、総勢一〇〇名ほどといわれる。この合議の最高長官は督撫で、刑部尚書は単なる合議員の一員となる。清末には皇帝が朱筆で円を描いて「情実犯」の執行を決定したという説もあるが、秋審が有名無実化するのは光緒二六年以降といわれる。変動期前の状況、合議の実体など仔細は不明だが、簡略化或いは形式化していた可能性もある。この点は周福清の秋審の実体を考える上で大事な要件となるため、更に具体的な状況を明らかにしていく必要がある。注34滋賀論文、臨時台湾旧慣調査会編『清国行政法』巻四（大安影印、一九六七）による。
(75) 斬監候は四種類に分かれる。罪状が明白で情状酌量の余地無しとされるのが「清実」で、この中より執行を命ぜられる者が出る。一定期間連続して翌年回しの「緩決」になると、減刑の「予矜」になれるといわれる。周福清の場合、光緒二七年四月二八日付け浙江省情実犯の処置をめぐる奏文に、「情実官犯周福清」はすでに釈放されているとの記述がある。従って周福清は「情実犯」のまま釈放されたことになる。余聯沅光緒二七年（一九〇一）四月奏（「軍機処録付」内政職官―一B、明清檔案資料館蔵）。なおこの奏文を周福清自身の釈放奏文とするのは誤認である。

（76）注63王徳林・謝徳銑論文。

（77）ほぼ一年に一章をあてた『故家的敗落』で、周福清の逮捕以降釈放までの七章の内、五章の末尾が祖父存命に対する懐疑になっている。周建人『故家的敗落』九七、一一〇、一二五、一五一、一六〇頁。

（78）魯迅「俄文訳本『阿Q正伝』」「著者自叙伝略」（『集外集』）、周建人『故家的敗落』七～九、一一五頁。

（79）薛允升の降格、再任については魏秀梅編『清季職官表』（上）一一八〇頁。釈放申請については周作人「風暴的余波」（『知堂回想録』）。

（80）周福清と進士同年の庶吉士は、崧駿の後任となる浙江巡撫廖寿豊（光緒一九年一二月～二四年一〇月在任）、前述した刑部満缺侍郎英煦（光緒一三年二月～二五年九月在任）、光緒二六年着任の刑部満人尚書貴恒（光緒七年一一月～九年正月まで内閣学士に在任）である。また浙江の布政使を勤め（光緒二三年一〇月～二六年一〇月）、光緒二六年浙江巡撫となる惲祖翼は、周福清と進士同年、同期の庶吉士で内閣学士を務めたこともある（光緒一八年一一月～二一年一〇月）揮彦彬の従兄弟である。

薛允升尚書降格後、刑部尚書となる廖寿恒（光緒二三年九月～二四年八月在任）は廖寿豊の実弟で、光緒七年一〇月より一一年一二月まで内閣学士を勤めている。なお惲、廖はともに江蘇出身の南方官僚でもある。廖寿恒の後任尚書趙舒翹は、事件発生時の浙江按察使で、続いて布政使に着任（光緒一九年一二月より二一年三月在任）、江蘇巡撫、刑部左侍郎（光緒二三年七月～二四年八月）を経て刑部尚書となり、光緒二六年一一月に自尽している。周福清が義憤にかられ痛罵したという義和団事件の受刑者である。またこうした高官職に着任する人物はある程度決まっており、所属部門が代わっても合議に参加する可能性がある。なおこの期間の両江総督劉坤一との関係は、特に判明していない。光緒二〇年一〇月より二一年一一月目まで両江総督代行を務める張之洞は、周福清の郷試（同治六年）副考官である。以上、魏秀梅『清季職官表』（上）（下）、銭実甫編『清代職官年表』第二冊による。

（81）李端棻の刑部左侍郎在任期間は光緒一九年一二月～二三年七月、同右侍郎龍湛霖の在任期間は光緒一九年一二月～二四年六月である。魏秀梅『清季職官表』（下）。

（82）助命運動の状況、その資金問題は、魯迅一家の没落問題を光緒二六年から有名無実化したといわれている秋審の実体、並びにこの時期における斬監候の釈放状況などについては、現在のところ詳細が不明である。この点を含めて今後の調査に委ねたい。
（83）『上諭檔』光緒二一年九月一八日。
（84）周作人「風暴的余波」。
（85）周作人「風暴的余波」。
（86）以上帰郷後の状況は注85を除きすべて周建人『故家的敗落』一七〇～一八一、二一〇～二一一頁による。
（87）以上周福清の臨終については、周建人『故家的敗落』一二四～一二七頁による。
（88）周作人「祖父之喪」（『知堂回想録』）。周建人『故家的敗落』二一七頁。
（89）この問題は「おわりに」で再述する。周建人『故家的敗落』一〇～一一頁。
（90）周建人『故家的敗落』二一八～二一九頁。「綱常」は儒教の三綱五常のこと、即ち君臣・父子・夫婦の三つの道と仁、義、礼、智、信の五つの徳を指す。
（91）周建人『故家的敗落』二一八～二一九頁。

終章　周福清ノート——周福清の人柄

周福清の生涯の足跡を踏まえて、終章ではこれと噛み合わせながら、周作人、周建人、周観魚らが語る人柄の特色を検討し、その人間像を再考する。

一、「罵人」（人の悪口）

とにかく物議を醸し出すことの多かった人物である。生涯一筋に歩んだ官僚としての道で、二度の罷免を体験し、その度他人との摩擦、私怨報復が取り沙汰されている。事件の要因として、近親者達の挙げる性癖行状が批評癖に痛罵癖、中国語でいう人の悪口「罵人」である。こうした特徴は、一見生まれついた性格として片づけてしまってもよさそうに見える。周福清自身、災いを招くから人の是非をあれこれ論ずるなと子弟に語りながら[1]、自ら一向に収まらなかったところを見ると、確かに性癖であったのだろう。しかしそれゆえに、ここにその人間性を理解する貴重な手掛かりが含まれている。

痛罵癖に関しては、近親者である周作人、周建人、周観魚が共通して語りながら、それぞれの受け止め方、評価にかなり違いが見られる。痛罵癖をかんしゃくの気性と合わせ、人柄の中でとりわけ重視し、人格の中心的要素におくのが周作人である。しかも序章で述べたように、語る内容、ニュアンスが各著作で微妙に変化し、著述を追うごとに批判の色が強められている。特に解放後の著作では、単に性格の特徴として痛罵癖、かんしゃくを述べるだけでなく、それが周福清自身の官途をあやめ、家人に大きな災禍をもたらした点が強調されている。

例えば『故家』では、周福清は人を罵るのが好きで、上は太后、皇帝から下は一族の物にならない甥達まで、痛罵されない者はなく、進士同年の誼を持つ旧友薛允升までボンクラ〈胡塗人〉と評された。罵られないのは、もともと愚か（「笨」）だから許せるという妾の潘太太と末息子伯昇だけであったと述べている。[2] このほかにも「指の爪を嚙んでの悪罵呪喧」で家族が堪らない目にあった点などが記されているが、痛罵癖自体は師爺（旧時地方官が抱えていた私的顧問役幕友の敬称）の学風の名残りとして受け止められ、一概に非難しているわけではない。[3]

しかし次の『青年時代』になると、単に罵るのが好きだというばかりでなく、「生来気性が悪く」、「どんな人も軽蔑した」、「その煩さには犬も鶏も休まらず」といった説明が付加されているほか、知県罷免問題が起こり、科挙不正事件の災いが大きくなったのもこうした性癖に原因ありと関係づけている。[4] さらに、次の『知堂回想録』になると科挙不正事件をはじめ祖父の起こす痛罵やかんしゃくの発作が家族を襲う嵐にたとえられ、一家災いの元凶としての祖父の存在が忌憚なく語られている。それまでの著述には見られなかった「こん畜生、虫けら」といった罵辞、性格がひねくれていて臍曲がりであったなどの記述も目につく。[5] 特に五七日目の「大かんしゃく」[6] での粗暴な振る舞い、蔣氏に対する罵りなどにより、祖父としての権威が失われたという記述からは、痛罵癖とかんしゃくがついに祖父の人格、存在を左右するほど決定的な要素になっていたことが察知出来る。また「家の金を持ち出すことはなかったが一銭も仕送りしてこなかった」と語る『故家』の記述と異なり、[7]「田地を売って官（内閣中書）を買い妾を囲った」（「　」内周作人）という断罪も加えられている。[8]

このように次第に糾弾と非難の度合いを増していく祖父に対する思いが、当初より周作人の心に育まれていたのか或いは彼自身の人生の転変とあいまって生まれてきたのか、簡単には論じられない。[9] しかし祖父についてこうした性癖、行状を繰り返し語っているだけに、読者に与える印象は強く、周福清の人間像形成に与えた影響にも無視出来ないものがある。周作人と比べ、より柔軟な態度で好悪をとりまぜて語っているのが周観魚である。周観魚にとって痛罵癖や批評癖は、必ずしも周福清の人間性、人格そのものを損なうものではない。風刺好き批評好きで、人の批判をいったん口にしたら止まらず、相手の意向もおかまいなく道をふさいで話し込み、話し終わるまで相手を放さないという性格、くどくどしつこく喋り続けて人に厭われ、面と向かって文句を言えない目下の者からは、影で悪口を言われていた点などが語られている。しかし正義を守り、世俗に迎合せず、意に染まぬ者がいた時、ともすれば徹底的に批判を加えて、いささかも手加減しなかったのであり、物事の是非を偽らず率直に出したのだと解釈している。また常に人を痛罵していたわけではなく、罵辞も「王八蛋」の一言で、彼が本格的に人を怒鳴りつけたり、机を叩いているところを見聞きしたことはないと述べている。痛罵の内容自体に毒があるわけではないが、批評し出せば止まらないから人を不快にさせ、そのために折りあれば人から反撃を受け、自らも代価を支払わざるをえなくなる。しかしあくまで性質は穏やかであったというのが周観魚の見方である。[10]

周建人も初期の著述で、周福清が「罵人」で有名で、人の短所をあげつらうために、他人から好かれなかったと語っている。[11] しかし『故家的敗落』では、痛罵を祖父の性格の大きな特徴であると見なしながら、人格のすべてではなく、痛罵それ自体もやみくものものではなかった点が強調されている。そこには、内容や意味を吟味する気持ちを持ちえなくなるほど、痛罵癖への嫌悪と反発を募らせていった周作人[12]に比べ、一歩祖父の内面に近づいた理解が窺える。罵辞に関しても、卑俗な言葉や汚い言葉は使わず、「昏太后、呆皇帝」を除けば、祖父の罵倒には、どれも幾分なりとも比喩や典故が用いられ文雅であった。それだけに酷薄で、聞いて気分の良くないこともあるが、人を罵るにはある程度の道理があり、後で考えると罵るべきであったと思うことが幾度かあった。「昏太后、呆皇帝」

という罵りにしても、最初は大層反発を感じ、馴染めもしなかったが、後になってからは正しいと感じたと述べている。[13]では周建人が語る周福清の痛罵に流れる理とは何であったのか、その点を批判された主要な人物ごとに検討してみよう。まず太后、皇帝であるがこれについては、周建人が具体的に痛罵した例を挙げている。例えば義和団事件後の官吏に対する乱脈な処刑、無辜の回族を虐殺しながら反乱を鎮圧したと上部に報告して事を済ます武官の無法ぶり、多大な賠償を約束した上、「仇敵会」を組織したりこれに参加した中国人は処刑、外国人に危害を加えた者を鎮圧しなかった官吏は永久に任用しないといった義和団講和条約の締結を聞き及んだ時など[14]、これらは明らかに国家社会の在り方を問う政治の問題である。

当時の清朝は、いうまでもなく内憂外患の危機に瀕してしていた。光緒一〇年、中仏戦争勃発を憂慮する上奏を行ったと見られる福清が、国家社会、民族の存亡に強い危機感を抱いていたことは想像にかたくない。しかし国家の危機を前にした統治者太后、皇帝は、迫り来る外国に何ら有効な処置を講じられず、次々にその勢力に屈して行きつつあった。内政に関しても、先の回族虐殺に見られるような武官の無法ぶりは枚挙にいとまなく、蔓延する売官や不正によって文官もまた乱脈を極めていた。太后、皇帝はこうした事態にも全く対処しきれず、さらには義和団事件の排外派官吏の処刑に見られるように、自らの安全と利益のために、忠を尽くした者を死刑に処し、治を乱し、民を損なった者を寛赦するような愚政も行っている。民族興亡の危機感と内政の乱れを憂う者、信義を重んじる者にとっては、まさに「昏太后、呆皇帝」と罵倒せざるをえない治世ぶりが見出される。太后、皇帝に対する痛罵は、内憂外患を処しきれず、信義すらも失った無力で愚かな統治者への苛立ち、憤激であったと理解できる。

次に痛罵の対象とされた甥達四七、五十である。周作人自身も「物にならない甥達」と評する彼らに対し、勤勉と努力、正業を持つことを旨とする周福清が憤激していたことは、すでに述べてきた。恐らくこの痛罵には、激怒とともに彼らを戒める意図も込められていたであろう。[15]この場合も、理ははっきりしている。

これに対し、やや色あいを異にするのが、命の恩人とも言うべき薛允升に対する批判である。周作人が「尽力して益を求めず」の敬服すべき精神の持ち主であるのにと語られる薛允升は、科挙不正事件発生から釈放に至るまで自らに係累が及ぶことも恐れず尽力し、何故ここまでしてくれるのかと家人らを不思議がらせている。(16) 長年親交を結んでいながら、いざ救命の嘆願書を出す段になると逃げを決め込んだ李慈銘などに比べ、はるかに友情に厚い人物であったと見える。列伝、墓志銘によれば、誠実に信念を持って職務を果たし、時に勅命に抗しても己の意志を貫く一徹さを備えている。(17) また官としての業績も少なくない。周建人によれば、周福清は薛允升をボンクラと呼ぶとともに、ボンクラはよく官が勤まるとも言っていたそうである。(18) 恩人であり、周福清より一七歳年長の友人薛允升に対する批判は、周福清の官についての考え方、在り方に関係しているものと思える。これについては次節で更に検討を加えることにする。以上のように、恩人はもとより上は太后、皇帝から下は一族の甥達まで、免れる者がなかったという痛罵には、確かにそれぞれの理が読み取れる。少なくとも「どんな人をも軽蔑した」わけではない。やみくもの痛罵、気性の悪さと評するのは妥当ではあるまい。周建人、周観魚が語るように言辞の辛辣さ、人の思惑も省みずにぶつける率直さゆえに、人の心情を害し、込められた理を被い隠してしまったのであろう。

二、驕りと信念

痛罵癖とあいまって、周福清の性癖に挙げられる批評癖も、何かと周囲に波紋を投じている。周観魚は「才能を頼んで、非常に傲慢で人を見下す」ところがあったと語り、その例を二つ挙げている。(19) 一つは礼房の婿陳秋舫が科挙試験合格を目指していた頃、妻の実家である周家に長逗留してなかなか去ろうとしなかったため、「女のスカートの下に隠れ込むのは見込みのない者、仕官など出来るわけがない」と陰口をたたき、それが当人の耳に入り「科挙に合格するまで周家の門をくぐるものか」と激怒させた話。もう一つは、知県の兪鳳岡が周福清の娘徳を後添えに貰おうと、仲人を遣ったところ、返事の代わりに「ひきがえるが白鳥を食いたがる」と痛烈な一撃を浴びせたという話で、何れも科挙不正事件が起きた際、このことを根に持ち福清に報復したという噂を生み出している。[20]第二章に記した私怨報復説の源である。確かにこうした発言は、自らが科挙に合格した官吏であればこそ言えたものであろう。その点で、他人から「才を頼んで」傲慢に人を見下すと見られる余地はある。

しかし、この逸話で批判された相手は二人とも官に関係する読書人である。知県時代の権威ぶらない生活ぶりをはじめとし、一家の使用人や獄卒、囚人、幼かった孫たちに対して、周福清が尊大なそぶりを見せたという例はない。[21]特別な場合以外、彼らを怒鳴りつけたり貶したりせず、思いやりをもってなごやかに接している。また母戴氏の葬儀の際、雇い人達に喪服を着せた家族の処置に対して、奴婢でもないのに主人の喪に服させる必要はないとして、喪を解かせた話もある。[22]みだりに身分や権威を押しつける行為自体を、率先して厳しく戒めてさえいる。

こうした言動をより明確に説明しているのが、先にも触れた正業の観念である。そこには、職業の貴賤、身分の上下といった考えは一切含まれていない。大事なことはいかなる職業であれ、邪な金銭欲など持たず、日々の仕事と暮らしに勤勉たれということである。そうであれば商いをしようが官になろうが構わない。つまり守るべき道さえ守れば、官も民も人間として同等ということである。そうであればこそ使用人に対しても主人ぶらず、邪な態度を取らないかぎり、相手を尊重して接したのであろう。[23]

では罵辞を浴びた先の二人の場合はどうか。「女のスカートの下に隠れ込む」と言われた陳秋舫はこの事件の後、刻苦して学び、見事進士に合格したという。多少志の低いきらい、勤勉さに欠けるきらいはあるが、いわゆる怠惰な人物ではない。「ひきがえる」と言われた兪鳳岡は、賞罰なしの万年知県で、「兪独頭」〈独頭〉は本ばかり読み耽って世情に疎い者）のあだ名を頂戴している実直型の人物である(24)。

またボンクラと言われた薛允升も誠実で職務に忠実な実直型、しかも刑部の要職にあり、業績もある。どうやら官や官になろうとする者への要求は、民に対してよりも厳しく、真面目で勤勉なだけでは不足だったようである。恐らく周福清にとって官とは、日々の糧を得る以上の何か、ある志を持って果たさねばならない勤めと考えられていたのであろう。

もともと清朝の官は、俸給こそ受けるものの、現在でいうサラリーマン、職業官とは異なる意義を持っていた。俸給は職務をこなしたことに対する報償ではなく、栄誉ある身分に対して皇帝が与える恩典である。支給される額も、官吏としての体面を保つに必要な費用という名目であるから、それだけでは家族どころか当人すら養えるものではなかった。それゆえ地方官は不足分を直接人民から奪い、京官は余禄を得ることの出来る地方官の身分を保証するなどして収入を得て、互いに補完しあっていた。特に清朝中葉以降は売官制度の蔓延により、「官が官を養う」といった悪循環がますます強められている。「君と臣」といった理想とは裏腹に、官は良くて名誉職、悪ければ利と益を求める手立てに成り代っていたのである。周福清が官に対して求めていたのは、こうした現実の官に失われていた本来の官の在り方であったように思える。腐敗しきった悪徳官は勿論のこと、職業化し、ただ日々の官務をこなして行くだけの官では、官として不十分なのである。そう考えれば、官になろうとする者、なっている者に対して向けられた批判の意味も多少見えてくる。世間や社会に疎く、営々と日々の官務をこなすだけの万年知県「愈独頭」など官足りえぬ者なのであろう。そんな者に大事な娘などやれぬのである。また国家社会の大事、君の在り方にボンクラを通し、己の職務にひたすら忠実であればこそ、忠君処刑のような浮き目も見ずに、官は勤まり安泰なのであろう。まさに「ボンクラはよく官が勤まる」のである。官としての業績もあり、誠実に職務を行っていた薛允升への批判があったとすればこの点ではなかったか。勿論太后、皇帝に対するような痛罵、糾弾のための非難

ではあるまい。長年の友情に立ち、誠実な人柄を了解し、相手の存在を認めた上での率直な意見だったと思える。(25)

このような官に対する理を周福清の言動の内に見出すなら、「自らの才を頼んだ驕り」もまた真意を理解されない誤解であったのではないかと考えうる。国家社会の在り方への批判から生まれた太后、皇帝への痛罵、人の在り方に対する信念から生まれた甥たちへの叱咤、官の在り方から生まれた科挙関係者や官への批判、痛罵癖、批評癖に流れる理は、かけがえのない人間表現として、その意向を理解することができるのではあるまいか。

三、「官迷」（科挙と官職に心を奪われた人）

「罵人」により、気性の悪い人間という印象を鮮明にしたのが周作人であるとすれば、科挙に対する執着を強調し、「官迷」と呼ばれる人間像を生み出す材料を提供したのは周観魚であろう。周観魚は人物評の中で、「功名に熱心で、科挙にはとりわけ興味を持っていた」と語り、それを物語る例を二つ挙げている。(26)語られているのは科挙不正事件以前と以後の話で、これにより、周福清が科挙不正事件以後も科挙に対し衰えぬ関心を持ち、生涯科挙の功名にとらわれていた人間であるというイメージが提供されている。

不正事件以前の話は、翰林を出た福清が「一族郎党みな翰林」の額（「祖孫父子兄弟叔侄翰林」）を台門に掛けたがっていたが、果たせなかったという簡略な記述である。特に周福清の言動という具体性もなく、続く不正事件以後の話の伏線に語られたようにも受け取れる。不正事件以後の逸話は、釈放され紹興に戻った周福清が学業について尋ねた周観魚に、『聖諭広訓』（清の康熙帝の聖論十六条に雍正帝が解釈を加えた書）を渡して、しっかり学び、暗記するように迫ったというもので、一度内容を見て学問に無益と知り熱心になれない周観魚に対し、周福清の方は大事なことだ、県学、府学でも科挙志願生を集め、月に、一度順番に民衆に講釈させている。歳試（郷試を受けるために必要な生員の試験）の際には暗記テストもあるから、おろそかにしてはならぬと言い含め、執拗に勉強を促したという。

周観魚は、周福清が科挙試験に直接関係する本と語ったために、この件を甥にまで強要する科挙の功名に対する執着と見なしたようである。しかし科挙不正事件発生後、特に出獄後の周福清は、孫達にすら四書五経を読ませることに反対し[27]、新学堂への入学を勧めるなど、科挙にこだわらぬ生き方を奨励している。科挙の受験、官途のみに、それほど執着していたとは思われない。また科挙受験に必要な書物ならほかにもある。それをあえてこの本を勧めたには、それなりの理由があったと見るべきであろう。確かに『聖諭広訓』は、郷試以前の科挙試験で暗記が必須とされる書物であるが、内容は教育勅語式の道徳、倫理の基本精神である。恐らく一族のどうにもならない甥たちと比べ、真面目で学問にも熱心な周観魚を官になれそうな者と見込んで、官の基本たる心構えを身に付けさせようとしていたか、自堕落な甥たちの二の枚を踏ませぬよう、人間としての道徳、倫理をわきまえさせたかったというところではなかろうか。少なくともこの逸話が科挙の功名に対する終生変わらぬ執着を示しているとは思いがたい。いずれにしても、当時士大夫階級の子弟にとって科挙の道は、当然進むべき進路であるから、年長者が一族の子弟に科挙の勉学を勧めることじたいは特異な行動とはいえず、それだけで〝官迷〟の名を冠することはできない。

すでに事績を記す中で、何度か述べたように福清の官吏としての道筋で、一度として名誉、功名、利欲にとらわれた行為は発生していない。むしろその逆であった。名望職たる宗人府の選考、不人気であったとはいえ、収入を得る見込みのある地方府の選考などを回避し、薄給の京官職をひたすら真面目に勤め続けた内閣時代は、そうした無欲ぶりの例証であろう。また家に仕送りすら出来ず、時に炊く米すら借りねばならなかったことは「昇官発財」の官ではなかったことの証明でもある。名誉も財にも恵まれず、ひたすら歩み続けられた官の道、執着したとすれば科挙の功名ではなく、官そのものであったと思われる。その意味でなら周福清を「官迷」と呼ぶことが出来よう。

では、そこまで周福清を官に執着させたものとは一体何であったのか。問題はむしろそこにある。

死後に残した聯には夫婦、父子、君と臣の規範となる「綱常」を求める心が詠まれている。君と臣の繋がりを世の中の基本的な秩序と考え、官に臣の役割を求めていたことは確かである。しかし「何が皇帝か」と上司に食ってかかった知県罷免問題の逸話、太后、皇帝への痛罵が示すように、盲目的な忠義心に心を奪われていたわけではあるまい。翰林院庶吉士時代の知県職のための勉学、使命惑に燃えて清廉官としての役割を果たそうとしていた知県時代からは、官に対する独自の信念、考え方が読み取れる。勿論、知県罷免後はこうした信念を活かす道を歩むことなく、営々と日々の勤めを果たすだけの官を貫くことになった。だが果たしえなかった官としての理想、理想としての官、官に託された使命惑と在るべき社会の理念が周福清の心に宿り続ければこそ、治世や勤勉なだけの官に対する批判も生まれてきたのではないか。

周作人によれば、福清は獄中でも『申報』を読み、変法にもあながち反対していなかったという(28)。周福清にとって、官とは、恐らく在るべきより良き国家社会、人間社会の実現に立ち働く社会の僕であったのだろう。勿論儒教的統治理念の下で、在るべき理想的社会を実現する者は天命を受けた皇帝にほかならない。その手足となり、時に皇帝を諌め、在るべき社会の実現のために力を尽くす者が臣であり、そこに官の役目もある。そうした役割を担う者として官をとらえ、それを天職として選んでいればこそ、官へのこだわりは深く、恵まれぬ道もひたすら歩み続けられたのではないか。庶吉士散館の際、学政の選考を勧める声に耳をかさず、知県罷免後、教職改選をよしとせず内閣中書を損納したのも、そうした意向の現れであったと思える。それだけに官としての理想を阻み、使命感を打ち砕く現実の重みもまた大きかったはずである。自らの生きる意義が失われたことを語り、「綱常」の乱れた世を慨嘆した辞世の句には、理想と隔たる世の現実を知り、これになすすべなく終わる無念さ、自己の幻想に気づいた者としての傷みも込められていたように思える。

周福清を「官迷」と見なす時、そこに官たる者の理念、使命感を読み込むか、単に科挙への執着と見なすか、その人間像は大きく分かれることになろう。

四、女性問題

行状の上でしばしば槍玉に挙げられるのが、妻妾問題である。わが家に「妾禍」ありと語った周作人、そして周建人によれば魯迅もまた蓄妾問題について福清を厭うところがあり、釈放後二人の仲がしっくりいかなかったという。(29) 以下この妻妾問題を含めて、周福清の女性観について考えてみたい。周福清を取り巻く女性は、判明しているだけで五人いる。伯宜と長女徳を生み、ほどなくして他界した先妻孫氏と後妻となった蔣氏、それに薛氏、章氏、潘氏の三人の妾である。薛氏がいつ娶られたかは不明だが、知県時代の任地、北京に同行し、北京生活二年目（光緒七年）に二四歳で没している。(30) 同じく娶られた時期の不明な二番目の妾章氏も短命で、非摘子の次男伯昇を生んでほどない光緒一三年に二六歳の若さで死亡している。(31) 結局三人目の妾で、三一歳年下の潘氏が周福清の後半生に連れ添い、その最後を見取った。かんしゃくも起こさず、怒鳴りつけもしなかったという潘氏について、周福清は抱えるつもりはなかったが、世話人が連れて来た彼女に伯昇が寄り添うのを見て、伯昇のために抱えることにしたと語っている。(32) 若い妾を囲った言いわけと取れなくもないが、周建人は二人の生活ぶりから本音であったようだと記している。(33)

妻二人に妾三人と確かに賑やかな女性関係であるが、人数の多さは短命者が多かったことも一因である。ただ壮年になり、孫と幾らも歳の変わらぬ息子をもうけたり、親子ほど歳が違う若い妾を囲ったりした上、妻妾間に揉め事が絶えなかったというから、人目には派手な女性関係と映ったかも知れない。特に晩年に至っても男女の噂話が好きで、周観魚の父藕琴が根を上げた話も残されている[34]。煙草を吸わず、酒も節制していた超真面目ぶりとは異なる一面が窺える。

しかし妻妾問題には、すでに知県時代、内閣時代で述べたように、後妻蔣氏と福清の不和が大きな要因として横たわっている。周作人、周観魚によれば、太平天国の乱の時に蔣氏が捕虜になった事件をめぐって、福清が蔣氏の貞節に疑いを抱き、そのために二人の不仲が強まったということである。事件の起きたのが両者の結婚前か後か言は一致しないが、周作人は福清に「長媽媽」（太平天国軍が長髪賊と呼ばれていたことをもじり、長髪賊の奥さんと揶揄した言葉）と呼ばれた蔣氏が泣き崩れるところを目撃したと語っている[35]。周観魚はこの捕虜事件のために周福清が妾に心を傾け、蔣氏の不満が募って知県時代の「大不孝」を招き、これにより二人が生涯の決裂に至ったとしている[36]。しかし周建人は、捕虜事件そのものがなかったと語り、二人の不和はあくまで福清の蓄妾によると見ている[37]。周建人によれば、二人の語ってくれるお話がよく似ていたのに顔を見れば喧嘩になったというから[38]、ユーモア好きでなかなか鋭い風刺感覚もあったという蔣氏と福清の性格自体が、もともと似過ぎていて、そりが合わなかった面もあったのかも知れない。

現在捕虜事件の有無や蓄妾との関係は判明していない。しかし事件があったとしても、自ら妾を囲いながら妻の貞節を責め続ける行為は、男性に緩く女性に厳しい旧倫理を表している。まして事件が真実でなく、福清の誤解であったとすれば、根も葉もない事件で生涯責め続けられた女性の側は立つ瀬がなかったに違いない。正妻のほかに妾を抱えること自体許しがたい行為と考える周作人ら孫たちにとって、祖母はよく昔話を語ってくれ、民間伝承など民俗的なものへの興味を与えてくれた愛すべき存在である。そんな祖母を苦しめ続けた妻妾問題であれば、福清への批判はいやがうえにも鋭くなったであろう。まして女性問題に深い関心を寄せる周作人は、幼い時に祖母と起居をともにしている。[39] 彼の祖父批判の手厳しさは、こんな所にも一因があるかもしれない。しかし、当の福清自身は自己の女性問題について罪悪感はなかったであろう。周家の家譜である『越城周氏支譜』を見るだけでも男性は妻と妾の名をつらねている。是非は別として、当時の男性にとって、一妻多妾はあたりまえのことであり、本人は特に、倫理にもとる行為とは思っていなかったであろう。

以上のように、妻妾問題に関しては男性本位の旧倫理観が窺わせる女性観だが、女性を蔑視したり、軽視したりすることはなかったようである。家庭での家族の呼称として、娘たちの名に「官」をつけて呼んでいたことに、当時としては珍しく女性尊重の考え方が示されていると評する見解もある。[40] また福清が叔父の妾（和房の養子となった茶年公の弟周以泅の妾）に対して、当時の社会における妾蔑視の風潮を無視して、まことに礼儀正しく接し、それが一族の者すべてに影響し、やがて皆が彼女を尊称で呼ぶようになったという逸話もある。[41] また釈放後、蔣氏との争いの絶えない周福清にたまり兼ねた魯迅の母（福清にとっては息子伯宜の嫁）が、いい年をして白髪頭になっても手本を示せないのかと一喝したところ、一言の反駁もせず、直ちに自室に引きこもり、以後二度と騒ぎを起こさなくなったという。[42] 必要とあれば、義父を一喝する魯迅の母の気性もさりながら、理あると見れば、嫁の発言だ、女性の発言だと威圧せずに素直に従うあたり、家長風を吹かせぬ一面、女性を軽んじない一面が窺われる。

一方、家訓『恒訓』では家を滅ぼす戒めの一つに、軽々しく婦言を信じてはならぬという項目を挙げている。この戒めを語る逸話に登場する女性は、奢侈を好む嫁、財を受けた後義父をないがしろにする嫁、嫉妬心の強い嫁で、愚かな夫がそんな妻の言いなりになり、ついに一家を滅ぼしてしまう経緯が語られている。女性の見識の浅さなども評しているが、特に女性を卑しめ貶めた存在として位置づけているわけではない。わざわざ女難を説くあたりは、むしろ女性の力に脅威を感じていた一面を感じさせる。

こうした周福清の女性観に、大きな影響を与えたと思われるのが、気骨のある人物として知られる母戴氏である。

長命のわりに残された逸話は多くないが、周福清の進士合格時一族の者が朗報に沸き返る中で、「ごくつぶし、ごくつぶし」と泣き叫んで人々を驚かせたという話が語り草になっている。(43)周建人によれば、それほど劇的な話ではなく、官の家に生まれ、官吏の生活問題などを知り抜いた彼女の憂慮と喜びの矛盾が、素直に喜べぬ思いを吐露させた結果であるという。(44)周囲の思惑を省みず自己の感情をあらわにする個性は、剛直で自己の意志を貫く周福清の気性ともあい通じる。尊敬していた温和な父とは対照的で、一生頭の上がらなかったきらいもある母の存在は、周福清の女性観に女性への敬意と畏怖の念を付与する源になったものと思われる。

五、教育観

周福清の人間像を検討する上で、とりわけ興味深いのが教育観である。読書人家庭の家長として、子弟の教育に熱心であったばかりでなく、その教育方法、教育内容に旧来の教育観の枠を越える進歩的かつ独自なものが見出される。また教育観に示される人間観も特筆に値する。

まず教育方法では、幼い周建人の識字教育のために、一般の手引書を使わず、毎日一つずつ野菜の名を書いてやり、これを覚えさせたという。大根、白菜、韮と日々目にする身近な物であるだけによく覚えられたし、おかげでほとんどの野菜の名前を覚えてしまった、と周建人は述懐している。(45)また子供達をよく芝居に連れて行き、人物が登場する度にその名を知らせ、帰宅してからは原作の本の一段を探して見せてやるなどの心配りもしている。(46)実践的でしかも子供の興味や感性を尊重して学ばせようとする姿勢は、周福清の一貫した教育方針である。

例えば読書教育については、いたずらに経典を押しつけず、思考そのものを重視し育成する独自の見識を持っていた。まず読書は歴史への簡単な概念を持って始めるべきで、ある程度歴史を理解させ、その後分かりやすく子供に喜ばれる『西遊記』を与え、それから比较的分かりやすい『詩経』を読ませ、その後にほかの書物に進ませる。[47]また詩の学習でも、まず分かりやすい白居易から始め、陸游、蘇軾、李白と進み、難しい杜甫や韓愈は学べないし学ぶ必要もないとしている。[48]いずれも従来の一般的な順序と異なる独自の系統的学習法である。文章教育についても、労多くして役に立つことの少ない四書五経よりも、小説を読む方が、文理が通るようになると語っている。[49]発想が面白く子供に良いとした『西遊記』は、天界の権威を物ともせず大暴れするところが気に入ったのか、孫悟空がご贔屓で、自ら大笑いしながらしばしば子供達に語って聞かせ、周作人もその傾倒ぶりを特筆している。[50]当時蔑視されていた白話小説を子供に与えるだけでも、大変斬新かつ大胆な学習法である。しかも『西遊記』のようにかなり荒唐無稽な、それだけに想像力にあふれ、子供の好奇心に訴える小説を進めることは、注入式の丸暗記で子供の創造性を奪った既成教育、伝統教育の枠を大いに打ち破るものといえる。

しかも周福清はこうした書物教育だけを重視したのではない。釈放後、もうお坊ちゃんではいられないから生活することも学ぶ必要があるし、世間のことも分からぬようになると言って、毎日周作人を朝市の買い出しに行かせている。[51]暑い最中にも長衣を着せられるこの社会教育は、本人にとっては大変苦痛だったようで、後に南京に脱出する理由の一つになっている。[52]家計を助ける実利があったとはいえ、日常生活を軽視せず、社会に学ぶ生きた教育を心掛ける点で、伝統的読書人教育との相違は明らかである。

人として何を学ぶべきかは、社会や歴史の変化とともに移り変わる。学ぶべきことは、教える側の生きてきた古い時代よりも学ぶ側のこれから生きようとする新しい潮流のなかから生み出される。この点でも、柔軟かつ大胆であった。魯迅、周作人、周建人、末息子伯昇、何れもが新しい様式で新しい知識を学べる新学堂に入学している。当時まだ異端と見なされていたこうした学校への入学に反対するどころか、自らが積極的に勧めている点は注目される。伯昇の入学の際は、一族の者から自分が頭を切られるのを待っているだけでなく、息子の頭も毛唐に売ったと陰口をたたかれたという。[53]新学堂の入学ですら、そうした非難を受ける状況で魯迅の日本留学が決まるが、この時も何ら反対せず、「うん」の一言であったという。[54]すでに科挙を目指して、安閑と勉強させるだけの余裕のない周家にとって、新学堂は学費免除という大きな利点がある。また科挙のみにこだわって人生を無為に暮らした伯宜の轍を踏ませたくないという意向も強かったであろう。更に科挙不正事件をはじめ自らが体験した官の道の現実や官を目指して損なわれるものの大きさに気づいていたこともあったであろう。しかし、科挙を目指して学ぶだけが、もはやすべてではなくなりつつある時代の潮流を関知していたからではなかろうか。魯迅が弁髪を切ったことについても、「郷に入れば郷に従え」と異を唱えなかったといわれる。[55]既成概念にとらわれず新しい時代の動向を察知していく洞察力、物事を合理的に受け止め、受け入れることの出来る柔軟な判断力の持ち主であったことが窺える。

以上のように福清の教育観の根幹になっていたのは、旧来の読書人教育ではなく、人が生きることを尊重する「人」中心の教育である。福清にとって教育とは、どこまでも教えられる者自身のためのものであり、教えられる者が今後人としてどう生きるかに役立つものでなければならなかった。このように人を第一とし、個人を重んじる教育観は、当然ながら家を重んじる考え方と相反し、これを乗り越える。

この点を端的に示しているのが、これまでに幾度か触れた『恒訓』である。

「恒心を持ち、正業を持てば、恒産が得られ」家を盛んに出来る、またそうあって欲しい。確かに『恒訓』はこうした主張を持っている。しかし家を盛んにすることは、どこまでも結果として得られることであり、そのために生きよとは語っていない。家あっての人ではなく人あっての家であり、家のためではなくその人自身のためにどう生きるべきか、どう生きて欲しいか、その道を語ることこそ『恒訓』の主旨であったと理解される。一般に家訓と言えば、多くは家のための人作りを語りがちである。家訓という古い器に盛られながら、述べようとした主旨が家よりも人を重んずる、「人」第一の極めて近代的な人間観であった点は注目に値する。

また「人」第一であればこそ、人の進むべき道をその人自身の意向に委ね、一度選んだかぎりは「失敗するも成功するも、その人の成すところなり」という自己責任を問う、個人主義の発想も生まれてくるのであろう。魯迅の留学に異を唱えず、周作人に新学堂への入学を熱心に勧めながら、決して強要しなかったことなどは、そうした考えの実践と思われる。また周作人によれば、試験でビリから二番になった伯昇を努力したから落第せずに済んだと褒め、二番であった魯迅を努力しなかったから一番になれなかったと叱ったそうである[57]。これなども勤勉を重んじながら画一的な観点で人を判断せず、個人の資質を尊重する思考を示す一例であろう。

人と個を重んじるこうした考え方は、上述した独自の読書教育法などにもすでに現れている。しかし科挙不正事件を通じて、人間の在り方を深く問い直し、人それぞれの生き方をより尊重するようになったことで、従来の思考が更に深まり、明確で強固な人間観へと発展していったと考えられる。その意味で科挙不正事件という大きな試練は、進歩的思考を持ちつつも基本的には封建的倫理観や秩序観の内にあった周福清を、より一歩近代的な思考に押し進める役割を果たしたことになる。『恒訓』に示され、孫たちの進路選択に現れた意向は、まさに獲得された新しい人間観最大の成果であったといえよう。

小　結

以上述べてきた人柄への考察を総合して、再度事績を振り返った時、周福清の生涯がより鮮明な姿で浮かび上がってくる。官としての理想を抱き、勤勉なだけでは官足りえないと思う周福清にとって、勤勉だけが取り柄の内閣時代はなんと不本意なものだったか。ひたすらボンクラに徹し、真面目に日々の勤めをこなしていくためには、自らの心を麻痺させ、沈潜させせねばならぬこともままあったであろう。光緒一〇年の上奏は、そうした状況を突き破って生み出されたやむにやまれぬ行為だったと思われる。また自らの宮途で賄賂による運動を行った形跡がなく、邪な行為を厳しく戒め、諌めていた人生観から見て、不正合格を依頼した科挙不正事件は、ほかならぬ福清自身にとってどれほど深刻な意味を持つものであったか。伯宜の人間としての将来を憂慮するあまり不正に手を染めた行為には、京官として考官買収の現状を数多く目にしてきた内閣時代の体験、賄賂と不正に満ちた官僚世界の現実を知った体験が少なからず影響していたはずである。それだけに、自らが憎んでいた不正風潮に同調した行為は、誰に対してよりも自分自身にとって許しがたいものであったに違いない。死刑執行の報に対する潔さは、自らの行為に対する厳しい断罪の結果であったのだろう。不正の横行により実質を失った官僚選抜制度、知県罷免問題で体験した地方官の腐敗、その地方官と癒着して利権をあさる機会に狂奔する京官の現状、腐敗の極に達し、崩壊寸前となった清朝末期の社会状況は、官としての志などとは無縁の世界である。官としての理想に燃えて官途を歩みだしたはずの周福清もまた、そうした官僚制度の腐敗と矛盾をつぶさに体験し、ついに孤高を保てず、その汚濁に塗れていった。釈放後とみに増したという世の中すべてに対するような激しい憤りには、自らを含めてこの世の腐敗一切を許せない思いが込められていたものと思える。執拗な男女の噂話などは、そんなどうにもならない思いの丈を、とりとめのない話に発散した結果だったかもしれない。不正を憎み、世の中の現状を批判し、封建社会の腐敗を打破して生きようとしながら、その志と違える道を歩んだ周福清の生涯は、清末における旧読書人の生きざま、旧中国における人間の在り方を語ってくれる貴重な証言でもある。

おわりに

ある人を語る逸話や事績資料は、それをどう読み、綴り合わせるかによって、全く異なった人間像を生み出す。周福清の場合も同様である。知県罷免、買官、蓄妾、科挙贈賄、斬監候、そして誰も彼も痛罵するかのような気性の悪さ、公私ともにかんばしくないこうした行状や事績もその原因を探り、見直してみることで異なった意味を持ってくる。本稿で述べたのも、表面に現れた素行の悪さとは裏腹に人一倍勤勉で誠実、正義惑が強く、世の在り方や人の在り方に心くだく人間像である。こうした人間像は、従来周福清を語った回想や逸話中にも断片的に見られる。しかし科挙不正事件により魯迅一家が没落したとする見方や、この不正事件を契機に魯迅の科挙制度への反発が強まり、やがて旧読書人の道に訣別するに至ったという考え方の中では、さほど重視されなかった。確かに祖父が清廉で誠実な人間であるより科挙に執着し家族を苦しめる人間である方が、科挙や旧社会への反発物語、反封建思想形成の契機は明快になる。また封建官僚という枠組みに祖父を置き、その中で進歩性や民主性、正義感の強さを語っているかぎり、反封建思想成立のパターンに何の支障もきたさない。周福清の人生、人間としての葛藤まで掘り下げる必要はなかったといえよう。魯迅の思想形成を青年期以降の文学運動、社会運動に重きを置いていく時、生い立ち、少年期の体験は、昇華されていった要素として重視されにくい面がある。

祖父周福清のもたらした影響もあまり重視されることない課題と見なされやすく、その点でも祖父周福清が魯迅の思想形成に与えた影響についての考察が深化されにくい要因となる。現在の筆者の見解については、本書本文中で展開している。ここでは、試論執筆時の記述を踏まえつつ、新たな見解への展開などを取り上げておく。

魯迅が祖父周福清に対しどのような感情を抱き、どのような影響を受けたかを、自らが直接語った資料、言説はほとんどない。沈黙こそ最大の感情表現であり、最大の手掛かりであったといえる。この沈黙を、一家に災いをもたらした祖父に対する憎悪と反感の表現と見なす見解も少なくない。確かに、長い間家族と離れていた周福清の帰郷後、一家の平穏を打ち破る科挙不正事件が起き、三年を待たずに父が死亡している。孫たちの中では最年長であった魯迅が家長代理として、一家の災禍を直接受け止める立場にいたことを考えれば、強い反感や嫌悪が生まれてむしろ当然である。喪主を務めず葬儀にも参列しなかったほか、妾問題により同居がうまくいっていなかったと語る周建人の記述、また周福清の辞世の句に対して魯迅が見せた解釈を見るかぎり、祖父への愛情や理解は確かに見出しがたい。

しかし、青少年期以来の反感、嫌悪、憎悪だけでは、魯迅の思想形成にもたらした影響は語りきれない。筆者は本稿初版で魯迅が生涯、黙して語らなかった沈黙の中に、青少年期からの感情の桎梏を越えるより根源的なものを見つめる高次の体験に転化していった可能性を想定した。背景には、魯迅が周福清の事績、状況、科挙不正事件の真相を記していたであろう周福清の日記を閲読したことにより、祖父について理解する契機があったと考えられるためである。

『魯迅日記』によれば、魯迅は一九一一年九月友人許寿裳を通じて、祖父の殿試答案を借り出し閲読しており、一九二一年には、「周介夫聯」を収めた顧家相の『五余読書廛随筆』を購入し、更に許寿裳から、祖父の内閣時代に触れる『越縵堂日記』を贈られている。そして、祖父を知る最大のきっかけとなったはずの日記である。獄中は勿論、高熱を押して臨終の前日まで記されていたという日記には、祖父の意向、生きざま、人間性を知る手掛かり、そして科挙不正事件の真相、少なくとも真相を知る手掛かりが記されていたことはまず間違いはないであろう。しかし、日記には妾や妾どうしの喧嘩のことしか書いていない、荷物が多くて持っていけないとの理由づけにより、魯迅は、躊躇する周建人の気持ちを抑えてかなり強引に焼却した。焼却にたっぷり一日を要したという日記の量、引き上げに伴う荷物の多さは問うまい。臨終の前日まで記していた日記が、妾の事ばかりとは思いがたいという周建人の疑問が示すように、語れない何か、公開しえぬ何かがあればこそ、日記は焼却されねばならなかったのではないか。実弟にも言葉をにごし、事件と祖父を語る唯一の手掛かりを消滅させた魯迅の行為は、沈黙よりも重い。

事績資料からで明らかなように、不正事件には謎が多く、祖父一人の責任に帰せない。また一家の経済的破綻の原因についても同様である。

魯迅にはこうした事清を知っていたふしがある。何故なら、一家没落の原因が祖父にあると、魯迅が語ったことは一度もないのである。「俄文訳本『阿Q正伝』著者自叙伝略」では一家の変事で家に何も無くなってしまったと語り、「自伝」（『集外集拾遺補編』）では父が死ぬまでに田地を手放したと語るばかりである。祖父との関わりは一切語られていない。ところが「はじめに」で記したように、一九三五年八月に書かれた蕭軍宛の手紙では、祖父は役人で、金を儲けられなかった父の代になってから、家が貧しくなったと記している。一家の経済的破綻の原因は変事でも祖父でもなく、金を儲けられなかった父に求められている。一般に祖父を一家没落の犯人と見なす見方は、加害者祖父、被害者伯宜といった構図を設け、伯宜に同情を寄せがちである。しかし魯迅は祖父福清ばかりでなく、父に対しても多くを語っていない。我が子に古典の暗記を強い、芝居見物の楽しみを奪う「五猖会」（『朝花夕拾』）、安らかに死の道に向かおうとする父を今際の際で呼び続け、意識を蘇らせてしまった悔いを語る「父親的病」（『朝花夕拾』）など、父に対する感情も実はかなり読み取りにくい。単純に愛情を謳歌しているわけではない。しかも「父親的病」では伯宜に阿片を勧めたという衍太太に、父を苦しめる今際の際の呼び掛けを勧めさせるなど、(58) 伯宜の問題に通じる箇所も見え隠れする。魯迅は伯宜についても承知するところがあったのではないか。

日記に何が書かれていたのか、今となっては知るすべはない。結局、周建人は日記の内容を知らぬまま火にくべ、事件と祖父について多弁であったはずの周作人もこれについては何も語っていない。日記の内容を知り、事件の真相について知りえたのは魯迅一人であった可能性が高い。生涯にわたる沈黙とは、ただ一人事件の真相、祖父の意向を知りえた魯迅ならではの行為であったのではないか。沈黙には、憎しみや反感ばかりでなく、不正事件の真相を語ることを回避した魯迅が、祖父を譴責できなかったことを示す意味も含まれていたものと考える(59)。

日記の焼却は一九一九年、おりあたかも五四新文化運動期である。祖父の問題は、旧読書人の問題、封建的大家族の問題、そして中国に生きる「人」の問題に繋がる。祖父の人生、伯宜の人生が魯迅に与えた影響は、旧社会を批判し、中国における新しい人間の在り方を模索した魯迅の思想的営みに組み込まれているのではないか。一家没落の境遇がもたらした体験について語りながら、一三歳のときの変事について、生涯なにも語らなかった魯迅の思想的体験もそこに見出されるように思う。これについては稿をあらためて論じるつもりである(60)。

最後に感想を一つ付け加えておきたい。それは祖父周福清と魯迅の性格が驚くほど似ていることである。勤勉、誠実、正義感の強さ、正道を守ろうとする剛直さ、納得出来ない者に対する呵責ない執拗な批判、政治と世の不平等に対する憤り、新しい時代に生きる者を古い時代の価値観で拘束することを戒める柔軟な教育観、祖父の性格の特徴は、魯迅の中にも脈々と流れている。周作人は祖父の批評癖、痛罵癖を師爺の学風の名残と見たが、魯迅もまた論敵から紹興師爺の呼び名を頂載したことがある。また魯迅の後半生の著述の特徴を「罵人」と評する声もある。周作人の祖父に対する譴責の厳しさは、祖父とあまりにも似た魯迅への感情と呼応するところがあるかもしれない。何れにしても、祖父福清の活かしきれなかった気質と才覚を受け継ぎ、それを社会のために活かしたのは、ほかならぬ魯迅その人であったろう。そして祖父周福清がもたらした男性性の加害者性は、魯迅の婚姻、恋愛、結婚観に深く食い入り、やがて魯迅が自らの人生において思想的に対決を迫られる負の遺産をもたらすものとなったといえよう。

【注】

(1)周福清『恒訓』。

(2)周作人「介孚公二」。なお薛允升は咸豊六年の進士であるから同治一〇年の福清とは進士同年ではない。恐らく友情の厚さを感じての誤解であろう。両者の関係については注16参照。

(3)周作人「介孚公二」、「恒訓」。

(4)周作人「祖父的事情」。

(5)周作人「杭州」、「祖父之喪」。

(6)周作人「風暴的前後(中)」、「風暴的余波」。

(7)周作人「曾祖母」。

(8)役人になって儲けられなければ損をするという持論を持ち、周福清の進士合格の際「ごくつぶし」と騒いだ(四 女性問題三六五頁参照)戴氏の予言が、科挙不正事件以前にすでに的中していた例証として語っている。周福清が科挙不正事件のみならず、それ以前から一家没落の要因を作っていた点を指摘したことになる。周作人「風暴的前後(上)」。

(9)性薛、一家への影響について理解の余地を見せる「五十年前之杭州府獄」や『故家』、一家に災いをもたらした者として祖父を語り、その性癖を譴責する『青年時代』、性癖と経済的問題の双方で祖父を譴責する『知堂回想録』と糾弾の内容は激化している。しかも最も激しく糾弾する『知堂回想録』で、自分の受けた災禍が僅かであったこと、自分に対しては厳しくなく、腹を立てることもなかったから応対しやすかったし、杭州での一年半はまずまず平穏で、特に申し立てることはないと総括している(「風暴的余波」、「杭州」)。また小説の奨励などでも、それなりに評価を示す箇所が見られる。こうした点から見て、祖父に対する糾彈は感情問題とともに糾彈の動機、意図も考える必要があると思われる。なお『故家』と『青年時代』の記述の違いについては、第一章注73にも記載した。

(10)以上周観魚の見方はすべて「三台門的遺聞佚事」による。なお周観魚は周福清が大変厳格そうに見えて、めったに笑わず笑い話などしなかったと語っているが、周作人は「五十年前之杭州府獄」で周福清がよく自作の笑い話をしていたと述べている。

(11)周建人「略講関於魯迅的事情」。

(12)本文にも記したように、祖父に関する初期の記述では、内容や意味を理解する気持ちが見られる。しかし、それが次第に糾弾に転じていくところに変化が見出される。この変化は、周福清に付き添った回想を語る「五十年前之杭州府獄」と「杭州」などにも明確に現れている。前者では、周福清が獄卒や囚人を罵らなかった道理をそれなりに汲み取り、当時の強盗たちのひっ迫した状況を紹介している。しかし後者では、痛罵した時の状況に記述の比重が移り、獄卒や強盗を罵らなかった異例さを特別なこととして指摘するにとどまっている。なお太后、皇帝については、『知堂回想録』(「風暴的余波」)でも不思議はないと語っている。

(13)周建人『故家的敗落』二〇四～二〇五頁。

(14)周建人『故家的敗落』一七三～一七四、一八〇～一八一頁。

(15)周作人「五十在誠房」(『故家』)に拠れば、周福清は痛罵しながらも五十らの話を聞くのを好んだという。憎しみではなく、彼らをなんとか正したいと思う愛情あっての憤激であろう。奮起を願っての痛罵は魯迅ら孫達にも向けられており、腐った菱穀にたとえて痛罵した一件では、三兄弟からかなり強い反感を買っている(『故家的敗落』二〇四～二〇五頁。

(16)周作人「風暴的余波」。周建人『故家的敗落』一七一頁。『清史列伝』(巻六一)に拠れば、薛允升は同治一二年より光緒三年まで、周福清の知県任地先に近い江西省饒州府(現在の波陽県)の知府を勤めた経歴がある。恐らく両者の交友はこの時に始まるのであろう。こうした点から見て、周福清の知県ぶり、その後の知県罷免問題の事情なども承知し、その不遇の官途に同情を寄せて助命運動に努力した面もあったように思われる。

(17)光緒二二年の宦官処刑の際、宦官総管者より憐憫を請われた太后が再審議命令を出すが、薛允升は自らの審議の妥当性を主張して強く反駁し、これを断固退けている(「清史稿」列伝二二九)。

(18)周建人『故家的敗落』一七一頁。

(19)周観魚「三台門的遺聞佚事」。

(20)前章第一節3及び注14参照。

(21)周作人は自分に対し、周建人は家族に対し厳格でなかったと述べている。周作人「風暴的余波」。周建人「略講関於魯迅的事情」。

(22)周建人『故家的敗落』七四頁。

(23) 平常は痛罵することのなかった獄卒だが、無事釈放との連絡を受けながら賄賂を要求して放そうとしなかった時は、激怒し門を担いで、この者を追い掛けたという。不正や邪な行為に対して、周福清がいかに容赦しなかったかを示す一例であろう（周建人『故家的敗落』一七一～一七二頁）。
(24) 周建人『故家的敗落』一七二頁。
(25) 福清は日頃まっとうな人であるのは難しい、ともすれば災いを招くことになる、と言っていたという（『故家的敗落』二二一頁）。とかく他人と摩擦を起こしやすい自分と異なり、職務に忠実でしかも穏当に官をこなしてゆける薛允升の人柄をそれなりに認める意味も込められていたと思える。
(26) 周観魚「三台門的遺聞佚事」。
(27) 周建人「関於魯迅的若干史実」。
(28) 周作人「花牌楼（中）」（『知堂回想録』）。
(29) 周作人「拾遺（丁）」（『知堂回想録』）。周建人「関於魯迅的若干史実」。
(30) 松岡第一論文〔補Ⅰ〕による。
(31) 松岡第一論文〔補Ⅰ〕による。
(32) 周建人『故家的敗落』一一一三～一一一四頁。
(33) 周建人『故家的敗落』一一一三～一一一四頁。
(34) 周観魚「三台門的遺聞佚事」。なお衍太太の密通を執拗に批判する周福清に堪りかねて藕琴が逃げ出した逸話があるが、これには伯宜の阿片問題が絡んでいると思われる。その他の場合と区別する必要があろう。第二章注62参照。
(35) 周作人「颶風的余波」。
(36) 周観魚「三台門的遺聞佚事」。補論一　二九六参照。
(37) 周建人「関於魯迅的若干史実」。
(38) 周建人『故家的敗落』二一二～二一三頁。
(39) 周作人「房間的擺飾」（『故家』）。
(40) 張能耿「新台門周家」（張能耿『魯迅的青少年時代』）。

（41）周観魚に拠れば、この妾は温和で淑やかなタイプの女性である。周福清が唯一賞賛したという父苓年も温和で定評があったというから、自分自身が多弁な周福清は、自分の性格とは異なる物静かなタィプに好感を持ったと見える。話し好きといわれる後妻の蔣氏とは、こうした点でも性格の不一致が窺われる。周観魚「三台門的遺聞佚事」。
（42）周建人『故家的敗落』二一三頁。
（43）周観魚「三台門的遺聞佚事」。周作人はこの逸話と絡めて、周福清のもたらした災いを取り上げている。注8参照。
（44）周建人『故家的敗落』三一～三四頁。
（45）周建人『故家的敗落』八〇頁。
（46）張能耿「新台門周家」。
（47）周建人「魯迅幼年的学習和生活」。
（48）魯迅博物館魯迅研究室編『魯迅年譜』第一巻一六頁。
（49）周建人『故家的敗落』一七五頁。周作人「老師（二）」（『知堂回想録』）。
（50）周建人『故家的敗落』一七五～一七六頁。周作人「講西遊記」。
（51）周建人『故家的敗落』一七六頁。
（52）周作人「脱逃」（『知堂回想録』）。
（53）周建人『故家的敗落』一二四頁。
（54）周建人『故家的敗落』一八二頁。
（55）周建人『故家的敗落』一九六頁。
（56）周福清『恒訓』。
（57）周作人「介孚公」。なお「祖父の喪」では、ほぼ同内容の話が伯昇と周作人に置き換えられて語られている。
（58）日記を焼却する紹興引き上げ（一九一九年一二月）以前に執筆された「我的父親」（『国民公報』一九一九年九月九日所載）では、痩せこけひどく黄ばんだ顔で横たわる父に呼び掛けを勧めるのは乳母で、しかも彼女に悪意のなかった点が記されている。周建人『故家的敗落』は、呼び掛けを勧めた人物を乳母とし、実話としてこの件を語っている。また周作人は『知堂回想録』（「父親的病（下）」）などで、習俗上、衍太太が同席していた可能性はないと述べ、このくだりを小説の効果を盛り上げる一段として解釈している。

(59)旧稿では、魯迅による日記焼却、沈黙の中に「愛情と弁護」の可能性を読み込んでいたが、科挙不正事件の真相を明らかにすることを回避したことにより、科挙不正事件は結果的に、周福清の思いつきによる単独犯行未遂として凍結されたことになる。言いかえれば、それは公的判断を受け止めた周福清の意志と覚悟を継承する意味をもつ。魯迅の周福清に対する感情は、愛か憎しみかという二者択一では収まりきれない複雑なものであったと考える。旧稿の末尾において、魯迅の思想形成への影響をあらためて論ずることを課題とした。現時点では、ジェンダー観形成への影響についてのみ基礎考察を行い、本書でもその一端を取り上げた。周福清の事績と人物像を更に検討し、考察を深めて、この課題に臨んでいきたい。

(60)現時点では、男性の女性に対する加害者性、歴史的、社会的な男性存在の意味を認知するジェンダー観の形成に、とりわけ深い影響を与える契機をもたらした点のみを本書序章、第二章に取り上げた。

補論2　魯迅と毛沢東

——求められたのは「生命か奪権か？[1]」

はじめに

「孔子が封建社会の聖人であるなら、魯迅は新しい中国の聖人である」、一九三七年延安陝北公学での魯迅没後一周年記念講演において、魯迅を「中国第一等の聖人」と見なして以来、毛沢東は生涯にわたり魯迅への高い評価と敬意を示し、最晩年まで魯迅の全集を愛読していたという。しかし、その一方、抗日戦争、国内戦争に勝利し、革命政権として、建国された毛沢東指導下の中華人民共和国で、「もし魯迅がまだ生きていたら?」という問いが繰り返され、人々の関心を集めた。革命政権の根源と本質に迫るこのプリミティブで先鋭な問いは、近年、再び注目され、論争を引き起こし、さらには専著さえも生みだした。魯迅の死からすでに八〇年、今なお繰り返し問い直されるこの問い――「もし魯迅がまだ生きていたら?」にどう答えるのか。本稿は、その答えを、時空を超えて、問いの中心人物たる魯迅自身の言説にさぐってみようと思う。そして、その答えのなかに、毛沢東による聖人化、多大な絶賛、崇拝の熱風ゆえに換骨奪胎され、毒を、いや牙を抜かれたという「聖人魯迅」の牙なるものをさぐってみたい。まずは両者の見えざる対話――対峙する思想にしばし目を向けてみよう。本稿は二人の偉人の思想的関りを探索するための第一歩である。

一、「聖人魯迅」の誕生

（一）「聖人伝説」の基点

一九三六年一〇月一八日、現代中国文学を代表する文学者魯迅が、晩年の地――上海で、五六歳の生涯を終えた。文学者として、自己の生命の限りを尽くして、戦闘的に生きぬいた。魯迅の逝去は、中国全土に「文壇の巨星墜つる」と、慟哭と衝撃の嵐を巻き起こした。魯迅逝去後、直ちに組織された葬儀委員会九名の名簿（上海魯迅記念館蔵・写真一）には、中国共産党の指導者毛沢東の名が見える。(2) 当時の政治状況に阻まれ、中国系の新聞は毛沢東の名を伝えず、日本系の新聞『上海日日新報』（日本語版）だけが毛沢東の名を伝えている。そして、一年後、上海からはるか離れた革命の聖地延安の地において、魯迅逝去一年を追悼する記念大会を開いた毛沢東は、大会の記念演説において、魯迅の生涯と業績を熱く讃えて、次のように述べた。

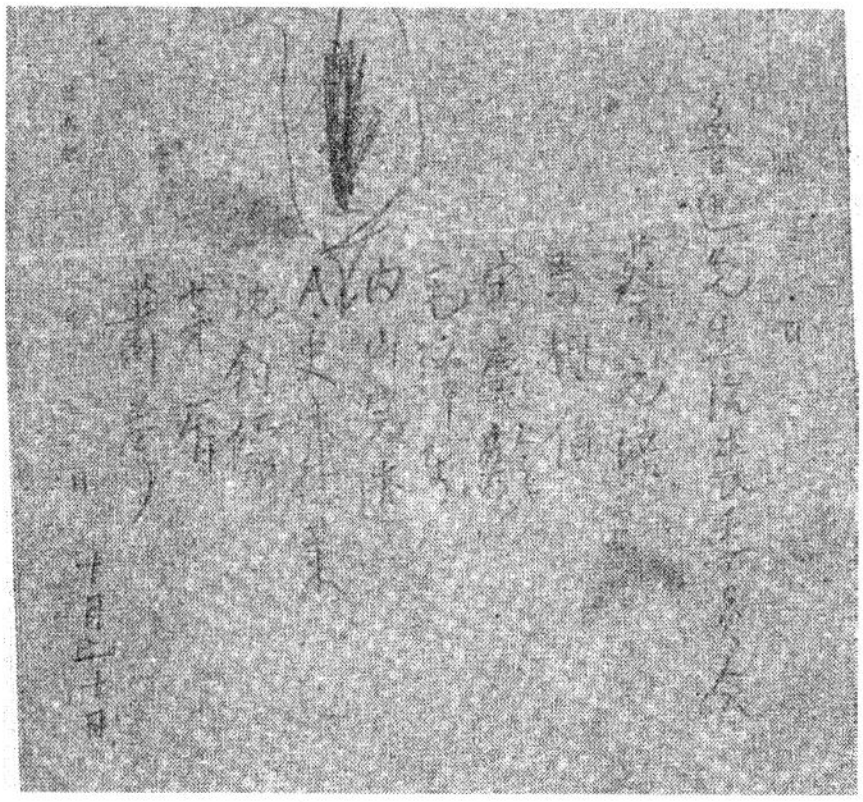

写真一　葬儀委員の名簿（収載『上海魯迅紀念館蔵文物珍品集』上海古籍出版社、1996年刊）

魯迅の中国における評価は、私の考えでは中国第一等の聖人とすべきである。孔子が封建社会の聖人であるなら、魯迅は新しい中国の聖人である。我々は永遠に彼を記念するために、延安に魯迅図書館を建て、延安に魯迅師範学校を開いて、後の人々に彼の偉大さを思い起こさせるようにしたい。

（「魯迅論」一九三七年一〇月一九日、初題　魯迅逝去一周年大会における講話）[3]（傍線は筆者、以下同様）

そして、熱き賛歌の理由に、

我々が記念するのは、魯迅の文章がすぐれていて、偉大な文学者として成功したからというばかりではない、彼が民族解放の急先鋒として、革命にきわめて大きな助力をしたからである。彼は共産党の組織に加わっていなかったが、その思想、行動、著作はすべてマルクス主義的であった。

（「魯迅論」、一九三七年一〇月一九日）[4]

と述べた。ここに、政治的遠見、戦闘精神、犠牲精神の三つの特長を複合した「魯迅精神」と名づけられた民族の理想モデルが誕生した。それにより、毛沢東の生涯にわたる絶賛の対象――「聖人魯迅」伝説の布石が置かれたのである。

（二）　魯迅の方向こそ中華民族の方向

延安での「魯迅逝去一周年記念大会」から、三年後、毛沢東は、その後の中国革命の指導要綱となる歴史的文献『新民主主義論』を発表、そこにおいて、「文化新軍のもっとも偉大で、もっとも勇敢な旗手」と魯迅を讃えて「空前の民族英雄」の称号を付与した。

魯迅は中国の文化革命の主将であり、彼は偉大な文学者であったばかりでなく、偉大な思想家であり、偉大な革命家であった。魯迅の骨はもっとも硬く、彼には奴隷根性や卑屈な態度はいささかもなかった。これは植民地・半植民地の人民のもっとも貴重な性格である。魯迅は文化戦線において、全民族の大多数を代表して敵陣に突入したもっとも正しく、もっとも勇敢な、もっとも断固とした、もっとも忠実な、もっとも熱情ある、空前の民族英雄である。魯迅の方向こそ、中華民族の新しい文化の方向である。

（『新民主主義論』一九四〇年一月）(5)

さらに二年後、その後の文化政策の基本となる『延安文芸座談会での講話』において、

魯迅の詩の二句「横眉冷対千夫指、俯首甘為孺子」は、我々の座右の銘とすべきである。「千夫」は、ここでは、敵のことを指す。我々はいかなる凶悪な敵に対しても決して屈服しない。「孺子」は、ここでは、プロレタリア階級と人民大衆のことを指す。すべての共産党員、すべての革命家、すべての革命的文芸工作者は魯迅の手本に習い、プロレタリア階級と人民大衆の「牛」となり、命あるかぎり献身的に尽くさなければならない。知識人が大衆と結合し、大衆に奉仕するには、互いが知りあう過程が必要だ。この過程には、多くの苦痛、軋轢が生じるであろうが、みなが決意しさえすれば、これらの要求は必ずや達成できるはずだ。

（『延安文芸座談会での講話』一九四二年五月二日）(6)

と語った。引用された〈横眉冷対千夫指、俯首甘為孺子〉は、毛沢東の引用により、広く知られるようになった詩

句だが、もとは一九三二年に魯迅が自ら戯詩と書き添えた七言律詩「自嘲」（『集外集』一九三四年）中の二句である。〈横眉〉（眉を横たえる）は怒目、「千夫指」はたくさんの人からの非難を意味し、前句は、これに冷ややかに対することを意味する。第二句は、頭を垂れて、甘んじて「孺子」すなわち子ども——具体的には魯迅の幼い息子「海嬰」を乗せて牛となっている自分を読んだものである。(7) この「孺子」を人民大衆、プロレタリア階級と見なし、解釈したのは、毛沢東の独自の読みであり、その解釈については、多くの論議がある。魯迅の詩篇を朗誦できるほど愛した毛沢東はとりわけこの詩を好み、以後、多くの賓客に自ら筆をとって書き贈っている。原義から離れた解釈は、意味においては、命のかぎり、民衆の敵と戦闘的に戦う道を歩んだ魯迅の特長、生涯の軌跡と重なりあう。大胆な読み替えにより、魯迅の特質を自己の思考に取り込み、自らの思想として展開し、血肉化して放出する毛沢東の強引なまでの思想的営み、志向性を典型的に示すものといえよう。

二、毛沢東と魯迅の著作

（一）毛沢東と愛読書『魯迅全集』

民族の英雄、中華民族の歩むべき方向と絶賛され、目標とされた魯迅と毛沢東は、生存期間を共有しながら、生前、直接の対話を交わすことはなかった。毛沢東が魯迅に関心を寄せたのは、すでに魯迅の晩年であり、その契機を生み出したのは、魯迅と親交が深く、信頼のあつかった共産党員馮雪峰（一九〇三〜一九七六年、文芸評論家、詩人、二七年入党、長征に加わって陝西省の革命根拠地入り）と瞿秋白（革命文学思想家、一八九九〜一九三五年、国民党により処刊）である。両者の勧めと紹介により、毛沢東は、魯迅への関心を深め、その著作を求めるようになった。毛沢東と魯迅の著作についてもっとも具体的な情報を伝えるのは、解放後の毛沢東図書室の司書であった逢先知らにより記された『毛沢東的読書生活　増補版』（二〇〇三年、サイマル出版）に収められた徐中遠「読魯迅著作」である。以下、この徐中遠の記述をもとに魯迅の著作と毛沢東のかかわりについて、基本状況を見てゆくことにする。

一九三八年、毛沢東は、延安で、魯迅の逝去二年後に刊行された中国最初の『魯迅全集』（乙編　非売品限定二〇〇部の精装記念本二〇巻、第五八号　上海）を、党の地下組織を通して入手し、以後、行軍する兵士に分散して担がせ、抗日戦争、国内革命戦争と続く戦火のなかを守りとおし、建国直後のソビエト訪問、国内の出張にも携行していた。

写真二　延安ヤオトン内の毛沢東の公務用机に積まれた『魯迅全集』（収載『魯迅画伝』人民美術出版社、1981年刊）

写真三　『魯迅全集』に目を通す毛沢東（収載『毛沢東の読書生活』サイマル出版会、1995年刊）

まさに、毛沢東の『魯迅全集』は、主とともに戦火をくぐりぬけ、中国解放の道を歩み、中南海に到り、新中国誕生を迎えたのである。建国後は、この二〇巻本に加え、人民文学出版社版の一〇巻本『魯迅全集』（一九五六〜一九五八年、翻訳・古典研究を省く）、さらに毛筆で書かれた筆跡をときにルーペを使いながら丹念に眺めて愛読していたという『魯迅手稿選集三編』（線装本、文物出版社、一九七二年）、七〇年代以降は、視力の衰えのために大型活字で印刷しなおされた五〇年代版（線装本）などの全集が愛用された。こうして時代とともに版本を変えながら読み続けられた『魯迅全集』は、毛沢東とともに写真に収められ、魯迅に対する毛沢東の傾倒ぶりを深く印象づけ、「聖人魯迅」の偶像化を進める上で、大きな役割を果たした。写真二は、延安の窑洞《ヤオドン》での執務風景を写した有名な一枚であるが、机上右側に三冊の『魯迅全集』が見える。写真三は、いかにも宣伝写真風だが、廬山会議を開いた山西省出張中に撮影されたもので、開かれているのが『魯迅全集』であるという。写真四は、愛読書を枕元や小机に置いていたという晩年の寝室兼書斎の写真で、『魯迅全集』も最晩年までこうした形で愛読され続けたという(8)。

写真四　晩年の毛沢東の寝室兼執務室（収載『毛沢東の読書生活』サイマル出版会、1995年刊）

（二）　毛沢東「魯迅に学ぶ」

魯迅の著作への傾注、傾倒振りについて、毛沢東自身は何度か語っている。

私は魯迅の本をまさに愛読している。魯迅の心と我々の心はぴったりと通い合う。私は延安で夜、魯迅の本を読んでは、しばしば眠るのを忘れた。

（一九四九年一二月　於モスクワ）[9]

建国直後、中国共産党代表団を率いてソビエトを訪問した際、食事の時間も惜しんで魯迅の著作を読みふけり、側づきの係員に語ったと伝えられる発言である。[10]

さらに、

思想的、政治的に自分を解剖するときにはいつでも、魯迅に学び、魯迅全集を見る。

（一九五八年「中国共産党八大二次大会での講話提綱」）[11]

とも述べている。たんに愛読するだけでなく、毛沢東自身が「魯迅に学ぶ」と語る言葉は、幾度となく繰り返されている。神格化された毛沢東がさらにその上に抱く偉大なる人物――魯迅の存在は、神の上の神として、まさに揺ぎない、そして比べるものなき不動の地位を獲得する。これらの言説は、「聖人魯迅」像を補強し、魯迅評価を高め、強化する増幅器としての機能を発揮したものと推察される。

（三）毛沢東と雑文

毛沢東がとりわけ愛した魯迅の著作は、雑文――特に後期と詩作である。五六年の生涯の内、三〇年あまりを文学活動に従事した魯迅は、初期に二冊の小説集（『吶喊』一九二三年、『彷徨』一九二六年）があるものの、後年は、雑文と呼ばれる時評（文学・社会・政治などについての評論）に主力を置き、ほぼ一年ごとに出版された雑文集は全部で一六冊、収められた雑文数は六〇〇編を越え、生涯の著作量の大半を占めている。(12) 雑感とも呼ばれる雑文は、魯迅が時代の潮流のなかで切り開いた独自のスタイルをもち、時局に密着し、圧殺者、抑圧者に鋭く切りこむ「匕首《あいくち》」のような筆法を特長とする。「雑文の魯迅」、「魯迅の雑文」と称され、魯迅文学の精髄として高く評価されるものである。

魯迅の時弊を攻撃する戦闘的な雑文こそ文化の「包囲攻撃」に反対し、青年の思想を圧迫するものに反対するものにほかならない。（「一・二九運動の偉大な意義」一九三九年一二月九日）(13)

魯迅後期の雑文はもっとも有力な、もっと隔たりのないものであり、このときに彼はまさに弁証法を会得していたのである。（「中国共産党全国宣伝工作会議での講話」一九五七年三月一二日）(14)

現在の雑文はどう書くのか。経験がない、私は魯迅を引き出して、みなが彼に学び、しっかり研究するのがよい、と思う。（「新聞出版界との談話」一九五七年三月一〇日）(15)

手放しの絶賛に受け取れるが、運用においては魯迅が雑文で攻撃した相手が主として封建勢力、あるいは反動的政策を進める国民党であったことなどを前提にして、批判を向ける対象による弁別（敵か味方か）、発言する状況を踏まえて用いるべきであるとの主張も繰り返されており、必ずしも丸呑みで雑文創作を奨励していたわけではない。しかしまた、まさに、それによって、魯迅の雑文のもつ反権力的思考、自主、自由の精神は制御されていたのである。

時局に密着して執筆された雑文は、時代と書かれた状況をおさえて読むとき、その真意が明瞭となり、文章としての醍醐味がます。毛沢東は、魯迅の雑文集、および各雑文について、執筆時期、編集時期、出版時期に強い関心をもち、それを詳細に表題の傍らに書き込んでいたという。時局と不可分の雑文の性質を汲み取り、社会的、歴史的現実のなかで、生きたものとして読み解いた鋭さが現れている。また、書籍には無数の書き込みや圏点、印、傍線、などが加えられていたという。さらに、個々の雑文への評価がいろいろな発言、著述のなかに多々見られる。[16]たとえば、整風運動必読文献二二の一つである『宣伝指南』では、文章作法に関する魯迅の書函（一九三一年一二月二七日「北斗雑誌社の問いに答える——創作はどうすればできるか」『二心集』、一九三二年）に記された八項目中の四項目を取り出して解説している。全文引用の後、「魯迅は文章を書いたあとは、少なくとも二度読む」という一段を再び取り上げ、すかさず、では「多ければ？　彼は語っていない。私は、重要な文章は十数編読んでもかまわないと思う、真剣に添削し、それから発表する」と記している。[17]執筆後、最低二度書き上げたものを読み直し、むだな文言を削除するというきわめて基本的な、それだけに特に個性的とも言いがたい文章修養の内容であるが、魯迅という卓抜した文学者の作法であるだけに、確かにそれなりに重みはある。しかし、熱をこめて高く掲げる様子は、なぜこれほどまでに熱い崇拝ぶりを示すのか、あらためて魯迅賛美の行為の意味を考えさせるものがある。

三、「もし魯迅がまだ生きていたら？」

（一）　最初の問いから現代の論争へ

「もし魯迅がまだ生きていたら？」——この問いは、一九四六年、魯迅の逝去一〇周年記念特集として雑誌に登場して以来、一九五〇年の『人民日報』読者からの問いに対する郭沫若（政務院副総理）の回答、逝去二〇周年に当たる一九五六年の胡適、一九六二年の党の重要なイデオローグであった喬冠華、逝去三〇周年に当たる一九六六年の郭沫若（中国文学芸術連合会副主席）の回答、一九六〇年、一九八一年のエドガー・スノー、同じく一九八一年の章玉安（魯迅の故郷紹興の若手教員）、胡喬木らの回答と、多くの返答が蓄積されてきた。一九四六年以来のこの問いと返答に関する関係資料を詳細に整理し、さらに五〇年代からの魯迅公式評価を示す歴代の『人民日報』「社説」など、興味深い資料を加えて一書にしたのが陳明遠編『假如魯迅活著』（文匯出版社　二〇〇三年）である。これに収録された諸資料によれば、解放前の雑誌特集の回答では、国民党に暗殺されていた、不屈の闘争をなお繰り広げている、に二分され、解放後の回答では右派として批判されていた、思想改造を要請されていた、処刑されていたなど、複数種が見られる。(18)解放前の問いかけから解放後に至るまでの答えに示される処遇の見通しは、多少程度の差による答えの幅はあるが、判断根拠には、常に戦闘者としての魯迅の不屈な姿があり、これを前提としてその活動を不変のものと捉えている点に特長がある。戦闘者、批判者としての魯迅に対する信頼の強さと深さが、逝去数十年を経て、現在に至るまで連綿と継続している点に、魯迅が中国の人々に与えた影響の大きさと重さが映し出されているといえよう。

（二）毛沢東への問いと回答

論争を再度引き起こし、陳明遠編『假如魯迅活著』成立のきっかけとなったのが、魯迅の忘れ形見である周海嬰『魯迅与我七十年』（南海出版公司版　二〇〇一年、改訂新版　二〇〇六年）に記された「もし魯迅がまだ生きていたら？」に対する毛沢東の回答である。歴代の回答の考察も興味深いが、ここでは本稿の主眼とする毛沢東の回答に焦点を絞ることにしよう。

①最初の回答――一九五七年三月八日、一〇日

最初の回答は、一九五七年に開かれた中国共産党全国宣伝工作会議中に行われた文芸界と新聞界との談話録に見られる。期日は前後するが、新聞界との談話として公表された内容から見てみよう。

有る人が尋ねた。魯迅が今生きていればどのようであるか？　私は魯迅が生きていれば、彼は書こうとするか、しないか、正常ではない雰囲気のもとでは、彼でも書かないことがありうるはずだ、しかし、より大きな可能性としては書くはずだ。ことわざがうまいことを言っているではないか、「八つ裂きになろうとも、あえて皇帝を馬からひきずり降ろす」。魯迅は本物のマルクス主義者であり、徹底した唯物論者であり、恐れるものはない、それゆえ彼は書くはずだ。

（「新聞出版界との談話」一九五七年三月一〇日[19]）

さらに、

魯迅の時代には、批判されればくさい飯を食い、首を切られたが、魯迅は恐れなかった。現在の雑文はどのように書くか、私は魯迅を引っ張り出して、みなが彼に学び、しっかり研究してみるのがよいと思う。（同上）

文芸界代表との談話では、魯迅の雑文のもつ力を評価する発言に続いて、新中国で文学芸術界の最高指導組織であった中国文学芸術連合会、略称文連の主席になり、会議の時には話をしているだろうと述べている。

まだ魯迅が生きていたら雑文は書けるだろうが、小説はたぶん書けないだろう、恐らく文連の主席になり、会議の時には話をしているだろう。

（「文芸界代表との談話」一九五七年三月八日）[20]

いずれの発言でも、雑文に言及し、学ぶ対象としての魯迅評価を変えておらず、先にあげた新聞界との談話では、魯迅の不屈の戦闘性が明確に語られている。この三月の発言と次の七月の発言との間に大きな落差を読み取る見解もあるが、書かない可能性を語っている点で、筆者は、七月と同じ発想が三月にもすでに含まれていたと考える。七月の内容を見てみよう。

②二度目の問い——一九五七年七月七日、反右派運動開始時期

三月の発言から三ヶ月後、上海で行われた科学・教育・文学・芸術・商工界の代表三六名との談話会の席上で、「魯迅がまだ生きていれば？」の問いが毛沢東に正面きって向けられた。質問者は、魯迅亡き後、許広平と知己の関係にあったロシア文学、特にゴーリキー作品の翻訳家であり、かつて第一九路軍秘書をつとめ毛沢東と知見のある羅稷南（第一九路軍秘書）である。[21]この対話を初めて世に明らかにした周海嬰『魯迅与我七十年』の問答部分は以下のとおりである。

羅稷南老人は、隙を見て、毛主席に大胆な発想疑問を提出した。「もし魯迅がまだ生きていたら、彼はどうなっているか？」

これは宙に浮いたような非現実的で大胆な仮説であり、かつ潜在的な威嚇を潜ませていた。その他の文化界の友人も同感ではあったが、決してこのような唐突さにはなりえなかった。が、羅先生は率直に話し出した。

はからずも毛沢東はこれに対して非常に真剣に、しばし考えこむと、答えた。「私の予想では、魯迅は牢獄にいてもやはり書こうとしているか、あるいは道理をわきまえて声を立てないかであろう。[22]

毛沢東のこの回答は、従来の毛沢東の魯迅評価に相反する上、周海嬰の記述にも不正確な点があったこと（懇談の期日、羅稷南の経歴など）から、一時期、その真偽を問う論議が噴出した。しかし、当時の出席者の多くが逝去しているなか、同懇談会に同席し、両者の会話を記憶していた黄宗英（女優・作家）が手記を記し、事実であることを確認した。[23]ただ、黄宗英の記憶では、毛沢東は、「牢獄にいても書き続けているか、道理をわきまえているかだろう」と認識されており、周海嬰の語る「書かないだろう」の文言がない。微妙な差をめぐる解釈も可能だろうが、魯迅が処罰措置を受けると見る点は共通している。

③毛沢東発言の推移と背景

三月の発言からわずか三ヶ月後に見出される相違とは、なにを意味するのか。またその原因はどこにあり、それはなにを意味するのか。政治的背景を重視する朱正は、評価の変化の背景に、一九五六年「百花斉放・百家争鳴」（双百）から転換して提起された反右派闘争（一九五七年）の高揚を読み取っている。[24]確かに、この間に反右派闘争は、大規模に激しく展開された。しかし筆者は、すでに最初の三月の発言時点に、魯迅が抑圧を受ける想定が明瞭に含まれていた点を重視したい。さらにいえば、魯迅抑圧の可能性は、延安以来の「聖人伝説」に本来刷り込まれており、魯迅崇拝の発動そのものに含まれており、それがこの時期に表面化したと考える。

四、「聖人魯迅」誕生の背景と魯迅崇拝の意味

一九二七年、政治対立が激化するなかで、集中的に語られた魯迅の政治、文芸、革命、革命成立後の社会における文学者の運命をめぐる発言には、魯迅の思考の原点――革命の完成後、革命が政治に転化し、革命者が権力者となる転換点、歴史の展開が盛り込まれている。それは権力者にとって、革命成功後の政権にとって、まさに劇薬というほかはない。生涯にわたり魯迅の著作を愛読し、人民の方向、模範として、魯迅の著述を提示してきた毛沢東もまたこれらの言説にふれたことはない。いや、より正確にいえば、毛沢東が讃え続けてきたのは、常に戦闘者としての魯迅の姿勢、精神――スタイルであり、魯迅の思想が示した社会に対する文学の役割、政治と革命と文芸の亀裂、分岐などに関する言述、特に、権力との思想的対峙は不問の領域に置かれていた。顕彰され続けたのは、闘争性と犠牲的精神である。ではなぜ、劇薬を内に秘めた魯迅を国家体制をあげて崇拝する道をとったのであろうか。

（一）政治的背景――青年、知識人層の動員

政治的背景を重視する朱正は[25]、毛沢東の魯迅崇拝の背景に、知識人動員を読み取る。筆者も同感である。一九二一年に地下組織として誕生し、いまだ労働者階級が十分に発展、成熟しない中国において、共産党が必要とした革命勢力の重要な一端は、社会的な地位、権力を所有しない青年層、理想を追求する社会的使命感をもつ知識人であり、その動員は、党の命運を左右することにもなる重要かつ必須の課題であった。日本と、そして国民党と

戦った軍隊は、基本的に一〇代後半から二〇代にかけての青年層を主力とする若い戦力を主軸として構成され、これを補充する各地の青少年支部の強化、拡充が重要な方針として展開されていた。

長期にわたる残酷な民族解放戦争、新中国建国を建設するための偉大な闘争において、共産党は知識人層をよく吸収してこそ、偉大な抗戦力を組織でき、一千百万の農民を組織でき、革命を発展させる文化運動と革命を発展させる統一戦線を組織できる。知識人がいなければ、革命の勝利は不可能である。

（「大量に知識人を吸収せよ」一九三九年一二月一日）(26)

知識人階層の吸収を掲げながら、実際に各地での進行が進まぬなかで、発せられた決定である。魯迅崇拝の展開は、知識人層、青年層を吸収する方針を、積極的かつ強力に遂行する上で、重要な意義と役割を託されていたのである。上述した延安文芸講話における毛沢東の愛した魯迅の詩句「首をたれて牛となる」〈俯首甘為孺子〉もまた知識人に対して、大衆への奉仕を説くことを意図していた。毛沢東の多くの言説の中で、魯迅の精神を顕彰し、これ学ぶことを掲げること、ならびに延安に魯迅の名を冠する学芸組織を設立し、知識人、若年層にアピールした背景には、知のフロンティアとしての延安の役割があり、まさに魯迅はその広告塔であったといえよう。

（二）魯迅崇拝の始まり

魯迅崇拝の方針がいつごろから策定されたのか、検討するにはさらに時間を要する。しかし、毛沢東が魯迅の著作を読み始め、強い関心を抱いたという記録事態は、新しいものではない。先に記したように、毛沢東が魯迅に関心を抱き、それを深めていった契機には、若き共産党員馮雪峰、瞿秋白らの働きがある。しかし、初の魯迅全集が出される一九三八年夏前に、まとまった著述を読破することは困難である。[27]ところが魯迅の逝去後、全国に行き渡る民族的、全国的哀悼と時をあわせたかのような共産党の魯迅に対する対応が見出されるのである。それは、魯迅逝去に際して、中国共産党中央委員会と中華ソビエト人民共和国政府の連名――実際には毛沢東の指導のもとで発せられた公電――追悼電報である。この追悼電報で提起された顕彰事業と国民党中央委員会及び南京政府への要求項目は、下記のとおりである。

中国共産党中央委員会、中華ソビエト人民共和国中央政府は、魯迅先生を永遠に記念するために、全ソビエト区において、(一)半旗を掲げて哀悼し、併せて各地方と紅軍部隊で追悼大会を行う、(二)魯迅文学賞基金一〇万元、(三)ソビエト中央図書館を魯迅図書館に改める、(四)ソビエト中央政府所在地に魯迅記念碑を立てる、(五)魯迅の遺著を集め、魯迅の著作を翻訳印刷する、(六)魯迅号航空機基金を募集する。

中国共産党中央委員会、中華ソビエト人民共和国中央政府は中国国民党中央委員会と南京国民党政府にすでに要求している(一)魯迅先生の遺体を国葬とし、あわせて国史館列伝に入れる、(二)浙江省紹興県を魯迅県とする、(三)北平(北京)大学を魯迅大学と改める、(四)魯迅文学賞基金を設立し、革命文学を奨励する、(五)魯迅研究院を設立し、魯迅の遺著を集め、魯迅全集を出版する、(六)上海、北平(北京)、南京、広州、杭州に魯迅の銅像を建てる、(七)魯迅の家族と先人烈士の家族を同じ待遇にする、(八)魯迅先生の生前言論、出版の自由を禁止した法令をすべて廃止する。中国共産党中央委員会、中華ソビエト人民共和国中央政府は、全国の民衆及び全世界の平和を擁護し、中国民族の解放に同情する人士に呼びかけ、国民党中央委員会と南京国民党政府に上記の要求を執行することを要求する。[28]

国民党中央委員会と南京国民党政府国民党に対しては一〇月二二日付で、魯迅の中華民族に対する偉大さをソビエトのゴーリキーに劣るものではないと述べ、さらに中国の領土の最大部分を統治する貴党と貴政府に謹んで要求するとして、上記の要求項目を直接に打電している。もちろん国民党政府がこの要求に応えるはずがないことは自明である。しかし、この行為により、全国に対して、特に、知識人、青年層、国民党政府に反対する広範な勢力に対して、共産党の姿勢を明示し、その後の政治的結集力を増強しうる大きな政治的効果が得られることになる。

五、権力と生命

魯迅を顕彰することにより、知識人層、青年層、そしてさらに広範囲の反国民党勢力を吸収することは、赤化に恐怖心をいだく層の心理状況を融和させる上でも有効であった。一九二七年、革命者と文芸者の道が一つになれないこと、革命と政治が分岐する運命を内在していることを語った「政治と文芸の岐路」の前に、魯迅は、もう一つの重要な意味をもつ講演を行なっている。一九二七年一〇月二五日、労動大学で行なわれた「知識階級について」（『集外集拾遺補編』一九二七年）である。この講演において、魯迅は当時の状況における知識人の功罪を説きながら、知識人と権力の関係について以下の見解を提出している。ここでもその核となる発言を抜き出してみよう。

（一）　知識人と権力

①知識と強権：知識と強権とは衝突[29]

・知識階級が存在しうるのかどうかが問題である。知識と強権とは衝突し、両立することはできない。強権は人民が自由にものを考えることは許さない。なぜなら能力が分散されるからである。（略）個人の考えが発達すると、各人の考えがさまざまに分かれ、民族の考えが統一できなくなる。命令が実行できず、集団としての力は弱まり、次第に滅亡へ向かう。考え方が自由になると、能力が弱まり、民族が存立できなくなり、当人自身も生存できなくなる！　現在、思想の自由と生存との間にまだ矛盾がある、これが知識階級自身の弱点である。

②知識人の役割：真の知識人と偽者[30]

・真の知識階級は利害を省みないものである。あれこれ利害を思うなら偽者だが、偽者の寿命のほうが比較的長い。

・真の知識階級は、社会に対して永久に満足することができず、感じるものも永遠に苦痛だけ、見るものも永遠に欠点だけである。彼らは犠牲になることを覚悟しているが、社会のほうでも彼らがいるおかげで活気がある。ただし、彼自身は心身ともに苦しいだけである。

・比較的新しい思想運動は社会と無関係で、空論であれば、心配することはないが、（略）思想運動が実際の社会運動となったときは、危険である。往々にして旧勢力に滅ぼされてしまう。

・現在比較的安全なのは、時代批評をやめて芸術家になり、芸術のための芸術を目指す、「象牙の塔」に住むのは、目下自然であり、ほかにいるより平安である。

この講演の最後に魯迅は、若い知識人たる聴衆に、次のように述べている。

我々貧乏人の唯一の資本とは、ほかでもないこの生命である。生命をもって投資し、社会のために、なにか少しでもしようとするなら、少しでも多く利益を得なければならない。生命を用いて利息の少ない犠牲となるのでは、割が合わない。だから私は、昔から人を犠牲にしたくないし、また「象牙の塔」や知識人階級のなかに入っていってほしくない、それが穏当な道であると思っている。(31)

（二）権力の奪取――魯迅と毛沢東の対峙

毛沢東は、魯迅評価において、次の二点を強調している。

魯迅は徹底的なリアリストであり、いささかも妥協せず、断固とした心をもち、暗黒と暴力の襲撃の中で、独り立つ巨木である。彼の思想、行動、著作はすべてマルクス主義的である。（「魯迅論」一九三七年一〇月一九日）(32)

魯迅は、本物のマルクス主義者であり、徹底的な唯物論者である。（「新聞出版界代表との談話」一九五七年三月一〇日）(33)

毛沢東の語るマルクス主義の定義とはなにか、あるいは唯物論とはなにか、魯迅がその規定に該当するのか、など、多くの検証を要する論議について、ここで論じるのは控えよう。代わりに毛沢東がもちながら、魯迅に欠如していた一語をあげておきたい。その一語とは「奪権」である。先にあげた徐中遠「読魯迅著作」によれば、毛沢東は、魯迅の著述に多くの書き込みをしている。その一つとして、『花辺文学』（一九三四年）に収められた「まさにそのときである」の一節がある。

もし、貧しい家の子弟であれば、たとえ外がどのような暴風雨であろうと、なお勇猛に前に突き進み、懸命にあらがわねばならない。なぜなら、彼には安心して帰れる平穏な古巣はなく、前にむかうほかはないからである。正業に就き一家を成した後には、彼も家系図を作り、祖廟を立て、いかめしく旧家の子弟を自任するかもしれないが、それもつまりは後の話である。もし旧家の子弟なら、勇《いさ》ましがり、奇を好み、時流に走り、飯を食うために、家を出ないとも限らない…、

（『花辺文学』一九三四年）(34)

文中の旧家の子弟の行動の「飯を食うためには」の後に、毛沢東は「奪権」の言葉をおぎなっているという。魯迅は、貧乏人の唯一の資本は、命であるとみなし、その唯一の財産を奪われるものに終生の反逆を行なった。人が「もう生きてはいけない」と叫ぶことにより生まれる革命は、革命後、権力へと転化し、政治体制へと転化する。革命とともに歩みながら革命と一つになれない、文学の役割に命を投じつづけた魯迅に欠けていたのは、革命家毛沢東が求めた——権力を握ること「奪権」である。そして、この一言こそ、生命のみを唯一の財産として、これを阻み、圧殺するあらゆる権力に対して、揺ぎない戦いを挑み、生涯、戦闘者として生きぬくことを貫いた反権力の文学者、魯迅の反骨の人生の原点であったといえよう。

（三）魯迅崇拝と偶像化

一九二六年三月一八日、段祺瑞政府は、徒手の請願デモ隊に発砲し、四五人の死者、百数十人の負傷者を出し、魯迅の教え子も殺害された。その血塗られた日の報復を誓う記念に書かれた「花なきバラ」に次の文がある。

預言者、すなわち先覚者は、みな故国に受け入れられず、同時代人から迫害もされる。大人物もいつもそうである。彼が人々からお世辞をいわれ、礼賛されるときは、必ず死んでいるか、沈黙しているか、それとも眼の前にいないかである。

つまり、問いただせないということがなによりも重要なのである。

もし孔子、釈迦、イエス・キリストがまだ生きていれば、その教徒たちは恐れあわてずにはいられまい。かれらの行為に対して、教主先生がどんなに慨嘆するか、知れたものではない。

それゆえ、もし生きていれば、彼を迫害するほかはない。

偉大な人物が化石になって、人々が彼を偉人と称するときには、彼はすでに傀儡に変わっているのだ。

第一級の人のいわゆる偉大さと渺小さとは、その人が自分に与える利用効果の大小を意味するのである。

（『華蓋集続集』一九二六年）(35)

現代中国の聖人、民族の英雄として魯迅が解放後にいたるまで一貫して崇拝の対象となりえたのは、まさに魯迅がすでに生存していなかったからであろう。その意味で魯迅礼賛、魯迅崇拝が魯迅逝去後から大きく展開していったことは偶然ではない。「問いただすわけにはいかない」聖人として高く掲げられた魯迅の偶像は、反権力という魯迅思想の革新、精髄を抜き取られたまま、戦闘的精神と犠牲的精神で形づくられた空洞のものであった。しかし、それにしてもこの「花なきバラ」は、魯迅の聖人化とみごとに重なりあう。孔子とならべられた「現代中国の聖人」であること、「中国第一等の聖人」と称されたこと、毛沢東は、魯迅の聖人化を語りだす前に、この「花なきバラ」に目を通していなかったのであろうか。残念ながら、今、資料的にそれを確認するすべはない。(36) しかし、三八年一月宛ての書簡に書かれた『朝花夕拾』など幾冊かの単行本をもっているとの記述によれば、一九三八年八月に出版される『魯迅全集』を入手する以前にもこの作品を読んでいた可能性はありうる。(37) もし毛沢東が、聖人化伝説以前に、この作品に触れていたとすれば、「聖人魯迅」の誕生と偶像化は、皮肉なことに、魯迅みずからが毛沢東に伝授した、とっておきの政治戦略であったことになろう。

（四）魯迅自身の回答——もし魯迅がまだ生きていたら？

一九二七年、革命・政治・文芸をめぐる自己の思考の基盤を明らかにした魯迅は、さらに三〇年代に入ると、マルクス主義著作への理解を深め、積極的に共産主義理論を受容し、ソビエト革命政権への賛同、支持を積極的に示している。先にあげた二七年の著述においては、革命政権成立後の文学者について、理想と現実が不一致であるとして、そこに社会を進化させる文芸の役割と文学者の役割、その永遠のジレンマを読み込んだ。さらに、二七年ごろの著述において目立つのは、ロシア革命に賛同し、革命政権成立後、革命後の社会に絶望して自殺した「同伴者作家」——革命に賛同し、革命のために命を捨てることも辞さないが、あくまでも同じ道を歩む同伴者としての立場をとる作家——の悲劇性にこだわりを示している。(38) しかし、三〇年代には、心情的な愛惜、哀悼を超えた「同伴者作家」に対する分析的評価を示し、より明確にマルクス主義陣営よりの立場、視点を示している。一方、革命政権下において文学者が受けた制裁を予知する言動も見られる。すでにスターリン主義政権下での粛清の情報を得ていたとの推察も見られるが、確証はない。しかし、革命政権成立後の自己の立場、「もし魯迅がまだ生きていたら？」の問いに対する魯迅自身の回答の一つを見出すことはできる。一九三四年四月三〇日、魯迅が曾聚仁に宛てた手紙の一説である。やや長くなるが、前後を含めてその一段をとりあげてみよう。

西洋医学を学ぶには、基礎科学などを少なくとも四年はしっかり覚えこまねばならず、それでもまだ胚芽にすぎず、その後何年も練習しなければなりません。私は理論を学んだ後、聴診器を人の胸にあててみたのですが、健康な者も病の者も、音は同じで、本に記されているようには、はっきりしていませんでした。今は、幸いにして放棄したので、人を殺すことを免れていますが、不幸にして、文壇のごろつきとなり、殺されるかもしれません。もし瓦解するときがきて、幸いにしてまだ生き残っていたら、赤いチョッキをもらって、上海の道路掃除をするばかりです(39)。

赤いチョッキは租界での道路掃除の作業着である。革命後に文学者が革命政権下で粛清を受けることを想定したことを示すものと受け取られる一段だが、筆者は、それよりもむしろ革命成就の後、新社会で働く者の側に身をおき、民衆として生きる姿を表明している点に注目したい。革命政権成立後の社会で、文学者は理想と現実の不一致という定められた運命をもつものだと想定していた魯迅は、革命後の社会で、民衆の一人として、自己を定立させたのではあるまいか。赤いチョッキをもらうと語った魯迅は、権力なき側、民衆の側に身を置き、その唯一の財産である生命をよりどころに、どこへむかおうとしていたのか。文学者としての魂のもとに生をつらぬいた魯迅が求めたものがなんであったのか。赤いチョッキをめぐる意味をさらに掘り起こし、見つめていく必要があると思う。

結びにかえて

魯迅と毛沢東、現代中国の二人の偉人が交わしたであろう思想的対話を読み解くには、毛沢東の戦火を越えて守りぬいたという『魯迅全集』二〇巻本、そして最晩年の枕元に置かれ続けた『魯迅全集』一〇巻本が不可欠の必読文献となる。しかし、少なくとも現在、それは、ごくわずかな情報を得るだけの見果てぬ資料となっている。しかし、公表された毛沢東の著作と魯迅の著作を中国現代史の上に読み解いていくとき、時空を越えた対話の概要を掘り起こしていくことは可能であろう。それにより、生命しか持たぬ庶民、権力を持たない民衆の側に立ち反権力の思想をつらぬいた魯迅と、民族解放を勝ち取り、革命政権を打ち立てた毛沢東、反権力と奪権の対話、思想的対峙に迫ることは可能であると思う。ところで、犠牲的精神と戦闘的精神で作り上げられた空洞の戦士像から抜き取られた反権力の戦士としての魯迅の精髄は、どこにいったのであろうか。毛沢東という卓抜した革命戦士の心中で、反芻され、咀嚼され、中国現代史のなかに展開されたのではあるまいか。生涯にわたる毛沢東の愛読書『魯迅全集』は、革命家から革命政権の最高指導者となった毛沢東の戦術と戦略的思考の源泉であったのかもしれない。魯迅と毛沢東の対話を掘り起こすことは、現代中国文学界の巨星と称された一作家の偶像化を越えて、中国現代史が生み出した政治と文学の岐路、壮大な権力と反権力の思想闘争の問いかけとなるかもしれない。

【注】

（1）本稿は、国家公認の偉人、聖人との評価による魯迅理解を明確に一助として、毛沢東の魯迅観を考察した拙稿『「延安の聖人」魯迅と毛沢東の政治学事始――「求められたのは生命か、奪権か？」』（成蹊大学宇野ゼミ同窓会編『宇野重昭先生喜寿祝賀記念文集』、三恵社、二〇〇七年）の論考を一部削除して再録した（本書第三章第五節でその内容を取り上げた「5．魯迅語録――魯迅の政治学「革命・政治・文芸」をめぐる代表的言説」との重複を避けるため削除）、収録にあたり字句を整えた。

（2）「魯迅先生治喪委員会」委員長は、毛沢東が魯迅に関心を抱く契機を生み出した馮雪峰が務めた。名簿には、蔡元培、馬相伯、宋慶齢、毛沢東、内山完造、アグネス・スメドレー、沈均儒、茅盾、蕭軍の名前（名簿記載順）がある。

（3）『毛沢東文集』第二巻、人民出版社第二版、一九九三年、四三頁。訳は拙訳、以下同様。

（4）前掲『毛沢東文集』第二巻、四二～四三頁。

（5）『毛沢東選集』第二巻、人民出版社、一九九一年版、六九八頁。

（6）前掲『毛沢東選集』第二巻、八七七頁。

（7）原詩「運交華蓋慾何求、未敢翻身已碰頭、破帽遮顔過鬧市、漏船載酒泛中流、横眉冷対千夫指、府首甘為儒子牛、躲進小楼成一統、管他冬夏与春秋」。「千夫指」は『漢書』「王嘉伝」、「儒子牛」については『左伝』、さらに「甘為儒子牛」は、洪亮吉「北江詩話」巻一銭季重の詩句に典故がある。これらによれば、外にあっては多数の敵からの非難を受けて戦う者だが、内にあっては息子のために牛になる、との意味が読み出される。魯迅自身もこの詩が書かれる前年一九三四月一五日の李秉中宛の書函で、「私はもともと後顧の愁いを断つことを目的にしていたのですが、たまたまうっかりして、子どもをつくってしまいました。その将来を思うと、また常に気持ちがふさぎますが、こうなってしまった以上、李賀の詩に、〝己の生んだものは自分で養うべし、荷担して門を出でて去る〟とあるように、人一倍働き、儒子の牛となるしかありません、なにをかいわんやで、あります」と記している（『魯迅全集』第一二巻、人民文学出版社、一九八一年版、四三頁）。このことからも魯迅の原義はあくまでも「子どもの牛」となることを意味することが明瞭である。毛沢東の解釈は、それを踏まえてなお独自の解釈を付与したものと考えることができる。

（8）写真二～四、前掲『毛沢東的読書生活』版を編集、再加工している。

（9）前掲徐中遠「読魯迅著作」による。
（10）同上。
（11）『建国以来毛沢東文稿』第七巻、中央文献出版社、一九九二年、二〇三頁。
（12）その後、散文詩集『野草』（一九二七年）、回想の記『朝花夕拾』（一九二七年）、最初の作品から最後の作品まで収録期間が長い古典作品の翻案作品集『故事新編』（一九二六～一九三六年）がある。
（13）前掲『毛沢東文集』第二巻、二五二頁。
（14）『毛沢東文集』第七巻、人民出版社第二版、一九九九年、二七七～二七八頁。
（15）前掲『毛沢東文集』第七巻、二六三頁。
（16）前掲徐中遠「読魯迅著作」による。
（17）『毛沢東選集』第三巻、人民出版社第二版、一九九一年、八四四頁。
（18）陳明遠編『假如魯迅活著』（文匯出版社、二〇〇三年）によれば、一九四六年の初回の論議は、上海『文芸春秋』誌（範泉主編、三巻四期、一九四六年一〇月一五日、上海永祥印書館）に掲載され、一五人の内、戦闘性ゆえに国民党に殺されていると見なすものが五名、九名がなお筆を持ち闘っていると見なしている（同書「第二輯魯迅逝去一〇周年的設問求答」、一八七～二〇四頁）。一九五〇年代の『人民日報』の読者の質問は、生きていればどのような仕事に配属されているかというものであったため、これに答えた郭沫若は、旧社会からの知識人はみな思想改造が必要であり、魯迅も同様で、それがうまくいっていれば、適当な仕事につけるであろうと語っている。一九六六年文化大革命中の回答は、文化戦線の最前線で毛沢東の指導の下で闘っているだろうというものである（邵燕祥「魯迅也不会有好的命運」二八〇頁、田海音「拾遺補闕」三〇一～三〇二頁、前掲陳明遠編『假如魯迅活著』）。殺害されていたと見なすのは胡適、逮捕はされていないが思想改造と沈黙を強いられる可能性を指摘する者にエドガー・スノー、共産党の重要なイデオローグの喬冠華、胡喬木は右派としての逮捕を予想している（靳樹鵬「也説魯迅活著会怎様」、八五～八六頁、前掲陳明遠編『假如魯迅活著』。エドガー・スノーの発言は、原題『The Other Side of the River: Red China』（Random House 一九六一年、五六二頁）に記載されている）。論争資料の詳細は、陳明遠編『假如魯迅活著』を参照されたい。なお、日本でも一九五〇年代に中野重治、小田嶽夫、荒正人などがあり、さらに近年では丸山昇「最近の魯迅論議から考える」（『季刊中国』七五～七六号、二〇〇三～二〇〇四年など）、論争の動向を再整理しながら再考察した長堀祐造「従〝要是魯迅還活著〞論争作来魯迅与中共以及毛沢東」（東亜現代中文文学国際学報『台湾文学与跨文化流動』二〇〇七年台湾版、二〇〇七年四月）及び『魯迅とトロツキー』第一〇章（平凡社、二〇一一年）などがある。
（19）前掲『毛沢東文集』第七巻、二六三頁。
（20）同上、二五三〜二五四頁。
（21）羅稷南の経歴については、黄宗英の「私が耳にした羅稷南と毛沢東の対話」（「原題「我親聆羅稷南与毛沢東」前掲陳明遠編『假如魯迅活著』、九一頁）による。
（22）周海嬰『魯迅与我七十年』南海出版公司、二〇〇六年、三一八〜三一九頁。なお本稿本文中で言及しているように同書を刊行後、指摘された事実誤認については、二〇〇六年の改定版において、二〇〇一年初版の記述をそのまま残しながら、訂正を加えている。
（23）新聞報道では、出席者の名前のみが残り、内容に関する報道はない。注21記載の黄宗英手記によれば、談話の後はにこやかな雰囲気のうちに観劇会がおこなわれたという。
（24）朱正「要是魯迅今天還活著……」、前掲陳明遠編『假如魯迅活著』、一七〇〜一七三頁。
（25）前掲朱正論文参照。
（26）前掲『毛沢東選集』第二巻、五八一〜五八三頁。
（27）一九三八年一月一二日延安抗日軍政主任教員艾思奇宛書簡、『毛沢東書信選集』、中央文献出版社、二〇〇三年、一一八頁。
（28）「魯迅逝去後中国共産党中央委員会中華蘇維埃共和国政府発出的電報」『魯迅生平資料匯編』第五輯下、天津人民出版社、一九八六年、一一一九〜一一二一頁。
（29）前掲『魯迅全集』第八巻、一八九〜一九〇頁。
（30）同上、一九〇〜一九一頁。
（31）同上、一九三頁。
（32）前掲『毛沢東文集』第二巻、四三頁。
（33）前掲『毛沢東選集』第三巻、二六一頁。

(34) 前掲『魯迅全集』第五巻、五〇二頁。

(35) 前掲『魯迅全集』第三巻、二五六頁。

(36)「花なきバラ」ははじめ、一九二六年三月八日『語絲』週刊六九期に掲載された。これを読んだ可能性もないわけではないが、推定する資料がないうえ、毛沢東は、一九二六年は、広州農民運動講習所所長の任にあった。なお、毛沢東が語った「第一等」の原語は、日本語と同漢字であり、日本語で第一等、第一流と訳せる。魯迅が使用したのは「一流」で、意味上は同義語になる。さらに、魯迅とともに取り上げられた孔子は、「花なきバラ」にも挙げられている。

(37) 前掲『魯迅全集』第一二巻、書簡番号三四〇四三〇、三九七頁。

(38) ロシア革命の際、革命に賛同しながら革命党との間に距離をもった「同伴者作家」の動向、特に革命後の社会に絶望して自殺したエセーニン、ソーボリらに深い関心を示していた。詳細は本書第四章で取り上げた「文芸と政治の岐路について」など参照。反権力の問題を考える上で、「同伴者作家」と魯迅との関係については、より詳細に論じる必要がある。本稿では紙幅に限りもあるため、改めて取り上げることにしたい。

(39) 注37に同じ。

おわりに

本書は、これまでの筆者の魯迅に関する考察を、魯迅の生涯の歩みに即して編集、構成したものである。収録した論文は、筆者自身の理解の深化にともない徐々に分析を深めていったものであるが、初出の分析は基本的に踏襲している。考察視点は、「はじめに」に記したように、副題に取り入れた三つのキーワード「ジェンダー・権力・民衆」であり、これが筆者が魯迅のなかに見出し、また魯迅の生涯と著作を通じて、啓発を受け、深めて発展させてきた筆者自身の思考、思索の基本要素である。

生誕から一三五年、逝去から八〇年、享年五六歳の生涯は、現代なら短命としか言いえない短い人生であった。しかし残された言説は膨大で、深く、広く、大きい。『魯迅全集』の一巻、一巻、作品集の一冊、一冊、いや一篇、一篇の著述が、深く個性的な思想と思考の営みとして、新たな思索の扉を開き、私たちをそのなかへといざなう。今回、「ジェンダー・権力・民衆」で考察し照射し得たのはごくわずかである。本書で考察対象に取り上げなかった著述、考察法、分析視点は多数ある。ましてや、筆者の考察主題、観点、分析視点以外のものとなればさらに多い。魯迅の生涯と言説の広さと深さは、まさに果てしない。これは筆者が「魯迷」（このような言い方があるかどうかわからないが）などだからではない。多くの読者、研究者が、長年にわたり魯迅と魯迅の言説に魅せられ、今なお、対話を重ねながら歩み続けている所以であろう。

本書の出版にあたり、あらためて魯迅の少年時代から晩年の上海に至るまでを振り返り感じたことがある。それは、なんと人は自らの生まれ落ち、育ったときに育まれた思考と文化の体験に根を置きながら成長し、発展していくのか、ということである。人は、生まれる家族も場所も時も性別も選べない。生まれ落ちた家族、社会、国家、時代のなかで、自らの生命と思考を育んでいく。人の思想形成、文化観の形成に親子関係の影響を読み解くある教育研究者は、人はすでに形成された既成の文化の枠組みのなかに生まれ、その生まれた文化を取り込むのではなく、逆に、自らが生まれ落ち、属している文化を少しずつ脱ぎすて、そこから抜け出ながら成長し、やがて自らの思考により自律的に自己の文化を創造できる主体となるのだと。魯迅の生涯を貫いたいささかの揺るぎもない、強靭、強固な権力への反抗心、反逆心、人を育む母性への信頼と敬意は、まぎれもなく幼少年期の体験、環境とによって育まれたところが大きい。鋭く冷徹な分析眼と、ふつふつと滾り、時に燃え、時にじりじりと焼き焦がす激しい憤怒と憎悪、復讐の情念は、魯迅の生命の根源から湧き出ている。

文学者としての魯迅と魯迅の文学のありかたは、日本の近代、近代化の在り方を再考した戦後知識人に思索と深い影響をもたらした。竹内好やその世代がこだわった「政治と文学」、その次の世代である丸山昇やその世代がこだわった「革命と文学」、そして現代文学、文化のなかに魯迅の多様な影響力を読み解こうとする現代の読みの試み。社会へのメッセージをもつことを求める中国文学の特徴をあまつことなく発揮し、展開した魯迅の文学、魯迅の文学者の在り方を、筆者は民衆の時代に向かう現代に重ねあわせ、従来の縦軸のヒエラルキーを越えて生み出される新しい世界史像、グローバルヒストリーへの可能性として読み解くことを目指している。この試みは、まだ本書では十分に展開できていない。ようやく入り口に到着し、これからドアを開けたいと思うところである。今後とくに三〇年代の魯迅の活動と思想も加えて、西欧近代から世界に波及し、普遍化された西欧的近代、近代化に対して、受け手となることを迫られたアジアの側から生み出す新しい世界観、特にアジアからの民衆論として、魯迅の思想を発展させていく方向を構築したいと考えている。

おわりにあたって、もう一つ、本書の刊行により、筆者が得た知見について記しておきたい。それは、魯迅のジェンダー観に対する分析をより一歩明確にできたことである。魯迅のジェンダー観は、大きく概括すれば、祖父周福清と祖母蔣氏、母魯瑞と妻朱安の二つの流れから生み出される。この内、後者については、筆者のみならず魯迅研究者の多くが考察を試みてきた課題である。しかし、前者の流れは、これまでのところ流れじたいのもつ思想的課題が認知されてこなかったと思われる。竹内好は、最初の著作『魯迅』（一九四四年）において、魯迅が語りたがらず、しかも事実関係がわからない事柄として、三つの謎を挙げた。一つめが少年時代の謎で祖父周福清の事績、二つめが留学時代の朱安との結婚、三つめが北京時代の周作人との不和である。三番目の周作人との不和の詳細な原因、真相はなお闇に包まれているとはいえ、前の二つ――祖父周福清と朱安については現在では相当明らかになっている。この内、祖父周福清が魯迅にもたらした影響をジェンダー観の形成という思想性から考察していく試みは、これまではほとんどなされてこなかった。しかし、本書で提示したように周福清と蔣氏の婚姻関係は、魯迅に男性としての加害者性を深く認識させ、それゆえに魯迅自身の婚姻問題、妻帯者としての枷がもつ負荷を高めていったものと思う。本書では、こうした考えの下で、「孤独者」を魯迅の性愛の問題を正面から描いた作品と見る解釈を提示した。竹内好は、「伝記上の謎」の後の作品解説（『魯迅入門Ⅲ』東洋書館、一九四八年）で、「孤独者」について「この作品は、魯迅の心の内側を眺めるような感じがするので、彼自身の内面的脱却の体験に即して、それに存在をあたえるために書かれているように思うが、それをこまかに分析することは私にはできない。この作品がわかれば魯迅がわかるような気がする」と述べている。少なくとも伝記上の二つの謎は、性愛の欠如した男性形象を生み、「僕を描いた」という自己申告により、魯迅における性愛の欠如、男性の加害性、ジェンダー観を明確に浮き彫りにしていったものと思う。日本留学時代に記された最初の文芸評論『摩羅詩力説』が取入れなかった『海賊』コンラッドとメドーラの純愛、コンラッドが掲げた「男子の貞操」（木村鷹太郎訳『海賊』の序、一九〇二年）は、魯迅にあっては、祖母蔣氏に対して、祖父周福清の罪を引き受けて掲げられた貞操宣言だったかもしれない。性を否定する生の終焉と。新たな生への旅立ち、再生の物語であればこそ、「孤独者」は、祖母を顕彰し、自らの葬儀も終える「葬儀に始まり葬儀に終わる」セレモニーの顚末を必要としたのかもしれない。

ともあれ、本書の刊行により、多くの不備、不足を残しながら、筆者なりに、三〇年代の魯迅の活動を見つめる入口にたどりついた。本書の副題に掲げた「ジェンダー・権力・民衆」のキーワード、そしてキーワードをつなぐキーワードとなる民衆力、母性の思想性に着目して、今後、さらに晩年十年の魯迅の文芸活動、美術活動を考察していきたい。

末尾となったが、筆者の魯迅研究に示唆、啓発、研究活動を支援してくださった方々、そして本書刊行にあたってとりわけご面倒をおかけした東方書店の川崎道雄氏に心より感謝申し上げたい。

二〇一六年三月

著　者

付記・本書は成蹊大学出版助成を受けて刊行したものである。

本書収録論文初出、及び主要関係論文一覧

序章

・本書書き下ろし

第一章

・魯迅と子ども――〔儿子〕・〔孩子〕・〔子〕・〔子女〕
……都立大学人文学部『人文学報』二一三号、一九九〇年、一四三～一六一頁

・「狂人日記」小考――「食人世界」の構造と子どもについて
……中国文芸研究会編『野草』第五一号、一九九三年、八三～一〇四頁

・魯迅五四時期における「人」の創出――子女解放構想についての一分析
……『愛媛大学教養部紀要』第二四号、一九九一年、八一～九八頁

・魯迅五四時期における「人」の思想とその現代的意義
……『成蹊法学』七八号、二〇一三年（六月）一～三三頁（三六六～三九八頁）

第二章

・聖なる「母」とその呪縛――魯迅における〔母〕をめぐって
……中国女性研究会編『論集中国女性史』吉川弘文館、一九九九年、一三一～一四九頁

・近代中国知識人における儒教規範と母子関係――母の息子「魯迅の場合」
……『成蹊法学』六六号、二〇〇八年（一月）、一三五～五一頁（二四四～二六〇頁）

・魯迅〔生と性〕の軌跡――「長明灯」から「孤独者」、「傷逝」へ
……『成蹊法学』七九号、二〇一三年（一二月）、一～二三頁（二四二～二六四頁）

第三章

・魯迅の眉間尺物語「鋳剣」――孝子伝から愛と復讐の文学へ

……………………『成蹊法学』四九号、一九九九年（三月）、三七～八〇頁（五四三～五八六頁）

・愛と復讐の新伝説「鋳剣」――魯迅が語る〝性の復権〟と〝生の定立〟

……………………『成蹊法学』六五号、二〇〇七年（三月）、二一一～四一頁（二二五～二四四頁）

第四章

・魯迅〝文学・革命・政治〟をめぐる二七年言説試論

……………………『成蹊法学』六八・六九合併号、二〇〇八年（一二月）、一四三～一七五頁（二八六～三一八頁）

・奪権なき「革命」の路――「反権力」の言語表象魯迅

……『アイデンティティの創生と多元的世界の構築――アジア、中国の磁場から』、三恵社、二〇一一年、七九～九四頁

終章

・魯迅と「マルチチュード」アジア近代からのアイデンティティの形成と「反権力」

……………湯山トミ子編著『多元的世界におけるアイデンティティの創生』、三恵社、二〇一三年、二三～三六頁

・中国から世界へ――もう一つの魯迅像、「マルチチュード」の時代に向けて

……………湯山トミ子・宇野重昭編著『アジアからの世界史像の構築――新しいアイデンティティを求めて』、東方書店、二〇一四年、一九七～二六一頁

補論1

・魯迅の祖父周福清試論――事跡とその人物像をめぐって（一）・（二）

………『猫頭鷹――近代中国の思想と文学』第6号、一九八七年、六一～一〇〇頁、第七号、一九八九年、一～五八頁、新青年読書会

補論2

・「延安の聖人」魯迅と毛沢東の政治学事始――「求められたのは生命か、奪権か？」

……………………成蹊大学宇野ゼミ同窓会編『宇野重昭先生喜寿祝賀記念文集』、三恵社、二〇〇七年

1938		8月　魯迅先生記念委員会編『魯迅全集』全20巻、『集外集拾遺』、『集外集拾遺補編』を収める	
1939			9月　第2次世界大戦開始
1940			1月　毛沢東「新民主主義論」 3月　汪精衛南京に「中華民国国民政府」樹立
1941			12月　太平洋戦争開始
1942			2月　延安整風運動 5月　毛沢東「文芸講話」
1945			8月　日本無条件降伏、国共内戦
1949			10月　中華人民共和国成立
1956		10月　十巻本『魯迅全集』刊行開始（～58年10月）	2月　ソビエト共産党スターリン批判 5月　中共双百方針　決定 10月　ハンガリー事件
1957		12月　『魯迅訳文集』全10巻	8月　反右派闘争開始
1966			5月　文化大革命開始
1976			9月　毛沢東逝去

付記：周福清については、事績と人物像、魯迅との関係を考察する上での要件のみを記した。
毛沢東、『魯迅全集』の刊行は、補論2に関係する範囲で記述した。

1930	49	３月「左翼作家連盟に対する意見」を講演（成立大会、常務委員） ５月　『新俄画選』刊行 ６月　「文芸政策」翻訳 ８月　「『十月』後記」執筆	3月　左翼作家連盟成立 5月　贛西南根拠地でAB団粛清開始 12月　富田事件 蔣介石、対中共根拠地第1次囲剿開始
1931	50	３月　増田渉に個人教授始める（～12月）	1月　瑞金中共ソビエト中央局成立、王明指導権掌握 9月　満州事変 11月　中華ソビエト共和国臨時中央政府成立（毛沢東主席）
1932	51	１月　内山書店に一時避難 ９月『三閑集』、10月『二心集』刊行	1月　上海事変 3月　満州国創立
1933	52	１月『竪琴』、２月『十月』、３月『一日の仕事』翻訳 ４月　施高塔路新村に移転 許広平との往復書簡集『両地書』刊行 10月『偽自由書』刊行	3月　日本、国際連盟脱退 12月　中国民権保障同盟成立
1934	53	３月『南腔北調集』、12月『准風月談』刊行	10月　中共紅軍長征開始
1935	54	５月『集外集』刊行 11月　翻訳『死せる魂』（ゴーゴリ）刊行	1月　遵義会議、毛沢東の指導権確立 8月　中国共産党8.1宣言
1936	55	１月　『故事新編』刊行 「『ケーテコルヴィッツ版画選集』序目」執筆 ５月　『ケーテコルヴィッツ版画選集』刊行 病状悪化 10月19日　逝去、万国殯儀館に遺体安置、22日万国公墓で告別式、埋葬	12月　西安事件
1937		『且介亭雑文』、『且介亭雑文二集』、『且介亭雑文末編』、	7月　盧溝橋事件 日中全面戦争 8月　第2次国共合作成立 10月　毛沢東延安で「魯迅論」講演 11月　日本軍上海占領 12月　南京占領

1925	44	3月　許広平との往復書簡始まる 5月　「灯下漫筆」(『莽原』) 発表 7月　「崩れゆく線の震え」(『語絲』) 発表 8月　『文学と革命』(茂森訳購入) 10月　「孤独者」、「傷逝」執筆 12月　「寡婦主義」(『京報』附刊『婦女周報』)	5月　5.30事件 7月　広東国民政府成立
1926	45	3月　「花なき薔薇の2」(『語絲』) 4月　「劉和珍君を記念して」(『国民新報副刊』)、「かすかなる血痕のなかに」(『語絲』) 発表 6月　『華蓋集』、8月『彷徨』刊行 8月26日　許広平と共に北京を離れる、28日許広平と別れる 9月4日　魯迅は厦門大学教授 (国文系教授兼国学院研究教授) に、許広平は広州師範専科学校 (教育主任兼舎監) になる 10月　「鋳剣」執筆開始	3月　3.18事件 7月　蔣介石北伐戦争開始 10月　トロッキー、ソ連中央政治局除名
1927	46	1月16日　厦門を離れ、18日広州の中山大学 (文学系教授兼教務主任) に赴任、許広平と合流 2月10日　許寿裳中山大学に赴任 3月　許広平魯迅の助手となる 3月　許寿裳許広平と三人で東堤の白雲楼26号の2階に移る 4月　「鋳剣」完成 (4.3) 黄埔軍官学校で「革命時代の文学」講演 (4.8) 反共クーデターに抗議して辞職願提出 顧頡剛中山大学に赴任 6月　大学辞職願受理、『華蓋集続編』刊行 7月　『野草』刊行 8月　許広平とともに香港経由で上海に移動、東横浜路雲里に同居 10月　「革命文学」 11月　「知識人階級にて」講演 12月　「文芸と政治の岐路について」講演	4月　南京国民政府成立 4.12反共クーデター、15日広州に波及 8月　南昌蜂起 9月　毛沢東湖南秋収蜂起失敗 10月　井崗山に根拠地 11月　トロッキー、ソビエト共産党より除名
1928	47	9月　『朝花夕拾』刊行、10月『而已集』刊行	2月　革命文学論戦開始 6月　日本軍、張作霖を爆殺 12月　南京国民政府、中国統一、首都北京から南京へ
1929	48	5月　『芸術論』翻訳 (ルチャナルスキー) 9月　息子、周海嬰生まれる	2月　トロッキー国外追放 7月　中ソ国交断絶 11月　中共陳独秀除名

1908	27	２月・３月　「魔羅詩力説」(『河南』) に発表、 ８月　「文化偏至論」(『河南』) に発表。「伍舎」設立 (夏目漱石旧宅を賃貸、周作人と転居) 12月　「破悪声論」(『河南』) に発表 章炳麟に学ぶ (翌09年まで)	12月清宣統帝 (溥儀) 即位
1909	28	３月　『域外小説集』(周作人との共訳) 第１集、７月第２集刊行、帰国 ５月　周作人、羽太信子と結婚 ７月　杭州・浙江両級師範学堂教員となる (～10.7)	
1910	29	紹興府中學堂教員兼教務長となる (～11. ７)	11月　日韓併合
1911	30	日本訪問 紹興の浙江山会初級師範学堂校長となる (～11. ２)	10月　武昌蜂起、辛亥革命
1912	31	２月　南京に行き中華民国臨時政府教育部に勤務 ５月　臨時政府の移転により北京へ	１月　中華民国成立 ２月　袁世凱臨時大総統就任
1914	33		７月　第一次世界大戦勃発 孫文ら東京で中華革命党結成
1915	34		1月　日本、中国に21か条要求
1917	36		2月　ロシア革命
1918	37	６月　「狂人日記」(『新青年』)	
1919	38	11月　北京市西直門八道湾に新居購入。随感録25、40、49等　子ども・婚姻に関する著述を発表 (『新青年』) 11月　「我々は今どのように父親なるか」(『新青年』) 発表 11月　周作人一家を招く 12月　母親と朱安、周建人一家も同居	5月　五四運動 10月　中華革命党、中国国民党に改組
1920	39	２月　北京大学講師となる	
1921	40	「阿Ｑ正伝」、『晨報副刊』に連載開始	７月　中国共産党成立
1923	42	６月　『現代日本小説集』(周作人との共訳) ７月　周作人との不和 ８月　朱安と共に磚塔胡同へ転居 ９月　北京女子高等師範講師 (翌年北京女子師範大学に改称) となる 10月　阜成門内西三条に友人からの借金で家を購入、改築 12月　「ノラはそれからどうなったか」講演	
1924	43	５月　母親、朱安とともに転居	1月　第一次国共合作 11月　北京女子師範大学紛争始まる

1893	12	**一家の変事、母の実家に一時避難。乞食と呼ばれる。父鳳儀発病後、質屋と薬屋通いをした（屈辱の体験）、「世間の本当の顔を見た」との体験始まる。** 四弟椿寿生まれる（～98、12月） 周福清科挙不正事件により逮捕、下獄（杭州）、未決死刑囚として、以後毎年の刑の執行判定をする秋審を受けることになる。	12月　毛沢東湖南省湘潭韶山の富農の家に生まれる
1896	15	父　周鳳儀病死	
1898	17	**2月　杭州の周福清を見舞う** **5月　南京・江南水師学堂に入学** **10月　南京・鉱務鉄路学堂に入学決まり、水師学堂を退学** **12月　科挙受験合格（会稽県県試）** **府試験放棄** 12月　四弟椿寿夭折	9月　戊戌の政変 清、義和団蜂起
1899	18	1月　周福清、家訓『恒訓』を記す。 **2月　南京・鉱務鉄路学堂授業開始** **10月　南京で魯迅『恒訓』を手写**	
1901	20	旧暦2月　周福清、義和団事件の恩赦により釈放され、紹興にもどる。 周作人江南水師学堂に入学	
1902	21	2月　許寿裳弘文学院一級下に留学 **3月　日本へ留学し、弘文学院（普通速成科2年制）に入学**	9月　木村鷹太郎『文界の大魔王』刊行
1903	22	**3月　辮髪を切る。** **6月、11月　「スパルタの魂」（『浙江潮』）発表** **12月　翻訳『月界旅行』（ヴェルヌ）単行本で刊行**	
1904	23	**4月　弘文学院卒業** **6月　仙台医学専門学校に手続き** 7月　周福清逝去、魯迅帰国せず **9月　同校入学** **年末　光復会加入**	2月　日露戦争（～05） 10月　蔡元培等上海で光復会結成
1905	24		科挙制度廃止 8月　孫文ら東京で中国同盟会結成 1月　木村鷹太郎訳『海賊』刊行
1906	25	**3月　仙台医学専門学校を退学して東京に戻る** **4月　翻訳『地底旅行』（ヴェルヌ）刊行** **7月　帰国、母の取り決めた朱安と結婚する。朱安（？～1947）** **9月　周作人と同居** 9月　周作人日本に留学	7月　光復会の徐錫麟、秋瑾処刑

魯迅と家族の略年譜

西暦	年齢	魯迅と家族の動向	社会動向
1837		12月27日　祖父周福清、生まれる（周家致智房） 父周以埏（苓年 1816～1863）、母戴氏（1814～1893）の長男	
1840			アヘン戦争（～42）
1842			南京条約締結
1851			太平天国（～64）
1856			第二次アヘン戦争
1860			北京条約締結
1867		周福清、郷試合格（86位）周家３人目の挙人	
1868		周福清、会試に失敗、採用試験を経て方略館の謄録（浄書官）となる	
1871		周福清、会試合格（326名中199位）、会試覆履（２等19位）、殿試（３甲15位）、朝考（１等41位）で、高級官僚養成機関、翰林院庶吉士となる	ロシア軍イリに進駐
1874		周福清、翰林院散館試験３甲17位で知県即用となる	
1875		正月　周福清江西省撫州府金谿県知県に任命される	
1879		正月　周福清、愚劣で任に堪えない官吏として弾劾される。弾劾状の原案教職改選案を吏部が反対し、原品退職を主張	
1880		４月　教職改選の皇帝命令を受ける ９月　額外内閣中書舎人を捐納、内閣行走となる	
1881	0	**９月25日　紹興府城内会稽県東昌坊口周家致智興房の長男として生まれる。父周鳳儀（伯宜、1861～1896）、母魯瑞（1858～1943）**	
1882		周福清の二男周伯昇、北京で生まれる（母妾章氏、～1918年）	
1884	3		8月　清仏戦争（～85）
1885	4	１月　二弟周作人生まれる（～67、５月）	
1887	6	**２月　私塾に入り、周兆藍（玉田）から歴史読本『鑑略』を読む**	
1888		**周福清の指示で、『唐宋詩集』、『西遊記』等の小説を読む。** ４月　周福清内閣中書舎人となる 11月　三弟周建人生まれる（～84、７月）	
1892	11	**２月　三昧書屋入学**	7月　日清戦争（～95）

主な参考文献

本書に共通する魯迅の著述は、初めに一括し、その他の関係資料は、各章ごとに取り上げた。複数の章にわたるものは、初出の章にのみ記載し、本書に関係する同一著者の複数の論文を収めた著書がある場合、収録された著書名を記した。「狂人日記」など、同一作品の翻訳の比較の場合、著者名でなく書名を先行したものもある。筆者の著述については、参考文献末尾に一括して記した。

魯迅

・『魯迅全集』全一六巻、人民文学出版社、一九八一年
第一巻『墳』『熱風』『吶喊』、第二巻『彷徨』『野草』『故事新編』、第三巻『華蓋集』『華蓋集続編』『而已集』、第六巻『且介亭雑文』『且介亭雑文二集』『且介亭雑文末編』、第七巻『集外集』『集外集拾遺』、第八巻『集外集拾遺補編』、第一〇巻『訳文序跋集』、第一一巻『両地書』『書信』、第一二巻『書信』

はじめに

・アントニオ・ネグリ、マイケル・ハート『コモンウェルス』(『Commonwealth』二〇〇九年、水嶋一憲監訳、幾島幸子、古賀祥子訳、NHKブックス、上・下、二〇一二年)
・アントニオ・ネグリ、マイケル・ハート『帝国――グローバル化の世界秩序と「マルチチュード」の可能性』(『Empire』二〇〇〇年、水嶋一憲、酒井隆史、浜邦彦、吉田敏実訳、以文社、二〇〇三年)
・アントニオ・ネグリ、マイケル・ハート『叛逆――「マルチチュード」の民主主義宣言』(『Declaration』二〇一二年、

水嶋一憲、清水知子訳、ＮＨＫブックス、二〇一三年）
・アントニオ・ネグリ、マイケル・ハート『「マルチチュード」論――「帝国」時代の戦争と民主主義』（『Multitude』二〇〇四年、幾島幸子訳、水嶋一憲、市田良彦監修、ＮＨＫブックス　上・下、二〇〇五年）
・アントニオ・ネグリ、市田良彦『ネグリ・日本と向き合う』ＮＨＫ出版新書四三〇、二〇一四年）

序章

《日本語》

・菊池有希「日本主義化するバイロニズム――木村鷹太郎のバイロン論」（和洋女子大学英文学会『和洋女子大学英文学会誌』四三号、二〇〇九年）
・北岡正子『魯迅救亡の夢のゆくえ――悪魔派詩人論から「狂人日記」まで』（関西大学出版、二〇〇六年）
・北岡正子「『摩羅詩力説』材源考ノート（その三）（その二四）（『野草』第一一号、第一三号～第二〇号、第二三号～第三〇号、第三三号、第四七号～第五三号、一九七三～一九九五年）
・衣笠梅二郎「木村鷹太郎とバイロン」（『光華女子大学光華女子短期大学研究紀要』一二号、一九七四年）
・木村鷹太郎『バイロン　文界の大魔王』（大学館、一九〇二年）
・木村鷹太朗訳『海賊』（尚友館、一九〇五年）
・木村鷹太郎『バイロン評伝及び詩集』（教文社、一九二四年）
・中島長文「藍本「摩羅詩力の説」第七章」（『飆風』第六号、一九七四年）、「藍本「摩羅詩力の説」第四、五章」（『飆風』第五号、一九七三年）
・中城恵子「木村鷹太郎――近代文学史料研究・外国文学一〇五回」（『学苑』一九一号、一九五六年）
・日夏耿之介『明治大正詩史』上、（『日夏耿之介全集』第八巻、河出書房新社、一九九一年）
・増田渉『魯迅の印象』（大日本雄弁会講談社初版、一九四八年一一月）
・『近代文学研究叢書』第33巻（昭和女子大近代文学研究室編、一九七〇年）

《中国語》

・周冠五『魯迅家庭家族和当年紹興民俗・魯迅堂叔周冠五回憶魯迅全編』（上海文化出版社、二〇〇六年）
・周建人口述、周曄編述『魯迅故家的敗落』（湖南人民出版社、一九八四年、福建人民出版社、二〇〇一年）
・周作人『魯迅的故家』（人民出版社、一九五三年）
・陳雲坡『魯迅的家乗及其逸軼事』（未刊行、北京図書館収蔵、一九五八年）
・馬蹄疾『魯迅生活中的女性』（知識出版社、一九九六年）
・『魯迅生平史料匯編』第一巻（天津人民出版社、一九八一年）

第一章

《日本語》

〔作品〕

・新版岩波文庫『阿Q正伝・狂人日記』（竹内好訳、筑摩版魯迅文集訳を収録、一九八一年）
・角川文庫『阿Q正伝』（増田渉訳、一九六一年）
・旺文社文庫『阿Q正伝・狂人日記』（松枝茂夫訳、一九七〇年）
旺文社古典新訳文庫『阿Q正伝・狂人日記』（藤井省三訳、二〇〇九年）
・潮文庫『阿Q正伝・狂人日記』（田中清一郎訳、一九七二年）
・新日本文庫『阿Q正伝』（丸山昇訳、一九七五年）
・「狂人日記」『魯迅全集』（井上紅梅訳、改造社、一九三二年）
・「狂人日記」『大魯迅全集』第一巻（井上紅梅訳、改造社、一九三七年）
・『血笑記』断篇第一五、縮册『二葉亭全集』第三巻、東京朝日新聞・博文館、一九一九年版）
・『支那プロレタリア小説集　第一編　阿Q正伝』（松浦珪三訳、白揚社、一九三一年）
・講談社版『世界文学全集』九三（松枝茂夫・和田武司共訳、一九七五年）
・集英社版『世界文学全集』七二（駒田信二訳、一九七八年）

・学習研究社版『世界文学全集』四四（駒田信二訳、一九七九年）
・中公文庫『吶喊』（髙橋和巳訳、一九七三年）
・講談社文庫『魯迅作品集』（駒田信二訳、一九七九年）
・岩波書店『魯迅選集』（竹内好訳、一九五六年）
・青木文庫『魯迅選集』1創作集（田中清一郎訳、一九五三年）
・学習研究社『魯迅全集』第二巻（丸山昇訳、一九八四年）

〔論文〕

・エレン・ケイ『児童の世紀』（小野寺信・小野寺百合子訳、富山房、一九九〇年）
・片山智行『魯迅のリアリズム』（三一書房、一九八五年）
・北岡正子「「狂人日記」の〈私〉像」（『関西大学文学会紀要』九号、一九八五年）
・滋賀秀三『中国家族法の原理』（創文社、一九八二年版）
・白井宏「魯迅『狂人日記』の分析」（『四国女子大学紀要』七号（一）、一九八七年）
・谷行博「『謾・黙・四日』（上）――魯迅初期翻訳の諸相」（『大阪経大論集』一三三号、一九七九年）
・費孝通『生育制度――中国の家族と社会』（横山廣子訳、東京大学出版会、一九八五年）
・平野敏彦「魯迅『狂人日記』訳注」（『熱風』三号、一九七三年）
・丸尾常喜「〝狂人日記〟評価の一断（覚え書き）」（『野草』一二号、一九七三年）
・源貴志「二葉亭四迷訳『血笑記』について」（『ヨーロッパ文学研究』三六号、早稲田大学文学部ヨーロッパ文学研究会、一九八九年）

〔工具書〕

・『現代中国語辞典』（光生館、一九八九年）
・『中日大辞典』（大修館、一九八六年版）
・『中日辞典』（小学館、一九九一年）

《中国語》
・胡適「我的児子」（『毎週評論』三三号、一九一九年八月七日）
・胡適、汪長禄「公開書簡討論」（『毎週評論』三四号、一九一九年八月一〇日、三五号、一九一九年八月一七日）
・周作人「祖先崇拝」（『談虎集』（上）、里仁書局、一九八二年）
・銭理群『郷土中国与郷村教育』（福建人民教育出版社、二〇〇八年）
・潘光旦『中国之家庭問題』（新月出版、一九二八年）
・費孝通「家庭結合変動中的老年撫養問題――再編論中国家庭結合変動」『費孝通選集』（天津人民出版社、一九八八年）

〔工具書〕
・『五四時期期刊介紹』（生活・読書・新知三聯書店、一九七九年）
・『現代漢語詞典』（商務印書館、一九七九年版）
・『古今称謂辞典』（中国国際広播出版社、一九八八年）
・『古今称謂辞典』（黄山書社版、一九八〇年）
・『称謂大辞典』（新世界出版社版、一九九一年）

第二章

《日本語》
・竹内好『魯迅入門』Ⅲ作品の展開　2『吶喊』と『彷徨』（東洋書館、一九五三年『竹内好全集』第二巻、筑摩書房、一九八一年）
・丸尾常喜『魯迅「野草」研究』（汲古書院、一九九七年）

《中国語》
・孫伏園「哭魯迅先生」（『魯迅先生二、三事』作家書屋、一九四二年、魯迅博物館、魯迅研究室（魯迅研究月刊）選編『魯

迅回憶録専集』上冊、北京出版社、一九九九年）
・陳煒、杜国景「「双重孤独的紐帯――魏連殳之缺席婚恋浅談過」（貴州民族学院学報哲学社会科学版、二〇〇九年三号）
・兪芳『我記憶中的魯迅先生』（浙江人民出版社、一九八一年）
・李允経『魯迅情感世界・婚恋生活及其投影』（北京工業大学出版社、一九九六年）
・林菲『中国現代小説史上的魯迅』（陝西人民教育出版社、一九九六年）
・林敏潔「増田渉注訳本《吶喊》《彷徨》研究新路径――兼論《傷逝》与《孤独者》的関係」（『中国現代文学研究叢刊』二〇一三年一一期）

第三章

《日本語》

・池田大吾篇『支那童話集』（富山房、一九二四年）
・伊藤正文「『鋳剣』論」（『近代』一五号、神戸大学、一九五六年）
・内山完三「魯迅先生追憶」（内山嘉吉・籬／魯迅友の会編『魯迅の思い出』社会思想社、一九七九年）
・M・エリアーデ『鍛冶師と錬金術師』（大室幹雄訳、エリアーデ著作集、第五巻、せりか書房、一九七三年）
・工藤貴正『魯迅と西洋近代文芸思潮』（汲古書院、二〇〇八年）
・高橋稔「眉間尺故事――中国古代の民間伝承」（伊藤漱平編『中国の古典文学』東京大学出版会、一九八一年）
・高橋稔『中国説話文学の誕生』（東方書店、東方選書一七、一九八八年）
・西野貞治「陽明本孝子伝の性格並に清家本との関係について」（『人文研究』第七巻六号、一九五五年）
・林田慎之助「復讐奇譚の取材源――『故事新編』の『鋳剣』」（『魯迅のなかの古典』、創文社、一九八一年）
・立間祥介「〈黒い男〉と魯迅」（『北斗』第二巻第五号、一九五六年）
・藤井省三「魯迅の童話的作品群をめぐって――『兎と猫・あひるの喜劇』小論」（『桜美林大学中国文学論叢』一三、一九八七年）
・藤重典子「戦場としての身体――『鋳剣』を読む」（『同志社外国文学研究』六九、一九九五年）

・細谷草子「魯迅『鋳剣』について」（『京都女子大学人文社会学会人文論叢』二五、一九七七年）。
・細谷草子「干将莫邪説話の展開」（東北大学文学部『文化』三三‐三、一九七〇年）
・松崎治之「捜神記『干将莫邪』私考――伝承説話をめぐって」（『樋口進先生古希記念現代文学論集』、中国書店、一九九〇年）
・村松一弥「民間文学」『中国文化叢書四　文学概論』（大修館書店、一九八〇年）
・山田敬三「魯迅と中国古典研究（下の一）厦門と広州のころ」（『未名』四号、一九八三年）

《中国語》
・袁珂「周秦編下第四章」『中国神話伝説』下（中国民間文芸出版社、一九八四年、翻訳は鈴木博訳『中国の神話伝説』下、青土社、一九九三年）
・許広平「魯迅回憶録」、「欣慰的紀念」（『許広平文集』第二集、江蘇文芸出版社、一九九八年）
・許寿裳『亡友魯迅印象記』（人民文学出版社、一九五五年）
・雪葦「関与『故事新編』」（新文芸出版社、一九五二年）
・孫冒熙、韓日新「〈鋳剣〉完備的時間、地点及其意義」（『〈故事新篇〉研究資料』」（山東文芸出版社、一九八四年）
・陳漱渝「東有啓明　西有長庚――魯迅和周作人失和前後」（『魯迅史実求真録』湖南文芸出版社、一九八七年）
・馮雪峰「魯迅先生計画而未完的著作――片断回憶」（周健人・茅盾等編『我心中的魯迅』湖南人民出版社、一九七九年）。
・孟広来、韓日新『〈故事新篇〉研究資料』「序言」（山東文芸出版社、一九八四年）
・李剣国輯釈『唐前志怪小説輯釈』（上海古籍出版社、一九八六年）
・黎活仁「干将莫邪故事与魯迅的『鋳剣』」（『魯迅研究年刊（一九九一―一九九二）』中国和平出版社、一九九二年）
・『魯迅景宋通信集――〈両地書〉原信』（湖南人民出版社、一九八四年）

〔眉間尺説話材源〕
・「越絶外伝記宝剣」『越絶書』

・「河南道宋州宋城県之条」『太平寰宇記』巻一二
・『孝子伝』巻下、船橋家本一三、陽明文庫本一一
・「孝子伝」『類林雑説』巻一「孝行編」
・「闔閭内伝」『呉越春秋』（『太平御覧』巻三六四、人事部五）
・「震旦莫邪、造剣献王被殺子眉間尺語」（『今昔物語』巻九第四四）
・「唐郡国志」『太平御覧』巻六七
・「兵部卿官甍御事付干将莫邪事」『太平記』巻一三
・「眉間尺事」『三国伝記』巻一一七
・「眉間尺事」『曽我物語』巻四
・「列士伝」『琅耶代酔篇』巻二三

第四章

《日本語》

・S・P・コーガン『ソヴェートロシヤ文学の展望』（黒田辰夫訳、叢文閣、一九三〇年）
・B・スピノザ『エチカ』（上・下）（畠中尚志訳、岩波文庫、一九五一年）
・L・D・トロッキー『文学と革命』（茂森唯士訳、改造社、一九二五年）
・中井政喜「魯迅と『蘇俄的文芸論戦』に関するノート」（『大分大学経済論集』第三四巻四・五・六合併号、一九八三年）
・長堀祐造『魯迅とトロッキー――中国における「文学と革命」』（平凡社、二〇一一年）
・長堀祐造「魯迅『竪琴』前記の材源及その他」（桜美林大学『中国語文学論叢』第一六号、一九九一年）
・丸山昇「同伴者作家と魯迅」（『現代中国』第三七号、現代中国学会、一九六二年）
・米川正夫『ロシア文学思潮』（三省堂、一九三二年）

《中国語》
・章鉄民記録「文芸与政治的岐路」（曁南大学編『秋野』第三期、一九二八年二月、秋野社）
・朱金順『魯迅演講資料鈎沈』（湖南人民出版社、一九八〇年）

終章

《日本語》
・アントニオ・ネグリ『野生のアノマリー――スピノザにおける力能と権力』（『Spinoza L. anomalia Selvaggia』一九八一年、杉村昌昭、信友建志訳、作品社、二〇〇八年）
・アントニオ・ネグリ『未来派左翼――グローバル民主主義の可能性をさぐる』（『Goodbye Socialism』二〇〇六年、廣瀬純訳、NHK出版、二〇〇八年）
・小野田耕三郎「魯迅とケーテ・コルヴィッツ」（『北斗』二号、一九五四年）
・ケーテ・コルヴィッツ『種子を粉にひくな――ケエテ・コルヴィッツの日記と手紙』（鈴木マリオン訳、同光社磯部書房、一九五三年）
・奈良和夫「魯迅とケーテ・コルヴィッツ」（内山嘉吉・奈良和夫『魯迅と木刻』研文出版、一九八一年）

《中国語》
・馮雪峰「魯迅先生計画而未完的著作――片断回憶」（『一九二八至一九三六年的魯迅・馮雪峰回憶魯迅全編』上海文化出版社、二〇〇九年）

補論1

序章

《日本語》

・井上紅梅「魯迅年譜」（『魯迅全集』改造社、一九三二年）
・佐藤春夫「原作者に関する小記」（『中央公論』五一八号、一九三二年）
・増田渉『魯迅伝』（『改造』第一四巻第一一号、一九三二年、冒頭部分一部削り、佐藤春夫・増田渉訳『魯迅選集』岩波書店、一九三五年に収録）
・松岡俊裕「魯迅の祖父周福清——いわゆる科挙不正事件をめぐって——（上・下・補1・補2）《野草》第二四号一九七九年、第二九号一九八三年、第三二号一九八四年、『中国近代文学研究』創刊号、一九八七年）（第一論文と称す、著者名村田（旧姓）俊裕）
・松岡俊裕「魯迅の祖父周福清攷——その家系、生涯、及び人物像について」（（一）〜（一二）『東洋文化研究所紀要』、一一四、一一五、一一九、一二〇、一二二、一二五、一二八、一三一、一三四、一三五、一三七、一四〇、一九九一〜二〇〇〇年）
〔第二論文〕
・松岡俊裕「魯迅の祖父周福清攷——その家系、生涯について」（北海道大学提出博士学位論文、二〇〇五年）

《中国語》

・許欽文『魯迅的幼年時代』（浙江人民出版社、一九五六年）
・許寿裳『魯迅先生年譜』（『新苗』第一八期、一九三七年）
・顧家相「周介夫聯」（『五余読書廛随筆』家印本一九二〇年）
・胡漢君「周樹人作人兄弟的祖父」（『星島晩報』香港、一九八〇年一月二四日）
・髙伯雨「魯迅的祖父周福清」（『聴雨楼随筆初集』上海書局、一九六一年）
・髙伯雨「再談周福清」（『聴雨楼随筆初集』上海書局、一九六一年）
・高陽「魯迅心頭的烙痕—記光緒十九年科場弊案与魯迅的祖父周福清」（香港雑誌『大成』第五九期、一九七八年）

・周観魚『回憶魯迅房族和社会環境三十五年間（一九〇二―一九三六）的演変』（内部資料、一九五九年、『家庭和家族和当年紹興民俗』上海文芸出版社、二〇〇六年）
・周建人『略講関於魯迅的事情』（『学習』第二巻第九号、一九四〇年八月、後に『略講関於魯迅的事情』人民文学出版社、一九五四年）
・周作人「五十年前之杭州府獄」（『好文章』第三集、一九四八年）
・周作人『知堂乙酉文集』（香港三育図書文具出版、一九六一年）、
・周作人『知堂回想録』（香港三育図書文具出版、一九七〇年）
・周作人『魯迅的青年時代』（中国青年出版社、一九五七年、筆名周啓明）
・周芾棠『郷土回憶録魯迅親友憶魯迅』（陝西人民出版社、一九八三年）
・秦国経「内閣中書周福清――新発現的関於魯迅祖父的檔案材料」（『故宮博物院刊』総一一期一九八一年）
・銭碧湘「関於魯迅祖父檔案材料的新発現」（『光明日報』、一九七九年九月五日）
・孫伏園講演記録「魯迅的少年時代」（『抗戦文芸』第七巻第六期、一九四二年、『魯迅先生二三事』重慶作家書屋、一九四四年）
・張守常「関於魯迅祖父科場賄賂案」（『光明日報』、一九七九年一〇月一〇日）
・張能耿『魯迅早期事跡別録』（河北人民出版社、一九八一年）
・張能耿『魯迅的青少年時代』（陝西人民出版社、一九八一年）
・馬蹄疾、彭定安編著『魯迅和他的同時代人』（春風文芸出版社、一九八五年）
・文句式『魯迅的祖父（上下）』（『星島日報』香港、一九七七年五月二九日、三〇日）
・房兆楹「関於周福清的史料」（台湾出版『大陸雑誌』第一五巻第一二期、一九五七年）
・無名「魯迅的家世」（『文芸陣地』第四巻第一号、一九三九年）
・姚錫佩「坎坷的仕途――魯迅祖父周福清史料補略」（『魯迅研究資料』七、一九八〇年）
・李慈銘『越縵堂日記』（文海出版社、一九六三年）

〔資料〕
・『光緒朝東華録』（中華書局、一九八〇年版）
・「浙江郷試関節」徐珂編『清稗類鈔』
・『同治辛未会試同年歯録』（明清檔案資料館蔵）
・「徳宗本紀」『清史稿』

第一章

《日本語》
・近藤秀樹「清代の捐納と官僚社会の終末」『史林』第四六巻第二号、一九六三年）
・竹内好『魯迅』（一九四四年、『竹内好全集』第一巻、筑摩書房、一九八〇年）
《中国語》
・張徳昌『清季一京官的生活』（香港中文大学、一九七〇年）
〔資料〕
・魏秀梅編『清季職官表』（下）（中央研究院近代史研究所史料叢刊（五）、中央研究院近代史研究所、一九七七年）
・内閣『行移檔』（明清檔案資料館蔵、北京故宮博物院）
・『上諭檔』（明清檔案資料館蔵、北京故宮博物院）
・『紹興県志資料』（第一輯第一六冊）
・『徳宗実録』（明清檔案資料館蔵、北京故宮博物院）

第二章

《日本語》

・滋賀秀三「清朝時代の刑事裁判――その行政的性格、若干の沿革的考察を含めて」（『刑罰と国家権力』創文社、一九六〇年）

《中国語》

・王徳林、謝徳銑「魯迅家庭破産考略」（『紹興師専学報』一九八一年第一期）
・翁同龢『翁文恭公日記』（上海商務印書館影印、一九二五年版）
・黄志洪、丁志安「従魯迅祖父周福清獄案看清季試差的腐敗」（『紹興師専学報』一九八一年第一期）
・周福清『恒訓』（北京魯迅博物館、魯迅研究室編『魯迅研究資料』九、天津人民出版社、一九八二年）
・張守常「状元知府王仁堪和魯迅祖父科場案」（『魯迅学刊』一九八一年第二期）
・葉昌熾『縁督廬日記』六（台湾学生番局、中国史学叢書、一九一九年影印版）
・「記王仁堪」（小横香室主人編『清朝野史大観』巻八「清人逸事」）
・臨時台湾旧慣調査会編『清国行政法』巻四（大安影印、一九六七年）
・『碑伝集補』巻九翰詹五

補論2

《日本語》

・逢先知『毛沢東の読書生活――秘書が見た思想の源泉』（竹内実、浅野純一訳、サイマル出版、一九九五年）

《中国語》

・周海嬰『魯迅与我七十年』（南海出版公司版、二〇〇一年、改訂新版　二〇〇六年）
・徐中遠「読魯迅著作」（逢先知『毛沢東的読書生活増補版』生活・読書・新知三聯書店、二〇〇三年）
・陳明遠編『假如魯迅活著』（文匯出版社、二〇〇三年）

・逄先知『毛沢東的読書生活増補版』（生活・読書・新知三聯書店、二〇〇三年）

・『魯迅全集』

第三巻（『華蓋集続集』一九二六年）、第四巻（『二心集』一九三四年）、第五巻（『花辺文学』一九三四年）第一二巻、書簡番号三四〇四三〇、魯迅・曾聚仁宛書簡

・『毛沢東文集』第二巻、人民出版社　一九九一年

「延安文芸座談会での講和」一九四二年五月二日

「新民主主義論」一九四〇年一月

・『毛沢東文集』　第七巻、人民出版社　一九九一年

「新聞出版界との談話」一九五七年三月一〇日

「文芸界代表との談話」一九五七年三月八日

「大量に知識人を吸収せよ」一九三九年一二月一日

・『上海魯迅紀念館蔵文物珍品集』（上海古籍出版社、一九九六年）

・「魯迅逝去後中国共産党中央委員会中華蘇維埃共和国政府発出的電報」（『魯迅生平資料匯編』第五輯、下、天津人民出版社、一九八六年）

拙著（初出関係に挙げたもの以外）

・「母子分離を越えて――二人の眉間尺・黒い男・母性」（『現代中国』第七四号　二〇〇〇年）

・「魯迅の子女解放論について――『われらは今どのように父親となるか』に関する一考察」（『現代中国』六七、一九九三年）

た

な

さ

索　引

著者略歴

湯山トミ子（ゆやま　とみこ）

成蹊大学法学部教授。成蹊大学法学部政治学科卒業、東京都立大学大学院人文科学研究科中国文学専攻修士・博士課程単位取得修了、愛媛大学、成蹊大学助教授を経て現職。専門は、中国近現代文学、中国社会文化論、中国語教育。

主な研究課題：魯迅、中国の家族と子ども、ICT 活用型中国語教育（学術賞 5 回受賞）。

主な論著：『アジアからの世界史像の構築』（主編著、東方書店、2013 年）、「愛と復讐の新伝説“鋳剣”——魯迅が語る“性の復権”と“生の定立”」（『成蹊法学』65 号 2007 年）、「撫養と贍養——中国における扶養システムと親子観」（『家族の変容とジェンダー』第 12 章、日本評論社、2006 年）、「聖なる“母”とその呪縛」（中国女性史研究会編『論集中国女性史』所収、吉川弘文館、1999 年）、ICT 活用型中国語教育システム＆プラン“游”（2006 ～ 2009 年）。

現在《げんざい》に生《い》きる魯迅像《ろじんぞう》
ジェンダー・権力《けんりょく》・民衆《みんしゅう》の時代《じだい》に向《む》けて

二〇一六年三月三一日　初版第一刷発行

著　者●湯山トミ子
発行者●山田真史
発行所●株式会社東方書店
東京都千代田区神田神保町一―三　〒一〇一―〇〇五一
電話〇三―三二九四―一〇〇一
営業電話〇三―三九三七―〇三〇〇
組版●鷗出版（小川義一）
装　幀●EBranch 冨澤崇
印刷・製本●モリモト印刷

定価はカバーに表示してあります

ISBN978-4-497-21605-2　C3098